# 나르치스와 골드문트

세계문학전집
246

Hermann Hesse : Narziß und Goldmund

# 나르치스와 골드문트

헤르만 헤세 장편소설

안인희 옮김

문학동네

일러두기

1. 번역 대본으로는 *Narziß und Goldmund*(Hermann Hesse, Das erzählerische Werk, Bd. 4, Suhrkamp, 2012)를 사용했다.
2. 주석은 모두 옮긴이주다.

## 차례

# 제1장

마리아브론 수도원 입구, 작은 기둥 두 개가 떠받친 아치문 앞에는 옛날 어느 로마 순례자가 가져온, 남쪽 나라의 고독한 아들인 밤나무 한 그루가 길가에 바짝 붙어서 있었다. 몸통이 거대한 나무는 둥근 우듬지로 길 위를 다정하게 덮고서 바람이 불면 너른 가슴으로 숨을 쉬었다. 봄이 되어 사방이 온통 초록으로 변하고 수도원 호두나무까지 불그레한 어린잎을 매달아도 밤나무에서는 여전히 잎사귀가 나오지 않다가, 밤이 가장 짧아질 무렵에야 잎다발 사이에서 부연 흰빛이 도는 초록 광채를 지닌 낯선 꽃이 피어났다. 이 꽃은 경고하듯 참기 힘든 강렬한 냄새를 풍겼고, 과일과 포도를 수확하고 난 10월에야 가을바람에 누렇게 변한 우듬지에서 가시 돋친 밤송이를 아래로 떨구곤 했다. 밤송이가 해마다 꼭 여문 것도 아니었지만 수도원의 학생들은 서로 차지하겠다며 다투었고, 남쪽 지방 출신인 그레고어 부원장은 자기 방의 난롯불에 그 열매를 굽곤 했다. 수도원 입구 위로 솟아 바람결에 낯설고도 다정하게 우듬지를 흔드는 저 아름다운 밤나무, 속이 여리고 쉽사리 추위를 타는 타지에서 온 손님인 밤나무는, 정문의 날씬한 두 사암 기둥과는 은밀한 동족이었다. 그리고 남쪽 지방과 라틴계 사람들에겐 사랑받지만 이곳 사람들은 낯설어서 멍하니 바라보는 창문아치, 돌림띠, 기둥들의 돌장식과도 은밀한 동족으로 한 부류였다.

외래종인 이 나무 아래로 이미 수도원 학생들 여러 세대가 지나갔다. 필기용 서판을 팔에 끼고 조잘거리며 웃고 장난치고 티격태격하면서, 계절에 따라 맨발로 또는 신발을 신고, 꽃을 입에 물거나 호두를 잇새에 물고 눈을 뭉쳐 손에 든 채 오갔다. 해마다 얼굴은 달라져도 대개 비슷비슷하게 고수머리 금발인 학생들이 늘 새로 왔다. 일부 학생들은 그대로 머물러 수련수사, 이어서 수도사가 되어 머리를 밀고, 허리끈을 맨 수도복을 입고, 책들을 읽고, 소년들을 가르치다가 늙어서 죽었다. 다른 아이들은 학업을 마친 후 부모와 함께 고향으로, 기사의 성이나 상인의 집, 수공업 기술자의 집으로 돌아갔다. 그렇게 세상으로 나가 놀이나 직업활동을 하다가 한 번쯤 수도원을 다시 찾고, 어른이 되어 어린 아들을 학생으로 받아달라고 수도원으로 데려와서는 미소 지으며 생각에 잠겨 한동안 밤나무를 올려다보다가 다시 사라졌다. 수도원의 둥글고 무거운 아치창들과 붉은 돌로 된 꼿꼿한 이중 기둥들 사이로 자리잡은 방들과 여러 교실에서는 살고 가르치고 공부하고 관리하고 지도하는 등의 일이 이루어졌다. 많은 예술과 학문이 여기서 행해지고 한 세대에서 다음 세대로 전수되었다. 경건한 것과 세속적인 것, 밝은 것과 어두운 것이었다. 책을 쓰고 주석을 달며, 여러 체계를 고안하고, 옛 문헌을 수집하고, 그림 필사본을 채색했으며, 민간신앙을 보살피기도 민간신앙을 비웃기도 했다. 박식함과 경건함, 순진함과 노회함, 복음서의 지혜와 그리스인의 지혜, 백마법과 흑마법, 이 모든 것이 여기서는 어떻게든 번창했고, 그 모든 것을 위한 자리가 있었다. 은둔과 회개를 위한 자리가 있는 동시에 사교와 호사스러운 생활을 위한 자리도 있었으니, 어느 쪽이 우세하고 지배적인 것이 되느냐는 그때그때 수도원장의 성품과 그때그때 시대를 주도하는 흐름에 달려 있었다. 어떤 때는 퇴마사와 악령 전문가로 인해 수도원이 명성을 얻어 사람들이 찾아오고, 어떤 때는 뛰어난 음악 덕에, 때로는 치유와 기적을 행하는 신부로 인해, 때로는 민물고기 수프나 사슴 간으로 만든 파이가 유명해져서 사람들이 찾아왔다. 무엇이든 저마다의 때가 있었다. 수도사들과 학생들 중에는 언제나 믿음이 깊은 사람과 미지근한 사람, 단식하는 사람과 뚱뚱한 사람이 있었고, 이곳에 와서 살다가 죽는 많은 이 중에는 언제나 이런저런 개인과 특별한 사람이 있었다. 모두가 사랑하는 이 또는 모두가 두려워하는 이도 있고, 특별히 선택된 것 같은 사람, 동시대의 다른 이들은 죄다 잊혔는데 오랫동안 사람들의 입에 오르내리는 사람도 있었다.

지금도 마리아브론 수도원에는 특별한 두 사람이 있었는데, 나이든 한 명과 젊은 한 명이었다. 기숙사, 교회와 학교의 홀을 가득 채우는 수많은 형제 중에서 모두가 알고 모두가 주목하는 두 사람이었다. 나이든 다니엘 원장과 젊은 문하생 나르치스로, 나르치스는 불과 얼마 전에야 수련수사가 되었음에도 특별한 재능으로 인해 온갖 전통을 거스르며 이미 보조교사가 되어 특히 그리스어를 맡고 있었다. 이 두 사람, 원장과 수련수사는 수도원에서 명망을 얻고 사람들의 이목을 끌며 호기심을 불러일으켰다. 경탄받고 부러움을 샀으며 은밀히 중상을 당하기도 했다.

대부분의 사람들이 원장을 사랑했다. 그는 적이 없고, 선의와 단순함과 겸허함으로 가득찬 사람이었다. 수도원 학자들만은 그를 향한 사랑 속에 업신여김을 조금 섞어넣었다. 다니엘 원장은 성인聖人일 수는 있어도 학자는 아니었기 때문이다. 그에게는 지혜라고 할 만한 단순함이 있었다. 하지만 그의 라틴어는 한심한 수준이고 그리스어는 아예 몰랐다.

원장의 단순함을 살짝 비웃는 소수의 학자들은 그럴수록 천재적인 나르치스에게 매료되었다. 이 준수한 젊은이는 우아한 그리스어 능력과 흠잡을 데 없는 기사의 매너와 고요히 꿰뚫어보는 사상가의 눈길을 지녔으며, 얇고 아름답고 윤곽이 매우 또렷한 입술을 가지고 있었다. 학자들은 그의 경이로운 그리스어 실력 때문에 그를 사랑했다. 또한 그가 그토록 고귀하고 섬세했기에 거의 모든 사람이 그를 사랑했으며, 많은 이가 그에게 홀딱 반했다. 그가 몹시 조용하고 자제력이 있는데다 태도까지 정중했기에 어떤 사람들은 그를 못마땅하게 여겼다.

원장과 수련수사, 두 사람 모두 자기만의 방식으로 선택받은 자의 운명을 받아들여 자기만의 방식으로 다스리고, 자기만의 방식으로 고통받았다. 두 사람은 수도원의 나머지 모든 사람보다도 서로를 더 가깝게 느끼고 서로 각별하게 끌렸다. 그런데도 그들은 가까워지지 못하고 상대방을 다정하게 대하지 못했다. 원장은 젊은 수사를 대할 때 극진한 배려와 존경심을 보였다. 섬세하고 드물고 어쩌면 너무 조숙한, 어쩌면 위태로운 형제인 그를 염려했다. 젊은 수사는 완벽한 태도로 원장의 모든 명령, 충고, 칭찬을 받아들였고, 한 번도 반박하거나 기분 상해하지 않았다. 자신에 대한 원장의 판단이 맞아서 자신의 유일한 악덕이 오만함이라면, 그는 이 악덕을 경이롭게도 잘 감추었다. 나르치스는 비난받을 일 없이 완벽하고 모든 이보다 우월했다. 다만 학자들 말고는 그에게 진짜 친구가 거의 없었으니, 오로지 자신의 고귀함만이 차가운 냉기처럼 주위를 에워쌌다.

"나르치스." 원장이 한번은 고해성사 뒤에 말했다. "자네에 대해 너무 엄한 판단을 내렸다고 고백해야겠네. 나는 종종 자네가 오만하다고 생각했었는데 아마 내가 잘못 생각했던 것 같아. 젊은 형제여, 자넨 정말로 고독해. 자네를 보고 경탄하는 사람은 있지만 친구는 없지. 정말이지 나는 이따금 자네를 야단칠 기회라도 있었으면 하고 바란다네. 하지만 그럴 일이 없지. 자네 나이의 젊은이들이 흔히 그렇듯 그냥 버릇이 없기라도 했으면 하고 바랄 정도니까. 자넨 결코 그렇지 않아. 그래서 이따금 자네가 좀 걱정되네, 나르치스."

젊은이는 검은 눈으로 원장을 올려다보았다.

"자애로운 아버지, 저는 정말 원장님께 아무 걱정도 끼치고 싶지 않습니다. 제가 오만하다는 게 아마 맞을 거예요, 원장님. 그에 대한 벌을 내려주십시오. 이따금은 저 스스로도 자신을 벌하고 싶다는 소망을 갖습니다. 저를 암자로 보내시거나 허드렛일을 하게 해주십시오."

"자넨 아직 너무 젊어서 그 두 가지에 모두 맞지 않아, 사랑하는 형제여." 원장이 말했다. "더구나 자네는 언어와 사유에 매우 뛰어난 재능이 있어. 내가 자네에게 허드렛일을 맡긴다면 하느님이 주신 이런 재능을 낭비하는 게 되겠지. 자넨 아마 교사이자 학자가 될 거야. 이런 걸 원하지 않나?"

"용서하십시오, 아버지. 제 소망에 대해서는 그리 정확하게 알지 못합니다. 저는 항상 학문에서 즐거움을 얻겠지요. 어찌 그렇지 않겠습니까? 하지만 학문이 저의 유일한 영역이 될 거라고는 생각하지 않습니다. 소망이 한 인간의 운명이나 소명을 정하는 것도 아닐 테고요. 다른 것이 있겠지요, 섭리 같은."

귀담아듣던 원장은 심각해졌다. 그럼에도 나이든 얼굴에 여전히 미소를 머금은 채 말했다. "나는 지금껏 인간을 보아오면서 우리 모두, 특히 젊은 시절에는 섭리와 우리 자신의 소망을 약간 혼동하는 경향이 있다는 걸 알게 됐네. 하지만 자네가 자신의 운명을 미리 안다고 믿는 것 같으니, 한마디만 해보게. 자네는 무엇이 되도록 정해져 있다고 생각하나?"

나르치스가 눈을 내리깔자 검은 눈이 긴 속눈썹 아래로 사라졌다. 그는 침묵했다.

"아들이여, 말해보게." 원장이 한참을 기다리다 말했다. 나르치스가 고개를 떨군 채 낮은 음성으로 말하기 시작했다.

"제 생각에 저는 무엇보다도 수도원생활을 하도록 정해진 것 같습니다. 수도사가 되고, 사제가 되고, 부원장, 어쩌면 원장이 되도록요. 제가 그걸 원해서 이렇게 믿는 건 아닙니다. 제 소망은 이런 여러 직위를 향하지 않습니다. 하지만 그런 것들이 제게 주어질 겁니다."

두 사람은 오래 침묵했다.

"자네는 어째서 이런 믿음을 갖게 되었지?" 원장이 머뭇거리며 물었다. "박식함 말고 자네 안의 어떤 특성이 이런 믿음을 말하고 있는 건가?"

"그것은," 나르치스가 천천히 말했다. "제가 사람들의 본성과 소명에 대한 감각을 가졌다는 점입니다. 저 자신만이 아니라 다른 사람의 본성과 소명에 대해서도요. 저의 이런 특성은 제게 다른 사람들을 지배함으로써 그들에게 봉사하도록 강요합니다. 제가 수도원생활을 하도록 태어난 것이 아니라면 판사나 정치가가 되어야 할 겁니다."

"그럴지도 모르지." 원장이 고개를 끄덕였다. "사람들과 그들의 운명을 알아보는 자네 능력을 시험해본 적이 있나?"

"있습니다."

"내게 예 하나를 들려줄 수 있는가?"

"그럴 수 있습니다."

"좋아. 그렇다면 우리 형제들의 비밀을 그들 몰래 들여다보고 싶지는 않으니 나에 대해서, 그러니까 자네의 원장인 다니엘에 대해서 자네가 알고 있다고 여기는 것을 말해보게."

나르치스는 눈꺼풀을 올리고 원장의 눈을 들여다보았다.

"명령입니까, 자비로운 원장님?"

"명령일세."

"말씀드리기 어려운 문제입니다, 아버지."

"젊은 형제여, 그대에게 말하라고 강요하기란 내게도 어려운 일이지. 하지만 그래도 하고 있네. 말해보게!"

나르치스는 고개를 떨구고 속삭이듯이 말했다. "원장님에 대해서는 아는 바가 별로 없습니다, 존경하는 아버지. 당신이 양떼를 보살피거나 암자에서 종 울리기, 농부들의 고해를 듣기를 큰 수도원 다스리기보다 더 좋아하는 하느님의 종이라는 것을 알고 있습니다. 성모님을 향한 사랑이 각별하고 기꺼이 성모님께 가장 많은 기도를 올리신다는 것도요. 또한 이 수도원에서 이루어지는 그리스 학문과 다른 학문들이 원장님께 맡겨진 이들의 영혼에 혼란이나 위험을 가져오지 않게 해달라고 이따금 기도하신다는 것도요. 또한 그레고어 부원장에 대한 인내심이 바닥나지 않게 해달라고도 이따금 기도하시지요. 평화 속에 종말을 맞게 해달라고 기도하시고요. 저는 믿어요, 원장님의 청원이 받아들여져 평화 속에 종말을 맞이하실 거라고요."

원장의 작은 면회실에 정적이 흘렀다. 마침내 원장이 말했다.

"자넨 몽상가인데다 환상을 보는구먼." 나이든 사람이 다정하게 말했다. "경건하고 악의 없는 환상도 잘못일 수 있다네. 내가 환상을 믿지 않듯 자네도 너무 믿지는 말게나. —몽상가 형제여, 이 일에 대해 내가 마음속으로 어떻게 생각하는지도 보이는가?"

"보입니다, 아버지. 매우 온화하게 생각하고 계십니다. 이렇게 생각하고 계시지요. '이 젊은 학생은 조금 위험한데. 환상을 본다. 명상을 너무 많이 한 걸지도 몰라. 이 친구에게 참회의 벌을 부과하면 좋을 것 같은데. 그에게 해롭지 않을 거야. 하지만 이 친구에게 부과하는 참회의 벌을 나 자신에게도 주어야겠어.'—이것이 방금 하신 생각입니다."

원장이 일어섰다. 그는 미소 지으며 수련수사에게 작별의 손짓을 했다.

"좋아." 그가 말했다. "자네의 환상을 너무 진지하게 받아들이지는 말게, 젊은 형제여. 하느님은 환상을 보는 것 말고도 수많은 것을 우리한테 요구하시니 말일세. 자네가 편한 죽음을 약속해서 노인네 마음을 기쁘게 했다는 건 인정하지. 그러니까 늙은이가 잠깐 이런 약속의 말을 즐겁게 들었다는 걸 말일세. 이제 됐네. 내일 새벽 미사 후 로사리오기도를 올리게, 건성으로 말고 겸손함과 헌신으로 기도를 올려야 하네, 나도 똑같이 할 테니. 이제 가보게, 나르치스, 얘기는 충분히 했으니."

또 한번은 교사들 중 가장 젊은 신부와 나르치스가 교육과정의 어떤 점을 놓고 의견이 어긋나 다니엘 원장이 중재에 나선 적도 있었다. 나르치스는 수업에 변화가 있어야 한다고 몹시 열성적으로 주장했고 그 이유를 설득력 있게 설명할 수 있었다. 하지만 로렌츠 신부는 일종의 질투심에 그 의견에 동의하려 하지 않았고, 회의를 하고 나면 번번이 며칠 동안 언짢아하며 말없이 토라져 있곤 했다. 그러면 나르치스는 자기가 옳다는 생각을 굽히지 않고 다시 그 문제를 논하기 시작했다. 마침내 로렌츠 신부는 약간 기분이 상해 이렇게 말했다. "좋아, 나르치스, 이 싸움을 이제 그만 끝내기로 하세. 이 결정을 내릴 사람이 자네가 아니고 나라는 건 자네도 알아. 자넨 내 동료가 아니라 아직 내 조수이니 내 말을 따라야 하네. 하지만 이 일이 자네에겐 그토록 중요하고, 나는 직위로는 자네보다 위지만 지식과 재능으론 그렇지 못하니 스스로 결정을 내릴 마음이 없네. 이 문제를 들고 원장님께 가서 그분이 결정하시도록 하지."

그래서 그들은 원장에게로 갔고, 다니엘 원장은 문법 수업에 대한 두 학자의 의견을 진득하고 온화하게 경청했다. 두 사람이 상세히 자기 의견을 내놓고 각자의 근거를 제시하자 늙은 원장은 기분좋게 그들을 바라보면서 허연 머리를 약간 흔들고는 이렇게 말했다. "사랑하는 형제들이여, 자네들은 내가 이 문제에 대해 자네들만큼 잘 알 거라고 생각하지는 않을 테지. 나르치스, 학교 일에 그렇게 열성이고 수업 계획을 개선하려고 애쓰니 칭찬할 일이지만, 선배의 생각이 다르다면 자네는 침묵하고 복종해야 옳아. 수업을 개선하는 문제가 그로 인해 수도원의 질서와 복종을 해칠 정도로 중요하지는 않다네. 그러니 나는 나르치스가 물러설 줄 모르는 걸 꾸짖어야겠네. 그리고 자네들 두 젊은 학자에게 자네들보다 더 멍청한 선배가 부족한 일은 없기를 바라네. 오만함을 고치는 데 그보다 더 좋은 약은 없거든." 이런 선량한 농담을 끝으로 그는 두 사람을 내보냈다. 하지만 잊지 않고 다음 며칠 동안 두 교사 사이에 원만한 합의가 이루어졌는지 조심스럽게 지켜보았다.

수많은 얼굴이 오고가는 수도원에 또하나의 새로운 얼굴이 나타났다. 별 주목도 받지 못한 채 재빨리 잊히는 얼굴은 아니었다. 소년의 아버지가 오래전에 미리 입학등록을 해두었고, 마침내 어느 봄날 소년은 학업을 위해 수도원학교에 도착했다. 소년과 아버지가 각자 타고 온 말들을 밤나무에 묶자, 수도원 문지기가 나와 그들을 맞았다.

소년은 아직 잎사귀가 매달리지 않은 나무를 올려다보며 말했다. "이런 나무는 한 번도 본 적이 없어요. 아름답고 특별한 나무네요! 이게 어떤 종류인지 알고 싶어요."

수심에 찬 얼굴을 살짝 찡그린 초로의 아버지는 소년의 말은 들은 척 만 척 했다. 하지만 단박에 소년이 마음에 든 문지기는 얼른 밤나무라고 일러주었다. 소년은 문지기에게 친절하게 감사인사를 하고 악수하며 말했다. "제 이름은 골드문트예요. 이곳 학교에 다닐 거예요." 문지기는 소년에게 미소 지어 보이고는 방금 도착한 이들을 이끌고 정문을 지나 널찍한 돌계단을 올라갔다. 골드문트는 여기서 친구가 될 만한 존재를 벌써 둘이나 만났다는 느낌을 품고서 두려움 없이 수도원으로 들어섰다. 바로 밤나무와 문지기였다.

새로 도착한 사람들은 먼저 교장 신부의 영접을 받고 저녁 무렵에는 수도원장의 영접을 받았다. 두 번 모두 황제의 관리 노릇을 하는 아버지가 아들 골드문트를 소개했고, 두 신부는 아버지에게 얼마간 수도원 손님으로 머물라고 초대했다. 하지만 그는 하룻밤 묵고 내일은 돌아가야 한다고 대답했다. 두 마리 말 가운데 한 마리는 수도원에 선물하기로 했고, 수도원은 이 선물을 받아들였다. 수도사들과의 대화는 정중하고도 냉랭하게 진행되었다. 하지만 교장 신부도 원장도 말없이 공손한 태도로 있는 골드문트를 기쁜 마음으로 바라보았다. 그들은 아름답고 다감한 소년이 곧바로 마음에 들었다. 이튿날 그들은 별다른 아쉬움 없이 아버지를 떠나보내고, 아들을 기꺼이 받아들였다. 골드문트는 교사들에게 소개되고 학생들의 공동 침실에서 침대 하나를 배정받았다. 그는 말을 타고 떠나는 아버지와 슬퍼하면서도 공손한 태도로 작별인사를 했으며, 아버지가 곡물창고와 방앗간을 지나 수도원 바깥 뜰의 좁은 아치문을 지나 사라질 때까지 그대로 서서 바라보았다. 소년이 몸을 돌렸을 때는 눈물방울 하나가 긴 금색 속눈썹에 매달려 있었다. 하지만 문지기가 이내 그의 어깨를 다정하게 툭 쳤다.

"어린 친구." 문지기가 위로했다. "그렇게 슬퍼할 필요 없단다. 대부분의 아이들이 처음에는 고향을 좀 그리워해. 아버지, 어머니, 형제들도. 하지만 여기서 사는 것도 전혀 나쁘지 않다는 걸 금방 알게 된단다."

"고맙습니다, 문지기 수사님." 소년이 말했다. "저는 형제자매도 어머니도 없어요. 아버지뿐이에요."

"그렇다면 여기서 그동안 몰랐던 친구들과 학문과 음악과 새로운 놀이와 그밖에도 이것저것 찾아낼 거다. 그리고 도움이 필요하면 나한테 오렴."

골드문트는 그를 향해 미소를 지었다. "오, 정말 고맙습니다. 부탁을 하나 들어주실 수 있다면 아버지가 여기 남겨놓고 가신 우리 말이 어디 있는지 보여주시겠어요. 말에게 인사도 하고 여기서 잘 지내는지 보고 싶어서요."

문지기는 곧장 곡물창고 옆 마구간으로 소년을 데려갔다. 어둑한 마구간에서는 말냄새, 똥냄새, 보리 냄새가 강하게 풍겼다. 마구간 한 칸에서 소년은 자기가 타고 온 갈색 말을 발견했다. 소년은 벌써 자기를 알아보고 이쪽으로 고개를 길게 뻗은 동물의 목을 두 손으로 감싸고는 흰 점이 박힌 너른 이마에 뺨을 비비고 부드럽게 쓰다듬으며 귀에 대고 속삭였다. "안녕, 블레스, 용감한 내 말, 잘 지내고 있지? 아직도 나를 좋아해? 먹을 것도 받았지? 너도 집 생각을 하니? 블레스, 내 말아, 네가 여기 남아서 얼마나 좋은지 몰라, 자주 보러 올게." 소년은 아침식사 때 남겨둔 빵조각을 소맷부리에서 꺼내 잘게 뜯어서 내밀었다. 그런 다음 말과 작별하고 문지기를 따라 수도원 뜰을 걸었다. 수도원 뜰은 큰 도시의 시장만큼이나 널찍하고 한 켠에는 보리수나무들이 무성히 자라고 있었다. 소년은 안쪽 출입구에서 문지기에게 감사인사를 하고 작별의 악수를 하고 나서야 자기가 어제 처음 본 교실로 가는 길을 모른다는 사실을 알아챘다. 그는 살짝 미소 짓고는 얼굴을 붉히면서 문지기에게 안내를 부탁했고, 문지기는 기꺼이 들어주었다. 교실에 들어갔을 때 그곳에는 열두어 명의 소년과 청년이 의자에 앉아 있었다. 보조교사 나르치스가 고개를 돌렸다.

"저는 골드문트," 소년이 말했다. "새로 온 학생입니다."

나르치스는 미소도 없이 짤막하게 인사하고 그에게 뒷줄의 자리를 가리켜 보이고는 곧바로 다시 수업을 이어갔다.

골드문트는 자리에 앉았다. 자기보다 겨우 몇 살 위로 보이는 젊은 교사를 보고 놀랐다. 이 젊은 선생이 몹시 아름답고 고귀하고 진지하며, 게다가 매력적이고 사랑스러워 놀라면서도 더없이 기뻤다. 문지기는 자기에게 그토록 상냥했고, 원장님은 매우 친절하게 자기를 맞아주었고, 저편 마구간에는 블레스가 있어 조금이나마 고향의 느낌을 받는데 게다가 놀랍도록 젊은 이 선생님도 있었다. 학자처럼 진지하고 왕자처럼 기품 있는데다가 이토록 자제력 있고 냉정하고 핵심을 짚는 강인한 목소리를 갖고 있다니! 그는 수업의 주제를 얼른 이해하지 못했지만 감사한 마음으로 경청했다. 기분이 좋았다. 사랑할 만한 좋은 사람들한테 왔구나. 그들을 사랑하고 또 그들의 우정을 얻을 준비가 되었다. 아침에 깨어나 침대에 누워 있을 때는 마음이 불안하고, 긴 여행으로 몸도 피곤했었다. 아버지와 작별할 때는 살짝 울기까지 했다. 그런데 지금은 모든 것이 좋고 만족스러웠다. 한동안 젊은 선생을 계속 바라보는데, 그 꼿꼿하고 날씬한 자태, 서늘하게 깜박이는 눈, 명료하고 확고한 음절들을 만들어내는 엄격한 입술, 지치지 않는 활기찬 목소리가 기쁨을 주었다.

하지만 수업이 끝나고 학생들이 시끌벅적하게 일어섰을 때 골드문트는 자기가 한참이나 잠들어 있었다는 사실을 깨닫고 부끄럽고 당혹스러웠다. 게다가 자기 혼자만 그걸 깨달은 것이 아니라 옆에 앉아 있던 다른 학생들도 그 꼴을 보고 수군대며 말을 옮겼다. 젊은 선생이 교실을 떠나자마자 사방에서 우르르 동료들이 몰려들어 골드문트를 쿡쿡 찌르고 툭툭 쳤다.

"잠이 들었다고?" 한 명이 그렇게 묻고는 히죽댔다.

"훌륭한 학생인데!" 다른 학생이 비웃었다. "멋진 성직자가 되겠는걸. 첫 시간부터 잠들어버리다니 말이야!"

"이 꼬마를 침대로 데려가자." 한 명의 제안에 그들은 마구 웃어대며 그의 팔다리를 붙잡고 들어 옮기려 했다.

깜짝 놀라고 화가 난 골드문트는 벗어나려고 몸부림치다 몇 대 맞고는 내동댕이쳐졌는데, 한 명이 여전히 그의 한쪽 발을 꽉 잡고 있었다. 골드문트는 몸부림을 쳐서 그걸 뿌리친 뒤 제일 가까이에 있던 녀석에게 덤벼들어 다짜고짜 격렬한 몸싸움을 벌였다. 상대방은 강한 녀석이었고, 모두 신나서 싸움질을 구경했다. 골드문트는 전혀 굴하지 않고 강한 상대에게 따끔한 주먹 몇 방을 날렸고, 그 덕분에 이름도 모르는 채로 벌써 그들 가운데 몇 명을 친구로 얻었다. 하지만 갑자기 모두가 재빠르게 흩어졌고, 그들이 사라지자마자 교장인 마르틴 신부가 교실로 들어와 멍하니 남겨진 소년 앞에 섰다. 교장 신부는 얻어맞아 얼굴이 새빨개진 채 당혹감이 가득한 푸른 눈으로 이쪽을 보는 소년을 놀라서 바라보았다.

"그래, 이게 무슨 일이냐?" 그가 물었다. "네 이름은 골드문트지, 그렇지? 고얀 녀석들이 네게 못된 짓이라도 했니?"

"오, 아니에요." 소년이 대답했다. "어떤 놈과 한판 붙었어요."

"그게 누구지?"

"몰라요. 저는 아무도 모릅니다. 누군가와 한판 싸웠을 뿐입니다."

"그래? 그 녀석이 시작한 거니?"

"모르겠어요. 아니요, 제가 시작한 것 같아요. 애들이 저를 놀렸고, 그래서 화가 났거든요."

"흠, 시작이 좋구나, 꼬마야. 그럼 이걸 기억해둬라. 한 번만 더 교실에서 이런 싸움질을 했다간 벌을 받을 거다. 지금은 간식을 먹으러 가라, 어서!"

교장 신부는 골드문트가 머쓱해하며 물러나서는 흐트러진 금발을 손가락으로 정리하려고 애쓰면서 간식을 먹으러 가는 뒷모습을 바라보며 미소 지었다.

골드문트는 자신이 수도원에서 맨 처음 한 행동이 참으로 고약하고 어리석다고 생각했다. 그래서 간식을 먹는 동안 자책하면서 동료 학생들을 바라보았다. 하지만 동료들은 골드문트를 존경심과 친절한 태도로 받아들였다. 그는 싸운 아이와 기사답게 화해했고 그 순간 이미 무리에 받아들여졌다는 것을 느꼈다.

## 제2장

그리 오래지 않아 그는 모두와 친구가 되었지만 진짜 친구는 금방 찾아내지 못했다. 동급생들 중에는 특별히 가깝게 느껴지거나 이끌리는 사람이 없었다. 그들은 사랑스러운 말썽쟁이라고 생각한 민첩한 싸움꾼이 오히려 모범생 평판이나 얻으려는 것처럼 보이는 매우 온화한 아이라는 사실을 알고는 놀라워했다.

수도원에서 골드문트의 마음을 잡아끄는 사람은 둘이었다. 그들은 그의 생각을 사로잡았고, 그는 그들에게 경탄과 사랑과 존경심을 느꼈다. 바로 다니엘 원장과 보조교사 나르치스였다. 골드문트는 원장을 거의 성인처럼 여겼다. 그 단순함과 선량함, 배려로 가득한 명료한 눈길, 봉사하듯 겸손하게 명령하고 다스리는 다니엘 원장의 방식, 선하고 고요한 몸가짐, 이 모든 것이 그의 마음을 강력하게 끌어당겼다. 이 경건한 사람의 개인 몸종이 되어서 언제나 그에게 복종하며 봉사하고 싶었고, 소년다운 겸손과 헌신의 모든 열망을 한결같이 바치면서 그에게서 순수하고 고귀하고 거룩한 삶을 배우고 싶었다. 골드문트는 수도원학교를 졸업하는 데 그치지 않고 가능하면 온전히 수도원에 머물러 자신의 삶을 하느님께 바칠 생각이었기 때문이다. 그의 의지가 그러했고 그의 아버지의 소망과 명령이 그러했으니, 하느님께서도 그렇게 정하고 요구하시는 일로 보였다. 이 아름답고 빛나는 소년에게서 그런 것을 보려는 사람은 아무도 없을 테지만, 그에게는 하나의 짐이, 바로 출생의 짐이 있었고, 속죄와 제물을 바쳐야 한다는 비밀스러운 소명이 있었다. 골드문트의 아버지가 여러 차례 암시하고 또 아들이 이곳 수도원에 영영 머물면 좋겠다는 소망을 분명히 밝혔는데도, 원장은 제대로 간파하지 못했다. 골드문트의 출생에 그 어떤 비밀스러운 오점이 달라붙어 있고, 발설되지 않은 어떤 내용이 속죄를 요구하는 것 같았다. 하지만 원장은 아버지가 별로 마음에 들지 않았고, 그의 말투와 거만한 태도에 정중한 냉정함으로 응대하면서 아버지의 여러 암시에는 큰 의미를 두지 않았던 것이다.

골드문트의 사랑을 일깨운 또다른 사람은 그보다 날카로운 눈길로 더 많은 것을 짐작했지만 뒤로 물러나 있었다. 나르치스는 정말 사랑스러운 황금새 한 마리가 자기에게 날아왔다는 것을 금방 깨달았다. 고귀함 때문에 고독한 그는 골드문트를 보자마자, 모든 면에서 자기와 반대되는 것 같지만 실은 비슷한 유의 사람이라는 것을 알아챘다. 나르치스가 검은 눈과 검은 머리카락에 깡마른 모습인 반면, 골드문트에게서는 광채와 생기가 넘쳤다. 나르치스가 사색가로서 무엇이든 분석한다면,

골드문트는 꿈꾸는 자, 어린아이의 영혼 같았다. 하지만 이런 차이점들은 하나의 공통점 위에 놓여 있었다. 즉 둘 모두 고귀한 인간이었고, 눈에 띄는 재능과 표지를 통해 다른 사람들과 구별되었으며, 운명으로부터 특별한 경고를 받은 사람들이었다.

나르치스는 이 어린 영혼에게 불타오르는 관심을 느꼈고, 그의 본성과 운명을 즉시 알아보았다. 골드문트는 아름답고 영특한 선생을 열렬히 우러러보았다. 하지만 골드문트는 수줍었다. 그는 주의력 깊고 공부 잘하는 학생이 되기 위해 녹초가 되도록 노력하는 것 말고는 나르치스의 마음을 얻을 방법을 전혀 알지 못했다. 수줍음만 그를 가로막은 것이 아니었다. 나르치스가 자기에게 위험할 거라는 어떤 느낌도 그를 막았다. 선량하고 겸손한 원장을 이상이자 모범으로 삼으면서, 지나치게 영리하고 학식 많고 예리한 정신을 지닌 나르치스를 동시에 이상이자 모범으로 삼을 수는 없었다. 그런데도 그는 자신의 젊은 영혼의 힘을 다해, 이 두 개의 한데 합칠 수 없는 이상을 지향했다. 그로 인해 그는 자주 고통받았다. 입학하고 처음 몇 달 동안 골드문트는 종종 마음속이 혼란스럽고 이리저리 찢기는 느낌이 들어, 여기서 도망치거나 아니면 친구들과의 교류를 통해 이런 고난과 제 안의 분노에서 벗어나고 싶다는 강한 유혹에 시달렸다. 선량한 그는 사소한 놀림이나 학생들의 장난에도 쉽게 발끈해 사납고 심술궂어져서 엄청난 인내심을 발휘해야 겨우 자제하고, 눈을 꼭 감고 시체처럼 창백한 얼굴로 묵묵히 돌아설 수 있었다. 그럴 때마다 골드문트는 마구간으로 블레스를 찾아가서 말의 목에 머리를 기대고 키스하며 울음을 터뜨렸다. 고통이 점점 더 커지면서 남들의 눈에도 띄게 되었다. 두 뺨은 야위고, 눈길은 자주 빛을 잃었으며, 모두가 사랑하는 그의 웃음도 드물어졌다.

정작 그는 자신의 상태가 어떤지도 몰랐다. 좋은 학생이 되고 곧바로 수련수사가 되었다가 이어서 경건하고 조용한 수도사가 되는 것이 그의 정직한 소망이고 의지였다. 그는 자신의 모든 힘과 재능이 이런 경건하고 온화한 목적을 향해 나아가고 있다고 믿었고, 다른 욕구들에 대해서는 전혀 알지 못했다. 이토록 단순하고 아름다운 목적에 도달하기가 그토록 힘들다는 걸 깨달아야 하다니, 이것은 얼마나 이상하고도 슬픈 일인가. 이따금 자신에게서 비난할 만한 성향과 상태들을 알아챌 때마다 그는 낙담하고 곤혹스러웠다. 공부할 때의 주의 산만함과 반감, 수업시간의 몽상과 졸림, 라틴어 교사에 대한 반항심과 거부감, 동료 학생들에게 느끼는 짜증과 노여움 등이었다. 그중에서도 그의 마음을 가장 어지럽히는 것은 나르치스를 향한 자신의 사랑이 다니엘 원장을 향한 사랑과는 너무나 어울리지 않는다는 점이었다. 그러면서도 이따금씩 깊은 확신을 품고 나르치스도 자기를 사랑하고, 자기에게 관심이 있으며 자기를 기다린다는 것을 느꼈다.

나르치스는 소년이 짐작한 것보다 훨씬 많이 그를 생각하고 있었다. 나르치스는 이 아름답고 밝고 사랑스러운 소년과 친구가 되고 싶었다. 그가 자신의 대척점이자 보완재라는 것을 짐작했고, 그를 곁에 맞아들여 인도하고 가르쳐서 드높이고 꽃피우고 싶었다. 하지만 나르치스는 뒤로 물러나 있었다. 여러 이유가 있었고, 그는 자신의 이유들을 거의 모두 알고 있었다. 간혹 어린 학생이나 수련수사에게 빠져드는 나이든 교사들과 수도사들에 대해 그가 느끼는 혐오감이 무엇보다도 그를 가로막았다. 그 역시 자신에게 쏠리는 나이든 사내들의 욕망의 눈길을 역겨워하며 견뎌왔다. 그들의 다정함과 애정 표현에 너무나 자주 말없는 거부감으로 맞섰다. 이제 그는 그들을 좀더 이해할 수 있었다—자신도 저 아름다운 골드문트를 사랑하고, 그의 아름다운 미소를 이끌어내고, 다정한 손길로 그의 밝은 금발을 쓰다듬고 싶은 유혹을 느꼈기 때문이다. 하지만 그는 절대로 그런 일을 하지 않을 것이다, 절대로. 그런 이유 말고도 그는 교사라는 직분이나 권위를 갖지 못한 채 교사 자리에 있는 보조교사로서 특별히 조심하고 경계하는 일에 익숙했다. 자신보다 불과 몇 살 아래인 소년들에게 스무 살 많은 연장자처럼 행동하는데 익숙했고, 스스로 그 어떤 학생이든 특별히 총애하지 않도록 엄격히 자제했으며, 마음에 들지 않는 학생에게도 특별한 공정함과 배려를 보이는 데 익숙했다. 그의 봉사는 정신을 향한 봉사이고, 그의 삶은 거기 바쳐진 것이었으므로, 오직 남몰래 느슨해진 순간에만, 남들보다 더 잘 안다는, 더 영리하다는 오만함을 누렸다. 아니, 골드문트와의 우정이 아무리 유혹적이어도 그것은 위험이었고, 그런 위험이 자기 삶의 핵심을 건드리도록 놔두어서는 안 되었다. 그의 삶의 핵심과 의미는 정신에 대한 봉사, 언어에 대한 봉사였고, 조용하고 침착하게 사심 없이 자기 학생들을—그리고 자기 학생들뿐만 아니라—높은 정신적 목적으로 안내하는 것이었다.

골드문트가 마리아브론 수도원학교에 들어온 지 일 년이 훌쩍 지났다. 수도원 안뜰의 보리수나무와 아름다운 밤나무 아래서 다른 학생들과 달리기, 공놀이, 도적놀이, 눈싸움 등 놀이를 한 것만도 백 번은 되었다. 다시 봄이 찾아왔다. 하지만 골드문트는 피곤하고 기분이 언짢았다. 자주 머리가 아팠고, 수업시간에는 깨어서 주의를 집중하려고 있는 힘을 다했다.

어느 날 저녁, 주먹질로 첫인사를 나누었고 이번 겨울에 함께 유클리드기하학 강의를 듣기 시작한 아돌프가 골드문트에게 말을 걸어왔다. 저녁식사 후의 자유 시간이었는데, 학생들이 침실에서 놀이를 하거나 교실에서 수다를 떨거나 바깥 수도원 뜰에서 놀아도 되는 시간이었다.

"골드문트." 아돌프가 계단으로 그를 끌고 내려가면서 말했다. "너한테 해줄 재미있는 이야기가 있어. 하지만 넌 모범생이니 언젠가는 분명 주교가 될 테지—그러니 네가 의리를 지키고 내 말을 선생들한테 고해바치지 않겠다는 약속부터 해."

골드문트는 즉시 약속했다. 수도원의 명예가 있고 학생들 사이의 명예가 있는데, 그 둘은 이따금 상충했고, 그도 그것을 알고 있었다. 하지만 어디서나 그렇듯 불문율이 성문율보다 강했고, 그가 학생인 한 학생들 사이의 법칙과 명예 개념에서 벗어날 수 없었다.

아돌프는 문을 지나 그를 보리수나무들 아래로 데려가면서 소곤댔다. 대담한 애들 몇이 저기 있는데, 자기도 그 무리 가운데 하나라고, 자기들이 아직 수도사가 아니라는 점을 떠올리며, 이어져오는 전통에 따라 저녁때 수도원에서 벗어나 마을로 간다는 것이었다. 이런 건 제대로 된 사내라면 피할 수 없는 재미고 모험이라며, 밤늦게 돌아올 거라고 했다.

"그럼 정문이 잠겨 있을 텐데." 골드문트가 반박했다.

물론 잠겨 있다고, 그게 바로 이 일의 재미라고 했다. 비밀통로를 통해 들키지 않고 들어올 수 있고, 이번이 처음도 아니라는 것이었다.

골드문트는 기억해냈다. '마을에 가기'라는 말을 들은 적이 있는데, 이는 온갖 비밀스러운 즐거움과 모험을 맛보려는 수도원 생도들의 밤 외출을 가리키는 말로, 수도원 법으로 무거운 형벌을 받는 금지된 일이었다. 그는 깜짝 놀랐다. '마을에' 가기는 죄악이고 금지된 일이었다. 하지만 물론 그래서, 그러니까 위험을 감수하는 것이 '제대로 된 사내들' 사이에서는 학생의 명예의 표지가 될 수 있다는 것을, 그리고 이런 모험을 함께하자는 요청을 받았다는 것 자체가 이미 특별한 훈장이라는 사실을 이해했다.

그는 싫다고 말하고 돌아서서 침대로 가고 싶었다. 너무 피곤하고 비참한 기분이었다. 오후 내내 머리가 너무 아팠었다. 하지만 그는 아돌프 앞에서 약간 부끄러웠다. 그리고 누가 알랴, 어쩌면 저 바깥에서 모험을 하다 두통과 무력감과 온갖 비참함을 잊게 할 어떤 아름답고 새로운 것을 경험하게 될지. 그것은 비밀스럽고 금지된 일이고 칭찬할 만한 일은 아니겠지만 세상으로의 소풍이니, 아마도 일종의 해방이고 특별한 경험일 것이다. 아돌프가 설득하는 동안 그는 망설이며 서 있다가 갑자기 웃음을 터뜨리고는 좋다고 말했다.

그는 아돌프와 함께 어둑하고 너른 안뜰의 보리수나무 아래서 슬그머니 사라졌다. 밖으로 통하는 출입문은 이 시각에는 이미 잠겨 있었다. 아돌프는 그를 수도원 방앗간으로 데려갔고, 어둠 속에서 바퀴가 계속 돌며 내는 소음 덕에 들키지 않고 몰래 빠져나갈 수 있었다. 칠흑 같은 어둠 속에서 그들은 창문을 타고 넘어가 축축하고 미끄러운 널빤지 더미에 내려섰다. 시냇물 위에 걸쳐놓고 저편으로 건너가는 데 쓰기 위해 널빤지 하나를 빼내야 했다. 그렇게 그들은 수도원 밖으로 나와 빽빽이 우거진 숲으로 이어지는, 희미하게 빛나는 대로에 섰다. 이 모든 것이 너무나 흥분되고 비밀스러워 소년은 마음이 설렜다.

숲 가장자리에는 그들의 일행인 콘라트가 이미 오래전에 도착해 그들을 기다리고 있었다. 이어서 또 한 명이 다가왔다. 키 큰 에버하르트였다. 네 명의 젊은이가 걸어서 숲을 통과하는데 그들의 머리 위로 밤새들이 후루룩 날아오르고, 움직이지 않는 구름 사이로 몇 개의 별이 밝고 촉촉한 모습을 드러냈다. 콘라트는 쉴새없이 지껄이며 농담을 해대고 다른 사람들도 이따금 웃음을 터뜨렸지만, 두렵고도 장엄한 밤의 느낌이 그들을 뒤덮었고, 그들의 심장은 더 빠르게 뛰었다.

한 시간이 채 안 되어 그들은 숲 저편 마을에 도착했다. 모든 것이 잠들어 있는 듯했다. 짙은 색 들보들이 박힌 낮은 박공들이 희미하게 가물거릴 뿐 어디에서도 빛을 찾아볼 수 없었다. 아돌프가 앞장섰고, 그들은 말없이 살금살금 걸어 몇몇 집을 에두르고 울타리 하나를 넘어 정원에 섰다. 화단의 부드러운 흙을 밟았다가 계단에 발이 채어 비틀거리며 어느 집 벽 앞에 멈추어 섰다. 아돌프는 창의 덧문을 노크한 뒤 기다렸다가 다시 노크했다. 안에서 속삭이는 소리가 들리더니 이어서 불이 켜지고 덧문이 열렸다. 그들은 한 명씩 창문을 타고 넘어가 흙바닥에 검은 연통이 있는 부엌으로 들어갔다. 작은 기름램프가 화덕 위에 세워져 있고 램프의 얇은 심지에서 약한 불꽃이 펄럭였다. 한 소녀가 거기 서 있었다. 농부의 하녀인 깡마른 소녀는 들어온 사람들과 일일이 악수했는데, 그녀 뒤에 짙은 색 머리를 땋은 아직 어린 소녀 한 명이 더 서 있었다. 아돌프는 선물을 가져왔다. 수도원의 흰 빵 반 덩이와 종이봉지 안에 든 무엇이었는데, 골드문트는 훔친 향이나 밀랍 또는 그와 비슷한 물건일 거라고 짐작했다. 머리를 땋은 소녀는 불도 없이 손으로 더듬어 문으로 나가더니 한참이 지나서야 겉면에 파란 꽃이 그려진 잿빛 점토 항아리컵 하나를 들고 돌아와서 콘라트에게 내밀었다. 그는 컵을 받아들고 한 모금 마시고는 옆으로 돌렸고, 모두들 한 모금씩 마셨다. 독한 사과주였다.

희미한 램프 불빛이 반짝이는 가운데 두 소녀는 등받이 없는 작은 걸상에 앉고 학생들은 소녀들을 둘러싸고 바닥에 앉았다. 서로 속닥거리는 중간중간 사과주를 마셨다. 아돌프와 콘라트가 대화를 이끌었다. 이따금 한 명이 일어서서 마른 소녀의 머리카락과 목덜미를 쓰다듬고 그녀의 귀에 무슨 말을 속삭이곤 했는데, 작은 아이는 건드리지 않았다. 큰 아이는 아마 이 집의 하녀일 거고 예쁘장한 작은 아이는 이 집의 딸인 모양이라고 골드문트는 생각했다. 어차피 상관없는 일이었고, 그로서는 관심도 없었다. 다시는 여기 오지 않을 거니까. 비밀스러운 탈출과 어둠 속에서 숲길을 걷는 건 좋았다. 그것은 낯설고 자극적이며 비밀스러운 일이었지만 위험한 일은 아니었다. 비록 금지된 일이기는 했지만, 이런 위반에 무거운 양심의 가책이 들지는 않았다. 하지만 지금 이것, 밤에 소녀들을 방문한 일은 단순히 금지된 일 이상이었고, 그는 죄라고 느꼈다. 다른 아이들에게는 어쩌면 그냥 작은 일탈에 불과할지 몰라도 그에게는 아니었다. 수도사의 삶과 금욕생활이라는 운명이 주어졌다고 여기는 자신에게는 소녀들과 희롱하며 보내는 일이 허용되지 않았다. 결코, 다시는 여기 오지 않을 것이다. 그럼에도 보잘것없는 부엌의 어두운 불빛 속에서 그의 심장은 불안하게 쿵쾅쿵쾅 뛰었다.

일행은 소녀들 앞에서 영웅심에 들떠 이야기 중간중간 라틴어를 끼워넣는 식으로 허세를 부렸다. 세 명 모두 하녀의 호감을 산 듯했고, 그들은 점점 그녀에게 가까이 다가가 서투르게 애무했는데, 그중 가장 친밀한 표현은 수줍은 키스였다. 그들은 자신들에게 어디까지 허용되는지 정확하게 아는 것 같았다. 모든 이야기를 속삭여 말했기 때문에 그 장면이 상당히 우스꽝스러웠지만 골드문트는 느끼지 못했다. 그는 바닥에 그대로 웅크리고 앉아 불빛만 뚫어져라 바라볼 뿐 한마디도 하지 않았다. 이따금 욕망어린 시선으로 다른 사람들 사이에 오가는 애무를 곁눈질하기도 했다. 앞만 뚫어지게 응시하면서도 머리를 땋은 소녀를 바라보고 싶은 마음이 간절했지만 특히 이것만은 자신에게 허락하지 않았다. 그러나 의지가 꺾이며 어쩌다 실수로 눈길이 조용하고 사랑스러운 소녀의 모습에 가닿기라도 하면, 그녀의 검은 눈길이 마치 마법에 사로잡힌 듯 어김없이 자기 얼굴에 붙잡혀 있는 것을 목격했다.

아마 한 시간은 흐른 듯했다—골드문트는 이렇게 긴 한 시간을 겪어본 적이 없었지만—학생들의 말과 애정 표현도 바닥났다. 모든 것이 조용해졌고, 그들이 약간 당황한 채 앉아 있는데 에버하르트가 하품을 했다. 그러자 하녀가 떠나라고 재촉했다. 모두 몸을 일으키고는 하녀에게 손을 내밀었다. 골드문트가 맨 마지막이었다. 그런 다음 그들 모두 어린 소녀에게 손을 내밀었고, 골드문트가 맨 마지막이었다. 콘라트가 앞장서서 창문을 넘었고, 그 뒤를 이어 에버하르트와 아돌프가 나갔다. 골드문트가 뛰어내리려는데 어깨를 잡아당기는 손길이 느껴졌다. 동작을 멈추지 못한 그는 바깥에 나가 선 다음에야 망설이며 돌아보았다. 머리를 땋은 어린 소녀가 창밖으로 몸을 내밀고 있었다.

"골드문트!" 그녀가 속삭였다. 그는 멈추어 섰다.

"다시 올 거지?" 그녀가 물었다. 그녀의 수줍은 목소리는 거의 숨결 같았다.

골드문트는 머리를 가로저었다. 그녀가 두 손을 뻗어 그의 머리를 만졌다. 자신의 관자놀이를 스치는 그녀의 작은 손에서 온기가 느껴졌다. 그녀는 깊이 몸을 숙였고, 그녀의 검은 눈동자가 그의 눈앞에 바싹 다가왔다.

"다시 와줘!" 그녀가 속삭였다. 그리고 어린아이의 입맞춤처럼 그녀의 입술이 그의 입술에 닿았다.

그는 서둘러 다른 아이들 뒤를 따라 작은 정원을 통과하고, 화단에서 비틀거리며 축축한 흙과 거름 냄새를 맡고, 장미넝쿨을 스친 손에 생채기가 나면서 울타리를 기어오른 뒤, 다른 아이들을 따라 마을을 빠져나가서 숲을 향해 달렸다. '절대로 다시 오면 안 돼!'라고 그의 의지가 명령했다. '내일 다시 오자!'라고 그의 심장은 헐떡이며 애원했다.

아무도 이 밤새들을 보지 못했다. 그들은 아무 방해도 받지 않은 채 마리아브론으로 돌아와서 시내를 건너 물방앗간을 통과하고, 보리수나무 광장을 지나 비밀통로를 거쳐 건물의 처마 위를 걷고, 기둥 사이로 난 창문을 통과해 수도원 건물 안으로 들어와 마침내 공동 침실로 돌아갔다.

이튿날 키다리 에버하르트는 얼마나 깊이 잠들었던지 몇 대 얻어맞고서야 겨우 깼다. 그들은 모두 시간에 맞춰 새벽 미사에 참석했고, 아침식사와 수업에도 늦지 않았다. 하지만 골드문트는 꼴이 말이 아니었다. 너무 힘들어 보여서 마르틴 신부가 그에게 아프냐고 물었을 정도였다. 아돌프가 그에게 경고의 눈길을 보냈고, 그는 아프지 않다고 대답했다. 점심 무렵의 그리스어 수업시간에 나르치스는 그에게서 눈을 떼지 않았다. 그도 골드문트의 상태가 좋지 않은 것을 알았지만 잠자코 날카롭게 지켜보기만 했다. 수업이 끝날 때 그는 골드문트를 불렀다. 그리고 학생들의 주목을 끌지 않도록 도서관으로 심부름을 보냈다. 그리고 자신도 그곳으로 따라갔다.

"골드문트." 그가 말했다. "내가 도울 일이 있을까? 네가 곤경에 처한 게 보이는데. 아마 아픈 거겠지. 그렇다면 침대에 누우렴. 수프와 포도주 한 잔을 보내주마. 오늘은 그리스어에 전혀 집중을 못하던데."

그는 한참이나 대답을 기다렸다. 창백한 소년이 당혹한 눈길로 그를 바라보다 머리를 아래로 떨구더니 다시 쳐들었다. 입술을 실룩이며 무슨 말을 하려 했지만 하지 못했다. 갑자기 소년은 옆으로 주저앉으며 떡갈나무로 된 작은 천사 머리 두 개가 양옆에 붙어 있는 독서대에 머리를 기댔다. 그러면서 울음을 터뜨렸기 때문에 나르치스는 당황한 나머지 한동안 고개를 돌리고 있다가, 흐느끼는 아이를 붙잡아 일으켰다.

"그래 좋아," 그때까지 골드문트가 들어본 그의 어떤 말보다 친절한 말투로 나르치스가 말했다. "그래 좋아, 아미체*, 울어라, 그럼 금방 기분이 나아질 거야. 자, 일어나 앉아, 말은 안 해도 돼. 오늘은 이만하면 된 것 같구나. 아마 오전 내내 똑바로 앉아 아무것도 들키지 않으려고 애쓰느라 몹시 피곤했겠지. 아주 잘해냈어. 그러니 지금은 울어라, 그게 지금 할 수 있는 가장 좋은 일이니까. 아니라고? 벌써 끝났다고? 벌써 일어나려고? 그렇다면 좋아, 병실로 가서 잠깐 침대에 누워 있어. 오

---

* 수도사 라틴어로, '친구여'라는 뜻.

늘 저녁이면 훨씬 나아질 거다. 자, 가자!"

나르치스는 교실들을 피해 그를 병실로 데려가서 빈 침대 두 개 가운데 하나를 내주고는, 골드문트가 고분고분 옷을 벗기 시작하자 교장 신부에게 그가 아프다고 보고하기 위해 방을 나갔다. 그리고 골드문트에게 약속한 대로 수프와 환자용 포도주 한 잔을 조리실에 부탁했다. 이 두 가지 음식은 수도원의 일반적인 특식으로 대부분의 가벼운 환자들 사이에서 매우 인기가 좋았다.

골드문트는 병상에 누운 채 당혹감을 떨쳐내고 정신을 차리려고 애썼다. 아마 한 시간 전이었다면 오늘 말할 수 없을 정도로 자신을 힘들게 하는 것이 무엇인지, 얼마나 필사적으로 영혼의 노력을 기울였기에 이토록 머리는 텅 비고 눈은 아린 것인지 납득이 가게 설명할 수 있었을지도 모른다. 이게 모두 어제저녁 일을 잊어버리려는, 번번이 애써도 번번이 실패하는 엄청난 노력 탓이었다. 어쩌면 그것은 어제저녁 일 때문도 아니고, 잠긴 수도원을 벗어나 어리석고도 아름다운 산책을 나간 탓도, 숲속을 걸어간 탓도, 방앗간에서 흘러나오는 검은 시냇물 위에 걸쳐진 미끄러운 임시 다리를 건넌 탓도, 담장을 넘어 나갔다 들어온 탓도, 창문과 복도들을 지나다닌 탓도 아니었다. 아마도 저 어두운 부엌 창문 앞에서의 한순간, 소녀의 숨결과 말, 그 두 손의 감촉, 그 입술의 키스 때문이었다.

그런데 이제 또다른 것이 추가되었다. 새로운 놀라움, 새로운 경험이. 나르치스가 자신을 받아들였다, 나르치스가 자신을 사랑한다, 나르치스가 자신을 보살폈다—저 섬세하고 고귀한 사람, 약간 냉소적으로 보이는 얇은 입술의 영리한 그가 말이다. 그런데 자신은 그의 앞에서 자제력을 잃고 부끄러워하고 말을 더듬다가 기어이 울음까지 터뜨리고 말았다! 그 뛰어난 인간을 가장 기품 있는 무기, 즉 그리스어와 철학과 정신적 영웅주의, 품격 높은 스토아 사상의 방식으로 얻지 못하고 그의 앞에서 나약하고 비참하게 쓰러졌다! 자신은 결단코 그것을 용서하지 못할 것이다, 부끄러움 없이는 그의 눈을 들여다보지 못할 것이다.

하지만 울음을 터뜨리면서 엄청난 긴장은 이미 풀렸고, 고요한 방의 고독함과 편안한 침대 덕분에 절망의 힘이 절반 이상 사라졌다. 한 시간 뒤 담당 수도사가 호밀 수프 한 그릇과 흰 빵 한 조각, 그리고 작은 잔에 든 붉은 포도주 한 잔을 가져왔다. 포도주는 보통 축제일에만 학생들에게 주어졌다. 골드문트는 접시를 절반쯤 비운 뒤 옆으로 밀어놓고 다시 생각하기 시작했으나 잘되지 않았다. 그는 다시 접시를 당겨 듬뿍 몇 숟가락 더 먹었다. 잠시 후 조용히 문이 열리고 나르치스가 환자를 살펴보러 들어왔다. 환자는 잠들었고 뺨에는 다시 발그레한 생기가 돌아와 있었다. 나르치스는 애정과 호기심을 품고, 그리고 약간의 질투심까지 느끼며 오랫동안 그를 지켜보았다. 그는 골드문트가 아프지 않다는 것, 내일은 포도주를 보낼 필요가 없다는 것을 확인했다. 하지만 자신들을 가로막던 둑이 터졌고 두 사람이 친구가 될 것임을 알았다. 오늘은 골드문트가 자기를 필요로 했고, 자신은 그에게 봉사할 수 있었다. 하지만 어쩌면 다음번에는 자신이 약해져서 도움을, 사랑을 필요로 할지도 모른다. 언젠가 그런 일이 생긴다면 자신은 이 소년에게서 그런 사랑과 도움을 받을 수 있을 것이다.

# 제3장

나르치스와 골드문트 사이에서 시작된 우정은 기묘한 것이었다. 그들의 우정을 좋게 보는 사람은 거의 없었고, 때로는 두 사람조차 그것을 좋게 여기지 않는 것처럼 보였다.

사색가인 나르치스는 처음에 이 우정을 몹시 힘들어했다. 그에게는 모든 것이 정신적인 것이었으므로, 사랑도 정신적인 것이었다. 아무 생각 없이 이런 매혹에 자신을 맡기는 것은 그에게 어울리지 않는 일이었다. 그는 이 우정에서 주도하는 정신이었고, 오랫동안 그 혼자만 이 우정의 운명과 범위와 의미를 완전하게 의식했다. 오랫동안 그는 사랑의 한가운데서 고독했고, 자신이 친구를 깨달음으로 안내한 다음에야 비로소 친구가 정말로 자기 사람이 될 거라는 사실을 알았다. 골드문트는 열렬하게 불타오르며 마치 놀이하듯 탐색도 없이 새로운 삶에 자신을 바쳤다. 나르치스는 정확하게 의식하고 책임감을 가진 채 이 드높은 운명을 받아들였다.

골드문트에게 그것은 무엇보다도 구원이자 치유였다. 예쁜 소녀의 시선과 키스는 어린 그에게 강렬한 사랑의 욕구를 불러일으켰다가 바로 희망 없이 사그라들고 말았다. 지금까지 살면서 품었던 꿈과 자기가 믿어온 모든 것, 자신의 운명과 소명이라고 여기던 모든 것이 창가에서의 저 키스, 저 검은 눈길로 인해 뿌리부터 위협받고 있다는 것을 그는 가슴 깊이 느꼈다. 아버지에 의해 수도사로서의 삶이 결정되었고, 온 의지를 다해 이 운명을 받아들이고는 이글거리는 청춘의 첫 열정을 바쳐 경건하고 금욕적인 이상을 추구하던 그는, 이 짧은 첫 만남, 감각으로 이끄는 삶의 첫 부름, 여자와의 첫 만남에서 바로 여기에 자신의 적과 악마가 있음을, 여자가 자신의 위험임을 필연으로 느꼈던 것이다. 그런데 지금 운명이 자기에게 구원의 손길을 뻗었다. 가장 절박한 고난 한가운데서 이 우정이 다가와 자신의 동경에 꽃피는 정원을, 자신의 경외심에 새로운 제단을 마련해준 것이다. 여기서는 사랑이 허락되었다. 죄를 짓지 않고도 자신을 바치고, 자기보다 영리하고 경탄스러운 연상의 친구에게 마음을 바치는 것, 감각의 위험한 불꽃들을 고귀한 제단의 불길로 바꾸고 정신으로 승화하는 것이 허용되었다.

하지만 이 우정의 첫번째 봄에 벌써 골드문트는 기묘한 장애, 예상치 못한 수수께끼 같은 냉랭함과 놀라운 도전에 부딪혔다. 친구가 자신과 대립되거나 대척점에 있다고 여기는 것은 그와 거리가 먼 일이었기 때문이다. 그의 생각에는 그저 사랑만, 진실한 헌신만 있으면 두 사람이 하나되고, 차이점이 사라지고, 상반된 요소들이 극복될 수 있을 것 같았다. 하지만 나르치스는 얼마나 냉담하고 확고하며, 얼마나 명료하고 엄격했던가! 순수하게 헌신하기를, 우정의 땅에서 함께 감사하며 거닐기를 그는 알지도, 바라지도 않는 것 같았다. 목적 없는 길들, 정처 없이 떠도는 꿈결 같은 방랑을 알지도, 견딜 수도 없는 듯했다. 물론 그는 지난번 골드문트가 아팠을 때 특별히 염려하는 모습을 보여주었고, 학교와 학문과 관련된 일은 무엇이든 도움과 조언을 아끼지 않았다. 책 속의 어려운 구절들을 설명해주고, 골드문트가 문법, 논리, 신학 등의 영역에 눈뜰 수 있도록 이끌어주었다. 하지만 그가 제대로 친구에게 만족하고 공감한 적은 한 번도 없는 것처럼 보였다. 실제로 그는 자주 슬그머니 웃음을 띠면서 친구를 진지하게 여기지 않는 것 같았다. 골드문트는 이것이 단지 선생 티를 내거나 명석한 연장자로서 잘난 체하는 게 아니며, 다른 어떤 것, 더 심오하고 중요한 어떤 것이 그 뒤에 숨어 있다는 것을 느꼈다. 하지만 이 심오한 것을 알 길이 없었으므로 이 우정은 자주 슬픔과 당혹스러움을 안겼다.

사실 나르치스는 친구의 특성을 매우 잘 알고 있었다. 그의 눈부신 아름다움을 모르지 않았고, 그의 타고난 생명력과 지금 피어나는 활력도 모르지 않았다. 그는 격렬하게 타오르는 젊은 영혼을 그리스어로 채우려 하거나 천진무구한 사랑에 논리로 대응하려는 학교 선생이 아니었다. 오히려 그는 이 금발의 젊은이를 너무나 깊이 사랑했고, 이것이 그에게는 위험이었다. 그에게는 사랑한다는 것이 자연스러운 상태가 아닌 일종의 기적이었기 때문이다. 그에게는 사랑에 빠지는 것이 허용되지 않았다. 이 아름다운 눈을 기분좋게 바라보거나, 피어나는 밝은 금발 곁에서 만족해서도 안 되었다. 단 한 순간이라도 이 사랑이 감각적인 것에 머물게 해서는 안 되었다. 골드문트가 자신은 수도사이며 고행자의 운명, 평생 거룩함을 추구할 운명이라고 느꼈다면—나르치스는 실제로 그런 삶을 살아갈 운명이었기 때문이다. 그에게는 오직 가장 숭고한, 유일한 형태의 사랑만이 허용되었다. 그는 골드문트가 고행자의 운명을 지녔다고 믿지 않았다. 그는 다른 누구보다도 분명하게 인간의 내면을 읽을 수 있었고, 자기가 사랑을 느끼는 친구에게서는 더욱 뚜렷하게 알아볼 수 있었다. 그는 골드문트의 본성을 보았고, 자신과 정반대되는 것인데도 가장 깊이 이해했다. 그것은 자신의 본성에서 잃어버린 나머지 절반이었기 때문이다. 그는 골드문트의 본성이 잘못된 교육과 여러 망상, 아버지의 말들 같은 단단한 껍질에 갇혀 있다는 것을 알았다. 그리고 이 어린 생명의 전혀 복잡하지 않은 모든 비밀을 오래전부터 짐작했다. 자신의 과제는 아주 분명했다. 이 비밀을 당사자에게 드러내주는 것, 단단한 껍질에서 해방시키는 것, 원래의 본성을 되돌려주는 일이었다. 힘든 일이 될 것이었고, 그중에서도 가장 힘든 부분은 그러다 자칫 친구를 잃을지 모른다는 점이었다.

그는 한없이 느리게 목표에 다가갔다. 여러 달이 흐르고 나서야 겨우 진지한 시작이, 둘 사이에 깊은 대화가 가능해졌다. 그러나 우정에도 불구하고 여전히 그들은 서로 거리가 멀었고 긴장이 팽팽했다. 보는 자와 눈먼 자는 그렇게 나란히 걸었다. 눈먼 자는 자신이 눈멀었다는 사실을 전혀 몰랐고, 그것은 눈먼 자에게 다행스러운 일이었다.

나르치스는 소년이 약해졌을 때 그를 몹시 동요하게 만들었던 체험이 무엇인지 찾아내려고 애쓰다가 처음으로 돌파구를 찾아냈다. 탐색은 생각했던 것보다 쉬웠다. 골드문트가 오래전부터 그날 밤 일을 고백하고 싶다는 욕구를 느끼고 있었기 때문이다. 그가 충분히 신뢰하는 사람은 원장밖에 없었지만, 원장은 그의 고해신부가 아니었다. 나르치스가 탐색에 유리해 보이는 순간 자신들의 유대의 첫 시작을 상기시키며 슬쩍 비밀을 건드리자, 골드문트는 단도직입적으로 말했다. "당신이 아직 서품을 못 받아서 고해를 들어주지 못하는 게 안타까워. 고해하고 그 일에서 벗어나고 싶고, 벌을 받고 속죄하고 싶은데. 하지만 나의 고해신부님에겐 털어놓을 수 없어."

나르치스는 조심스럽고 노련하게 계속 파고들어 실마리를 찾아냈다. "기억하는구나." 그가 떠보듯이 말했다. "네가 아파 보이던 그날 아침 말이야. 너도 잊지 않았구나. 우리가 그날 친구가 되었으니까. 난 자주 그 일을 생각해. 넌 아마 몰랐겠지만 당시 나는 정말 어쩔 줄 몰랐거든."

"당신이 어쩔 줄 몰라했다고!?" 친구는 믿을 수 없다는 듯이 외쳤다. "나야말로 그랬는데! 멍하니 우물거리며 아무 말도 못하다가 결국 아이처럼 울음을 터뜨린 사람은 나잖아! 지금 생각해도 창피한데. 다시는 당신 앞에 나설 수 없을 줄 알았어. 내가 딱할 정도로 나약한 꼴을 보였으니 말이야!"

나르치스는 조심스럽게 더 나아갔다.

"알겠어." 그가 말했다. "그 일이 너한테 불쾌했다는 거. 너처럼 튼튼하고 용감한 녀석이 잘 모르는 사람 앞에서 울다니, 그것도 선생 앞에서 말이야. 정말이지 너답지 않은 일이었어. 그런데 그때 나는 네가 아프다고 여겼어. 열에 들뜨면 아리스토텔레스라도 이상하게 행동할 수 있으니까. 하지만 나중에 보니 넌 전혀 아프지 않았어! 열도 없었고!

그거야말로 네가 부끄럽게 여겨야 할 부분이야. 아무도 열에 굴복했다고 창피해하진 않으니까, 안 그래? 넌 다른 어떤 것에 굴복했고, 무언가에 압도되어서 창피했던 거야. 무슨 특별한 일이라도 있었니?"

골드문트는 약간 망설이다 천천히 대답했다. "맞아, 무슨 특별한 일이 있었어. 그럼 당신이 나의 고해신부라고 생각할게. 어쨌든 한 번은 말해야 할 일이니까." 고개를 떨군 채 그는 친구에게 그날 밤의 이야기를 털어놓았다.

나르치스가 미소 지으며 말했다. "그렇군, '마을로 가기'는 분명 금지된 일이지. 하지만 누구나 금지된 일들을 하고 그걸 웃어넘기기도 해. 또는 고해할 수도 있고, 그러면 그건 해결되고 더는 상관없는 일이 되지. 거의 모든 학생이 그런 하찮은 어리석음을 범하곤 하는데 너라고 왜 그러면 안 되겠니? 그게 그렇게 나쁜 일인가?"

골드문트가 버럭 화를 내며 쏟아냈다. "정말로 선생처럼 말하네! 뭐 때문에 그러는지 잘 알면서! 나도 그게 그렇게 큰 죄라곤 생각 안 해. 한 번 수도원 규칙을 어기고 학생들끼리 장난 좀 친 건데. 물론 그게 수도원생활을 위한 예행연습의 일부는 아니지만."

"잠깐!" 나르치스가 날카롭게 외쳤다. "수많은 경건한 신부님 역시 이런 예행연습이 꼭 필요했다는 걸 모르겠니? 방탕한 삶이야말로 성인의 삶으로 가는 가장 빠른 지름길이라는 걸 모른다고?"

"아, 그만!" 골드문트가 방어했다. "내가 하고 싶은 말은, 내 양심에 걸리는 건 그 작은 불복종이 아니라는 거야. 다른 게 걸려. 바로 그 여자애야. 당신에게는 무어라 설명할 수 없는 느낌이었어. 내가 이 유혹에 굴복한다면, 이 여자애를 만지려고 손을 뻗는다면 다시는 돌아올 수 없을 거란 느낌, 그러면 이 죄가 지옥의 목구멍처럼 나를 삼켜 다시는 뱉어내지 않을 거란 느낌이었다고. 그럼 그 온갖 아름다운 꿈, 그 모든 미덕과 하느님과 선을 향한 사랑은 끝인 거지."

나르치스가 깊은 생각에 잠겨 고개를 끄덕였다.

"하느님을 향한 사랑이라." 그는 적절한 표현을 찾으려 애쓰면서 천천히 말했다. "그게 선을 향한 사랑과 항상 같은 건 아니야. 그렇게 단순하다면 좋을 텐데! 무엇이 선한지는 우리도 알고 있어, 계율에 나와 있지. 하지만 하느님은 계율에만 계신 것이 아니야. 계율이란 그분의 아주 작은 일부에 지나지 않아. 우리는 계율을 지키면서도 하느님에게서 아주 멀리 있을 수 있거든."

"내 말을 이해 못하는 거야?" 골드문트가 탄식했다.

"물론 이해해. 너는 여자에게서, 그러니까 섹스에서 네가 '세계'니 '죄'니 하는 온갖 것의 정수를 느낀 거잖아. 나머지 모든 죄는 네가 아예 범할 능력이 없거나 아니면 설사 범한다 해도 네 마음을 짓누르지 않을 거라는 말이잖아. 그냥 고해만 하면 속죄하는 거라고. 단 이 한 가지 죄는 예외고! 이렇게 말이야."

"맞아! 바로 그렇게 느꼈어."

"알겠니, 난 네 말을 이해해. 그리고 네 말이 아예 틀린 것도 아니야. 에바*와 뱀의 이야기가 무익한 우화는 아니거든. 하지만 네 생각은 틀렸어, 사랑하는 친구여. 네가 다니엘 원장님이거나 네 이름을 준 성인, 저 크리소스토무스** 성인이라면, 아니면 하다못해 그냥 보통의 수도사

---

* 「창세기」에 등장하는 하와, 또는 이브.

** '황금 입'이라는 뜻. 골드문트(Goldmund)는 같은 뜻의 독일어.

이기라도 하다면 네 말이 맞을 거야. 하지만 넌 수도사가 아니라 학생이야. 설사 네가 영원히 수도원에 머물려는 소망을 가졌다 해도, 아니면 너의 아버지가 네가 그랬으면 하는 소망을 가졌다 해도, 너는 아직 수도사 서약을 하지 않았고 서품도 받지 않았어. 네가 오늘이나 내일 어느 예쁜 소녀의 유혹에 넘어가 거기 굴복한다 해도 맹세를 깨뜨리는 게 아니야, 서약을 어긴 게 아니라고."

"글로 쓰인 서약은 아니지!" 골드문트가 몹시 흥분해서 외쳤다. "하지만 내가 마음속에 지니고 있는, 글로 쓰이지 않은 것, 가장 거룩한 서약을 어겼어. 수많은 다른 이에게는 합당하더라도 나한테는 아니라는 걸 모르겠어? 당신도 아직 서품을 안 받았어, 아직 맹세를 안 했다고. 그런데도 여자를 건드리는 일 따위는 절대로 안 할 거잖아! 아니면 내가 잘못 생각한 건가? 당신은 전혀 안 그런가? 내가 생각하는 그런 사람이 아닌 거야? 당신도 상급자들 앞에서 말로 한 건 아니지만 이미 오래전부터 마음속으로 그런 맹세를 했고, 그래서 영원한 의무감을 갖게 된 거잖아? 당신은 나와 같지 않아?"

"아니, 골드문트, 난 너와 같지 않아, 네가 믿는 것과는 달라. 물론 나도 입 밖에 내지 않은 맹세를 지키고 있고, 그 점에선 네 말이 맞아. 하지만 나는 절대로 너와 같은 유의 사람이 아니야. 오늘 내가 한마디할게, 앞으로 언젠가 너는 이 말을 떠올리게 될 거야. 네가 나와는 얼마나 완벽하게 다른지 네게 보여주는 것 말고는 우리 우정에 다른 목적, 다른 의미는 없어!"

골드문트는 당황해서 멍하니 있었다. 나르치스는 반박할 수 없는 눈길과 어조로 말했다. 골드문트는 침묵했다. 어째서 나르치스는 그런 말을 했을까? 어째서 나르치스의 입 밖에 내지 않은 맹세가 나의 맹세보다 더 거룩하다는 거지? 그는 나를 진지하게 여기지 않는 건가, 나는 그에게 어린애에 불과한 것인가? 이 특별한 우정에 내재된 혼란과 슬픔이 다시 시작되었다.

나르치스는 골드문트가 지닌 비밀의 본성에 대해 이제 더는 의심하지 않았다. 그 배경에는 태고의 어머니 에바가 자리하고 있었다. 하지만 이토록 아름답고 건강하게 피어나는 젊은이에게서 깨어나는 성性이 어째서 이처럼 격렬한 적대감에 맞닥뜨려야 하는 걸까? 분명 악마의 힘이 작용해 이 뛰어난 인간의 내면을 분열시키고 근원적인 충동과 갈등하도록 만들었을 것이다. 그 비밀스러운 적은 성공을 거둔 게 분명했다. 그렇다면 악마를 찾아내고 불러내서 눈앞에 드러내 보여야 한다, 그래야 악마를 물리칠 수 있다.

한편 학우들은 점점 더 골드문트를 멀리하고 혼자 버려두었다. 아니, 그들은 오히려 자기들이 버려지고 어느 정도는 배신당했다고 느꼈다. 아무도 골드문트가 나르치스와 맺은 우정을 달가워하지 않았다. 악의적인 사람들은 이 우정이 자연에 반하는 것이라고 비방했다. 특히 두 젊은이 중 한 명에게 반해 있던 자들이 그랬다. 하지만 두 사람에게서 어떤 죄악을 의심할 수 없다는 것을 꿰뚫어본 다른 사람들도 머리를 가로저었다. 누구도 이 두 사람이 가까워지는 것을 좋아하지 않았다. 두 사람은 그런 결속을 통해 충분히 훌륭하지 못한 나머지 사람들과 자신들을 분리시켜, 자신들이 귀족이라도 되는 듯 아주 오만하게 구는 것처럼 보였기 때문이다. 그것은 동지애가 아니었고 수도원의 정신에도 어울리지 않았으며 기독교적 특성도 아니었다.

다니엘 원장의 귀에도 두 사람 이야기가 종종 들어왔다. 온갖 소문, 고발, 비방 따위였다. 사십 년도 넘는 수도원생활에서 그는 수많은 젊은이의 우정을 목격했다. 그것은 수도원 풍경에 속하는 아름다운 선물로 때로는 유쾌한 일이었지만 때로는 위험한 일이기도 했다. 그는 개입하지 않고 뒤로 물러나 유심히 지켜보기만 했다. 다른 이를 배제한 그토록 격렬한 우정은 흔치 않았다. 확실히 위험한 요소가 없지는 않았다. 하지만 원장은 단 한 순간도 그 순수함을 의심하지 않았기에 그냥 내버려두었다. 나르치스가 학생들과 교사들 사이에서 예외적인 위치를 차지하고 있지 않았다면 망설이지 않고 몇 가지 처방을 내려 두 사람 사이를 떼어놓았을 것이다. 골드문트가 동료 학생들과는 교류하지 않고 연상의 교사하고만 가까이 지내는 것은 그에게 좋지 않았다. 하지만 모든 교사가 정신적으로 자신들과 대등하다고, 심지어 자신들보다 우월하다고 인정해주는 나르치스, 이 재능 많은 특별한 젊은이에게서 제가 좋아하는 경력을 방해하고 교사로서의 활동을 빼앗아도 될까? 나르치스가 교사로서 제대로 처신하지 못하고 그의 우정으로 인해 태만함이나 편파성에 빠졌다면 원장은 곧바로 그를 면직시켰을 것이다. 하지만 그를 비난할 일은 없었다. 소문 말고는, 다른 이들의 질투어린 불신 말고는 아무것도 없었다. 게다가 원장은 나르치스에게 약간은 주제넘어 보일 수 있지만 인간의 본성을 꿰뚫어보는 특별한 재능이 있다는 걸 알고 있었다. 원장은 그런 재능을 아주 높이 평가하지는 않았고, 나르치스에게 있는 다른 재능들을 더 아꼈다. 하지만 그러면서도 나르치스가 그의 학생인 골드문트에게서 특별한 점을 보았으리라는 것을, 자기나 다른 어떤 사람보다 골드문트를 훨씬 더 잘 알고 있으리라는 점을 의심하지 않았다. 골드문트는 사람의 마음을 끄는 타고난 매력 말고도 너무 이른, 심지어 조숙하기까지 한 열성 때문에 원장의 눈에 띄었다. 그는 아직은 수도원의 학생이자 손님인데도 불구하고, 이런 열성으로 벌써 자신이 수도원의 일원인 것처럼, 거의 한 사람의 수도사라고 느끼는 것 같았다. 나르치스가 감동적이지만 아직 여물지 않은 이런 열성을 격려하고 자극한다 해도, 그걸 우려할 필요는 없을 것이다. 원장은 오히려 골드문트를 생각해, 혹시 나르치스가 그에게 특정한 정신적 자만과 학문적 오만함을 물들이지 않을까 걱정했다. 하지만 이 학생이 그럴 위험은 그리 커 보이지 않았다. 그쪽은 좀 지켜보아도 될 것 같았다. 위대하고 강인한 천성들 말고 평균적인 인간을 다스리는 것이 상급자한테는 얼마나 쉽고 평화롭고 편안한 일일까, 그는 이런 생각을 하며 한숨과 동시에 미소를 짓지 않을 수 없었다. 아니, 자신은 이런 불신에 영향을 받지 않을 것이고, 두 명의 예외적 인간이 자신에게 맡겨진 것에 대해 고마움을 모르고 싶지도 않았다.

나르치스는 친구에 대해 많은 생각을 했다. 인간의 종류와 운명을 바라보고 느낌으로 알아내는 그의 특출한 능력은 이미 오래전에 골드문트에 대해 많은 것을 알려주었다. 이 젊은이가 보여주는 온갖 생명력과 광채는 아주 분명히 말하고 있었다. 그는 오감五感과 영혼이라는 측면에서 풍부한 재능을 지닌 강인한 인간, 아마도 예술가의 모든 특성을 지닌 사람이었다. 위대한 사랑의 힘을 지닌 인간으로서, 쉽게 불붙는 능력, 헌신하는 능력이 그의 소명이자 행복이었다. 그런데 이 사랑의 인간, 꽃향기, 아침의 태양, 말馬, 새의 날갯짓, 음악 등을 그토록 깊이 체험하고 사랑할 수 있는 이런 섬세하고 풍요로운 감각을 지닌 인간이 대체 어쩌자고 그것을 잊어버리고, 정신적인 인간, 고행자가 되려는 것인가? 나르치스는 그 점에 대해 오랫동안 심사숙고했다. 골드문트의 아버지가 이런 열성을 북돋웠다는 것은 알고 있었다. 그런데 이 열성을 만들어낼 수도 있었을까? 대체 어떤 마법을 부렸기에 아들이 그런 소명과 의무를 믿게 되었을까? 이 아버지는 과연 어떤 부류의 인간일까? 나르치스가 의도적으로 매우 빈번하게 아버지 이야기로 화제를 돌리고 골드문트도 적잖이 아버지 이야기를 했지만, 나르치스는 이 아버지가 상상이 되지 않고 눈앞에 그려지지도 않았다. 정말 이상하고 수상쩍은 일이 아닌가? 골드문트가 소년 시절 잡았다는 송어 이야기를 하거나 나비를 묘사하고 새의 울음소리를 흉내내면, 친구나 개나 거지에 대해 설명하면 곧바로 그 모습들이 떠오르고 무엇이든 눈앞에 선했다. 하지만 아버지 이야기를 하면 아무것도 보이지 않았다. 아니, 이 아버지가 골드문트의 삶에서 그토록 중요하고 강력하고 지배적인 인물이었다면, 골드문트는 아버지를 좀 다르게 그려냈을 것이고, 아버지의 다른 모습을 만들어낼 수 있었을 것이다! 나르치스는 이 아버지를 대단한 사람이라고 생각하지 않았다. 마음에 들지도 않았다. 심지어 그가 골드문트의 진짜 아버지일지 자주 의심하기까지 했다. 그는 공허한 우상이었다. 그렇다면 그 아버지는 어디서 이런 힘을 얻은 것일까? 어떻게 골드문트의 영혼을 그토록 낯선 꿈으로 가득 채울 수 있었을까?

골드문트도 골똘한 생각에 잠기는 일이 많았다. 친구의 진정한 사랑을 분명하게 느끼는 만큼이나 친구가 자신을 진지하게 여기지 않고 어린아이 취급을 한다는 괴로운 느낌에 거듭 시달렸다. 친구는 거듭 자신들이 서로 같지 않다는 점을 이해시키려고 하는데, 그것은 대체 무슨 의미일까?

하지만 이런 고민들이 골드문트의 하루를 전부 차지한 것은 아니었다. 오래 고민하기, 그건 그가 할 수 있는 일이 아니었다. 긴 하루 동안 다른 할일도 있었다. 그는 자주 문지기 수도사를 찾아갔다. 그들은 서로 아주 잘 통했다. 골드문트는 조르거나 수를 써서 언제나 한두 시간 블레스를 탈 기회를 얻어냈다. 게다가 그는 수도원 주변에 사는 몇몇 이웃한테도 매우 인기가 좋았다. 특히 방앗간 주인이 그를 좋아했다. 그는 자주 방앗간 하인과 함께 수달을 기다리거나, 성직자용 고급 밀가루로 납작한 과자를 굽기도 했다. 골드문트는 눈을 감고 냄새만으로 밀가루 종류를 알아맞힐 수 있었다. 나르치스와 함께 있을 때도 많았지만, 그러고도 여전히 시간이 많았기 때문에 자신의 옛날 버릇과 기쁨을 좇곤 했다. 예배도 그에게는 대개 기쁨이었다. 학생 합창단에서 즐겁게 함께 노래하고 좋아하는 제단 앞에서 기꺼이 로사리오기도를 올렸으며, 미사에서 울려퍼지는 아름답고 화려한 라틴어를 듣고, 피어오르는 향 사이로 번쩍이는 집기와 장식품들의 황금색을 보았고, 기둥마다 존경하는 성인들의 조각상을, 즉 동물과 함께 있는 복음서 저자들, 모자를 쓰고 순례자 배낭을 든 야고보 등을 바라보았다.

그는 이런 조각상들에 마음이 끌렸다. 돌이나 나무를 깎아 만든 조각상들이 아주 신비하게 자기 자신과 연결되어 있어서, 마치 그들이 전지적인 불멸의 대부代父이며, 자기 삶의 수호자이자 안내자이기라도 한 것처럼 생각하기를 좋아했다. 마찬가지로 그는 창문과 문들의 기둥과 기둥머리, 제단의 장식들, 아름답게 장식된 나무살과 화관들, 기둥의

돌에서 튀어나와 말 걸어오는 인상적인 꽃잎들과 무성하게 얽힌 잎사귀들에게도 비밀스럽고 아름다운 친밀감을 느꼈다. 자연의 식물과 동물 외에 인간이 만든 말없는 이런 두번째 자연이 있다는 것, 돌과 나무로 된 인간들, 동물들, 식물들이 있다는 것이 그에게는 가치 있는 참된 비밀로 보였다. 그는 자유롭게 시간을 보낼 수 있을 때면 종종 이런 조각상들과 짐승의 머리와 잎사귀를 베껴 그렸다. 이따금은 진짜 꽃들과 말들, 인간의 얼굴도 그려보려고 했다.

또한 그는 가톨릭성가, 그중에서도 특히 성모찬가들을 몹시 사랑했다. 이 노래들의 확고하고 엄격한 흐름을 사랑했고, 되풀이되는 간청과 찬양을 사랑했다. 예배를 올리면서 그 고귀한 의미를 따라갈 수 있었고, 아니면 의미를 모르는 채 오로지 시행들의 장엄한 울림에 이끌려 그것으로 가득 채워지기도 했다. 길게 이어지는 그 깊은 음률, 풍요롭게 울려나오는 모음들, 경건한 반복에 도취되었다. 그는 마음속으로는 학문, 문법, 논리를 사랑하지 않았다. 그것들 역시 나름의 아름다움을 가지고 있었지만, 그의 사랑은 예배의식에 드러나는 이미지와 소리의 세계를 향했다.

그는 거듭 자신과 동료 학생들 사이에 생겨난 낯선 거리감도 일시적으로 깨뜨리곤 했다. 거부감과 냉담함에 둘러싸이는 것이 길어지면 그게 불쾌하고 지루했다. 옆 책상에 앉은 불만 가득한 친구를 웃게 만들고, 옆 침대의 침묵하는 친구를 수다로 이끌어냈다. 한 시간가량 노력한 끝에 몇몇 친구의 눈길과 얼굴, 그리고 마음을 자신에게로 되돌려놓기도 했다. 그렇게 가까이 다가갔다가 의도와는 달리 두 번이나 함께 '마을로 가자'는 초대도 받았다. 그는 깜짝 놀라 재빨리 물러났다. 아니,

그는 두 번 다시 마을에 가지 않았다. 머리 땋은 소녀를 잊을 수 있었고, 다시는, 또는 거의 다시는 그녀를 생각하지 않을 수 있었다.

# 제4장

나르치스가 오랫동안 집요하게 시도했지만 골드문트의 비밀은 열리지 않았다. 그는 오랫동안 상대를 일깨우려고, 비밀을 전달할 수 있는 말을 가르치려고 애썼지만 헛수고에 그친 듯했다.

골드문트가 출신과 고향에 대해 이야기해주었지만, 그것만으로는 아무 그림도 만들어낼 수 없었다. 그림자 같고 형태는 없지만 존경받는 아버지가 있었고, 이미 오래전에 자취를 감추었거나 죽어서 창백하게 이름만 남은 어머니라는 전설이 있었다. 영혼을 읽어내는 데 정통한 나르치스는 친구가 자기 삶의 일부를 잃어버린 사람, 어떤 곤경 혹은 마법에 짓눌려 과거의 일부를 잃어버릴 수밖에 없었던 사람들 가운데 하나라는 걸 서서히 알아차렸다. 단순한 질문이나 가르침으로는 전혀 효과가 없다는 게 분명했다. 또한 자신이 지나치게 이성의 힘을 믿고 쓸데없이 많은 이야기를 했다는 것도 알았다.

하지만 두 사람을 묶어놓은 사랑과, 많은 시간을 함께하는 습관은 헛된 것이 아니었다. 두 사람은 본질적으로 매우 달랐지만, 상대에 대해 많은 것을 배웠다. 그들 사이에는 이성의 언어와 나란히 영혼의 언어와 기호 언어도 차츰 생겨났다. 두 마을 사이에 마차를 몰거나 말을 타고 왕래하는 큰 도로가 있어도, 그와 나란히 작은 놀잇길, 비밀통로, 샛길이 생겨나는 것과 비슷했다. 아이들을 위한 길, 연인들을 위한 오솔길, 개와 고양이들이 다니는 잘 보이지도 않는 길들 말이다. 골드문트의 고무된 상상력은 차츰 마법의 길들을 통해 친구의 생각과 언어 속으로 들어갔고, 친구 역시 아무 말 하지 않고도 골드문트의 감각과 특성을 이해하고 함께 느끼는 법을 배웠다. 사랑의 빛 속에서 천천히 영혼과 영혼을 이어주는 새로운 유대감이 성숙해가고, 말은 그후에 나타났다. 그렇게 어느 날, 두 친구 사이에서 전혀 예상하지 못한 대화가 이루어졌다. 수업이 없는 어느 오후의 도서관에서였다—이 대화는 그들을 우정의 핵심과 의미로 이끌었고, 멀리까지 새로운 빛을 비추어주었다.

그들은 수도원에서는 행하지 않는, 금지된 점성술에 대해 이야기했다. 나르치스는 점성술이 셀 수 없이 다양한 종류의 인간과 운명과 소명에 질서와 체계를 부여하려는 시도라고 말했다. 골드문트가 끼어들었다. "당신은 언제나 다름을 이야기하는데—이제는 나도 이게 당신의 가장 특이한 특성이란 걸 알아. 예를 들어 당신이 우리 둘의 커다란 차이점을 이야기하면, 나는 차이점을 찾아내려는 당신의 유별난 집착이 바로 차이라는 생각이 들어!"

나르치스가 말했다. "그래, 넌 아주 정확하게 말한 거야. 너에게는 차이란 것이 전혀 중요하지 않은데, 나한텐 유일하게 중요한 문제 같거든. 나는 본질적으로 학자고 내 사명은 학문이야. 너의 언어를 그대로 인용해 말하자면 학문은 '차이점을 찾아내려는 집착'이라고 할 수 있지. 학문의 본질을 이보다 더 잘 표현할 수는 없을 거다. 우리처럼 학문에 헌신하는 인간들에게 차이점을 규명해내는 것보다 더 중요한 일은 없어. 즉 학문은 판별의 기술이라고 할 수 있지. 예를 들면 각각의 사람들에게서 그를 다른 사람과 구분해주는 특징들을 찾아내는 것, 그것이 바로 그를 아는 것이야."

골드문트가 대답했다. "글쎄. 누군가가 농부의 신발을 신고 있으면 농부고, 또다른 누군가가 왕관을 쓰고 있으면 왕이라는 거네. 그건 당연히 차이가 맞아. 하지만 그런 건 온갖 학문이 없어도 아이들조차 볼 수 있는 거잖아."

나르치스가 말했다. "농부와 왕이 모두 같은 옷을 입고 있다면 아이는 구분 못할걸."

골드문트가 대꾸했다. "학문도 구분 못하긴 마찬가지지."

나르치스가 말했다. "학문은 구분할 수 있을걸. 그렇다고 학문이 아이보다 더 영리하단 말은 아니야, 그건 인정해야겠지, 하지만 학문은 더 끈질기고, 겉으로 드러나는 것 이상을 알아볼 수 있어."

골드문트가 반박했다. "영리한 아이도 그럴 수 있어. 그 눈길이나 자세를 보고 왕을 구별해낼 수 있다고. 간단히 말해 당신 같은 학자들은 오만해서 늘 다른 사람들을 멍청하다고 여겨. 그깟 학문 없이도 아주 똑똑할 수 있는데."

나르치스가 대답했다. "네가 그 점을 깨닫기 시작했다니 기쁘다. 내가 너와 나 사이의 차이점을 말할 때 그게 영리함을 의미하는 게 아니라는 것도 금방 알게 되겠지. 나는 네가 더 똑똑하다거나 멍청하다, 또는 더 낫다거나 못하다는 이야길 하는 게 아니야. 그냥 넌 다르다는 거지."

골드문트가 말했다. "그 정도는 나도 알아. 하지만 당신은 특징들의 차이만 이야기하는 게 아니라 운명이나 소명의 차이에 대해서도 자주 이야기하잖아. 예를 들면 어째서 당신의 소명은 나와 다른 거지? 당신은 나처럼 그리스도교도고, 나처럼 수도원생활을 하기로 결심했고, 나처럼 하늘에 계신 선한 아버지의 아들인데. 우리 둘 다 목표가 같아. 영원한 행복. 우리의 소명 역시 같아. 바로 하느님께로 돌아가는 것."

나르치스가 말했다. "정말 훌륭하구나. 물론 교리서상으로는 이 사람과 저 사람이 똑같아. 하지만 삶에서는 그렇지 않아. 구세주의 품에 기대고 있는 사랑하는 제자와 구세주를 배신한 또다른 제자—그 둘의 소명이 동일하다고는 할 수 없지 않을까?"

골드문트가 말했다. "정말 소피스트군, 나르치스! 이런 방식이라면 우리는 더는 가까워질 수 없어."

나르치스가 대답했다. "우리는 어떤 식으로도 더는 가까워질 수 없어."

골드문트가 말했다. "그런 말 하지 마!"

나르치스가 말했다. "진지하게 하는 말이야. 우리의 과제는 서로 가까워지는 게 아니다. 태양과 달 혹은 바다와 육지가 서로 가까워지지 않듯. 사랑하는 친구여, 우리 둘은 태양과 달이고 바다와 육지야. 우리의 목표는 하나로 섞이는 것이 아니라, 서로를 알고, 상대방의 본질을 파악하고 그걸 존중하는 법을 배우는 거야. 서로 반대되면서도 보완된다는 걸 말이지."

골드문트는 낙담해 고개를 수그렸다. 그의 얼굴에 슬픔이 번져갔다. 마침내 그가 말했다. "그래서 그렇게 내 생각을 진지하게 받아들이지 않는 거야?"

나르치스는 잠시 망설이다 밝고 단호한 목소리로 말했다. "맞아. 사랑하는 골드문트, 넌 내가 오직 너만을 진지하게 생각한다는 것에 익숙해져야 해. 내 말을 믿어줘. 네 목소리 음조 하나하나, 네 몸짓 하나하나, 네 미소 하나하나를 나는 진지하게 여겨. 하지만 너의 생각만은 덜 진지하게 받아들여. 내가 진지하게 여기는 건 너의 본질이자 필수적인 것들이야. 그런데 너는 왜 너의 생각이 특히 주목받기를 바라는 거지? 너에겐 그토록 다른 재능이 많은데."

골드문트가 씁쓸한 미소를 지었다. "내 말이 맞잖아. 당신은 여전히 나를 어린애로 취급해!"

나르치스는 물러서지 않았다. "너의 생각 가운데 일부가 어린애 같다고 생각하는 것뿐이야. 기억해, 방금 너는 영리한 아이가 결코 학자보다 덜 똑똑한 건 아니라고 말했잖아. 하지만 그 아이가 학문에 대해 논하려 한다면 학자는 그걸 진지하게 여기지 않을 거야."

감정이 격양된 골드문트가 외쳤다. "우리가 학문에 대한 이야기를 하지 않을 때도 당신은 나를 보며 오만한 미소를 짓잖아! 예를 들면 내 경건함도, 공부하려는 노력도, 수도사가 되려는 소망도 그냥 어린애 장난이라는 듯이 대한다고!"

나르치스가 진지한 표정으로 그를 바라보았다. "네가 골드문트일 때는 너를 진지하게 여겨. 하지만 넌 항상 골드문트인 건 아니야. 나는 네가 온전하게 골드문트였으면 해. 넌 학자가 아니야, 수도사도 아니고—하찮은 잡목으로도 학자나 수도사를 만들 수 있어. 너는 나에 비해 너의 학문 수준이 떨어지고, 논리가 빈약하고, 경건함이 부족하다고 생각하지. 아니, 그렇지 않아. 너에게 부족한 것은 너 자신이야."

이런 대화에 골드문트는 당혹하고 심지어 마음의 상처를 입고 물러났지만, 며칠 지나지 않아 스스로 이 이야기를 계속하고 싶다는 열망을 드러냈다. 이번에 나르치스는 자신들의 본성의 차이를 그가 좀더 쉽게 받아들일 수 있도록 표현할 수 있었다.

나르치스는 오늘 골드문트가 훨씬 열린 마음으로 기꺼이 자신의 말을 받아들이는 것 같다고, 자신이 그에게 영향력을 가진 모양이라고 느끼며 열성적으로 말했다. 성과에 이끌려 의도한 것 이상으로 많은 말을 하면서 스스로 자신의 말에 휩쓸린 것이다.

"봐라." 그가 말했다. "내가 너보다 우월한 점은 단 한 가지야. 너는 반만 깨어 있거나 이따금 완전히 잠들어 있는데 나는 깨어 있다는 거지. 깨어 있는 사람이란 이성과 의식을 지니고 있어 자신을 아는 사람, 즉 자신의 내면 가장 깊숙한 곳에 자리한 비이성적인 힘, 충동과 허약함을 인지하고 고려할 줄 아는 사람이야. 네가 그걸 배울 수 있게 하는 것, 그것이 너에게 우리 만남의 진정한 의미가 될 거야. 골드문트, 너의 정신과 본성, 의식과 꿈의 세계는 간극이 아주 크다. 넌 어린 시절을 잊었어. 네 영혼 깊은 곳에서 그 어린 시절이 너를 부르고 있어. 그 부름에 응답하기 전까지는 계속 너를 괴롭힐 거야. —이제 이런 이야기는 그만하자! 이미 말했다시피 나는 깨어 있다는 점에서 너보다 강한 거야. 이 점에서 내가 너보다 낫고, 그래서 네게 도움이 되는 거지. 사랑하는 친구여, 나머지 모든 점에선 네가 나보다 나아—네가 너 자신을 발견하는 순간 그렇게 될 거다."

골드문트는 놀라워하며 그의 말에 귀를 기울이다가 "넌 어린 시절을 잊었어"라는 말에 마치 화살을 맞은 것처럼 움찔했다. 원래 나르치스는 말할 때 그래야 적절한 말을 더 쉽게 찾아낼 수 있다는 듯 눈을 감거나 앞만 뚫어져라 바라보는 버릇이 있었기에 그것을 알아채지 못했다. 그는 골드문트의 얼굴이 갑자기 씰룩이며 일그러지기 시작한 것을 보지 못했다.

"우월하다고—내가 당신보다!" 골드문트는 할말을 찾지 못하고 더듬었다. 마치 마비된 사람 같았다.

"물론이지." 나르치스가 말을 계속했다. "강하면서도 섬세한 감각을 가진 너 같은 사람들, 영감에 사로잡힌 사람들, 꿈꾸는 사람들, 시인들, 사랑의 사람들은 우리 같은 정신의 인간보다 거의 언제나 우월하니까. 너 같은 이들의 근원은 모성이야. 너 같은 이들은 충만한 삶을 살고 있고, 사랑의 힘과 체험하는 능력을 부여받았어. 우리 같은 정신적 인간들은 종종 너 같은 사람들을 안내하고 지배하는 듯 보이지만, 온전한 삶이 아니라 메마른 삶을 살지. 삶의 풍성함은 너 같은 이들의 것이야, 열매의 달콤한 과즙도, 사랑의 정원도, 아름다운 예술의 나라도 너 같은 이들의 것이야. 너희 고향은 대지, 우리 고향은 이념이다. 너희의 위험은 감각세계에 빠져 죽는 일이고, 우리의 위험은 공기 드문 공간에서 질식해 죽는 일이지. 넌 예술가고, 나는 사색가다. 너는 어머니의 품에서 잠자고, 나는 황야에 깨어 있지. 나를 비추는 것은 태양이지만, 너를 비추는 것은 달과 별이란다. 너는 소녀들을 꿈꾸고, 나는 소년들을 꿈꿔……"

나르치스가 자기도취에 빠져 연설을 늘어놓는 동안 골드문트는 눈을 크게 뜨고 경청했다. 그의 몇몇 말이 비수처럼 꽂혔고, 마지막 말에 창백해져서 눈을 감았다. 나르치스가 그것을 알아채고 깜짝 놀라 묻자 얼굴이 하얗게 질린 골드문트는 꺼져가는 목소리로 대답했다. "예전에 당신 앞에서 눈물을 터뜨리며 무너졌던 적이 있어—당신도 기억하지. 또다시 그런 일이 있어서는 안 돼, 그러면 난 절대로 나 자신을 용서 못할 거야—그리고 당신도 용서하지 못할 거고! 어서 여길 떠나. 날 혼자 있게 해줘. 당신은 나한테 끔찍한 말을 했어."

나르치스는 몹시 당황했다. 자신이 내뱉은 말에 도취되어 있었고, 평소보다 더 제대로 말한다고 느꼈었다. 이제야 그는 자신의 말 가운데 무언가가 친구를 깊이 뒤흔들어놓은 것을, 친구 안에 살아 있는 무언가를 건드린 것을 보았다. 이 순간 친구를 홀로 남겨두기란 어려운 일이었다. 그는 잠시 망설이다 골드문트가 얼굴을 찌푸리며 경고를 보내자 당혹감을 어쩌지 못하면서도 친구가 혼자 있을 수 있도록 그 자리를 떴다. 친구에게는 혼자만의 시간이 필요했다.

이번에 골드문트의 영혼을 온통 사로잡았던 긴장감은 눈물이 되어 터져나오지 않았다. 친구가 갑자기 단도로 가슴을 찌르기라도 한 듯 가장 깊숙한 곳까지 가망 없이 상처를 입은 느낌으로 그는 두 손이 마비되고 얼굴은 밀랍처럼 창백해져서, 가슴을 죄는 듯한 통증에 숨을 헐떡이며 그대로 서 있었다. 그때처럼 비참한 느낌이었지만 이번에는 그 정도가 훨씬 심했다. 또다시 속에서 구역질이 났고, 무언가 끔찍한 것, 정말 참기 힘든 것을 정면으로 들여다봐야 하는 느낌이었다. 하지만 이번에는 이 비참함을 넘어설 수 있게 울음이 터져나오지도 않았다. 성모님, 맙소사, 도대체 이게 뭐지? 무슨 일이 일어난 거지? 누가 자기를 죽이기라도 했나? 자기가 누구를 죽였나? 무슨 끔찍한 말을 들은 거지?

그는 헐떡이며 숨을 내쉬었다. 마치 독을 먹은 사람처럼, 그는 자기 안에 깊숙이 똬리를 틀고 있는 무언가 치명적인 것에서 벗어나야 한다는 느낌에 갈가리 찢길 정도로 압도당했다. 마치 헤엄치듯 허우적대며 방을 빠져나와 무작정 수도원의 가장 고요하고 인적 드문 구역으로 도망쳤다. 복도들을 지나고 계단들을 내려가 건물 바깥으로, 밖으로 달렸다. 그리고 마침내 수도원의 가장 깊숙한 피난처, 안뜰을 둘러싸고 있는 십자가 회랑으로 들어갔다. 초록색 화단들 위로 맑고 화창한 하늘이 펼쳐져 있고, 서늘한 석조 건물의 지하실 공기에 실줄기처럼 뒤섞인 달콤한 장미향이 머뭇대듯 떠돌고 있었다.

나르치스는 자기도 모르게 이 대화에서 자신이 그토록 오래 바라던 목표를 이루었다. 친구를 사로잡고 있던 악마의 이름을 불러내서 밖으로 드러낸 것이다. 그가 한 말 가운데 무언가가 골드문트의 가슴속 비밀을 건드렸고, 그 비밀이 지금 참을 수 없는 고통으로 몸부림치며 일어섰다. 나르치스는 한참 수도원 이곳저곳을 헤매며 친구를 찾았지만 어디서도 그의 모습은 보이지 않았다.

골드문트는 회랑에서 안뜰로 이어지는 둥글고 무거운 돌 아치 아래에 서 있었다. 이 아치의 기둥머리에 장식된 세 개의 개 또는 늑대의 머리가 놀란 눈길로 그를 내려다보았다. 빛으로 나아가는 길도, 이성으로 향하는 길도 없이 내면의 상처가 무자비하게 헤집어졌다. 죽음의 공포가 그의 목구멍과 위장을 조여왔다. 그는 기계적으로 고개를 들어 세 개의 짐승 머리가 장식된 한 기둥머리를 쳐다보았다. 그러자 사나운 이 세 마리 짐승이 자신의 몸속에 들어앉아 노려보며 짖어대는 것 같았다.

'이러다 곧 죽겠구나.' 그는 두려움에 사로잡혔다. 곧이어 공포로 떨며 생각했다. '이제 정신을 잃을 거고, 저 야수들이 나를 삼켜버리겠지.'

그는 몸을 떨며 기둥 아래에 쓰러졌다. 고통이 너무 큰 나머지 극한에 이르러 마침내 기절하고 만 것이다. 얼굴이 바닥에 닿으며 그토록 바라던 죽음의 상태로 빠져들었다.

다니엘 원장은 그다지 편치 않은 하루를 보냈다. 오래전의 하찮은 일로 서로 시기하며 사이가 좋지 않던 나이든 수사 둘이 오늘 또 싸우고 말다툼하다가 흥분해서 그를 찾아와 서로를 고발했기 때문이다. 그는 아주 한참이나 그들의 말을 경청하고 그들에게 경고도 했지만 별다른 효과가 없어서 결국 두 사람에게 각각 매우 엄한 벌을 주어 내보냈지만 마음속으로는 그래 봐야 쓸모없는 일이라는 느낌을 떨치지 못했다. 그는 지친 몸을 이끌고 지하교회의 예배당으로 가서 기도를 올렸지만 기력을 채 회복하기도 전에 일어섰다. 은은하게 스며드는 장미향에 이끌려 잠시 바람을 쐬려고 십자가 회랑으로 나갔다. 거기서 그는 타일 바닥에 기절해 쓰러져 있는 골드문트를 발견했다. 평소 그토록 아름답던 젊은 얼굴이 창백하게 빛을 잃은 모습에 깜짝 놀라, 슬픈 눈으로 골드문트를 바라보았다. 충분히 힘든 하루였는데, 이런 일까지 생기다니! 그는 젊은이를 일으켜세우려 했지만 무게를 감당할 수 없었다. 늙은 원장은 깊은 한숨을 내쉬고는 자리를 떴다. 그리고 젊은 수도사 두 명을 시켜 학생을 위층으로 옮기게 한 다음 수도원의 치료사인 안젤름 신부를 부르러 보냈다. 동시에 나르치스도 불러오게 했는데, 그는 금방 원장 앞에 나타났다.

"자네 알고 있나?" 원장이 물었다.

"골드문트 말씀인지요? 네, 자애로운 아버지, 그가 아프거나 사고를 당한 것 같다는 말을 방금 들었습니다. 그를 안으로 옮겼다는 것도요."

"그래, 회랑에 쓰러져 있는 걸 내가 발견했네. 사실 그가 거기 있을 이유가 없는데 말이지. 사고를 당한 건 아니고 그냥 기절했어. 뭔가 마음에 걸리는군. 자네가 이 일과 관계가 있거나, 적어도 뭘 좀 알겠지. 그와 가장 친하니 말이야. 그래서 자네를 불렀네. 말해보게."

나르치스는 언제나처럼 절제된 태도와 언어로 그날 자신이 골드문트와 나눈 대화와, 이것이 그에게 얼마나 놀라운 반응을 불러일으켰는지 짤막하게 보고했다. 원장은 못마땅한 기색을 드러내며 고개를 저었다.

"정말 묘한 대화로군." 그는 침착함을 유지하려 애쓰면서 말했다. "자네가 방금 설명한 것은 타인의 영혼에 개입하기라고 부를 만한 것이군. 즉 사제가 하는 대화야. 하지만 자넨 골드문트의 사제가 아니지 않은가. 자넨 아직 사제도 아니지. 아직 서품을 받지 않았으니. 어떡하다가 자네가 사제만이 할 수 있는 일을 조언자의 입장에서 이야기하게 된 거지? 자네가 보듯이 이렇게 고약한 결과가 나오지 않았나."

"그 결과는," 나르치스가 부드럽지만 결연한 목소리로 말했다. "아직 모릅니다, 자애로운 아버지. 격렬한 반응에 저 역시 상당히 놀랐지만,

저희 둘이 나눈 대화의 결과가 골드문트에게 좋게 나타날 것을 의심하지 않습니다."

"그 결과야 곧 보게 되겠지. 나는 그 이야기를 하는 게 아니라 자네의 행동을 말하는 걸세. 어떻게 하다가 골드문트와 그런 대화를 하게 된 건가?"

"아시다시피 그는 제 친구입니다. 저는 그에게 특별한 애정을 가지고 있고, 특히 그를 잘 이해한다고 믿습니다. 원장님은 제가 그에게 보인 행동을 사제의 행동이라고 하시는군요. 저는 감히 그 어떤 성직자의 권위도 탐내지 않았고, 다만 그가 자신을 아는 것보다 제가 그를 더 잘 안다고 생각했던 것뿐입니다."

원장은 어깨를 으쓱했다.

"그게 자네 전문분야라는 건 나도 아네. 자네의 행동이 해로운 결과를 만들어내지 않았기만 바라기로 하지. ―그렇다면 골드문트는 아픈 건가? 내 말은 그에게 뭔가 이상이 생겼느냐는 말이네. 몸이 허약한가? 잠을 잘 못 자나? 아무것도 못 먹나? 무슨 통증이라도 있는 건가?"

"아닙니다, 오늘까지는 건강했습니다. 몸은 건강했지요."

"그렇다면 다른 것은?"

"그의 영혼이 병들어 있습니다. 원장님도 아시다시피 성충동과의 싸움이 시작될 나이니까요."

"알고 있네. 그가 열일곱 살이던가?"

"열여덟입니다."

"열여덟. 그렇군. 늦은 편이긴 하지만 이런 싸움이야 자연스러운 거지, 누구나 거쳐야 하는 거고. 그렇다고 영혼이 병들었다고 할 수는 없네."

"맞습니다, 자애로운 아버지. 그 이유만으로 그가 아프다고 말씀드리는 게 아닙니다. 하지만 골드문트는 예전부터 마음의 병을 앓고 있었어요. 벌써 오래되었지요. 그래서 이 싸움이 다른 사람보다 그에게는 더욱 위험한 거고요. 저는 그가 과거의 일부를 잊었기 때문에 고통받고 있다고 생각합니다."

"그런가? 대체 어떤 부분이길래?"

"그의 어머니, 그리고 어머니와 연관된 모든 것입니다. 그 내용에 대해서는 저도 전혀 모릅니다. 이것이 그가 앓는 병의 근원이라는 것만 알 뿐입니다. 골드문트는 어렸을 때 어머니를 잃었다는 것 말고는 어머니에 대해 아무것도 모른다고 합니다. 하지만 그가 어머니를 부끄럽게 여긴다는 인상을 받았습니다. 그의 재능은 대부분 어머니에게 물려받은 것인데도요. 그가 이야기하는 내용을 들어보면 그의 아버지는 그토록 사랑스럽고 재능이 많은 특별한 아들을 둔 사람 같지 않습니다. 이 모든 것은 그가 말한 것이 아니라 제가 여러 표지를 보고 유추한 것입니다."

처음에 원장은 나르치스의 말이 너무 건방지고 주제넘다고 여겨 웃어넘기고 이번 일이 성가신 또다른 걱정거리라 생각했지만, 이제는 곰곰 생각하기 시작했다. 그는 골드문트의 아버지를 떠올려보았다. 어딘지 가식적이고 믿음이 가지 않는 남자였다. 지금 다시 곰곰 생각해보니 당시 그가 골드문트의 어머니에 대해 털어놓았던 몇 마디가 문득 떠올랐다. 아내가 자기에게 수치를 안겼고, 자기에게서 도망쳤다고 했었다. 그리고 그는 어린 아들에게서 어머니에 대한 기억과 그녀에게서 물려

받은 몇 가지 죄악을 억누르려고 애썼다는 말도 했다. 그렇다면 아버지의 노력이 성공한 모양이고, 소년은 어머니의 잘못을 속죄하기 위해 자기 삶을 하느님께 바치려고 했던 모양이다.

원장은 오늘처럼 나르치스가 마음에 들지 않았던 적도 없었다. 하지만—이 젊은 사색가의 추론은 얼마나 정확한가, 그는 골드문트를 얼마나 잘 알고 있는가!

마지막으로 한번 더 오늘 일들에 대해 질문을 받은 나르치스가 말했다. "오늘 골드문트를 뒤흔들어놓은 그런 격렬한 충격은 제가 의도한 것이 아니었습니다. 저는 그저 그가 자신을 모르고 또 자신의 어린 시절과 어머니를 잊고 있다는 사실만 상기시켰을 뿐입니다. 제 말의 어떤 부분이 그의 마음의 정곡을 찔러 그를 어둠으로 밀어넣은 듯합니다. 오래전부터 제가 맞서 싸워온 그 어둠으로요. 그는 얼이 빠진 듯했고, 마치 저를 알지만 자기 자신은 모른다는 듯이 저를 멍하니 바라보았습니다. 전 자주 그가 잠들어 있고 제대로 깨어나지 못했다고 말했거든요. 이제 그는 완전히 깨어난 겁니다. 그 점은 의심의 여지가 없습니다."

그는 물러나라는 명령을 받았다. 질책은 없었으나, 당분간 환자를 방문하는 일만은 금지되었다.

그동안 안젤름 신부는 기절한 젊은이를 침대에 눕히고 곁을 지켰다. 그를 깨우기 위해 강력한 수단을 쓰는 것은 좋은 방법 같지 않았다. 젊은이는 상태가 아주 나빠 보였다. 주름으로 가득한 선량한 얼굴의 늙은 신부는 자애로운 표정으로 젊은이를 바라보았다. 그리고 잠시 맥박을 짚고 심장음을 확인했다. 그는 젊은이가 무언가 먹어선 안 될 것을 먹은 것이라고 생각했다. 그러니까 괭이밥이나 뭐 그런 종류의 말도 안 되는 걸 먹은 모양인데, 그거야 익히 아는 일이었다. 혀는 볼 수 없었다. 그는 골드문트를 좋아했지만 그의 친구인 조숙한 젊은 교사는 못마땅하게 여겼다. 결국 이런 일이 벌어지지 않았는가. 분명 나르치스가 이 어처구니없는 일에 일부 책임이 있을 것이다. 이렇듯 활기차고 맑은 눈빛을 가진 젊은이가, 이렇듯 사랑스러운 자연의 아이가 어쩌자고 하필 저 오만한 학자와 어울리는 걸까. 자신이 가르치는 그리스어가 이 세상에 살아 있는 모든 것보다 더 중요하다고 여기는 공허한 문법가와!

한참이 지난 다음 문이 열리고 원장이 들어왔을 때도 신부는 여전히 자리를 지키며 기절한 젊은이의 얼굴을 들여다보고 있었다. 이 얼마나 사랑스럽고 젊고 악의 없는 얼굴인가, 여기 앉아 그를 도와야 하지만 그럴 수 없을 것 같았다. 원인은 아마 배앓이일 것이고, 끓인 포도주와 어쩌면 대황을 처방해야겠지. 하지만 파랗게 질려 일그러진 얼굴을 오래 바라볼수록 그의 의심은 다른 방향, 더욱 우려스러운 방향으로 향했다. 안젤름 신부는 경험이 풍부했다. 오랜 세월 살아오는 동안 무언가에 사로잡혀 홀린 자들을 여러 차례 목격했다. 그는 이런 의구심을 혼잣말로도 내뱉기를 꺼렸다. 그래서 기다리며 지켜볼 참이었다. 하지만 이 가련한 젊은이가 정말로 마법에 걸린 거라면 그에 책임이 있는 자를 멀리서 찾을 필요는 없을 것이다. 그자 역시 고통을 맛보아야 할 것이다.

원장이 더 가까이 다가와 환자를 살펴보고 한쪽 눈꺼풀을 살며시 들어올려보기도 했다.

"깨울 수 있겠습니까?" 그가 물었다.

“좀더 기다려보는 게 좋을 것 같습니다. 심장은 건강해요. 아무도 이 아이 근처에 오게 하면 안 됩니다.”

“위험한가요?”

“그런 것 같지는 않습니다. 상처도 없고, 맞거나 넘어진 흔적도 없어요. 그냥 기절한 겁니다, 아마 배앓이 때문일지도 모릅니다. 통증이 너무 심하면 의식을 잃기도 하니까요. 독성이 있는 것을 가까이한 것이라면 열이 났을 겁니다. 이 아이는 다시 의식을 찾고 일어날 겁니다.”

“기질 때문에 이런 일이 벌어질 수도 있나요?”

“아니라고 할 수는 없습니다. 그런데 아는 게 전혀 없나요? 혹시 몹시 놀란 걸까요? 부고라도 전해들었을까요? 격렬하게 싸웠거나 모욕받은 걸까요? 그렇다면 이 모든 게 설명됩니다만.”

“알 수 없지요. 아무도 이 아이 근처에 오지 못하게 하시고, 아이가 깨어날 때까지 곁에서 지켜보십시오. 상황이 나빠지면 한밤중이라도 저를 부르시고요.”

떠나기 전에 늙은 원장은 한번 더 환자 위로 몸을 숙였다. 그의 아버지를 생각하고, 또 이 아름답고 밝은 금발 소년이 이곳에 도착하던 날을 생각했다. 그들 모두가 골드문트를 보자마자 얼마나 좋아했던가. 자신 또한 그를 보고 얼마나 좋아했던가. 하지만 한편으로는 나르치스 말이 맞았다. 이 소년에게는 아버지를 떠올리는 요소가 전혀 보이지 않았다! 아, 사방에 근심거리가 얼마나 많은가, 우리의 모든 행동은 얼마나 부족한가! 혹시 내가 이 가련한 소년에게 소홀했던 걸까? 이 아이한테 알맞은 고해신부가 있었던가? 이 수도원에 나르치스만큼 이 학생에 대해 잘 아는 사람이 없다는 게 과연 정상인가? 아직 수련수사 처지인 그가 이 아이를 도울 수 있을까? 아직 수도사도 아니고 서품도 받지 않았는데, 게다가 그의 생각과 관점들에는 불쾌함을 자아내는 우월감, 아니 거의 적대감마저 느껴지는데? 하느님 맙소사, 혹시 나르치스 역시 오래전부터 부당한 대우를 받아온 게 아닐까? 오 하느님, 그는 복종이라는 가면 뒤에 무언가 사악한 면모를 감추고 있는 게 아닐까? 혹시 이단일까? 이 두 젊은이가 장차 어떻게 되든 그 모든 것에 원장 자신도 일부 책임이 있었다.

골드문트가 정신이 들었을 때는 이미 날이 어둑했다. 머리가 텅 비고 어지러운 느낌이었다. 그는 자신이 침대에 누워 있다는 건 알았지만, 그곳이 어딘지는 알지 못했고 깊이 생각하지도 않았다. 어차피 상관없었다. 하지만 아까는 어디 있었지? 나는 어디서 돌아온 걸까, 그 어떤 미지의 경험을 하고 돌아온 걸까? 어딘가 아주 먼 곳에 있었는데, 거기서 무언가 기이한 것, 눈부신 것, 무시무시한 것, 잊을 수 없는 것을 보았는데—잊어버리고 말았다. 어디였을까? 눈앞에 모습을 드러냈던 것은 뭐지? 그토록 거대하고, 그토록 고통스럽고, 그토록 복되게 나타났다가 사라진 그것은?

그는 내면 깊은 곳에 귀를 기울였다. 오늘 무언가가 그의 마음속 깊은 곳을 활짝 열어젖혔고, 무슨 일이 벌어졌다—그게 무엇이었던가? 어지러이 뒤엉킨 모습들이 몰려오고, 개의 머리들, 세 개의 머리가 보였고, 또 장미향이 났었다. 오, 얼마나 큰 고통을 느꼈던가! 그는 눈을 감았다. 얼마나 무시무시한 고통이었던가! 그는 다시 잠에 빠져들었다.

다시 깨어났는데, 서둘러 도망치는 꿈의 세계 끝자락에서 언뜻 그것을 보았다. 그 모습에 고통스러운 쾌락에 빠진 듯 몸이 움츠러들었다.

그는 이제 볼 수 있게 되었다는 것을 깨달았다. 그분을 보았다. 그는 통통하게 피어나는 입술과 빛나는 머리카락을 지닌 키가 크고 광채가 나는 여인을 보았다. 자기 어머니였다. 동시에 어떤 목소리가 들려왔다. "너는 너의 어린 시절을 잊었다." 이건 누구 목소리지? 귀기울이며 곰곰이 생각하다가 알아냈다. 나르치스였다. 나르치스라고? 한순간 갑작스러운 충격과 함께 모든 것이 되돌아왔다. 그는 기억해냈다, 그는 이미 알고 있었다. 오 어머니, 어머니! 잔해로 쌓아올린 산, 망각의 바다들이 사라졌다, 자취를 감추었다. 잃어버린 여인이 왕처럼 당당한 연푸른색 눈으로 다시 그를 바라보고 있었다. 이루 말할 수 없이 사랑하는 여인이.

침대 옆 팔걸이의자에 앉아 깜빡 잠들었던 안젤름 신부가 깨어났다. 환자가 움직이는 기척이, 숨쉬는 소리가 들렸다. 그는 조심스럽게 몸을 일으켰다.

"거기 누구 있어요?" 골드문트가 물었다.

"나다, 걱정 마라. 불을 켜마."

신부가 램프에 불을 켰고, 불빛이 선량한 신부의 주름진 얼굴에 떨어졌다.

"제가 아픈 건가요?" 젊은이가 물었다.

"기절했었단다, 얘야. 손을 내밀어봐라, 어디 맥박 좀 보자. 기분은 어떠냐?"

"괜찮아요. 안젤름 신부님, 고맙습니다. 신부님은 정말 좋은 분이세요. 이제 아무데도 안 아파요. 그냥 피곤할 뿐이에요."

"당연히 피곤하겠지. 금방 도로 잠들 거다. 그전에 뜨거운 포도주 한 모금을 마셔라, 이미 준비해놓았단다. 함께 잔을 비우자꾸나. 우리의 동지애를 위해."

세심하게도 그는 끓인 포도주를 담은 작은 항아리를 옮겨와 뜨거운 물을 담은 큰 그릇 안에 세워둔 터였다.

"우리 둘 다 한참이나 잠을 잤구나." 의사가 웃음을 터뜨렸다. "깨어 있지도 못하다니 훌륭한 간호인이군, 하고 넌 생각하겠지. 어쨌든, 우리는 인간이거든. 자, 이 마법의 음료를 조금 마시자, 밤에 이렇게 남몰래 홀짝이는 것보다 더 좋은 건 없으니까. 자 건배!"

골드문트는 웃음을 터뜨리며 잔을 부딪치고는 포도주 한 모금을 마셨다. 계피와 정향을 첨가하고 설탕까지 넣은 따뜻한 포도주는 달콤했다. 지금까지 그런 것은 맛본 적이 없었다. 전에 아팠을 때의 일이 기억났다. 그땐 나르치스가 보살펴주었다. 이번에는 안젤름 신부가 보살피고 있다. 정말 기분좋은 일이었다. 작은 램프 불빛을 받으며 누워서 한밤중에 노신부와 함께 달콤하고 따뜻한 포도주 한 잔을 마시다니, 더할 나위 없이 기분이 좋으면서도 이상했다.

"배가 아프냐?" 노인이 물었다.

"아니요."

"난 네가 배앓이를 하는 줄 알았지, 골드문트. 그럼 배와는 상관없겠구나. 혀를 내밀어봐라. 혀도 괜찮구나. 늙은 안젤름이 또다시 헛짚은 것이로군. 내일까지는 얌전하게 누워 있거라. 내가 다시 와서 진찰하마. 포도주는 벌써 다 마셨니? 이게 잘 들었으면 좋겠는데. 조금 더 남았나 어디 보자. 정직하게 나눈다면 각자 반잔씩은 돌아가겠는걸. 너 때문에 우리는 크게 놀랐단다, 골드문트! 저기 회랑에서 아이 시체처럼 누워 있었거든. 정말로 배는 안 아픈 거지?"

그들은 웃으면서 남은 환자용 포도주를 똑같이 나누었다. 신부는 계속 농담을 늘어놓았고, 골드문트는 고마움과 즐거움을 느끼는 가운데 다시 생기에 찬 눈길로 그를 바라보았다. 이제 노인은 잠자리에 들기 위해 방을 나섰다.

골드문트는 한동안 뜬눈으로 누워 있었다. 천천히 내면에서 그 모습들이 솟아나왔다. 친구가 한 말들이 또다시 이글거리며 타올랐고, 금발의 광채나는 여인, 어머니가 한번 더 그의 마음에 모습을 드러냈다. 생명력과 따스함, 다정함으로 이루어진 구름처럼, 내면의 경고들이 담긴 구름처럼, 높새바람처럼 그녀의 모습이 그를 꿰뚫고 지나갔다. 오 어머니! 어떻게 어머니를 잊어버릴 수 있었단 말인가!

# 제5장

지금까지 골드문트는 어머니에 대해 몇 가지를 알고 있긴 했지만, 오로지 다른 이들이 들려준 내용뿐이었다. 그는 어머니의 초상화를 갖고 있지 않았고, 어머니에 대해 안다고 여긴 극소수의 일들에 대해서도 나르치스에게는 거의 말하지 못했다. 어머니에 대해 말하는 것은 금지된, 부끄럽게 여겨야 할 무엇이었다. 무용수였던 그녀는 지체 높지만 재산은 별로 없는 이교도 출신의 아름답고 자유분방한 여인이었다. 골드문트의 아버지는, 그의 설명으로는, 자신이 그녀를 빈곤과 수치에서 구해주었다. 그녀가 이교도인지 아닌지 몰랐기에 그녀에게 세례를 받게 하고 신앙 교육을 받게 했다. 그런 다음 그녀와 결혼하여 존경받는 여성으로 만들어주었다. 하지만 그녀는 몇 년 동안 정숙하고 절제된 삶을 살다가 옛날의 기술과 경험을 되살려내 말썽을 일으키고 남자들을 유혹하면서 몇 날 몇 주씩 집을 비우곤 했다. 그녀가 마녀라는 소문이 퍼지기 시작했고, 남편이 그녀를 여러 번이나 집으로 데려와 다시 받아들였지만, 결국 그녀는 영영 자취를 감추었다. 한동안 더 그녀에 대한 소문이 들려왔는데, 나쁜 평판이 혜성의 꼬리처럼 깜박이다 그마저도 사라졌다. 남편은 그녀가 만들어낸 그 불안과 두려움, 그리고 수치와 끝없는 충격으로 얼룩진 세월에서 천천히 회복했다. 그리고 실패한 아내 대신에 몸매와 얼굴이 어머니를 꼭 닮은 어린 아들을 키웠다. 남편은 원통한 마음에 신앙심이 깊은 척하며, 골드문트에게 어머니의 죄를 속죄하기 위해 그의 삶을 하느님에게 바쳐야 한다는 믿음을 심어주었다.

골드문트의 아버지가 사라진 아내에 대해 들려준 이야기는, 물론 그조차도 내켜하지 않았지만, 이 정도가 다였고, 아들을 입학시키면서 원장에게도 그런 암시를 했다. 이 모든 것은 아들에게도 끔찍한 전설처럼 알려져 있었다. 아들은 그것을 마음 한구석으로 밀어내서 거의 잊어버릴 수 있었다. 하지만 그러면서 어머니의 진짜 모습을 완전히 잊어버리고 잃어버렸다. 아버지와 하인들의 이야기에 등장하거나 막연한 소문에서 들려오는 것과는 전혀 다른 그 모습을. 그는 자신이 진짜로 경험한 어머니에 대한 기억을 잊었던 것이다. 그랬는데 이제야 자신의 어린 시절의 별, 어머니의 모습이 다시 떠오른 것이다.

"내가 어떻게 그것을 잊을 수 있었을까." 그가 친구에게 말했다. "지금까지 어머니만큼 사랑한 사람이 없었는데, 그토록 절대적이고 열렬하게 사랑한 사람은, 그렇게 존경하고 숭배한 사람은 없었는데. 어머니는 내게 태양이자 달이었는데. 맙소사, 어떻게 그 광채나는 모습이 내 영혼에서 빛을 잃고 사라져 저 창백하고 사악한, 형태 없는 마녀로 바뀔 수 있었을까? 오랜 시간 아버지와 나한테 어머니는 그런 마녀로 남았어."

최근 수련수사 과정을 마친 나르치스는 수도복을 갖춰입고 있었다. 묘하게도 골드문트를 대하는 그의 태도가 달라졌다. 예전에 골드문트는 친구의 눈짓이나 경고를 종종 불쾌한 우월함의 과시라 여겨 거부했지만, 그 놀라운 체험 이후로는 친구의 지혜에 경탄해 마지않았다. 얼마나 많은 그의 말이 예언처럼 실현되었으며, 이 무시무시한 사람은 자신을 얼마나 깊이 꿰뚫어보았던가, 그리고 자기 삶의 비밀, 감추어진 상처를 얼마나 정확하게 알아맞혔던가, 또한 얼마나 영리하게 치유해주었던가!

젊은이는 치유된 듯 보였다. 기절 사건은 고약한 후유증을 남기지 않았다. 뿐만 아니라 골드문트의 본질에 있던 장난기, 나이답지 않은 조숙함과 가식적인 태도도 흔적 없이 사라진 듯했다. 그러니까 어설픈 수도사 흉내, 하느님께 아주 특별한 봉사를 할 임무를 타고났다는 믿음 따위가 사라진 것이다. 젊은이는 자신을 되찾은 이후 더 어려진 동시에 더 어른스러워진 듯했다. 그는 이 모든 것이 나르치스 덕분이라고 감사했다.

하지만 나르치스는 얼마 전부터 아주 조심스러운 태도로 친구를 대하고 있었다. 친구가 대단한 경탄을 보내는데도 더는 우월감을 보이거나 가르치려 들지 않고 몹시 겸손하게 그를 바라보았다. 그는 골드문트가 자기는 알지 못하는 비밀의 원천에서 힘을 얻는 것을 보았다. 자신이 그런 성장을 촉진할 수는 있었지만 함께할 수는 없었다. 친구가 자신의 안내에서 벗어나는 것을 기쁘게 바라보면서도 가끔은 슬펐다. 자신은 이미 골드문트가 넘어선 단계임을, 버려진 껍데기임을 느꼈다. 자신에게는 그토록 많은 의미를 지녔던 이 우정에 종말이 다가오는 것을 보았다. 여전히 그는 골드문트 자신보다 골드문트에 대해 더 많이 알았다. 골드문트는 자신의 영혼을 되찾고 그 영혼의 부름에 따를 각오가 되어 있었지만, 그것이 자신을 어디로 이끌지는 전혀 짐작하지 못했다. 나르치스는 짐작했지만 아무 힘이 없었다. 사랑하는 친구의 길은 자신이 절대로 내디딜 수 없는 세상을 향해 있었다.

학문을 향한 골드문트의 열망은 놀라울 정도로 줄어들었다. 친구와 대화하면서 논쟁을 하려는 욕구도 사라졌다. 예전에 나누었던 대화를 떠올리면 많은 부분이 부끄러웠다. 한편 나르치스는 최근 수련수사 과정을 마친 탓인지 아니면 골드문트와 있었던 일 탓인지, 은둔과 금욕과 영적 수련에 대한 욕구를 느꼈다. 금식과 오랜 기도, 빈번한 고해, 자발적인 참회를 바라는 마음이었다. 골드문트는 나르치스의 이런 바람을 이해할 뿐 아니라 거의 공감할 수 있었다. 몸을 회복한 뒤로 그의 본능은 매우 예리해졌다. 자신의 장래 목표에 대해선 조금도 몰랐지만 자신의 운명이 준비되고 있다는 것을, 순수하고 평화로웠던 보호기간은 이제 끝나고 자기 안에서 모든 것이 팽팽히 긴장하며 준비되고 있다는 것을 강하게, 이따금 두려울 정도로 분명하게 느꼈다. 이런 예감은 종종 달콤한 사랑에 빠진 것처럼 밤잠을 설치게 했다. 그러면서도 자주 어둡고 숨이 턱 막히게 하는 것이었다. 오랫동안 사라졌던 어머니가 다시 그에게로 돌아왔다. 그것은 크나큰 행복이었다. 하지만 유혹하는 그녀의 부름은 어디로 안내하는 것인가? 불확실성, 휩쓸림, 고난, 어쩌면 죽음으로 이어지고 있었다. 고요함과 온화함, 안전함으로, 수도사의 방과 수도원 공동체에서 평생을 보내는 삶으로 데려가는 것이 아니었다. 어머니의 부름은, 그가 그토록 오랫동안 자신이 바라는 소망이라고 착각했던 아버지의 계율과는 아무 공통점도 없었다. 골드문트의 신앙심은 격렬한 육체적 감각과도 같은 이 강렬하고 두렵게 타오르는 느낌에서 자양분을 얻었다. 거듭 성모마리아께 긴 기도를 올리며 그는 자신을 어머니에게로 이끄는 감정의 대홍수를 흘려보내곤 했다. 하지만 그의 기도는 또다시 요즘 들어 자주 경험하는 특이하고 장엄한 꿈들로 끝나는 일이 많았다. 비몽사몽간에 꾸는 백일몽, 어머니에 관한 꿈에는 오감이 함께했다. 어머니의 세계는 그를 향기로 둘러싸고, 수수께끼 같은 사랑의 눈길로 어둡게 바라보며, 바다와 낙원처럼 낮게 솨솨 소리를 냈다. 달래듯 의미 없는, 아니 차라리 의미로 넘쳐흐르는 애정어린 소리를 자장가처럼 웅얼거리고, 달콤한 맛과 짠맛을 내며, 비단결 같은 머리카락으로 갈증난 입술과 눈을 쓰다듬어주었다. 어머니에게는 온갖 사랑스러운 것만 있는 게 아니었다. 달콤한 푸른색 사랑의 눈길, 행복을 약속하는 아름다운 미소, 달래주는 위로만 있는 것이 아니었다. 어머니 안에는 우아한 베일 아래 어딘가에 그 모든 두려움과 어둠, 모든 탐욕, 모든 불안, 모든 죄악, 모든 탄식, 모든 탄생, 모든 죽음의 필연성도 있었다.

젊은이는 이런 꿈들 속으로, 생생하게 살아난 감각들이 수많은 가닥으로 엮어내는 망상 속으로 깊이 빠져들어갔다. 이런 꿈들에서 사랑으로 가득한 과거만 마법으로 되살아난 것은 아니었다. 어린 시절과 어머니의 사랑, 황금빛 찬란한 삶의 아침만 되살아난 것은 아니었다. 위협하고 약속하며 유혹하는 위태로운 미래도 흔들리고 있었다. 어머니와 성모와 애인이 하나로 녹아든 이런 꿈들은, 나중에 돌이켜보면 이따금 끔찍한 범죄이자 신성모독, 결코 속죄할 수 없는, 영혼의 구제를 받지 못할 죄악으로 여겨졌다. 때로는 이런 꿈에서 온갖 구원과 조화를 발견하기도 했다. 비밀로 가득한 삶이 그를 뚫어져라 응시하고 있었다. 삶은 어둡고 깊이를 알 수 없는 세계이며 동화 같은 위험이 가득한 경직된 가시투성이 숲이었지만, 그것이 바로 어머니의 비밀들이었다. 그 비밀들은 어머니에게서 나오고, 도로 어머니에게로 안내해 데려갔다. 이들은 어머니의 밝은 눈 속에 깃들어 있는 작고 어두운 순환, 작고 위협적인 심연이었다.

많은 것이 잊힌 유년기도 이런 어머니의 꿈을 꾸는 가운데 되살아났다. 무한히 깊은 망각에서 수많은 작은 기억의 꽃이 피어나 황금빛으로 빛났고, 유년기의 감정들, 어쩌면 체험들, 어쩌면 꿈의 기억들이 예감에 가득찬 향내를 풍겼다. 자기를 향해 헤엄쳐오는 검은색과 은색 물고기 꿈도 이따금 꾸었다. 차갑고 미끈거리는 물고기들이 그의 안으로 헤엄쳐 들어와서 그를 뚫고 지나갔다. 더 아름다운 현실에서 온 사랑스러운 행운의 소식들을 전하는 전령처럼 꼬리를 치다 그림자처럼 사라지면서 소식 대신 새로운 비밀들을 가져다주기도 했다. 그는 헤엄치는 물고기들과 날아가는 새들의 꿈을 자주 꾸었다. 이 물고기들이나 새들은 그가 만들어낸 피조물로, 그에게 종속되어 그의 호흡처럼 원하는 대로 이끌 수 있었고, 그에게서 나온 눈길이나 생각처럼 퍼져나갔다가 도로 그의 내면으로 돌아왔다. 그는 어떤 정원에 대한 꿈도 자주 꾸었다. 동화에 나올 법한 나무들, 지나치게 큰 꽃들, 깊고 짙푸른 동굴들이 있는 마법의 정원이었다. 풀숲 사이에서 미지의 짐승들이 눈길을 번득이며 이쪽을 바라보고, 매끄럽고 억센 뱀들이 나무의 몸통과 가지 사이로 미끄러지듯 지나갔다. 포도넝쿨과 관목들에는 이슬을 머금은 거대한 송이들이 매달렸는데, 그 열매를 따면 그의 손에서 열매가 부풀어오르며 피 같은 따스한 즙을 쏟아냈다. 송이에 달린 눈들이 애가 타는 듯 교활하게 눈알을 굴리기도 했다. 그는 어느 나무에 기대 쓰다듬다가 가지 하나를 붙잡았는데, 나무의 몸통과 가지 사이에 마치 겨드랑이 털처럼 굵은 털이 뒤엉켜 있는 것을 보고 또 느꼈다. 한번은 자기 자신인지 혹은 자신에게 이름을 준 성인, 즉 골드문트라는 뜻의 크리소스토무스인지에 대한 꿈을 꾸었다. 이 성인은 황금의 입을 갖고 있어서 황금 입으로 말했고, 그의 말들은 무리 지은 작은 새가 되어 날개를 파닥이며 날아갔다.

한번은 이런 꿈도 꾸었다. 그는 이미 커서 어른이 되었는데 어린아이처럼 바닥에 주저앉아 앞에 놓인 점토를 주물러 형상을 만들고 있었다. 작은 말, 황소, 작은 남자, 작은 여자였다. 이렇게 주무르기가 재미있었고, 그는 동물들과 남자들에게 우스꽝스러울 정도로 커다란 성기를 달아주었다. 꿈속에서는 그것이 아주 즐겁게 여겨졌다. 그러다 놀이가 지루해져 자리를 뜨는데, 등뒤에서 무언가가 살아 움직이는 듯한 느낌이 들었다. 무언가 소리 없는, 커다란 것이 다가오는 느낌에 돌아보니 자신이 만든 작은 점토 형상들이 커져서 살아 움직이고 있었다. 그 모습에 깊이 놀라고 크게 두려웠지만, 한편으로는 즐거운 마음도 없지 않았다. 아주 거대해진 점토 형상들은 말없는 거인들이 되어 그의 곁을 지나 행진했고 여전히 커지면서 계속 부풀어올라 우뚝 솟은 탑처럼 세상을 향해 나아갔다.

그는 현실보다 이런 꿈의 세계에서 더 많이 살았다. 진짜 세계, 즉 교실, 수도원 뜰, 도서관, 침실, 예배당은 표면에 불과했고, 꿈으로 채워진 초현실적인 이미지 세계를 덮은 하늘거리는 얇은 막에 지나지 않았다. 아무것도 아닌 것도 이 얇은 막에 쉽사리 구멍을 낼 수 있었다. 정신이 또렷한 수업시간 도중 그리스어 낱말의 울림에 불현듯 나타나는 예감으로 가득찬 무엇, 안젤름 신부의 약초 주머니에서 풍겨나오는 한줄기 향기, 아치창의 기둥에서 솟아오른, 돌로 된 덩굴손에 가닿는 눈길—이런 작은 자극만으로도 벌써 현실이라는 막을 꿰뚫고, 평화롭지만 메마른 현실 뒤에서 울부짖는 심연, 저 영혼의 이미지 세계의 강물과 은하수가 풀려나올 수 있었다. 라틴어의 머리글자는 향기로운 어머니의 얼굴로 바뀌고, 성모송의 길게 울리는 음은 천국의 문으로 변했다. 그리스어 자모는 달리는 말로, 몸을 꼿꼿이 세운 뱀으로 바뀌어 꽃들 사이로 기어들어가 몸을 숨기고, 벌써 그 자리에는 딱딱한 문법책의 페이지가 다시 나타나곤 했다.

그는 이런 백일몽 이야기를 거의 꺼내지 않았다. 한두 번 나르치스에게 이런 꿈의 세계를 암시했을 뿐이다.

"내 생각에는," 그가 말했다. "꽃잎 하나 또는 길가의 작은 벌레 한 마리가 도서관의 모든 책보다 더 많은 말을 하고 더 많은 의미를 가지고 있는 것 같아. 철자나 말들로는 아무것도 말하지 못해. 가끔 어떤 그리스 철자를 쓰다가, 그러니까 세타나 오메가를 쓰다가 펜을 조금만 돌리면 글자에 꼬리가 붙으면서 물고기가 되어 순식간에 세상의 모든 시내와 강, 서늘함과 축축함, 호메로스의 대양과 베드로가 돌아다니던 강들을 연상시키거든. 또 철자는 새가 되어 꼬리를 만들고 깃털을 곤두세우고, 몸을 부풀려 웃고 날아가지. ―그런데 나르치스, 당신은 그런 철자들을 대단하게 여기지 않지? 하지만 내 생각에 하느님은 그런 철자들로 세상을 쓴 거야."

"나도 그런 걸 중요하게 여겨." 나르치스가 슬프게 말했다. "그건 온갖 악마를 불러낼 수 있는 마법의 철자야. 물론 학문하는 데는 어울리지 않지만. 정신은 견고한 것, 형태를 갖춘 것을 사랑하고, 자신이 쓰는 기호들을 신뢰할 수 있기를 바라니까. 정신은 생성되는 것이 아니라 이미 존재하는 것을 좋아하고, 가능성이 아니라 현실을 좋아해. 정신은 오메가가 뱀이나 새가 되는 것을 참지 못해. 정신은 자연에서 살지 못하고, 자연에 반하며 자연의 대척자 노릇을 할 뿐이야. 골드문트, 이제 네가 절대로 학자가 되지 못할 거라는 내 말을 믿지?"

오, 물론이지. 골드문트는 오래전부터 그렇게 믿고 있었다고 동의했다.

"나는 당신들이 지향하는 정신을 추구하느라 이를 악물진 않아." 그는 어중간한 미소를 지으며 말했다. "내가 정신과 박식함에 대해 느끼는 감정은 아버지에게 느끼는 감정과 비슷해. 난 내가 아버지를 매우 사랑하고 아버지와 비슷하다고 믿었어. 그리고 아버지가 말하는 모든 걸 한 치도 의심하지 않았어. 하지만 어머니가 돌아온 순간 나는 비로소 사랑이 무엇인지 다시 깨달았어. 어머니 모습 옆에서 아버지의 모습은 갑자기 작아지고 불쾌하고 거의 역겨워졌어. 그리고 이제는 모든 정신적인 것이 아버지 같은 것, 어머니가 아닌, 어머니에게 적대적인 것으로 여겨져, 그것을 별로 존중하지 않으려는 경향까지 생겨났어."

그는 농담처럼 말했지만 친구의 슬픈 얼굴을 밝게 만들지는 못했다. 나르치스는 말없이 그를 바라보았다. 그의 눈길은 다정한 애무 같았다. 이윽고 그가 말했다. "네 말을 충분히 이해해. 우린 이제 더는 언쟁할 필요가 없어. 너는 깨어났고, 너와 나 사이의 차이도 잘 알고 있으니까. 어머니 쪽 근원과 아버지 쪽 근원을 구분하고 영혼과 정신의 차이도 알고 있고. 머지않아 수도원에서의 네 삶과 수도사의 삶을 향한 노력 역시 오류였다는 것도 알게 될 거야. 네 아버지가 생각해낸 거지. 그렇게 해서 네 어머니에 대한 기억을 씻어내거나 아니면 그저 복수를 원했던 거야. 혹시 아직도 평생 수도원에서 지내는 게 너의 소명이라고 생각하니?"

골드문트는 생각에 잠긴 채 친구의 손을 바라보았다. 고귀하고, 부드러우면서도 엄격해 보이는, 깡마르고 하얀 손이었다. 이것이 금욕자의 손, 학자의 손임을 의심할 사람은 없을 것이다.

"모르겠어." 그는 얼마 전부터 생긴 버릇대로 노래하듯, 망설이듯, 소리마다 길게 끄는 목소리로 말했다. "정말 모르겠어. 당신은 우리 아버지를 좀 엄격하게 평가하지만, 아버지도 쉽지 않은 시간을 보냈어. 하지만 아마 이 점에서도 당신 말이 맞을 거야. 삼 년 이상 이 수도원학교에 있었지만, 아버지는 한 번도 나를 찾아오지 않았으니까. 아버지는 내가 이곳에 영원히 머물기를 바라고 있어. 어쩌면 그게 가장 좋은 방법일지도 몰라. 나 자신도 언제나 그걸 바랐었고. 하지만 지금은 내가 무얼 바라고 소망하는지 모르겠어. 전에는 모든 게 단순했어, 교과서의 철자들처럼 단순했다고. 하지만 지금은 그렇게 단순하지 않아, 철자들조차 단순하지 않아. 모든 것이 수많은 의미와 얼굴을 갖게 되었어. 내가 장차 무엇이 될지도 모르겠어, 지금은 그런 생각을 할 수 없어."

"그럴 필요도 없어." 나르치스가 말했다. "너의 길이 어디로 향하는지 곧 드러날 테니까. 그 길은 너를 어머니에게로 다시 이끌기 시작했고, 어머니 곁으로 더욱 가까이 데려갈 거야. 하지만 너의 아버지에 대해 말하자면 내 평가가 너무 가혹한 건 아냐. 넌 아버지에게로 돌아가고 싶니?"

"아니, 나르치스, 물론 아니야. 내가 돌아가고 싶었다면 학교를 마치는 대로, 아니면 지금 당장이라도 그렇게 하겠지. 나는 학자가 될 게 아니니까 라틴어, 그리스어, 수학은 지금 배운 것만으로도 충분해. 아니, 나는 아버지에게 돌아가지 않아……"

그는 골똘히 생각에 잠겨 앞을 바라보다 갑자기 외쳤다. "그런데 당신은 어떻게 그렇게 하는 거지? 언제나 내 마음을 드러내거나 나 자신을 분명하게 일깨워주는 말을 하거나 질문을 하잖아. 방금도 아버지한테 돌아가고 싶은지 묻는 바람에 내가 그걸 원하지 않는다는 걸 불현듯 깨닫게 되었거든. 어떻게 그럴 수 있는 거지? 모든 것을 아는 것 같아. 당신은 자신과 나에 대해 많은 이야기를 했어, 듣는 순간에는 아무것도 제대로 이해하지 못하지만 나중에 생각해보면 내게 더없이 중요한 그런 이야기들을! 내 근원이 모성이라는 것도, 내가 억압을 받아 어린 시절을 잊었다는 걸 알아낸 사람도 당신이야! 당신은 어떻게 그렇게 인간을 잘 알지? 나도 그걸 배울 수 있을까?"

나르치스는 미소를 띤 채 고개를 저었다.

"아니, 사랑하는 친구여, 넌 배울 수 없어. 많은 것을 배울 수 있는 사람들이 있지만 넌 그런 사람이 아니야. 너는 앞으로도 무언가를 공부하는 사람은 되지 않을 거야. 뭐하러 그래? 넌 그런 게 필요 없는데. 너에겐 다른 재능이 있어. 나보다 재능이 더 많지. 나보다 더 풍요롭고 나보다 더 약하기도 해. 나보다 더 아름답고 더 힘든 길을 갈 거야. 간혹 너는 내 말을 이해하려 들지 않고 망아지처럼 반항하기도 했지. 늘 쉽지만은 않았고, 나는 자주 네게 고통을 주어야 했어. 너를 깨워야 했으니까, 네가 잠들어 있었으니까. 네 어머니를 기억나게 한 일도 처음에는 아주 고통스러운 일이었고. 너무 아파서 십자가 회랑에서 죽은 사람처럼 쓰러진 너를 사람들이 찾아내지 않았니. 그래야만 했어. —안 돼, 내 머리카락을 쓰다듬지 마! 아니, 그만둬! 못 견디겠어."

"그럼 나는 아무것도 못 배우는 거야? 나는 언제나 멍청하고 어린애처럼 남아 있어야 하는 거야?"

"네가 배울 수 있는 다른 사람들이 있을 거야. 나에게 배울 수 있는 건, 얘야, 이걸로 끝이란다."

"오, 안 돼." 골드문트가 외쳤다. "그러려고 우리가 친구가 된 건 아니잖아! 짧은 시간 뒤에 목표에 도달했다고 끝내버리다니 그게 무슨 우정이야! 나한테 싫증난 거야? 내가 싫어졌어?"

나르치스는 바닥에서 시선을 떼지 않은 채 거칠게 왔다갔다하다가 친구 앞에 멈춰 섰다.

"그만하자." 그가 부드럽게 말했다. "내가 너를 싫어하는 게 아니라는 건 너도 알잖아."

그는 확신하지 못하는 듯 친구의 얼굴을 바라보다 다시 왔다갔다하기 시작했다. 그러다 다시 멈춰 서서 골드문트를 바라보았다. 마르고 엄격한 얼굴에 눈빛은 확고했다. 그는 조용한 목소리로, 하지만 단호하게 말했다. "들어봐, 골드문트! 그동안 우리 우정은 훌륭하게 이어져왔어. 목표가 있었고 그걸 이루었어. 그 우정이 너를 일깨웠으니까. 나는 이 우정이 끝나는 걸 바라지 않아. 우정이 다시금 그리고 영원히 새로워져 새로운 목표를 향해 나가아기를 희망해. 다만 지금 이 순간은 아무 목표도 없어. 너의 목표는 아직 불확실하고, 나는 너를 이끌 수도 함께할 수도 없어. 너의 어머니에게, 그 어머니의 모습에 물어봐, 그분의 말에 귀기울여! 하지만 내 목표는 그렇게 불확실하지 않다. 내 목표는 이곳 수도원에 있고, 언제나 나를 필요로 하지. 나는 너의 친구는 될 수 있지만 사랑에 빠지는 건 허락되지 않아. 나는 수도사고 이미 맹세를 했다. 서품을 받기 전에 잠시 교직에서 물러나 몇 주 동안 금식과 묵상에 들어갈 생각이야. 이 시기에는 세속적인 이야기를 할 수 없어. 상대가 너일지라도."

골드문트는 이해했다. 그는 슬퍼하며 말했다. "내가 평생 수도사로 살아가려고 마음먹었다면 했을 일을 행하려는 거구나. 수련이 끝나면, 그러니까 충분히 금식하고 기도하고 깨달음을 얻은 뒤에는—어디가 목적지인 거지?"

"너는 그 답을 알고 있어." 나르치스가 말했다.

"그렇긴 해. 당신은 몇 년 뒤에는 수석 교사가 되고 어쩌면 교장이 되겠지. 수업을 개선하고, 도서관을 확장할 거야. 어쩌면 직접 책을 쓸지도 모르고. 안 그래? 아니라면 아닌 거겠지. 도대체 당신의 목적지는 어디가 될까?"

나르치스가 희미하게 웃었다. "목적지? 어쩌면 나는 교장이나 수도원장이나 주교가 되어 죽을 거야. 상관없어. 나의 목적은 이거야. 내가 가장 잘 봉사할 수 있는 곳에 있는 것, 나의 본성, 그리고 특성과 재능에 어울리는 가장 알맞은 토양, 최고의 활동 분야를 찾아내는 것. 그것 말고 다른 목적은 없어."

골드문트가 말했다. "수도사에게 다른 목표는 전혀 없다는 거야?"

나르치스가 대답했다. "물론, 목표야 아주 많지. 수도사에게는 히브리어 공부, 아리스토텔레스의 주석 달기, 수도원 교회의 치장, 또는 은거하며 명상하기 또는 다른 수백 가지 일이 삶의 목표가 될 수 있어. 나는 수도원의 부富를 늘리거나 수도회를 개혁하거나 교회를 개혁하는 일을 하진 않을 거야. 내게 가능한 범위 안에서 내가 이해한 대로 정신에 봉사하려는 거야, 다른 게 아니고. 이것도 목표 아닐까?"

골드문트는 어떻게 대답해야 할지 한참 생각했다.

"당신 말이 맞아." 그가 말했다. "당신이 목표를 향해 걷는 길을 내가 많이 방해한 건가?"

"방해했다고? 오, 골드문트, 아무도 너만큼 나를 격려해준 사람은 없어. 넌 난관을 만들어냈지만 나는 그런 것에 신경쓰는 사람이 아니야. 거기서 배움을 얻고, 그걸 부분적으로 극복했지."

골드문트가 그의 말을 끊으며 약간은 농담조로 말했다. "당신은 그걸 경이롭게 극복했어! 하지만 말해봐. 당신이 나를 돕고, 나를 안내하고 해방시키고, 내 영혼을 건강하게 만들었다면—그렇게 함으로써 당신은 진정 정신에 봉사한 걸까? 그렇게 함으로써 선량하고 열렬한 수련수사 하나를 수도원에서 빼내고, 어쩌면 정신의 적대자를 키워낸 거라고. 당신이 좋다고 생각하는 것과 정반대되는 것을 행하고 믿는 사람을!"

"그러면 왜 안 돼?" 나르치스가 더없이 진지하게 말했다. "나의 친구여, 넌 여전히 나를 너무 모르는구나! 아마 나는 네 안에 있는 장래의 수도사 한 명을 망친 거겠지. 대신 네게 평범하지 않은 운명을 향한 길을 열어준 거야. 네가 내일 이 아름다운 수도원을 몽땅 불태워버리거나 어리석은 어느 이단의 믿음을 이 세상에 주장한다고 해도, 나는 네가 이 길을 가도록 도운 것을 단 한 순간도 후회하지 않을 거야."

그가 친구의 어깨에 다정하게 두 손을 올려놓았다.

"꼬마 골드문트, 내 목표 가운데에는 이런 것도 있어. 내가 교사든 원장 신부든 고해신부든, 아니면 무엇이 되든, 나는 강하고 가치 있는 특별한 사람을 만났을 때 그를 이해하지 못하고, 그의 마음을 열지 못하고, 그를 격려할 수 없는 사람이 되고 싶지 않아. 이렇게 이야기할게. 너와 내가 앞으로 무엇이 되든, 우리에게 무슨 일이 생기든, 네가 진심으로 나를 부르고 필요로 한다고 믿는 순간에 내가 너를 외면하는 일은 결코 없어. 절대로."

이것은 작별인사처럼 들렸고, 실제로 작별을 미리 맛보는 일이었다. 골드문트는 친구와 마주서서, 단호한 그의 얼굴과 목표에 가닿아 있는 그 눈을 바라보았다. 받아들이기 힘들었지만 자기들이 이제 더는 형제도 동료도 그 비슷한 사람도 아니라는 것을, 자기들의 길은 이미 서로 갈라졌다는 것을 깨달았다. 자기 앞에 서 있는 이 사람은 몽상가가 아니었고 어떤 운명의 부름을 기다리고 있지도 않았다. 그는 수도사로서 이미 자신을 바쳤고, 확고한 질서와 의무에 속해 있으며, 한 수도회, 교회, 정신의 하인이자 병사였다. 하지만 자신은, 오늘에야 분명해졌지만, 여기 속하는 사람이 아니었다, 자신에게는 고향이 없었고, 모르는 세계가 기다리고 있었다. 언젠가 자신의 어머니에게도 이런 일이 일어났던 것이다. 어머니는 집과 뜰, 남편과 자식, 공동체와 질서, 의무와 명예를 버리고 불확실한 것을 향해 뛰쳐나갔고, 아마 오래전에 그 길에서 몰락했을 것이다. 어머니에게는 아무 목표도 없었고, 자신 또한 마찬가지였다. 목표를 갖는다는 것은 다른 사람들에게 주어진 일이지 자신에게는 해당되지 않는 일이었다. 오, 나르치스는 이 모든 것을 이미 오래전에 꿰뚫어보았다니, 그가 얼마나 옳은 것인가!

이날 이후 곧바로 나르치스는 마치 사라진 것처럼 갑자기 눈에 띄지 않게 되었다. 다른 교사가 그의 수업을 대신 했고, 그의 도서관 열람석은 비어 있었다. 그는 아직 수도원에 있었으므로 아예 모습을 볼 수 없는 것은 아니었다. 이따금 회랑을 거니는 모습이 보였고, 예배당 돌바닥에 무릎을 꿇은 채 웅얼거리는 소리를 들을 수도 있었다. 그가 중요한 수련을 시작해 금식을 행하고 밤마다 세 번 묵상을 위해 일어난다는 것을 누구나 알았다. 그는 이곳에 있으면서도 다른 세계로 넘어가 있었다. 드물게나마 볼 수는 있어도 그에게 닿을 순 없었다. 아무것도 함께할 수 없었고, 이야기를 나눌 수도 없었다. 골드문트는 알았다. 나르치스는 다시 돌아올 것이다. 도서관 열람석과 식당 좌석을 다시 찾을 것이고, 다시 이야기도 나눌 것이다—하지만 이미 지나간 것은 그 무엇도 돌아오지 않을 것이다. 이제 나르치스는 자기 사람이 될 수 없을 것이다. 그런 생각을 하는 동안, 수도원과 수도사생활, 문법과 논리, 학문과 정신이 자신에게 중요하고 가치 있었던 것은 오직 나르치스 덕분이었다는 것 또한 분명하게 깨달았다. 자신을 매혹시킨 것은 나르치스라는 모범이었고, 그처럼 되겠다는 것이 자신의 이상이었던 것이다. 물론 다니엘 원장도 있었다, 그는 원장도 존경하고 사랑하고 훌륭한 모범으로 여겼다. 하지만 다른 사람들, 교사들과 학우들, 공용 침실, 식당, 학교, 수련, 예배, 수도원 전체는—나르치스가 없다면 자신과는 더이상 아무 관계도 없는 것들이었다. 여기서 내가 무엇을 한단 말인가? 그는 기다리는 중이었다. 수도원의 지붕 아래 서서, 쏟아지는 비를 피해 혹은 어딘가의 처마 밑이나 나무 아래 선 채 마음을 못 정한 방랑자처럼, 낯선 곳의 불친절함이 두려운 나머지 그냥 손님으로 잠시 여기 머물며 기다리고 있었다.

이 시기 골드문트의 삶은 망설임과 작별일 뿐이었다. 그는 좋아했던 곳이나 의미가 있었던 장소를 모두 찾아다녔다. 작별하기 힘든 사람과 얼굴이 얼마나 적은지 깨닫자 놀랍고도 의아한 기분이었다. 나르치스와 늙은 다니엘 원장이 있었고, 선량하고 인정 많은 안젤름 신부와 여전히 친절한 문지기 수사, 쾌활한 이웃인 방앗간 주인 등이 있었지만 이들도 거의 비현실적으로 여겨졌다. 이들보다는 오히려 예배당의 커다란 석조 성모상과 입구의 사도使徒상들과 작별하는 것이 더 힘겨웠다. 이 조각상들 앞에 그는 한참을 서 있었다. 그리고 합창대석의 아름다운 목조각들, 십자가 회랑의 분수대 앞에, 세 개의 동물머리가 달린 기둥 앞에 오래 서 있었고, 수도원 뜰의 보리수나무와 출입구의 밤나무에도 기대서 있었다. 이 모든 것은 언젠가 추억이 될 테고, 가슴속의 작은 그림책이 될 것이다. 그가 아직 이곳에 머물고 있는데도 벌써부터 그 모든 것은 그에게서 멀어지기 시작했다. 현실성을 잃어버리면서 무언가 유령처럼 과거로 바뀌고 있었다. 그는 자신을 곁에 두기를 좋아하는 안젤름 신부와 함께 약초를 찾으러 다녔고, 수도원 방앗간의 하인을 지켜보면서 이따금 포도주와 구운 생선을 먹으러 오라는 초대에도 응했다. 하지만 그 모든 것이 이미 낯설었고 절반쯤은 추억의 자리로 밀려났다. 친구 나르치스가 저쪽 어둑한 교회와 참회실에서 지내며 돌아다니고 있어도 그에게는 이미 그림자가 되어버린 것처럼, 그를 둘러싼 모든 것은 현실성을 잃은 채 가을과 무상함을 호흡하고 있었다.

그의 내면에 있는 생명, 불안한 심장박동, 아픈 가시 같은 그리움, 자신의 꿈이 안겨주는 기쁨과 두려움들 말고는 그 어떤 것도 현실이 아니고 살아 있지도 않았다. 그는 자신의 꿈에 속해 거기에 자신을 바쳤다. 책을 읽거나 공부를 하는 중에도, 학우들 사이에서도 그는 자기 세계로 빠져들어 모든 것을 잊고 오로지 내면의 흐름과 목소리에 귀기울였다. 이런 흐름과 목소리는 그를 어두운 멜로디들이 가득한 깊은 샘으로, 동화 같은 체험들이 가득한 다채로운 심연으로 데려갔다. 그 체험들의 울림은 모두 어머니의 목소리 같았고, 천 개의 눈은 모두 어머니의 눈이었다.

# 제6장

어느 날 안젤름 신부는 골드문트를 자신의 약국, 멋진 향기를 풍기는 아름다운 약초실로 불렀다. 골드문트는 이곳을 잘 알고 있었다. 신부는 그에게 종이 사이에 끼워 깨끗하게 보존한 말린 식물 하나를 보여주면서, 이 식물을 아는지, 저 바깥 들판에서는 어떤 모습인지 정확하게 설명할 수 있느냐고 물었다. 그랬다, 골드문트는 정확하게 대답할 수 있었다. 성요한초*였다. 그는 이 식물의 모든 특성을 분명하게 서술해야 했고, 늙은 수도사는 흡족해하며 자신의 젊은 친구에게 이 식물이 어디서 자라는지 알려줄 테니 오후에 한 다발을 채집해오라고 시켰다.

"대신 오후 수업은 빼주마. 너로서는 별로 싫지 않겠지. 손해볼 것도

* 유라시아에 널리 분포하고 있는 고추나물의 일종.

없고. 그 멍청한 문법이 그렇듯 자연에 대한 지식 역시 학문이니까 말이다."

골드문트는 몇 시간 동안 교실에 앉아 있는 대신 꽃을 채집해오라는 매우 반가운 과제에 대해 감사했다. 이 기쁨이 완벽해지도록 그는 마구간지기에게 블레스를 내달라고 청했다. 식사 후 곧바로 블레스를 데리러 마구간으로 갔더니 말도 격하게 반겨주었다. 그는 말에 올라 따뜻한 햇살이 가득한 오후 속으로, 매우 만족스럽게 속보로 달려나갔다. 한 시간 남짓 말을 타고 이리저리 돌아다니며 신선한 공기와 들판의 향기를 즐기고 무엇보다 말타기의 즐거움을 누렸다. 그러다가 숙제가 생각난 골드문트는 안젤름 신부가 일러준 장소들 중 한 곳을 찾았다. 그늘진 단풍나무 아래 말을 묶어놓고 말과 이야기하며 빵부스러기를 먹이고는 식물을 채집하러 갔다. 휴경중인 일부 밭들은 온갖 잡초로 덮여 있었다. 작고 연약한 양귀비들이 색 바랜 마지막 꽃잎과 여문 씨주머니들을 잔뜩 매단 채, 말라버린 살갈퀴넝쿨, 푸른색으로 피어나는 치커리, 변색된 여뀌와 뒤섞여 있었다. 두 밭 사이에 던져 쌓아올린 돌무더기에는 도마뱀이 살고 있었는데, 마침 누렇게 꽃핀 성요한초가 처음으로 보여서 꺾기 시작했다. 한 줌 가득 약초를 모은 골드문트는 돌 위에 앉아 쉬었다. 날씨가 더워 멀리 숲 가장자리의 어둑한 그늘로 가고 싶은 마음이 간절했지만, 시야에 들어오는 말과 약초에서 멀리 떨어진 곳까지 가고 싶지는 않았다. 그는 들판의 따뜻한 돌 위에 꼼짝하지 않고 가만히 앉아 도망쳤던 도마뱀들이 다시 돌아오는 것을 지켜보았다. 그런 다음 성요한초 냄새를 맡고 그 작은 잎사귀들을 햇빛에 비추어 거기에 달린 수많은 자잘한 가시를 관찰했다.

얼마나 경이로운가. 그는 생각했다. 수많은 작은 꽃잎 하나하나에 이토록 작은 별이 총총한 하늘이 자수처럼 섬세하게 새겨져 있다니. 도마뱀, 식물, 돌들, 이 모든 것은 경이롭고 이해할 수가 없구나. 자신을 그토록 아끼는 안젤름 신부는 이제 손수 성요한초를 꺾을 수 없다. 다리가 아파 여러 날씩 거동을 못했고, 그의 의술도 그를 낫게 할 수 없었다. 어쩌면 곧 죽을지도 모른다. 약초실의 약초들은 계속 향기를 풍기겠지만 늙은 신부는 그 자리에 없을 것이다. 아니면 그는 앞으로 오래 살지도 모른다, 어쩌면 십 년이나 이십 년, 여전히 숱이 적고 하얗게 센 머리카락과 눈가에 우스꽝스러운 주름을 단 채. 하지만 그 자신은, 골드문트는 이십 년 뒤 어떤 모습일까? 아, 이 모든 것은 알 길이 없고, 설사 아름답다고 해도 근본적으로는 슬펐다. 우리는 아무것도 모른다. 사람들은 살아서 땅 위를 걸어다니거나 아니면 말을 타고 숲들을 통과한다, 그리고 많은 것이 요구하고 약속하고 그리움을 일깨우듯 우리를 바라본다. 저녁 하늘의 별 하나, 푸른 초롱꽃, 갈대가 자란 초록빛 호수, 인간의 눈이나 소의 눈들이. 그리고 때때로 한 번도 보지 못했지만 오랫동안 갈망해온 어떤 일이, 모든 것을 가린 베일이 벗겨지는 일 같은 것이 당장이라도 일어날 것만 같다. 하지만 그것은 그냥 지나갈 뿐 아무 일도 일어나지 않는다. 수수께끼는 풀리지 않고 비밀스러운 마법은 드러나지 않는다. 마침내 자기는 늙어서 안젤름 신부처럼 간교하게 또는 다니엘 원장처럼 지혜롭게 보이겠지만, 여전히 아무것도 모르는 채 여전히 기다리며 귀기울이겠지.

그는 속이 빈 달팽이집을 집어올렸다. 돌들 사이에서 약하게 달가닥거리던 달팽이집은 햇빛을 받아 몹시 뜨거워져 있었다. 그는 달팽이집의 나선을 관찰하는 데 빠져들었다. 나선형으로 팬 홈, 재미난 형태로 좁아지는 꼭지 부분, 자개처럼 영롱하게 빛나는 텅 빈 입구. 눈을 감고 손가락으로만 더듬어 그 형태를 음미했다. 그것은 오래된 버릇이자 놀이였다. 느슨한 손가락들 사이로 달팽이를 굴리면서 힘을 주지 않고 애무하듯 가볍게 그 형태를 만지고 그 형태의 기적, 물체의 마법에서 행복을 느꼈다. 그러면서 꿈꾸듯이 생각했다. 이것이 바로 학교와 학문의 약점 중 하나지. 모든 것을 평면으로, 오로지 2차원인 것처럼 바라보고 서술하는 것이 정신의 한 가지 경향인 것 같았다. 이것이야말로 지성계 전체의 결함과 무가치를 특징짓는 듯 보였지만, 그는 이 생각을 끝까지 붙잡을 수 없었다. 달팽이가 손가락에서 미끄러져 떨어졌다. 노곤하고 졸음이 몰려들었다. 그는 시들면서 향기가 더욱더 짙어진 약초 위로 머리를 떨구고 내리쬐는 햇볕 속에서 깜빡 잠이 들었다. 신발 위로 도마뱀들이 지나다니고, 무릎 위에서 식물은 시들고, 단풍나무 아래서 기다리던 블레스는 점점 참을성을 잃어갔다.

멀리 숲에서 누군가가 다가오고 있었다. 색 바랜 푸른 스커트를 입고 붉은 스카프로 검은 머리를 감싼, 햇볕에 얼굴이 그을린 젊은 여인이었다. 패랭이꽃 한 묶음을 손에 들고, 불타듯 빨간 패랭이꽃 한 송이를 입에 물고 있었다. 그녀는 젊은이가 앉아 있는 것을 발견하고 호기심과 의심을 품고 멀리서 한참 지켜보다 그가 잠든 것을 보고 조심스럽게 다가왔다. 갈색 맨발로 골드문트 바로 앞에 멈춰 서서 그를 내려다보았다. 의심은 사라졌다. 잠이 든 아름다운 젊은이는 위험해 보이지 않았다. 그녀는 그가 마음에 들었다—이 사람이 이 휴한지에는 왜 온 걸까? 꽃을 꺾었네, 그녀는 미소 지으며 바라보았다. 꽃은 이미 시들어 있었다.

골드문트는 꿈의 숲에서 돌아오며 눈을 떴다. 머리 아래에 뭔가 부드러운 것이 받쳐져 있었다. 그는 여자의 무릎에 누워 있었다. 잠이 덜 깨 어리둥절해하는 그의 눈을 낯선 이의 다정한 갈색 눈이 아주 가까이서 들여다보고 있었다. 그는 놀라지 않았다. 위험하지 않았다. 따스한 갈색 별들이 아래쪽을 향해 친절하게 반짝이고 있었다. 여자는 그의 놀란 눈길에 미소를 지었다. 더없이 다정한 그 미소에, 그도 천천히 미소 짓기 시작했다. 그의 미소 짓는 입술 위로 그녀의 입술이 내려앉았다. 그들은 부드러운 키스로 인사를 나누었다. 키스를 하면서 골드문트는 곧바로 마을에서의 저녁, 머리를 땋은 그 작은 소녀를 떠올리지 않을 수 없었다. 하지만 키스는 계속되었다. 여자의 입술이 그의 입술에 머무르며 계속 장난쳤다. 놀리고 유혹하다가 마침내 굶주린 듯 거칠게 그의 입술을 탐했고, 그의 피를 붙잡아 내면 가장 깊숙한 곳의 피를 깨웠다. 갈색 피부의 여인은 말없이 오랫동안 이어진 이 장난에서 그를 부드럽게 이끌면서 소년에게 자신을 내주었다. 그가 탐색하고 발견하게, 불타오르게 해서 그 불길을 잠재웠다. 짧고도 달콤한 사랑의 행복이 그의 위로 아치를 그렸고 황금빛으로 타올랐다 서서히 가라앉아 꺼졌다. 그는 여인의 가슴에 얼굴을 묻은 채 눈을 감고 누워 있었다. 말은 한마디도 없었다. 여인은 동작을 멈추고 가만히 그의 머리를 쓰다듬으며 그가 기운을 되찾을 때까지 기다렸다. 마침내 그가 눈을 떴다.

"당신," 그가 말했다. "당신! 도대체 당신은 누구지?"

"나는 리제." 그녀가 말했다.

"리제." 그는 그녀의 이름을 음미하듯 따라 말했다. "리제, 당신 사랑스러워."

그녀는 그의 귓가에 입술을 대고 속삭였다. "이게 처음이었던 거야? 지금까지 한 번도 사랑을 나눠본 적이 없어?"

그는 고개를 가로저었다. 그러다가 벌떡 일어나서 사방을 둘러보고 들판과 하늘을 바라보았다.

"오." 그가 외쳤다. "해가 벌써 저렇게 내려가다니. 이제 가봐야 해."

"대체 어디로?"

"수도원, 안젤름 신부님한테."

"마리아브론으로? 그럼 거기 사람이야? 내 옆에 조금 더 있지 않을래?"

"그러고 싶어."

"그럼 여기 있어!"

"안 돼, 그럴 순 없어. 게다가 약초도 더 모아야 하고."

"너 수도원에서 사는 거야?"

"응, 학생이야. 하지만 더는 거기 머물지 않을 거야. 당신한테 와도 돼, 리제? 당신은 어디 살아, 집이 어디야?"

"나는 사는 곳이 정해져 있지 않아, 내 사랑. 네 이름을 말해줄래?—골드문트라고? 나한테 키스해줘, 귀여운 골드문트, 그럼 보내줄게."

"집이 없다고? 그럼 잠은 어디서 자는데?"

"당신만 괜찮으면 둘이 함께 숲속이나 건초 더미에서 자면 되지. 오늘밤에 올래?"

"오, 물론이야. 어디로 가면 돼? 어디서 당신을 찾지?"

"올빼미 소리 낼 수 있어?"

"한 번도 안 해봤는데."

"그럼 지금 해봐."

그가 소리를 냈다. 그녀는 웃음을 터뜨리더니 만족스러워했다.

"그럼 오늘밤 수도원에서 빠져나와 올빼미 소리를 내. 내가 근처에 있을게. 내가 마음에 드니, 귀여운 골드문트?"

"아, 당신이 정말 마음에 들어, 리제. 꼭 올게. 하느님이 당신을 보호하시기를. 지금은 가봐야 해."

말이 거친 입김을 뿜어낼 정도로 달려서 골드문트는 어둑해질 무렵 수도원으로 돌아왔다. 안젤름 신부가 몹시 바빠서 마음이 놓였다. 수도사 한 명이 맨발로 냇물에서 장난치다 날카로운 것에 발이 베였던 것이다.

이젠 나르치스를 만날 차례였다. 골드문트는 식당에서 시중드는 수도사 한 명에게 물었다. 아니, 나르치스는 오늘 금식하는 날이라 저녁 식사 자리에 오지 않을 거라고 했다. 밤에 철야기도를 하는 터라 지금은 자고 있을 거라고. 골드문트는 달려갔다. 긴 수행 기간 동안 친구는 수도원 안쪽 참회실에서 기거하고 있었다. 그는 생각할 틈도 없이 그리 달려갔다. 문가에서 귀를 기울였지만 아무 소리도 들리지 않았다. 그는 살며시 안으로 들어갔다. 그런 행동이 엄격하게 금지되어 있다는 것도 상관하지 않았다.

좁은 나무침상에 나르치스가 누워 있었다. 어둠 속에서 창백하고 마른 얼굴로 등을 대고 누워 두 손을 가슴 위에 십자가처럼 포갠 모습이 마치 죽은 사람 같았다. 하지만 그는 눈을 뜨고 있었고 잠들지도 않았다. 그가 아무런 말도, 아무런 비난도 하지 않고 골드문트를 바라보았다. 미동도 없이 다른 시간 다른 세계에 너무나 깊이 침잠해 있어서, 바로 친구를 알아보지도 그의 말을 이해하지도 못했다.

"나르치스! 이렇게 방해한 걸 용서해줘, 제발 용서해줘, 사랑하는 친구여. 괜히 이러는 건 아니야. 당신이 지금 나하고 이야기하면 안 된다는 걸 알지만 부탁할게, 제발."

나르치스는 마치 깨어나려고 애쓰는 것처럼 눈을 심하게 깜박이며 생각했다.

"꼭 필요한 일이야?" 그가 꺼져가는 목소리로 물었다.

"응, 꼭 필요한 일이야. 작별인사를 하러 왔어."

"그렇다면 꼭 필요한 일이구나. 아무 목적 없이 여기 와서는 안 되거든. 이리 와서 내 곁에 앉아. 첫번째 기도가 시작되기 전까지 십오 분 정도 시간이 있어."

몸을 똑바로 일으켜서 침구도 깔려 있지 않은 침상에 앉은 그의 모습이 몹시 수척했다. 골드문트는 그의 옆에 앉았다.

"용서해줘!" 골드문트가 죄책감에 사로잡혀 말했다. 이 방, 삭막한 나무침상, 잠이 부족한 채 몹시 긴장한 나르치스의 얼굴, 초점 없는 눈빛. 이 모든 것이 자신이 나르치스를 얼마나 크게 방해한 것인지 분명하게 알려주고 있었다.

"용서할 일은 아무것도 없어. 내 걱정은 필요 없어. 난 괜찮아. 작별인사를 하러 왔다고 했지? 이제 떠나는 거야?"

"오늘 떠날 거야. 아, 이야기를 못하겠어! 모든 것이 갑자기 결정된 거라."

"아버지가 오신 거야? 아니면 아버지의 전갈이라도?"

"아니, 아니야. 삶 자체가 내게로 왔어. 나는 떠날 거야, 아버지 없이, 허락 없이. 당신은 나로 인해 수치심을 느낄지도 몰라. 나는 도망치는 거야."

나르치스는 널찍한 수도복 소매에서 유령 같은 모습으로 가느다랗게 비죽 나온 자신의 길고 하얀 손가락을 내려다보았다. 그가 입을 열었고, 엄격하고 몹시 지친 얼굴이 아닌 목소리에서 미소가 느껴졌다. "사랑하는 친구여, 우리에게는 시간이 얼마 없어. 꼭 필요한 말만 하렴, 분명하고 짧게. —아니면 네게 무슨 일이 일어났는지 내가 말해볼까?"

"말해줘." 골드문트가 애원했다.

"사랑에 빠졌구나, 꼬마야. 여자를 만났어."

"그걸 또 어떻게 안 거지!"

"너를 보니 바로 알겠는걸. 오, 아미체, 너는 지금 사람들이 사랑에 빠졌다고 부르는 도취 상태의 모든 특징을 보이니 말이야. 자, 어서 말해봐."

골드문트는 부끄러워하며 친구의 어깨에 손을 올려놓았다.

"이미 당신이 다 말했어. 하지만 이번엔 아주 정확하지는 않아, 나르치스. 이건 전혀 달라. 나는 수도원 밖 들판에서 더위 속에 잠이 들었고 깨어나보니 내가 예쁜 여자의 무릎을 베고 있었어. 나는 금세 어머니가 나를 데리러 온 거라고 느꼈어. 그녀를 내 어머니라고 생각했다는 의미는 아니야. 그녀는 짙은 갈색 눈에 검은 머리야. 내 어머니는 나처럼 금발이었고. 모습은 전혀 달랐어. 하지만 그래도 어머니였어, 어머니의 부름이고 어머니에게서 온 메시지였어. 내 마음속의 꿈에서 나온 것처럼 갑자기 아름다운 낯선 여인이 나타나 내 머리를 품에 안고 마치 꽃처럼 미소 지으며 나를 사랑해주었어. 그녀의 첫 키스를 받는 순간 나는 몸이 녹아들며 이상한 아픔을 느꼈어. 그동안 내가 느끼던 그 모든 그리움, 모든 꿈, 모든 달콤한 두려움, 내 안에 잠들었던 그 모든 비밀이 깨어난 거야. 모든 것이 변하고, 마법에 걸리고, 의미를 얻었어. 그녀는 내게 여자가 무언지, 어떤 비밀을 지닌 존재인지 가르쳐주었어. 반시간 만에 나를 어른으로 만든 거야. 이제 나는 많은 걸 알게 됐어. 그리고 아주 갑작스럽지만 내가 이제 더는 수도원에 머물 수 없다는 것도, 단 하루도 더는 안 된다는 것도 알게 되었어. 밤이 되면 곧바로 나갈 거야."

이야기를 다 들은 나르치스가 고개를 끄덕였다.

"순식간에 일어났구나." 그가 말했다. "하지만 이미 예상하고 있던 일이야. 네 생각이 많이 날 거야. 많이 그리울 거고, 아미체. 널 위해 내가 해줄 일이 있을까?"

"할 수 있다면 원장님께 나를 너무 나무라지 말아달라고 말씀드려줘. 당신을 제외하고는 이 수도원에서 유일하게 내게 중요한 분이야. 그분과 당신."

"알아…… 그것 말고 다른 소원은?"

"한 가지 있어. 나중에 내 생각이 나면 나를 위해 기도해줘! 그리고…… 고마워."

"뭐가 고맙다는 거지, 골드문트?"

"당신과의 우정이, 당신이 보여준 인내심과 모든 것이. 그리고 오늘처럼 어려운 상황에서 내 말을 들어준 것도. 그리고 나를 붙잡으려고 하지 않은 것도."

"어떻게 내가 너를 붙잡을 수 있겠어? 내가 무슨 생각을 하는지 너는 알 텐데. —그런데 이제 어디로 가는 거지, 골드문트? 목적지는 있어? 그 여인에게 가는 건가?"

"그녀와 함께 갈 거야. 아직 생각해둔 목적지는 없어. 그녀는 낯선 사람이고, 떠돌이처럼 보여, 아마 집시겠지."

"그렇군. 하지만 사랑하는 친구여, 그녀와 함께 가는 길이 어쩌면 매우 짧을 수도 있다는 건 알고 있지? 내 생각에, 그녀를 너무 믿으면 안 될 것 같아. 어쩌면 그녀에겐 친척이나 남편이 있을지 몰라. 그들이 너를 어떻게 받아들일지 누가 알겠어."

골드문트는 친구에게 몸을 기댔다.

"나도 알고 있어." 그가 말했다. "지금까지는 그런 생각을 해보지 않았지만. 내가 목적지가 없다고 말했지. 나한테 그토록 잘해준 그 여인 역시 내 목적지는 아니야. 나는 그녀에게 가지만, 그녀 때문에 가는 건 아니야. 그냥 가야 하니까, 나를 부르는 소리가 있으니까 가는 거야."

그는 아무 말 없이 한숨을 내쉬었다. 서로에게 기댄 그들은 슬퍼하면서도 망가뜨릴 수 없는 자신들의 우정에 행복을 느꼈다. 골드문트가 다시 말했다. "내가 완전히 눈이 멀어 아무것도 모른다고는 생각하지 마. 아니야. 나는 기꺼운 마음으로 가는 거야. 그래야만 한다고 느끼니까, 오늘 그런 경이로운 일을 경험했으니까. 하지만 그렇다고 행복과 즐거움을 약속하는 길이라고는 생각지 않아. 이 길은 힘들 거라 생각해. 그리고 아름답기도 하겠지, 그랬으면 좋겠어. 한 여인의 사람이 되고 그녀에게 자신을 바치는 것은 정말 아름다운 일이야! 내 말이 어리석게 들려도 비웃지는 말아줘. 하지만 봐. 여자를 사랑하고, 여자에게 자신을 바치고, 그녀를 온전히 자기 안에 받아들이면서 자신도 그녀에게 완전히 받아들여졌다고 느끼는 것, 그게 당신이 '사랑에 빠졌다'고 부르면서 슬쩍 조롱한 것과 똑같은 건 아니야. 그건 조롱받을 일이 아니야. 내겐 삶으로 가는 길이자 삶의 의미로 가는 길이야. —아, 나르치스, 당신을 떠나야 하다니! 사랑해, 나르치스. 그리고 오늘 나를 위해 잠을 포기하고 만나줘서 고마워. 당신 곁을 떠나기가 힘들어. 나 안 잊을 거지?"

"너와 나의 마음을 더는 무겁게 만들지 마! 나는 절대 너를 잊지 않아. 너는 돌아올 거야. 제발 그러기를. 기다릴게. 언젠가 힘들어지면 내게로 오거나 나를 불러. —안녕, 골드문트, 하느님이 너와 함께하시기를!"

그는 이미 일어서 있었다. 골드문트는 그를 포옹했다. 친구가 애무를 꺼린다는 사실을 알고 있었기에 키스하지 않고 두 손만 쓰다듬었다.

밤이 시작되고 있었다. 나르치스는 참회실 문을 닫고 교회로 건너갔다. 돌바닥에서 그의 샌들 소리가 울렸다. 골드문트는 애정어린 눈길로 그 마른 몸을 바라보았다. 그가 복도 끝에서 그림자처럼 사라져 교회 문의 어둠에 삼켜질 때까지, 수련과 의무와 미덕의 소환을 받아 거기 빨려들 때까지. 오, 이 얼마나 묘한 일이었던가, 얼마나 한없이 이상하고 혼란스러운 일이었던가! 얼마나 이상하고도 두려운 일이었던가. 친구는 깊은 명상중이고, 금식과 철야로 수척한 상태에서 자신의 젊음, 마음, 감각을 모조리 십자가에 못박아 제물로 바치면서 엄격한 복종의 학교에 들어가 오로지 정신에만 봉사하고, 완전히 '하느님 말씀에 따르는 봉사자minister verbi divini'가 되려는 바로 이 순간, 자신은 벅찬 마음으로, 움트는 사랑에 도취되어 친구에게 오다니! 친구는 기진맥진해 죽은 사람처럼 창백한 얼굴과 앙상한 손으로 누워 있다가도 곧바로 깨어나서 친절하게 답해주고, 사랑에 빠져 아직도 여인의 향기를 풍기는 친구의 말에 귀를 기울이면서, 두 참회수련 사이의 짧은 휴식시간을 희생한 것이다! 이런 종류의 사랑이 있다니, 이렇듯 자신을 생각하지 않는, 온전히 정신적인 사랑도 있다니 낯설면서도 놀랍도록 아름다운 일이었다. 오늘 햇볕이 내리쬐는 들판에서 경험한 사랑, 도취되어 설명도 말도 없이 벌어진 감각의 유희와는 얼마나 다른가! 하지만 둘 다 사랑이었다. 이제 나르치스는 자기 옆에 없다. 방금 그는 자신들이 얼마나 다르고 차이가 나는지 아주 분명하게 보여주고는 사라졌다. 나르치스는 지금 피로한 무릎을 꿇고 제단 앞에 엎드려 기도와 명상으로 가득한 밤을 준비하며 자신을 정화하는데, 그러느라 두 시간도 채 안 되는 휴식과 잠만 누릴 수 있을 뿐인데, 자신은 여기서 도망쳐 어딘가 나무 아래서 자기를 기다릴 리제와 만나 저 달콤한 동물적 유희를 다시 즐길 것이다. 나르치스라면 그에 대해서도 경청할 만한 말을 해줄 수 있을 것이다. 어쨌든 자기는, 골드문트는 나르치스가 아니다. 이 아름답고 두려운 수수께끼와 혼란을 깊이 파고들어 그에 대한 중요한 의견을 말하는 건 자신의 의무가 아니다. 자신에겐 불확실하고 어리석은 골드문트의 길을 계속 가는 것 말고 다른 의무는 없었다. 자기를 기다리는 저 아름답고 따뜻한 젊은 여인을 사랑하고 그녀에게 자신을 바치는 것만큼이나, 밤의 교회에서 기도하는 친구를 사랑하는 것 말고 다른 의무는 없었다.

서로 부딪치는 수많은 감정으로 격앙된 채 뜰의 보리수나무 아래를 지나 물방앗간을 통과하는 출구를 찾던 골드문트는 처음으로 '마을에 가'려고 콘라트와 함께 똑같은 이 뒷길로 수도원을 빠져나갔던 저녁이 갑자기 떠올라 미소 짓지 않을 수 없었다. 당시 이 금지된 작은 소풍이 얼마나 흥분되고 은밀한 두려움을 일으켰던가. 하지만 오늘은 영원히 떠나는데도, 훨씬 더 금지되고 훨씬 더 위험한 길을 가는데도 전혀 두렵지 않았고, 문지기나 원장이나 교사들도 생각나지 않았다.

이번에는 시냇물에 걸칠 판자가 없어서 다리 없이 그냥 건너야 했다. 골드문트는 옷을 벗어 건너편으로 던지고 맨몸으로 차가운 물이 가슴까지 오는, 꽤 깊고 물살이 센 시내를 걸어서 건넜다.

건너편에 이르러 옷을 입는 동안 그의 생각은 다시 나르치스에게로 향했다. 몹시 부끄럽게도 바로 이 순간 자신이 친구가 예견했고 또 그렇게 하도록 이끌었던 대로 행동하고 있음을 분명하게 깨달았다. 자신이 늘어놓는 온갖 어리석은 소리를 묵묵히 들어주던 나르치스, 자신의 운명이 결정된 그 중요한 순간 고통 속에서도 자신이 눈뜰 수 있게 해준 친구, 어딘지 조롱하는 듯한 영리한 나르치스의 모습이 눈앞에 선명하게 떠올랐다. 당시 나르치스가 했던 몇몇 이야기도 귓전을 울렸다. "너는 어머니의 품에서 잠자고, 나는 황야에 깨어 있지. 너는 소녀들을 꿈꾸고, 나는 소년들을 꿈꿔."

한순간 그의 심장이 얼어붙는 듯했다. 이 밤 이곳에 그는 두렵게 홀로 서 있었다. 수도원은, 환상에 불과한 고향이었지만 그가 사랑하고 오랫동안 지내온 그곳은 이제 그의 뒤에 있었다.

하지만 동시에 또다른 생각도 찾아왔다. 이제는 나르치스가 자기보다 똑똑하게 알고 충고를 건네며 이끌고 일깨우는 사람이 아니라는 것이었다. 오늘 자신은 나르치스가 안내할 수 없는 땅, 자신이 홀로 길을 찾아야 하는 땅에 들어섰다. 그는 이런 깨달음을 얻은 것이 기뻤다. 의존하기만 하던 시기를 돌아보니 가슴이 답답하고 부끄러운 느낌이 들었다. 이제 마침내 그는 눈을 떴고, 더는 어린아이도 학생도 아니었다. 그것을 깨닫고 골드문트는 기분이 좋았다. 하지만 그렇다고 해도—작별은 너무나 힘든 일이었다! 그가 저기 교회에서 무릎 꿇고 있다는 걸 알면서 그에게 아무것도 주지 못하고, 도와주지도 못하고, 아무것도 아닌 존재가 되다니! 이제 오랜 시간, 어쩌면 영원히 그와 떨어져 있어야 한다. 그의 소식도 모르고, 목소리도 듣지 못하고, 그 고결한 눈도 볼 수 없다!

그는 몸을 돌려 돌이 많은 작은 길을 따라 걸었다. 수도원 담장에서 백 걸음쯤 떨어졌을 때 멈춰 서서 숨을 고르고, 할 수 있는 한 그럴듯하게 올빼미 소리를 냈다. 저멀리 개울 쪽에서 똑같은 올빼미 소리가 들려왔다.

'우리는 짐승처럼 서로에게 소리치는구나.' 그는 이렇게 생각하며 오후에 보낸 사랑의 시간을 떠올렸다. 그리고 자신과 리제가 애무가 끝나갈 무렵에야 말을 나누었다는 것을 깨달았다. 겨우 몇 마디, 별로 중요하지도 않은 말이었다. 나르치스와는 얼마나 긴 대화들을 나누었던가! 하지만 이제는 대화를 나누는 것이 아니라 서로 올빼미 소리로 유혹할 뿐 말이 그다지 중요하지 않은 세계에 들어선 것 같았다. 그는 그 사실에 동의했다. 오늘은 말이나 생각에 대한 욕망이 없었다. 오로지 리제를 향한 욕망, 눈먼 채 말없이 느끼고 탐색하려는, 한숨을 토하며 녹아내리려는 욕망뿐이었다.

저쪽 숲에서 리제가 그를 향해 다가왔다. 그는 두 손을 뻗어 그녀를 느끼고, 부드러운 손길로 그녀의 머리와 머리카락과 목과 등을, 날씬한 몸과 탄탄한 엉덩이를 끌어안았다. 한 팔을 그녀에게 두르고 함께 걸었다. 아무 말도 하지 않았고, '어디로?'라고 질문을 던지지도 않았다. 그녀는 어두컴컴한 숲속을 거침없이 걸었고, 그는 그녀를 따라가려고 애썼다. 그녀는 여우나 담비 같은 밤눈을 가졌는지 어디에 부딪히거나 비틀거리는 일도 없었다. 그는 그녀를 따라 밤으로, 숲으로, 말도 생각도 없는 눈먼 비밀의 땅으로 걸어들어갔다. 떠나온 수도원도, 나르치스도 더는 생각하지 않았다.

그들은 조용히 어두운 숲길을 걸었다. 때로는 푹신푹신한 부드러운 이끼 위로, 때로는 단단하게 드러난 뿌리 위로, 때로는 높은 나무들의 우듬지 사이로 트인 하늘 아래를, 때로는 캄캄한 어둠 속을 걸었다. 나뭇가지들이 그의 얼굴을 때리고 나무딸기넝쿨이 옷자락을 붙들고 늘어졌다. 그녀는 숲을 속속들이 아는 듯 멈추거나 망설이지 않고 요리조리 길을 찾아냈다. 한참을 걷고 나서야 그들은 소나무 몇 그루가 듬성듬성 서 있는 곳에 이르렀다. 멀리 창백한 밤하늘이 열리고 숲이 끝나면서 초원이 시작되는 곳이었다. 건초 냄새가 달콤했다. 그들은 소리 없이 흐르는 작은 시냇물을 건넜다. 초원은 숲속보다 더 고요했다. 수풀이 서로 스치는 소리도, 튀어오르는 밤 짐승도, 마른 가지 꺾이는 소리도 없었다.

리제는 커다란 건초 더미 옆에 멈춰 섰다.

"여기 머물 거야." 그녀가 말했다.

그들은 건초 더미에 앉아 마침내 깊은 숨을 토해내고 휴식을 취했다. 둘 다 조금 지쳐 있었다. 그들은 몸을 길게 뻗고 정적에 귀를 기울였고, 이마의 땀이 마르면서 얼굴이 차츰 서늘해지는 것을 느꼈다. 골드문트는 기분좋은 피로감을 느끼며 장난치듯 무릎을 몸 쪽으로 당겼다가 다시 뻗고, 천천히 밤과 건초 향을 들이마셨다. 과거도 미래도 생각하지 않았다. 그저 사랑하는 여인에게서 풍겨나오는 향기와 온기에 천천히 이끌리며 빠져들었다. 자신을 어루만지는 그녀의 손길에 답하면서 그녀가 서서히 달아올라 점점 더 가까이 자신의 몸에 밀착해오자 희열을 느꼈다. 아니, 그 순간은 말도 생각도 필요치 않았다. 그는 중요하고 아름다운 모든 것을 느낄 수 있었다. 청춘의 힘과 여인의 몸이 지닌 단순하고 건강한 아름다움, 자신이 뜨거워지는 것을, 욕망을 느꼈다. 그리고 그녀가 이번에는 아까와는 다른 식으로 사랑받기를 원한다는 것, 이번에는 자기가 유혹하거나 가르치지 않고 그가 주도해나가기를, 그의 욕망을 기다린다는 것을 분명히 느꼈다. 그는 이런 욕망의 물결들이 고요히 자기를 관통해가도록 놔두었다. 조용히 불길이 타오르며 자신들 안에서 살아나고, 이 작은 잠자리가 밤의 정적 속에서 숨쉬며 타오르는 중심지가 되는 것을 느끼며 행복했다.

그가 리제의 얼굴 위로 몸을 숙여 어둠 속에서 그녀의 입술에 키스하기 시작하는데, 갑자기 그녀의 눈과 이마에 한줄기 은은한 빛이 가물거렸다. 그가 놀라서 바라보는데 빛은 점점 선명해지더니 순식간에 환해졌다. 그는 그 이유를 깨닫고 몸을 돌렸다. 검은색으로 길게 뻗은 숲 가장자리 위로 달이 떠올랐다. 그 희고 은은한 빛이 그녀의 이마와 뺨 위로, 둥글고 밝은 목 위로 흐르는 모습을 경이로워하며 바라보다 황홀감에 잠겨 낮은 소리로 말했다. "당신 정말 아름다워!"

그녀는 선물을 받은 것처럼 미소 지었고, 그는 그녀의 몸을 반쯤 일으키고 그녀를 도와 목에서 부드럽게 옷을 벗겨냈다. 그녀의 어깨와 젖가슴이 차가운 달빛 속에 드러났다. 그는 압도되어 그 섬세한 그림자를 따라가며 눈과 입술로 바라보고 키스했다. 그녀는 마법에 걸린 듯 눈을 내리뜨고 장엄한 표정으로 가만히 있었다. 마치 자신의 아름다움이 이 순간 처음으로 그녀 자신에게 분명히 드러나기라도 한 것처럼.

# 제7장

들판의 공기가 서늘해지고 시간이 지나면서 달이 더 높이 떠올랐다. 연인들은 달빛이 은은하게 내리는 보금자리에 누워 사랑의 유희를 즐기다 함께 잠들고, 깨어나면 다시 서로에 대한 열정에 불타올라 뒤엉켰다 다시 잠에 빠져들었다. 마지막 포옹의 순간이 지나가고 그들은 녹초가 되었다. 건초 속에 푹 들어간 리제는 거친 숨을 몰아쉬고, 골드문트는 꼼짝 않고 반듯이 누워 창백한 달빛 하늘을 오래도록 바라보았다. 두 사람의 마음속에서 커다란 슬픔이 솟아올라 그들은 잠으로 도망쳤다. 깊고 절망적인 잠 속으로 빠져들었다. 마치 이것이 마지막으로 누리는 잠인 것처럼, 앞으로 영원히 깨어 있으라는 형벌을 받기라도 한 것처럼, 그래서 지금 이 순간 미리 온 세상의 모든 잠을 자기 안으로 빨아들여야 할 것처럼 탐욕스럽게 잤다.

눈을 뜬 골드문트는 리제가 검은 머리카락을 열심히 손질하는 모습을 발견했다. 잠이 덜 깨어 한동안 멍하니 바라보기만 했다.

"벌써 깬 거야?" 마침내 그가 말했다.

그녀가 깜짝 놀란 듯 그를 향해 몸을 휙 돌렸다.

"이제 가봐야 해." 다소 가라앉고 당황한 목소리로 그녀가 말했다. "당신을 깨우지 않으려 했는데."

"이제 깼는걸. 벌써 출발해야 해? 우린 가야 할 집이 없는데."

"나한테는 없지." 리제가 말했다. "하지만 당신한테는 수도원이 있잖아."

"이제는 아니야. 나도 당신하고 똑같아. 완전히 혼자고 목적지도 없어. 당신과 함께 갈 거야, 물론."

그녀가 고개를 돌렸다.

"골드문트, 당신은 나하고 함께 갈 수 없어. 난 이제 남편에게 가야 해. 밤새 밖에 있었으니 두들겨맞겠지. 길을 잃었다고 말할 생각이지만, 물론 그는 안 믿을 거야."

순간 골드문트는 나르치스가 이런 결말도 내다보았던 것이 떠올랐다. 그래, 결국 이렇게 되었다.

그는 몸을 일으키고 그녀에게 손을 내밀었다.

"내가 착각했나봐." 그가 말했다. "난 우리 둘이 함께 지낼 수 있을 줄 알았어. —그런데 정말로 곯아떨어져 있는 나를 그대로 남겨두고 작별인사도 없이 떠날 셈이었어?"

"당신이 화나서 나를 때릴지도 모른다고 생각했거든. 남편이 나를 때리는 건 늘 있는 일이지만, 당신한테까지 맞고 싶진 않았어."

골드문트는 그녀의 손을 꼭 잡았다.

"리제." 그가 말했다. "나는 당신을 때리지 않아, 오늘이 됐든, 언제가 됐든 절대로. 남편이 그렇게 때린다면 그에게 돌아가는 대신 나하고 함께 가지 않을래?"

그녀는 손을 빼내려고 힘껏 잡아당겼다.

"안 돼, 안 돼, 안 돼." 그녀가 울먹이며 외쳤다. 그녀의 마음이 자기에게서 멀어지고 있다는 것을, 그리고 자기한테 좋은 말을 듣기보다는 다른 사람에게 매맞기를 원한다는 걸 분명하게 알 수 있었기에 골드문트는 손을 놓아주었고 그녀는 눈물을 흘리기 시작했다. 하지만 그러면서도 달려갔다. 두 손으로 젖은 눈을 훔치며 떠났다. 그는 묵묵히 그녀의 뒷모습을 바라보았다. 풀을 베어버린 초지를 지나 멀어지는 모습에 그녀가 가여워서 마음이 저려왔다. 그녀는 알 수 없는 어떤 힘이 부르는 소리에 이끌려 달려갔다. 그 힘이 무엇인지 그는 곰곰 생각해보았다. 그녀가 안쓰러웠고, 자기 자신도 약간 안쓰러웠다. 자신은 운이 없던 것이다. 그렇게 버림받은 그는 혼자 멍하니 앉아 있었다. 그러면서도 여전히 피곤하고 졸렸다. 이렇게까지 지쳤던 적이 없었다. 불행을 느낄 시간은 나중에도 있겠지. 그는 다시 잠들었고, 태양이 높이 떠올라 더워졌을 때에야 깨어났다.

이제 휴식은 충분했다. 그는 재빨리 일어나 냇가로 가서 몸을 씻고 물을 마셨다. 이제야 많은 기억이 몰려왔다. 지난밤 사랑을 나눌 때의 수많은 모습, 수많은 아름답고 섬세한 느낌이 낯선 꽃처럼 향기를 피웠다. 그런 느낌들의 여운을 음미하고는 서둘러 길을 걸으면서 그 모든 것을 한번 더 느끼고, 맛보고, 냄새 맡고, 모든 것을 한번 더, 그러고도 또다시 더듬어보았다. 저 낯선 갈색 피부의 여인이 얼마나 많은 꿈을 이루어주었던가, 얼마나 많은 꽃봉오리를 피워올리고, 얼마나 많은 호기심과 열망을 충족시켜주고 또 새로 일깨웠던가!

그의 앞에 들판과 황무지가, 메마른 휴한지와 어두운 숲이 펼쳐져 있었다. 저 뒤에는 농장들과 물방앗간들이, 마을이, 도시가 있을 것이다. 세상이 처음으로 그의 앞에 활짝 열려 있었다. 그를 받아들일 준비를, 기쁨과 고통을 안길 준비를 마친 채 기다리고 있었다. 이제 그는 창문 너머로 세상을 내다보던 학생이 아니었다. 이제 그의 방랑은 반드시 귀환으로 끝나는 소풍이 아니었다. 이 크나큰 세계는 이제 그의 앞에 놓인 현실이었다. 그는 이 세계의 일부이고, 이 세계 안에 그의 운명이 있었다. 이 하늘이 그의 하늘, 이 날씨가 그의 날씨였다. 이 크나큰 세계에서 그는 작은 존재였다. 작은 존재인 그는 토끼처럼, 풍뎅이처럼 하늘색과 초록색의 무한대를 통과했다. 일어나라고 깨우는, 교회로 가라는, 수업이 시작한다는, 점심시간을 알리는 종소리는 없었다.

오, 정말 배가 고팠다! 보리빵 반 덩이, 우유 한 사발, 호밀 수프는 얼마나 마법 같은 기억들인가! 그의 위장이 늑대처럼 깨어났다. 이삭들이 절반쯤 여문 밀밭을 지나가면서 손가락과 이로 그 껍질을 까서 작고 미끈거리는 낟알을 게걸스럽게 먹었다. 그리고 다시 낟알을 훑어 주머니에 가득 채워넣었다. 그러다가 아직 초록빛을 띤 개암을 발견하고는 얇은 껍질을 열심히 물어뜯었다. 그는 개암도 챙겼다.

이제 다시 숲이 시작되었다. 떡갈나무와 물푸레나무가 중간중간 섞여 있는 가문비나무숲이었다. 월귤이 지천이라 그는 이곳에서 쉬면서 배를 채우고 더위를 식혔다. 빽빽한 수풀 사이로 푸른색 초롱꽃들이 솟아나 있었고, 갈색의 명랑한 나비들이 날아올랐다가 정해진 방향 없이 이리저리 날아갔다. 성 준비에브는 이런 숲에 살았었지. 그는 늘 이 성인의 이야기가 좋았다. 그녀를 만날 수 있다면 얼마나 좋을까! 아니면 숲속에 은둔자의 거처가 있어서, 동굴이나 나무껍질로 엮은 오두막에 사는 수염이 성성한 노수도사가 있을지도 몰랐다. 어쩌면 이 숲속에는 숯쟁이들이 살지도 모르는데, 그들에게도 인사하고 싶었다. 설사 강도라도 좋았다. 그들도 그에게는 나쁜 짓을 하지 않을 것이다. 누구라도 좋으니 그저 사람을 만나고 싶었다. 하지만 그는 알고 있었다. 아무도 만나지 못한 채 이 숲속을 오랫동안, 오늘과 내일, 그보다 더 여러 날을 걸을 수도 있다는 것을. 운명이 그렇게 정해져 있다면 그 역시 받아들여야 했다. 이런저런 생각을 할 처지가 아니었다. 무슨 일이 닥치든 받아들여야 했다.

그는 딱따구리가 나무 쪼는 소리를 듣고 살금살금 다가갔다. 한참을 기다린 끝에 마침내 새를 발견했다. 딱따구리 한 마리가 나무줄기에 달라붙어 부리로 계속 줄기를 쪼며 부지런히 머리를 이리저리 움직이고 있었다. 그는 그 모습을 한동안 바라보았다. 동물과 이야기를 할 수 없다니 얼마나 유감인지! 딱따구리를 불러 무언가 친절한 말을 해주고, 혹시라도 나무에서의 삶에 대해, 그의 노동과 기쁨에 대해 이야기를 들을 수 있다면 얼마나 좋을까. 오, 다른 존재로 변할 수 있다면 얼마나 좋을까!

한가한 시간이면 이따금 그림을 그리던 일이, 철필을 잡고 석판에 꽃, 나뭇잎, 나무, 동물, 사람의 머리 들을 그리던 일이 떠올랐다. 그는 종종 이런 놀이를 하며 한참씩 놀았었다. 작은 하느님이 된 듯 제 뜻대로 여러 동물을 만들어내고, 꽃받침 안에 눈과 입을 그려넣고, 가지에서 돋아난 잎다발로 여러 모습을 만들고, 나무에 머리를 올려놓곤 했다. 이런 놀이에 빠져 자주 한 시간씩 행복하게 마법에 걸린 것처럼 보냈다. 또한 마법을 부릴 수 있었으니 선을 긋다가 이미 시작한 형태가 바뀌며 나뭇잎, 물고기 주둥이, 여우 꼬리, 인간의 눈썹이 만들어져나오는 것을 보고 깜짝 놀라기도 했다. 그때 놀이 삼아 석판 위에 그린 선들이 그랬던 것처럼, 인간도 변신 능력이 있어야 하는 것인데! 골드문트는 기꺼이 딱따구리가 되고 싶었다. 어쩌면 하루, 어쩌면 한 달 동안 나무우듬지에 살면서 나무의 매끄러운 줄기 높이 뛰어다니고, 강한 부리로 껍질을 쪼아대고, 꼬리깃털을 들어올리고, 딱따구리의 언어로 말하고, 껍질 속에서 먹이들을 찾아내고 싶었다. 딱따구리가 쪼아대면서 나무를 울리는 소리가 달콤하고 활기차게 들렸다.

골드문트는 숲속에서 많은 동물과 마주쳤다. 수풀에서 갑자기 튀어나온 여러 마리 토끼는 다가가면 말끄러미 그를 바라보다 몸을 돌리고는 귀를 축 늘어뜨리고 짧은 꼬리를 보이며 부리나케 도망쳤다. 숲속 작은 공터에는 기다란 뱀이 도망치지도 않고 누워 있었다. 다가가보니 살아 있는 뱀이 아니라 텅 빈 허물이었다. 그는 허물을 집어들고 자세히 살펴보았다. 등에는 잿빛과 갈색의 아름다운 무늬가 이어지고, 태양이 그 허물 사이로 비쳐들면 얇은 거미줄처럼 보였다. 부리가 노란 검은지빠귀들도 보였다. 그들은 불안한 듯 검은 눈으로 그를 뚫어져라 바라보다 땅 위를 낮게 날아 도망쳤다. 울새와 되새도 많았다. 숲속 한곳에는 탁한 초록색 물이 가득 고인 웅덩이가 있어서, 다리가 긴 거미들이 수면을 미친듯이 부지런히 오가면서 이해할 수 없는 놀이를 하고 있었다. 그 위로 잠자리 몇 마리가 짙푸른 날개를 펼치고 날아다녔다. 한번은 어둑해질 무렵 무언가를 보았다—더 정확하게는 거칠게 흔들리는 잎사귀들을 본 것이 전부였다. 가지 부러지는 소리와 축축한 땅 위로 질퍽거리는 소리, 거의 보이지 않는 커다란 짐승이 엄청난 힘으로 관목 사이를 뚫고 달려가는 소리가 들렸다. 사슴인지 멧돼지인지 알 수 없었다. 그는 크게 놀라 한참을 서서 마음을 가라앉히려 했다. 한참 전에 소리가 잦아들었는데도 여전히 흥분을 주체하지 못하고 두근거리는 가슴으로 그 짐승이 달려간 길 쪽으로 귀를 기울였다.

그는 숲에서 나가는 길을 찾아내지 못해 그곳에서 밤을 보내야 했다. 잘 곳을 찾고 이끼 침대를 만들면서, 나가는 길을 찾지 못해 영영 숲속에 머물러야 한다면 무슨 일이 생길지 생각해보려고 했다. 그런 일이 생긴다면 큰 불운일 것이다. 산딸기 같은 것들을 먹으며 사는 것도, 이끼 위에서 자는 것도 가능하리라. 분명 오두막을 지을 수도, 어쩌면 불을 피울 수도 있을 것이다. 하지만 고요히 잠자는 나무줄기들 사이에서 영원히 혼자 지내면서, 자기를 보면 도망가기 바쁘고 이야기를 나눌 수도 없는 짐승들 사이에서 사는 일은 견디기 어려울 만큼 슬플 것이다. 단 한 사람도 만나지 못하고, 누구에게도 아침인사 또는 저녁인사를 할 수 없고, 누군가의 얼굴이나 눈을 들여다보지도 못하고, 소녀들과 여인들을 보지도 못하고 키스도 못한다면, 입술과 온몸으로 그 은밀하고 멋진 놀이를 할 수도 없다면, 아, 그런 건 생각하기 어렵다! 그런 것을 허락받을 수 있다면 설사 영원한 지복을 포기하는 한이 있더라도 차라리 짐승이 될 것이다. 곰이나 사슴이 될 것이다. 곰이 되어 암곰을 사랑하는 것도 나쁘지 않을 것이다. 이성과 언어와 이 모든 것을 고스란히 지니기는 하지만 슬프고 사랑받지 못한 채로 홀로 쓸쓸히 살아가는 것보다는 적어도 훨씬 나을 것이다.

이끼 침대 위에서 잠들기 전, 그는 밤의 숲이 만들어내는 이해할 수 없고 수수께끼 같은 무수한 소리를 호기심과 두려운 마음으로 들었다. 그런 소리들은 이제 그의 동료였고, 그는 그것들과 더불어 살면서 거기에 익숙해지고 그것들과 겨루며 견뎌내야 했다. 그는 여우와 노루, 전나무와 가문비나무에 소속되어 그들과 더불어 살며, 그들과 공기와 태양을 나누고, 그들과 함께 낮을 기다리며, 함께 굶주리고, 그들의 손님이 되어야 했다.

그러다 잠이 든 골드문트는 짐승과 인간들의 꿈을 꾸었다. 곰 한 마리가 리제를 애무하면서 잡아먹었다. 그는 심하게 놀라 한밤중에 깨어났다. 이유를 알 수 없었지만 무시무시한 두려움을 느꼈고 당혹하여 오랫동안 상념에 잠겼다. 불현듯 어제도 오늘도 밤기도를 올리지 않고 잠자리에 든 것이 생각났다. 그는 일어나 앉아서 이끼 침대 옆에 무릎을 꿇고 어제와 오늘 몫으로 저녁기도를 두 번 올렸다. 그러고는 곧 다시 잠들었다.

다음날 아침 숲에서 눈을 뜬 골드문트는 깜짝 놀라 주위를 두리번거렸다. 자기가 어디 있는지 깜빡 잊었던 것이다. 숲의 두려움은 차츰 가라앉았고, 그는 새로운 기쁨에 차 숲속 생활에 자신을 맡긴 채 태양을 향해 계속 나아갔다. 한번은 아주 평탄하고, 작은 관목 하나 없이 쭉 뻗은, 아주 굵고 오래된 하얀 전나무들로만 이루어진 숲을 만났다. 한동안 기둥처럼 죽 늘어선 나무들 사이를 걷다보니, 수도원 교회의 기둥들이 생각났다. 얼마 전 친구 나르치스가 그 어두운 교회 입구로 사라지는 것을 보았었는데—그게 언제였을까? 그게 정말 겨우 이틀 전 일이었던가?

꼬박 이틀 낮과 밤이 지난 후에야 그는 겨우 숲을 빠져나왔다. 사람들이 가까이 있다는 흔적을 발견하자 기운이 났다. 경작지, 호밀과 귀리가 심긴 긴 밭들, 풀밭들, 그 사이로 드문드문 이어지는 좁은 오솔길이 나타났다. 골드문트는 호밀 이삭을 꺾어 씹었고, 경작지는 친절한 눈길로 그를 바라보았다. 오랫동안 숲길을 지나온 다음이라 오솔길, 귀리, 시들어 색이 바랜 선옹초 등 모든 것이 인간적이고 다정한 느낌을 주었다. 이제 그는 사람들에게로 돌아갈 것이다. 한 시간도 되지 않아 밭 가장자리에 십자가가 세워진 곳을 지나갔다. 그는 그곳에서 무릎 꿇고 기도를 올렸다. 툭 튀어나온 언덕을 돌자 그늘을 드리운 보리수나무가 갑자기 눈앞에 나타났다. 나무 대롱에서 흘러나온 물이 긴 나무통으로 떨어지며 내는 샘물의 멜로디를 기쁜 마음으로 들었다. 그리고 시원한 샘물을 달게 마셨다. 딱총나무들 사이로 불쑥 솟아오른 초가지붕들을 즐거운 마음으로 바라보았다. 딱총나무 열매들은 이미 검게 익어 있었다. 이 모든 표지보다 마음을 깊이 건드린 것은 암소 울음소리였다. 그 소리는 그에게 인사하듯, 환영하듯, 따스하고 아늑하게 울려왔다.

그는 소 울음소리가 들려온 오두막으로 조심스럽게 다가갔다. 문 앞에 불그레한 머리칼과 연푸른색 눈의 어린 소년이 물이 가득 담긴 옹기그릇 옆에 앉아 진흙으로 반죽을 만들고 있었는데, 그러느라 맨다리는 이미 진흙투성이였다. 소년은 행복하고도 진지한 태도로 젖은 흙덩이를 두 손으로 주물러 손가락 사이로 반죽이 비어져나오는 것을 바라보며 그것으로 공을 만들고, 턱까지 써가며 개어서 형태를 만들었다.

"꼬마야, 안녕." 골드문트가 아주 다정한 목소리로 말했다. 하지만 꼬마는 고개를 들었다가 낯선 이를 발견하자 조그만 입이 딱 벌어지고 통통한 얼굴이 찡그러지더니 울음을 터뜨리며 네발로 기어서 문안으로 도망쳤다. 골드문트는 아이를 뒤따라 부엌으로 갔다. 부엌이 어둑했기 때문에 밝은 한낮의 빛 속에 있다 안으로 들어온 그는 처음에는 아무것도 보지 못했다. 불안하게 만들지 않으려고 경건한 인사를 건네도 아무 대답이 돌아오지 않았다. 하지만 차츰 놀란 소년의 울음소리 너머로 아이를 달래는 노파의 가느다란 목소리를 들을 수 있었다. 마침내 어둠 속에서 자그마한 늙은 여인이 나타나더니 다가와 한 손을 눈앞에 올리고 손님을 살폈다.

"하느님의 인사를, 안녕하세요, 어머니." 골드문트가 외쳤다. "모든 성인이 어머니의 선량한 얼굴에 축복을 내리시기를. 사흘 만에 처음 사람 얼굴을 보는군요."

노파는 노안의 눈빛으로 멍하니 바라보았다.

"무슨 일이시우?" 그녀가 미심쩍어하며 물었다.

골드문트는 그녀의 손을 잡고 부드럽게 어루만졌다.

"하느님의 인사를 전하려고요, 할머니. 여기서 좀 쉬면서 불 피우시는 걸 도울게요. 빵 한 조각만 주신다면 사양하지는 않겠지만, 서두르실 필요는 없어요."

그는 벽 쪽으로 붙여놓은 긴 의자를 보고, 노파가 아이에게 빵 한 조각을 썰어서 주는 동안 거기 앉았다. 아이는 긴장감과 호기심에 차, 하지만 언제라도 울음을 터뜨리며 도망갈 준비를 한 채로 낯선 사람을 뚫어져라 바라보았다. 노파는 빵덩이에서 한 조각을 더 잘라 골드문트에게 건넸다.

“고맙습니다.” 그는 말했다. “하느님께서 갚아주실 겁니다.”

“배고프진 않고?” 노파가 물었다.

“그렇진 않아요. 월귤을 잔뜩 먹었거든요.”

“그걸로 되나! 어디서 왔수?”

“마리아브론에서요, 수도원에서요.”

“수도사인가?”

“아뇨. 학생입니다. 지금은 여행중이에요.”

노파는 골드문트를 바라보았다. 얼마간은 조롱하듯, 얼마간은 멍하니 바라보더니 마르고 주름진 목 위의 머리를 살짝 저었다. 그녀는 그가 먹는 동안 꼬마를 다시 바깥으로 데리고 나갔다. 그런 다음 돌아와서 궁금증을 이기지 못하고 물었다. “뭐 새로운 소식은 있나?”

“많지는 않아요. 안젤름 신부님을 아세요?”

“아니. 그 사람이 어떤데?”

“병이 났어요.”

“병이 났다고? 그럼 죽는 건가?”

“모르겠어요. 다리에 병이 난 거니까요. 잘 걷지 못해요.”

“죽는 거야?”

“잘 모르겠어요. 어쩌면요.”

“그럼, 죽게 둬. 난 수프를 끓여야겠어. 불쏘시개 만드는 걸 도와줘.”

그녀는 화덕 앞에서 그에게 잘 마른 전나무 토막과 칼을 내주었다. 그는 노파가 원하는 만큼 나무를 얇게 잘랐고, 그녀가 그걸 잿더미 속에 쑤셔넣고 몸을 숙여 서둘러 입김을 불어 불을 피우는 모습을 지켜보았다. 노파가 자신만의 독특한 방법으로 전나무와 너도밤나무 토막을 쌓아올리자 그릇을 올리지 않은 화덕에서 불이 환하게 타올랐다. 그녀는 연통의 그을린 사슬에 매달려 있던 커다란 검은 솥을 불 위에 올려놓았다.

골드문트는 그녀의 지시에 따라 샘에서 물을 길어오고, 우유 사발에서 유지를 걷어내고, 연기로 자욱한 어스름 속에 앉아 불꽃의 움직임을 바라보고, 그 위로 노파의 앙상하고 쭈글쭈글한 얼굴이 붉은 불빛 사이로 나타났다 사라지는 모습을 구경했다. 판자벽 너머에서는 암소가 시렁을 헤집고 부딪히는 소리도 들려왔다. 이 모든 것이 정말 좋았다. 보리수나무, 샘, 솥 아래서 일렁이는 불꽃, 여물을 먹는 암소가 씩씩거리며 씹는 소리, 암소가 벽에 툭 하고 부딪히는 소리, 탁자와 긴 의자가 있는 어둑한 공간, 체구가 자그마한 노파가 일하는 모습, 이 모든 것이 아름답고 좋았다. 음식과 평화, 인간과 따스함, 고향의 냄새가 가득했다. 염소도 두 마리 있었고, 노파가 뒤편에 돼지우리도 있다고 알려주었다. 노파는 농부의 할머니, 꼬마의 증조할머니였다. 꼬마의 이름은 쿠노였는데, 아이는 이따금 들어와 아무 말도 하지 않고 약간 무서운 듯 바라보기는 했어도 울음을 터뜨리지는 않았다.

농부가 아내와 함께 돌아왔다. 그들은 낯선 사람이 집에 있는 것을 보고 깜짝 놀랐다. 농부는 욕을 퍼부으려다가 미심쩍은 듯 젊은이의 얼굴을 밝은 데서 볼 요량으로 팔을 붙들고 문가로 데려갔다. 그러더니 웃음을 터뜨리고는 기분이 풀린 듯 젊은이의 어깨를 툭 치고는 그를 식사에 초대했다. 그들은 자리에 앉아 각자 빵을 다 같이 쓰는 우유 사발에 적셔 먹었다. 그러다 우유가 바닥을 드러내자 농부가 나머지를 마셔 비웠다.

골드문트는 이 집에서 하룻밤 자며 아침까지 머물러도 될지 물었다. 그럴 공간이 없어서 안 된다고 사내가 말했다. 하지만 저 바깥에는 건초가 천지에 널려 있으니 거기서 잠자리를 찾을 수 있을 거라고 했다.

농부의 아내는 꼬마를 옆에 앉히고 대화에는 끼지 않았다. 하지만 호기심에 찬 눈은 식사 내내 젊은 나그네에게서 떠날 줄 몰랐다. 그의 곱슬머리와 눈길은 그녀에게 금세 깊은 인상을 주었고 그녀는 그의 아름다운 하얀 목과 매끈하고 우아한 손과 자유롭고 아름다운 손놀림을 바라보는 게 좋았다. 이 나그네는 당당하고 기품이 있는데다 얼마나 젊은가! 하지만 그녀 마음을 가장 많이 사로잡고 사랑에 빠지게 만든 것은 그의 목소리였다. 은밀히 노래하듯 따스한 기운을 발산하고, 부드럽게 유혹하는 듯한 젊은 사내의 목소리. 그녀는 몇 시간이고 이 목소리를 듣고 싶었다.

식사가 끝나자 농부는 집안에서 번거롭게 움직였다. 골드문트는 밖으로 나와 샘에서 손을 씻고, 야트막한 샘 가장자리에 앉아 몸을 식히며 물소리에 귀를 기울였다. 그렇게 하릴없이 앉아 있었다. 여기서 더 얻을 게 없었으나, 벌써 다시 떠나야 한다는 게 마음 아팠다. 그때 농부의 아내가 물동이를 들고 밖으로 나오더니 물줄기 아래 놓고 물을 받았다. 그녀가 낮은 목소리로 말했다. "저기, 오늘밤 근처에 있을 거라면 먹을 걸 가져다줄게요. 저 건너편의 길게 이어진 보리밭 뒤에 건초 더미가 있는데, 내일이나 되어서야 걷을 거예요. 거기 있을래요?"

그는 주근깨가 난 그녀의 얼굴을 들여다보고 그녀가 튼튼한 팔로 물동이를 옮기는 것을 보았다. 그녀의 밝고 큰 눈이 그를 다정하게 보고 있었다. 그는 그녀에게 미소를 보내며 고개를 끄덕였다. 그녀는 물이 가득한 물동이를 들고 문 안쪽의 어둠 속으로 사라졌다. 그는 고마움을 느끼며 더없이 행복한 마음으로 거기 앉아 흐르는 물소리를 들었다. 잠시 후 집안으로 들어가서 농부를 찾아 그와 노파에게 악수하며 고마움을 전했다. 오두막에서 불, 그을음, 우유 냄새가 났다. 조금 전까지 이 오두막은 피난처이자 고향이었지만, 이미 낯선 곳이 되었다. 그는 마지막 인사를 하고는 밖으로 나왔다.

오두막 저편에 예배당이 서 있는 것이 보였다. 그 근처에는 늙은 떡갈나무들로 이루어진 아름답고 작은 숲이 있었다. 나무 밑에는 키 작은 풀들이 무성했다. 그는 나무 그림자 속에 머물며 굵은 나무 사이를 이리저리 거닐었다. 여자와 사랑은 참 신기해. 그는 생각했다. 그 둘은 말을 필요로 하지 않았다. 그녀는 단 한 마디로 그에게 밀회 장소를 알려주었고, 나머지 모든 것은 말로 전하지 않았다. 그럼 무엇으로 말한 것인가? 눈으로, 그래, 그리고 약간은 잠긴 목소리로, 향기 같은 무언가로, 남자와 여자가 서로를 원한다면 곧바로 알아챌 수 있는, 살갗에서 발산되는 섬세하고 희미한 무언가로 말했다. 그 미묘한 비밀 언어를 그는 이토록 빨리 배웠던 것이다! 그는 기쁜 마음으로 그 밤을 기다렸다. 이 커다란 몸집의 금발 여인은 어떠할지, 어떤 눈길과 소리를 가졌을지, 팔다리와 움직임과 키스는 어떨지 호기심으로 가득했고 기대에 부풀었다—물론 리제와는 완전히 다를 것이다. 매끈한 검은 머리와 갈색 피부, 짧게 한숨을 토하던 리제는 지금 어디 있을까? 남편에게 맞았을까? 아직 자기를 생각할까? 아니면 벌써 새 애인을 찾아냈을까? 자기가 오늘 새로운 여인을 찾아낸 것처럼? 이 모든 것이 이토록 빠르게 지나가다니, 가는 길 어디에서나 행복을 찾을 수 있다니 이 얼마나 아름답고 뜨겁고도 얼마나 이상하게 덧없는 일인가! 그것은 죄악이고 간통이었다. 얼마 전까지만 해도 그는 이런 죄를 범하느니 차라리 맞아죽으려 했을 것이다. 그런데 이미 그는 두번째 여자를 기다리는 중이었고, 그의 양심은 고요하고 평화로웠다. 어쩌면 평화롭지는 않았을지도 모른다. 하지만 그가 이따금 양심의 가책을 느끼고 부담감을 갖는 것은 간통이나 쾌락 때문은 아니었다. 뭔가 다른 것 때문이었지만 콕 집어 말하기가 어려웠다. 그것은 우리가 저지른 죄 때문에 느끼는 죄책감이 아니라 세상에 태어날 때부터 이미 가지고 나온 죄책감이었다. 어쩌면 이것이 신학에서 원죄라고 부르는 것이 아닐까? 아마 그럴 것이다. 삶 자체가 죄악 같은 무언가를 지녔다—그렇지 않다면 어째서 나르치스처럼 순수하고 박식한 인간이 범죄자처럼 참회수련을 해야 한단 말인가? 왜 골드문트 자신은 마음속 깊이 이런 죄의식을 느껴야 한단 말인가? 자신은 진정 행복하지 않은가? 젊고 건강하지 않은가? 공중을 나는 새처럼 자유롭지 않은가? 여인들이 자신을 사랑해주지 않는가? 자신이 사랑을 나누면서 경험하는 이 깊은 쾌락을 여인들에게도 똑같이 느끼게 해줄 수 있다니 아름답지 않은가? 그런데도 어째서 그는 완전한 행복을 느끼지 못하는 것인가? 어째서 그의 최근의 행복이나 나르치스의 미덕과 지혜 속으로 이따금 이런 기이한 고통이, 이 조용한 불안이, 덧없음에 대한 이런 비탄이 섞여든단 말인가? 자신이 사색가가 아니라는 걸 스스로도 알고 있는데 어쩌자고 이토록 골똘히 생각에 잠겨야 하는가?

그럼에도 사는 것은 아름다운 일이었다. 그는 풀숲에서 작은 보라색

꽃을 꺾어 눈에 바짝 대고 그 작고 좁은 꽃받침 속을 들여다보았다. 잎맥이 여기저기 뻗어 있고, 머리카락처럼 섬세한 작은 기관들이 거기에 살아 있었다. 여자의 자궁 속처럼, 또는 사색가의 두뇌 속처럼 그곳에서 생명이 약동하고 쾌락이 전율했다. 오, 우리는 왜 아무것도 모르는 걸까? 왜 이 꽃과 이야기를 나눌 수 없단 말인가? 하지만 두 인간도 사실 진짜로 서로 이야기를 나눌 수는 없다. 그러기 위해선 행운이, 특별한 우정과 각오가 필요하다. 아니, 사랑에 말이 필요치 않다는 것은 행운이었다. 그렇지 않다면 사랑은 불신과 어리석음으로 가득찰 것이다. 아, 반쯤 눈을 감은 채 황홀경에 빠져 떨리는 눈꺼풀 사이로 흰자위가 드러나던 리제의 눈은 수만 개의 학문적인 또는 시적인 낱말로도 표현할 수 없었다! 그 무엇도, 세상 그 무엇도 그 어떤 말이나 생각도 제대로 할 수 없는데—그런데도 우리는 언제나 거듭 말하고 싶다는 절박한 욕구, 생각하고 싶다는 영원한 충동을 지녔으니!

그는 작은 식물의 꽃잎들을, 꽃자루 주위로 영리하게 배치된 어여쁜 꽃잎들을 관찰했다. 베르길리우스의 시구는 아름다웠고, 그는 그것을 사랑했다. 하지만 베르길리우스의 그 많은 시구들도 꽃자루에 나선형으로 매달린 이 작은 꽃이 드러내는 질서에 비하면 그 절반만큼도 명료하거나 영리하지 못했고, 그 절반만큼도 아름답거나 의미가 깊지 못했다. 인간이 이런 꽃을 단 한 송이라도 만들어낼 수 있다면, 그 얼마나 큰 기쁨이자 행운이고, 황홀하며 고귀하고 의미심장한 일이겠는가! 하지만 그 누구도 그런 일을 해낼 수 없었다. 어떤 영웅과 황제도, 어떤 교황과 성인도 못한다.

태양이 지평선으로 떨어졌고, 그는 농부의 아내가 일러준 장소를 찾아나섰다. 그리고 그곳에서 기다렸다. 그렇게 기다리는 것이 좋았고, 한 여인이 오는 중이고 오직 사랑만 가지고 온다는 것을 아는 게 좋았다.

그녀는 리넨 보자기를 들고 왔는데, 그 안에는 커다란 빵덩이와 베이컨이 들어 있었다. 그녀는 그것을 풀어 그의 앞에 내놓았다.

"당신 주려고 가져왔어." 그녀가 말했다. "먹어요!"

"나중에." 그가 말했다. "빵이 아니라 당신을 원해. 오, 당신이 어떤 아름다운 것을 가져왔는지 보여줘요."

그녀는 그를 위해 멋진 것을 많이 가져왔다. 강하고 목말라 있는 입술, 반짝이는 튼튼한 이, 햇볕에 붉게 그은 튼튼한 팔, 하지만 목 아래와 더 아래쪽은 희고 섬세했다. 말수가 적었지만 목구멍에서 아름다운 유혹의 소리가 울려나왔다. 그의 손길을 느끼는 순간, 그녀가 지금껏 한 번도 느껴보지 못한 섬세하고 다정하고 민감한 손길이 닿는 것을 느끼는 순간 온몸에 전율이 흘렀다. 목에서는 고양이처럼 가르릉 소리가 나왔다. 그녀는 이런 사랑의 유희를 알지 못했다. 리제보다 훨씬 몰랐지만 놀라울 정도로 튼튼했고, 애인의 목을 부러뜨리기라도 하려는 듯 힘껏 끌어안았다. 그녀의 사랑은 아이 같고 탐욕스러웠다. 단순했으며 온갖 힘을 지니고도 여전히 수줍었다. 골드문트는 그녀와 함께 있는 것이 몹시 행복했다.

그런 다음 그녀는 한숨을 내쉬며 떠나갔다. 떠나기가 힘들었지만 언제까지고 이곳에 머물 수는 없었다.

골드문트는 혼자가 되자 행복하면서도 슬펐다. 한참 지난 후에야 빵과 베이컨이 생각나서 홀로 먹었다. 벌써 밤이 깊었다.

# 제8장

골드문트는 한참을 떠돌았다. 같은 장소에서 두 번 밤을 보내는 일은 드물었고, 어딜 가든 여자들이 그를 원하고 행복하게 해주었다. 그는 햇볕에 갈색으로 그을고, 방랑과 부족한 식사로 인해 야위었다. 많은 여자가 새벽에 그에게 작별을 고하고 떠났고, 몇 명은 울면서 떠났다. 그는 여러 번 생각했다. '왜 아무도 내 곁에 머물지 않는 걸까? 그들은 나를 사랑하고 이런 사랑의 밤을 위해 간통을 저지르면서도 왜 모두가 곧바로 남편에게 돌아가는 걸까? 대부분은 남편에게 얻어맞을까봐 두려워하면서?' 어떤 여자도 그에게 머물러달라고 진지하게 청하지 않았고, 단 한 명의 여자도 자기를 데려가달라고 하지 않았다. 사랑하는 마음 하나로 그와 방랑의 기쁨과 고난을 함께하려는 여자는 없었다. 그는 아무에게도 그러자고 청하지 않았고, 그런 생각을 밝히지도 않았다. 그 스스로도 자신의 마음에 물어보면 자신의 자유가 소중하다는 것이 떠올랐고, 어떤 애인에 대한 그리움이 다음 애인의 품에서도 그대로 남아 있는 경우는 기억에 없었다. 하지만 그럼에도 사랑이 어디서든, 여인들의 사랑이든 자신의 사랑이든 똑같이, 재빨리 충족되고 꺼져버려 너무나 덧없어 보였으니 묘하면서도 조금 슬펐다. 이게 올바른 일일까? 언제 어디서나 이런 걸까? 아니면 이것은 자기가 문제일까? 어쩌면 여자들이 자기를 탐하고 아름답다고 여기기는 하지만, 건초 더미나 이끼 위에서 말없이 잠시 함께할 뿐 자기와 함께하기를 원치 않는 건 자신이 그런 사람이어서일까? 그가 떠돌이라서, 정착한 사람들은 뜨내기의 삶을 두려워하기 때문일까? 아니면 여자들이 그를 아름다운 인형처럼 탐하며 끌어안은 뒤 설사 매질이 기다린다 해도 모두 남편에게로 돌아가는 것은 오로지 그 자신, 그의 성품 탓일까? 그는 알지 못했다.

그는 여자들에게서 지치지 않고 배웠다. 아직 남자를 만난 적이 없는 아무것도 모르는 어린 소녀들에게 그는 더 많이 끌리고, 열렬한 사랑에 빠질 수 있었다. 하지만 대개 그런 소녀들은 손에 닿지 않았다. 그들은 사랑받고, 또 수줍고 잘 보호되고 있었기 때문이다. 그는 성숙한 여인들에게서도 기꺼이 배웠다. 모든 여자가 그에게 무언가를 남겼다. 손짓 하나, 키스하는 방법, 특별한 사랑의 유희, 특별한 종류의 자기헌신 또는 자기방어를. 골드문트는 어린아이처럼 유연하게 그 모든 것을 받아들이고도 만족할 줄 몰랐다. 그는 모든 유혹에 열려 있었다. 오로지 그런 태도가 그를 유혹적인 존재로 만들었다. 아름다운 외모만으로는 여자들을 쉽게 끌어당기지 못했을 것이다. 이런 아이 같음, 개방성, 호기심 많은 욕망의 천진함, 어떤 여자가 무엇을 욕망하든 그 모든 것에 응할 완벽히 준비된 자세 등이 여자들을 그에게로 끌어왔다. 그는 자기도 모르는 사이에 모든 애인 곁에서 그녀가 소망하고 꿈꾸는 모습으로 나타났다. 어느 여자에게는 부드럽게 기다리는 태도로, 다른 여자에게는 주저하지 않고 공격적으로, 때로는 첫경험을 하는 소년처럼, 때로는 기교와 경험이 풍부한 사람으로 등장했다. 그는 유희를 즐길 준비도, 싸울 준비도 되어 있었고, 한숨과 웃음의 준비도, 부끄러워하거나 파렴치해질 준비도 되어 있었다. 그는 여자들이 원하지 않는 것, 그녀가 자신에게서 얻어내려 하지 않는 것은 어떤 것도 하지 않았다. 영리한 감각을 지닌 여자는 모두 재빨리 그의 이런 면을 냄새 맡았고, 그래서 그를 애인으로 받아들인 것이었다.

하지만 그는 계속 배워나갔다. 짧은 시간에 많은 사랑의 종류와 사랑의 기술을 배웠고, 수많은 애인과의 경험을 자기 안에 받아들였다. 또한 여자들이 매우 다양하게 보고 느끼고 쓰다듬고 냄새 맡는다는 것도 알았다. 그는 모든 종류의 목소리를 구별할 수 있는 귀를 갖게 되었고, 목소리의 울림만으로도 그들이 어떤 종류와 범위의 사랑의 능력을 지녔는지 맞힐 수 있었다. 언제나 새로운 황홀감으로 무한히 다양한 고개를 가누는 방법, 머리카락을 쓸어올려 이마를 드러내는 방법, 무릎뼈를 움직이는 모양 등을 관찰했다. 어둠 속에서 눈을 감고 섬세하게 손가락으로 어루만져 서로 다른 머리카락을 구분하고, 여자들마다 서로 다른 살결과 솜털을 구분하는 법을 익혔다. 그는 방랑을 시작한 지 얼마 안 되었을 때, 이게 자신이 방랑하는 의미일 거라는 사실을, 어쩌면 이런 구별의 능력을 점점 더 세밀하게, 점점 더 다양하고 깊게 익히고 연습하기 위해서 이렇게 이 여자에서 저 여자로 떠도는 것임을 깨달았다. 어쩌면 이것이 자신의 소명일 것이다. 마치 몇몇 음악가가 하나의 악기가 아니라 셋, 넷, 그 이상의 악기를 연주하는 법을 아는 것처럼, 천 가지 종류의 여자와 사랑을 나누고 그 천 가지 다양성을 완벽하게 익히는 것이. 이런 경험이 무엇에 쓸모가 있을지, 대체 자신을 어디로 이끌어갈지 그는 알지 못했다. 오직 자신이 그 길에 있다는 것만 느꼈다. 라틴어나 논리학을 어느 정도 할 수 있긴 했지만 특별하거나 놀라울 정도의 재능은 아니었다. 하지만 사랑에서만은, 여자들과의 유희에서만은 흔치 않은 재능이 있었다. 이 부분에서만은 애쓰지 않아도 배울 수 있었고, 아무것도 잊지 않았으며, 경험들이 저절로 쌓이고 정리되었다.

이런 방랑에 나선 지 일이 년이 흘렀을 때 골드문트는 어느 부유한 기사의 저택에 이르렀다. 저택에는 아름답고 젊은 두 딸이 있었다. 초가을이었고, 머지않아 밤이면 몹시 추워질 터인데, 지난해 가을과 겨울에 그 혹독한 계절을 맛보았기 때문에 그는 앞으로 다가올 몇 달을 걱정하지 않을 수 없었다. 겨울은 방랑생활이 힘들었다. 그는 음식과 잠자리를 청했다. 그곳 사람들은 그를 깍듯하게 맞아들였다. 저택의 주인은 낯선 손님이 교육을 받았으며 그리스어를 할 수 있다는 말을 듣고 하인들의 식탁에 앉아 있던 그를 자기 식탁으로 불러 거의 자신과 같은 지위의 사람인 듯 대우해주었다. 두 딸은 눈을 내리깔고 있었는데, 큰딸은 열여덟 살, 작은딸은 채 열여섯 살도 되지 않았고,* 이름은 리디아와 율리였다.

* 중세 여자들은 열네 살이 되면 결혼이 가능했고, 여기서 기사의 두 딸은 성년의 아가씨들이다.

골드문트는 이튿날 떠날 생각이었다. 이 아름다운 금발 아가씨들 중 하나를 얻을 가망은 없어 보였고, 이곳에 더 머물고 싶게 만드는 다른 여자도 없었다. 하지만 아침식사가 끝났을 때 기사가 그를 따로 부르더니 특별한 용도로 마련해둔 방으로 데려갔다. 늙은 신사는 젊은이에게 자신이 학문과 책들을 사랑한다고 겸손하게 말하고는, 수집한 문서들이 담긴 작은 궤짝 하나를 보여주었다. 주문 제작한 책상과 넉넉히 준비해놓은 최고급 종이와 양피지도 보여주었다. 골드문트가 나중에 차차 알게 된 내용에 따르면 이 경건한 기사는 젊은 시절 여러 학교에 다녔지만 그후 전쟁과 세속적인 삶에 빠졌다가 중병에 걸리자 그것을 신의 경고로 여기고 순례 여행을 떠나 죄 많은 젊은 시절을 회개했다. 그는 로마뿐 아니라 콘스탄티노플까지 갔었는데, 귀향해보니 아버지는 세상을 떠나고 집은 텅 비어 있었다. 그래서 고향에 정착해 결혼했고, 아내를 잃은 후에는 딸들을 키웠는데, 노년이 시작되는 지금 옛날에 경험한 순례 여행에 대한 상세한 보고서를 작성하는 데 몰두하고 있었다. 그는 여러 장章을 써둔 상태였지만—젊은이에게 고백하기로는—라틴어 실력이 부족해 곳곳에서 막혀 있었다. 그러면서 골드문트에게 지금까지 쓴 부분을 수정해 깨끗이 정서하고 나머지 부분을 쓰는 데 도움을 준다면 새 옷과 숙식을 제공하겠다고 제안했다.

가을이었다. 골드문트는 그것이 떠돌이에게 무슨 의미인지 알고 있었다. 솔직히 새 옷도 탐났다. 하지만 무엇보다 아름다운 두 자매와 오랫동안 한집에서 지낼 수 있다는 가능성이 제일 솔깃했다. 그는 깊이 생각할 것 없이 그러겠다고 했다. 며칠 지나지 않아 여자 집사에게 옷감 보관함을 열라는 지시가 떨어졌다. 보관함에 있는 것 가운데 아름다운 갈색 천으로 골드문트의 옷과 모자를 짓기로 했다. 기사는 검은색 천으로 학자들이 입는 옷 같은 것을 만들어줄 생각이었지만, 그런 옷엔 전혀 관심 없던 손님은 기사를 설득할 수 있었다. 결국 반은 시동의 옷, 반은 사냥꾼 옷처럼 보이는 아름다운 의상이 나왔는데, 그의 얼굴과 아주 잘 어울렸다.

라틴어 역시 잘 해결되었다. 그들은 그때까지 써놓은 부분을 함께 읽고, 골드문트는 불확실하거나 빠진 다수의 낱말을 고치고, 짧고 어색한 문장들을 아름다운 라틴어 문장으로 바꾸었다. 깔끔하게 시제 일치가 이루어지고 문장의 짜임새가 탄탄해졌다. 기사는 몹시 만족스러워하며 칭찬을 아끼지 않았다. 그들은 매일 적어도 두 시간씩 이런 작업에 매달렸다.

기사의 성채에서—튼튼한 담장을 두른 널찍한 농장과 비슷했다—골드문트는 많은 오락거리를 찾아냈다. 사냥도 함께 나가고 사냥꾼 힌리히에게 석궁 쏘는 법도 배웠다. 개들과 친해지고 원하는 만큼 말을 탈 수도 있었다. 혼자 있는 일은 드물었다. 개나 말에게 말을 걸거나, 힌리히 아니면 남자처럼 목소리가 걸걸한, 농담도 잘하고 웃음이 많은 뚱뚱하고 늙은 여자 집사 레아, 개를 보살피는 소년이나 양치기와 함께였다. 마음만 먹었다면 가까운 이웃인 방앗간 주인의 아내와 손쉽게 사랑을 나눌 수 있었을 테지만 자제하면서 아무 경험이 없는 사람처럼 굴었다.

그는 기사의 두 딸에게 몹시 매혹되었다. 동생이 더 아름다웠지만 워낙 까다로워서 골드문트와는 거의 한마디도 나누지 않았다. 그는 두 사람에게 최대한 존중하는 태도와 예의를 갖춰 대했지만 둘 다 그가 곁에 있는 것을 끊임없는 구애처럼 느꼈다. 동생은 완전히 마음을 닫아버리고 수줍음 때문에 뻣뻣하게 굴었다. 언니인 리디아의 태도는 유별났다. 절반은 경외심에 차 있으면서도 절반은 조롱하듯이 그를 학자라는 진기한 동물처럼 대하면서, 호기심에 차 수많은 질문을 던지며 수도원생활에 대해 묻다가 언제나 조소하는 귀부인의 티를 드러냈다. 그는 그 모든 것에 맞추어 리디아는 귀부인처럼, 율리는 어린 수녀처럼 대했다. 그리고 저녁식사가 끝난 후에도 자신의 대화술로 소녀들을 평소보다 오래 식탁에 잡아둔다든지, 뜰이나 정원에서 리디아가 말을 걸고 자신의 농담을 받아주기라도 하면, 만족해하며 약간 진전이 있다고 느꼈다.

그해 가을, 뜰에 있는 키 큰 물푸레나무는 늦게까지 잎이 지지 않았고 정원의 과꽃과 장미도 여전히 피어 있었다. 어느 날 손님이 찾아왔다. 이웃 영주가 아내와 마부와 함께 왔는데, 온화한 날씨에 이끌려 평소보다 멀리 소풍을 나왔다가 그만 여기까지 오게 되었다며 하룻밤 묵어가게 해달라고 청했다. 손님들은 매우 깍듯한 대접을 받았고, 손님방에 놓여 있던 골드문트의 침대를 서재로 옮기고 그 방에 손님들이 묵을 수 있게 정돈했다. 닭도 몇 마리 잡고 방앗간에서 생선도 가져오게 했다. 골드문트는 즐거운 마음으로 연회의 들뜬 분위기에 동참했는데 곧바로 낯선 귀부인이 자기에게 관심이 있다는 것을 감지했다. 그녀의 목소리, 눈빛에 어린 무언가에서 그녀가 자신에게 끌리고 욕망을 느끼고 있음을 알아차렸다. 동시에 리디아가 말수가 없어지고 냉랭해지면서 자신과 귀부인을 관찰하기 시작했다는 것을 느끼고 긴장감이 점점 커져갔다. 만찬 동안 귀부인이 식탁 아래서 발로 골드문트의 발을 건드리며 희롱했다. 골드문트는 이런 유희에 마음이 들떴지만, 리디아가 어두운 표정으로 말없이, 하지만 호기심에 차서 타오르는 눈으로 이 모든 걸 지켜보고 있다는 사실에 훨씬 더 쾌감을 느꼈다. 급기야 일부러 나이프를 바닥에 떨어뜨리고는 식탁 아래로 몸을 굽혀 손으로 귀부인의 발과 다리를 애무하자, 리디아는 창백해지면서 입술을 꼭 깨물었다. 골드문트는 수도원에서 있었던 이야기들을 늘어놓으면서 귀부인이 그의 이야기가 아니라 구애하는 목소리에 열중하고 있다는 것을 느꼈다. 다른 사람들도 그의 이야기에 귀기울였다. 그의 후원자는 호의적인 태도로, 손님은 무표정한 얼굴이었지만 역시 젊은이 안에서 타오르는 불길에 사로잡혀서 경청했다. 리디아는 그가 그런 식으로 이야기하는 것을 한 번도 들어본 적이 없었다. 그는 활짝 피어났고, 욕망이 공중에 맴돌았으며, 눈은 반짝이고, 목소리에서는 행복감이 노래하고 사랑이 탄원을 올렸다. 세 여자는 모두 자기만의 방식으로 그것을 느꼈다. 어린 율리는 격렬한 반감과 거부감을 느꼈고, 기사의 아내는 만족감으로 빛났으며, 리디아는 심장이 고통스럽게 파동을 일으켰다. 그녀의 심장은 내밀한 동경, 허약한 저항, 극도의 질투심이 뒤섞여 얼굴이 창백해지고 두 눈이 타오르게 만들었다. 골드문트는 이 모든 감정의 파동을 느꼈고, 자신의 구애에 대한 비밀스러운 응답처럼 그 물결이 자신에게로 밀려오는 것을, 사랑의 정념이 마치 새들처럼 자신을 에워싸고 날아다니며 굴복했다가 저항하고, 그런가 하면 서로 싸우는 것을 느꼈다.

식사가 끝나자 율리는 물러났다. 밤이 된 지 이미 한참이나 지났으므로 토기 촛대의 촛불을 들고 어린 수녀처럼 쌀쌀맞은 태도로 자리를 떠났다. 다른 사람들은 한 시간쯤 더 남아 있었고, 두 남자가 추수나 황제 혹은 주교에 대한 이야기를 나누는 동안 리디아는 골드문트와 귀부인 사이에서 사소한 일들에 대해 무심한 듯 잡담이 얼기설기 얽히는 것을 한껏 상기되어 주의깊게 경청했다. 그 대화의 느슨한 가닥 사이에서 눈길, 억양, 작은 몸짓들이 오가는 촘촘하고 달콤한 그물이 생겨났고, 그런 것들 하나하나가 의미로 채워지며 열기로 달아올랐다. 소녀는 욕망과 동시에 혐오감을 느끼며 이 분위기를 들이마셨다. 그리고 골드문트가 식탁 아래서 무릎으로 낯선 여인의 무릎을 건드리는 것을 보거나 느끼면, 자신의 무릎이 닿기라도 한 듯 움찔했다. 시간이 흐른 뒤에도 그녀는 두 사람이 함께 있을 거라는 확신에 밤의 절반을 지새우며 요동치는 심장으로 귀를 기울였다. 두 사람에게 용인되지 않은 행위를 상상으로 완성해서 그들이 뒤엉켜 있는 모습을 보고 입맞춤하는 소리를 들었다. 배신당한 기사가 연인들을 기습해서 저 끔찍한 골드문트의 가슴에 단도를 꽂아넣었으면 하고 소망하면서도 동시에 두려워하면서 흥분으로 몸을 떨었다.

이튿날 아침 하늘은 흐리고 습기 찬 바람이 불었다. 손님들은 더 머물다 가시라는 극진한 초대를 사양하고 서둘러 출발했다. 리디아는 손님들이 말에 올라탈 때 그 자리에서 배웅하며 악수하고 작별인사를 나누었지만 마음은 온통 다른 데 가 있었다. 골드문트가 내민 두 손을 딛고 기사의 아내가 말에 오를 때, 그가 오른손으로 구두를 움켜잡으며 한순간 여인의 발을 힘껏 쥐는 모습에 온 감각이 집중된 것이다.

손님들은 떠났고, 골드문트는 서재로 올라가 일을 해야 했다. 반시간 뒤 아래층에서 리디아가 명령을 내리는 소리가 들리더니 말이 준비되었다. 기사는 창가로 다가가 아래를 내려다보며 미소 띤 얼굴로 고개를 저었고, 두 사람은 리디아가 말을 타고 안뜰을 나서는 모습을 바라보았다. 오늘은 라틴어 문장을 수정하는 작업이 더뎠고, 골드문트는 집중하지 못했다. 주인은 친절하게도 평소보다 일찍 그를 놓아주었다.

골드문트는 사람들 눈을 피해 자신이 탈 말을 끌고 뜰을 빠져나가, 서늘하고 축축한 가을바람을 맞으며 색 바랜 풍경 속으로 달려갔다. 더 빨리 더 빨리 내달리던 그는 몸 아래서 말이 달아오르는 것을, 그리고 자신의 피도 뜨거워지는 것을 느꼈다. 수확이 끝나 그루터기만 남은 들판과 휴한지를 지나고, 쇠뜨기와 사초가 자라는 황야와 습지를 가로지르며 회색빛 낮 속으로 서둘러 말을 달렸다. 오리나무 골짜기와 습지대의 가문비나무숲을 지나 다시 갈색으로 텅 빈 황야를 달렸다.

그는 어느 높은 언덕에서 옅은 잿빛 하늘과 뚜렷한 대비를 이룬 리디아의 모습을 발견했다. 천천히 뚜벅뚜벅 걷는 말 위에 꼿꼿이 앉은 모습이었다. 그는 그녀를 향해 말을 달렸다. 누가 쫓아오는 것을 보자마자 그녀는 말을 몰아 도망쳤다. 금세 사라졌다가도 곧 다시 머리카락을 흩날리며 나타났다. 마치 사냥감을 쫓듯 그녀를 뒤쫓는 그의 심장은 환희로 가득찼다. 그는 작고 부드러운 소리로 말을 격려하고 달리면서 눈으로는 즐겁게 풍경의 표지들을 읽었다. 납작 웅크린 들판, 작은 오리나무숲, 단풍나무 군락, 질척한 연못 가장자리를 보면서도 목표물인 아름다운 도망자에게서 시선을 거두지 않았다. 곧 그녀를 따라잡을 것이다.

리디아는 그가 가까이 다가오는 것을 보고 도망가기를 포기하고 말을 걷게 했다. 그녀는 따라오는 이를 돌아보지 않았다. 마치 아무 일도 없었다는 듯, 마치 혼자라는 듯 당당하게, 짐짓 무심하게 앞으로 나아갔다. 그는 그녀의 말 옆으로 말을 몰았다. 두 마리 말은 나란히 평화롭게 걸었지만, 말과 기수 모두 사냥으로 달아올라 있었다.

"리디아!" 그가 나직이 불렀다.

그녀는 대답하지 않았다.

"리디아!"

여전히 말이 없었다.

"리디아, 당신이 말 타는 모습을 멀리서 바라보면서 얼마나 행복했는지요. 황금색 번개처럼 날리는 머리카락이 얼마나 아름다웠는지! 당신이 나를 피해 도망쳐서 얼마나 놀라웠는지! 그제야 당신이 나를 조금은 사랑한다는 걸 알았어요. 원래는 몰랐고 어제저녁만 해도 의심하고 있었지요. 당신이 내게서 도망치려는 것을 보고서야 갑자기 깨달은 겁니다. 아름답고 사랑스러운 이여, 피곤할 텐데 잠깐 말에서 내려요!"

그는 재빨리 말에서 펄쩍 뛰어내리는 동시에 그녀가 탄 말의 고삐를 붙잡아 그녀가 더이상 도망치지 못하게 했다. 눈처럼 하얗게 질린 그녀의 얼굴이 그를 내려다보고 있었다. 그의 도움을 받아 말에서 내린 그녀는 울음을 터뜨렸다. 그는 조심스럽게 그녀를 몇 걸음 이끌어 마른 풀숲에 앉힌 뒤 곁에서 무릎을 꿇었다. 그녀는 흐느낌을 멈추려고 애썼다. 용감하게 싸워서 마침내 흐느낌을 억눌렀다.

"아, 당신은 정말 나쁜 사람이에요!" 말을 할 수 있게 되자 그녀는 이렇게 운을 뗐다. 간신히 터져나온 말이었다.

"내가 그렇게 나쁜가요?"

"여자를 유혹하는 사람이잖아요, 골드문트. 당신이 방금 한 말은 잊겠어요. 정말 뻔뻔한 말이니까. 나한테 그런 식으로 말하다니 적절하지 않아요. 어떻게 내가 당신을 사랑한다고 믿을 수 있죠? 이제 그만 잊어버려요! 하지만 어제저녁 내가 본 건 어떻게 잊어야 하죠?"

"어제저녁? 도대체 뭘 봤는데요?"

"아, 제발 그러지 말아요, 거짓말하지 말아요! 내 눈앞에서 그 여자에게 그런 짓을 하다니, 추악하고 파렴치해요! 당신은 수치심도 없나요? 식탁 아래서 그 여자 다리를 쓰다듬기까지 했어요. 우리집 식탁 아래서! 내 앞에서, 내 눈앞에서! 그러고는 그 여자가 떠나니까 이제 나를 뒤따라오다니! 정말 수치심이 뭔지 모르는군요."

이미 한참 전부터 골드문트는 그녀를 말에서 내리게 하기 전 자신이 한 말을 후회하고 있었다. 얼마나 어리석은 일이었던가. 사랑에서 말은 필요 없는 건데. 그냥 침묵했어야 했다.

그는 더이상 아무 말도 하지 않았다. 그녀 곁에서 무릎을 꿇고 있는데, 자신을 그토록 아름답고도 불행한 표정으로 바라보는 모습에서 그녀의 고통이 고스란히 전해졌다. 그 자신에게도 탄식해야 할 일이라고 느껴졌다. 하지만 그녀의 온갖 말에도 불구하고 그녀의 눈에서 사랑을 보았고, 그녀의 떨리는 입술에 드러나는 고통 역시 사랑이었다. 그는 그녀의 말보다는 그녀의 눈을 더 믿었다.

그러나 그녀는 대답을 기다리고 있었다. 아무 대답이 없자 리디아는 입술을 앙다물고 눈물을 글썽이며 그를 똑바로 쳐다보고 물었다. "정말로 수치심을 모르는 건가요?"

"용서하세요." 그가 겸손하게 말했다. "우리는 말해서는 안 되는 것들에 대해 말하고 있어요. 내 잘못이니, 용서하세요! 내게 수치심이 없느냐고 물으시는군요. 당연히 수치스럽습니다. 하지만 그럼에도 당신을 사랑합니다, 그리고 사랑은 수치심을 모릅니다. 너무 화내지 마세요!"

그녀는 듣지도 않는 것 같았다. 가만히 앉아 뾰로통한 입술로 혼자만 있는 듯 먼 곳을 응시했다. 그가 한 번도 맞닥뜨려본 적이 없는 상황이었다. 모두 말을 해서 벌어진 일이었다.

그는 그녀 무릎에 얼굴을 살포시 올려놓았고, 곧바로 그 감촉이 몹시 감미로웠다. 하지만 그는 무언가 당혹스러우면서도 슬펐고, 그녀도 여전히 슬퍼하는 것 같았다. 그녀는 가만히 앉아 말없이 먼 곳을 응시했다. 얼마나 당혹스럽고 슬픈 일인가! 하지만 그녀의 무릎은 그의 얼굴을 밀어내지 않고 부드럽게 받아들였다. 그는 눈을 감고 그녀의 무릎에 얼굴을 올려놓은 채, 우아하고 긴 그 형태를 천천히 자기 안에 받아들였다. 고귀하고 젊은 이 무릎의 형태는 그녀의 길고 아름답고 팽팽한 아치형 손톱과 얼마나 잘 어울리는가. 골드문트는 기쁨과 감동으로 이렇게 생각했다. 그리고 고마운 마음으로 얼굴을 무릎에 밀착시키며 뺨과 입술로 무릎과 이야기를 나누었다.

그녀의 손이 겁먹은 듯 새처럼 가볍게 골드문트의 머리카락에 놓이는 것이 느껴졌다. 사랑의 손길이었다. 그는 아이처럼 가볍게 자신의 머리를 쓰다듬는 그녀의 손길을 온 감각으로 쫓아다녔다. 그는 지금까지 여러 차례 그녀의 손을 관찰하고 경탄했었다. 그래서 그 손을 거의 자신의 손만큼 잘 알고 있었다. 아름다운 아치를 이룬 장밋빛 긴 손톱이 달린 길고 날씬한 손가락도 잘 알았다. 이 길고 섬세한 손가락이 지금 그의 곱슬머리와 수줍게 이야기를 나누고 있었다. 그 언어는 어린아이 같고 불안했지만, 그것은 사랑이었다. 그는 감사한 마음으로 자신의 머리를 그녀의 손에 맡기고, 목과 뺨으로 그녀의 손바닥을 느꼈다.

그녀가 말했다. "시간이 다 됐어요, 이제 가요."

그는 머리를 들고 그녀를 다정하게 바라보며 그녀의 날씬한 손가락에 부드럽게 키스했다.

"어서 일어나요." 그녀가 말했다. "집으로 돌아가야 해요."

그는 순순히 그 말에 따랐고, 그들은 일어나서 말을 타고 달렸다.

골드문트의 심장은 행복으로 가득했다. 리디아는 얼마나 아름다운가, 얼마나 아이처럼 순수하고 섬세한가! 아직 키스 한 번 하지 못했지만, 그럼에도 그녀에게서 그렇게 선물을 받고 충만함을 느꼈다. 그들은 맹렬히 말을 달렸는데, 성채의 안뜰로 진입하는 곳에 이르렀을 때 그녀가 깜짝 놀라며 말했다. "둘이 함께 돌아오면 안 되는 건데. 우린 정말 어리석네요!" 그런데도 마지막 순간 말에서 내릴 때, 마부가 달려오고 있는데도 벌겋게 달아오른 채 서둘러 그의 귀에 속삭였다. "지난밤 그 여자와 같이 있었는지 말해줘요!" 그는 고개를 여러 차례 가로젓고는 말의 재갈을 벗기기 시작했다.

오후에 아버지가 외출하자 그녀가 서재에 나타났다. "정말이에요?" 그녀는 곧장 격정적으로 질문을 던졌고, 그는 그녀가 무슨 말을 하는지 바로 알아차렸다.

"그렇다면 왜 그녀와 그런 장난을 친 거죠? 그렇게 혐오스럽게. 왜 그녀가 사랑에 빠지게 만들었죠?"

"당신 때문에요." 그가 말했다. "그녀의 발이 아니라 당신의 발을 천 배는 더 쓰다듬고 싶었어요. 하지만 당신의 발은 식탁 아래서 내게로 와 당신을 사랑하느냐고 묻지 않았으니까요."

"나를 정말로 사랑하나요, 골드문트?"

"오, 그럼요."

"그럼 어떻게 되는 거죠?"

"나도 모르겠어요, 리디아. 그런 건 아무래도 좋아요. 당신을 사랑하는 것이 나를 행복하게 해요. 그다음 일은 생각하지 않아요. 당신이 말 타는 모습을 보는 게, 당신 목소리를 듣는 게, 당신 손가락이 내 머리카락을 쓰다듬는 게 행복해요. 당신에게 키스할 수 있다면 기쁠 거예요."

"하지만 키스는 결혼할 신부한테만 할 수 있어요, 골드문트. 그런 생각은 안 해봤나요?"

"아니요, 안 해봤어요. 왜 해야 하죠? 당신이 내 신부가 될 수 없다는 건 당신도 나만큼 잘 알 텐데요."

"맞아요. 당신은 나의 남편이 되지도 않을 거고 내 곁에 언제까지나 머물 수도 없으니, 나에게 사랑을 이야기하는 건 아주 부적절한 일이에요. 나를 유혹할 수 있다고 생각했나요?"

"나는 아무것도 믿지 않고 생각하지도 않았어요, 리디아. 나는 당신이 생각하는 것만큼 많은 생각을 하는 사람이 아니에요. 당신이 언젠가 내게 키스해주는 것 외에는 아무것도 바라지 않아요. 우리는 너무 많은 이야기를 하고 있어요. 연인들은 그러지 않는데. 난 당신이 나를 사랑하지 않는다고 생각해요."

"오늘 아침엔 반대로 말했잖아요."

"당신도 반대로 행동했고요!"

"내가요? 그게 무슨 말이죠?"

"처음에 당신은 다가오는 나를 보고 도망쳤어요. 그 모습에 나는 당신이 나를 사랑한다고 생각했어요. 그러고 나서 당신은 울었죠. 나는 당신이 나를 사랑해서 그러는 거라고 여겼어요. 그런 다음 내가 무릎에 머리를 올려놓자 당신은 나를 어루만져주었어요. 나는 그게 사랑이라고 생각했어요. 하지만 지금 당신은 나를 조금도 사랑하지 않는 것처럼 행동하는군요."

"나는 어제 당신에게 발을 내맡긴 여자와는 달라요. 당신은 그런 여자들한테 익숙한 것 같지만."

"아니요, 다행히도 당신이 그녀보다 훨씬 더 아름답고 우아해요."

"그런 뜻이 아니고요."

"오, 그래도 그게 사실인 걸요. 당신은 자신이 얼마나 아름다운지 알고 있나요?"

"나에게도 거울은 있어요."

"거울 속에 비치는 당신의 이마를 본 적이 있나요, 리디아? 그 어깨, 그 손톱, 무릎을요? 이 모든 것이 얼마나 똑같고 서로 잘 어울리는지 보았나요? 이 모두가 얼마나 같은 형태를 가졌는지, 길쭉하고, 쭉쭉 뻗은 단단하고도 아주 날씬한 형태인지를? 당신도 보았나요?"

"그런 말을 하다니! 나는 그런 걸 본 적이 없지만 지금 당신 말을 듣고 보니 무슨 뜻인지 알겠어요. 보세요, 당신은 정말로 유혹자고 이젠 내게 허영심을 불어넣으려고 하는 거죠."

"당신에게 그걸 제대로 전달할 수 없다니 유감이군요. 그런데 당신에게 허영심을 불어넣는 게 어째서 내게 중요하다는 거죠? 당신은 아름답고 나는 그에 감사한 마음이라는 걸 보여주고 싶을 뿐인데. 당신은 내게 말하라고 강요하지만, 나는 말로 하는 것보다 천 배는 더 잘 알려줄 수 있어요. 말로는 아무것도 당신에게 줄 수 없어요! 말로는 당신에게서 아무것도 배울 수 없고 당신도 내게서 배울 게 없어요."

"내가 당신에게서 무엇을 배운단 말인가요?"

"나는 당신에 대해, 리디아 당신은 나에 대해 배우는 거예요. 하지만 당신은 그걸 바라지 않죠. 남편이 될 사람만 사랑하려고 하니까요. 당신이 아무것도 배우지 않았다는 걸, 심지어 키스하는 것조차 배우지 않았다는 것을 그가 알게 된다면 웃을 겁니다."

"그렇다면, 내게 키스하는 법을 가르칠 참이군요, 석사님?"

그는 그녀에게 미소 지었다. 그녀의 말이 마음에 들지는 않았지만, 앞뒤가 맞지 않는 격정적인 말 뒤에서 그녀가 순결한 처녀라는 것을, 욕망에 사로잡혔으면서도 두려워하며 저항하고 있다는 것을 느낄 수 있었다.

그는 더이상 답하지 않았다. 그녀에게 미소 짓고는 그녀의 불안한 눈에서 시선을 떼지 않았다. 그녀가 저항하면서도 그 눈길의 마법에 굴복하는 동안 그는 천천히 얼굴을 그녀의 얼굴 가까이로 가져갔고, 두 입술이 서로 맞닿았다. 그가 부드럽게 그녀의 입술을 건드리자 그녀의 입술은 아주 살짝, 어린아이 같은 키스로 답해왔는데, 그가 그 입술을 놓아주지 않자 고통스럽게 놀란 듯 그녀의 입술이 벌어졌다. 그가 부드럽게 구애하면서, 뒤로 물러나는 그녀의 입술을 따라가자 망설이던 그 입술은 다시 다가왔다. 그는 마법에 사로잡힌 여인에게 아무 힘도 들이지 않고 키스를 주고받는 법을 가르쳤고, 마침내 지친 그녀가 그의 어깨에 얼굴을 기댔다. 그는 그 자세 그대로 행복에 잠겨 그녀의 금발에서 풍기는 강렬한 향을 들이마시며 귓가에 진정시키는 사랑의 소리들을 웅얼대는데, 그 순간 예전에 자신이 아무것도 모르던 학생일 때 집시 여자 리제에게서 비밀을 전수받던 일이 떠올랐다. 그녀의 머리카락은 얼마나 까맣고, 그 피부는 얼마나 갈색이었던가, 태양은 얼마나 강렬하게 내리쬐었고, 시든 성요한초는 얼마나 강한 향기를 풍겼던가! 그런데 그것은 이미 얼마나 멀리 있는지, 얼마나 멀리서 이쪽으로 번쩍이는지. 모든 것은 피어나자마자 그토록 빨리 시들었다!

리디아는 천천히 몸을 세웠다. 얼굴 표정이 달라져 있었고, 사랑에 잠긴 그녀의 눈은 크고 진지하게 빛났다.

"가야겠어요, 골드문트." 그녀가 말했다. "당신 곁에 너무 오래 머물렀어요. 오, 그대, 내 사랑 그대!"

매일 그들은 자신들만의 말없는 시간을 찾아냈다. 골드문트는 사랑에 빠진 여인이 이끄는 대로 따랐다. 소녀 같은 사랑에 그는 놀랄 만큼 행복했고 감동받았다. 때때로 그녀는 한 시간 내내 그의 손을 잡고 눈을 바라보기만 했다. 그러다가 어린아이가 하듯 살짝 입맞추며 작별을 고했다. 다음 만남에서는 만족할 줄 모르고 키스에 탐닉하면서도 몸의 접촉은 허락하지 않았다. 한번은 그에게 큰 기쁨을 주려는 마음에 몹시 얼굴을 붉히면서도 간신히 용기를 내어 한쪽 가슴을 보여주었다. 그녀는 수줍어하면서 작고 하얀 열매를 옷 밖으로 끄집어냈다. 그가 무릎을 꿇고 그곳에 입을 맞추자 조심스럽게 도로 옷으로 가렸는데 여전히 목까지 빨갛게 물들어 있었다. 이야기를 나누기도 했지만 첫날과는 다른, 새로운 방식으로였다. 그들은 서로를 위한 이름들을 지어냈고, 그녀는 자신의 어린 시절과 꿈들과 놀이들에 대한 이야기를 들려주었다. 또한 그가 자신과 결혼할 수 없으니 둘의 사랑은 잘못된 것이라는 말도 자주 했다. 그런 말을 할 때 그녀는 슬퍼하면서도 체념한 듯 보였고, 마치 검은 베일로 덮듯이 자신의 사랑을 이런 슬픔의 비밀로 덮었다.

처음으로 골드문트는 한 여인의 욕망의 대상에 그치지 않고 사랑받는다는 것을 느꼈다.

언젠가 리디아는 이렇게 말했다. "당신은 아름답고 쾌활해 보여요. 하지만 눈 속에서는 그런 쾌활함을 찾아볼 수 없고 오로지 슬픔만 있어요. 당신의 눈은 마치 우리에게 행복은 없고, 모든 아름답고 사랑스러운 것은 오래가지 않는다는 것을 아는 것 같아요. 당신은 세상에서 가장 아름답고 가장 슬픈 눈을 가졌어요. 당신에게 고향이 없어서 그럴까요. 당신은 숲에서 내게로 왔죠. 그리고 언젠가는 다시 길을 떠나 이끼 위에서 자면서 떠돌겠죠. —하지만 나의 고향은 어딜까요? 당신이 떠나도 내겐 아버지와 여동생이 있고, 방과 창이 있으니 나는 거기 앉아 당신 생각을 할 수 있겠죠. 하지만 내게 고향은 없을 거예요."

그는 그녀가 말하는 걸 듣기만 했다. 이따금 미소 지었지만, 이따금 슬퍼하기도 했다. 말로 그녀를 위로하는 대신 그저 부드럽게 그녀를 어루만지거나 그녀의 머리를 가슴에 안고 의미 없는 마법의 소리들을 나직하게 읊조렸을 뿐이다. 유모들이 우는 아이들을 달랠 때 하는 것처럼. 한번은 리디아가 이렇게 말했다. "난 당신이 나중에 무엇이 될지 알고 싶어요, 골드문트. 그 생각을 자주 해요. 평범한 삶을 살지는 않을 거예요. 쉬운 삶도 아닐 거고. 하지만 잘되었으면 좋겠어요! 이따금 나는 당신이 시인이 될 거라고 생각해요. 환상과 꿈을 갖고 그걸 아름답게 표현할 수 있는 사람. 아, 당신은 온 세상을 떠돌 거예요. 모든 여자가 당신을 사랑하겠지만, 당신은 혼자 남게 될 거예요. 차라리 당신이 그토록 많이 이야기해주던 그 친구가 있는 수도원으로 돌아가요! 나는 당신을 위해 기도할 거예요, 당신이 언젠가 숲에서 혼자 죽지 않게 해 달라고요."

그녀는 눈 둘 곳을 잃은 채 깊은 진지함으로 그렇게 말했다. 하지만 그러고 나서는 다시 그와 함께 웃으며 늦가을 들판에서 말을 달리거나 그에게 우스꽝스러운 수수께끼를 내거나 낙엽과 윤기 흐르는 도토리를 집어던지기도 했다.

한번은 골드문트가 자기 방 침대에 누워 잠을 청하고 있을 때였다. 그의 심장은 달콤하고 고통스러운 방식으로 무거웠다. 사랑과 슬픔, 당혹스러움이 가득 차올라 심장이 무겁고도 충만하게 뛰었다. 11월 바람이 지붕을 덜컹덜컹 흔들고 있었다. 자리에 누워도 얼른 잠을 이루지 못하고 뒤척이는 것이 버릇이 된 지 오래였다. 밤이면 늘 그랬듯 그는 나직이 라틴어 성모송을 불렀다.

> 아름다운 성모마리아님Tota pulchra es, Maria,
> 그대에겐 원죄가 없네et macula originalis non est in te.
> 그대 이스라엘의 기쁨이여Tu laetitia Israel,
> 그대 죄인들의 대변자여tu advocata peccatorum!

잔잔한 음악과 더불어 노래는 그의 영혼으로 내려앉았지만, 동시에 밖에서 바람도 노래를 불렀다. 다툼과 방랑의 노래를, 숲과 가을과 떠돌이의 삶의 노래를. 그는 리디아를 생각하고 나르치스를, 자신의 어머니를 생각했다. 그의 불안한 마음은 충만하고도 무거웠다.

그때 놀라 일어나며 그가 믿을 수 없다는 듯 쳐다보는데 문이 열리더니 어둠 속에서 하얀 긴 가운을 걸친 형상 하나가 안으로 들어섰다. 리디아가 맨발로 소리 없이 돌바닥을 걸어들어와서는 살그머니 문을 닫고 그의 침상에 앉았다.

"리디아." 그가 속삭였다. "나의 꼬마 사슴, 나의 하얀 꽃! 리디아, 지금 뭘 하는 거죠?"

"당신에게 온 거예요." 그녀가 말했다. "아주 잠깐만. 나의 골드문트가 침대에 누워 있는 모습이 보고 싶었어요, 나의 황금심장."

그녀는 그의 곁에 몸을 눕혔다. 그들은 쿵쿵 뛰는 가슴으로 조용히 누워 있었다. 그녀는 그가 키스하도록 놓아두고 그의 두 손이 경탄하며 자신의 팔다리를 어루만지는 것은 내버려두었지만, 그 이상은 허락하지 않았다. 잠시 후 그녀는 그의 손을 부드럽게 떼어내고 그의 눈에 키스하고는 조용히 일어나서 사라졌다. 문이 삐걱거리고, 바람이 서까래를 덜컹였다. 모든 것이 마법에 걸린 듯 비밀로 가득했고, 두려움과 약속과 위협으로 가득찼다. 골드문트는 자기가 무슨 생각을 하는지, 무엇을 하는지 몰랐다. 잠시 선잠에 들었다가 깨어보니 베개가 눈물로 젖어 있었다.

며칠 후 그녀가 다시 찾아왔다. 아름다운 하얀 유령은 지난번처럼 십오 분 동안 그의 곁에 머물렀다. 그녀는 그의 팔에 안겨 그의 귀에 속삭였다. 할말도, 하소연 거리도 많았다. 그는 다정하게 그녀의 말을 귀기울여 들어주었다. 그녀는 그의 왼팔에 안겨 있었고, 그는 오른손으로 그녀의 무릎을 쓰다듬었다.

"귀여운 골드문트." 그녀가 그의 뺨에 대고 극히 숨죽인 목소리로 속삭였다. "내가 결코 당신의 사람이 못 된다는 게 슬퍼요. 우리의 작은 행복, 이 작은 비밀은 오래가지 못할 거야. 율리가 벌써 의심하고 있으니, 머지않아 나한테 털어놓으라고 다그칠 거예요. 아니면 아버지가 눈치채거나. 아버지가 당신 침대에 있는 나를 본다면, 나의 작은 황금새여, 당신의 리디아는 끔찍한 일을 겪을 거예요. 눈물 젖은 눈으로 나무들을 올려다보며 가장 사랑하는 사람이 그 위에 매달린 채 바람에 흔들리는 것을 보겠죠. 아, 그대여, 차라리 떠나요, 차라리 지금 당장, 아버지가 당신을 목매달기 전에요. 강도가 교수형당한 걸 한 번 본 적이 있어요. 당신이 매달린 꼴을 볼 수는 없어, 차라리 도망쳐서 나를 잊어요, 작은 황금, 당신이 죽지 않도록, 새들이 당신의 푸른 눈을 쪼아대지 않도록요! 아니요, 나의 보물, 떠나면 안 돼—나를 홀로 남겨두면 아, 나는 어떻게 하죠."

"나하고 함께 가지 않을래요, 리디아? 우리 함께 도망쳐요, 세상은 넓어요!"

"그럼 정말 멋질 거예요." 그녀가 탄식했다. "아, 얼마나 좋을까, 당신과 함께 온 세상을 돌아다닌다면! 하지만 나는 그럴 수 없어요. 나는 숲에서 자고, 지푸라기를 머리칼에 붙인 채 정처 없이 떠돌아다닐 순 없어요, 난 그렇게 못해요. 아버지에게 수치를 안길 순 없어. —아니, 그런 말 하지 말아요. 상상이 아니야. 난 못해요! 더러운 접시에 담긴 음식을 못 먹고, 나병환자의 침대에서 잘 수 없는 것처럼요. 선하고 아름다운 건 모조리 우리한텐 금지되어 있어요. 우리 둘은 고통받기 위해 태어났어요. 작은 황금, 가련한 나의 작은 소년, 나는 결국 당신이 교수대에 매달린 모습을 보게 될 거야. 나는 갇혔다가 수녀원에 보내질 거고. 나의 애인, 그대는 내 곁을 떠나 다시 집시 여자들과 농부의 아낙네들과 자겠죠. 아, 어서 가요, 가, 저들이 당신을 붙잡아 묶기 전에! 절대로 우린 행복해질 수 없어요, 절대로."

그는 그녀의 무릎을 부드럽게 쓰다듬고, 살며시 그녀의 음부를 건드리며 간청했다. "작은 꽃, 우린 아주 행복할 수 있을 텐데! 허락해줄 수 없나요?"

그녀는 불쾌해하지는 않았지만 있는 힘껏 그의 손을 밀어내고 그에게서 살짝 떨어졌다.

"안 돼요." 그녀가 말했다. "그럴 순 없어요. 내게는 금지된 일이에요. 작은 집시인 당신은 이해 못하겠지만. 나는 옳지 않은 일을 하고 있어요. 나쁜 계집애가 되고, 온 집안에 수치를 안길 거예요. 하지만 내 영혼 깊은 곳 어딘가에는 여전히 자존심이 살아 있어요. 거긴 아무도 못 들어가요. 당신도 그것만은 놔둬야 해요. 안 그러면 두 번 다시 이 방으로 당신을 찾아오지 않을 거니까요."

그는 한 번도 그녀가 금지하는 것을, 그녀의 어떤 소망이나 암시를 무시한 적이 없었다. 그녀가 자기에게 얼마나 큰 힘을 발휘하는지 그 자신도 놀랍기만 했다. 하지만 그는 고통스러웠다. 욕망이 충족되지 못했기에 그의 심장은 자주 그런 종속에 격렬하게 저항했다. 이따금 그는 거기서 벗어나려고 애써보기도 했다. 때로는 특별히 고른 정중한 태도로 어린 율리의 비위를 맞추었다. 이 중요한 인물과 좋은 관계를 유지하고 가능한 한 그녀를 속이는 것은 물론 꼭 필요한 일이기도 했다. 몹시 어린애처럼 굴기도 하고 때로는 모든 것을 아는 것처럼 보이기도 하는 이 율리와는 관계가 묘했다. 의심의 여지 없이 그녀는 리디아보다 더 아름다웠다. 그녀에게는 특별한 아름다움이 있었고, 이것은 그녀의 애늙은이 같은 순수함과 함께 골드문트에게 강렬한 매력으로 작용했다. 그는 자주 율리에게 강하게 이끌렸다. 바로 이 여동생이 감각에 미치는 이런 강한 매력을 통해 자주 놀랍게도 욕망과 사랑의 차이를 깨달았다. 처음에는 두 자매를 똑같은 눈으로 바라보았었다. 둘 다 욕망을 불러일으켰지만, 율리가 더 아름답고 더 유혹적임을 알았다. 그는 두 사람에게 똑같이 구애했고 둘을 항상 주시했다. 그런데 지금은 리디아가 그에게 힘을 갖게 된 것이다! 지금은 그녀를 몹시 사랑하고, 그 사랑으로 인해 그녀를 완전히 차지하는 것조차 단념했다. 그녀의 영혼을 알고, 사랑하게 되었고, 그녀의 어린아이 같은 천성, 상냥함, 슬픔을 잘 느끼는 성향이 자신과 비슷한 것 같았다. 그는 그녀의 영혼이 육체와 너무나 잘 어울리는 걸 발견하고 종종 마음속 깊이 놀라고 매혹되었다. 그녀는 무언가를 행하고, 말하고, 소망하거나 판단하기도 했는데, 말과 영혼의 태도가 눈매나 손가락 모양과 완전히 똑같았던 것이다!

그녀의 본질, 영혼과 육체를 구성하는 기본 형태와 법칙들을 안다고 믿는 이런 순간이면 골드문트는 자주 이 형태를 포착해 그림으로 그리고 싶은 마음이 간절했고, 몰래 간직하고 있던 종이 몇 장에다가 기억을 더듬어가며 그 머리의 윤곽, 눈썹 선, 손, 무릎을 펜으로 스케치해보기도 했다.

율리와는 상황이 꽤나 어려워졌다. 그녀는 언니가 사랑에 빠진 낌새를 분명히 알아챘고, 그녀의 감각은 온통 호기심과 탐욕에 휩싸여 이 낙원을 열망했지만 완고한 이성이 그 사실을 인정하려 하지 않았다. 그녀는 골드문트에게 과할 정도의 냉담함과 거부감을 보이다가도, 순간 방심하고 경탄과 탐욕스러운 호기심으로 그를 관찰했다. 그녀는 자주 리디아에게 매우 상냥하게 굴었고, 이따금 리디아의 침대로 찾아와서는 말없는 욕망으로 사랑과 성의 부위에서 호흡하고, 간절히 원하지만 금지된 비밀을 대담하게 쓰다듬었다. 그런 다음엔 다시 자신이 리디아의 비밀스러운 행실을 알고 있으며 그것을 경멸한다는 사실을 거의 모욕적인 방식으로 드러내곤 했다. 아름답고 변덕스러운 이 소녀는 두 연인 사이에서 자극하거나 방해하며 팔랑거리고 갈망으로 가득한 꿈속에서 그들의 비밀을 몰래 맛보며 때로는 아무것도 모르는 척하고 때로는 모든 것을 안다는 듯이 위협적인 태도를 보였다. 그녀는 순식간에 어린아이에서 권력자가 되었다. 리디아는 식사시간 외에는 율리와 마주칠 일이 드문 골드문트보다 더 큰 고통을 받았다. 게다가 골드문트가 율리의 매력에 무감하지 않다는 것도 모르지 않았다. 그녀는 이따금 인정하며 즐기는 그의 눈길이 율리에게 머무르는 것을 보았다. 그녀는 아무 말도 할 수 없었다. 모든 것이 너무 힘들고 위험으로 가득한데다가, 무엇보다도 율리의 기분을 상하게 하거나 모욕하면 안 되었다. 아, 그들이 숨겨온 사랑의 비밀이 언제라도 들통나 이 힘들고 두려움 가득한 행복이 종말을 맞이할 수 있었다. 그것도 끔찍한 종말을.

이따금 골드문트는 자신이 오래전에 여기서 도망치지 않은 게 이상하다는 생각이 들었다. 지금처럼 이런 식으로 사는 건 힘들었다. 사랑받고는 있지만 아무 희망도 보이지 않았다. 용인된 지속적인 행복을 바랄 수도, 지금까지 익숙해진 사랑의 소망처럼 가벼운 충족을 바랄 수도 없었다. 끝없이 자극받아 허기를 느끼지만 결코 충족되지 않는 충동을 억눌러야 하는데 위험까지 감수해야 한다. 자신은 왜 여기 머물면서 이 모든 것을, 이 모든 감정과 혼란의 소용돌이를 견디고 있는 걸까?

이것은 정착한 사람들, 법에 따라 사는 사람들, 따뜻한 방에 사는 사람들이나 겪는 감정과 양심이고 경험이 아니던가? 이런 민감하고 복잡한 상황에서 벗어나 그것을 비웃을 수 있다는 게 자신같이 고향도 요구도 없는 사람의 권리 아니던가? 그렇다, 자신에게는 그럴 권리가 있었다. 그런데 여기서 고향 비슷한 무엇을 구하느라 이토록 많은 고통과 당혹감을 대가로 치르고 있다니, 자신은 바보였다. 그럼에도 그는 그렇게 행동하며 고통을 감수했다. 기꺼이 고통을 감수하며 남몰래 행복해하기까지 했다. 이런 방식의 사랑은 어리석으면서 힘들고, 복잡하고 긴장되는 일이었지만 한편으로는 놀랍기도 했다. 이 사랑의 어둡고 아름다운 슬픔이, 그 어리석음과 희망 없는 상황이 놀라웠다. 상념으로 가득차 잠들지 못하는 이런 밤들이 아름다웠다. 리디아의 입술에 나타난 고통의 흔적처럼, 그녀가 자신의 사랑과 근심에 대해 말할 때 절박하고 헌신적인 그 목소리의 울림처럼, 이 모든 것은 아름답고 소중했다. 고작 몇 주 사이 리디아의 젊은 얼굴에 이런 고통의 모습이 생겨나서 자리잡았고, 펜으로 그 윤곽을 그리는 일이 그에게는 몹시 아름답고 중요하게 여겨졌다. 그는 또한 지난 몇 주 사이 자신도 변하고 훨씬 나이 들었다는 것을, 더 영리해지지는 않았더라도 경험이 더 풍부해졌고, 더 행복해지지는 않았더라도 영혼이 더욱 성숙하고 풍요로워졌다는 것을 느꼈다. 이제 더는 아이가 아니었다.

부드럽고도 절망한 목소리로 리디아가 말했다. "나 때문에 슬퍼하면 안 돼요. 나는 오로지 당신을 기쁘게 해주고 싶고 행복한 당신을 보고 싶어. 용서해요, 내가 당신을 슬프게 했고, 내 두려움과 우울함이 당신까지 물들였어요. 밤마다 아주 이상한 꿈을 꿔요. 나는 아주 넓고 어두운 황무지를 걸어가고 있어요. 계속 걸어가며 당신을 찾아보지만 당신은 없어요. 나는 당신을 잃어버렸다는 걸 알면서도 언제까지나 계속 그렇게 걸어가야만 하죠, 혼자서. 그러다가 깨어나면 이런 생각이 들어요. 오, 그가 아직 여기 있어서 그를 볼 수 있으니 얼마나 좋은가, 얼마나 다행인가, 겨우 몇 주, 아니 며칠뿐이라도, 상관없어, 그는 아직 여기 있으니까!"

어느 날 아침, 동이 트자마자 잠에서 깨어난 골드문트는 침대에 가만히 누워 한동안 생각에 잠겨 있었다. 꿈에서 본 모습들이 아무런 맥락도 없이 주변을 떠돌았다. 꿈에서 어머니와 나르치스를 보았다. 두 사람의 모습이 무척 선명하게 보였다. 그가 꿈의 가닥에서 벗어났을 때 작은 창문 틈새로 특이한 종류의 빛이, 신기하게 훤한 밝음이 눈에 들어왔다. 벌떡 일어나 창가로 달려가 바라보니, 창문의 띠장식, 마구간 지붕, 뜰의 입구와 그 너머에 펼쳐진 풍경 전체가 이 겨울의 첫눈에 덮여 푸르스름한 흰색으로 빛나고 있었다. 심장을 가득 메운 불안감과 이 고요하고 깊은 겨울 세상의 대비가 당혹스러웠다. 경작지와 숲, 언덕과 황무지는 얼마나 고요히, 얼마나 감동적으로 경건하게 태양에, 바람에, 비에, 건조함에, 눈에 자신을 맡기는가? 단풍나무와 물푸레나무는 겨울 짐을 진 채 얼마나 아름답고 부드럽게 고통을 견뎌내고 있는가! 우리는 저들처럼 될 수 없을까, 저들에게서 아무것도 배울 수 없을까? 생각에 잠긴 그는 뜰로 나가 눈 속을 거닐며 두 손으로 눈을 만져보고 정원으로 건너가서 눈이 소복이 쌓인 울타리 너머의 눈 덮인 장미덤불을 바라보았다.

호밀 수프로 아침을 먹는 자리에서 모두 첫눈 이야기를 했다. 모두—아가씨들도—벌써 밖에 나갔다 온 참이었다. 올해는 눈이 늦어서 벌써 크리스마스가 가까워지고 있었다. 기사는 눈이 내리지 않는 남쪽 나라들 이야기를 했다. 하지만 첫눈 내린 이날이 골드문트에게 잊을 수 없는 날이 된 것은 나중에 밤이 깊어진 후 일어난 일 때문이었다.

이날 두 자매가 다퉜지만, 골드문트는 까맣게 몰랐다. 밤이 오고 사방이 어둡고 조용해지자 리디아가 그를 찾아왔다. 그리고 늘 그랬듯이 말없이 옆에 누워, 머리를 그의 가슴에 가져다대고는 심장이 뛰는 소리를 들으며 위안을 얻었다. 그녀는 슬프고 두려웠다. 율리의 배신이 무서웠지만 애인에게 그 이야기를 하면 그가 걱정할까봐 주저하고 있었다. 그래서 그녀는 그의 심장에 귀를 대고 조용히 누워 그가 이따금 속삭이는 사랑의 말을 듣고 머리카락을 쓰다듬는 그의 손길을 느끼고 있었다.

하지만 갑자기—그렇게 옆에 누운 지 얼마 지나지 않았을 때였다—그녀가 깜짝 놀라 눈이 휘둥그레져서는 일어나 앉았다. 방문이 열리면서 얼른 정체를 분간할 수 없는 무언가가 안으로 들어서자 골드문트도 적잖이 놀랐다. 이 형체가 침대 가까이로 다가와 몸을 숙였을 때에야 그는 율리를 알아보고 가슴이 꽉 막히는 듯했다. 그녀는 잠옷 위에 걸친 외투를 벗어 발치에 떨어뜨렸다. 마치 단도로 찔린 듯 리디아가 고통에 찬 비명을 지르며 쓰러져 골드문트를 끌어안았다.

율리가 고소하다는 듯 비웃으며, 하지만 약간은 불안한 목소리로 말했다. "나 혼자 방에 누워 있고 싶지 않아. 나를 받아들여 우리 셋이 같이 눕게 해주지 않으면 가서 아버지를 깨울 거야."

"그렇다면 들어와요." 골드문트는 말하고 이불을 들쳤다. "발이 얼겠네요." 그녀가 침대 위로 올라왔고, 그는 좁은 침대에서 그녀가 누울 자리를 겨우겨우 마련했다. 리디아는 머리를 베개에 파묻은 채 꼼짝하지 않았다. 마침내 셋이서 나란히 누웠다. 골드문트의 양쪽에 소녀가 한 명씩 누워 있었다. 순간 얼마 전까지 자기가 이런 상황을 얼마나 바라왔던가 하는 생각을 떨쳐내기 힘들었다. 그는 묘한 두려움과 그러면서도 은밀한 황홀감으로 옆구리에 닿은 율리의 엉덩이를 느꼈다.

"한번 봐야 했어." 율리가 다시 말을 시작했다. "언니가 그토록 즐겨 찾아오는 당신 침대에 눕는 게 어떤 느낌인지."

골드문트는 그녀가 조용해지도록 살며시 뺨으로 그녀의 머리카락을 문지르고, 마치 고양이를 쓰다듬듯 조용히 그녀의 엉덩이와 무릎을 쓰다듬었다. 호기심에 찬 그녀는 말없이 그의 더듬는 손에 자신을 맡기고 몽롱하고도 열성적으로 그 마법을 느끼면서 저항하지 않았다. 그는 율리를 이렇게 달래는 동시에 리디아를 배려해 그녀의 귀에 친숙한 사랑의 옹알이를 웅얼거려 결국은 그녀가 천천히 얼굴을 들어 자기 쪽을 향하게 했다. 그는 소리 없이 그녀의 입술과 눈에 키스하는 동시에 손으로는 다른 쪽에 누운 동생을 마법으로 묶어두었다. 그는 이 상황이 만들어내고 있는 고통과 기괴함을 더할 나위 없이 분명하게 의식하고 있었다. 그의 왼손이 그에게 새로운 가르침을 주었다. 그 손이 조용히 기다리는 아름다운 율리의 팔다리를 알아가는 동안, 그는 리디아를 향한 자신의 사랑이 아름다우면서도 가망이 없을 뿐만 아니라 아주 우스꽝스럽다는 것을 처음으로 깨달았다. 그의 입술은 리디아에게 손은 율리에게 머무는 지금 이 순간, 리디아에게 헌신을 강요하든지 아니면 자기 길을 계속 갔어야 한다는 사실이 분명해졌다. 그녀를 사랑하지만 포기한다는 것은 무의미하고 부당한 일이었다.

"나의 심장," 그는 리디아의 귀에 속삭였다. "지금 우리는 불필요한 고통을 겪고 있어요. 우리 셋이서 행복할 수 있어요! 우리 피가 원하는 일을 해요!"

그녀가 놀라서 몸을 빼자 그의 욕망은 다른 소녀에게로 향했고, 그의 손놀림이 안겨주는 쾌감에 율리는 전율하는 긴 한숨으로 응답했다.

이 한숨소리를 듣고 리디아의 심장은 독약이라도 삼킨 듯 질투심으로 죄어들었다. 그녀는 자신도 모르게 벌떡 일어나 앉아 침대에서 이불을 걷어내고 바닥으로 내려서며 외쳤다. "율리, 나가자!"

율리는 움츠러들었다. 경솔하게 뱉은 이 격렬한 외침으로 발각될 위험이 컸기에 율리는 말없이 몸을 일으켰다.

하지만 욕망이 달아오르던 도중 모욕받고 기만당한 골드문트는 몸을 일으키는 율리를 재빨리 안으며 그녀의 양쪽 가슴에 키스하고 그녀의 귀에 타는 듯이 속삭였다. "내일 와요, 율리, 내일!"

리디아는 잠옷 차림에 맨발로 서 있었고, 돌바닥을 디딘 발가락이 냉기에 오그라들었다. 그녀는 율리의 외투를 집어들어 미끄러지지 않게 동생 어깨에 걸쳐주었다. 고통에 떠는, 공손한 몸짓을 어둠 속에서도 놓치지 않은 동생은 감동하며 마음을 풀었다. 두 자매는 재빨리 방을 빠져나갔다. 모순되는 감정들로 가득했던 골드문트는 그들이 멀어지는 소리에 귀기울이다가 다시 집안이 쥐죽은듯 고요해지자 안도의 한숨을 쉬었다.

이렇게 기이하고 부자연스럽게 함께하던 세 명의 젊은이는 저마다 고독에 잠겨 깊은 생각에 빠져들었다. 두 자매는 침실에 온 뒤에도 마음을 터놓고 이야기를 나누는 대신 각자 외롭게 침대에 누워 고집스레 침묵을 지키며 깨어 있었다. 불운과 모순이라는 유령, 무의미, 고독, 영혼의 방황이라는 악마가 이 집을 장악한 듯했다. 골드문트는 자정이 지나서야 잠들었고, 율리는 새벽녘에야 잠들었다. 리디아는 소복이 쌓인 눈 위로 창백한 아침이 찾아올 때까지도 고통에 휩싸인 채 깨어 있었다. 그녀는 서둘러 일어나 옷을 입고, 작은 나무예수상 앞에 무릎을 꿇고 오랫동안 기도를 올리다가 층계에서 아버지의 발소리가 울리자마자 달려가서 대화를 청했다. 율리의 순결에 대한 염려와 자신의 질투심을 분간해보려는 노력도 없이 그녀는 이 일을 끝내기로 결심했던 것이다. 골드문트와 율리가 여전히 잠들어 있을 때 주인장 기사는 이미 리디아가 아버지에게 알려도 좋다고 생각한 모든 것을 알았다. 리디아는 동생이 이 모험에 뛰어들었다는 것만은 말하지 않았다.

골드문트가 평소대로 시간에 맞추어 서재에 나타났을 때, 보통 실내화와 펠트 재킷 차림으로 서류 더미에 파묻혀 있곤 하던 기사는 장화를 신고 칼까지 차고 있었다. 그게 무슨 뜻인지 그는 곧바로 알아차렸다.

"모자 쓰게." 기사가 말했다. "자네하고 볼일이 있네."

골드문트는 못에 걸려 있던 모자를 집어들고 주인을 따라 계단을 내려가서 뜰을 지나 대문을 나섰다. 그들이 살짝 얼어붙은 눈길을 디디는 소리가 맑게 사각거렸고, 하늘에는 여전히 아침놀이 남아 있었다. 기사가 말없이 앞장서서 걷는 동안 젊은이는 뒤따라가며 여러 차례 고개를 돌려 뜰을 바라보고, 자기 방 창문과 눈 덮인 가파른 지붕을 바라보았다. 마침내 그마저 사라져 아무것도 보이지 않을 때까지. 다시는 이 지붕과 창문을, 서재와 침실을, 보지 못할 것이다, 다시는 두 자매도 보지 못할 것이다. 오래전부터 갑작스러운 이별을 생각하고 있었는데도 그의 심장은 고통으로 죄어왔다. 이렇게 떠나려니 쓰라리고 아팠다.

그렇게 두 사람은 한 시간가량 걸었다. 주인이 앞장서고 두 사람 사이에 아무 말도 없는 채로. 골드문트는 자기 앞에 놓인 운명을 생각하기 시작했다. 기사는 무장했으니 어쩌면 자기를 칼로 벨지도 몰랐다. 하지만 그런 일은 일어나지 않을 것이다. 그럴 위험은 적었다. 자기가 도망치면 노인은 칼이 있어도 속수무책일 것이다. 아니다, 목숨이 위태로운 상황은 아니다. 하지만 이렇게 말없이 걸어가는 것, 모욕당한 엄격한 신사를 뒤따라 이렇게 말없이 이끌려 떠나는 것이 한 걸음 한 걸음 내디딜 때마다 점점 더 큰 고통으로 다가왔다. 마침내 기사가 멈춰섰다.

"이제부터는," 기사가 갈라진 음성으로 말했다. "혼자 가게, 이 방향으로 쭉 가서 원래대로 방랑을 떠나게. 두 번 다시 내 집 근처에 얼씬했다간 쏴버릴 거야. 자네에게 복수할 생각은 없어. 내가 좀더 현명해서 젊은 사람을 내 딸들 가까이 못 오게 했어야 하는데. 하지만 감히 다시 올 마음을 먹는다면 자네 목숨은 끝장이야. 이제 떠나게, 신이 자네를 용서하시기를!"

기사는 그 자리에 그대로 서 있었다. 눈 덮인 창백한 아침 빛에 희끗한 수염이 난 그의 얼굴은 불이 꺼진 것처럼 보였다. 그는 유령처럼 그 자리에 서서 골드문트가 다음번 언덕들을 지나 사라질 때까지 움직이지 않았다. 구름 낀 하늘에서 불그레한 여명은 사라졌지만 태양은 떠오르지 않고 눈송이들만 드문드문 망설이듯 천천히 떨어지기 시작했다.

# 제9장

말을 타고 여러 번 다녀본 덕분에 골드문트는 이 지역에 이미 익숙했다. 얼어붙은 저편 늪지 너머로 기사의 곡물창고가 있었고, 더 가면 그를 아는 사람들이 사는 농가도 있었다. 이 가운데 한 곳에서 쉬며 밤을 보낼 수 있을 것이다. 나머지 일은 내일 생각하기로 했다. 한동안 잊고 있던 자유로움과 이방의 감정이 천천히 다시 그를 찾아왔다. 얼어붙고 흐린 이런 겨울날 낯선 세계가 유쾌하지는 않았고 고난과 배고픔과 궁핍의 냄새를 풍겼지만, 그 광활함과 거대함, 단호한 냉혹함은 그동안 안락함에 빠져 혼란스러웠던 마음을 진정시키며 위로해주었다.

그는 지칠 때까지 걸었다. 말을 타던 시절은 지나갔구나. 그는 생각했다. 오, 이 넓은 세상! 눈은 거의 내리지 않고 멀리 숲의 능선은 잿빛 구름과 뒤섞여 있는데, 세상의 끝까지 한없이 고요했다. 리디아, 두려움에 떨고 있을 가련한 리디아는 지금쯤 무얼 하고 있을까? 그녀가 안쓰러웠다. 그는 텅 빈 늪지대 한가운데 홀로 서 있는 앙상한 물푸레나무 아래 앉아 쉬면서 애정을 담아 리디아를 생각했다. 마침내 추위에 내쫓겨 뻣뻣해진 다리를 움직이며 일어나 서서히, 서두는 발걸음으로 나아가기 시작했다. 흐린 날의 약한 빛이 어느새 도로 줄어드는 듯했다. 텅 빈 들판을 한참 걷는 사이 잡념이 사라졌다. 아무리 사랑스럽고 아무리 아름다운 것이라도 지금은 생각하거나 감정에 빠져들 때가 아니었다. 지금은 체온을 유지하고, 제때 잠자리를 마련하고, 이 춥고 불친절한 세상을 담비나 여우처럼 이겨내고, 너른 들판에서 가능하면—지금 벌써부터 쓰러지지 않는 게 중요했다. 그것 말고 다른 것들은 중요하지 않았다.

멀리서 말발굽소리가 들리는 것 같아 그는 놀라서 뒤돌아보았다. 누가 자기를 추격해올 수도 있을까? 그는 호주머니 속의 작은 사냥칼을 움켜쥐고 나무 칼집을 느슨하게 풀었다. 이제 말 탄 이가 보이고, 멀리서 기사의 마구간에 있던 말이 자신을 향해 곧장 달려오는 것을 알아볼 수 있었다. 도망치는 것이 소용없을 테니 그는 걸음을 멈추고 기다렸다. 두렵지는 않았지만 호기심과 긴장감 때문에 심장박동이 빨라졌다. 한순간 이런 생각이 재빨리 머릿속을 스치고 지나갔다. '저 기수를 죽일 수만 있다면 얼마나 좋을까. 말 한 마리만 있다면 세상은 내 것일 텐데!' 하지만 그는 젊은 마구간 하인 한스의 연푸른 눈과 선량하고 쑥스러워하는 앳된 얼굴을 알아보고 웃음을 터뜨리지 않을 수 없었다. 이 사랑스럽고 선량한 젊은이를 때려죽이려면 돌로 된 심장이 필요할 것이다. 그는 한스에게 친절하게 인사한 다음, 자기를 금세 알아보는 말

한니발에게도 다정하게 인사하고는 따뜻하고 축축한 말의 목덜미를 쓰다듬었다.

"어디를 가는 거야, 한스?" 그가 물었다.

"당신한테 오는 거죠." 소년이 허연 이를 드러내며 웃었다. "벌써 많이도 왔네! 어쨌든 여기 오래 있을 순 없어, 당신한테 인사를 전하고 이걸 넘겨주기만 하면 돼요!"

"누가 인사를 전하라고 했는데?"

"리디아 아가씨요. 골드문트 선생님, 덕분에 우리는 힘든 하루를 보냈다고요! 나야 돌아다닐 수 있으니 좋지만. 이런 심부름을 하느라 나온 걸 주인 나리께서 알았다가는 내 모가지가 날아갈 거요. 어서 받아요!"

골드문트는 그가 내민 작은 꾸러미를 받았다.

"한스, 혹시 호주머니에 빵 한 조각이라도 있을까? 있으면 나 좀 줘."

"빵요? 부스러기만 좀 있을 텐데." 그는 주머니를 뒤져 검은 빵 한 조각을 끄집어냈다. 그런 다음 도로 말을 돌리려고 했다.

"아가씨는 뭘 하고 계셔?" 골드문트가 물었다. "아가씨가 네게 다른 심부름은 안 시켰어? 쪽지 같은 거라도 없어?"

"아무것도 없어. 아주 잠깐 아가씨를 본 게 다요. 집안 분위기가 험했거든, 아시겠지만. 주인 나리는 사울 왕처럼 이리저리 돌아다니고. 그러니 나는 얼른 이 물건이나 전하면 된다고. 이게 다고, 난 돌아가야 해요."

"그래, 그래도 잠깐만! 한스, 네 사냥칼을 나한테 줄 수 있을까? 나한테는 작은 것뿐이라. 늑대들이 덤비면, 제대로 된 걸 갖고 있는 게 훨씬 나을 것 같아서."

하지만 한스는 들은 척도 하지 않았다. 골드문트 선생에게 무슨 일이 생긴다면 자기로서도 유감이겠지만, 단도는 안 된다고, 돈을 줘도 절대 안 된다고 했다. 골드문트의 칼과 교환하는 것도 안 되고, 설사 성준비에브가 직접 빌어도 안 된다고. 그러더니 그는 서둘러야 한다면서 골드문트에게 유감이라며 행운을 빌어주었다.

그들은 서로 악수를 나누었고 소년은 말을 타고 떠났다. 골드문트는 묘한 아픔을 느끼며 그 뒷모습을 바라보았다. 그런 다음 꾸러미를 풀었다. 꾸러미를 묶은 질 좋은 송아지 가죽 끈을 보자 기뻤다. 안에는 두툼한 회색 양모 실로 짠 조끼가 들어 있었다. 아마 리디아가 자신에게 주려고 손뜨개질한 옷일 것이다. 그리고 이 털옷 속에 꼭꼭 감싼 단단한 무언가가 들어 있었는데, 그것은 바로 햄 한 덩어리였다. 햄에는 작은 틈새가 벌어져 있고 그 안에 반짝이는 두카텐 금화 하나가 들어 있었다. 편지 같은 것은 없었다. 그는 리디아의 선물을 손에 들고 어쩔 줄 몰라하며 눈 속에 서 있다가 겉옷을 벗고 털 조끼를 입었다. 기분좋은 온기가 느껴졌다. 재빨리 그 위에 겉옷을 입고 금화를 가장 안전한 주머니에 집어넣은 뒤 가죽끈은 허리에 두르고 들판을 가로질러 걸었다. 이제 쉴 곳을 찾아야 했다. 몹시 피곤했지만 농가로 가고 싶지는 않았다. 그곳이 더 따뜻하고 우유도 얻을 수 있을 테지만, 그는 누구와 이야기할 기분도 아니었고 이런저런 질문에 대답하고 싶지도 않았다. 그래서 곡물창고에서 밤을 지내고는, 서리가 내려앉고 칼바람이 부는 새벽에 길을 나서서 추위에 내몰리며 엄청난 거리를 걸었다. 여러 밤이나 기사와 기사의 칼, 그리고 두 자매의 꿈을 꾸었다. 여러 날 동안 고독과 우수가 가슴을 짓눌렀다.

그러던 어느 날 그는 한 마을에서 묵게 되었다. 빵은 없지만 기장 수프는 먹을 수 있는, 가난한 농부들이 사는 곳이었다. 여기서도 새로운 경험들이 그를 기다리고 있었다. 그는 농부 아낙의 손님이 되었는데, 그녀가 밤에 아기를 낳았다. 그곳에 머물던 골드문트는 짚더미에 누워 있다 사람들이 그를 부르자 일을 거들었다. 산파가 바쁘게 일하는 동안 할 수 있는 일이라곤 불을 들고 있는 게 고작이었지만. 그는 처음으로 아이를 낳는 광경을 지켜보았다. 깜짝 놀라 이글거리는 눈을 진통하는 여인의 얼굴에서 떼지 못하다가 갑자기 새로운 경험 하나를 얻었다. 분만하는 여인의 얼굴에서 발견한 것은 그에게는 대단히 주목할 만한 것이었다. 관솔불을 비추면서 크나큰 호기심으로 진통에 시달리는 여인의 얼굴을 뚫어져라 바라보는데 예상치 못한 뭔가가 나타났다. 소리치는 여자의 일그러진 얼굴에 나타난 선線들은 다른 여자들이 사랑에 도취한 순간 보이던 것과 별반 다르지 않았다! 극심한 고통의 표정이 크나큰 쾌락의 표정보다 좀더 격렬하고 좀더 일그러지긴 했다—하지만 근본적으로는 다르지 않았다. 똑같은 일그러짐, 똑같은 타오름과 소멸이 있었다. 왜 그런지는 몰라도 고통과 쾌락이 자매처럼 비슷할 수 있다는 이런 깨달음에 그는 깜짝 놀랐다.

이 마을에서는 또다른 경험도 했다. 해산의 밤이 지난 다음날 아침 그가 알게 된 이웃집 여자 덕분이었다. 사랑을 갈구하는 그의 눈길이 보내는 질문에 그녀가 응답했기에 그는 마을에서 하룻밤 더 머물며 여인을 아주 행복하게 해주었다. 지난 여러 주 동안 온갖 격정을 불러일으켰지만 번번이 실망만 얻은 애정관계가 끝난 뒤 처음으로 다시 욕구가 충족되었기 때문이다. 여기서 이렇게 하루 더 머무른 것이 또다른 체험으로 연결되었다. 그녀 덕분에 둘째 날 그 농가에서 자신처럼 방랑중인 이를 만났던 것이다. 그는 빅토어라는 이름의 키가 크고 뻰뻰한 사내로, 반은 수도사, 반은 산적처럼 보였다. 그는 엉터리 라틴어로 골드문트에게 인사를 건네고는 자신을 방랑중인 학생이라고 소개했는데, 학생이라고 하기에는 꽤 나이들어 보였다.

뾰족하게 수염을 기른 이 사내는 유별나게 다정한 태도로 부랑자 유머를 곁들여 골드문트에게 인사했고, 이런 유머로 그는 재빨리 젊은 동료의 마음을 얻었다. 어디에서 공부했고 어디로 가는 중인지 질문을 받자 이 괴짜 수도사는 일장 연설을 늘어놓았다.

"내 가련한 영혼에 걸고 맹세하는데, 나는 여러 대학교를 다녔소. 쾰른과 파리에 있었고, 간肝 소시지의 형이상학에 대해서라면 내가 레이덴대학교에 제출한 박사논문보다 내용이 더 충실한 건 찾아보기 힘들 거요. 그뒤론, 형제여, 이 가여운 떠돌이 개는 독일 제국을 돌아다니는 중이라오. 측량할 길 없는 굶주림과 갈증으로 이 소중한 영혼이 고문당하면서 말이지. 이 몸으로 말할 것 같으면 농부들의 공포요, 내 직업은 젊은 여자들에겐 라틴어를 가르치고 연통의 소시지들을 내 뱃속에 집어넣는 마법을 행하는 거요. 내 목표는 시장 부인의 침대요. 까마귀들한테 잡아먹히지만 않는다면, 대주교라는 부담스러운 소명에 나 자신을 아낌없이 바칠 거요. 젊은 친구여, 손에서 입으로 들어가는 삶이 그 반대보다는 나을 거고, 결국 토끼구이는 내 불쌍한 위장보다 더 쾌적한 장소를 찾기 어려울 거라는 말씀이지. 보헤미아 왕이 우리 형님이고, 우리 모두의 아버지께서 그와 나를 먹여 살리는데, 아버지는 가장 좋은 일은 나더러 손수 하라고 맡겨두신다오. 엊그제는 모든 아버지가 그렇듯 냉혹하게도 내 목숨을 이용해 굶주린 늑대를 구하려고 했다오. 내가 그 짐승을 때려죽이지 않았더라면, 동료 양반, 그대는 나와 이렇게 기분좋게 통성명하는 명예를 절대로 못 누렸을 거요. 영원히 말이오In saecula saeculorum, 아멘."

이런 종류의 냉소적인 우스갯소리와 떠돌이 수도사 라틴어가 아직 익숙하지 않았던 골드문트는 정신 사납게 떠들어대는 이 촌뜨기와 그가 농담에 곁들이는 유쾌하지 않은 웃음이 좀 걸리기는 했지만, 단단히 연마된 뜨내기가 왠지 마음에 들어 함께 다니자는 그의 말을 선뜻 받아들였다. 늑대를 때려죽였다는 말이 허풍이든 아니든 둘이 다니면 두려워할 것이 줄어들 터였다. 하지만 출발하기 전에 빅토어 수사는, 그의 표현대로라면, 농부들과 라틴어로 이야기하려고 어느 농가에 머물렀다. 그는 지금까지 골드문트가 농장이나 마을에 손님으로 머물 때면 지키던 예의를 갖추지 않고, 그야말로 이 집 저 집 돌아다니며 농가 아낙들과 잡담을 하고, 마구간마다 부엌마다 코를 박고 킁킁거리고, 집집마다 무언가 공물을 내놓기 전에는 마을을 떠날 생각이 없어 보였다. 농부들에게는 남쪽 나라에서 벌어진 전쟁 이야기를 하고, 부뚜막에서는 파비아 전투의 노래를 부르고, 할머니들한테는 관절염과 이가 빠지는 것을 방지할 수 있는 방책들을 추천해주었으니, 그야말로 모든 것을 알고 세상 모든 곳에 가본 듯했으며, 덕분에 선물받은 빵덩이며 견과류와 말린 배로 허리띠 위 셔츠가 터질 듯이 빵빵했다. 골드문트는 놀라워하며 그를 지켜보았다. 그가 지치지도 않고 계속 행군하는 것을, 때로는 사람들을 놀라게 하고 때로는 비위 맞추는 모습을, 자신에게 감탄하는 이들 앞에서 으스대는 모습을, 때로는 서툰 라틴어로 말하면서 학자인 척하다가 때로는 상스럽고 뻔뻔스러운 사기꾼 같은 말로 깊은 인상을 주는 것을, 이야기를 하거나 학자인 듯 연설을 하는 중에도 생생히 깨어 있는 예리한 눈길로 모든 얼굴, 열리는 모든 서랍, 모든 그릇, 모든 빵덩어리를 일일이 기억에 담는 것을. 이 사람이 그야말로 산전수전 다 겪고 약아빠진 떠돌이임을, 많은 것을 보고 경험하며 많이 굶주리고 추위에 떨면서 보잘것없는 위태로운 목숨을 보존하기 위해 교활하고 뻔뻔해진 사내라는 것을 알게 되었다. 오랜 시간 떠돌이로 살아온 사람들은 이런 모습이 되는 것이다. 자신도 앞으로 언젠가 저렇게 변하게 될까?

이튿날 그들은 길을 떠났다. 골드문트에게는 둘이서 함께하는 첫번째 방랑이었다. 사흘 동안 함께 가면서 골드문트는 빅토어에게서 여러 가지를 배울 수 있었다. 모든 것을 떠돌이의 세 가지 욕구에 맞추는, 이제는 거의 본능이 되어버린 습관이었다. 곧 생명의 위협에 맞서 자신을 지키기, 잘 곳 구하기, 음식 마련하기였다. 이런 습관이 그렇게 오래 떠돌아다닌 사람에게 많은 것을 가르쳐준 것이다. 겨울철이든 한밤중이든 별로 눈에 띄지 않는 표지만으로도 근처에 인가가 있다는 것을 알아내는 일, 또는 숲과 들판의 어느 구석진 곳이라도 쉬거나 잠자기에 적합한 곳을 아주 예리하게 찾아내는 일, 또는 방에 들어서는 순간 벌써 집주인의 부유함이나 가난의 정도를 냄새 맡고, 그의 선량함이나 호기심이나 두려움의 정도를 알아내는 일 같은 이 모든 것에서 빅토어의 기술은 대가大家의 경지에 이르러 있었다. 그는 젊은 동료에게 많은 교훈을 들려주었다. 한번은 골드문트가 자신이라면 그렇게 의도를 품고 사람들에게 접근하지는 않을 거라고, 이 모든 기술을 몰라도 자신이 예의바르게 청했을 때 하룻밤 묵어갈 손님의 권리를 거절당한 적은 거의 없었다고 반박하자, 키다리 빅토어는 껄껄 웃더니 부드럽게 말했다. "물론 그랬겠지, 귀여운 골드문트, 자넨 젊고 잘생겼고 순진해 보이니, 그게 훌륭한 숙박권이 되었겠지. 여자들은 자넬 마음에 들어하고, 남자들은 아, 하느님, 이 사람은 해롭지 않아, 아무도 해치지 못해, 이렇게 생각할 테니까. 하지만 보게, 형제여, 사람은 나이들기 마련이고, 그러면 어린아이 같던 얼굴에 수염이 나고 주름도 생기지, 바지엔 구멍이 나고, 어쩌다보면 추하고 환영받지 못하는 손님이 되는 거야, 눈에서 젊음과 순진무구함 대신 굶주림만 번득이는 거지, 그러니 미리 단단해져야 하고, 세상에서 무언가를 좀 배워두었어야 하는 거야. 안 그랬다간 곧바로 똥더미로 직행해 개들이 갈겨대는 오줌이나 뒤집어쓸 테니까. 하지만 자넨 어차피 그리 오래 돌아다니지 않을 거야, 손이 이리 곱고 이처럼 아름다운 곱슬머리를 가졌으니, 머지않아 더 살기 나은 곳으로, 편안하고 따뜻한 부부 침대나 아니면 아름답고 부유한 수도원으로, 아니면 난방이 잘된 서재로 기어들어갈 테지. 어디 그뿐인가, 자네는 이렇듯 좋은 옷을 입고 있으니, 귀족 집안 자제라고 생각될 정도거든."

그는 웃으면서 손으로는 계속 골드문트의 옷을 여기저기 훑어댔다. 골드문트는 이 손이 주머니와 솔기를 빠짐없이 건드려보며 뒤지고 있다는 것을 감지했다. 그는 금화를 생각하며 몸을 피했다. 기사의 집에 머문 이야기를 이미 했고, 라틴어 문장을 수정해주고 그런 좋은 옷을 얻었다는 말도 했다. 하지만 빅토어는 그가 어째서 하필 사나운 겨울철에 그토록 따뜻한 숙소를 떠났는지 알고 싶어했으므로 거짓말에 익숙하지 않은 골드문트는 기사의 두 딸 이야기도 조금 털어놓았다. 그 자리에서 두 사람은 처음으로 언쟁을 했다. 빅토어는 성채와 두 아가씨를 사랑하는 하느님의 손에 맡겨두고 그렇게 도망쳤다며 골드문트에게 바보가 따로 없다고 했다. 그런 건 바로잡아야 한다고, 두고 보라고 했다. 둘이서 그 성으로 찾아가자, 물론 골드문트는 거기서 사람들 눈에 띄면 안 되니 그냥 자기에게 맡기라고 했다. 골드문트가 리디아에게 보내는 편지를 쓰면 빅토어 자신이 들고 성을 방문해서, 그녀가 돈과 재물을 내주지 않는다면, 구세주의 상처에 걸고 맹세하는 바이지만, 절대로 그냥 떠나지 않겠다는 것이었다. 이런 이야기가 계속 이어졌다. 골드문트는 거절하다가 마침내 격해졌다. 그는 이 문제에 대해 한마디도 더 듣지 않겠다고 거부했고, 기사의 이름이나 저택으로 가는 길도 밝히길 거부했다.

빅토어는 골드문트가 그토록 화를 내는 것을 보더니 다시 웃음을 터뜨리고는 선량한 사람 행세를 했다. "자, 자," 그가 말했다. "이 악물지 말게! 내 말은, 자네가 좋은 먹잇감을 그냥 흘려보내고 있다는 것뿐일세. 그리고 자네가 이렇게 나오는 건 기분좋은 일도 아니고 동지애도 아니지. 하지만 자네가 그걸 원하지 않고, 자네는 고상한 신사니까. 자네는 말을 타고 자네의 성으로 돌아가서 그 아가씨와 혼인하겠지! 흠, 자네 머리는 고결한 멍청함으로 가득차 있구먼! 어쨌든 좋아, 같이 계속 떠돌면서 언 발로 지내자고."

골드문트는 기분이 상해서 저녁때까지 아무 말도 하지 않았다. 하지만 이날은 인가나 인적을 발견하지 못했기에 빅토어가 잠잘 곳을 찾아내는 것을 고마운 마음으로 지켜보았다. 빅토어는 숲 가장자리의 나무

두 그루 사이에 쉴 곳을 만들고 전나무 가지들을 넉넉히 모아다가 잠자리를 만들었다. 빅토어의 불룩한 주머니에 들어 있던 빵과 치즈도 나눠 먹었다. 골드문트는 화를 냈던 것이 겸연쩍어서 싹싹하게 그를 도왔고, 동료에게 자신의 털 조끼를 밤 동안 입으라고 내주었다. 그들은 짐승 때문에 번갈아 보초를 서기로 했고, 골드문트가 먼저 보초를 서는 동안 빅토어는 전나무 가지 위에 몸을 눕혔다. 골드문트는 동료의 잠을 방해하지 않으려고 오랜 시간 조용히 전나무 몸통에 몸을 기대고 가만히 있었다. 그러다가 언 몸을 녹이기 위해 이리저리 거닐기 시작했다. 점점 더 먼 거리까지 오가는데, 창백한 하늘을 찌를 듯 솟아 있는 전나무 우듬지를 보고, 장엄하고도 어딘지 두려운 겨울밤의 깊은 정적을 감지하며, 이 차갑고 대답 없는 적막 속에서 따뜻하게 살아 있는 자신의 심장이 고독하게 고동치는 것을 느끼면서 살그머니 돌아와 잠자는 동료의 숨소리에 귀를 기울였다. 떠돌이라는 느낌이 어느 때보다도 더 강하게 그를 꿰뚫고 지나갔다. 이 거대한 공포를 막아줄 그 어떤 집이나 성, 또는 수도원의 울타리도 없이, 쌀쌀맞게 조롱하는 별들 사이에서, 숨어서 지켜보는 짐승들 사이, 참을성 있게 꼿꼿이 서 있는 나무들 사이에서 적대적이고 알지 못하는 세계를 홀로 돌아다니는 떠돌이였다.

아니야, 그는 생각했다. 나는 절대로 빅토어처럼 되지는 않을 거야, 설사 평생 떠돌아다닌다 해도. 공포에 맞서는 저런 방식을 배우지 못할 것이다. 도둑처럼 그토록 약삭빠르게 살금살금 접근하고, 그토록 시끄럽고 뻔뻔하게 광대처럼 굴고, 말 많은 허풍선이의 절박한 유머를 구사하는 것은 배우지 못할 것이다. 어쩌면 저 영리하고 뻔뻔한 사내의 말이 맞을 것이다. 골드문트는 그와 같은 사람, 즉 완전한 떠돌이가 되지는 않고 언젠가는 어느 담장 안으로 기어들어갈지도 모른다. 하지만 그렇다고 해도 그는 고향도 목적지도 없을 것이다. 진정으로 보호받고 안전하다는 느낌을 결코 갖지 못할 것이고, 언제나 수수께끼처럼 아름답고 수수께끼처럼 섬뜩한 세계가 그를 둘러쌀 것이다. 지금 심장이 적막 한가운데서 두려워하며 덧없이 고동치고 있지만 앞으로도 거듭 그는 이런 적막에 귀기울일 것이다. 별은 얼마 보이지 않고 바람은 잦아들었지만 하늘 높은 곳에서 구름이 움직이는 듯했다.

시간이 한참 흐른 뒤 빅토어가 깨더니—골드문트는 그를 깨우고 싶지 않아 그냥 자게 두었다—그를 불렀다.

"이리 오게." 그가 외쳤다. "자네도 좀 자야지, 안 그러면 내일은 아무것도 못할 거야."

골드문트는 순순히 그의 말대로 잠자리에 몸을 눕히고 눈을 감았다. 많이 피곤했지만 잠이 오지 않았다. 이런저런 상념에 잠들지 못했고, 그것 말고도 스스로 인정할 수 없는 어떤 감정, 즉 동료를 향한 두려움과 불신의 감정이 그를 깨어 있게 만들었다. 이렇듯 거칠고 큰 소리로 웃음을 터뜨리는 인간, 시시한 농담이나 늘어놓는 뻔뻔한 동냥아치에게 리디아 이야기를 했다니 그런 자신이 지금은 이해가 되지 않았다! 그에게 그리고 자신에게도 화가 났고, 근심에 잠겨서 이자와 헤어질 가장 좋은 방식과 기회에 대해 곰곰이 생각했다.

그러다가 깜빡 선잠이 들었던 모양이다. 골드문트가 소스라치게 놀라 깨어났다. 빅토어의 손길이 몸에 닿는 것을, 그의 손길이 자신의 옷을 조심스럽게 훑는 것을 느꼈기 때문이다. 한쪽 주머니에는 사냥칼이, 다른 쪽 주머니에는 금화가 들어 있었고, 빅토어는 이 두 가지를 찾아내기만 하면 틀림없이 훔쳐갈 것이다. 그가 잠에 취한 척 몸을 이리저리 뒤척이며 팔을 움직이자, 빅토어는 물러났다. 크게 화가 난 골드문트는 내일 그와 헤어지기로 결심했다.

하지만 한 시간쯤 지났을까, 빅토어가 다시 골드문트 위로 몸을 숙이고는 뒤지기 시작했다. 골드문트는 분노로 인해 오히려 냉정해졌다. 그는 몸을 움직이지 않은 채 눈을 뜨고 경멸을 담아 말했다. "꺼져, 훔칠 만한 건 아무것도 없으니까."

이 말에 깜짝 놀란 도둑은 두 손을 뻗어 골드문트의 목을 붙잡고 눌렀다. 골드문트가 저항하며 몸을 일으키려 하자 손아귀에 더 힘을 주면서 동시에 무릎으로 가슴을 눌렀다. 골드문트는 숨이 막혀 온몸을 격렬하게 흔들어댔지만 상대는 떨어지지 않았다. 갑자기 죽음의 공포가 온몸을 관통하면서, 골드문트는 머리가 맑아지고 기민하게 돌아갔다. 그는 도둑이 목을 조르는 동안 호주머니에 손을 넣어 작은 사냥칼을 꺼내서 무릎으로 자기를 누르고 있는 자를 닥치는 대로 찔러댔다. 잠시 후 빅토어의 두 손이 느슨해지면서 숨통이 트였다. 골드문트는 깊고 거칠게 숨을 들이마시며 간신히 살아난 생명의 느낌을 음미했다. 몸을 일으키려는데 키다리 동료가 무시무시한 신음소리를 내며 그의 위로 축 늘어졌고, 그의 피가 골드문트의 얼굴 위로 흘렀다. 그제야 몸을 일으킬 수 있었다. 밤의 흐릿한 빛 속에 키다리가 쓰러진 모습이 보였다. 그를 향해 손을 뻗자 온통 피투성이가 되었다. 그는 빅토어의 머리를 붙잡아 세웠으나, 머리가 무겁게 떨어지며 자루처럼 축 늘어졌다. 가슴과 목에서 계속 피가 흘러나왔고, 입에서는 이미 약해지고 있는 한숨과 함께 생명이 빠져나가고 있었다.

'내가 사람을 죽였어.' 골드문트는 생각했다. 무릎을 꿇고 죽어가는 사람 위로 몸을 숙인 채 그 얼굴에서 핏기가 사라지는 것을 보며 거듭 생각했다. "성모님, 제가 사람을 죽였습니다." 그는 자신이 말하는 소리를 들었다.

갑자기 여기 머무는 것이 견딜 수 없어졌다. 그는 칼을 들어 빅토어가 입고 있던, 리디아가 연인을 위해 손수 짠 털옷에 문질러 피를 닦아냈다. 칼을 도로 나무 칼집에 꽂아 호주머니에 집어넣은 뒤 벌떡 일어나 온 힘을 다해 그곳에서 도망쳤다.

익살맞은 방랑자의 죽음이 그의 영혼을 짓눌렀다. 날이 훤해지자 그는 덜덜 떨면서 자기가 뒤집어쓴 피를 눈으로 씻어냈다. 그러고는 두려움에 사로잡혀 하룻낮과 하룻밤을 정처 없이 헤맸다. 마침내 그를 흔들어 깨워 이런 두려움에 넘치는 후회를 끝내게 만든 것은 육체의 고통이었다.

쉴 곳도, 길도 없는 눈 덮인 황량한 곳을 음식도 먹지 못하고 거의 잠도 자지 않은 채 방황하면서 그는 몸속에서 허기가 들짐승처럼 울부짖는 거대한 곤경에 빠졌다. 완전히 기진맥진해 몇 번이나 들판 한가운데 드러누웠고, 눈을 감고 자포자기해 이대로 눈 속에서 잠들어 죽고 싶다는 마음뿐이었다. 하지만 언제나 다시 허기라는 들짐승이 그를 일으켜 세웠고, 그는 살아남기 위해 필사적으로 욕심 사납게 달렸다. 가장 쓰라린 곤경 한가운데서도 죽고 싶지 않다는 의지력과 야성, 살고자 하는 벌거벗은 충동의 무시무시한 힘이 그를 일으켜세웠다. 그는 눈 덮인 노간주나무 덤불에서 이미 말라버린 작은 열매들을 퍼렇게 언 손으로 그러모아, 바늘 같은 전나무 잎과 뒤섞인 그 거칠고 쓴 열매를 씹었다. 자극적이고 알알한 맛이었다. 목이 마르면 두 손 가득 눈을 퍼먹었다. 꽁꽁 언 두 손을 입김으로 녹이며 언덕 위에 앉아 잠깐 쉬면서 탐욕스럽게 사방을 두리번거렸다. 황무지와 숲 외에는 아무것도 보이지 않았고, 어디에도 인간의 흔적은 없었다. 머리 위로 까마귀 몇 마리가 날아오자 성난 눈으로 바라보았다. 아니, 저것들의 먹잇감이 되어선 안 된다. 두 다리에 힘이 조금이라도 남아 있는 한, 핏속에 온기가 한 방울이라도 남아 있는 한, 절대 안 된다. 그는 일어서서 죽음과의 가혹한 경주를 다시 시작했다. 걷고 또 걸었다. 극도의 피로와 마지막으로 쥐어짜낸 안간힘 속에서 기묘한 생각들에 사로잡혔다. 그는 앞을 바라보며 때로는 들리지 않을 정도로 작게 때로는 큰 소리로 혼잣말을 했다. 빅토어에게, 칼에 찔려 죽은 자에게도 무뚝뚝한 조롱조로 이야기를 건넸다. "그래, 약삭빠른 형제여, 어떤가? 달빛이 네 내장을 뚫고 비쳐들어? 여우가 네 귀를 물어뜯어? 네가 늑대를 죽였다며? 네가 늑대 목구멍을 물었어, 아님 그놈 꼬리를 뽑기라도 한 거야, 응? 이 늙은 자루 같으니라고, 너 내 금화를 훔치려고 했지! 하지만 이 작은 골드문트가 너를 놀래줬지, 안 그래, 녀석이 네 갈비뼈를 간질여주었잖아! 넌 빵과 소시지, 치즈가 가득 담긴 자루들을 가졌지, 이 돼지 새끼야, 이 먹보 자루야!" 그는 그런 농담들을 퍼부으며 혼자 떠들어댔다. 죽은 자에게 욕을 퍼붓고, 그에게 승리를 자랑하고, 저 바보가, 저 멍청한 허풍선이가 결국은 스스로를 망친 거라고 비웃어댔다.

그러고 나자 그의 생각과 말들은 저 가련한 키다리 빅토어에게서 멀어졌다. 이제 눈앞에 율리, 어리고 아름다운 율리가 보였다. 그녀가 그날 밤 자기를 떠나던 그 모습을. 무수한 사랑의 말을 그녀에게 외치고,

두서없고 뻔뻔한 다정함으로 그녀를 유혹하려고 애썼다. 죽기 전 한 시간만이라도, 비참하게 쓰러지기 전 한순간이라도 자기한테 오라고, 그녀의 잠옷을 벗어버리라고, 함께 하늘로 가자고 유혹했다. 그녀에게 간청하고 도발하면서 그녀의 작은 젖가슴과 두 다리와 겨드랑이에 난 곱슬거리는 금빛 털과도 이야기를 나누었다.

뻣뻣하게 굳어 비틀거리는 두 다리로 눈 덮인 메마른 히스를 밟으면서, 그는 다시 고통에 취해, 가물거리는 삶의 욕망 앞에 승리라도 한 듯 속삭이기 시작했다. 이번에는 나르치스에게였다. 그에게 자신의 새로운 발상들, 지혜, 농담을 말해주었다.

"겁나, 나르치스?" 그는 이렇게 말을 걸었다. "무언가 알아채니 두려운가? 그래, 가장 존경하는 이여, 세상은 죽음으로 가득해, 죽음으로 가득해서 울타리마다 죽음이 앉아 있지, 나무 뒤에도 서 있고, 당신들이 담장을 만들고 침실과 예배당과 교회를 지어도 별 소용 없어. 죽음은 창문으로 들여다보며 웃고, 당신들 하나하나를 아주 잘 알고 있거든. 한밤중 창문 앞에서 죽음이 웃으며 당신들 이름을 부르는 게 들리지. 찬송가를 부르고 제단에 멋진 촛불을 켜두어라, 저녁기도와 독서기도를 올려라, 실험실에 약초를 모으고 도서관에 책을 모아라! 친구여, 그대는 금식중인가? 잠도 자지 않는가? 그가 네게 도움이 될걸, 사신死神 말이야, 사신은 네게서 모든 것을 빼앗아가, 뼈만 남을 때까지. 달려라, 소중한 이여, 빨리 달려, 들판에서 죽음이 돌아다니네. 달려라, 언제나 뼈들을 잘 챙겨. 뼈들은 우리 곁에 머물지 않고 흩어지려 하니까. 가련한 우리 뼈들, 가련한 우리 목구멍과 위장, 해골 속의 빈약하고 작은 뇌! 그 모든 것이 다 가는 거야, 모두 악마에게로. 나무엔 저 검은 수도사들, 까마귀들이 앉아 있네."

오래전부터 제정신이 아닌 이자는 자신이 어디로 가는지, 지금 어디 있는지, 뭐라고 말하는지, 누워 있는지 서 있는지도 더이상 알지 못했다. 그는 덤불 위로 넘어지고, 나무들에게 달려들고, 눈과 가시를 움켜쥐며 쓰러졌다. 하지만 내면의 강한 충동이 거듭 그를 일으켜세웠고, 거듭 눈먼 도망자를 앞으로 몰아갔다. 마침내 그는 완전히 정신을 잃고 쓰러졌다. 바로 며칠 전 그가 떠돌이 학생을 만났던 곳, 밤중에 해산하는 여자에게 관솔불을 비추어주던 그 마을이었다. 그곳에 그는 쓰러져 있었다. 사람들이 달려와 그를 둘러싸고 웅성거렸다. 하지만 그는 아무 소리도 듣지 못했다. 그와 사랑을 나누었던 아낙이 그를 알아보고는 그의 행색에 깜짝 놀랐다. 골드문트를 불쌍하게 여긴 아낙이 남편의 욕설을 못 들은 척하며 시체나 다름없는 그를 마구간으로 끌고 갔다.

오래 지나지 않아 골드문트는 다시 일어서서 돌아다닐 수 있게 되었다. 마구간의 온기와 충분한 잠, 아낙이 가져다준 염소젖 덕분에 다시 정신과 기운을 차렸다. 다만 최근의 경험들은 오랜 시간이 흐르기라도 한 것처럼 과거 저편으로 물러가 있었다. 빅토어와 함께 걸었던 것, 저 전나무 아래서 보냈던 춥고 두려운 겨울밤, 잠자리에서 벌어진 끔찍한 싸움, 동료의 참혹한 죽음, 추위와 굶주림 속에 길을 잃고 밤낮으로 헤매던 일. 이 모든 것은 과거가 되고 그는 그 일들을 거의 잊은 것 같았다. 하지만 그 일들은 결코 잊힌 게 아니었다. 그저 극복하고 흘려보낸 것뿐이었다. 설명할 수 없는 무언가가 아직 남아 있었다. 무언가 끔찍하면서도 가치 있는 것, 무언가 가라앉았지만 결코 잊을 수 없는 것, 어떤 경험, 어떤 맛이 아직 혀끝에 감돌고 있었다. 어떤 고리 같은 것이 심장을 옥죄고 있었다. 이 년도 채 지나지 않았는데 그는 한곳에 머물지 못하고 떠도는 삶의 쾌락과 고통을 그야말로 밑바닥까지 맛보았다. 홀로 있기, 자유, 숲과 짐승들의 소리에 귀기울이기, 정절 없이 떠도는 사랑, 죽도록 힘든 궁핍을 경험했다. 여름 들판의 손님으로 보낸 나날, 숲에서 보낸 많은 날과 많은 주간들, 눈 속에서 보낸 나날, 죽음의 공포와 죽음 곁에서 보낸 나날, 무엇보다도 가장 강하고 가장 기이한 것은 죽음에 맞서 저항한 일이었다. 자신이 보잘것없고 비참하고 위협받고 있음을 알면서도 죽음에 맞서 필사적으로 싸우며 자기 안의 이 아름답고 끔찍한 힘, 끈질긴 생명력을 느꼈었다. 그 경험은 여운을 남기고 그의 가슴에 아로새겨졌다. 또한 해산하는 여자 또는 죽어가는 사람의 그것과도 비슷한 쾌락의 몸짓과 얼굴도 가슴에 아로새겨졌다. 해산하던 여자가 소리를 지르며 얼굴을 찡그리던 일은 얼마나 최근 일이며, 길동무 빅토어가 쓰러지고 그의 피가 고요히 빠르게 흘러나온 것은 또 얼마나 최근 일인가! 오, 그리고 자기 자신은, 저 굶주림의 며칠 동안 자신을 엿보는 죽음의 존재를 얼마나 가까이서 느꼈던가, 굶주림은 얼마나 고통스러웠던가! 그리고 얼마나 추웠던가, 추웠던가! 자신은 얼마나 싸웠던가, 죽음의 콧잔등을 한 방 갈기고, 얼마나 대단한 죽음의 공포로, 어떤 격렬한 쾌감으로 자신을 방어했던가! 앞으로 이보다 더 많은 것을 경험할 수는 없을 것처럼 여겨졌다. 어쩌면 나르치스와는 그에 대해 이야기할 수 있을지 모르지만, 그 말고는 어느 누구와도 이야기할 수 없을 것 같았다.

마구간의 밀짚 잠자리에서 정신을 차리자마자 골드문트는 호주머니 속의 금화가 없어진 것을 알아차렸다. 지난 굶주림의 나날에 거의 의식도 없이 비틀거리며 헤매다가 잃어버린 걸까? 그는 한참을 곰곰이 생각해보았다. 금화는 그에게 소중한 것이었기에 잃고 싶지 않았다. 돈은 그에게 별 의미가 없었고, 그는 그 가치도 제대로 몰랐다. 하지만 금화는 두 가지 이유에서 그에게 중요했다. 그것은 리디아가 자기에게 남긴 유일한 선물이었다. 털 조끼는 빅토어의 피에 흠뻑 젖은 채 그와 함께 숲에 남겨두었기 때문이다. 두번째는 금화를 도둑맞는 것을 그냥 지켜볼 수 없어서 빅토어에게 저항했고, 그것 때문에 어쩔 수 없이 그를 죽였기 때문이다. 금화가 사라졌다면 그 끔찍한 밤의 사건 전체가 무의미해지고 가치를 잃는 것이었다. 그는 한참을 더 생각한 다음 농부 아낙에게 속마음을 털어놓았다.

"크리스티네." 그가 속삭였다. "내 호주머니에 금화가 하나 있었는데, 이제 보니 없네요."

"그래, 이제 알아차린 거야?" 그녀가 묘하게 사랑스러우면서도 교활하고 영악한 미소를 지으며 물었다. 그 미소에 매혹된 그는 기운 없는 팔을 그녀에게 둘렀다.

"당신은 정말 이상한 소년이야." 그녀가 상냥하게 말했다. "그렇게 영리하고 섬세하면서 어쩜 그렇게 멍청하지! 금화를 그렇게 대충 호주머니에 넣고 세상을 돌아다니다니? 오, 이렇게 철없는 소년이라니, 사랑스러운 꼬마 바보라니! 당신을 짚더미에 눕히다가 내가 그 금화를 찾아냈어."

"당신이? 그럼 지금은 어디 있죠?"

"찾아봐요." 그녀는 웃으면서 한참 그가 찾아보게 한 다음에야 금화를 단단히 꿰매둔 그의 겉옷 자리를 보여주었다. 그녀는 어머니처럼 따뜻한 충고를 잔뜩 늘어놓았다. 그는 그런 충고는 바로 잊었지만, 농부 아낙이 베푼 사랑과 그녀의 순박한 얼굴에 떠올랐던 영리하고 선량한 미소만은 절대 잊지 않았다. 그는 그녀에게 감사를 표하려고 애썼다. 오래지 않아 다시 걸을 수 있게 되어 떠나려는 그를 그녀가 붙잡았다. 며칠 있으면 달이 바뀌고 그러면 날씨가 더 따뜻해질 거라면서. 정말로 그랬다. 그가 떠날 때 눈雪은 활기 없는 잿빛으로 변해 있었고, 공기는 축축하게 무겁고, 공중에서는 따뜻한 바람이 윙윙대는 소리가 들려왔다.

# 제10장

얼음은 다시 강물이 되어 흐르고, 썩은 잎사귀 아래서 다시 제비꽃 향기가 피어났다. 골드문트는 다시 다채로운 색깔을 지닌 계절들을 통과하며 만족할 줄 모르는 눈으로 숲과 산과 구름을 받아들이고, 농가에서 농가로, 마을에서 마을로, 이 여자에게서 저 여자에게로 떠돌았다. 서늘한 저녁이면 이따금 답답하고 고통스러운 마음으로 불 켜진 창문 아래 앉아 있기도 했다. 창문 안쪽의 붉은 빛 속에서는 그의 손길이 닿지 않는 온갖 아름다운 것, 행복, 고향, 지상의 평화 같은 것들이 빛나고 있었다. 모든 것이 되풀이되었다. 그가 이제는 잘 안다고 생각하는 모든 것이 다시 찾아왔지만 그 모습은 매번 달랐다. 들판이나 황무지나 자갈길을 따라 오래 터벅터벅 걷는 것, 여름날 숲에서 자는 잠, 건초용 풀을 베거나 홉 열매를 따고 나서 손에 손을 잡고 줄지어 집으로 돌아가는 젊은 아가씨들을 뒤따라 마을에서 어슬렁거리며 걷기, 가을철의 첫 추위, 고약한 첫서리—이 모든 것이 되풀이되었다. 한 번, 두 번, 끝없이 이 다채로운 일들이 그의 눈앞을 지나갔다.

비 오는 계절과 눈 오는 계절이 여러 번이나 지나갔다. 그러던 어느 날 그는 아직 연하긴 해도 이미 푸릇푸릇 싹이 나오기 시작한 너도밤나무숲을 지나 산으로 올라갔다. 위쪽, 산들의 연봉에서부터 아래쪽으로 새로운 경치가 눈앞에 펼쳐졌다. 그 모습에 그의 눈은 즐거워졌고, 기대감과 욕망과 희망이 가슴에 일렁였다. 며칠 전부터 그는 자신이 이 지역으로 다가가고 있음을 알고 또 기대도 하고 있었지만, 막상 대낮에 이처럼 갑자기 눈앞에서 보게 되자 놀라지 않을 수 없었다. 이렇게 대면하면서 처음 받은 느낌은 그가 품고 있던 기대를 충족시킬 뿐만 아니라 오히려 강화시켜주었다. 그는 잿빛 나무줄기와 가볍게 살랑거리는 나뭇가지들 사이로 골짜기를 내려다보았다. 갈색과 초록색이 어우러진 골짜기 한가운데서 넓은 강이 푸르스름한 유리처럼 빛나고 있었다. 길도 없는 황야와 숲을 홀로 떠돌다 간혹 큰 농가나 가난한 마을을 발견하는 일은 이제 당분간 없을 것이다. 저 아래서는 강이 흐르고, 그 강을 따라 제국에서 가장 아름답고 가장 유명한 도로가 이어졌다. 거기엔 풍요롭고 기름진 땅이 있고, 뗏목과 배들이 떠다니고, 도로는 아름다운 마을, 성채, 수도원, 부유한 도시들로 연결되고 있었다. 누구든 원하는 사람은 이 도로를 따라 몇 날 몇 주씩 여행해도, 보잘것없는 농로들이 갑자기 사라져버리고 숲이나 축축한 늪지가 나타날까봐 걱정할 필요가 없었다. 무언가 새로운 것이 앞에 펼쳐져 있었고, 그는 기쁜 마음으로 그것을 고대했다.

그날 저녁 그는 대로 옆에 펼쳐진 붉은 포도밭과 강 사이에 자리잡은 어느 아름다운 마을에 도착했다. 박공이 있는 집들의 아름다운 나무 들보는 붉은색으로 칠해져 있었고, 진입로의 아치형 대문들과 돌계단이 있는 골목길들도 눈에 들어왔다. 한 대장간에서 붉은 불꽃이 거리로 튀고 맑은 모루소리가 울려퍼졌다. 갓 도착한 이방인은 호기심에 골목길과 구석진 곳을 두루 돌아다니며 지하실 입구에서 풍겨나오는 술통냄새와 포도주 냄새를 맡고, 강변을 거닐면서는 비릿하고 서늘한 강물냄새를 맡았다. 그는 교회들과 묘지들을 살펴보면서 하룻밤 묵을 만한 편안한 곡물창고를 찾아보는 것도 잊지 않았다. 우선 신부를 찾아가 먹을 것을 좀 구해볼 생각이었다. 뚱뚱한 붉은 머리 신부는 그에게 이것저것 물었고, 그는 일부는 밝히지 않고 일부는 꾸며서 자신이 살아온 과정을 이야기했다. 그러자 신부는 곧바로 그를 사택으로 맞아들여 좋은 음식과 포도주를 대접했다. 그는 신부와 긴 대화를 나누며 저녁 시간을 보냈다. 이튿날은 강을 따라 뻗어 있는 대로로 여행을 계속했다. 뗏목들과 화물을 실은 배들이 오가는 것을 보았고, 때로는 짐수레들을 추월하기도 하고 여러 짐수레들을 잠시 얻어 타기도 했다. 온갖 풍경으로 가득한 봄날이 빠르게 지나갔다. 그동안 마을들과 작은 도시들이 그를 받아들였고, 아낙네들은 정원 울타리 뒤에서 미소 짓거나 갈색 흙바닥에 꿇어앉아 식물을 보살피고, 소녀들은 저녁 무렵 마을 골목길에서 노래를 불렀다.

그는 물방앗간의 젊은 하녀 하나가 몹시 마음에 들어서 이틀 동안 그곳에 머물며 그녀를 쓰다듬었다. 그녀는 그와 즐겁게 웃으며 수다를 떨었는데, 그는 기꺼이 물방앗간의 일꾼이 되어 언제까지나 거기 머물고 싶었다. 그는 어부들의 집에도 머물렀고, 마부들이 말에게 먹이를 주거나 말 솔질하는 것을 돕고 그 대신 빵과 고기를 얻거나 마차를 얻어 타기도 했다. 오랫동안 혼자 시간을 보내다 이처럼 사람들과 어울리는 여정이 좋았다. 오랫동안 생각에 잠겨 있다 이처럼 수다스럽고 유쾌한 사람들 사이에서 웃고 떠드는 것이, 오랫동안 궁핍하게 지내다 풍족한 음식을 매일 배불리 먹는 것이 정말 좋았기에 그는 기꺼이 이 즐거운 파도에 몸을 맡겼다. 그 파도가 그를 싣고 주교가 다스리는 도시에 가까워질수록 도로는 더욱 붐비고 더욱 활기가 넘쳤다.

어느 마을에 도착했을 때는 이미 밤이었다. 그는 잎이 무성한 나무들이 죽 늘어선 강가를 거닐었다. 강물은 고요하지만 힘차게 흘렀고, 나무뿌리 아래서는 물살이 졸졸거리며 한숨을 내쉬고, 언덕 위에는 달이 떠올라 강물 위를 비추고 나무 아래에 그림자를 드리웠다. 그때 한 소녀가 앉아 울고 있는 것이 보였다. 그녀는 애인과 싸웠는데, 애인은 가버리고 혼자 남아 있었다. 골드문트는 곁에 앉아 그녀의 넋두리를 들어주었고, 그녀의 손을 쓰다듬으며 숲과 사슴들 이야기로 그녀를 조금 위로하고 또 조금 웃게 만들었다. 그녀는 키스를 거부하지 않았다. 그런데 그때 마음이 가라앉자 싸운 게 후회된 애인이 그녀를 찾으러 돌아왔다. 애인 곁에 앉아 있는 골드문트를 보자 그는 곧바로 덤벼들어 주먹을 날렸다. 골드문트는 겨우겨우 방어하다 싸움을 끝냈고, 소녀의 애인은 욕을 퍼부으며 마을로 도망쳤다. 소녀는 자취를 감춘 지 이미 오래였다. 하지만 골드문트는 문제가 평화롭게 해결된 것인지 확신이 없었기 때문에 잠자리를 버리고 한밤중이 될 때까지 달빛 속을 걸었다. 은빛으로 빛나는 고요한 세상을 걸으면서 자신에게 튼튼한 두 다리가 있다는 것을 기쁘게 여기며 매우 만족스럽게, 이슬이 신발에 쌓인 흰 먼지를 씻어낼 때까지 걸었다. 그러다 갑자기 몰려온 피곤을 이기지 못하고 가장 가까운 나무 밑에 누웠다가 잠이 들었다. 낮이 된 지 한참 지났을 무렵 무언가 얼굴을 간질이는 느낌에 그는 깨어났다. 하지만 여전히 잠에 취해 손으로 찰싹 쳐서 간지럼을 쫓아버리고는 도로 잠들었다. 곧바로 똑같은 감촉이 다시 그를 깨웠다. 농부의 하녀 하나가 거기 서서 그를 바라보며 버들가지 끝으로 그를 간질이고 있었다. 그는 일어나 앉았고, 그들은 목례를 나누며 미소 지었다. 그녀는 잠을 자기에 더 나은 창고로 그를 데려갔다. 그들은 같이 누워 한참을 더 잤다. 그녀는 밖으로 나가더니 방금 젖소에서 짜내어 따뜻한 우유가 가득 든 작은 통을 들고 돌아왔다. 그는 얼마 전 길에서 발견해 주머니에 넣어두었던 푸른색 리본을 그녀에게 선물했고, 그녀와 한번 더 키스를 나눈 다음 다시 길을 떠났다. 그녀는 프란치스카라는 이름이었는데, 그녀를 떠나는 게 아쉬웠다.

그날 저녁은 수도원에서 하룻밤 묵었고, 이튿날 새벽 미사에 참석했다. 그의 마음속에서 셀 수 없는 기억들이 소용돌이쳤다. 둥근 돌천장 아래의 서늘한 공기가 감동적으로 고향의 냄새를 풍기고, 타일이 깔린 복도에서는 샌들소리가 그의 마음에 울려왔다. 미사가 끝나고 수도원 교회가 조용해진 뒤에도 골드문트는 여전히 무릎을 꿇고 있었다. 그는 경이로운 감동을 느꼈다. 지난밤 많은 꿈을 꾸었다. 어떻게든 과거에서 벗어나, 어떻게든 삶을 변화시키고 싶었다. 그 이유는 몰랐지만, 아마도 마리아브론 수도원과 경건하던 젊은 시절에 대한 기억이 마음을 흔들어놓은 것 같았다. 고해성사를 해 자신을 정결하게 씻어내고 싶다는 충동을 느꼈다. 고백해야 할 작은 죄악과 악습도 많았지만, 마음을 가장 크게 짓누르는 것은 자기 손에 죽은 빅토어의 죽음이었다. 그는 한 신부를 발견하고 그에게 고해성사를 했다. 자신이 저지른 여러 잘못을, 특히 가련한 빅토어의 목과 등에 단도를 찔러넣은 것을 고백했다. 아, 얼마 만에 하는 고해인가! 자신이 저지른 죄악의 수와 그 무게가 상당하다는 걸 알고 있었기에 호된 벌을 받을 각오도 되어 있었다. 하지만 고해신부는 떠돌이의 삶을 잘 아는지 그리 놀라지도 않은 채 조용히 듣고 나서 진지하고 친절하게 나무라고 또 경고했지만, 벌을 내리지는 않았다.

골드문트는 마음이 한결 가벼워져서 일어나 신부가 지시한 대로 제단에서 기도를 올린 다음 교회를 떠나려고 했다. 그 순간 한 창문으로 햇살이 비쳐들었다. 햇살을 좇던 그의 시선이 측면 예배당에 있는 조각상에 가닿았다. 그 조각상이 그에게 말을 걸며 마음을 사로잡아서, 그는 애정을 듬뿍 담은 눈으로 조각상을 향해 몸을 돌리고 경건한 마음과 큰 감동을 느끼며 자세히 살펴보았다. 그것은 나무로 조각한 성모상으로 다정하고 온화하게 고개를 숙이고 있었다. 푸른 망토가 그녀의 좁은 어깨에서 떨어지는 모습, 섬세하고 소녀 같은 손을 뻗은 모습, 고통 어린 입술 위에서 바라보는 눈길, 동그랗고 아름다운 이마. 그 모든 것이 너무도 생생했다, 너무도 아름답고 진실되고 영혼으로 충만했다. 지금까지 이런 모습은 본 적이 없는 것 같았다. 그는 시간이 흐르는 것도 모른 채 그 입술을, 사랑스럽고 우아한 목선의 움직임을 관찰했다. 꿈과 예감에서 너무나 자주 보았던 것, 자기가 아주 오래 그리워한 무엇이 여기 서 있는 것 같았다. 그래서 몇 번이나 떠나려고 몸을 돌렸다가 또다시 되돌아왔다.

마침내 그가 떠나려는데 아까 고해성사를 한 신부가 뒤에 서 있었다.

"아름답지요?" 그가 다정하게 물었다.

"이루 말할 수 없을 정도로 아름답습니다." 골드문트가 말했다.

"많은 사람이 그렇게들 말하죠." 성직자가 말했다. "어떤 이들은 이건 진짜 성모가 아니다, 너무 현대적이고 세속적이다, 모든 것이 과장되고 참되지 않다고도 하고요. 그런 걸 두고 다투는 소리를 많이 듣지요. 하지만 당신 마음에는 든다니 기쁩니다. 그 조각상이 우리 교회에 온 것은 일 년 전쯤입니다. 우리 수도원의 후원자 중 한 사람이 봉헌한 겁니다. 마이스터 니클라우스의 작품이라오."

"마이스터 니클라우스요? 그분은 누굽니까? 어디 있나요? 그분을 아십니까? 오, 제발, 그분에 관해 이야기해주세요. 이런 것을 만들 수 있다면 매우 훌륭하고 은총을 입은 분이겠죠."

"그에 대해 많이 알지는 못해요. 그는 여기서 하루 정도 가야 나오는, 우리 주교도시에 사는 목조각가요. 예술가로 이름이 높지요. 일반적으로 예술가들은 성인이 아니니 그도 성인은 아니지만, 재능이 뛰어나고 고결한 사람인 것은 분명합니다. 그를 여러 번 보았는데……"

"오, 그를 보셨군요! 어떤 모습인가요?"

"내 아들이여, 그에게 완전히 매료된 것 같구려. 그렇다면 그를 찾아가서 보니파치우스 신부의 인사를 전해주시오."

골드문트는 지나칠 정도로 거듭 감사인사를 올렸다. 신부는 미소 지으며 밖으로 나갔고, 그는 한참 더 이 신비로운 조각상 앞에 서 있었다.

조각상이 숨을 쉬면서 가슴이 움직이는 듯 보였다. 그 얼굴에는 너무 많은 고통과 너무 많은 달콤함이 한데 섞여 있어 그는 심장에 통증을 느꼈다.

그는 딴사람이 되어 교회를 나섰다. 그의 발걸음이 이제 완전히 달라진 세상으로 그를 이끌었다. 저 아름답고 거룩한 나무 조각상 앞에 선 순간 그는 지금껏 한 번도 가져본 적이 없었던 것, 언제나 다른 사람들을 보며 미소를 보내거나 질투했던 것을 갖게 되었다. 바로 목표였다! 그는 목표를 갖게 되었고, 어쩌면 그것을 달성할 것이다. 어쩌면 이리저리 부서진 그의 삶 전체가 높은 의미와 가치를 얻을지도 모른다. 이 새로운 감정이 그의 마음을 기쁨과 두려움으로 가득 채우고 걸음에 날개를 달아주었다. 그가 걷는 이 아름답고 즐거운 시골길은 이미 어제의 그 길이 아니었다. 더는 축제의 놀이터이자 아늑한 숙소가 아니라 길이었다. 도시로 가는 길, 마이스터에게로 가는 길이었다. 그는 서둘러 걸음을 옮겼다. 그리고 저녁이 되기도 전에 도시에 도착했다. 성벽 너머에 탑들이 우뚝 서 있었고, 성문 위에는 문장紋章이 조각되고 그림이 그려진 방패들이 걸려 있었다. 그는 두근거리는 가슴으로 성문을 통과하면서도 거리를 채운 소음과 떠들썩한 무리들에 눈길도 주지 않고, 말을 탄 기사들과 마차와 화려하게 치장한 의장 마차도 보는 둥 마는 둥 했다. 기사도 마차도, 도시도 주교도 지금 그에게는 중요하지 않았다. 성문 아래서 처음 마주친 사람에게 마이스터 니클라우스가 어디 사는지 물었지만, 마이스터를 모른다고 해서 몹시 실망했다.

그는 웅장한 집들이 늘어선 광장에 이르렀다. 많은 집이 그림이나 조각으로 장식되어 있었다. 어느 집 문 위에 강렬한 색으로 칠해진 커다란 용병 조각상이 당당하게 서 있었다. 수도원 교회의 조각상만큼 아름답지는 않았지만, 장딴지를 내밀고 수염 난 턱을 세상을 향해 쭉 내민 독특한 모습을 보고 골드문트는 이 조각상도 그 마이스터가 만들었을 거라고 생각했다. 그 집으로 들어가 문을 두드린 다음 계단을 올라가서 마침내 털 장식이 달린 벨벳 상의를 입은 신사를 만났다. 골드문트는 그에게 어디로 가야 마이스터 니클라우스를 만날 수 있는지 물었다. 신사는 마이스터에게 무슨 볼일이 있느냐고 되물었고, 골드문트는 자제력을 발휘해 마이스터에게 전할 것이 있다고만 말했다. 신사는 마이스터가 사는 거리의 이름을 말해주었다. 골드문트가 길을 물어가며 그곳을 찾았을 때는 이미 밤이었다. 그는 마이스터의 집 앞에 서서 답답해하면서도 행복한 마음으로 창문을 올려다보다 하마터면 안으로 달려들어갈 뻔했다. 하지만 벌써 시간이 많이 늦은데다, 열심히 걸어오느라 땀과 먼지투성이라는 생각에 간신히 마음을 가라앉히고 내일까지 기다리기로 했다. 그러면서도 얼른 떠나지 못하고 한참을 그 집 앞에서 서성였다. 그때 창문 하나가 밝아지더니 그가 막 돌아서려는 순간 어떤 형체가 창가로 오는 것이 보였다. 금발의 매우 아름다운 아가씨로, 그녀의 머리카락 사이로 뒤쪽에서 반짝이는 부드러운 등불 빛이 새어나왔다.

이튿날 아침 도시가 다시 깨어나 북적이기 시작했고, 골드문트는 지난밤 묵은 수도원에서 얼굴과 손을 씻고 옷과 신발에서 먼지를 떨어내고, 조각가가 사는 거리로 돌아가 대문을 두드렸다. 하녀가 나왔지만 골드문트를 선뜻 마이스터에게 안내하려 하지 않았다. 그는 간신히 노파의 마음을 움직여 안으로 들어갔다. 작업장으로 쓰는 자그마한 홀에 작업용 앞치마를 두른 마이스터가 서 있었다. 키가 크고 수염을 기른 그는 골드문트가 보기에 사오십대인 듯했다. 그는 날카로운 연푸른색 눈으로 이방인을 바라보며 무슨 용건이냐고 짧게 물었다. 골드문트는 보니파치우스 신부의 인사를 전했다.

"그게 다요?"

"선생님." 골드문트가 숨을 헐떡이며 말했다. "그곳 수도원에서 선생님의 성모상을 보았습니다. 아, 그렇게 못마땅한 눈으로 보지 말아주세요, 순수한 사랑과 존경심에서 이끌려온 것뿐입니다. 저는 쉽사리 겁먹지 않아요. 오랫동안 방랑생활을 했고, 숲과 눈과 굶주림을 맛보았습니다. 저는 그 누구도 두려워하지 않습니다만, 선생님 앞에선 두려워요. 단 한 가지 큰 소원이 있는데, 그게 온통 제 마음을 차지하고 있습니다."

"대체 무슨 소원이오?"

"선생님의 제자가 되어 선생님의 가르침을 받고 싶습니다."

"젊은이, 그런 소망을 품은 게 그대가 처음은 아니오. 하지만 나는 제자를 두는 게 마뜩잖고, 조수는 이미 두 명이나 있어. 당신은 대체 어디 출신이고 부모는 어떤 사람들인가?"

"저는 부모도, 고향도 없습니다. 한 수도원의 학생이었고, 거기서 라틴어와 그리스어를 배웠어요. 그런 다음 도망쳐서 지금까지 여러 해째 떠돌아다니는 중입니다."

"그런데 왜 목조각가가 되려는 거지? 배워보려고 한 적은 있나? 스케치는 좀 있고?"

"스케치는 많이 해보았지만 지금 가지고 있진 않습니다. 하지만 왜 조각을 배우고 싶은지는 말씀드릴 수 있어요. 저는 많은 생각을 해왔고, 수많은 얼굴과 형태를 보고 또 그에 대해 성찰도 했습니다. 이런 생각들 가운데 몇 가지가 끊임없이 저를 괴롭혀 도저히 마음의 평화를 얻을 수 없어요. 어디서나 형태에는 일정한 형식이 드러나 있고 일정한 선이 반복되며, 이마와 무릎, 어깨와 둔부의 선이 서로 상응하는데, 이 모든 것은 바로 이런 무릎, 이런 어깨와 이마를 가진 사람의 본질 또는 기질과 가장 깊이 일치한다는 생각이 떠올랐습니다. 어느 날 밤 해산하는 여자를 돕다 최고의 고통과 최고의 쾌락이 아주 비슷하게 표현되는 것을 보고 그런 생각을 한 것이지요."

마이스터는 이방인을 뚫어져라 바라보았다. "지금 자네가 무슨 말을 하고 있는지 알고는 있는 건가?"

"네, 선생님, 그렇습니다. 바로 그것이 선생님의 성모상에 표현되어 있어 저는 크게 놀라면서도 기뻤어요. 그래서 이곳에 온 것입니다. 아, 성모님의 아름답고 사랑스러운 얼굴에는 너무나 많은 고통이 어려 있는데, 동시에 그 모든 고통이 순수한 행복과 미소가 되고 있습니다. 그걸 보는 순간, 제 안에서 불길 같은 게 타오르면서 여러 해 동안 품어온 생각과 꿈이 분명해지고 갑자기 더는 쓸모없는 것이 아니게 되었어요. 그 자리에서 제가 무엇을 해야 할지, 어디로 가야 할지 깨달았습니다. 존경하는 니클라우스 선생님, 진심으로 이렇게 청합니다, 선생님 곁에서 배우게 해주십시오!"

니클라우스는 여전히 표정을 풀지 않은 채 주의깊게 들었다.

"젊은이." 그가 말했다. "자네는 예술에 대해 놀랄 정도로 훌륭하게 말하는군. 자네 나이에 쾌락과 고통에 대해 그렇게까지 말할 수 있다는 것도 놀랍고. 저녁 시간에 한번 자네와 함께 포도주 한잔하며 이 문제를 이야기해보고 싶군. 하지만 이보게, 서로 편안하고 지적인 대화를 나누는 것과 여러 해를 함께 살며 일하는 건 다른 문제야. 여기는 작업실이야. 일하는 곳이지 떠드는 곳이 아니야. 그러니 누가 무언가를 오래 생각해서 그걸 말로 표현할 수 있느냐가 중요한 게 아니라, 오로지 손으로 무엇을 만들 수 있느냐만 중요한 걸세. 자네가 진지한 것 같으니 그냥 쫓아버리고 싶지는 않네. 자네가 뭔가 할 수 있는지 보고 싶어. 점토나 밀랍으로 무엇이든 만들어본 적이 있나?"

골드문트는 곧바로 오래전 꾸었던 꿈을 떠올렸다. 자신이 점토로 만든 작은 조각상들이 일어서더니 거인이 된 그 꿈을. 하지만 그에 대해서는 침묵하고, 아직 그런 일을 해본 적이 한 번도 없다고 대답했다.

"좋아, 그렇다면 스케치를 한번 해보게. 저기 책상이 있고, 종이와 목탄도 있네. 거기 앉아서 그려보게, 시간은 충분하니까 점심때나 저녁때까지 머물러도 되네. 그러면 자네가 어디에 쓸모가 있을지 알 수 있겠지. 자, 이제 이야기는 충분히 했으니, 나는 일을 해야겠네. 자네도 자네 일을 하게."

골드문트는 니클라우스가 가리킨 스케치 책상 앞의 안락의자에 앉았다. 그는 서둘러 작업을 시작하지 않고, 우선 자리에 앉아 겁먹은 학생처럼 조용히 기다리면서 호기심과 사랑을 담아 마이스터를 건너다보았다. 마이스터는 등을 반쯤 돌린 채 작은 점토상을 계속 만들어나갔다. 골드문트는 주의깊게 마이스터를 바라보았다. 흰머리가 나기 시작한 엄격한 머리 모습과 거칠지만 영혼이 깃든 고귀한 장인의 손에 엄청난 마법이 깃들어 있었다. 그는 골드문트가 상상했던 것과는 모습이 많이 달랐다. 더 나이들고 더 겸손하고 더 냉철했고, 사람의 마음을 끄는 매력이나 광채는 덜하고 전혀 행복해 보이지 않았다. 마이스터의 꼼꼼하고 엄격하고 날카로운 눈길은 이제 자기 작업에 가 있었다. 그 눈길에서 해방된 골드문트는 조심스럽게 마이스터의 모습 하나하나를 모두 마음에 담았다. 그의 생각에 이 사람은 학자라고 해도 될 것 같았다. 자기 이전의 많은 선구자가 시작했고 언젠가 자기도 후배들에게 물려주어야 할 한 가지 작업에 헌신해온 조용하고 엄격한 학자, 수많은 세대의 노력과 헌신이 집약된 끈질기고 오래 걸리는, 결코 끝나지 않을 작업을 계속하는 탐구자 같았다. 관찰자인 골드문트는 마이스터의 머리에서 적어도 다음과 같은 것들을 읽어냈다. 거기에는 엄청난 끈기, 많은 훈련과 사색, 많은 겸손함, 그리고 인간의 모든 작업이 의심스러운 가치만을 지닌다는 깨달음 등이 쓰여 있었지만, 또한 자신의 사명에 대한 믿음도 나타나 있었다. 그 손의 언어는 달랐다. 그의 손과 머리 사이엔 모순이 존재했다. 두 손은 확고하고도 매우 민감한 손가락으로 점토를 주물러 형태를 만들어냈는데 그 손놀림이 마치 사랑을 하고 있는 남자가 몸을 내맡긴 연인을 다루는 듯했다. 사랑에 빠져 섬세하게 흔들리는 감정으로 가득차 탐욕스럽게 움직이는, 하지만 주기와 받기의 구분 없이 음탕하면서도 경건한 손놀림으로, 오랜 경험에서 비롯한 확고하고 대가다운 솜씨로 점토를 만졌다. 골드문트는 황홀한 마음으로 경탄하면서 은총을 입은 이 손을 바라보았다. 얼굴과 손 사이의 이런 모순만 아니었다면 그는 기꺼이 마이스터를 그렸을 것이다. 하지만 그 모순이 그를 마비시켰다.

작업에만 빠져 있는 예술가를 바라보며 그의 비밀을 한 시간쯤 탐색하고 났을 때, 골드문트의 내면에서 또다른 모습이 형성되더니 영혼 앞에 또렷이 보이기 시작했다. 자신이 세상에서 누구보다 잘 아는, 자신이 너무나 사랑하고 마음속 깊이 경탄해 마지않는 이의 모습이었다. 이 형태 또한 다양한 모습을 지니고 수많은 투쟁을 연상시키기는 했지만, 그래도 그 어떤 붕괴나 모순은 없었다. 바로 친구 나르치스의 모습이었다. 그것은 점점 더 응축되며 통일성과 전체성을 갖추더니, 자신이 사랑하는 사람의 내면을 지배하는 법칙이 점점 더 분명하게 드러났다. 정신에 의해 형성된 고귀한 머리, 정신에 대한 봉사로 긴장된 아름답고 절제된 입과 약간 슬픈 눈, 정신적인 것으로 만들기 위한 싸움으로 고무된 마른 어깨와 긴 목, 섬세하고 고결한 두 손. 수도원에서 작별한 그때 이후로 이처럼 분명하게 친구를 본 적이 없었다. 그 모습은 온전히 저 자신에게 사로잡혀 있었다.

꿈결인 듯 의식 없이, 그러나 각오와 필연성을 느끼며 골드문트는 조심스럽게 스케치를 시작했다. 사랑을 담은 손가락이 가슴속에 남아 있는 그 형태를 경건한 마음으로 그려나가는 동안 그는 마이스터와 자기 자신을, 그리고 지금 있는 장소를 잊었다. 그 방에서 빛이 천천히 이동하는 것도 보지 못했고, 마이스터가 여러 차례 자신을 건너다본 것도 알지 못했다. 그는 마음이 부과하여 자기 것이 된 이 과제를 마치 제물을 봉헌하듯 수행해나갔다. 지금 자신의 영혼에 살고 있는 친구의 모습을 끄집어내어 현실에 보존하는 일이었다. 미처 생각은 못했지만, 그는 자신의 행위가 빚을 갚고 감사를 표시하는 것임을 느꼈다.

니클라우스가 스케치 탁자로 다가와 말했다. "점심시간이야. 나는 밥 먹으러 갈 건데, 같이 가도 돼. 어디 좀 보지—뭘 좀 그렸나?"

골드문트 뒤에 서서 커다란 종이를 바라보던 마이스터가 그를 옆으로 밀어내고는 능숙한 손길로 조심스럽게 종이를 집어들었다. 골드문트는 꿈에서 깨어나 이제 긴장하면서도 기대하는 눈빛으로 마이스터를 바라보았다. 마이스터는 두 손으로 스케치를 들고 예리한 연푸른색 눈으로 자세히 살펴보았다.

"자네가 그린 이 사람은 누군가?" 니클라우스가 한참 뒤 물었다.

"제 친구입니다. 젊은 수도사이자 학자지요."

"좋아. 손을 씻게, 저기 뜰에 샘이 있네. 그런 다음 식사하러 가세. 조수들은 여기 없어, 도시 밖으로 일하러 나갔다네."

골드문트는 니클라우스가 시키는 대로 내려가서 뜰과 샘을 찾아냈고, 손을 씻으며 마이스터의 생각을 짐작해보려고 애썼다. 돌아와보니 그의 모습은 보이지 않고 옆방에서 그가 움직이는 소리가 들렸다. 다시 나타났을 때는 마이스터도 깨끗이 씻고 앞치마 대신 멋진 천으로 만든 상의를 입고 있었다. 그 모습이 무척 당당하고 위엄 있어 보였다. 그가 앞장서서 계단을 올라갔다. 작은 천사 머리들이 조각된 호두나무 기둥들을 지나, 오래된 조각상과 새로운 조각상이 즐비한 현관을 지나 작은 방으로 들어갔다. 바닥과 벽, 천장을 단단한 나무로 만든 그 방의 구석 창문 옆쪽에 식탁이 차려져 있었다. 젊은 숙녀가 들어왔고, 골드문트는 그녀를 알아보았다. 어젯밤에 본 그 아름다운 아가씨였다.

"리스베트." 마이스터가 말했다. "식기 한 벌을 더 가져와야겠다. 손님이 계셔. 그는—그래, 아직 그의 이름도 제대로 모르고 있구나."

골드문트가 자기 이름을 이야기했다.

"그렇군, 골드문트. 자, 이제 식사를 시작해도 되겠지?"

"잠깐만요, 아버지."

그녀가 접시를 가져오더니, 밖으로 나갔다가 곧바로 돼지고기, 완두콩, 흰 빵 등의 음식을 든 하녀와 함께 들어왔다. 식사를 하는 동안 아버지는 딸과 함께 이런저런 이야기를 나누었고, 골드문트는 조용히 앉아 조금씩 먹는데 매우 불안하고 짓눌린 느낌이었다. 아가씨는 몹시 그의 마음에 들었다. 당당하고 아름다웠고, 거의 아버지만큼이나 키가 컸다. 마치 진열창 속에 든 것처럼 정숙하고 범접할 수 없는 자세로 앉아 이방인에게는 말도 건네지 않고 눈길도 보내지 않았다.

식사가 끝나자 마이스터가 말했다. "나는 반시간 정도 쉬어야겠네. 자네는 작업장으로 가거나 밖에서 산보 좀 하게. 이 문제에 대해서는 나중에 이야기하기로 하지."

골드문트는 인사를 하고 밖으로 나왔다. 자신의 스케치를 본 지 한두 시간이 지났는데 마이스터는 아직 한마디도 하지 않았다. 그런데 반시간을 더 기다리라니! 하지만 달리 방법이 없어서 그는 기다렸다. 작업장으로는 가지 않았다. 지금은 자신의 스케치를 다시 보고 싶지 않았다. 그는 뜰로 나가 샘 가장자리에 앉아서 끊임없이 관에서 흘러나와 돌대야 속으로 떨어지는 물줄기를 바라보았다. 물줄기가 떨어지면서 물결이 일었고, 약간의 공기가 깊은 물속에 들어가 작고 하얀 진주알을 도로 튀게 만들었다. 그는 거울 같은 어두운 샘물에 비친 제 모습을 바라보며, 물속에서 자신을 바라보는 골드문트는 이미 수도원 시절의 골드문트나 리디아의 골드문트가 아니라고 생각했다. 숲속을 헤매던 골드문트도 아니었다. 그는 생각했다, 자신과 모든 인간은 계속 흐르며 끊임없이 변하다가 마침내 해체되겠지만 예술가가 만든 모습은 언제까지나 변하지 않고 똑같은 모습으로 남을 거라고.

어쩌면 죽음에 대한 공포가 모든 예술의 뿌리이자 모든 정신의 뿌리일지도 모른다는 생각이 들었다. 우리는 죽음을 두려워하고 덧없음에 떤다. 꽃이 시들고 나뭇잎이 떨어지는 것을 슬프게 바라보며, 마음속으로 우리도 곧 덧없이 스러져갈 것을 분명하게 느낀다. 예술가가 되어 형태를 만들거나 사상가가 되어 법칙들을 찾아내고 사상들을 만들어낸다면, 이 거대한 죽음의 춤에서 무언가를 구원해내는 것이고, 우리 자신보다 더 오래 지속되는 무언가를 만들어내는 것이다. 마이스터가 저 아름다운 성모상의 모델로 삼았던 여성은 아마도 지금쯤은 나이들었거나 죽었을 테고, 머지않아 그도 죽을 것이다. 다른 이들이 그의 집에 살며 다른 이들이 그의 식탁에서 밥을 먹겠지—하지만 그의 작품은 남는다. 저 고요한 수도원 교회에서 백년이나 더 오랜 시간이 흐른 뒤에도 작품은 여전히 희미하게 빛나고, 언제나 아름다운 모습으로 남아 언제나 같은, 슬프고도 피어나는 입으로 미소 짓겠지.

마이스터가 계단을 내려오는 소리에 그는 작업장으로 갔다. 마이스터 니클라우스는 왔다갔다하며 거듭 골드문트의 스케치를 바라보다 마침내 창가에 멈춰 서서 망설이며 무뚝뚝한 태도로 말했다. "이곳 관습으로 도제는 적어도 사 년을 배우는데, 그의 아버지는 마이스터에게 수업료를 지불해야 한다네."

마이스터가 잠시 뜸을 들이기에 골드문트는 자기에게서 수업료를 받지 못할까 걱정하는 거라고 생각했다. 그는 주머니에서 번개처럼 칼을 꺼내선 꿰맨 자리를 갈라 숨겨두었던 금화를 꺼냈다. 니클라우스는 깜짝 놀라 그를 바라보다 골드문트가 금화를 내밀자 껄껄 웃기 시작했다.

"아, 그렇게 생각한 거군?" 그는 다시 웃었다. "아니, 젊은 친구, 자네 금화는 넣어둬. 잘 들어보게. 나는 우리 길드에서 보통 어떤 식으로 도제를 받아들이는가를 말한 걸세. 하지만 나는 그런 식으로 도제를 받아들여 가르치는 보통의 마이스터는 아니고, 자네도 보통의 도제는 아니지. 그러니까 보통의 도제는 열셋, 열넷, 늦어도 열다섯 살엔 시작해. 그리고 수업 기간의 절반은 막일꾼 노릇을 하면서 여러 잘못을 저지르고. 하지만 자넨 이미 어른이고 나이로만 보자면 벌써 한참 전에 기능공이나 심지어 마이스터가 되었어야 해. 우리 길드에서 수염 난 도제는 본 적이 없네. 이미 말했지만 나는 집에 도제를 받아들일 생각도 없고. 게다가 자네 역시 아무 명령이나 내리고 이리저리 심부름 보낼 수 있는 사람처럼 보이지도 않는군."

골드문트의 조바심이 극에 달했다. 마이스터의 사려 깊은 말 한마디 한마디가 고문하듯 그를 긴장시켰고 끔찍하게 지루한 학교 선생의 잔소리처럼 들렸다. 그가 참지 못하고 외쳤다. "저를 도제로 받아들일 생각이 없다면 뭐하러 이 모든 말씀을 하십니까?"

마이스터는 전혀 동요하지 않고 하던 대로 말을 이어나갔다. "나는 자네 소질에 대해 한 시간이나 생각했으니, 자네도 인내심을 갖고 내 말을 듣게. 나는 자네 스케치를 보았어. 실수가 있었지만, 그럼에도 아름답네. 그렇지 않았다면 나는 자네에게 반 굴덴을 주어 내보내고 잊었을 거야. 스케치에 대해서는 더 말하고 싶지 않아. 나는 자네가 예술가가 될 수 있게 돕고 싶어, 어쩌면 자네에게는 예술가가 될 소명이 주어진 것도 같네. 하지만 자네가 도제는 될 수 없지. 도제가 되지 않고 수업 기간을 마치지 못한 사람은 우리 길드에서 기능공도 마이스터도 될 수 없다네. 이 말을 미리 해둬야 할 것 같아서. 하지만 시도야 해볼 수 있지. 자네가 한동안 이 도시에 머물 수 있다면 내게 와서 몇 가지를 배워보게. 이건 어떤 의무나 계약도 없이 이루어지는 일이니, 자네는 언제든 떠날 수 있네. 내 작업장에서 조각칼 몇 개를 부러뜨리고 통나무 몇 개를 망쳐도 괜찮네. 자네가 나무를 조각하는 데 맞지 않다는 게 드러나면 다른 사람에게 가야겠지. 어때, 이러면 되겠나?"

골드문트는 이야기를 들으면서 부끄러운 한편 감동했다.

"진심으로 고맙습니다." 그가 외쳤다. "저는 고향이 없으니 숲속에서 그랬듯 이 도시에서도 잘 지낼 수 있을 겁니다. 선생님께서 도제를 두실 때와 같은 관심과 책임을 저를 위해 지고 싶지 않으시다는 것도 알겠습니다. 선생님께 배울 수 있다니 저에게는 엄청난 행운입니다. 저를 위해 이런 은혜를 베풀어주신다니 진심으로 감사드립니다."

# 제11장

새로운 모습들이 이곳 도시에서 골드문트를 둘러쌌고, 새로운 삶이 시작되었다. 이 지역과 이 도시가 풍요롭고 유혹하는 모습으로 그를 맞아들였듯이, 이 새로운 삶 역시 기쁨과 수많은 약속을 보여주며 그를 맞아들였다. 그의 영혼에 자리한 슬픔과 지식의 밑바탕은 건드려지지 않은 채 그대로 남아 있었지만, 표면에서 삶은 온갖 색채로 물들었다. 골드문트의 삶에서 가장 즐겁고 근심 걱정 없는 시절이 시작되었다. 부유한 주교도시는 골드문트에게 외부로부터 모든 종류의 예술, 여인들, 무수한 오락거리와 이미지들을 가져다주었다. 안으로부터는 그의 깨어난 예술가 정신이 새로운 감각과 경험을 잔뜩 선물해주었다. 그는 마이스터의 도움으로 생선시장 근처에 있는 도금공 집에 숙소를 구했고, 마이스터뿐만 아니라 도금공에게서도 목재, 석고, 안료, 니스, 금박을 다루는 법을 배웠다.

골드문트는 재능이 뛰어난데도 그것을 펼쳐 보일 충분한 방법을 찾아내지 못하는 불운한 예술가들에 속하지는 않았다. 세상의 아름다움을 크고 깊이 느낄 수 있고 또한 그 고결하고 숭고한 이미지들을 영혼에 품을 재능은 주어졌지만, 이 이미지들에서 스스로 다시 벗어나 다른 사람들의 기쁨이 되도록 그것을 밖으로 끌어내 널리 알릴 방법을 찾아내지 못한 사람도 많았다. 골드문트는 이런 결핍으로 인해 고통을 겪지는 않았다. 손을 이용하는 일과 손기술을 익히고 그 완성도를 높이는 법을 배우는 것이 그에게는 쉽고 재미있었다. 일이 끝난 후 저녁에 몇몇 동료와 어울려 류트 연주를 배우고 일요일이면 시골의 춤판들을 찾아다니며 춤을 추는 것도 쉬웠다. 쉽게 배우고 많은 것이 저절로 되었다. 물론 목조각만은 언제나 진지하게 노력해야 하는 일이었다. 그는 어려움과 실망을 맛보았고, 멋진 목재를 못쓰게 만들기도 했고, 수차례 손가락을 호되게 베이기도 했다. 하지만 금세 초보 단계를 넘어서서 능숙해졌다. 그런데도 스승은 그를 몹시 못마땅해하며 자주 잔소리를 늘어놓았다. "자네가 내 도제나 기능공이 아닌 게 정말 다행이군, 골드문트. 자네가 숲에서 나와 길을 따라 이곳으로 왔고 언젠가 다시 그곳으로 돌아간다는 걸 우리가 알고 있으니 말이야. 자네가 시민이나 기술자가 아니고 고향도 없는 떠돌이라는 것을 몰랐다면, 마이스터가 흔히 제자들에게 요구하는 것들을 자네에게 요구하고 싶은 유혹에 바로 넘어갔을 테니까. 기분이 내킬 땐 자넨 아주 훌륭한 노동자가 되지. 하지만 지난주엔 이틀이나 일을 빼먹었어. 어제는 마당의 작업장에서 두 개의 천사상을 윤냈어야 했는데 한나절을 자느라 흘려보냈고."

스승의 질책은 옳았고, 골드문트는 변명하지 않고 묵묵히 들었다. 그는 자기가 신뢰할 만한 근면한 인간이 아니라는 것을 알고 있었다. 무언가에 마음이 사로잡히면, 예컨대 까다로운 과제를 받았는데 그 과제가 자신의 솜씨를 깨닫게 해주고 만족을 안겨주는 것이기만 하다면 그도 열성적인 일꾼이 되었다. 하지만 힘든 손작업은 내켜하지 않았다. 손기술을 요하는 분야에는 까다롭지는 않아도 시간과 근면을 요하는 작업이 정말 많았고, 그런 일들을 해내기 위해서는 참을성과 성실함이 필요했지만 그런 것을 전혀 견디지 못했다. 이따금 그도 자신이 왜 그러는지 궁금했다. 몇 년 동안의 방랑생활이 자신을 이토록 게으르고 믿을 수 없는 사람으로 만든 것일까? 어머니에게서 물려받은 기질이 발현되면서 우세해진 것일까? 아니면 대체 무엇이 잘못된 걸까? 그는 수도원에서 지내던 그 몇 년 동안 자기가 얼마나 열성적이고 착실한 학생이었는지 아주 또렷이 기억하고 있었다. 지금은 없는 그 인내심이 무슨 까닭으로 그때는 있었던 것일까? 마음속 깊은 곳에서는 정말로 중요하다고 생각하지도 않으면서 어떻게 라틴어 구문을 지칠 줄 모르고 공부하고, 그 까다로운 그리스어 반과거를 익힐 수 있었을까? 그는 종종 이런 생각을 해보았다. 당시 그를 단련시키고 고무해준 것은 사랑이었다. 자신이 배움에 열정적이었던 것은 나르치스의 사랑을 얻기 위한 절실한 구애였던 것이다. 나르치스의 사랑은 오직 존중과 인정을 통해서만 얻을 수 있었다. 당시 그는 사랑하는 선생에게서 인정해주는 눈길을 받기 위해 여러 시간, 여러 날을 노력했다. 그러다가 마침내 간절히 바라던 목적을 이루었고, 나르치스와 친구가 되었다. 하지만 신기하게도 그가 학자로서의 자질이 없다는 걸 알려주고 잃어버린 어머니의 모습을 일깨워준 사람이 바로 학자인 나르치스였다. 학자의 길, 수도사의 삶, 미덕이 아니라, 그의 본질에 내재된 강력한 근원적 충동들, 즉 성과 여자의 사랑, 독립에 대한 열망, 방랑이 그를 지배하게 되었다. 그런데 지금 골드문트는 마이스터가 만든 성모상을 보고 자기 안의 예술가를 발견해 새로운 길을 걸으며 다시 정착했다. 지금의 사정은 어떠한가? 앞으로 그의 길은 어디로 이어질 것인가? 이런 장애들은 어디서 오는 것인가?

처음에는 그도 깨닫지 못했다. 자신이 마이스터 니클라우스를 존경하기는 해도 그 옛날 나르치스를 사랑했던 방식으로 사랑하는 것은 아니라는 것만은 알아챌 수 있었다. 사실 골드문트는 이따금 그를 실망시키고 화나게 하는 게 즐겁기까지 했다. 그것은 스승의 본질 속에 있는 이중성과 관계있는 듯했다. 니클라우스의 손에서 탄생한 조각상들, 적어도 그 가운데 가장 훌륭한 것들은 골드문트가 숭배하는 모범이었지만, 정작 마이스터는 결코 그의 모범이 되지 못했다.

마이스터 니클라우스의 내면에는, 가장 고통스럽고도 아름다운 입을 지닌 성모상을 나무로 깎아낸 예술가, 마법과도 같은 손길로 심오한 체험과 예감을 눈에 보이는 형상으로 바꿀 수 있는 통찰과 혜안을 갖춘 예술가 말고 또다른 존재가 살고 있었다. 그는 엄격하고 소심한 가장, 길드 소속의 마이스터, 딸과 못생긴 하녀를 거느리고 자신의 고요한 집에서 어딘지 굴종적으로 조용하게 살아가는 홀아비였다. 골드문트의 몹시 강력한 충동들에 심한 거부감을 느끼며, 고요하고 절제된, 아주 질서정연하고 품위 있는 삶에 안주한 사람이었다.

골드문트는 스승을 존중해, 다른 사람에게 그에 대해 꼬치꼬치 캐묻거나 다른 사람들 앞에서 그를 비판하는 일 따위를 절대로 하지 않았지만, 일 년이 지나자 니클라우스에 대해 알아야 할 것은 가장 사소한 것까지도 모조리 알게 되었다. 스승은 그에게 중요한 존재였다. 스승은 그를 사랑하면서도 미워했고, 그에게 잠시도 쉴 틈을 주지 않았다. 제자 역시 사랑으로 또 불신으로, 점점 더 깨어나는 호기심으로 스승의 본성과 삶의 숨겨진 부분을 파고들었다. 그는 니클라우스가 공간이 충분한데 도제도 기능공도 받아들이지 않는 것을 눈여겨보았다. 여간해서는 외출하지 않았고 손님을 초대하는 일도 드물었다. 아름다운 딸을 얼마나 감동적이고 질투심에 가득차서 사랑하는지, 다른 사람에게는 보여주려 하지 않는다는 것도 알아챘다. 홀아비의 엄격하고 이른 나이의 금욕적 태도 이면에서 여전히 충동이 한창 꿈틀대고 있다는 것도 발견했다. 다른 도시에서 주문을 받고 이따금 길을 떠날 때면, 그가 며칠 걸리는 여행을 위해 경이로울 만큼 사람이 달라지고 젊어질 수 있다는 것도 확인했다. 한번은 니클라우스가 목조각 설교단을 만들어달라는 주문을 받고 간 먼 소도시에서 어느 날 저녁 남몰래 창녀를 찾았고, 그뒤로 여러 날 동안 불안해하고 기분이 좋지 않았던 것을 목격한 적도 있었다.

시간이 흐르면서 이런 호기심 말고 골드문트를 스승의 집에 붙잡아두고 뭔가 일할 거리를 주는 또다른 이유가 생겨났다. 스승의 아름다운 딸 리스베트가 그의 마음을 사로잡은 것이다. 그가 그녀의 얼굴을 볼 수 있는 기회는 매우 드물었다. 그녀는 아예 작업장에 발을 들이지 않았다. 남자를 꺼리는 쌀쌀맞은 태도가 아버지의 지시에 따른 것인지 아니면 그녀의 본성 때문인지는 알 수 없었다. 골드문트는 스승이 두 번 다시 자기를 식사에 초대하지 않고 리스베트와 마주치지 못하게 애쓰고 있다는 것도 알았다. 그가 보기에 리스베트는 매우 소중한 딸로 잘 보호되고 있었으며, 결혼할 게 아니라면 그녀와의 연애는 아예 가망이 없었다. 그녀와 결혼하려면 먼저 좋은 집안의 자제로 길드의 상급 회원이어야 하고, 어쩌면 돈과 집도 있어야 할지 몰랐다.

집시 여자나 농부 아낙들과는 전혀 다른 리스베트의 아름다움은 골드문트가 도착한 첫날부터 눈길을 끌었다. 그녀에게는 그가 아직 알지 못하는 무언가가 있었다. 그를 격렬하게 끌어당기는 동시에 불신하게 만드는, 심지어 화나게 만드는 특별한 점이었다. 흔들리지 않는 평정심과 순결, 정숙함과 순수함을 가지고 있었지만 아이다운 요소가 없었다. 그 고분고분하고 정숙한 태도 뒤에는 차가움과 오만함이 숨어 있었기에 그녀의 순결은 그를 감동시키거나 무방비 상태로 만들지 못했고(그는 절대로 아이를 유혹할 수 없을 것이다), 오히려 자극하고 도발했을 뿐이다. 그녀의 외모가 어느 정도 마음속에 익숙하게 자리잡자마자 곧 그는 그 모습을 이용해 현재의 그녀가 아니라 감각적이고 고통받는, 깨어난 인물로, 어린 소녀가 아닌 막달레나로 창조해내고 싶은 욕망을 느꼈다. 이 침착하고 아름답고 무표정한 얼굴이 쾌락에서든 고통에서든 일그러졌다가 펴지면서 자신의 비밀을 드러내는 것을 보고 싶다는 열망이 자라났다.

리스베트 말고도 그의 영혼 속에 머물고 있지만 온전히 그의 것이 아닌 또다른 얼굴이 하나 더 있었다. 그는 언젠가 이 얼굴을 포착해 예술가로서 묘사해보고 싶다는 소망이 있었지만, 그 얼굴은 끊임없이 그에게서 도망쳐서 모습을 감추었다. 어머니의 얼굴이었다. 어머니의 얼굴은 예전에 그가 나르치스와 대화한 이후 되살려낸 얼굴, 잃어버린 기억 깊은 곳에서 끄집어낸 그때의 얼굴이 아니었다. 방랑의 나날, 사랑의 밤들, 그리움의 시간들, 목숨의 위협과 죽음을 가까이에서 느끼던 시간을 거치면서 어머니의 얼굴은 천천히 변해 풍부해져서, 더욱 깊어지고 더 다채로워졌다. 이제 더는 그 자신의 어머니 모습이 아니고, 원래의 모습과 색채에서 벗어나 차츰 더는 개인적이지 않은 어머니 모습으로, 인류의 어머니 에바의 모습으로 변했던 것이다. 마이스터 니클라우스가 몇몇 성모마리아상에서 고통받는 성모의 모습을, 골드문트가 넘어설 수 없다고 여길 정도로 완벽하고 강력하게 묘사해냈듯, 자신도 언젠가 더욱 성숙해지고 더욱 실력을 닦으면 세속적인 에바-어머니의 모습을 마음속에 자리한 가장 오래되고 가장 사랑스러운 성상聖像의 모습과 똑같이 만들 수 있기를 바랐다. 하지만 한때는 자기 어머니에 대한 기억이자 어머니를 향한 사랑의 기억에 지나지 않던 이런 내면의 모습은 쉬지 않고 변하면서 성장하고 있었다. 집시 리제, 기사의 딸 리디아, 다른 많은 여인의 윤곽이 합쳐져서 근원적 어머니의 모습으로 흘러들어갔다. 그리고 그가 사랑했던 모든 여자의 얼굴뿐만 아니라 그동안의 온갖 충격, 모든 경험과 갖가지 사건도 그 모습이 형성되는 데 작용하고, 윤곽을 더해주었다. 언젠가 이런 어머니의 모습을 형상화할 수 있다면, 이는 어떤 특정 여인의 모습이 아니라 근원 어머니인 삶 자체를 보여주어야 할 것이기 때문이다. 종종 그는 이 모습을 보는 듯한 느낌을 받았고, 이따금 꿈에도 나타났다. 하지만 이런 에바의 얼굴에 대해, 그리고 그것이 표현해야 하는 내용에 대해서는 고통이나 죽음과 밀접하게 연결된 삶의 쾌감을 보여주어야 한다는 것 말고는 아무것도 말할 수 없었다.

일 년 동안 골드문트는 많은 것을 배웠다. 스케치에 대해서는 빠른 속도로 크게 자신감이 붙었고 스승은 그에게 목조각 외에 간혹 점토로 모형을 만들어보라고도 했다. 그가 점토로 만드는 데 처음 성공한 작품은 높이가 두 뼘 정도 되는, 리디아의 자매인 어린 율리의 사랑스럽고 유혹적인 자태였다. 스승은 작품을 칭찬하면서도 그것을 금속으로 주조하고 싶다는 골드문트의 청을 받아주지는 않았다. 자신이 대부代父로 나서기에는 그 모습이 너무 정숙하지 못하고 세속적이었기 때문이다. 그다음에는 나르치스의 조각상을 만드는 과제가 주어졌다. 골드문트는 이것을 사도 요한의 목조각으로 만들기로 했다. 스승 니클라우스가, 만약 작품이 성공적으로 만들어진다면 그것을 자신이 주문받은 그리스도 십자가 수난의 그룹 조각상에 포함시키고 싶어했기 때문이었다. 다른 두 조수는 이미 오래전부터 오로지 이 작업에만 전념해왔고, 마지막 손질은 스승이 할 것이다.

골드문트는 깊은 사랑을 담아 나르치스 조각상 작업에 매진했다. 종종 궤도에서 벗어날 때마다 그는 이 작업에서 금세 다시 자신을, 자신의 예술가 정신과 영혼을 찾아내곤 했다. 애정 행각, 춤판, 동료들과의 술자리, 주사위 놀이뿐만 아니라 간혹 주먹다짐에까지 휩쓸리면 하루 또는 여러 날 동안 작업장에 나가지 않거나 나가더라도 멍하니 짜증스러운 기분으로 작업장에 앉아 있곤 했었다. 하지만 사도 요한 작업에서는 자기가 사랑하는, 생각에 잠긴 나르치스가 나무에서부터 점점 더 순수하게 모습을 드러냈고, 그는 오로지 준비가 되었을 때만 헌신적이고 경건한 태도로 작업에 임했다. 이 시간 동안은 즐겁지도 슬프지도 않았고, 삶의 쾌락도 덧없음도 알지 못했다. 그 옛날 친구에게 마음을 바치던, 그의 안내를 기쁘게 받아들이던 시절의 경외심이, 가볍고 순수하게 조율된 감정이 마음에 되살아나곤 했다. 작업장에 서서 자기 의지에 따라 형상을 만드는 것은 골드문트가 아니었다. 그 일을 한 것은 오히려 작업 대상인 나르치스였다. 그가 예술가의 손길을 이용해 삶의 덧없음과 가변성에서 벗어나 자기 본질의 순수한 모습을 드러냈던 것이다.

골드문트는 진짜 예술품은 이런 식으로 탄생한다는 것을 깨닫고 때때로 전율했다. 스승의 잊을 수 없는 성모상도 이렇게 탄생한 것이다. 그는 그뒤로도 여러 번 일요일이면 그 수도원을 다시 찾아 성모상을 보곤 했다. 스승이 위층 복도에 세워놓은 오래된 조각상들 중 최고의 작품 몇몇도 이렇게 신비롭고 거룩한 방식으로 만들어졌을 터였다. 또한 그 자신에게는 더욱 신비롭고 더욱 경이로운 저 다른 조각상, 저 유일한 조각상, 인류의 어머니 조각상도 언젠가 그런 방식으로 창조되리라. 아, 인간의 손에서 오로지 그런 예술품들만, 의지나 허영심에 오염되지 않은 거룩하고 필연적인 모습들만 만들어진다면 얼마나 좋을까! 하지만 그렇지만은 않다는 걸 그도 오래전부터 알고 있었다. 인간은 또 다른 형상들도 만들 수 있었다. 예술 애호가들을 기쁘게 하고, 교회와 회의실을 장식하기 위해 장인의 솜씨로 만든 예쁘장하고 매혹적인 작품들—이것들 역시 아름답기는 했지만 거룩하지는 않았고, 진짜 영혼을 담고 있지도 않았다. 니클라우스뿐 아니라 다른 마이스터들이 만든 작품들 중에도 그런 것이 상당수 있었다. 이런 것들은 우아한 발상과 꼼꼼한 작업에도 불구하고 한낱 놀이에 지나지 않았다. 부끄럽고 슬픈 일이었지만, 골드문트 역시 자신의 마음과 손길을 통해서도 예술가가 자신의 능력을 과시하며 느끼는 즐거움과 허영심에서, 그리고 장난으로 그런 아름다운 것들을 세상에 내놓는다는 것을 알았다.

이런 사실을 처음으로 깨달았을 때 그는 죽도록 슬펐다. 아, 아름다운 작은 천사상이나 또다른 장난감들이 아무리 예쁘다 해도 그런 것을 만들기 위해 예술가가 될 정도의 일은 아니었다. 다른 사람들, 공예 기술자, 시민, 조용하게 살며 자기 삶에 만족하는 영혼에게는 가치가 있을지 몰라도 자신에게는 결코 그렇지 않았다. 예술과 예술가 삶이 태양처럼 타오르고 폭풍우 같은 힘을 가진 게 아니라면, 오로지 기쁨과 편안함과 작은 행복만을 가져다주는 것이라면, 그에게는 아무 가치도 없었다. 그는 다른 것도 찾아보았다. 레이스 세공처럼 섬세한 성모의 관冠에 번쩍이는 금박을 입히는 일은 아무리 보수가 후하더라도 그가 할 일이 아니었다. 어쩌자고 니클라우스 선생님은 이런 온갖 주문을 받는 걸까? 어째서 조수를 두 명이나 고용한 걸까? 어째서 시의회 의원들이나 수도원장들이 건물의 정문이나 설교단을 주문할 때면, 그들이 떠들어대는 소리를 몇 시간씩 손에 자를 들고서 듣는 걸까? 두 가지 이유가, 하잘것없는 두 가지 이유가 있었다. 주문이 밀릴 정도로 쌓인 유명한 예술가가 되고 싶어서, 그리고 돈을 벌기 위해서였다. 위대한 기획이나 즐거움을 누리기 위해서가 아니라 이미 부자인 딸을 위해 돈을 모으려는 것이다. 그녀의 지참금으로 쓰기 위해, 또 레이스 칼라가 달린, 수놓은 비단옷을 위해, 비싼 이불과 리넨 제품으로 가득 채운 호두나무 침대를 사기 위해서! 마치 저 아름다운 아가씨가 건초 더미에서는 전혀 사랑을 경험할 수 없다는 듯이!

이런 관찰의 시간이면 골드문트의 내면에서는 어머니의 피가 깊이 요동쳤다. 재산을 소유하고 정착한 사람들에게 고향 없는 사람이 느끼는 자부심과 경멸이었다. 이따금 그는 이런 공예 기술과 스승이 마치 가느다란 실콩처럼 역겨워서 도망치고 싶은 유혹을 느끼기도 했다.

스승 역시 자신의 인내심을 혹독한 시험대에 올려놓는 이 까다롭고 믿음이 가지 않는 젊은이를 받아들인 것을 여러 번이나 몹시 후회했다. 골드문트의 품행에 대해 들리는 이야기들, 돈과 소유에 대한 무관심, 낭비벽, 문란한 애정 행각, 툭하면 벌어지는 주먹다짐 앞에서 그는 더 이상 관대해질 수 없었다. 자신은 뜨내기 집시를, 믿을 수 없는 젊은이를 받아들인 것이다. 이 뜨내기가 자기 딸 리스베트를 어떤 눈길로 바라보는지도 놓치지 않았다. 그런데도 그가 견디기 쉽지 않은 정도의 인내심을 보이는 것은 의무감이나 두려움 때문이 아니라 서서히 형태를 갖추어가고 있는 사도 요한 조각상 때문이었다. 스승은 사랑이나 영혼의 교감을 완전히 인정하지는 않아도 그와 비슷한 감정을 느끼며, 숲에서 온 이 뜨내기가 서툴지만 감동적이고 아름다운 스케치, 그것 때문에 처음에 자신이 그를 받아들인 바로 그 스케치를 토대로 이제 느리고 변덕스럽게, 하지만 끈질기게 조금의 실수도 없이 사도 요한의 목재 조각상을 만들어나가는 과정을 지켜보았다. 온갖 변덕과 중단에도 불구하고 이 조각상은 완성될 것이다. 스승은 그 점을 의심하지 않았다. 그리고 그 작품은 조수들 중 누구도 만들 수 없는, 심지어 위대한 마이스터들도 여간해서는 만들 수 없는 걸작이 될 것이다. 스승은 제자의 많은 부분이 못마땅해서, 꽤나 질책을 하고 자주 화도 냈다—하지만 사도 요한 조각상에 대해서만은 한마디도 하지 않았다.

많은 사람의 호감을 산 골드문트의 소년 같은 매력과 천진함은 최근

몇 년 동안 차츰 사라졌다. 아름답고 강인한 남자가 된 그는 여자들에게는 크나큰 갈망의 대상이었지만, 남자들 사이에서는 인기가 거의 없었다. 나르치스가 수도원 시절의 달콤한 잠에서 그를 깨우고, 세상과 방랑생활이 그를 단련한 후로 그의 내면의 얼굴인 기질도 많이 변했다. 한때는 모두가 사랑하던 아름답고 부드럽고 경건하고 친절한 수도원 학생이었지만, 이미 오래전에 전혀 딴사람이 되어 있었다. 나르치스가 그를 깨웠고, 여자들이 그에게 많은 것을 알려주었으며, 방랑생활이 그의 솜털을 벗겨낸 것이다. 그는 친구가 없었다. 그의 마음은 여자들의 것이었다. 그들은 갈망하는 눈빛만으로도 쉽사리 그를 차지할 수 있었다. 그는 여자에게 쉽사리 저항하지 못했기에 극히 가벼운 구애에도 응했다. 아름다움에 몹시 민감하고, 언제나 젊은 아가씨의 봄날 같은 솜털을 가장 사랑하면서도, 아름답지도 젊지도 않은 여인들에게서도 감동받고 유혹을 받아들였다. 춤판에서는 이따금 어떤 남자도 원하지 않는, 더는 젊지 않은 풀죽은 아가씨 옆에 붙어 있었다. 그녀가 그를 차지한 것은 동정심 덕분이었지만, 동정심 때문만은 아니고 영원히 깨어 있는 호기심 덕이기도 했다. 그가 헌신하기 시작하는 순간—몇 주가 걸리든 불과 몇 시간 만이든—그 여인은 그에게 아름다운 존재였고, 그는 그녀에게 온전히 자신을 바쳤다. 그는 경험으로 모든 여자가 아름다우며 행복을 줄 수 있다는 것, 남자들의 멸시를 받는 별로 눈에 띄지 않는 여자도 둘도 없는 열정과 헌신을 다한다는 것, 이미 한창때가 지난 여자도 모성애를 넘어선 슬프고도 달콤한 다정함을 줄 수 있다는 것, 모든 여자는 저마다의 비밀과 마법을 지니고 있어 그것을 열기만 하면 행복을 얻을 수 있다는 사실을 터득했다. 그 점에서는 모든 여자가 똑같았다. 젊음이나 아름다움이 부족하면 어떤 독특한 몸짓으로든 그것을 보상해주었다. 물론 모든 여자가 똑같이 그를 오래 사로잡은 것은 아니었다. 그렇다고 그가 아름답지 않은 여자보다는 가장 젊고 아름다운 여자를 조금이라도 더 사랑하거나 더 감사하게 여긴 적은 없고, 어떤 여자라 해도 건성으로 사랑한 적은 없었다. 하지만 사흘 혹은 열흘간 사랑의 밤을 보내고 나서야 그와 진정하게 결합되는 여자들도 있었고, 단 한 번 밤을 지낸 후 싫증나 잊히는 여자들도 있었다.

그에게는 사랑과 쾌감이 삶을 진짜로 따뜻하게 하고 가치 있게 만들어주는 유일한 것처럼 보였다. 명예욕 같은 것은 알지 못했다. 주교나 거지나 그에게는 똑같았다. 돈벌이와 재산도 그의 마음을 붙잡지 못했다. 그는 그런 것들을 경멸했고, 그런 것들을 위해 조금도 희생하지 않았으며, 한동안 넉넉하게 벌어들인 돈을 아무렇게나 써버렸다. 여자들의 사랑과 성적 유희, 이것이 그에게는 가장 중요한 일이었다. 자주 슬픔과 권태에 빠지는 그의 성향의 핵심도 쾌감의 순간성, 그 덧없음에서 비롯된 것이었다. 순간적으로 타오르는 사랑의 쾌감, 짧고도 애타는 불타오름, 그리고 빠른 소멸—이것이 그에게는 모든 체험의 핵심인 것처럼 생각되었다. 그에게는 삶의 온갖 환희와 모든 고통을 나타내는 이미지였다. 그는 사랑에 헌신하듯 애수와 덧없음의 전율에도 똑같이 자신을 내맡길 수 있었다. 이런 우울한 마음 또한 사랑이고 쾌감이었다. 사랑의 기쁨이 가장 행복한 최고 긴장의 순간에 바로 다음번 호흡과 더불어 사라지고 도로 죽어버릴 것이 확실한 만큼이나, 가장 깊은 고독과 우수도 갑작스럽게 그리움과 삶의 밝은 측면을 향한 새로운 헌신에 삼켜질 것이 확실했다. 죽음과 쾌감은 하나였다. 사랑 또는 쾌감을 삶의 어머니라 한다면 무덤과 부패 또한 삶의 어머니라 할 수 있었다. 어머니는 에바, 행복의 원천이자 죽음의 원천이었다. 그녀는 영원히 낳고 영원히 죽였으며, 그녀 안에서 사랑과 잔인함은 하나였다. 그가 이런 어머니의 모습을 가슴속에 오래 간직할수록, 그 모습은 그에게 비유이자 거룩한 상징이 되어갔다.

그는 말과 의식이 아니라 핏속의 더 깊은 지식을 통해, 자기의 길이 어머니에게로 향하고 있다는 것을, 쾌감과 죽음으로 향하고 있다는 것을 알았다. 삶에서 아버지 쪽인 정신과 의지는 그의 고향이 아니었다. 그것은 나르치스의 고향이었고, 이제야 골드문트는 친구의 말을 완전하게 간파하고 이해했다. 골드문트는 이처럼 자신과 대비되는 나르치스의 면면을 사도 요한 조각상에 새겨 형상화했다. 눈물이 나도록 나르치스를 그리워할 수도, 그에 대한 놀라운 꿈을 꿀 수도 있었지만—그에게 가닿거나 그처럼 될 수는 없었다.

골드문트는 신비로운 감각을 통해 자신의 예술가 특성에 숨은 비밀도 짐작했다. 그는 예술에 대한 깊은 사랑과 이따금씩 사나운 증오심을 느꼈는데, 굳이 생각하지 않고 느낌만으로도 많은 비밀을 짐작했다. 예술은 아버지 세계와 어머니 세계의 결합, 정신과 피의 결합이었다. 예술은 가장 감각적인 것에서 시작해 가장 추상적인 것으로 이어지거나, 순수한 이념의 세계에서 시작해 피가 흐르는 육신으로 끝날 수도 있었다. 잘 빚어낸 협잡꾼의 작품이 아니고 영원한 비밀로 채워진 진정 고귀한 모든 예술품, 예를 들어 스승이 만든 성모상처럼 의심의 여지가 없는 진정한 예술품은 모두 미소 띤 위험한 이중 얼굴, 남자와 여자의 요소를 함께 지닌, 충동적 요소와 순수한 정신성을 나란히 지닌 것들이었다. 하지만 그가 만들어낼 수만 있다면 에바-어머니야말로 이런 이중성을 가장 많이 드러낼 것이다.

골드문트가 지닌 가장 깊은 모순들의 화해 가능성, 또는 그의 본성의 분열을 나타내는, 거듭 새로워지는 뛰어난 비유의 가능성은 예술과 예술가 본질 안에 들어 있었다. 하지만 예술은 그냥 주어지는 선물이 아니었다. 결코 공짜로 가질 수 있는 것이 아니었고, 매우 많은 비용과 희생을 요구했다. 골드문트는 예술을 위해 삼 년이 넘게 자유를 희생했다. 자유는 그가 사랑의 쾌감 다음으로 잘 아는 최고의 것, 없어서는 안 되는 것이었다. 그는 자유로움, 국경을 넘나들며 떠도는 것, 변덕스러운 방랑생활, 혼자만의 독립적인 생활, 그 모든 것을 내려놓았다. 때때로 노여워하며 작업장과 일을 소홀히 하는 그를 다른 사람들은 변덕스럽고 순종할 줄 모르고 독단적이라고 여길지 모르지만, 그에게 이런 삶은 도저히 견딜 수 없을 만큼 괴로운 노예생활이었다. 그가 복종할 상대는 스승도, 장래도, 필수품도 아니었다—오로지 예술 자체였다. 언뜻 보기에 예술은 매우 정신적인 여신이지만, 실은 하찮은 것들을 아주 많이 필요로 했다! 머리 위에는 지붕이 필요했고, 도구, 목재, 점토, 안료, 금을 필요로 했다. 그리고 일과 끈기도 요구했다. 그런 예술을 위해 그는 숲의 거친 자유를 버렸고, 광활한 공간에서의 도취, 위험이 제공하는 짜릿한 쾌감, 비참함에서 얻는 자부심 등을 희생했다. 목 졸리며 이 악물고 언제나 새롭게 이런 희생을 감내했다.

그는 그렇게 희생한 것 가운데 일부는 되찾았다. 사랑과 연관된 특정한 모험들, 곧 사랑의 경쟁자들과의 주먹다짐을 통해 현재의 삶을 옭아매는 노예적 질서와 정착생활에 작은 복수를 한 것이다. 갇혀 있던 야성, 억압된 본질의 에너지가 모조리 이런 비상구를 통해 터져나왔고, 그는 싸움꾼으로 유명해져서 사람들의 두려움을 샀다. 아가씨에게 가는 길에, 또는 춤판에서 집으로 돌아오는 길에 어두운 골목에서 기습당해 몽둥이로 얻어맞다 번개처럼 몸을 날려 방어에서 공격으로 전환하고 숨을 헐떡이면서 역시 숨을 헐떡이는 상대의 가슴을 짓누르며 턱 아래에 주먹을 날리기도 하고, 상대의 머리채를 붙잡고 끌고 다니거나 목을 감아 졸랐다. 그러고 나면 기분이 풀려 한동안 우울한 마음도 나아졌다. 게다가 여자들도 이런 모습을 좋아했다.

그의 하루하루는 이런 일들로 넉넉하게 채워졌고, 사도 요한 작업이 계속되는 동안에는 이 모든 것이 나름의 의미를 지녔다. 작업에는 많은 시간이 걸렸다. 얼굴과 손이 섬세한 입체효과를 내게 만드는 마지막 작업은 엄숙하고 끈기 있게 정신을 집중한 가운데 이루어졌다. 그는 도제 수업을 마친 젊은 기능공들의 작업장 뒤쪽에 있는 헛간에서 작업을 마쳤다. 조각상이 완성된 것은 아침 시간이었다. 골드문트는 빗자루를 가져와 목재 부스러기를 조심스럽게 쓸어모았고, 마지막으로 사도 요한의 머리에 쌓인 목재 먼지를 붓으로 정성껏 털어낸 다음 조각상 앞에 오래도록 서 있었다. 어쩌면 평생에 걸쳐 한 번쯤 더 할 수 있거나 어쩌면 이번 한 번뿐인 흔치 않은 위대한 경험이라는 벅찬 감정을 느끼며 한 시간 이상을 그렇게 서 있었다. 결혼식 날이나 기사 서임식 날의 남자, 첫 출산을 하고 난 여자라면 가슴속에서 이와 비슷한 감정이 요동치는 것을 느낄 것이다. 드높은 신성함과 깊은 진지함을 느끼는 동시에 이렇게 숭고하고 단 한 번뿐인 일을 경험하고는 있지만, 곧 그것이 지나가고 정리되어 일상적인 나날의 흐름에 삼켜지게 될 순간에 대한 은밀한 두려움까지도.

그는 거기 서서 자신의 젊은 시절 안내자였던 친구 나르치스가 얼굴을 쳐들고 귀를 기울이는 모습을 바라보았다. 나르치스는 스승인 예수의 사랑을 받는 아름다운 사도가 되어 그에 걸맞은 차림이었고 고요함과 헌신과 경건함을 드러내는 표정은 마치 미소의 꽃봉오리 같았다. 아름답고 경건하고 정신적인 이 얼굴, 호리호리하고 가볍게 떠오를 듯한 자태, 우아하고 경건하게 들어올린 기다란 두 손, 이 모습은 청춘과 내면의 음악으로 가득차 있는데도 고통과 죽음을 모르지 않았지만 절망, 무질서, 저항은 알지 못했다. 이 고귀한 모습에 깃든 영혼은 기뻐하거나 슬퍼할 수는 있어도 순수하게 조율되어 있어서, 그 어떤 불협화음의 고통도 겪지 않았다.

골드문트는 거기 서서 자신의 작품을 찬찬히 살펴보았다. 자신의 청춘과 우정의 기념비 앞에서 경건한 마음으로 시작된 명상은 폭풍 같은 근심과 무거운 사색으로 끝났다. 지금 여기 그의 작품이 서 있고, 이 아름다운 사도는 언제까지나 이 모습 그대로 남을 것이다. 부드럽게 피어나는 이 모습은 절대 사라지지 않을 것이다. 하지만 이것을 만든 자신은 이제 작품과 작별을 고해야 한다. 내일이면 그것은 이미 자기 것이 아니다. 더는 자신의 손길을 기다리지 않을 것이고, 더는 자신의 손길 아래서 자라나 꽃을 피우지 않을 것이며, 자신에게 은신처나 위안, 삶의 의미가 되어주지 않을 것이다. 그 자신은 도로 텅 빌 것이다. 그러므로 오늘 이 사도 요한 조각상과 작별할 뿐 아니라, 스승과 이 도시와 예술에도 작별을 고하는 편이 가장 나을 것 같았다. 그는 여기서 더 할 일이 없었다. 이제 그의 마음속에는 형태로 만들 만한 어떤 이미지도 없었다.

그 모든 이미지 가운데 그가 간절히 원하는 모습, 인류 어머니의 모습은 그가 아직 가닿을 수 없는, 한참 동안은 그럴 수 없는 것이었다. 이제 다시 천사상을 연마하고 장식품을 만드는 일로 돌아가야 하는 걸까?

그는 즉시 몸을 돌려 스승의 작업장으로 갔다. 안으로 조용히 들어가 문가에 서서 니클라우스가 자신이 온 것을 알아차리고 부를 때까지 기다렸다.

"무슨 일인가, 골드문트?"

"조각상을 끝냈어요. 식사하러 가시기 전에 들러서 한번 봐주셨으면 합니다."

"기꺼이 가야지, 지금 가세."

그들은 함께 헛간으로 가서 빛이 들어올 수 있게 문을 활짝 열어놓았다. 니클라우스는 오래전부터 이 작품을 보지 않은 채 골드문트의 작업을 방해하지 않고 그대로 놓아두었다. 이제 그는 말없이 주의깊게 작품을 살펴보았다. 속을 알 수 없는 그의 얼굴이 아름답고 환해졌다. 골드문트는 그의 엄격한 푸른 눈이 기쁨으로 반짝이는 것을 보았다.

"좋군." 스승이 말했다. "아주 좋아. 이건 자네의 도제 수업을 마감하는 작품일세. 이 작품을 길드 회원들에게 보이고 마이스터 자격증을 수여하라고 요청할 셈이네. 자네는 자격이 충분해."

골드문트는 길드를 별로 중요하게 여기지 않았지만, 스승의 말이 자신을 얼마나 크게 인정해준 것인지 알았으므로 기뻤다.

니클라우스는 한번 더 찬찬히 사도 요한 조각을 빙 둘러 살펴보고는 한숨을 내쉬었다. "이 조각상은 경건함과 명료함으로 가득하군. 진지하면서도 행복과 평화로 충만해. 사람들은 당연히 마음이 빛나고 행복한 사람이 이것을 만들었다고 생각할 걸세."

골드문트가 미소 지었다.

"이 상 안에 담긴 것은 제가 아니라 저의 가장 사랑하는 친구라는 걸 선생님도 알고 계십니다. 이 조각상에 명료함과 평화를 가져온 사람은 제가 아니라 그 친구입니다. 제가 조각상을 만든 게 아니라, 그가 제 영혼 안에 그걸 넣어준 거죠."

"그럴지도 모르지." 니클라우스가 말했다. "하나의 형상이 어떻게 생겨나는지는 신비의 영역에 속하는 일이니까. 나는 겸손한 사람은 아니지만 이 말은 해야겠네. 나는 자네 작품보다 한참 뒤처지는 작품을 많이 만들었어. 기술이나 주의력이 아니라 진실성에서 말이야. 이제, 자네도 이런 작품을 다시 만들 순 없다는 걸 알 거야. 정말 신비로운 일이지."

"네, 맞습니다." 골드문트가 말했다. "이 상을 완성한 뒤 바라보았을 때 그런 생각이 들었어요. 너는 다시는 이런 것을 만들 수 없어, 라고 말이죠. 그래서 드리는 말씀인데, 선생님, 저는 곧 다시 길을 떠나려고 합니다."

그 말에 놀라고 언짢아진 니클라우스가 골드문트를 바라보았다. 스승의 눈이 다시 엄격해졌다.

"그 문제는 나중에 이야기해보기로 하지. 자네 일이 이제야 제대로 시작되려는 참인데, 지금은 여기서 도망칠 때가 아니네. 하지만 일단 오늘은 하루 쉬게나, 그리고 나와 점심을 함께하지."

점심때 골드문트는 몸을 씻고 단정하게 머리를 빗고 일요일에 입는 외출복 차림으로 나타났다. 그는 스승의 식사에 초대받는다는 게 얼마나 대단한 일인지, 얼마나 드문 은총인지 알고 있었다. 하지만 조각상들로 가득한 복도로 이어지는 계단을 올라갈 때 그의 심장은, 두근두근하면서 아름답고 고요한 방들에 들어서던 지난번처럼 경외심과 긴장된 기쁨으로 가득하지는 않았다.

리스베트도 차려입고 보석 목걸이를 걸었다. 식탁에는 잉어와 포도주 말고도 또다른 놀라움이 기다리고 있었다. 스승이 그에게 금화 두 개가 든 가죽 지갑을 선물한 것이다. 방금 완성한 조각상에 대한 보수였다.

이번에 그는 아버지와 딸이 이야기를 나누는 동안 잠자코 앉아 있기만 하지는 않았다. 두 사람은 그에게 말을 걸고, 잔을 서로 부딪치기도 했다. 골드문트는 눈을 부지런히 움직이며 고상하고 약간 오만해 보이는 이 아름다운 아가씨를 자세히 관찰할 수 있었고, 그의 눈길은 그가 그녀에게 얼마나 매료되었는지 굳이 감추지도 않았다. 그녀는 그에게 예의바르게 행동했지만, 얼굴을 붉히지도 다정하게 굴지도 않아서 그를 실망시켰다. 그는 이 무표정하고 아름다운 얼굴이 말을 하도록, 자신의 비밀을 털어놓도록 만들고 싶다는 마음이 다시금 깊어졌다.

식사가 끝나자 그는 감사인사를 한 다음 잠시 복도의 목조각을 살펴보다 오후에는 마음을 정하지 못한 채 어쩔 줄 모르고 빈둥거리며 도시를 돌아다녔다. 자신은 스승에게서 기대하지 못했던 극진한 대우를 받았다. 그런데 왜 기쁘지 않을까? 왜 이 온갖 명예가 축제 분위기를 만들어내지 못하는 걸까?

그는 한 가지 생각이 떠올라 말 한 마리를 빌려, 예전에 스승의 작품을 처음으로 보고 그 이름을 알게 되었던 수도원으로 달려갔다. 불과 몇 년밖에 지나지 않았는데도 상상할 수 없을 만큼 오래전 일 같았다. 수도원 교회를 찾은 그는 성모상을 살펴보았다. 오늘도 이 작품은 그의 마음을 사로잡고 압도했다. 자신의 사도 요한 조각상보다도 더 아름다웠다. 영성과 신비로움이라는 면에서는 같았지만, 예술 면에서, 자유롭게 무게 없이 떠 있다는 측면에서 자신의 작품보다 뛰어났다. 그는 이 작품에서 오로지 예술가의 눈에만 보이는 세부사항들, 의상의 가볍고 섬세한 움직임, 긴 손과 손가락의 형태에 드러난 대담함, 나무 구조의 우연한 특성을 감각적으로 이용한 점을 알아보았다—이 모든 아름다움은 전체에 비하면, 즉 조각상 전체에서 풍기는 단순함과 관점의 내면성에 비하면 아무것도 아니었지만, 그럼에도 그런 세부사항들이 바로 거기 드러나 있었고 매우 아름다웠다. 그것은 재능을 타고난 사람이라도 목조각 공예술을 근본부터 이해 못하면 만들어낼 수 없는 것들이었다. 이런 경지에 오르려면 자신의 영혼에 그 이미지들을 품고 있어야 할 뿐만 아니라, 눈과 손이 이루 말할 수 없는 정도로 연마되고 훈련되어 있어야 했다. 단 한 번 이렇게 아름다운 것을 만들기 위해 삶 전체를 예술에 봉사하는 데 바치고, 자유와 저 위대한 체험들을 지불하는 것이 어쩌면 결국은 가치가 있는 것일까? 그런 작품을 그냥 경험하고 바라보고 사랑으로 받아들이는 데 그치지 않고 구석구석까지 확고한 대가의 손길로 만들어내기 위해서? 이것은 크나큰 의문이었다.

밤이 늦어서야 골드문트는 지친 말을 타고 도시로 돌아왔다. 아직 열려 있는 주점에서 빵과 포도주를 먹은 다음, 갈피를 잡지 못한 채 생선시장 근처에 있는 자기 방으로 올라갔다. 마음속은 온통 질문과 의심으로 가득했다.

# 제12장

다음날 골드문트는 작업장에 가야 할지 말아야 할지 결정을 내리지 못했다. 전에도 갈 마음이 내키지 않는 날이면 여러 번 그랬듯, 그는 하릴없이 도시 이곳저곳을 돌아다녔다. 시장에 가는 아낙네들과 하녀들을 보고, 특히 생선을 파는 시장에서는 분수대 옆에 멈춰서 생선장수들과 그들의 튼실한 아낙네들이 물건을 펼쳐놓고 손님을 끄는 광경을, 커다란 통에서 차가운 은색 물고기들을 꺼내 진열하는 모습을, 물고기들이 고통스럽게 주둥이를 벌린 채 금빛 눈알이 두려움으로 굳어지며 조용히 죽음에 굴복하거나 아니면 격렬하고 필사적으로 저항하는 모습을 지켜보았다. 이미 여러 번이나 그랬던 것처럼 동물들에 대한 연민과 인간에 대한 서글픈 언짢음이 엄습했다. 어째서 그들은 그토록 무디고 거칠며, 상상도 못하게 어리석고 우둔한 것일까, 어째서 저 어부나 어부의 아낙도 값을 흥정하는 손님들도 하나같이 보지 못한단 말인가? 이 주둥이들을, 죽음에 놀라는 이 눈들을, 격하게 퍼덕거리는 꼬리들을 보지 못하는가, 이 끔찍하고 헛된 절망의 싸움을, 신비롭고 놀랍도록 아름다운 동물들에게 나타나는 참기 힘든 이런 변화를 못 본단 말인가. 죽어가는 그들의 피부 위로 살며시 마지막 떨림이 지나가고, 마침내 빛이 꺼지고 죽어 널브러져서 즐거운 먹보들의 식탁을 위한 보잘것없는 고깃덩이로 변해버리는 것을 못 본단 말인가? 사람들은 아무것도 보지 못한다. 아무것도 모르고 알아채지 못한다. 그 무엇도 그들에게 말을 걸지 못한다! 가련하고 아름다운 동물이 눈앞에서 비참하게 죽어가든, 아니면 대가가 거룩한 조각상에 온갖 희망, 온갖 고귀함, 온갖 고통, 삶을 옥죄는 온갖 어두운 공포를 전율이 일 정도로 또렷이 보여주든 전혀 상관없이—그들은 아무것도 보지 못하고, 아무것도 그들의 마음을 사로잡지 못한다! 그들은 모두 만족하거나 바쁘고, 잘난 체하거나 서두르고, 외치고 웃고 서로를 향해 트림하고, 소동을 일으키고 농담을 늘어놓고, 단돈 2페니를 놓고 고함지른다. 그러면서도 그들은 모두가 잘 지내고 모두가 정상이며 자신과 세상에 몹시 만족한다. 그들은 돼지들이다, 아, 모두가 돼지보다 훨씬 못하고 거칠다! 자기 자신도 역시 자주 그들과 어울렸고, 그런 사람들 틈에서 함께 즐거워하고, 아가씨들 꽁무니를 쫓아다니고, 아무 두려움 없이 웃으면서 접시의 구운 생선을 먹어댔다. 하지만 언제나 마법에 걸린 듯 아주 갑작스럽게 기쁨과 평온함이 그에게서 사라졌다. 언제나 다시 그 기름진 망상, 자기만족, 자만심과 게으른 영혼의 평화가 그에게서 떨어져나가고, 무언가가 그를 낚아채 고독 속으로, 상념으로, 방랑으로 이끌고, 고통과 죽음을 바라보며 온갖 충동을 의심스럽게 여기고 심연을 응시하게 만들었다. 하지만 그렇게 별다른 희망 없이 무의미하고 끔찍한 모습을 바라보는 데 열중해 있다가도 이따금 갑작스럽게 그 상태에서 기쁨이 솟아나오고, 격렬하게 사랑에 빠지면서 아름다운 노래를 부르거나 그림을 그리고 싶다는 욕구가 나타났다. 아니면 꽃향기를 맡거나 고양이와 장난치다가 어린아이처럼 삶을 다시 받아들였다. 이번에도 내일이나 모레쯤이면 그런 것이 되돌아올 것이고, 그러면 세상은 다시 좋아지고 멋져질 것이다. 다시 다른 것이 찾아오기 전까지는, 슬픔, 고뇌, 죽어가는 물고기와 시들어가는 꽃들을 향한 희망 없고 괴로운 사랑, 그리고 사람들이 별생각 없이 지내면서 아무것도 못 보고 돼지같이 무디게 살아간다고 진저리치는 이런 끔찍한 상태가 다시 나타나기 전까지는. 그런 시간에는 괴로운 호기심과 몹시 답답한 심정으로 떠돌이 학생 빅토어를, 자신이 갈비뼈 사이로 칼을 찔러넣어 피투성이인 채로 전나무 가지들 위에 버려둔 그를 떠올리지 않을 수 없었다. 빅토어는 지금쯤 어떻게 되었을까, 짐승들이 남김없이 먹어치웠을까, 아니면 일부라도 남아 있을까 하는 생각과 상념에 빠질 수밖에 없었다. 그래, 뼈는 남았겠지, 어쩌면 머리카락 한 줌쯤 남아 있을지도 몰라. 뼈는—그건 어떻게 되었을까? 뼈가 그 형태를 잃고 흙이 되기까지는 시간이 얼마나 걸릴까, 수십 년, 아니면 겨우 몇 년?

아, 그가 물고기들을 연민의 눈으로 바라보고 시장 사람들을 보면서 구역질을 느끼는 오늘, 세상과 자신에 대한 쓰라린 적개심과 걱정과 우울함으로 가슴이 터질 듯한 오늘 같은 날, 그는 빅토어를 생각하지 않을 수 없었다. 그는 사람들에게 발견되어 땅에 묻혔을까? 만약 그랬다면—지금쯤 벌써 뼈에서 살점이 다 떨어져나가 썩었겠지? 벌레들이 모조리 파먹었을까? 두개골에는 아직 머리카락이, 눈구멍 위에 눈썹이 남아 있을까? 모험들과 이야기들, 그리고 그 기묘한 익살과 구걸을 버무린 환상적인 도박으로 채워진 빅토어의 삶에서는—거기서는 무엇이 남았을까? 그를 죽인 자가 그에 대해 지닌 몇 가지 허접한 기억 말고는, 전혀 평범하지 않은 그 사람의 삶에서 무언가 남은 것이 있을까? 빅토어가 언젠가 사랑했던 여자들의 꿈속에는 그가 아직 있을까? 아, 모든 것이 사라지고 녹아 없어져버렸다. 다른 모든 사람과 다른 모든 것도 마찬가지다. 순식간에 피었다가 재빨리 시들고 나중에는 그 위로 눈이 내렸다. 몇 년 전 자신이 예술에 대한 열망으로 가득하고, 니클라우스 선생님에 대한 깊은 외경심으로 가득해서 이 도시에 왔을 때, 그의 내면에서는 얼마나 많은 것이 꽃처럼 피어났던가! 하지만 그중 무엇이라도 살아남은 게 있는가? 저 가련한 키다리 빅토어의 노상강도 같은 모습에서 더는 남은 것이 없듯, 아무것도 남지 않았다. 그때 누군가가 앞으로 니클라우스가 그를 동료로 인정하고 길드에서 그를 위해 마이스터 자격증을 받아낼 거라고 일러주었다면, 그는 세상의 모든 행복을 손에 쥐었다고 믿었을 것이다. 그러나 지금은 그 모든 것이 시든 꽃, 메말라버려 아무리 쳐다봐도 기쁘지 않은 것에 지나지 않았다.

이런 생각에 잠겨 있던 골드문트는 갑자기 한 얼굴을 보았다. 그냥 한순간, 번개가 번쩍하는 찰나에 지나지 않았지만, 잃어버린 미소를 지으며 삶의 심연을 아름답고도 무섭게 굽어보는 근원 어머니의 얼굴이었다. 그 얼굴은 탄생을 향해, 죽음을 향해, 꽃들을 향해, 바스락거리는 낙엽들을 향해 미소 짓고, 예술을 향해, 부패를 향해 미소 짓고 있었다.

이 근원 어머니에게는 모든 것이 똑같았다. 그녀의 섬뜩한 미소는 달처럼 모든 것 위에 걸려 있었다. 그녀는 울적하게 상념에 잠긴 골드문트나 저 생선시장의 좌판 위에서 죽어가는 잉어를 똑같이 사랑스럽게 여겼다. 오만하고 차가운 리스베트나, 그 옛날 숲에서 자신의 금화를 훔쳐가려던 빅토어의 흩어진 뼈도 똑같이 사랑스럽게 여겼다.

번개가 다시 꺼지고 신비로운 어머니 얼굴도 사라졌다. 하지만 그 희미한 광채는 골드문트의 영혼 안에서 계속 경련했다. 삶의 파도, 고통의 파도, 짓누르는 그리움의 파도가 그의 심장을 헤집으며 지나갔다. 아니, 아니다, 자신은 다른 이의, 생선장수, 시민, 바쁜 사람들의 행복과 배부름을 원치 않는다. 악마한테나 잡혀가라지. 하지만 아, 번쩍하고 나타난 이 창백한 얼굴, 이 풍성하고 성숙한 늦여름의 입, 무어라 이름 붙이기 어려운 죽음의 미소가 바람과 달빛처럼 스쳐지나간 그 무거운 입술!

골드문트는 스승의 집으로 갔다. 정오 무렵이었다. 그는 밖에서 기다리다가 니클라우스가 안에서 일을 마치고 손을 씻는 소리를 듣고서야 안으로 들어갔다.

"잠깐 몇 마디만 드릴 수 있게 해주십시오, 선생님이 손을 씻고 윗옷을 입으시는 동안이라도 괜찮습니다. 저는 한마디 진실에 목말라 있습니다. 어쩌면 지금은 말할 수 있어도 다시는 말할 수 없는 무언가를 말씀드리고 싶어요. 누군가와 이야기를 해야 한다면, 아마도 선생님이 그것을 이해해주실 유일한 분일 겁니다. 저는 유명한 작업장을 갖추고 도시들과 수도원들에서 온갖 명예로운 주문을 받으며 조수 두 명을 거느리고 아름다운 집을 소유한 분에게 말씀드리는 게 아닙니다. 다른 도시의 수도원에 있는, 제가 아는 가장 아름다운 조각상인 성모상을 만드신 마이스터께 말씀드리는 겁니다. 저는 그분을 사랑하고 존경했으며, 그분처럼 되는 것이 지상 최고의 목적 같았어요. 저는 막 한 인물상을, 저 요한상을 완성했습니다. 선생님의 성모상처럼 완벽하게 만들지는 못했지만, 그냥 지금 모습 그대로가 다입니다. 제가 만들 수 있는 또다른 인물상은 없습니다. 저를 요구하는, 그것을 만들도록 저를 압박하는 어떤 인물상도 현실에는 없지요. 그보다는 언젠가 만들지 않으면 안 되는 멀고도 거룩한 모습이 하나 있을 뿐이지만 지금은 아직 만들 수가 없어요. 그걸 만들 수 있으려면 훨씬 더 많은 걸 경험하고 겪어야 합니다. 어쩌면 삼사 년 뒤, 아니면 십 년 뒤 아니면 그보다 더 늦어지겠지요. 영영 못 만들지도 모르고요. 하지만 선생님, 저는 그날이 올 때까지 이 일을 계속하면서 다른 공예 기술자들처럼 인물상에 칠을 하고 설교단을 깎고 공예 기술자의 생활을 하면서 돈을 벌고 싶지 않습니다. 아니요, 그러고 싶지 않아요. 저는 떠돌아다니며 살고, 여름과 겨울을 느끼고, 세상을 보고, 그 아름다움과 공포를 맛볼 셈입니다. 배고픔과 갈증을 겪으며, 제가 이곳 선생님 곁에 살면서 배운 모든 것을 잊고 놓아버리고 싶어요. 저도 언젠가는 선생님의 성모상처럼 아름답고 마음 깊이 감동을 주는 것을 만들고 싶어요—하지만 선생님처럼 되어 선생님처럼 살고 싶지는 않습니다."

손을 다 씻고 물기를 닦은 스승은 이제 몸을 돌려 골드문트를 바라보았다. 그의 표정은 엄격했지만 화가 나 있지는 않았다.

"자네는 이야기를 했고," 그가 말했다. "나는 들었네. 그 정도로 해두지. 할일은 많지만 자네가 일하러 올 거라고 기대하지는 않겠네. 자네를 조수로 여기지도 않을 걸세, 자넨 자유가 필요하니 말이야. 친애하는 골드문트, 자네와 이런저런 상의를 하고 싶어. 오늘은 말고 며칠 뒤에 보지. 그동안 마음대로 시간을 보내도 좋아. 난 자네보다 나이가 훨씬 많고 많은 일을 겪었네. 자네와 생각이 다르지만 그래도 자네를 이해하고 그게 무슨 말인지도 알겠어. 며칠 뒤 자네를 부르러 사람을 보낼 테니 함께 자네의 장래에 대해 이야기해보세. 내게 몇 가지 계획이 있네. 그때까지는 참아보게! 자신에게 아주 중요한 작업을 끝내면 어떤 기분이 드는지 나도 충분히 알아. 그 공허함을 안다네. 그건 지나가, 내 말 믿게."

골드문트는 불만을 느끼며 떠났다. 스승은 좋은 뜻으로 한 말이지만, 대체 무슨 도움이 된단 말인가?

강변에 그가 잘 아는 장소가 있었다. 그곳은 수심이 그리 깊지 않았고 흐르는 강물 아래 바닥에는 잡동사니와 쓰레기가 가득했다. 어부들이 사는 교외의 집들에서 온갖 더러운 것을 강에 던져넣은 것이었다. 그리로 간 그는 강둑에 앉아 물속을 들여다보았다. 그는 물을 아주 좋아했다. 어떤 물이든 마음이 끌렸다. 거기서 수정처럼 맑게 흐르는 물살 사이로 거무스름하고 불분명한 바닥을 내려다보면, 여기저기서 희미한 황금빛 광채가 유혹하듯 번쩍였다. 뭔지 알 수 없는 물건들로 어쩌면 오래된 접시 조각이나 휘어서 못쓰게 되어 내버린 낫, 색깔이 밝고 반들거리는 돌, 또는 유약을 입힌 기와 같은 것일 수도 있고, 통통한 모캐나 황어 같은 진흙에 사는 민물고기가 거기 아래서 몸을 뒤집는 순간 밝은 배지느러미와 비늘이 빛을 받아 번쩍인 것일 수도 있었다—뭔지 정확하게 알 수는 없었지만, 축축하고 검은 바닥에 가라앉은 황금 보물이 순간적으로 희미하게 반짝이는 모습은 마법처럼 아름답고 유혹적이었다. 모든 진정한 비밀, 영혼의 진짜 모습들도 모두 이 작은 물의 비밀과 같다고 생각되었다. 윤곽도 형식도 없으며, 아름답고 먼 가능성들처럼 막연히 짐작되기만 하는데, 모든 것이 베일에 싸여 있고 여러 뜻을 지녔다. 번쩍하는 짧은 순간, 초록색 강바닥의 어둠 속에서 무어라 표현할 수 없는 금이나 은 같은 것, 아무것도 아니면서도 가장 행복한 약속으로 가득한 무엇이 번득이듯, 비스듬히 뒤에서 보아 선이 불분명해진 인간의 옆모습이 무한한 아름다움이나 말할 수 없는 슬픔을 드러낼 수도 있었다. 또는 밤의 짐마차 아래에 매달린 등불이 빙글빙글 도는 바큇살을 비추어 벽에 거대한 그림자들을 만들면, 이런 그림자놀이는 일 분 동안 마치 베르길리우스의 전 작품처럼 온갖 모습, 사건, 이야기가 될 수 있었다. 밤이면 이와 똑같이 비현실적인 마법의 재료들로 꿈이 직조되었다. 꿈은 세상의 모든 형태를 제 안에 품은 공허이자 물이었다. 이런 꿈의 수정 물방울 안에서는 모든 인간, 동물, 천사와 악마의 형태들이 항상 깨어 있는 가능성들처럼 살고 있었다.

그는 다시 놀이에 빠져들어 흘러가는 강물을 넋을 잃고 들여다보았다. 강바닥 위로 형태 없는 희미한 빛들이 움직이는 것이 보였고, 왕관들과 매끈한 여인의 어깨가 보였다. 옛날 마리아브론 수도원에 있을 때 라틴어와 그리스어 철자들로도 형태의 꿈들과 변화의 마법을 보았던 일이 기억났다. 나르치스에게 그 이야기를 하지 않았던가? 아, 그게 언제였던가, 몇백 년 전 일인가? 아, 나르치스! 그를 볼 수 있다면, 그와 한 시간만 이야기하며 그의 손을 잡고 그 고요하고 영리한 목소리를 들을 수 있다면 지금 가진 두카텐 금화 두 개를 기꺼이 내놓았을 것이다.

어째서 이런 것들은 이리도 아름다울까? 물속의 이런 황금빛 광채들, 이 그림자와 예감들, 이 모든 비현실적이고 요정 같은 현상—어째서 이것들은 이토록 말할 수 없이 아름다우며 행복을 주는 것일까? 예술가가 만들어내는 것과는 정반대의 것들인데. 이름 붙일 수 없는 이것들의 아름다움이 형식 없이 오로지 비밀로만 이루어진 것이라면, 예술작품은 정반대였다. 작품들은 오로지 형식이고 완전한 명료함을 드러낸다. 스케치로 잡아내거나 목재를 깎아 새긴 머리나 입술의 윤곽보다 더 또렷하고 분명한 것은 없다. 그는 니클라우스 성모상의 아랫입술이나 속눈썹을 똑같이, 아주 정밀하게 따라 그릴 수 있었다. 거기에는 정해지지 않은 것, 기만하는 것, 녹아버리는 것은 아예 없었다.

골드문트는 온전히 몰두해서 이런 것들에 대해 생각했다. 가능한 한 가장 확정된 것, 가장 형식을 따르는 것이, 가장 알 수 없고 형식이 없는 것과 매우 비슷하게 영혼에 작용한다는 것이 어떻게 가능한지 그에게는 분명치 않았다. 그럼에도 이런 생각을 하는 과정에서 한 가지는 분명해졌다. 그러니까 흠 없이 잘 만들어진 그토록 많은 예술작품이 어째서 전혀 자기 마음에 들지 않고, 어떤 아름다움이 있는데도 지루하고 거의 혐오스럽기까지 한지가 분명해진 것이다. 작업장, 교회, 궁전들에는 그런 불운한 예술품이 가득했고, 자신도 그 가운데 몇몇 작업에 참여했다. 그 예술품들은 몹시 실망스러운데 이들이 최고를 향한 열망을 일깨우면서도 그것을 충족시키지 못하기 때문이고, 이들에게 핵심, 곧 신비가 결여되어 있기 때문이었다. 꿈과 최고 예술품의 공통점은 바로 신비였다.

골드문트는 계속 생각했다. 내가 사랑하는 것은 바로 신비다. 내가 그 흔적을 좇고 있으며 여러 번이나 그 번쩍임을 보았고, 언젠가 가능해지면 예술가로서 묘사해서 드러내고 싶은 것은 바로 그것이다. 저 근원 어머니, 모든 것을 낳는 여인의 모습이다. 그녀의 비밀은 다른 조각상에서 볼 수 있는 것처럼 이런저런 개별적 요소에, 특별한 풍성함이나 깡마름, 투박함이나 기품, 힘이나 우아함에 있는 것이 아니다. 그 비밀은 보통은 서로 합칠 수 없는, 세계의 가장 중대한 대립들, 곧 탄생과 죽음, 선량함과 잔인함, 삶과 파괴가 그녀의 모습 안에서 평화를 맺고 함께한다는 점이다. 내가 이런 상을 멋대로 고안해냈고, 그것이 그저 나의 사유의 놀이거나 야심찬 예술가의 소망에 지나지 않는다 해도, 어머니에게 해가 되지는 않는다. 나는 그 잘못을 알아보고 그것을 잊을 수도 있을 것이다. 하지만 근원 어머니는 사유가 아니다. 나는 근원 어머니를 고안해낸 것이 아니라 보았으니까! 그녀는 내 안에 살고 있어서 나는 언제나 거듭 그녀를 만난다. 겨울밤 어느 마을에서 출산하는 농부 아낙네의 침상 위로 불을 비추고 있을 때 나는 그녀를 처음으로 예감했다. 그때 그 모습이 내 안에서 살기 시작했다. 자주 그 모습은 멀어지고 오랫동안 사라지지만, 오늘도 그랬듯 불현듯 번쩍 나타난다. 한때 내가 가장 사랑한 내 어머니의 모습은 이 새로운 어머니로 완전히 바뀌었고, 그 안에 어머니의 모습이 체리의 씨처럼 들어 있다.

그는 자신이 처한 현재 상황을, 어떤 결정을 앞둔 두려움을 분명하게 느꼈다. 그는 오래전 나르치스와 수도원에 작별을 고할 때 못지않게 중요한 길 위에 있었다. 바로 어머니에게로 가는 길이었다. 어쩌면 언젠가는 이 어머니로부터 모두가 눈으로 볼 수 있는 확실한 형태가 그의 손에서 만들어질 수도 있을 것이다. 어쩌면 그것이 목표이자, 그의 삶의 숨겨진 의미일지도 몰랐다. 그럴지도 몰랐다. 그는 알 수가 없었지만 한 가지는 알고 있었다. 어머니를 따라가는 것, 어머니를 향해 길을 떠나는 것, 어머니에게 이끌리고 그 부름을 따르는 것, 그것이 좋고, 그것이 삶이었다. 어쩌면 그는 어머니의 모습을 형태로 만들어낼 수 없을지도 몰랐다. 어쩌면 어머니는 언제까지나 꿈, 예감, 유혹, 성스러운 비밀의 황금빛 번득임으로 남을지도 몰랐다. 어느 경우든 그는 어머니를 따라가야 했다. 그녀에게 운명을 맡겨야 했다, 어머니가 그의 별이었다.

이제는 결정을 내려야 할 때였고 모든 것이 명백해졌다. 예술은 아름다운 것이지만, 그에게 예술은 여신도 목표도 아니었다. 그는 예술이 아니라 오로지 어머니의 부름을 따라가야 했다. 손놀림이 점점 능숙해진들 무슨 소용이 있겠는가? 니클라우스 스승을 보면 그것이 어디로 이끌어갈지 알 수 있었다. 그것은 명예와 명성으로, 돈과 정착의 삶으로 이끌었고, 신비만이 접근할 수 있는 내면의 감각들을 메마르게 하고 위축시켰다. 그것은 아름답고 비싼 장난감들의 생산으로, 풍성한 장식이 붙은 제단과 설교단, 성 세바스티아노 조각상들과 아름다운 곱슬머리 천사의 작은 두상들, 탈러 은화 네 개짜리 소품들의 생산으로 이끌어간다. 오, 그런 예술품들로 가득한 홀보다는, 잉어 눈의 금색, 나비날개 가장자리에 붙은 아름답고 얇은 은색 솜털이 비할 바 없이 더 아름답고, 더 살아 있고, 더 소중했다.

한 소년이 노래를 하면서 강변길을 따라 내려왔다. 가끔씩 노랫소리가 끊겼고 그러면 아이가 손에 든 커다란 흰 빵을 베어 물었다. 골드문트는 아이에게 빵 한 조각을 달라고 부탁해서 두 손가락으로 부드러운 부분을 떼어내 작고 동그란 구슬 여러 개를 뭉쳤다. 그는 난간에 기대어 동그란 빵덩이를 하나씩 천천히 물속으로 던져 어두운 물에서 흰색 구슬이 가라앉는 것을, 재빨리 몰려든 물고기들의 머리에 둘러싸였다가 한 놈의 주둥이 속으로 사라지는 것을 지켜보았다. 빵덩이가 그렇게 하나씩 가라앉아 사라지는 것을 깊이 만족스럽게 바라보았다. 이윽고 배가 고파진 그는 애인 한 명을 찾아갔다. 골드문트는 푸줏간 하녀로 일하는 그녀를 '소시지와 햄의 지배자'라고 불렀다. 익숙한 휘파람소리로 그녀를 부엌 창가에 불러내 이런저런 먹을거리를 받아 챙겨서 강물 위쪽에 펼쳐진 포도밭에서 배를 채울 생각이었다. 넉넉한 포도나무 잎 아래로 붉고 기름진 토양이 빛나는 곳, 봄이면 은은한 핵과核果 향을 풍기는 푸른색 작은 히아신스 꽃들이 피는 곳에서.

하지만 오늘은 결단과 통찰의 날인 모양이었다. 튼튼하고 순박한 얼굴의 카트리네가 창가에 나타나 미소를 보냈고, 그는 손을 들어 보통 하던 대로 신호를 보내려다 문득 다른 날 이곳에 서서 기다리던 일들이 떠올랐다. 동시에 바로 다음 순간 무슨 일이 일어날지 모든 것이 지겨울 정도로 분명하게 보였다. 그녀는 손짓을 알아보고 되돌아갔다 곧 훈제 고기를 손에 들고 집의 뒷문에 나타나고, 그러면 자신은 그것을 받아들고 그녀가 기대하는 대로 그녀를 잠깐 품에 끌어안고 쓰다듬을 것이다. 문득 골드문트는 이미 자주 경험한 이런 기계적인 과정을 다시 불러내서 주어진 역할을 하는 것, 소시지를 받아 챙기고 저 풍만한 가슴이 품에 와닿는 것을 느끼고 그 답례로 자신도 그녀를 끌어안는 일이 대단히 어리석고 추하게 여겨졌다. 갑자기 그는 그녀의 선량하고 투박한 얼굴에서 영혼 없이 타성에 빠진 모습을, 그녀의 친절한 미소에서 어딘지 식상한 것을, 뭐랄까 기계적이고 신비가 결여된 모습, 자신에게는 무가치한 모습을 발견했다. 늘 하던 그의 손짓은 도중에 멈춰버렸고, 그의 얼굴에서 미소는 얼어붙었다. 자신은 아직 그녀를 사랑하는가, 그녀를 진심으로 원하는가? 아니다, 그는 너무나 자주 이곳에 왔고, 너무나 자주 똑같은 미소를 보았고, 가슴이 뛰지 않는데도 거기 답했다. 어제만 해도 서슴지 않고 할 수 있는 일이었는데, 오늘 갑자기 더는 할 수 없었다. 하녀가 여전히 서서 내다보고 있었지만 이미 돌아선 그는 두 번 다시 오지 않겠다고 결심하면서 골목길에서 멀어졌다. 그 젖가슴은 다른 녀석더러 쓰다듬으라고 해! 이 맛있는 소시지는 다른 녀석더러 먹으라고 해! 이 배부른 도시에선 어차피 매일 먹고 탕진하는 게 일이잖은가! 이곳의 뚱뚱한 시민들은 얼마나 게으르고 얼마나 사치스러운가, 또 얼마나 까다로운가, 그런 그들을 위해 얼마나 많은 돼지와 송아지가, 얼마나 많은 아름답고 가련한 물고기가 매일 죽음을 당하는가! 그리고 그 자신도—그 자신도 얼마나 사치에 물들고 망가졌는가, 이 배부른 시민들과 얼마나 비슷하게 구역질나는 존재가 되었는가! 방랑길에서는 눈 덮인 들판에서 찾아낸 말라비틀어진 자두나 오래된 빵 껍질조차 부유한 이곳 길드의 연회 음식보다 훨씬 맛있었다. 오, 방랑이여, 오, 자유여, 오, 달빛 비치는 황무지여, 축축한 어스름 아침 풀숲에서 조심스럽게 지켜보는 짐승의 흔적이여! 이곳 도시에서, 정착민들 사이에서는 모든 것이 아주 쉽고 비용도 얼마 들지 않는다, 심지어 사랑조차도. 그는 이제 지겨웠다. 갑자기, 그리고 거기에 침을 뱉었다. 이곳에서의 삶은 의미를 잃었다. 그것은 골수 없는 뼈였다. 스승이 모범이고 리스베트가 공주이던 동안 그 삶은 아름답고 의미가 있었다. 사도 요한 조각상을 작업하는 동안은 견딜 만했다. 하지만 지금 그 일은 끝났고, 향기는 사라졌으며, 작은 꽃은 시들었다. 그를 깊이 괴롭히고 또 깊이 도취시키기도 하는 덧없음의 감정이 거친 파도처럼 덮쳤다. 모든 것이 빠르게 시들었고, 모든 즐거움이 빠르게 소진되었으며, 뼈와 먼지 말고는 아무것도 남지 않았다. 아니, 한 가지가 있었다. 슬프면서도 잔인한 사랑의 미소를 띤 영원한 어머니, 태곳적 존재이면서도 영원히 젊은 근원의 어머니였다. 다시 잠깐 그녀가 보였다. 세계의 가장자리에 꿈꾸듯 앉아 머리칼에 별들을 품은 거대한 여인, 장난하는 손길로 어머니는 꽃을 하나씩, 생명을 하나씩 꺾어서 천천히 바닥없는 곳으로 떨어뜨리고 있었다.

골드문트가 이미 시들어버린 삶의 한 조각이 자기 뒤에서 색이 바래는 것을 보면서 그동안 익숙해진 일대를 슬픈 이별의 감정에 취해 돌아다니던 며칠 동안, 니클라우스 스승은 그의 장래를 위해 이 불안정한 손님을 항구적으로 정착시키려고 엄청난 공을 들이고 있었다. 길드를 설득해 골드문트에게 마이스터 자격증을 수여하게 하고, 그를 아랫사람이 아닌 동업자로 계속 자기 곁에 붙잡아두려는 계획을 세웠다. 큰 주문은 모두 함께 상의해서 작업하고 그 수익을 나누려는 것이었다. 그것은 리스베트 때문에도 모험이기는 했다. 모든 것이 계획대로 된다면 당연히 이 젊은이는 머지않아 자신의 사위가 될 것이기 때문이었다. 하지만 사도 요한 같은 조각상은 여태껏 니클라우스가 고용한 모든 조수 가운데 가장 뛰어난 사람도 만들 수 없는 것이었다. 그도 늙어가면서 발상과 창작의 힘이 점점 빈약해지고 있었기에 이름 높은 자신의 작업장이 그저 그런 공예 작업실로 전락하는 모습을 보고 싶지 않았다. 골드문트는 다루기 힘들겠지만, 그래도 모험을 해보아야 했다.

마이스터는 조심스럽게 계획을 마련했다. 골드문트를 위해 뒤쪽 작업장을 개축하고 확장해서 다락층에 그의 방을 만들어주고, 아름다운 새 옷을 선물해 길드 회원으로 맞아들일 셈이었다. 지난번 점심식사 이후로 그 비슷한 것을 기대하던 리스베트에게도 조심스럽게 의중을 물었다. 그러자 보라, 리스베트도 반대하지 않았다. 젊은이가 정착하고 또 마이스터가 된다면, 그녀에게도 어울리는 사람일 것이다. 그러니까 이런 면에서도 장애는 없었다. 마이스터 니클라우스와 공예 일이 이 떠돌이 사내를 완전히 길들이지 못한다 해도, 리스베트가 나머지를 잘 처리할 것이다.

그렇게 모든 것이 궁리되어 새 잡을 미끼가 올가미 뒤에 멋지게 걸렸다. 어느 날 마이스터는 최근 들어 모습을 보이지 않던 골드문트를 부르러 사람을 보냈다. 다시 점심식사에 초대받은 골드문트가 이번에도 깔끔하게 솔질하고 머리를 빗은 모습으로 나타나, 아름답고 약간은 지나칠 정도로 화려한 방에 앉아 다시 스승과 그의 딸과 잔을 부딪쳤다. 딸이 물러나자 니클라우스는 자신의 엄청난 계획과 제안을 털어놓았다.

“자네, 내 말을 이해하겠지.” 그는 놀라운 계획을 털어놓은 데 이어 이렇게 말했다. “정해진 수업과정도 마치지 않은 젊은이가 이렇게 빨리 마이스터가 되고 이런 보금자리로 들어온 경우는 한 번도 없었다는 말은 굳이 할 필요가 없겠지. 자네는 행운을 잡은 거야, 골드문트.”

골드문트는 깜짝 놀라고 마음이 답답해져서 스승을 바라보며 자기 앞에 놓인 절반쯤 남은 잔을 멀찍이 밀어냈다. 그는 스승이 여러 날 동안 일하러 오지 않았다고 야단을 좀 치고 나서 조수로 일해달라고 제안할 거라고 기대했었다. 그런데 이런 일이 생긴 것이다. 그는 이 사람과 이렇게 마주앉아 있어야 한다는 게 슬프고 당황스러웠다. 그는 대답할 말을 금방 찾아내지 못했다.

자신의 명예로운 제안을 골드문트가 기뻐하며 겸손한 태도로 당장 받아들이지 않자 마이스터는 긴장하고 실망한 얼굴로 일어서면서 말했다. "내 제안이 뜻밖인 모양이군, 어쩌면 생각을 먼저 해보고 싶을 수도 있겠지. 나야 기분이 좀 상하긴 했네만. 자네에게 엄청난 기쁨을 안겨줄 거라 생각했으니 말일세. 하지만 어쨌든 좋아, 생각할 시간을 갖게."

"선생님," 골드문트는 적당한 말을 찾아내려 애쓰면서 말했다. "저를 나쁘게 생각하지 말아주십시오! 선생님의 너그러운 호의에 진심으로 감사드리고, 저를 이렇듯 제자로 대해주시는 인내심에는 더 큰 감사를 드립니다. 제가 어떤 빚을 지고 있는지 절대로 잊지 않을 거예요. 하지만 생각할 시간은 필요 없습니다, 이미 결심이 섰으니까요."

"무슨 결심을 했다는 건가?"

"선생님의 초대를 받기 전에, 선생님의 명예로운 제안에 대해 짐작도 하기 전에 결심한 일입니다. 더는 여기 머물지 않고 길을 떠나기로 말입니다."

니클라우스는 얼굴이 창백해진 채 어두운 눈으로 골드문트를 바라보았다.

"선생님," 골드문트가 간청했다. "제 말을 믿어주십시오, 선생님을 모욕하려는 게 아닙니다! 제가 어떤 결심을 했는지는 전에 이미 말씀드렸지요. 그건 바뀌지 않습니다. 저는 떠나야 합니다. 여행과 자유를 향해 나아가야 합니다. 한번 더 진심으로 감사드리고, 이제는 서로 좋은 마음으로 작별했으면 합니다."

그는 스승에게 손을 내밀면서 하마터면 눈물을 흘릴 뻔했다. 니클라우스는 그의 손을 잡지 않았고, 얼굴이 하얗게 질려서 빠른 속도로, 점점 더 빠른 속도로 방을 왔다갔다하기 시작했다. 분노를 참지 못하고 바닥을 쿵쿵대며 걸었다. 골드문트는 한 번도 본 적이 없는 모습이었다.

그러다가 스승이 돌연 멈춰 서더니 엄청난 자제력을 발휘해 골드문트를 바라보지도 않은 채 잇새로 말을 내뱉었다. "좋아, 가게나! 하지만 당장 가게! 다시는 자네를 보지 않을 수 있게! 내가 언젠가 후회할 일을 하거나 말을 하지 않도록 말일세. 가게!"

골드문트는 한번 더 그에게 손을 내밀었다. 스승은 내민 손에 침이라도 뱉을 기색이었다. 이제는 골드문트 역시 얼굴이 창백해져서는 뒤돌아 조용히 방을 나왔고, 밖에서 모자를 쓰고는 조용히 계단을 내려가면서 난간을 받치고 선 기둥 머리들을 손으로 쓸어내렸다. 그리고 뒤뜰의 작업장으로 들어가 자신이 만든 요한상에 잠깐 작별을 고한 뒤 가슴에 통증을 안고 그 집을 떠났다. 기사의 성을 떠날 때 가련한 리디아에게 느꼈던 것보다 더 깊은 통증이었다.

적어도 빨리 끝났다! 적어도 쓸데없는 말은 하지 않았다! 그것이 그가 집 문턱을 넘어 밖으로 나갈 때 느낀 유일한 위안이었다. 우리 마음이 작별을 고하고 나면 그동안 익숙했던 것들이 흔히 그러듯이, 골목길과 도시가 갑자기 낯설게 변한 얼굴로 그의 눈을 들여다보았다. 그는 눈길을 돌려 대문을 보았다—이제는 자신에게 닫혀버린 낯선 집의 문이었다.

방으로 돌아온 골드문트는 길 떠날 채비를 시작했다. 물론 챙길 것은 많지 않았고, 작별을 고하는 것 외에는 할일도 없었다. 그가 그린 자애로운 성모 그림 하나가 벽에 걸려 있었고, 여기저기에 그의 물건이 있었다. 일요일에 쓰는 모자, 무도화 한 켤레, 스케치 두루마리, 작은 류트 하나, 그가 점토로 만든 작은 조각상 몇 점과 애인들에게 받은 선물들이 있었다. 조화 다발, 루비처럼 붉은 잔 하나, 오래되어 딱딱해진 하트 모양 생과자 등이었다. 그것들 모두 각각의 의미와 사연이 있었고 그에게는 소중한 것이었지만, 아무것도 가져갈 수 없는 지금은 부담스러운 물건들에 지나지 않았다. 그는 집주인에게 붉은 잔을 주고 대신 튼튼한 사냥칼을 받아서 마당에 있는 숫돌에 갈아 날카롭게 만들었다. 생과자는 가루로 부숴 옆집 닭들에게 모이로 주고, 성모 그림은 집주인 여자에게 선물하고 대신 유용한 선물로 여행용 낡은 가죽배낭과 넉넉한 길양식을 받았다. 그는 셔츠 몇 벌, 빗자루 막대에 돌돌 만 작은 스케치 몇 점을 넣어 배낭을 꾸리고 거기다 먹을 것도 챙겨넣었다. 나머지 잡동사니는 그대로 남겨두었다.

도시에는 제대로 작별인사를 해야 할 여자가 여럿 있었고, 그중 한 명과 지난밤을 함께 보냈다. 하지만 자신의 계획에 대해서는 한마디도 하지 않았다. 그렇다, 방랑을 떠나려면 이런저런 일들이 발목을 잡기 마련이다. 그런 걸 심각하게 받아들이면 안 된다. 그는 집주인 식구들 외에는 누구에게도 작별인사를 하지 않았다. 이른 새벽에 길을 떠날 수 있도록 저녁에 모든 일을 마무리했다.

그런데도 새벽에 누군가 일어나서, 조용히 집을 떠나려는 그에게 수프를 먹고 가라며 부엌으로 불렀다. 열다섯 살 난 이 집 딸로, 아름다운 눈을 가진 조용하고 병약한 소녀였다. 고관절에 장애가 있어서 다리를 절었다. 이름은 마리였다. 마리는 밤을 지새웠는지 몹시 창백한 얼굴이었지만 정성스럽게 옷을 차려입고 머리를 곱게 빗은 모습으로 부엌에서 그에게 뜨거운 우유와 빵을 대접했는데, 그가 떠나는 것이 아주 슬픈 듯 보였다. 그는 그녀에게 감사인사를 하고, 작별하면서 동정심에서 그녀의 얇은 입술에 키스했다. 그녀는 눈을 감고 경건하게 그 키스를 받아들였다.

# 제13장

새로운 방랑생활의 처음 얼마간 골드문트는 되찾은 자유의 엄청난 현기증을 느끼며, 고향도 없고 계절도 없는 뜨내기의 삶을 사는 법을 다시 배워야 했다. 고향 없는 자들은 어떤 인간의 말도 따르지 않고 오로지 날씨와 계절에만 의지해 목적지도, 머리 위를 가려줄 지붕도, 가진 것도 없이 온갖 우연에 몸을 내맡기고, 아이처럼 무모하게, 가난하고 강인한 삶을 살아간다. 그들은 낙원에서 쫓겨난 아담의 아들이자 죄 없는 짐승들의 형제로, 시시각각 하늘이 내려주는 것을, 태양, 비, 안개, 눈, 더위와 추위, 안녕과 고난을 받아들인다. 그들에게는 시간도 역사도 분투도 없으며, 집을 가진 자들이 그토록 필사적으로 떠받드는 발전과 진보라는 저 기묘한 우상도 없다. 방랑자는 섬세할 수도 거칠 수도 있고, 능숙하거나 서툴 수도, 용감하거나 소심할 수도 있지만, 언제나 가슴은 어린아이이고, 언제나 온갖 세계사가 시작되기 이전의 최초의 날을 살고 있으며, 언제나 몇 가지 안 되는 단순한 충동과 필요에 이끌리는 삶을 산다. 그는 영리할 수도 멍청할 수도 있다. 모든 삶이 얼마나 부서지기 쉽고 허망한지 알고, 또 살아 있는 모든 것이 얼마나 가련하게 두려움에 떨면서 보잘것없는 제 따스한 피를 지닌 채 얼음장 같은 우주공간을 떠도는지 깊이 알고 있을 수도 있다. 또는 그냥 어린아이처럼 가련한 위장의 명령만 탐욕스럽게 따를 수도 있다—그는 언제나 자신을 미워하고 경멸하고 두려워하는, 재산을 소유한 정착민의 원수이자 적이다. 정착민은 이 모든 것을 떠올리고 싶어하지 않기 때문이다. 모든 존재의 순간성, 모든 생명이 끊임없이 시들어간다는 것, 우리 주변의 세계를 가득 채운 가차 없고 차가운 죽음 따위를 말이다.

방랑생활의 천진함, 그것이 어머니 쪽에서 왔다는 것, 그런 생활이 법과 정신에 등을 돌리고, 그저 자신을 내맡겨놓은 채 죽음과 은밀히 가까이 지내는 일이라는 것은 이미 오래전부터 골드문트의 영혼에 깊이 새겨져 있었다. 그런데도 그의 내면에 정신과 의지가 머무르고 있다는 것이, 그가 예술가라는 사실이 삶을 풍성하게 하면서도 힘들게 했다. 모든 삶은 분열과 대립을 통해서야 비로소 풍성하게 피어난다. 황홀경을 알지 못한다면 이성과 냉정함이 대체 뭐란 말인가. 죽음이 바로 뒤에 있지 않다면 감각의 쾌락은 대체 무엇이며, 남자와 여자 사이의 영원한 적대감이 없다면 사랑은 대체 뭐란 말인가?

여름과 가을이 지나가고, 궁핍한 몇 달을 힘겹게 보낸 골드문트는 달콤한 향내가 피어오르는 봄날에 도취되어 방랑을 계속했다. 계절은 쏜살같이 흘러가고, 한여름의 태양은 언제나 다시 빠르게 내려갔다. 그렇게 여러 해가 흘렀고, 골드문트는 배고픔과 사랑, 이토록 고요하고 무시무시하게 빠른 속도로 지나가는 계절 말고 이 세상에 다른 것이 있다는 것을 잊은 사람 같았다. 그는 온전히 어머니 쪽 세계, 충동적인 근원 세계에 가라앉아 있는 듯했다. 하지만 꿈꿀 때마다, 또 꽃피고 시드는 골짜기를 바라보며 생각에 잠겨 쉴 때마다, 그는 바라봄으로 충만한 예술가였으니, 흘러가버리는 아름다운 삶의 무의미를 정신을 통해 불러내 의미로 바꾸고 싶은 괴로운 갈망에 시달렸다.

빅토어와의 유혈극 이후로는 늘 혼자 다녔는데, 한번은 어떤 떠돌이를 만나게 되었다. 어느 결엔가 동행이 된 그는 한동안 떨어지지 않았다. 다만 빅토어와 같은 부류는 아니고 수도복 차림에 순례자 모자를 쓴 젊은이로 로마 순례자였다. 로베르트라는 이름의 그는 보덴호수 지역이 고향이었다. 공예 기술자의 아들로 한동안 장크트갈렌 수도원학교에 다녔고, 소년 시절에 이미 로마 순례의 생각을 갖게 되어 언제나 이 생각에 몰두하고 있다가 실행에 옮길 기회가 오자마자 붙잡았다. 아버지의 죽음이 그 기회였는데, 그가 아버지의 작업장에서 소목장이로 일하고 있을 때였다. 장례식이 끝나자마자 로베르트는 어머니와 누이에게 아무것도 자신을 붙잡아놓을 수 없다면서 즉시 자신의 갈망을 충족시키기 위해 그리고 아버지와 자신의 죄를 회개하기 위해 로마로 순례를 떠나겠다고 선언했다. 여자들이 탄식해도 소용없고 야단쳐도 소용없었다. 그는 고집을 꺾지 않고 두 여자를 보살피는 대신, 어머니의 축복도 받지 못하고 분노한 누이의 욕설을 들으며 여행에 나섰던 것이다. 그를 몰아간 것은 무엇보다 방랑의 욕구로, 이것이 일종의 표면적인 경건함과 결합되었다. 그것은 교회와 종교 시설 가까이에 있고 싶어하는 성향이며 예배, 세례, 장례, 미사, 향과 촛불에서 얻는 즐거움이었다. 그는 라틴어를 조금 할 줄 알았지만, 어린아이 같은 그의 영혼이 열망한 것은 학자의 삶이 아니라 교회의 아치 천장이 만들어내는 그림자 속 평온과 조용한 몽상이었다. 소년 시절에 그는 복사로서 미사에도 열정적으로 헌신했다. 골드문트는 그를 아주 진지하게 대하지는 않았지만 그가 꽤 마음에 들었다. 방랑과 낯선 곳에 대한 충동적인 열성이라는 점에서 약간의 동질감이 느껴지기도 했다. 어쨌든 로베르트는 당시 만족스럽게 방랑의 길을 떠나 로마에 도착했고, 수많은 수도원과 사제관에서 손님으로서의 권리를 요구하며 산악지대와 남부를 돌아보았다. 로마에서 온갖 교회와 종교 행사를 경험하며 몹시 만족했고 수백 번의 미사를 올리고, 가장 유명하고 가장 거룩한 장소에서 예배를 보고 성사聖事를 누리며, 젊은 자신의 얼마 안 되는 죄와 아버지의 죄를 위해 필요한 것보다 더 많은 미사의 향을 들이마셨다. 그렇게 일 년 이상 떠나 있다가 마침내 작은 고향집으로 돌아온 그를 가족은 돌아온 탕자처럼 환영하지 않았다. 그사이 누이가 집안일과 권한을 차지했고, 부지런한 소목 기능공을 고용했다가 그와 결혼해 집과 작업장을 완벽하게 관리하고 있었다. 로베르트가 집에 온 지 얼마 되지 않아 자신이 필요 없다는 것을 깨닫고 다시 떠나겠다며 여행 이야기를 꺼냈을 때 아무도 말리지 않았다. 그는 이 일을 별로 심각하게 여기지도 않고 어머니가 저축한 얼마간의 돈을 받은 후, 다시금 순례자 옷을 걸치고 이번에는 목적지도 없이 제국을 이리저리 돌아다니는 새로운 순례자, 얼치기 성직자 떠돌이가 되었다. 유명한 순례지의 구리 기념주화들과 축성을 받은 로사리오 묵주가 옆구리에 매달려 쩔렁댔다.

그렇게 그는 골드문트를 만나 하루 동안 함께 다니며 이런저런 뜨내기의 추억을 나누다가 다음 소도시에서 사라지더니 여기저기서 다시 마주쳤고, 그러다 마침내 남의 일을 잘 보살피는 붙임성 있는 동반자로 완전히 골드문트 곁에 머물게 되었다. 골드문트를 아주 좋아해서 자질구레한 일들을 도맡아 그의 마음을 얻으려 했고, 그의 지식, 대담함, 정신에 경탄했으며, 그의 건강, 힘, 솔직함을 사랑했다. 그들은 서로에게 익숙해졌다. 골드문트도 붙임성이 있었기 때문이다. 다만 한 가지는 양보하지 않았다. 골드문트는 슬픔이나 생각에 사로잡혀 있을 때면 고집스럽게 침묵하면서 상대가 존재하지도 않는다는 듯 그대로 무시했는데, 그럴 때는 수다를 떨거나 질문을 하거나 위로를 하면 안 되고 그냥 침묵하게 내버려두어야 했다. 로베르트는 이 사실을 금세 터득했다. 골드문트가 라틴어 시구와 노래를 잔뜩 외우고 있다는 걸 알아채고, 대성당 입구 앞에 세워진 돌 조각상들에 대해 설명하는 것을 듣고, 또한 자기들이 기대어 쉬고 있던 빈 담벼락에 붉은 분필을 몇 차례 휙휙 움직여 실물 크기의 초상화들을 그려내는 것을 본 뒤로, 그는 자신의 동료를 신의 총아, 거의 마법사로 여겼다. 또한 그가 여자들의 사랑을 받는다는 것, 그냥 바라보거나 미소 짓는 것만으로 숱한 여자를 차지하는 것도 보았다. 별로 마음에 드는 일은 아니었지만, 그럼에도 여전히 경탄하지 않을 수 없었다.

한번은 그들의 여행이 생각지도 못한 일로 중단되었다. 어느 날 그들이 어느 마을 근처에 이르렀는데, 곤봉, 막대기, 도리깨로 무장한 한 떼의 농부들을 맞닥뜨렸다. 농부들을 이끄는 우두머리가 멀리서, 어서 돌아가라고, 다시는 이쪽으로 오지 말라고, 만일 다시 온다면 맞아죽을 거라고 소리쳤다. 골드문트가 멈추어 서서 대체 무슨 일인지 알아보려는데, 벌써 돌 하나가 날아와 가슴을 맞혔다. 뒤돌아보자 로베르트는 미친듯이 도망치고 있었다. 농부들이 위협적으로 다가왔으므로 골드문트도 도망친 사람을 조금 천천히 따라가는 수밖에 없었다. 로베르트는 덜덜 떨면서 들판 한복판에 세워진 그리스도의 십자가 아래서 그를 기다리고 있었다.

"진짜 잘 뛰던데." 골드문트가 웃음을 터뜨렸다. "하지만 저 잡놈들은 아둔한 머리에 대체 무얼 담고 있는 거야? 전쟁이라도 났나? 무장한 경비대를 둥지 앞에 세워놓고 아무도 안으로 들이지 않다니! 정말 알고 싶은걸."

두 사람 모두 알지 못했다. 이튿날 아침 한 외딴 농가에서 몇 가지 일을 겪고 나서야 비로소 비밀이 풀리기 시작했다. 오두막, 외양간, 창고로 이루어진 농가는 키 큰 풀과 많은 수의 과일나무로 둘러싸여 있었는데, 이상하리만치 조용하고 모든 것이 깊은 잠에 빠져 있는 듯했다. 사람 목소리도, 발소리도, 아이들의 외침도, 큰 낫을 휘두르는 소리도, 그 어떤 소리도 들리지 않았다. 암소 한 마리가 농장 풀숲에 서서 음매 울었는데, 젖을 짤 때가 되었음을 수 있었다. 오두막 앞으로 다가가 문을 두드렸으나 답이 없었고, 열린 채 텅 비어 있는 외양간으로, 곡물창고로도 가보았다. 창고의 이엉지붕에 자라난 연초록 이끼가 햇빛을 받아 빛나는데, 이곳에도 사람의 그림자는 보이지 않았다. 사람 사는 곳이 이렇듯 괴괴한 것을 이상히 여기며 그들은 집으로 돌아가 한번 더 주먹으로 문을 쾅쾅 두드렸지만 역시 답은 없었다. 골드문트가 문을 열려는데 놀랍게도 잠겨 있지 않았다. 그는 문을 안으로 밀고 어둠 속으로 들어갔다. "안녕하세요." 그가 큰 소리로 외쳤다. "아무도 없나요?" 하지만 쥐죽은듯 조용했다. 로베르트는 바깥에서 기다렸다. 골드문트는 호기심에 계속 나아갔다. 오두막 안에선 고약한 냄새가 났다. 기묘하고도 역겨운 냄새였다. 아궁이 난로에 재가 수북해, 그는 힘껏 입김을 불어보았다. 바닥에 숯이 되어버린 장작더미에서 불꽃이 일었다. 아궁이 뒤편 어둠 속에 누군가 앉아 있는 것, 누군가 안락의자에 앉아 잠든 것이 보였는데, 노파 같았다. 불러봐도 소용없었고, 집이 마치 마법에 걸린 듯했다. 그는 앉아 있는 여자의 어깨를 부드럽게 톡톡 쳐보았지만 움직이지 않았다. 그제야 그녀 몸에 거미줄이 쳐져 있는 것을 발견했다. 일부는 머리칼과 무릎에 걸쳐져 있었다. '죽었구나.' 그는 약간 으스스해하며 생각하고, 확인하기 위해 불을 피우기로 했다. 재를 헤집고 바람을 불어넣어 불꽃을 일으켜 긴 나뭇조각 하나에 불을 붙일 수 있었다. 불붙은 나뭇가지로 앉아 있는 여자의 얼굴을 비추었다. 허연 머리카락 아래로 핏기 없는 검은 얼굴이 보였다. 감기지 않은 한쪽 눈이 납처럼 공허하게 번득였다. 여자는 여기, 의자에 앉은 채 죽은 것이다. 그녀를 도울 길은 없었다.

골드문트가 불붙인 나뭇가지를 손에 들고 샅샅이 살펴보는데, 뒷방으로 넘어가는 문지방에서 또다른 시신이 나왔다. 내의만 입은 여덟아홉 살 된 소년으로, 얼굴이 부풀어올라 일그러져 있었다. 아이는 문지방에 엎드린 채 작은 두 주먹을 꽉 움켜쥐고 있었다. 두번째 시신이야, 골드문트는 생각했다. 끔찍한 꿈속을 걸어가듯 그는 뒷방으로 들어갔다. 그곳은 덧문들이 열려 있어 햇빛이 환하게 들어왔다. 그는 들고 있던 불을 바닥에 놓고 조심스럽게 밟아 껐다.

뒷방에는 침대 세 개가 놓여 있었다. 하나는 비어 있는데 거친 잿빛 아마포 아래로 지푸라기가 보였다. 두번째 침대에는 수염이 덥수룩한 남자 하나가 등을 대고 뻣뻣하게 누운 채 머리가 뒤로 젖혀져 턱과 수염이 위로 솟아 있었다. 이 사람이 집주인 농부인 모양이었다. 그의 푹 꺼진 얼굴은 낯선 죽음의 색으로, 흙빛으로 변해 있었다. 팔 하나는 바닥으로 툭 떨어져 있었는데, 바닥에는 나동그라진 물항아리에서 흘러나온 물이 아직 바닥에 다 스며들지 않고 움푹 팬 곳으로 모여 작은 웅덩이를 이루었다. 다음 침대에는 리넨과 거친 모포에 휘감기고 뒤엉킨 채 체격이 크고 튼실한 여자가 쓰러져 있었는데, 얼굴이 침대에 푹 파묻혀 억센 밀짚 빛깔 금발이 밝은 햇빛에 드러났다. 곁에는 똑같은 밀짚 빛깔 금발의 어린 소녀가 구겨진 시트에 감겨 목이라도 졸린 듯 그녀와 뒤엉켜 있고, 아이의 죽은 얼굴에는 회청색 반점들이 있었다.

골드문트는 시신을 하나하나 살펴보았다. 소녀의 얼굴은 이미 상당히 변형되었음에도 죽음 앞에서 무력한 인간의 공포 같은 것이 아직 남아 있었다. 흐트러진 자세로 침대 깊숙이 파묻힌 어머니의 목과 머리카락에서는 분노, 두려움, 필사적으로 도망치려는 욕구가 읽혔다. 특히 풀어헤친 머리카락은 죽음에 항복하길 거부하고 있었다. 농부의 얼굴에는 저항과 이를 악문 고통이 있었다. 그는 힘들지만 남자답게 죽은 듯 보였다. 수염 난 그의 얼굴은 전쟁터에서 죽은 전사의 얼굴처럼 꼿꼿하게 허공으로 우뚝 솟구쳐 있었다. 조용히 반항적으로 위로 뻗친 약간 완강한 자세가 아름다웠다. 이렇게 죽음을 맞아들인 이자는 아마 하찮거나 비겁한 사람은 아니었을 것이다. 문지방 위에 엎어진 소년의 조그만 시신에는 가슴이 아려왔다. 그 얼굴은 아무 말도 하지 않았지만,

주먹을 꼭 움켜쥐고 문지방에 엎드린 자세는 많은 것을 말해주고 있었다. 속수무책의 고통, 들어보지 못한 통증에 대항한 무력한 자기방어를. 아이 머리 바로 옆에 있는 문에는 고양이가 드나드는 구멍이 만들어져 있었다. 골드문트는 모든 것을 꼼꼼히 관찰했다. 이 오두막은 의심의 여지 없이 소름끼치는 모습이었고, 시신 썩는 냄새가 지독했다. 그런데도 골드문트는 이 모든 것에 깊이 매료되었다. 모든 것이 위대함과 운명으로 가득차고, 참되고 거짓이 없었고, 무언가가 그의 사랑을 얻으며 영혼을 파고들었다.

그사이 밖에서 기다리던 로베르트는 참을성을 잃고 두려움에 외쳐대기 시작했다. 골드문트는 로베르트를 좋아하기는 했지만, 그 순간에는, 살아 있는 인간이 두려움과 호기심과 유치함에 사로잡히면 죽은 자에 비해 얼마나 보잘것없고 하찮은가 하고 생각했다. 그는 로베르트에게 아무 대꾸도 하지 않았다. 마음에서 우러나는 연민과 예술가 특유의 냉정한 관찰이 기묘하게 뒤섞인 채로 죽은 자들의 모습에만 몰두했다. 누워 있는 모습들과 앉아 있는 모습을, 그 머리와 손과 굳어버린 동작을 자세히 관찰했다. 마법에 걸린 이 오두막은 얼마나 고요한가! 냄새는 또 얼마나 기묘하고도 끔찍한가! 아궁이의 불씨가 아직도 남아 있는 이 작은 인가가 온통 죽음으로 뒤덮이고 가득차 시신들만 머물고 있으니, 얼마나 으스스하고 슬픈가! 이제 머지않아 이 고요한 형체들의 뺨에서 살점이 떨어져나가고, 쥐들이 그들의 손가락을 물어뜯겠지. 다른 사람들에게는 관과 무덤 속에서 잘 감추어져 보이지 않게 이루어지는 일이, 가장 가련한 최후의 일인 무너지고 썩어가는 일이 이 다섯 명에게는 훤한 대낮에 문도 잠그지 않은 집 자기들의 방에서 아무 배려도 부끄러움도 보호도 없이 이루어지고 있었다. 지금까지 골드문트는 죽은 자를 많이 보았지만 죽음이 이렇게 가혹하게 일하는 모습은 한 번도 본 적이 없었다. 그는 이 모습을 마음속 깊이 간직했다.

마침내 문 앞에서 로베르트가 외치는 소리가 방해해, 그는 밖으로 나갔다. 동료가 두려움에 사로잡혀 그를 바라보았다.

"무슨 일이에요?" 그가 나직하게 물었다. 목소리는 온통 두려움으로 가득했다. "집에 아무도 없어요? 그런데 당신은 뭘 그렇게 보고 있었던 거죠. 말해주세요!"

골드문트는 차가운 눈초리로 그를 빤히 보았다.

"들어가서 직접 보게. 정말 이상한 농가야. 나중에 저쪽에 있는 멋진 암소의 젖을 짜기로 하세. 어서 들어가!"

우물쭈물 오두막 안으로 들어간 로베르트는 아궁이 쪽으로 가다가 앉아 있는 노파를 발견했고, 그녀가 죽은 것을 알아채고는 큰 소리를 질러댔다. 눈이 휘둥그레진 채 그가 부리나케 도로 나왔다.

"맙소사! 저기 화덕 옆에 죽은 여자가 앉아 있는데. 어떻게 된 거죠? 왜 아무도 그녀 곁에 없나요? 어째서 묻어주지 않죠? 오, 하느님, 벌써 냄새도 나던데."

골드문트가 미소 지었다.

"자넨 대단한 영웅이야, 로베르트. 하지만 너무 빨리 나왔는걸. 저렇게 의자에 앉아 죽은 노파라니, 참 이상한 광경이지. 하지만 몇 걸음만 더 들어가면 훨씬 더 이상한 것을 발견했을 거야. 다섯 명이야, 로베르트. 침대에 셋, 문지방에 죽은 소년이 엎어져 있어. 모두 죽었어. 온 가족이 전부, 이 집은 다 죽은 거야. 그래서 아무도 소젖을 못 짠 거고."

로베르트가 깜짝 놀라 그를 바라보았다. 그런 다음 쉰 목소리로 갑작스럽게 외쳤다. "오, 어제 농부들이 왜 우리를 마을로 들여보내주지 않았는지 이제야 이해가 되네요. 오, 하느님, 이제 모든 게 분명해. 이건 페스트야! 내 가련한 영혼에 걸고 말하는데 페스트예요, 골드문트! 그런데 당신은 그렇게 오랫동안 저 안에 있었으니, 어쩌면 시신도 건드렸을 거예요! 저리 가요, 가까이 오지 말아요, 당신은 분명 독이 옮았어. 유감이지만 골드문트, 나는 가야겠어요, 더는 당신 곁에 있을 수 없어요."

그는 도망치려 했지만 순례복을 붙잡혔다. 골드문트가 말없이 질책하는 눈길로 엄하게 바라보며, 저항하는 그를 단호하게 붙잡아 세웠다.

"이보게, 젊은이." 그가 친절하면서도 비웃는 어조로 말했다. "자네는 생각보다 더 영리하군. 아마 자네 말이 맞을 거야. 어쨌든 다음번 농장이나 마을에서 정확히 알게 되겠지. 아마 이 지역에 페스트가 퍼져 있는 거겠지. 우리가 여기서 멀쩡히 살아서 나갈지는 앞으로 알게 될 거야. 하지만 로베르트, 자네가 도망치게 놔둘 수는 없어. 자, 봐. 나는 자비로운 사람이야, 내 가슴은 너무 부드럽지. 이제 자네도 저 안에서 병이 옮았을지도 모른다고 생각하면서 그냥 도망치게 놔두면 자넨 아마 어딘가 들판에서 죽어갈 거야. 완전히 혼자서 말이야. 자네 눈을 감겨줄 사람 하나 없고 아무도 자네 무덤을 만들고 자네 몸 위에 흙을 뿌려주지 않을 거라고—아니, 친애하는 친구여, 그렇게 생각하니 비통함이 내 목을 조르는 것 같다. 그러니까 내가 하는 말을 잘 들어둬. 두 번 말하지 않을 테니까. 우리 둘은 같은 위험에 빠졌고, 그것이 자네나 나를 쓰러뜨릴 수도 있어. 그러니까 우리는 함께 있을 거야, 우리 둘이 함께 죽든지 아니면 이 빌어먹을 페스트에서 함께 빠져나가는 거야. 자네가 병에 걸려 죽는다면 내가 묻어줄 거야, 장담하지. 내가 죽는다면 자네는 하고 싶은 대로 해, 나를 묻어주거나 아니면 도망쳐, 나는 상관없어. 우리는 서로 상대방이 필요할 거야. 자, 이제 나는 아무 말도 안 들을 테니 입 닥치고 헛간에서 통이라도 하나 찾아와. 암소 젖을 짜야 하니까."

그렇게 일이 진행되었다. 그 순간부터는 골드문트가 명령하고 로베르트는 복종했는데, 그게 둘에게 잘 어울렸다. 로베르트는 다시는 도망치려고 하지 않았다. 그저 달래듯 이렇게 말했을 뿐이다. "순간적으로 당신이 무서웠어요. 죽은 자들의 집에서 나왔을 때 당신 얼굴이 이상했거든요. 당신이 페스트에 걸린 거라고 생각했어요. 하지만 페스트에 걸린 게 아니라고 해도 당신 얼굴은 달라져 있었어요. 안에서 본 게 그렇게 고약했나요?"

"그렇진 않았어." 골드문트가 망설이며 대답했다. "저기 안에서 본 건 우리가 설사 페스트에 걸리지 않는다 해도, 나와 너 그리고 우리 모두를 기다리고 있는 것일 뿐이야."

그들은 함께 방랑을 계속하면서 그 지역을 지배하고 있는 흑사병을 사방에서 목격했다. 많은 마을이 이방인을 받아들이지 않았고, 다른 마을들에서는 아무 제지도 받지 않고 골목골목 돌아다닐 수 있었다. 많은 농가가 비어 있었고, 매장되지 못한 수많은 시신이 들판이나 방에서 썩어가고 있었다. 외양간에서는 젖을 짜지 않았거나 굶주린 암소들이 울어댔고, 가축들은 사납게 들판을 달렸다. 그들은 많은 수의 암소와 염소의 젖을 짜고 먹이를 주었다. 숲 가장자리에서 새끼 양과 새끼 돼지를 죽여 구워 먹고, 주인이 없는 지하실에서 가져온 포도주와 과실주를 마셨다. 그들은 풍족하게 지냈다. 많은 것이 사방에 남아돌았다. 하지만 맛이 좋지는 않았다. 로베르트는 계속 전염병에 대한 두려움에 사로잡혀 시신을 보면 구역질을 참지 못하고 가끔은 두려움 때문에 이성을 잃었다. 늘 자신이 감염되었다는 생각을 떨치지 못해 모닥불 연기에 머리와 손을 오랫동안 쐬었으며(그렇게 하면 낫는다고 여겼다), 자면서도 몸 이곳저곳을 더듬어 다리나 팔 또는 겨드랑이에 부스럼이 생겼는지 확인해보았다.

골드문트는 자주 그를 야단치고, 자주 비웃었다. 그는 이런 두려움에 물들지 않았고, 그처럼 구역질을 하지도 않았다. 음울하고 긴장된 기분으로 죽음의 땅을 지나가면서 거대한 죽음의 모습에 무서울 정도로 이끌렸으며, 위대한 가을로 영혼이 가득 채워지고, 추수하는 큰 낫*의 노래로 마음이 무거웠다. 이따금 영원한 어머니의 모습이 다시 그의 눈앞에 나타났다. 메두사의 눈이 박힌 창백하고 거대한 얼굴로, 고통과 죽음으로 가득한 괴로운 미소를 짓고 있었다.

한번은 어느 소도시에 이르렀다. 도시는 견고한 방어 시설을 갖추고 있었다. 성문에서부터 집 높이의 방어벽이 도시 전체를 둘러싸고 있었지만, 성벽 위에도 활짝 열린 성문에도 보초병은 찾아볼 수 없었다. 로베르트는 도시로 들어가기를 거부하면서 동료에게도 제발 들어가지 말라고 간청했다. 그러는 동안 종소리가 들리더니 사제 한 사람이 두 손으로 십자가를 들고 성문 밖으로 나왔다. 그의 뒤로 짐수레 세 대가 따라왔는데, 두 대는 말들이 끌고 한 대는 황소 두 마리가 끌었다. 수레

* 죽음.

마다 시신이 산더미처럼 쌓여 있었다. 기묘한 외투를 입고 두건 깊숙이 얼굴을 감춘 일꾼 몇 명이 그 옆으로 나란히 걸으면서 짐승들을 몰았다.

로베르트는 얼굴이 창백해지면서 정신을 잃을 지경이었지만, 골드문트는 약간 거리를 두고 시신 수레를 따라갔다. 몇백 보를 걸어갔지만 묘지는 없었다. 텅 빈 황무지 한복판에 커다란 구덩이가 파여 있었을 뿐이다. 겨우 세 번 정도 삽질해서 팠을 정도의 깊이였지만 크기는 너른 홀만했다. 골드문트는 한옆에 서서 일꾼들이 막대기와 갈고리 상앗대로 마차에서 시신들을 끌어내려 커다란 구덩이에 던져넣는 모습, 사제가 웅얼거리면서 그 위로 십자가를 흔들고 떠나는 모습을 지켜보았다. 일꾼들은 얕은 무덤 사방에 크게 불을 붙인 다음 무덤을 흙으로 덮으려 하지도 않고 말없이 도시로 돌아갔다. 골드문트는 아래를 내려다보았다. 오십 구 또는 그 이상의 시신이 그 안에 포개져 있었고, 많은 이가 벌거벗은 채였다. 여기저기서 호소하듯이 뻣뻣하게 굳은 팔 한쪽이나 다리 한쪽이 허공으로 불거져나와 있었다. 내의 하나가 바람에 약하게 펄럭였다.

그가 돌아오자 로베르트는 무릎을 꿇다시피 하며 한시바삐 이곳을 떠나자고 애원했다. 그가 그렇게 간청하는 데는 분명 이유가 있었는데, 골드문트의 멍한 눈길에서, 이제는 그가 너무도 잘 아는 몰입과 완고함, 끔찍한 것을 향하는 그 무시무시한 호기심을 보았던 것이다. 그는 친구를 붙잡아두지 못했다. 골드문트는 혼자서 도시로 들어갔다.

그는 아무도 지키지 않는 성문을 지나 안으로 들어갔고, 포석 위로 울리는 자기 발소리를 들으면서 지금껏 방랑하면서 지나쳐간 수많은 소도시와 수많은 성문을 떠올렸다. 아이들이 외치는 소리, 소년들이 노는 소리, 여인들이 싸우는 소리, 울림 좋은 모루에 내리치는 대장간의 망치 소리, 마차가 덜컹거리는 소리, 온갖 다양한 소리가 맞이해주던 게 생각났다. 섬세한 소리와 투박한 소리, 그런 소리들이 그물처럼 한데 얽혀 인간의 노동과 기쁨과 활동과 사교를 알렸다. 하지만 지금 이곳, 텅 빈 성문과 비어 있는 골목길에서는 아무 소리도 나지 않았다. 웃음소리도 시끄럽게 외치는 소리도 들리지 않는 가운데 모든 것이 죽음의 침묵 속에 굳어 있었고, 어디선가 흐르는 샘물의 재잘거리는 멜로디만 너무 크게 거의 굉음처럼 울렸다. 열린 창문 뒤로 제빵사가 덩어리 빵과 긴 빵 사이에 있는 게 보였다. 골드문트가 긴 빵 하나를 가리키자, 제빵사는 조심스럽게 기다란 제빵용 삽에 빵을 담아 내밀고는 골드문트가 삽 위에 돈을 놓기를 기다렸다. 하지만 이방인이 돈을 지불하지도 않고 빵을 베어 물며 멀어지자, 화가 나서 작은 창을 쾅 닫았지만 욕설을 퍼붓지도 않았다. 아름다운 집의 창문 앞에 도기 화분들이 일렬로 놓여 있는데, 보통 때라면 꽃이 만발해 있을 테지만 지금은 빈 항아리 위로 말라버린 잎들만 매달려 있었다. 또다른 집에서는 아이 목소리의 흐느낌과 비탄에 젖은 외침이 흘러나왔다. 하지만 다음 골목길에서 골드문트는 위쪽 창가에 아름다운 소녀가 서서 머리를 빗는 것을 발견했다. 그는 소녀가 자신의 눈길을 느끼고 아래를 내려다볼 때까지 그녀를 바라보았다. 그녀는 얼굴을 붉히며 그를 보았고, 그가 다정한 미소를 보내자 발개진 얼굴 위로 서서히 희미한 미소가 번졌다.

"거의 다 빗은 거지?" 그가 위를 향해 소리쳤다. 그녀가 미소 지으며 밝은 얼굴을 창밖으로 내밀었다.

"아직 병에 안 걸렸어?" 그가 물었다. 그녀는 고개를 끄덕였다. "그렇다면 나와 함께 이 죽음의 도시를 벗어나요. 숲으로 가서 잘 지낼 수 있어."

그녀는 의아한 눈초리였다.

"오래 생각하지 말고, 나는 진심이니까." 골드문트가 외쳤다. "부모님과 함께 있니? 아니면 남의 집에서 일을 하는 건가?—그러니까 남의 집이라는 거네. 그럼 이리로 와요. 노인네들은 죽게 내버려두고. 젊고 건강한 우리는 아직 한동안은 잘살 수 있어. 어서. 갈색 머리 아가씨, 진심이야."

그녀는 깜짝 놀라 망설이면서 골드문트를 찬찬히 살펴보았다. 그는 느린 걸음으로 그 자리를 떠나 인적 없는 골목길을 걷고 또다른 골목길을 걸은 다음 천천히 돌아왔다. 소녀는 아직도 고개를 밖으로 내민 채 창가에 서 있다가 그가 돌아오자 기뻐했다. 그녀는 그에게 손짓을 했고, 그는 천천히 멀어졌다. 곧이어 그녀가 나와, 성문에 닿기도 전에 그를 따라잡았다. 손에는 작은 꾸러미를 들고 머리에는 붉은 스카프를 둘렀다.

"이름이 뭐야?" 그가 물었다.

"레네. 당신과 함께 갈래. 아, 이곳은 너무 끔찍해. 모두 죽어가고 있는걸. 어서 가요, 어서!"

로베르트는 기분이 상해 성문 근처 바닥에 웅크리고 앉아 있었다. 그는 골드문트가 오자 벌떡 일어났고, 소녀를 보고는 눈이 휘둥그레졌다. 이번에는 곧바로 굴복하지 않고 푸념을 해대며 한바탕 소동을 벌였다. 이렇게 저주받은 페스트 구덩이에서 사람 하나를 데리고 나와서 그 사람과 함께하는 걸 견디라니, 미쳐도 단단히 미쳤다고. 이건 하느님을 시험하는 일이라고, 자기는 참을 만큼 참았다며 더는 함께 가지 않겠다고 저항했다.

골드문트는 그가 진정할 때까지 욕하고 하소연하도록 내버려두었다.

"이제 그만하면 환영 인사는 충분해." 그가 말했다. "자네도 함께 갈 거고, 어여쁜 동행이 생긴 걸 기뻐하게 될 거야. 이름은 레네고, 레네는 나와 함께 지낼 거야. 하지만 자네한테도 기쁜 소식을 알려주지, 로베르트, 들어봐. 우리는 이제 한동안 건강하고 조용하게 살면서 페스트를 피할 거야. 빈 오두막이 있는 멋진 장소를 찾아내거나 아니면 손수 하나 짓자. 나는 레네와 함께 집주인과 아내가 될 거고, 자네는 우리 친구니까 우리와 함께 사는 거야. 꽤 멋진 시간을 보낼 수 있을 거야. 어때?"

오, 그럼. 로베르트가 동의했다. 레네와 손을 잡거나 그녀의 옷을 만지라고 하지만 않는다면———

"아니." 골드문트가 말했다. "그런 건 바라지 않아. 심지어 레네의 손가락 하나 건드리는 것도 절대 안 돼. 그런 일은 생각도 하지 마!"

그들은 셋이서 함께 걸었다. 처음에는 침묵하며 걸었지만 소녀가 조금씩 말하기 시작했다. 다시 하늘과 나무와 풀밭을 보게 되어 정말 좋다고. 페스트로 뒤덮인 도시 한가운데서 얼마나 끔찍한 일이 벌어졌는지 말로 표현할 수 없을 정도라고. 그녀는 이야기를 하면서 지금껏 지켜봐야 했던 슬픈 모습들과 끔찍한 모습들을 털어내기 시작했다. 그녀는 많은 이야기를 했는데, 저 작은 도시가 지옥 같았다는 것을 알려주는 끔찍한 내용이었다. 의사 두 명 중 한 명은 죽고, 다른 한 명은 오직 부자들한테만 간다, 그리고 시신을 치울 사람이 없어 많은 집에서 그대로 방치되어 썩어간다. 또다른 집에서는 시신을 처리하는 일꾼들이 도둑질하고 유혹하고 강간했다. 그들은 시신을 치우면서 아직 살아 있는 환자들도 침대에서 끌어내 운반용 수레에 던지고는 시신과 함께 구덩이에 내버렸다. 그녀는 온갖 끔찍한 일을 이야기했고, 아무도 그녀의 말을 끊지 않았다. 로베르트는 경악하면서도 열중해 귀를 기울였고, 골드문트는 무심히 입을 다문 채 그 끔찍한 일들이 다 빠져나가도록 내버려두고 아무 말도 하지 않았다. 무슨 말을 할 수 있겠는가? 마침내 레네는 지쳤고, 사나운 흐름은 지나갔으며, 말도 그녀에게서 다 빠져나갔다. 그러자 골드문트는 걸음을 한결 늦추고 나직이 노래하기 시작했다. 여러 절짜리 노래였는데, 절이 이어질수록 목소리는 더욱 풍부해졌다. 레네가 웃기 시작했고, 로베르트는 몹시 놀라면서도 즐겁게 들었다—지금까지 골드문트가 노래하는 것을 한 번도 들은 적이 없었기 때문이다. 골드문트는 정말 모든 것을 할 수 있다. 저 놀라운 사람이 지금 걸으면서 노래를 한다! 기교가 풍부하고 맑게 노래했지만 낮춘 목소리였다. 두번째 노래부터는 레네도 나직이 함께 흥얼거리다가 잠시 뒤에는 완전한 목소리를 내기 시작했다. 저녁 무렵이었다. 멀리 황무지 뒤로는 검은 숲들이, 그 숲들 뒤로는 낮은 푸른 산들이 서 있는데, 이 산들은 속에서부터 점점 더 푸르러지고 있었다. 때로는 즐겁게 때로는 엄숙하게 그들은 노래에 박자를 맞춰 걸었다.

"오늘은 정말 즐거워 보이네요." 로베르트가 말했다.

"물론 즐겁지, 아주 기뻐. 이 어여쁘고 사랑스러운 아가씨를 찾아냈으니. 아, 저 죽음의 심부름꾼들이 나를 위해 당신을 남겨둬서 얼마나 좋은지. 내일이면 우리는 작은 고향을 찾아낼 거야. 우리는 잘 지낼 거고 기쁨을 누릴 거야. 살과 뼈를 아름답게 고스란히 간직하고 있으니 말이지. 레네, 가을철 숲에서 두툼한 버섯을 본 적 있어? 달팽이들이 좋아하고, 사람들도 먹을 수 있는 버섯인데?"

"그럼." 그녀가 깔깔 웃음을 터뜨렸다. "자주 봤지."

"네 머리카락은 바로 그 버섯처럼 갈색이구나, 레네. 냄새도 똑같이 좋고. 노래 하나 더 부를까? 아니면 배고파? 내 배낭에 먹을 만한 게 있어."

다음날 그들은 원하는 것을 찾아냈다. 작은 자작나무숲에 벌목꾼이나 사냥꾼들이 옛날에 지어둔 듯한 작은 통나무 오두막 한 채가 서 있었다. 오두막은 비어 있었지만, 문이 잠겨 있어 부숴야 했다. 로베르트도 이것이 좋은 오두막이고 병이 퍼지지 않은 지역이라고 여겼다. 도중에 그들은 목동 없이 떠도는 염소들을 발견해 아름다운 암염소 한 마리를 데리고 왔다.

"자, 로베르트." 골드문트가 말했다. "자네가 훌륭한 목수는 아니라도 한때 소목장이였었지. 여기서 살아야 하니, 방을 두 개로 쓸 수 있게 자네가 우리의 성에 중간벽을 만들게. 방 하나는 나하고 레네가 쓰고 다른 하나는 자네하고 염소가 쓰는 거지. 먹을 것은 많지 않아, 오늘은 많든 적든 염소젖으로 만족해야 해. 그러니까 자네는 벽을 세우고, 우리 둘은 우리 모두 오늘밤 지낼 잠자리를 준비할게. 내일은 내가 먹을 걸 찾아보지."

모두가 당장 일을 시작했다. 골드문트와 레네는 잠자리로 쓰기 위해 짚더미와 양치류, 이끼를 찾으러 갔고, 로베르트는 벽을 만들 나무둥치를 자르기 위해서 들판의 잔돌에 칼을 갈았다. 하지만 하루 만에 그 일을 마칠 수 없었기 때문에 저녁때 야외로 자러 나갔다. 골드문트는 레네가 사랑의 유희를 즐기는 여자임을 알았다. 수줍고 경험이 없지만 사랑이 넘쳤다. 그는 그녀를 부드럽게 가슴에 끌어안았고, 그녀가 지치고 만족해서 잠든 후에도 오랫동안 깨어 그녀의 심장이 뛰는 소리를 들었다. 갈색 머리카락의 냄새를 맡으며 그녀에게 몸을 바싹 기대고, 일꾼들로 위장한 악마가 수레에 가득한 시신을 던져넣던 크고 얕은 무덤을 생각했다. 삶은 아름답고, 행복은 아름답고 짧았으며, 청춘은 아름답고 재빨리 시들었다.

오두막의 중간벽은 훌륭하게 만들어지고 있었고, 마지막에는 셋 다 그 일에 매달렸다. 로베르트는 자기가 무엇을 할 수 있는지 보여주고 싶어했고 대패질용 작업대, 공구, 직각자, 못만 있다면 무엇을 만들고 싶은지 열심히 설명했다. 지금은 칼과 두 손밖에 없으니 자작나무 줄기 열두어 개를 잘라내 튼튼하고 거친 울타리를 만든 다음 오두막 바닥에 세우는 것으로 만족했다. 하지만 울타리의 빈틈은 금작화 줄기를 엮은 것으로 메워야 한다고 지시했다. 시간이 들었지만 즐겁고도 아름다워지는 일이라 모두가 함께했다. 일하는 중간중간 레네는 딸기류를 찾으러 가거나 염소를 보살폈고, 골드문트는 일대를 돌아다니며 먹을 것을 찾아보고 이웃을 살펴 이것저것을 가져왔다. 이 일대에는 멀리까지 사람이 없어, 특히 로베르트는 전염이나 적대감에서 안전하다는 사실에 퍽 만족해했다. 하지만 먹을 것이 별로 없다는 게 단점이었다. 근처에 버려진 농가 오두막이 있었는데, 안에 죽은 사람은 없었다. 그래서 골드문트는 자기들의 통나무 오두막 대신 그곳에서 지내자고 제안했지만 로베르트는 몸서리치면서 거부했다. 그는 골드문트가 그 빈집에 들어갔던 것을 꺼림칙하게 여겨, 그가 거기서 가져온 모든 물건을 우선 연기에 쐬고 씻어낸 다음에야 건드렸다. 골드문트가 거기서 찾아낸 것이 많지는 않았지만 그래도 등받이 없는 의자 두 개, 우유 통 하나, 토기 몇 개, 손도끼 하나가 있었고, 하루는 도망친 닭 두 마리도 들판에서 잡아왔다. 사랑에 빠진 레네는 행복해했고, 세 사람 모두 작은 보금자리를 만들고 매일 조금씩 더 아름답게 꾸미는 데 재미를 붙였다. 빵은 없었지만 대신 염소 한 마리가 있었고, 자그마한 순무밭도 찾아냈다. 하루하루 지나면서 줄기를 엮어 메운 벽이 완성되었고, 잠자리는 차츰 나아졌으며, 화덕도 만들었다. 멀지 않은 곳에 시내가 흘렀는데 물이 맑고 맛이 달았다. 그들은 일하면서 자주 노래를 불렀다.

어느 날 셋이 함께 염소젖을 마시며 이런 생활을 찬양하는데 레네가 문득 꿈꾸는 듯한 목소리로 말했다. "겨울이 오면 어떻게 될까?"

아무도 대답이 없었다. 로베르트는 웃음을 터뜨렸고, 골드문트는 이상한 표정으로 앞만 바라보았다. 레네는 아무도 겨울 생각을 하지 않는다는 것, 아무도 진지하게 오랫동안 한곳에 머물 생각을 하지 않고 있다는 것, 이 집은 진짜 집이 아니라는 것, 자신은 뜨내기들 사이에 있다는 사실을 서서히 깨달았다. 그녀는 고개를 푹 떨구었다.

그러자 골드문트가 아이한테 하듯 장난스럽게 격려했다. "넌 앞일을 걱정하는 농부의 딸이구나, 레네. 무서워하지 마, 페스트가 지나가면 넌 다시 집으로 가게 될 거야, 페스트가 영원히 계속되지는 않을 테니까. 그럼 너는 부모에게로 가거나 다른 누구를 찾아내겠지. 아니면 도시로 가서 일자리를 찾아 먹고살 테고. 하지만 지금은 여름이고, 사방엔 죽음이 깔려 있어도 여기는 걱정 없잖아. 우리 형편도 좋고. 그러니까 길든 짧든 마음이 내킬 때까지 여기 머물자."

"그다음엔?" 레네가 소리쳤다. "그다음엔 다 끝나는 거야? 당신은 떠나고? 그럼 나는?"

골드문트가 그녀의 땋은 머리를 살그머니 잡아당겼다.

"바보 같은 요 꼬맹이." 그가 말했다. "시신을 처리하던 일꾼들을 벌써 잊었어, 식구가 모두 죽어버린 집들과 성문 앞에서 불타오르던 커다란 구덩이를 잊었어? 그 구덩이에 던져져서 네 내의 위로 비가 내리지 않는 걸 기뻐해야지. 그걸 피해 달아난 거고, 아직도 사지 멀쩡하게 살아서 웃고 노래할 수 있단 걸 생각해야지."

그녀는 그것으로 만족하지 못했다.

"나는 다시 떠나고 싶지 않아." 그녀가 탄식했다. "그리고 당신도 못 떠나게 할 거야, 안 돼. 머지않아 다 끝나버리고 지나갈 걸 알면서 기뻐할 순 없잖아!"

골드문트가 다시 말했다. 친절하지만 이번에는 은근한 위협이 감추어져 있었다.

"귀여운 레네, 그 문제는 벌써 모든 현자와 성인도 머리가 깨지도록 생각한 거야. 오래 지속되는 행복이란 없어. 우리가 지금 가진 것이 네게 충분하지 않고 더는 기쁨이 되지 않는다면, 지금 당장이라도 오두막에 불을 지르고 우리 모두 각자 갈 길을 가면 돼. 이제 그만하자, 레네, 이야기는 충분히 했어."

이야기는 그렇게 끝났고, 결국 그녀는 물러섰지만 그녀의 기쁨에는 그림자가 내려앉았다.

## 제14장

하지만 여름이 다 가기도 전에 오두막생활은 끝났다. 그들이 생각했던 것과는 전혀 다른 방식으로. 어느 날 골드문트는 새총을 들고 자고새나 뭔가 날짐승을 잡아볼 생각에 주변을 한참 돌아다녔다. 먹을 것이 많이 부족했다. 레네는 근처에서 딸기를 모으고 있었다. 그는 이따금 그녀가 있는 쪽을 지나쳐가면서 리넨 셔츠 위로 드러난 갈색 목과 머리를 관목 너머로 힐끔 쳐다보거나 노래하는 소리를 들었다. 한번은 그녀가 모은 딸기 몇 개를 슬쩍 훔쳐먹곤 다시 멀어져서 한동안 그녀를 보지 못했다. 그녀를 생각하면 한편으로는 다정한 마음이 들지만 한편으로는 짜증이 났다. 그녀가 또다시 가을과 장래 이야기를 꺼냈고, 임신한 것 같다면서 그가 떠나게 두지 않겠다고 말했기 때문이다. 이제 곧 끝나겠구나, 그는 생각했다. 머지않아 모든 게 싫증날 테지. 그럼 혼자서 떠날 것이다. 로베르트도 놔두고서. 겨울이 될 무렵 도시로 돌아가 니클라우스 선생님한테 가봐야지. 겨우내 그곳에 머물다가 내년 봄 좋은 새 구두를 장만해서 길을 떠나자. 마리아브론 수도원으로 가서 나르치스한테 인사해야지, 못 본 지 벌써 십 년은 된 것 같은데. 단 하루가 됐든 이틀이 됐든 그를 다시 만나야 해.

그때 들려온 익숙하지 않은 외침에 그는 상념에서 깨어났고, 자신이 온갖 생각과 소망에 열중해 마음이 여기를 벗어나 멀리 갔었다는 것을 깨달았다. 그는 귀를 바짝 곤두세웠고, 두려움에 찬 외침은 되풀이되었다. 그것이 레네 목소리라고 여기며, 그녀가 부르는 게 못마땅하긴 했어도 소리가 나는 쪽으로 향했다. 곧 충분히 가까워졌다—그랬다, 그건 정말 레네 목소리였다. 그녀는 큰 곤경에 처한 듯 그의 이름을 불러댔다. 그는 더 빨리 달렸다. 여전히 짜증이 남아 있었지만 그녀의 외침이 거듭되자 연민과 걱정이 더 앞섰다. 마침내 레네의 모습이 보였다. 그녀는 황무지에 주저앉았는지 아니면 무릎을 꿇은 것인지, 셔츠가 완전히 찢긴 채 소리를 지르면서 자기를 겁탈하려는 한 사내와 몸싸움을 벌이고 있었다. 골드문트는 성큼성큼 달려갔고, 내면에 쌓여 있던 짜증과 불안과 슬픔을 모조리 사나운 광기로 바꾸어 이 낯선 공격자에게 폭발시켰다. 사내가 레네의 몸을 눌러 완전히 바닥에 쓰러뜨리려는 중에 그를 덮쳤다. 그녀의 드러난 가슴에서 피가 흐르는데 낯선 자는 그녀를 탐욕스럽게 꽉 끌어안았다. 골드문트는 몸을 날려 그에게 덤벼들어서 분노한 두 손으로 그의 목을 움켜쥐었다. 손에 잡힌 목은 수척해서 튀어나온 힘줄이 느껴졌고 양털 같은 수염으로 뒤덮여 있었다. 골드문트가 황홀감을 느끼며 목을 조르자 사내는 마침내 소녀를 놓고 그의 손안에서 축 늘어졌다. 골드문트는 목을 계속 조르면서, 힘을 잃고 영혼이 반쯤 빠져나간 자를 헐벗은 땅에서 잿빛 바위들이 삐죽 솟은 곳까지 질질 끌고 갔다. 이곳에서 꽤 무거운 사내를 두 번 세 번 거듭 들어올려 그 머리를 날카로운 바위에 내려쳤다. 목이 부러진 시신을 옆으로 내동댕이치고 나서도 여전히 분이 풀리지 않아 시신을 더 망가뜨리고 싶었다.

레네는 얼굴을 빛내며 그 모습을 바라보고 있었다. 가슴에선 피가 흐르고, 온몸을 부들부들 떨며 숨을 헐떡이면서도 바로 기운을 차리고 환희와 경탄에 가득찬 황홀한 눈길로, 강인한 애인이 침입자를 질질 끌고 가는 것을, 목을 조르고, 목덜미를 부러뜨리고 시신을 내던지는 꼴을 지켜보았다. 죽은 자는 맞아죽은 뱀처럼 관절이 부서진 채 널브러져 있었다. 엉클어진 수염과 숱이 없어 초라해 보이는 머리카락으로 덮인 그의 잿빛 얼굴은 가련하게 뒤로 젖혀져 있었다. 레네는 환호성을 지르며 몸을 일으켜 골드문트의 가슴에 안겼지만, 갑자기 낯빛이 창백해졌다. 팔다리에 여전히 공포가 남아 메스꺼워하더니 그녀는 탈진해 블루베리 덩굴로 쓰러졌다. 하지만 얼마 지나지 않아 골드문트와 함께 오두막으로 걸어갈 수 있었다. 오두막에서 골드문트는 그녀의 가슴을 씻어주었다. 여기저기 긁히고 한쪽 젖가슴엔 저 악한의 이에 물린 상처가 있었다.

로베르트는 이 사건에 몹시 흥분해 싸움이 벌어질 때의 세세한 상황을 꼬치꼬치 물었다.

"목을 부러뜨렸다고요? 대단해! 골드문트, 당신 정말 무서운 사람이네요."

하지만 골드문트는 더이상 그 이야기를 하고 싶지 않았다. 이제 흥분이 가라앉았고, 죽은 자의 곁을 떠날 때 저 가련한 강도 빅토어를 떠올리지 않을 수 없었다. 이자가 자기 손에 죽은 두번째 인간이라는 생각도. 로베르트를 떼어내려고 그는 이렇게 말했다. "자네가 할 일이 있을 것 같군. 가서 시체를 딴 데로 옮길 수 있는지 한번 보게. 시체를 묻을 구멍을 파기 어렵다면 갈대숲으로 끌고 가든지 돌과 흙으로 덮어야 할 거야." 하지만 로베르트는 이 요구를 거부했다. 그는 시체에 관한 일에는 조금도 관여할 생각이 없으며, 어떤 시체든 속에 해로운 페스트독을 지니고 있을지 어떻게 알겠느냐고 대꾸했다.

레네는 오두막 안에 누웠다. 가슴의 물린 자리가 아팠지만 금방 몸이 좋아졌다고 느끼고 다시 일어나 불을 피우고 저녁으로 먹을 염소젖을 데웠다. 기분은 몹시 좋았지만 일찌감치 침대로 보내졌다. 그녀는 골드문트에게 매우 경탄하면서 양처럼 순종했다. 골드문트는 말수가 적어지고 기분이 우울해졌다. 로베르트는 익히 아는 모습이어서 그를 내버려두었다. 골드문트는 나중에 자신의 잠자리로 가서 레네 위로 몸을 굽히고 귀를 기울였다. 그녀는 잠들어 있었다. 그는 마음이 불안했고, 빅토어가 생각났고, 두려움과 방랑의 충동을 느꼈다. 이런 정착 놀이도 끝이라는 느낌이었다. 하지만 한 가지 일 때문에 특히 생각이 많아졌다. 죽은 자를 집어던질 때 자기를 바라보던 레네의 눈빛을 보았다. 정말 특이한 눈빛이라 절대 잊지 못하리라는 것을 이미 알았다. 놀라움과 황홀경으로 휘둥그레진 그 눈에서는 복수와 살인에 대한 깊고 열렬한 공감, 자부심과 승리감이 빛나고 있었다. 그가 여자의 얼굴에서 한 번도 본 적이 없는, 결코 짐작도 해본 적이 없는 눈빛이었다. 그의 생각에 이 눈빛이 아니었더라면, 아마도 세월이 흐르면 훗날 언젠가는 레네의 얼굴을 잊었을 것이다. 하지만 이 눈빛은 이 농부 소녀의 얼굴을 위대하고 아름답고 무섭게 만들었다. 몇 달 전부터 그의 눈은 '이건 꼭 스케치해야 해!'라는 소망으로 온몸이 떨리는 경험을 전혀 하지 못했다. 하지만 저 눈빛을 보며 그는 일종의 두려움과 함께 그런 소망이 다시 깨어난 것을 느꼈다.

그는 잠을 이룰 수 없어서 결국 일어나 오두막을 나섰다. 바깥은 서늘했고, 약한 바람이 자작나무를 흔들었다. 어둠 속에서 이리저리 오가다가 어느 바위에 주저앉아 깊은 슬픔과 생각에 빠져들었다. 빅토어가 안됐고, 오늘 자기 손에 죽은 자가 안되었으며, 이미 잃어버린 자기 영혼의 무구함과 어린애다움이 안되었다. 이런 걸 위해 수도원에서 도망치고 나르치스를 떠났던가, 니클라우스 선생님을 모욕하고 아름다운 리스베트를 포기했던 것인가—지금 이 황야에 진을 치고 길 잃은 가축을 숨어서 기다리다 저기 바위 사이에 누워 있는 가련한 놈이나 때려죽이려고? 이런 모든 것이 의미가 있으며, 살아갈 가치가 있는가? 무의미와 자기 경멸로 인해 마음이 답답해졌다. 그는 몸을 뒤로 기대 등을 대고 누운 채 창백한 밤의 구름을 응시했고, 긴 응시에 생각이 차츰 사라졌다. 지금 보고 있는 것이 하늘의 구름인지, 흐려진 자신의 내면 세계인지 그도 몰랐다. 바위 위에서 잠이 들려는 순간 갑자기, 떠가는 구름장 속에서 창백한 모습의 커다란 얼굴, 에바의 얼굴이 번개처럼 번쩍 나타났다. 구름에 뒤덮여 무겁게 바라보던 그 얼굴이 눈을 활짝 떴다. 쾌감과 살의로 가득한 커다란 눈이었다. 골드문트는 이슬이 몸을 적실 때까지 잠을 잤다.

이튿날 레네가 아팠다. 그들은 그녀를 눕혀둔 채로 할일이 많았다. 로베르트는 아침에 숲에서 양 두 마리를 봤는데 양들은 곧바로 그를 피해 도망쳤다. 그는 골드문트를 불러왔고, 두 사람은 반나절이 넘도록 양들을 쫓아다니다가 그중 한 마리를 붙잡았다. 저녁 무렵 몹시 지친 채 짐승을 몰고 집으로 돌아왔다. 레네는 상태가 많이 나빴다. 골드문트는 그녀를 자세히 살피고 더듬다가 페스트 종기를 찾아냈다. 그걸 말하지는 않았지만, 로베르트는 레네가 계속 아프다는 소리를 듣고 미심쩍어하며 오두막에 들어오지도 않았다. 밖에서 잠자리를 찾아보겠다면서, 염소도 병이 옮을 수 있으니 데려가겠다고 했다.

"악마한테나 가버려." 골드문트가 분노하며 그에게 소리쳤다. "다시는 너를 보고 싶지 않아." 그는 염소를 붙잡아 금작화 벽 뒤에 데려다놓았다. 로베르트는 염소를 두고 조용히 사라졌다. 그는 두려움에 구역질이 났다. 페스트에 대한 두려움, 골드문트에 대한 두려움, 고독과 밤에 대한 두려움. 로베르트는 오두막 가까이에 몸을 눕혔다.

골드문트가 레네에게 말했다. "난 네 곁에 머물 거야, 걱정 마. 금방 다시 건강해질 거야."

그녀는 고개를 가로저었다.

"병이 옮지 않게 조심해요, 나한테 그렇게 가까이 오면 안 돼. 나를 위로하려고 애쓰지 마. 나는 죽을 거야. 어차피 어느 날 당신 자리가 비어서 당신이 나를 떠났다는 것을 알기보다는 차라리 죽는 편이 나아. 아침마다 그 생각을 하면 두려웠어. 그래, 차라리 죽는 편이 나아."

아침이 되었을 때 이미 그녀는 상태가 악화되어 있었다. 골드문트는 지난밤 그녀에게 이따금 물을 한 모금씩 주면서 틈이 날 때마다 한 시간씩 눈을 붙였다. 날이 완전히 밝자, 벌써 시들고 허물어지는 중인 그녀의 얼굴에 죽음이 닥친 기색이 역력했다. 그는 시원한 공기를 쐬고 하늘을 보려고 잠시 밖으로 나왔다. 숲 가장자리에 있는 몇몇 구부러진 소나무 둥치에 햇빛이 비치고, 공기는 신선하고 달콤했으며, 저멀리의 언덕들은 아직 아침 안개에 싸여 보이지 않았다. 그는 조금 더 걸으며 지친 팔다리를 펴고 깊은 숨을 들이마셨다. 이 슬픈 아침 세상은 아름다웠다. 이제 곧 방랑이 다시 시작될 것이다. 작별을 고할 시간이었다.

로베르트가 숲에서 그를 불렀다. 그녀는 좀 나아지고 있는가? 페스트만 아니라면 자신은 함께 머물 테니 골드문트더러 화를 풀라고 했다. 자신은 그동안 양을 보살피고 있었으니까.

"네 양을 데리고 지옥으로 꺼져!" 골드문트가 그에게 소리쳤다. "레네는 죽어가고 있어, 나도 병이 옮았고."

마지막 말은 거짓말이었다. 로베르트를 떼어내려고 그렇게 말한 것이었다. 로베르트가 착한 녀석이기는 해도 골드문트는 질렸다. 너무 비겁하고 너무 소심했으며, 운명과 충격으로 가득한 이런 시절과는 너무 안 맞았다. 로베르트는 모습을 감춰 두 번 다시 나타나지 않았다. 태양이 밝게 떠올랐다.

그가 다시 돌아와보니 레네는 잠들어 있었다. 그도 잠깐 잠들었는데, 꿈속에서 예전 자신의 말인 블레스와 저 아름다운 수도원 밤나무를 보았다. 끝없이 먼 황야에서 잃어버린 사랑스러운 고향을 돌아보는 느낌이었다. 깨어나자 금발 수염이 자란 뺨 위로 눈물이 흐르고 있었다. 레네가 가느다란 목소리로 말하는 것이 들렸다. 그는 그녀가 자기를 부른다고 생각해 몸을 일으켰지만, 그녀는 누군가에게 말하는 게 아니라 그저 혼잣말을 웅얼거리는 것이었다. 사랑의 말과 욕설을 중얼대고, 조금 웃다가 곧바로 무거운 한숨을 쉬고 훌쩍이기 시작하더니 차츰 다시 조용해졌다. 골드문트는 일어나 이미 일그러진 그녀의 얼굴을 들여다보았다. 그의 눈은 쓰라린 호기심으로 가득차, 죽음의 입김에 그을려 그토록 비참하게 구부러지고 뒤틀린 선들을 따라갔다. 사랑하는 레네, 그의 마음이 외쳤다, 사랑하는 착한 아이야, 너도 이렇게 나를 떠나려느냐? 벌써 나한테 질린 거야?

그는 여기서 도망치고 싶었다. 떠돌아다니고, 방랑하고, 행진하고, 공기를 마시고, 녹초가 되고, 새로운 광경들을 보고, 그러면 좋을 것이다. 그러면 아마 깊은 우울감이 누그러질지도 모른다. 하지만 그럴 수는 없었다. 이 아이를 여기 두고 홀로 죽어가게 할 수는 없었다. 감히 신선한 공기를 마시려고 몇 시간마다 한 번씩 밖으로 나가는 것마저 하기 힘들었다. 이제 레네는 염소젖도 마시지 못하니 그는 혼자서 배불리 마셨다. 그것 말고는 먹을 것도 없었다. 염소도 몇 번 밖으로 데리고 나가 풀을 뜯고 물을 마시고 움직이게 해주었다. 그러고 나면 다시 레네의 침상 옆에서 다정한 말을 웅얼거리고 그녀의 얼굴에서 고집스레 시선을 떼지 않고 그 죽음을 아무 위안 없이 그러나 주의깊게 지켜보았다. 그녀는 의식이 돌아왔다가도 이따금 잠이 들었고, 깨어나도 절반밖에 눈을 뜨지 못하고 눈꺼풀이 무겁게 축 늘어졌다. 이 젊은 아가씨는 눈과 코 주변이 매시간 늙어갔으며, 싱싱한 젊은 목 위로 삽시간에 시든 할머니의 얼굴이 자리잡았다. 아주 가끔씩만, "골드문트" 또는 "사랑하는 사람"이라고 말하고는 부어오른 푸르딩딩한 입술을 혀로 핥으려 했다. 그럴 때면 그가 물을 몇 방울 흘려넣어주었다.

그날 밤 그녀가 죽었다. 탄식 한 번 내뱉지 않고 죽었다. 그저 짧은 경련이 일어나고 호흡이 멎더니 숨결 하나가 피부 위로 지나갔다. 그 모습에 그의 가슴이 요동쳤다. 생선시장에서 죽어가는 물고기들을 보며 자주 마음 아파하던 기억이 떠올랐던 것이다. 물고기들은 바로 그렇게 죽었다. 피부를 스치며 광채와 생명을 함께 거두어가는 한 번의 경련, 그 나직하고 비애에 찬 전율과 더불어서. 그는 한동안 더 레네 옆에 무릎을 꿇고 있다 밖으로 나가 히스 덤불이 있는 곳으로 갔다. 염소 생각이 나서 다시 안으로 들어가 데리고 나왔다. 염소는 잠시 두리번거리더니 바닥에 드러누웠다. 그도 옆에 누워 녀석의 옆구리를 베고 날이 밝을 때까지 잤다. 그리고 마지막으로 오두막 안으로 들어가서 줄기를 엮어 메운 벽 뒤로 들어가 마지막으로 죽은 이의 가련한 얼굴을 바라보았다. 죽은 이를 이렇게 남겨두는 일이 마음에 걸렸다. 그는 밖으로 나가 마른 장작과 시든 관목을 한아름 찾아내 오두막 안에 던져넣고 불을 붙였다. 불붙이는 도구 말고는 오두막에서 아무것도 가지고 나오지 않았다. 마른 금작화 벽은 순식간에 활활 타올랐다. 그는 밖에 서서 얼굴이 벌겋게 달아오른 채 지붕 전체가 불길에 휩싸이고 첫번째 지붕 들보가 무너지는 것을 바라보았다. 염소는 불안하게 신음하며 펄쩍펄쩍 뛰었다. 방랑하는 데 필요한 힘을 얻기 위해서는 이 짐승을 죽여서 고기 한 조각을 익혀 먹어야 했을 것이다. 하지만 그럴 수가 없었다. 암염소를 황무지로 데려가서 놓아주었다. 불길에서 피어오른 연기가 숲속까지 그를 따라왔다. 이렇게 암담한 마음으로 방랑을 시작해본 적은 이때껏 한 번도 없었다.

그런데도 그를 기다리고 있는 것은 생각했던 것보다 더 나빴다. 처음 농가와 마을에서 시작해 계속해서, 길을 갈수록 더욱 나빠졌다. 전 지역이, 온 나라가 죽음의 구름에 뒤덮였고, 공포와 두려움, 영혼의 암흑이라는 베일에 휩싸였다. 온 식구가 죽어버린 집들, 사슬에 묶인 채 굶어죽어 썩어가는 농장의 개들, 묻히지 못하고 널브러진 시신들, 구걸하는 아이들, 도시마다 외곽에 만들어진 집단 매장지가 최악은 아니었다. 최악은 공포와 죽음의 두려움이라는 짐을 짊어진 채 눈과 영혼을 잃은 듯 보이는 살아 있는 이들이었다. 방랑자는 사방에서 이상하고 잔인한 이야기들을 듣고 보았다. 병이 들면 부모가 자식을 버리고, 남편이 아내를 버렸다. 페스트 시신을 처리하는 일꾼들과 구빈원 인부들이 형리처럼 활개치면서, 빈집들에서 도둑질을 하거나 멋대로 시신을 묻지도 않은 채 방치하고, 때로는 죽어가는 자들이 숨이 끊어지기도 전에 침대에서 끌어내 시신 수레에 실었다. 두려움에 사로잡힌 난민들은 고립되어 이리저리 떠돌다 거칠어지고 다른 사람들과의 모든 접촉을 피하면서 죽음의 공포에 시달렸다. 다른 이들은 자극받고 놀란 채 삶의 쾌감에 빠져서 한데 모여 술판과 춤판과 사랑의 난장판을 벌였고, 이런 난장판에서는 죽음이 바이올린을 켰다. 폐인이 된 몰골로 슬퍼하거나 신을 저주하면서, 멍한 눈빛으로 묘지 앞이나 사람 없는 집 앞에 웅크리고 앉은 이들도 있었다. 하지만 이 모든 것보다 더 나쁜 것은 모두가 이런 견딜 수 없는 비참한 상황의 책임을 뒤집어씌울 희생양을 찾고 있으며, 누구나 이 병에 책임이 있는 못된 원흉을, 그 사악한 자들을 안다고 주장한다는 것이었다. 남을 해치는 걸 즐기는 악마 같은 인간들이 죽음을 널리 퍼뜨리려고, 페스트로 죽은 시체에서 질병의 독을 가져다가 성벽과 문고리에 바르고 우물과 가축을 오염시킨다는 소문이 돌았다. 이런 증오에 찬 의심을 받은 자는 미리 경고받고 제때 도망치지 못하면 끝장이었다. 법정에서 아니면 폭도들에게 죽음의 형벌을 받았다. 뿐만 아니라 부자들은 가난한 자들을 탓하고 가난한 자들은 부자들을 탓하고, 때로는 유대인 탓, 때로는 남쪽 나라 사람 탓, 때로는 의사 탓을 했다. 골드문트는 어느 도시에서 유대인 거리 전체가 집집마다 불에 타는 모습을 격분한 심정으로 지켜본 적도 있었다. 사람들이 잔뜩 모여 떠들썩했고, 피난민들은 비명을 질러대며 무기의 위협에 불길 속으로 되쫓겨 들어갔다. 두려움과 분노의 망상 속에서 어디서나 죄 없는 자들이 맞아죽고, 불에 타죽고, 고문당해 죽었다. 골드문트는 세상이 파괴되고 망가지는 모습을 분노와 구역질을 품고 바라보았다. 지상에는 아무 기쁨도, 순수도, 사랑도 남아 있지 않은 것 같았다. 그는 종종 삶의 쾌감에 젖은 자들의 격렬한 난장판으로 도망쳤고, 사방에서 죽음의 바이올린 소리가 울렸으며, 그 소리를 금방 알아들을 수 있었다. 자주 절망의 술판에 끼어 류트를 연주하거나 역청 칠이 된 횃불 빛 아래서 열에 들뜬 밤을 춤으로 보내기도 했다.

그는 두려움을 느끼지는 않았다. 예전에 저 겨울밤 전나무 아래서 빅토어의 손가락이 목을 짓누를 때, 그리고 눈과 굶주림을 견디며 헤매다니던 나날에 죽음의 공포는 이미 맛보았다. 그것은 맞붙어 싸워서 방어할 수 있는 죽음이었고, 그는 떨리는 손과 발로, 주린 배를 움켜쥔 채 지친 팔다리로 사납게 저항해 마침내 죽음을 이기고 거기서 빠져나왔다. 하지만 페스트로 인한 죽음은 맞서 싸울 수 없었다. 그냥 그것이 미쳐 날뛰도록 놔두고 굴복하는 수밖에 없었고, 골드문트는 오래전에 자신을 내맡겼다. 그는 두렵지 않았다. 레네를 불타는 오두막에 남겨두고 온 뒤로, 매일매일 죽음으로 황폐해진 나라를 떠돌기 시작한 뒤로, 삶에 어떤 미련도 더는 없는 듯했다. 하지만 무시무시한 호기심이 그를 움직이게 하고 깨어 있게 했다. 그는 지치지도 않고 추수꾼 죽음을 바라보고 덧없음의 노래에 귀기울였다. 어디서도 피하지 않았다. 그 자리에 있으면서 눈을 크게 뜨고 지옥을 통과하는 길을 걷겠다는 이 조용한 정열이 어디서나 그를 사로잡았다. 그는 온 식구가 죽어버린 집에서 찾아낸 곰팡이 핀 빵을 먹고, 광란의 술판에서 노래하며 포도주를 진탕 퍼마시고, 금세 시드는 쾌락의 꽃을 꺾고, 술에 취해 멍한 여자들의 눈, 술 취한 자들의 굳어버린 어리석은 눈, 죽어가는 자들의 초점 없는 눈을 들여다보았다. 절망해서 열에 들뜬 여자들을 사랑하고, 수프 한 접시를 얻으려고 시신 내가는 일을 돕고, 푼돈 20페니히를 벌려고 벌거벗은 시신 위에 흙을 덮는 일을 도왔다. 세상은 어둡고 사나워졌으며, 죽음이 울부짖으며 노래를 불렀고, 골드문트는 귀를 열고 불타는 정열로 그 노래를 들었다.

그의 목적지는 니클라우스 스승이 사는 도시였다. 마음속의 목소리가 그를 그곳으로 이끌었다. 길은 멀고 온통 죽음으로, 시들어가고 죽어가는 것으로 가득했다. 슬퍼하며 길을 가는 동안 그는 죽음의 노래에 도취되었다. 큰 소리로 비명을 지르는 세상의 고통에 몸을 맡기고 슬퍼하면서도 이글이글 불타며 감각을 활짝 열어둔 채 길을 갔다.

어느 수도원에서 그는 최근에 그려진 벽화 하나를 보았다. 오랫동안 들여다보지 않을 수 없었다. 거기 벽에는 죽음의 춤이 그려져 있었다. 뼈가 앙상하게 드러난 창백한 죽음이 춤을 추면서 사람들을, 왕, 주교, 수도원장, 백작, 기사, 의사, 농부, 용병 할 것 없이 모두를 삶에서 데려나가고, 해골 악사들은 속이 빈 뼈들을 악기 삼아 연주한다.* 골드문트는 호기심어린 눈길로 이 그림을 제 안 깊숙이 빨아들였다. 이름 모를 한 예술가 동료가 흑사병에서 본 것의 교훈을 끌어내, 모든 인간은 죽는다는 쓰라린 설교를 사람들의 귀에 대고 소리치고 있었다. 그림은 훌륭하고, 뛰어난 설교이기도 했다. 이 낯선 화가는 현실을 보고 그리는 솜씨가 나쁘지 않았다. 격한 그림에서는 무시무시한 뼈 소리가 울려나오고 있었다. 하지만 골드문트 자신이 보고 경험한 것은 그런 것이 아니었다. 여기 그려진 것은 누구나 죽는다는 그 엄중하고도 가혹한 상황이었다. 하지만 자기라면 다르게 그렸을 것이다. 죽음의 사나운 노래는 그의 안에서는 전혀 다르게 울렸다. 엄격한 뼈의 울림이 아니라 오히려 달콤하고 유혹적인 것, 고향으로 이끄는, 모성적인 것이었다. 죽음이 삶을 향해 손을 뻗는 곳에서는 그토록 날카롭고 전투적인 소리만 울리는 게 아니라, 깊고 사랑 가득한 가을의 넉넉함도 함께 울렸고, 죽음 가까이에서는 삶의 작은 등불이 더욱 밝고 더욱 내밀하게 타올랐다. 죽음이 다른 사람들에게는 전사戰士이며 판관이나 형리, 엄격한 아버지라면—그에게는 어머니이자 연인이었다. 죽음의 외침은 사랑의 유혹, 죽음의 손길은 사랑의 전율이었다. 죽음의 춤 그림을 살펴보고 나서 골드문트는 계속 길을 갔고, 그것이 새로운 힘으로 스승과 창작을 향해 그를 이끌었다. 하지만 사방에서 멈추어야 했다. 어디에나 새로운 그림과 체험이 있었기에 그는 코를 벌름대며 죽음의 대기를 호흡했다. 어디서나 연민과 호기심이 한 시간 동안, 하루 동안 그를 멈춰 세웠다. 한번

* 중세와 르네상스 시대 그림에서 죽음의 춤을 볼 수 있다. 이런 그림에서 죽음은 흔히 전신 해골, 또는 검은 옷으로 몸을 가린 해골 얼굴의 인간으로 표현된다.

은 사흘 동안 농부의 아들 꼬마 울보를 데리고 다니기도 했다. 다 굶어 죽게 생긴 대여섯 살 난 아이를 몇 시간씩 업고 있느라 몹시 애를 먹다가 겨우 다시 떼어놓을 수 있었다. 남편을 잃고 살아 있는 존재가 곁에 있었으면 했던 한 숯쟁이 아낙이 결국 꼬마를 맡아준 덕분이었다. 주인 잃은 개 한 마리가 며칠씩 따라다니며 그의 손에서 음식을 받아먹고 잘 때 온기를 나눠주기도 했는데 어느 날 아침 일어나보니 사라지고 없었다. 개와 대화하는 데 익숙해졌던 그는 아쉬웠다. 개를 향해 반시간쯤 속생각을 털어놓곤 했다. 인간의 나쁜 점들에 대해, 신의 존재에 대해, 예술에 대해, 그리고 예전 젊은 시절 알았던 기사의 어린 딸 율리라는 소녀의 가슴과 엉덩이에 대해. 골드문트 역시 죽음의 방랑을 계속하면서 약간 정신이 이상해진 탓이었다. 페스트가 도는 지역의 모든 인간이 조금은 미쳤고 많은 이는 완전히 미쳐버렸다. 젊은 유대 여인 레베카도 아마 살짝 제정신이 아니었을 것이다. 그는 이 뜨겁게 이글거리는 눈빛의 아름다운 검은 머리 소녀와 이틀을 함께 보냈다.

그녀를 발견한 것은 어느 소도시 외곽의 경작지에서였다. 그녀는 새카맣게 타버린 쓰레깃더미 옆에 웅크리고 앉아 울부짖으며 자기 얼굴을 때리고 검은 머리카락을 쥐어뜯고 있었다. 골드문트는 너무 아름다운 그 머리카락이 가엾었다. 그는 분노에 떠는 그녀의 두 손을 잡아 꽉 붙들고는 말을 걸면서 그녀의 얼굴과 몸매도 특별히 아름답다는 사실을 알아차렸다. 그녀는 아버지를 애도하는 중이었다. 아버지는 당국의 명에 따라 열네 명의 다른 유대인과 함께 화형당했다. 그녀는 다행히 도망칠 수 있었지만 절망에 빠져 되돌아와서는 함께 불타죽지 않았다고 자책하는 중이었다. 그는 참을성 있게 그녀의 떨리는 두 손을 붙잡고 부드럽게 말을 걸고, 동정심으로 또한 보호하려고 웅얼대기도 하면서 도와주겠다고 했다. 그녀는 아버지를 매장하는 것을 도와달라고 청했다. 그들은 여전히 뜨거운 잿더미 속에 남아 있던 뼈들을 그러모아 들판의 눈에 잘 띄지 않는 곳으로 가져간 다음 흙을 덮었다. 그러는 사이 저녁이 되어, 골드문트는 잠자리를 찾았다. 작은 떡갈나무숲에 소녀를 위한 잠자리를 마련해주고선 자신은 잠을 자지 않고 그녀를 지키겠다고 약속했다. 그녀는 잠자리에 누워서도 계속 울고 흐느끼다가 마침내 잠들었다. 그런 다음 그도 잠깐 눈을 붙였고 다음날 아침에는 구애를 시작했다. 그는 이렇게 그녀 혼자 지낼 수 없다고, 사람들이 유대인이라는 걸 알아보고 때려죽일 거라고. 아니면 떠돌이 악한들이 그녀를 강간할 수도 있고, 숲에는 늑대와 집시들도 있다고 말했다. 하지만 자기는 그녀를 데리고 다니면서 늑대와 인간에게서 보호해줄 수 있다, 그녀가 안되어서 그런다, 그녀를 아주 잘 대해주겠다, 눈이 있고 아름다움이 무언지 아는데, 이 달콤하고 영리한 눈썹과 이 아름다운 어깨가 짐승에게 물려 죽거나 불타죽는다고 생각하면 참을 수 없다고 말했다. 그녀는 어두운 얼굴로 그의 말을 듣고 있더니 벌떡 일어나 달아났다. 그는 그녀를 쫓아가서 붙잡았다.

"레베카." 그가 말했다. "내가 나쁜 뜻으로 한 말이 아니라는 건 너도 알잖아. 너는 지금 마음이 힘들어, 아버지를 생각할 뿐 사랑에 대해선 알고 싶지 않은 거야. 내일이나 모레 아니면 그뒤에 다시 물어볼게. 그때까지는 너를 보호하고 네게 먹을 걸 가져다주고 네 몸엔 손끝 하나 대지 않을 거야. 필요한 만큼 슬퍼해. 나하고 함께하면서 슬퍼해도 즐거워해도 다 괜찮아, 너한테 기쁨을 주는 일만 해."

하지만 모든 것이 바람에 대고 말한 꼴이었다. 그녀는 격분해 이를 악물고 말했다. 기쁨을 주는 일은 아무것도 하지 않겠다고, 고통을 가져다주는 일을 하고 싶다고, 기쁨 같은 건 더이상 생각하지 않는다고, 차라리 늑대에게 물려 죽는다면 그편이 더 낫다고 했다. 당신은 이제 꺼져버려라, 아무 소용 없다, 말은 벌써 너무 많이 했다.

"주변을 봐." 그가 말했다. "사방에 죽음이 있고, 집집마다 도시마다 사람이 죽어가고 모두 비통해하는 게 보이지 않니. 네 아버지를 불태워 죽인 어리석은 사람들의 분노도 고난과 비탄에 지나지 않아, 그건 너무 큰 고통에서 나오는 거야. 이봐, 죽음은 머지않아 우리도 데려갈 거야. 우리도 들판에서 썩어가겠지. 두더지가 우리 뼈를 파헤칠 테고. 그전에 잠깐 삶을 살면서 서로 사랑하자. 아, 너도 마찬가지야. 너의 아름다운 하얀 목과 너의 작은 발이 너무나 안타깝네! 사랑스러운 예쁜 소녀여, 나와 함께 가자, 손끝 하나 대지 않을 거야, 그냥 너를 바라만 보고 너를 보살펴줄게."

그는 한참을 간청하다 이렇게 말과 온갖 이유를 들어 구애하는 것이 얼마나 소용없는 짓인지 문득 깨달았다. 그는 말을 멈추고 슬픈 눈길로 그녀를 바라보았다. 왕처럼 당당한 그녀의 얼굴은 거부의 의지로 굳건했다.

"당신네는 그렇지." 마침내 그녀가 증오와 경멸에 가득찬 목소리로 말했다. "당신네 기독교도들은 그래! 당신네 사람들이 죽인 아버지의 시신을 딸이 묻는 걸 도와주지, 아버지의 마지막 손톱조차 당신보다 훨씬 더 가치 있는데. 그러곤 돕는 일이 끝나자마자 그 딸이 벌써 당신 것이 되어서 당신과 사랑을 즐겨야 한다는 거잖아. 당신네는 그래! 처음에는 당신이 좋은 사람일지 모른다고 생각했어. 하지만 당신이 어떻게 좋은 사람이겠어! 아, 당신네는 다 돼지야."

그녀가 말하는 동안 골드문트는 그녀의 눈에서, 그 증오심 뒤에서 자기를 감동시키면서 부끄럽게 하고 또 깊이 마음을 울리는, 타오르는 무언가를 보았다. 그녀의 눈에서 죽음을 본 것이다. 하지만 어차피 죽지 않을 수 없다는 게 아니라 죽고 싶다는 것, 죽음을 허락받고 싶다는 것을 보았다. 대지 어머니의 부름에 조용히 복종하고 헌신하는 태도였다.

"레베카." 그가 나직이 말했다. "네 말이 맞을 거야. 좋은 뜻으로 네게 한 말이었지만 내가 좋은 인간은 아니다. 나를 용서해다오. 이제야 너를 이해했다."

그는 모자를 벗어들고 마치 귀족 여인에게 하듯 고개를 깊이 숙여 인사하고는 무거운 마음으로 그곳을 떠났다. 그녀가 스러지도록 그대로 두어야 했다. 그는 오랫동안 울적해선 아무와도 이야기하고 싶지 않았다. 서로 비슷한 면이 거의 없는데도 이 당당하고 가엾은 유대인 소녀는 어딘지 모르게 기사의 딸 리디아를 생각나게 했다. 그런 여인들을 사랑하는 것은 고통스러웠다. 한동안 그는 두 소녀, 가련하고 겁먹은 리디아와 낯을 가리는 신랄한 유대인 소녀 말고는 아무도 사랑한 적이 없는 것 같은 느낌이 들었다.

여러 날 동안 그는 이 검은 머리의 뜨겁게 이글거리는 소녀를 생각했고, 아름답게 피어날 행복의 운명을 받았건만 벌써 죽음에 맡겨진 그녀의 아름답게 타오르는 날씬한 몸을 여러 밤 꿈에서 보았다. 오, 그 입술과 가슴이 '돼지들'에게 희생되어 들판에서 썩어 없어져야 하다니! 이런 소중한 꽃들을 구원할 그 어떤 힘도, 그 어떤 마법도 없다는 말인가? 아니, 있다, 그런 마법이 있기는 했다. 그들이 그의 영혼 속에 계속 살아남아 있다가 그의 손으로 형태를 얻어 보존되는 것이다. 자신의 영혼이 그런 모습들로 얼마나 가득 채워졌는지, 죽음의 나라를 지나는 오랜 방랑이 얼마나 풍성하고 다양한 형태를 자신의 마음속에 가득 새겨놓았는지 떠올리자 두려움과 황홀감이 느껴졌다. 내면에서 넘치는 이 풍성함은 얼마나 팽팽히 당겨졌는가, 고요히 그것들을 생각하고 밖으로 흘러나오게 만들고 지속하는 형태들로 변화시키고 싶다는 열망이 얼마나 컸던가! 그는 여전히 눈을 크게 뜨고 호기심 많은 감각을 계속 활짝 열고 더욱 타오르며 더욱 탐욕스럽게 갈망했다. 무엇보다 종이와 펜, 점토와 목재, 작업장과 작업을 향한 강렬한 열망으로 가득 찼다.

여름이 지나갔다. 가을이 오면, 아니 겨울이 시작되면 전염병이 사라질 거라고 많은 사람이 확신했다. 즐거움이라곤 없는 가을이었다. 골드문트는 과일을 수확할 사람이 아무도 없는 지역을 통과했다. 나무에서 떨어진 과일이 풀 속에서 썩어갔다. 또다른 지역에서는 도시를 빠져나온 사람들이 떼강도가 되어 약탈하고 무엇이든 함부로 낭비해버렸다.

골드문트는 점차 목적지에 가까워졌다. 목적지를 눈앞에 두고 페스트에 걸려 마구간 같은 곳에서 죽을지도 모른다는 두려움이 여러 번이나 엄습했다. 아직은 죽고 싶지 않았다. 한번 더 작업장에서 창작에 전념하는 행복을 누리기 전에는. 난생처음으로 지금 그에게 세상은 너무 드넓고 독일 제국은 너무 컸다. 그 어떤 아름다운 소도시도 그를 쉬어 가도록 유혹하지 못했고, 그 어떤 농부의 예쁜 하녀도 하룻밤 이상 그를 붙잡아두지 못했다.

한번은 어느 교회를 지나는데, 그 정문의 장식기둥들로 받친 깊은 벽감 안에 아주 오래된 돌 조각상이 잔뜩 세워져 있었다. 천사들, 사도들, 순교자들의 조각상으로, 전에도 비슷한 것들을 자주 보았었다. 자신이 속했던 마리아브론 수도원에도 이런 조각상이 많았다. 일찍이 젊은 시절에는 그런 것들을 좋아하긴 했지만 열정 없이 관찰하곤 했다. 그것들은 아름답고 기품이 넘쳤지만 약간은 지나치게 화려하고 다소 뻣뻣하고 유행에 뒤처져 보였다. 그러다가 최초의 긴 방랑기가 끝날 무렵 니클라우스 스승의 사랑스럽고 슬픈 성모상에 깊이 매료된 후로는 이 오래된 옛 프랑크왕국 시대의 엄숙한 돌 조각상들이 너무 무겁고 뻣뻣하고 낯설게 여겨졌었다. 이런 조각상들을 어느 정도 오만하게 바라보면서, 스승의 새로운 방식이 훨씬 더 생동감 있고 내면적이며 영혼을 담은 예술이라고 여겼었다. 하지만 오늘 그가 온갖 모습들로 채워진 채, 격렬한 모험과 경험의 온갖 상처와 흔적이 새겨진 영혼으로, 사색과 새로운 창작을 향한 고통스러운 열망에 사로잡혀 세상에서 돌아온 지금, 아주 오래된 이 엄격한 조각상들이 갑자기 압도적인 힘으로 그의 마음을 뒤흔들었다. 그는 이미 오래전에 스러진 시대의 마음이 아직도 살아 있는 이 존경스러운 창조물 앞에 경건하게 서 있었다. 오래전 사라진 종족들의 두려움과 황홀경이 돌로 새겨져 수백 년이 지나서도 여전히 세상의 덧없음에 맞서고 있었다. 그동안 허비하고 소진해버린 자기 삶에 대한 경외심과 두려움의 감정이 거칠어진 그의 마음에서 전율을 일으키며 겸허하게 솟아올랐다. 그는 정말 오랫동안 하지 않았던 일을 했다. 고해석을 찾아가 죄를 고백하고 벌을 받으려 했다.

하지만 교회에 고해석은 있으나 사제는 한 명도 없었다. 그들은 죽거나 구빈원에 누워 있거나 도망쳤거나 전염을 두려워했다. 교회는 텅 비어 있었다. 골드문트의 발소리가 돌 아치들 사이에서 공허하게 울렸다. 그는 빈 고해석에 무릎을 꿇고 눈을 감은 다음 격자 칸막이에 대고 속삭였다. "사랑하는 하느님, 제가 어찌되었는지 보세요. 형편없고 쓸모없는 인간이 되어 세상에서 돌아왔습니다. 젊은 시절을 낭비자처럼 탕진하고 남은 것은 거의 없습니다. 사람을 죽이고 도둑질하고 간음하고 빈둥거렸으며 다른 사람의 빵을 빼앗았습니다. 사랑하는 하느님, 왜 우리를 만드신 건가요? 왜 이런 길로 우리를 이끄시는 건가요? 우리는 당신의 자식들이 아닌가요? 당신의 아들은 우리를 위해 죽지 않았던가요? 우리를 이끌어줄 성인들과 천사들은 없는 건가요? 아니면 그런 건 모두 아이들에게나 들려주고 신부님 자신은 비웃어대는 그럴싸하게 꾸며낸 이야기들에 지나지 않는 건가요? 저는 당신에 대한 마음이 헷갈립니다. 하느님 아버지, 당신은 세상을 악하게 만들었고 제대로 보살피지 않으시죠. 저는 죽은 자가 가득 널브러진 집들과 거리들을 보았습니다. 부자들이 집을 요새처럼 만들거나 도망친 것을 보았고, 가난한 자들이 형제를 묻지도 않은 채 버려둔 것을 보았으며, 그들이 서로를 의심하고 유대인을 짐승처럼 쳐죽이는 것도 보았습니다. 죄 없는 수많은 자가 고통받고 몰락하는 것을 보았으며, 많은 악당이 호사로운 생활을 누리는 것도 보았습니다. 당신은 우리를 까맣게 잊은 채 버려두고 떠나셨나요? 당신의 피조물이 완전히 싫어져서 당신은 우리 모두 몰락하도록 내버려두실 건가요?"

한숨을 내쉬며 그는 높은 정문을 지나 밖으로 나와서 말이 없는 돌

조각상들을 바라보았다. 천사와 성인들은 주름진 견고한 의상을 입고 야윈 모습으로 드높이, 아무 움직임 없이, 닿을 수 없고, 초인적인 모습으로 거기 서 있었지만, 그럼에도 인간의 손으로, 인간의 정신에서 만들어진 것들이었다. 그들은 저 위쪽 비좁은 공간에 엄격히 서서, 그 어떤 청원이나 질문도 받아들이지 않았지만, 그런데도 그들이 그렇게 품위와 아름다움을 지닌 채 서서 차례로 소멸해가는 인간 종족보다 오래 살아남았다는 것은 무한한 위로이며 죽음과 절망에 대한 당당한 승리였다. 아, 가련하고 아름다운 유대인 소녀 레베카도 여기 세워지고, 오두막과 함께 불타버린 가련한 레네도, 아름다운 리디아도, 니클라우스 스승도 여기 세워졌으면! 하지만 언젠가 그들은 여기 서서 존속하게 될 것이다. 자기가 그들을 세울 것이다. 오늘 그에게는 사랑과 고통, 두려움과 정열을 의미하는 그 형태들은 후세 사람들 앞에 이름도 이야기도 없이, 고요히 침묵하는 인간 삶의 상징으로 그렇게 서 있게 될 것이다.

# 제15장

마침내 목적지에 이르렀고, 골드문트는 일찍이 여러 해 전 스승을 만나기 위해 처음으로 들어섰던 그 성문을 통과해 그리워하던 도시로 들어갔다. 오는 길에 근방에서 이미 이 주교도시에 관한 여러 소식을 들어서, 그는 이곳에도 페스트가 덮쳤다는 것, 어쩌면 아직 한창일지 모른다는 것을 알고 있었다. 소요와 폭동 이야기도 있었고, 황제를 대리하는 태수가 이곳 질서를 회복하기 위해 파견되었다는 것,* 긴급 법령을 선포해 시민들의 재산과 생명을 보호하고 있다는 말도 들었다. 전염병이 퍼지기 시작하자마자 주교가 이곳을 떠나 멀리 시골에 있는 자신의 성들 중 한 곳에 머물고 있었기 때문이다. 떠돌이 골드문트는 이

* 주교(즉 교회)가 다스리는 도시에 황제의 태수가 파견되었다는 소식으로, 복잡한 정치적 문제가 포함되어 있다.

런 소식들에 별 관심이 없었다. 도시와 자신이 일하려는 작업장만 그대로 남아 있다면! 다른 것은 아무래도 상관없었다. 그런데 도착해보니 페스트는 사그라졌고, 사람들은 주교가 돌아오기를 기다리면서 태수가 그만 물러가 예전의 평화로운 일상으로 되돌아가기를 고대하고 있었다.

도시를 다시 보는 순간 한 번도 경험해보지 못한, 고향에 돌아온 듯한 재회의 감격이 파도처럼 심장을 뚫고 밀려와 골드문트는 마음을 가라앉히기 위해 익숙지 않은 엄격한 얼굴이 되었다. 오, 모든 것이 그대로였다. 성문, 아름다운 분수들, 대성당의 오래되고 투박한 종탑과 성모교회의 날씬한 새 종탑, 장크트로렌츠교회의 맑은 종소리, 환하게 빛나는 커다란 광장! 오, 이 모든 것이 자기를 기다리고 있었다니 얼마나 좋은지! 여기로 오면서 꾼 꿈에서는, 도착해보니 모든 것이 낯설게 변해, 일부는 부서져서 폐허가 되고, 일부는 새로운 건물들과 이상하고 눈에 거슬리는 표지들로 알아볼 수 없게 바뀐 것을 보지 않았던가? 골목길들을 지나가면서 집들을 하나하나 다시 알아보며 눈물이 날 것만 같았다. 정착민들이 이렇듯 아름답고 안전한 집에서 성의 거주민으로 만족스럽게 살며, 안심시키고 기운을 돋워주는 고향의 감정을 갖고서, 아내와 자식과 더불어, 하인들과 이웃과 더불어 방과 작업장이 있는 집에서 지내는 것은 결국 부러워할 일이 아니었던가?

늦은 오후였다. 골목의 양지 쪽에 서 있는 집들, 주점과 길드의 간판들, 목조각 문들, 꽃 화분들에 따스한 햇살이 비쳐서, 이 도시에서도 광포한 죽음과 사람들의 공포 망상이 만연했음을 상기시키는 것은 아무것도 없었다. 소리가 울리는 아치형 다리 아래로 밝은 초록색과 담청색을 띤 맑고 차가운 강물이 흘러갔다. 골드문트는 잠시 강둑 난간에 걸터앉았다. 저 아래 초록빛 수정 속에서는 어두운 그림자 같은 물고기들이 미끄러져 지나가거나 주둥이로 물살을 거스르며 가만히 멈춰 있었다. 깊은 곳의 어스름에서는 아직도 많은 것을 약속하는, 꿈꾸기에 좋은 희미한 황금빛 광채가 번쩍였다. 다른 강에도 그런 것이 있고, 다른 다리와 도시들도 보기에 아름다웠지만, 그는 아주 오랫동안 그런 것을 보지 못했고 비슷한 느낌도 받지 못한 것만 같았다.

푸줏간 일꾼 두 명이 웃으면서 송아지를 몰고 지나갔다. 그들은 위쪽 정자에서 빨래를 걷는 하녀와 눈길을 주고받으며 시시덕댔다. 모든 것이 얼마나 빨리 지나가는가! 바로 얼마 전까지만 해도 이곳에서 페스트의 불길이 타오르며 추악한 구빈원 일꾼들이 활개쳤는데, 오늘은 다시 삶이 계속되고 있었다. 사람들은 웃고 농담을 했다. 그 자신도 마찬가지였다. 여기 앉아 재회를 기뻐하고 고마워하며 심지어 정착민을 옹호하는 마음까지 느꼈으니 말이다. 마치 비참함도 죽음도 없었다는 듯이, 레네도 유대인 공주도 없었다는 듯이. 그는 미소 지으며 일어나 다시 걸었다. 니클라우스 스승의 집이 있는 골목길에 가까워지고 오래전 여러 해 동안 매일 일하러 가던 그 길을 걸으면서 비로소 가슴이 답답하고 불안해지기 시작했다. 걸음이 더 빨라졌다. 오늘중으로 스승을 만나 사정을 알고 싶었다. 더는 미룰 수 없었고, 내일까지 기다리는 것은 정말이지 불가능한 일이었다. 스승은 아직도 자기에게 화가 나 있을까? 벌써 오래전 일이니, 이제는 아무 의미도 없을 것이다. 설사 아직 화가 나 있다 해도 자신은 그것을 극복할 것이다. 스승이 여전히 그곳에 있기만 하다면, 스승과 작업장이 여전히 남아 있기만 하다면. 그러면 다 괜찮다. 그는 마치 마지막 순간 무언가를 놓칠 수도 있다는 듯 서둘러 익숙한 집을 향해 걸어갔고, 문고리를 잡았다가 대문이 잠겨 있어 깜짝 놀랐다. 뭔가 나쁜 조짐인가? 전에는 이 문이 대낮에 잠겨 있던 적이 한 번도 없었다. 그는 문에 달린 쇠고리를 요란하게 두드리고 기다렸다. 갑자기 몹시 겁이 났다.

그 옛날 이 집에 처음 왔을 때 그를 맞이해 안내해준 그 늙은 하녀가 나왔다. 그녀는 더 추해지지는 않았지만 더 늙고 불친절해졌다. 그리고 골드문트를 알아보지 못했다. 그는 두려움이 담긴 목소리로 스승에 대해 물었다. 그녀는 미심쩍어하며 멍하니 그를 바라보았다.

"마이스터요? 여기 마이스터는 없는데. 딴 데 가보쇼, 이봐요, 여긴 아무도 못 들어와요."

그녀는 그를 문에서 밀어내려고 했다. 그는 그녀의 팔을 붙잡고 소리쳤다. "알려줘요, 마르그리트, 맙소사! 나 골드문트예요, 못 알아보겠어요? 니클라우스 선생님을 만나야 한다니까."

노안으로 반쯤 시력이 꺼져가는 눈에 환영의 빛은 떠오르지 않았다.

"니클라우스 선생님은 이제 여기 없다니까." 그녀가 퉁명스럽게 말했다. "돌아가셨어요. 이제 그만 가요. 여기 서서 수다떨 시간 같은 건 없어."

속에서 모든 것이 와르르 무너져내렸다. 골드문트는 노파를 옆으로 밀쳐내고, 뒤에서 그녀가 소리치며 쫓아오는데도 아랑곳없이 어두운 복도를 지나 작업장으로 서둘러 걸음을 옮겼다. 작업장은 문이 잠겨 있었다. 노파가 불평하고 욕을 퍼부으며 따라오고 있었지만 계단을 달려서 올라갔다. 어스름에 잠긴 친숙한 공간에 니클라우스가 수집한 조각상들이 늘어서 있는 게 보였다. 그는 큰 소리로 리스베트를 불렀다.

방으로 통하는 문이 열리고 리스베트가 나타났다. 두번째 눈길을 주고 나서야 겨우 그녀를 알아보았는데, 그 모습에 그는 심장이 오그라들었다. 대문이 잠긴 것을 알고 놀랐던 그 순간부터 이 집의 모든 것이 으스스하고 마법에 걸려 숨막히는 악몽을 꾸는 것 같았는데, 리스베트를 보고 있는 지금 실제로 전율이 등줄기를 타고 흘러내렸다. 그토록 아름답고 당당하던 리스베트는 병색이 완연한 누르스름한 얼굴에 장식 없는 검은 드레스 차림, 불안한 눈빛과 겁먹은 자세의, 주눅들고 등이 굽은 노처녀가 되어 있었다.

"용서하십시오." 그가 말했다. "마르그리트가 들여보내주지 않으려고 해서요. 저를 모르시겠습니까? 골드문트예요. 아, 제발 이야기해주세요. 아버님이 돌아가셨다는 게 사실인가요?"

그녀의 눈빛에서 골드문트는 리스베트가 마침내 자신을 알아봤다는 것을 알았다. 동시에 자신이 좋은 기억으로 남아 있지 않다는 것도 알아차렸다.

"그렇군요, 골드문트네요?" 그녀가 말했다. 목소리에서 예전의 오만하던 태도가 조금 느껴졌다. "공연히 여기까지 오셨네요. 아버지는 돌아가셨어요."

"그럼 작업장은요?" 그가 서둘러 물었다.

"작업장? 그야 문을 닫았죠. 일거리를 찾는 거라면 다른 곳으로 가보셔야 할 거예요."

그는 평정심을 잃지 않으려고 애썼다.

"리스베트 아가씨." 그가 친절하게 말했다. "저는 일거리를 찾는 게 아닙니다. 그저 선생님과 당신에게 인사드리려고 온 거예요. 그런데 이런 말을 듣게 되다니 얼마나 마음이 무거운지요! 당신도 힘들었단 걸 알겠어요. 아버님께 감사드리는 제자가 무언가 할 수 있는 일이 있다면 말씀해주세요, 제게는 기쁨이 될 겁니다. 아, 리스베트 아가씨, 이렇게—이렇게 큰 고통을 겪으신 걸 보니 제 마음이 찢어질 것 같습니다."

그녀는 방문 안으로 물러났다.

"고마워요." 그녀가 망설이며 말했다. "당신이 아버지나 저를 위해 더 해주실 일은 없어요. 마르그리트가 밖으로 안내해드릴 겁니다."

반쯤은 분하고 반쯤은 두려워하며 그녀의 목소리는 불쾌하게 울렸다. 그럴 용기만 있었다면 욕을 퍼부으며 자기를 내쫓았을 거라는 게 느껴졌다.

그는 아래층으로 내려왔고, 노파는 대문을 잠그고 빗장을 질렀다. 빗장 두 개가 날카롭게 부딪치는 소리가 들렸다. 그의 귀에는 마치 관 뚜껑이 닫히는 소리 같았다.

그는 천천히 강둑으로 다시 가서 아까 그 자리에 도로 앉아 강물을 내려다보았다. 해는 이미 졌고, 물에서는 차가운 기운이 올라오고 그가 앉은 돌도 차가웠다. 강변길은 조용해졌고, 물살이 다리 기둥에 부딪히는 소리가 울려왔다. 물속은 컴컴하고 반짝이는 금빛은 이제 보이지 않았다. 오, 그는 생각했다, 둑 너머로 떨어져 강물 속으로 사라졌으면! 또다시 세상은 죽음으로 가득찼다. 한 시간이 흐르고 저녁 어스름은 밤이 되어 있었다. 마침내 그는 울 수 있었다. 그는 거기 앉아 울었고, 손과 무릎 위로 따스한 눈물방울이 떨어졌다. 죽은 스승 때문에 울고, 리스베트의 스러진 아름다움 때문에 울고, 레네 때문에, 로베르트 때문에, 유대인 소녀 때문에, 자신의 시들어버린, 허비된 젊음 때문에 울었다.

한참 시간이 흐른 후 그는 동료들과 함께 포도주를 마시러 자주 가던 주점을 찾았다. 주인 여자는 그를 알아보았고, 그는 빵 한 조각을 청했다. 그녀는 그에게 빵을 주면서 친절하게 포도주도 한 잔 내주었다. 그는 빵도 포도주도 넘기지 못했다. 그리고 주점의 긴 의자에서 밤을 보냈다. 아침에 주인 여자가 깨워서 그는 감사인사를 전하고 떠났다. 걸어가면서 빵 조각을 먹었다.

그는 생선시장으로 갔고, 거기에는 그가 옛날에 방을 얻어 살던 집이 있었다. 분수대 옆에서 몇몇 생선장수 아낙이 살아 있는 물고기들을 팔고 있었고, 그는 통 안의 아름답게 반짝이는 물고기들을 들여다보았다. 예전에도 자주 이랬었다. 물고기들에게 연민을 느껴 생선장수 아낙네들과 손님들에게 화가 났던 일이 다시금 떠올랐다. 언젠가 어느 날 아침에도 이곳을 어슬렁거리며 물고기들을 보고 감탄하고 가엾게 여기고 몹시 슬퍼했었다. 그뒤로 많은 시간이 흐르고, 강물도 수없이 흘러갔다. 그때 몹시 슬펐다는 것, 그건 지금도 잘 알겠는데, 무엇 때문에 그리 슬펐는지는 더이상 기억나지 않았다. 그랬다. 슬픔도 가버리고, 기쁨이 스러지듯 고통과 절망도 스러진다, 모두 사라지고 빛바래서 그 깊이와 가치를 잃어버리고, 결국에는 그 옛날 무엇 때문에 그토록 고통스러웠는지 기억할 수도 없는 시간이 오는 것이다. 고통도 시들어 스러진다. 오늘의 아픔도 언젠가 스러지고 무의미해질까? 스승이 죽었기 때문에, 스승이 자신에 대한 원망을 안고 죽었다는 것 때문에, 그리고 자기가 창작의 행복을 맛보고 그림이라는 짐을 영혼에서 벗어버릴 작업장이 없어졌다는 것 때문에 느끼는 지금의 절망감도? 그럴 것이다, 의심의 여지 없이 이 고통, 이 쓰라린 시련도 낡고 해져 잊힐 것이다. 영속하는 것은 아무것도 없으니 고통 또한 마찬가지다.

그가 물고기를 들여다보며 이런 생각에 잠겨 있을 때 자기 이름을 다정하게 부르는 나직한 목소리가 들렸다.

"골드문트." 그 목소리가 수줍게 불렀다. 고개를 들어보니 방금 자기를 부른, 여리여리하고 병약해 보이지만 검은 눈이 아름다운 젊은 아가씨가 서 있었다. 골드문트는 누군지 알아보지 못했다.

"골드문트! 당신인가요?" 수줍은 목소리가 말했다. "언제 돌아온 거예요? 나 못 알아보겠어요? 마리예요."

하지만 그는 그녀를 기억해내지 못했다. 그녀는 자신이 예전에 그가 머물던 집 주인의 딸이라고, 그가 떠나던 날 새벽 부엌에서 그에게 우유를 데워주었다고 말해야만 했다. 그 이야기를 하는 그녀의 얼굴이 빨개졌다.

그랬다, 그 옛날의 마리. 무척 사랑스럽고 수줍게 그의 시중을 들어준, 고관절이 아픈 가녀린 아이. 그제야 모든 것이 다시 생각났다. 그녀는 그 추운 새벽에 그를 기다렸고, 그가 떠나는 것을 몹시 슬퍼하며 우유를 데워주었고, 자기는 그녀에게 키스했었지. 그녀는 그 키스가 마치 성사聖事라도 되는 듯 순종적이고 경건하게 받아들였었다. 그뒤로는 그녀를 떠올린 적이 없었다. 그때는 어렸는데 지금은 어엿한 어른이었고, 눈이 몹시 아름다웠지만 여전히 다리를 절며 약간 위축돼 보였다. 그는 그녀와 악수를 나누었다. 이 도시에서 누군가가 자기를 알아보고 반겨주는 게 기뻤다.

마리는 그를 집으로 데려갔다. 그는 사양하는 척하다 금세 따라나섰다. 그녀 부모의 집 방에는 그가 그린 그림이 여전히 걸려 있고 루비처럼 붉은 그의 잔도 벽난로 위 찬장에 놓여 있었다. 그녀의 부모는 골드문트에게 점심식사를 하라고 끈질기게 권했고, 며칠 그곳에 머물라고도 했다. 그들은 그를 다시 만난 것을 기뻐했다. 그는 이곳에서 스승의 집에 닥친 일들을 들었다. 니클라우스는 페스트로 죽은 게 아니었다. 페스트에 걸린 사람은 아름다운 리스베트였다. 죽을병에 걸린 그녀를 아버지가 간호하다 다 낫는 걸 보기도 전에 눈을 감은 것이었다. 그녀는 살아났지만 아름다움을 잃었다.

"작업장은 비어 있다네." 하숙집 주인이 말했다. "괜찮은 목조각가에게는 거기야말로 멋진 보금자리가 되어줄 텐데. 돈도 충분히 벌 테고. 한번 생각해봐, 골드문트! 그녀도 싫다고는 안 할 거야. 달리 뾰족한 수가 없거든."

그것 말고도 페스트 시절의 이런저런 이야기를 들었다. 폭도들은 제일 먼저 구빈원에 불을 지르고 나중에는 몇몇 부자의 집을 습격하고 약탈했다. 주교가 도망친 이 도시에서는 한동안 질서도 안전도 찾아볼 수 없었다. 그때 마침 근처에 머물던 황제가 하인리히 백작을 태수로 파견했다. 백작은 단호한 사람이라 몇몇 기사와 병사를 거느리고 도시에 질서를 만들어냈다. 하지만 이제는 그가 물러나야 할 시간이다. 사람들은 주교가 돌아오기를 고대하고 있었다. 시민들은 백작의 무리한 요구에 적잖이 시달려왔고, 그의 애첩 아그네스라면 지긋지긋해했다. 그 여자는 그야말로 끔찍한 악녀란다. 어쨌든 그들은 곧 떠날 것이다. 시의회는 선량한 주교 대신 황제의 총애를 받는 궁정 신하이자 군인에게 시달리는 데 오래전부터 진력이 났다. 그는 마치 영주라도 되는 양 끊임없이 사절단과 대표단을 맞아들이고 있었다.

이야기 끝에 손님도 자신이 겪은 일에 대한 질문을 받았다. "아," 그는 슬픈 목소리로 말했다. "그 이야기는 하지 않는 게 나을 것 같아요. 나는 이리저리 떠돌아다녔지요. 온 세상에 전염병이 퍼져 어디나 죽은 자들이 널려 있고, 어디서나 사람들은 두려움에 미쳐 날뛰었죠. 나는 살아남았고, 아마 이 모든 것도 언젠가는 잊히겠지요. 그런데 이렇게 돌아와보니 스승이 돌아가신 거예요! 며칠만 여기 머무르며 쉬게 해주세요, 그후 다시 떠나겠습니다."

그는 쉬기 위해 머문 것이 아니었다. 실망하고 갈피를 잡지 못해 머문 것이었다. 행복했던 시절의 추억이 이 도시를 좋아하게 만들었기 때문에, 가련한 마리의 사랑이 편안했기 때문에 머물렀다. 그 사랑에 응답할 수는 없었다. 친절과 연민 말고는 그녀에게 줄 수 있는 게 아무것도 없었다. 하지만 그녀의 고요하고 겸손한 숭배는 그의 마음을 따스하게 해주었다. 그리고 무엇보다 그를 이곳에 붙잡아둔 것은, 설사 작업장이 없더라도, 임시방편을 써서라도 한번 더 예술가가 되고 싶다는 타오르는 욕망이었다.

며칠 동안 골드문트는 스케치에만 매달렸다. 마리가 마련해준 종이와 펜으로 자기 방에 틀어박혀 몇 시간이고 스케치를 해나갔다. 때로는 서둘러 휘갈겨서, 때로는 사랑을 담은 섬세한 모습들로 커다란 전지를 가득 채우고, 내면에서 흘러넘치는 그림책의 내용을 종이에 옮겼다. 저 뜨내기가 죽었을 때, 만족감과 사랑과 살인 욕구로 가득차서 미소 짓던 레네의 얼굴을 여러 번 스케치했다. 그녀가 죽던 마지막 밤, 벌써 형태를 잃고 허물어져, 흙으로 돌아가기 시작한 얼굴도 그렸다. 언젠가 부모 곁 문지방에 엎드린 자세로 작은 주먹을 꼭 쥐고 죽어 있던 농가의 어린 소년도 스케치했다. 또한 시신으로 가득한 수레들, 힘겹게 수레를 끌던 세 마리 말, 그 옆에서 긴 막대를 든 악질적인 일꾼들이 검은 페스트 가면의 찢어진 틈으로 눈알을 굴리며 흘금거리던 모습도 그렸다. 그리고 날씬한 검은 눈의 유대인 소녀 레베카를 거듭 그렸다. 그녀의 당당해 보이는 얇은 입술, 고통과 분노가 가득한 얼굴, 사랑을 위해 만들어진 듯이 보이던 아름답고 젊은 몸매, 오만하게 일그러진 그 입술을 그렸다. 자신의 모습도 그렸다. 방랑자의 모습, 애인으로서의 모습을, 추수꾼 죽음을 피해 도망치는 모습을, 페스트 시절 삶에 굶주린 자들이 벌인 난장판에서 미친듯이 춤추는 모습을 그렸다. 하얀 종이에 온전히 매달려 자신이 원래 알았던 리스베트의 저 오만하고 단호한 얼굴, 늙은 하녀 마르그리트의 추한 모습, 그리고 사랑하면서도 두려워하던 니클라우스 스승의 모습도 그렸다. 어렴풋하고 가느다란 선으로 위대한 여인, 대지 어머니가 두 손을 무릎에 내려놓고 앉아 우울한 눈길 아래로 희미하게 미소 짓는 얼굴도 그렸다. 이런 분출, 스케치하는 손에 느껴지는 감정, 이런 환영幻影들의 지배자가 되는 것이 끝없는 쾌감을 안겼다. 그는 마리가 마련해준 종이들을 며칠 사이에 모조리 스케치로 가득 채웠다. 골드문트는 마지막 종이에서 한 조각을 잘라내 거기에 몇 개의 선만으로 마리의 얼굴을, 그 아름다운 눈과 체념한 입술을 그렸다. 그리고 그림을 그녀에게 선물했다.

이렇게 스케치를 하면서 그는 영혼에 적체되어 용량초과에 이른 부담감을 쏟아버리고 마음이 홀가분해졌다. 스케치를 하는 동안에는 자신이 어디 있는지도 알지 못했고, 자신의 세상이 탁자와 흰 종이, 그리고 저녁이면 촛불로만 이루어져 있다는 것도 알지 못했다. 이제야 정신을 차리고 최근에 있었던 일들을 떠올려보았다. 새로운 방랑이 냉엄하게 눈앞에 닥쳐와 있음을 보면서 그는 재회의 감정과 작별의 감정이 묘하게 뒤섞인 채 도시를 이리저리 돌아다니기 시작했다.

이렇게 돌아다니다가 한번은 어느 여인을 만났다. 그녀의 모습이 뒤죽박죽된 그의 온갖 감정에 새로운 중심이 되어주었다. 말을 탄 그녀는 큰 키에 밝은 금발, 호기심으로 가득한 약간 서늘한 푸른 눈, 단단하고 매끈한 팔다리, 향락과 권력을 향한 욕망으로 피어나는 얼굴, 자신감과 관능에 대한 호기심으로 가득한 여인이었다. 어딘지 당당하고 오만한 태도로 갈색 말 위에 앉은 그녀는 명령하는 데 익숙했지만, 그러면서도 막혀 있거나 거부하는 태도는 아니고, 약간 냉정한 눈길 아래의 생동하는 후각은 세상의 온갖 향기에 열려 있었다. 느긋하게 다문 큰 입은 주고받기에서 최고의 능력을 지닌 듯 보였다. 그녀를 보는 순간 골드문트는 완전히 깨어나 이 당당한 여인과 겨루어보고 싶은 욕망으로 가득 채워졌다. 이 여인을 정복하는 것이 자신의 고귀한 목적처럼 느껴졌고, 그녀에게로 가다 목이 부러진다 해도 나쁜 죽음은 아닐 듯싶었다. 그는 즉시 이 금발의 암사자가 자기와 같은 부류라는 것을, 풍요로운 감각과 영혼을 지녔으며, 온갖 공략에 열려 있고, 부드러운 동시에 야성적이며, 태고부터 전해지는 피의 경험으로 정열에 통달해 있다는 것을 알았다.

그녀가 말을 타고 지나갔다. 그는 그녀의 뒷모습을 바라보았다. 곱슬거리는 금발과 푸른 벨벳 칼라 사이로 부드러운 아기 피부의 꼿꼿한 목덜미가 튼튼하고 당당하게 솟아 있었다. 지금까지 본 여인 중에서 가장 아름다운 여인 같았다. 이 목덜미를 손으로 감싸고, 그 눈에서 그 푸르고 서늘한 비밀을 알아내고 싶었다. 그녀가 누군지 알아내기는 어렵지 않았다. 그녀는 성에 거주하는 태수의 애인 아그네스였다. 그녀가 설사 황후라는 말을 들었더라도 골드문트는 놀라지 않았을 것이다. 그는 어느 분수대의 수조 앞에 멈추어 서서 물에 비친 자신의 모습을 바라보았다. 마치 저 금발 여인의 형제인 것처럼 그녀와 잘 어울리는 모습이었다. 다만 자신의 모습이 몹시 거칠기에, 곧장 아는 이발사를 찾아가 좋은 말로 구슬려 머리와 수염을 자르고 깔끔하게 다듬었다.

이틀 동안 추적이 계속되었다. 아그네스가 성을 나서는데, 낯선 금발 사내가 성문 옆에 서서 경탄의 눈빛으로 그녀를 바라보았다. 아그네스가 말을 타고 성벽 주변을 돌고 있을 때 오리나무 그늘에서 그 사내가 나타났다. 아그네스가 금세공사를 방문하고 작업장을 떠날 때도 다시 그 낯선 사내가 보였다. 당당한 눈빛으로 잠깐 그를 쏘아볼 때 그녀의 콧방울이 파르르 떨렸다. 다음날 아침 그녀는 성문을 나서자마자 다시 그가 서 있는 것을 보고 미소로 도전장을 던졌다. 그는 백작, 즉 태수도 보았다. 위풍당당하고 대담한 사내로 가볍게 여길 상대는 아니었지만 머리카락이 희끗했고 얼굴에 근심이 있으니 골드문트는 자신이 그보다 낫다고 느꼈다.

이 이틀 동안 그는 행복했고 되찾은 젊음으로 환하게 빛났다. 이 여인에게 자신의 모습을 드러내고 도전하는 것이 좋았다. 이 미인에게 자유를 잃는 것이 좋았다. 이 한 번의 주사위에 목숨을 거는 느낌은 멋지고 아주 자극적이었다.

셋째 날 아침, 아그네스는 말 탄 시종을 대동하고 성문 밖으로 나왔다. 곧바로 전의에 불타면서도 약간 불안한 눈빛으로 그녀는 자기를 쫓는 자를 찾아보았다. 그렇다, 그는 저기 와 있었다. 그녀는 시종을 심부름 보내고, 혼자서 천천히 말을 타고 앞장섰다. 천천히 아래쪽 다리 문을 지나 다리를 건너갔다. 딱 한 번 뒤돌아보았다. 낯선 사내가 따라오고 있었다. 장크트파이트 순례교회로 가는 길에 멈춰 그를 기다렸다. 이 시간에는 인적이 드문 길이었다. 반시간은 기다려야 했다. 낯선 사내는 숨을 헐떡이며 도착하고 싶지 않아서 천천히 걸어왔다. 그는 쌩쌩한 모습으로 미소를 띤 채 붉은 장미 가지를 입에 물고 다가왔다. 그녀는 이미 말에서 내려 말을 옆에 묶어두고는 담쟁이넝쿨로 뒤덮인 가파른 흉벽에 기대서서 자기를 따라다니는 사내를 마주보았다. 그는 그녀의 눈을 똑바로 쳐다보며 멈추어 서서 모자를 벗었다.

"왜 나를 따라다니는 거죠?" 그녀가 물었다. "뭘 원하는 거예요?"

"오." 그가 말했다. "당신에게서 무엇을 받기보다는 당신에게 선물을 하고 싶습니다. 나 자신을 당신에게 선물로 드리고 싶습니다. 아름다운 여인이여, 나를 가지고 하고 싶은 대로 하시지요."

"좋아요, 당신과 뭘 할 수 있는지 알고 싶네요. 하지만 이런 야외에서 아무 위험도 없이 작은 꽃을 꺾을 수 있을 거라 생각했다면 오산이에요. 나는 위급한 경우 목숨까지 거는 사내들만 사랑하거든요."

"명령만 내리십시오."

그녀는 얇은 금목걸이를 목에서 천천히 풀어 그에게 내밀었다.

"이름이 뭐죠?"

"골드문트."

"좋아요, 골드문트. 당신 입이 얼마나 황금인지 맛보기로 하죠. 저녁 때 성으로 찾아와 이 목걸이를 내보이고 주웠다고 말해요. 하지만 그냥 내주면 안 돼요. 당신에게서 직접 돌려받고 싶으니까. 사람들이 거지인 줄 알겠지만 지금 모습 그대로 와요. 하인 가운데 누가 험한 말을 해도 가만있어요. 내가 성안에서 믿는 사람은 단 두 명뿐이라는 걸 알아둬요. 마구간 시종 막스와 몸종인 베르타요. 이 둘 중 한 사람을 찾아야 하고, 그러면 그가 내게 안내해줄 거예요. 백작을 포함해 성안의 다른 사람은 모두 조심해야 합니다. 그들은 적이에요. 난 경고했어요. 목숨을 잃을 수도 있어요."

그녀는 그에게 손을 내밀었고, 그는 미소 지으며 그 손을 잡아 부드럽게 키스하고 자신의 뺨에 살짝 갖다댔다. 그런 다음 목걸이를 집어넣고 자리를 떠났다. 그는 언덕을 내려가 강과 도시로 향했다. 수확을 마친 포도밭은 이미 헐벗었고, 나무에서 노란 잎이 하나둘씩 떨어지고 있었다. 골드문트는 내려다보이는 도시가 몹시 친절하고 사랑스러워서 미소 지으며 고개를 저었다. 며칠 전만 해도 정말 슬펐다. 시련과 괴로움마저 허망하게 사라진다는 게 슬펐다. 그런데 지금은 황금빛 나뭇잎이 가지에서 떨어지듯 그것들이 벌써 말끔히 사라졌다. 이 여인에게서 나온 사랑처럼 자신을 환하게 밝힌 사랑은 지금까지 한 번도 없는 것 같았다. 그녀의 키 큰 자태, 금발, 웃음 짓는 생명력은 그가 소년 시절 마리아브론 수도원에서 가슴속에 간직했던 어머니의 모습을 연상시켰다. 이틀 전만 해도 그는 세상이 자신의 눈을 들여다보며 다시 한번 즐거운 웃음을 지을 거라고는, 다시 한번 생명과 기쁨과 젊음의 물살이 충만하고도 급격하게 혈관을 타고 흐르는 것을 느낄 수 있을 거라고는 생각하지 못했다. 아직 살아 있다는 것이, 저 잔인한 몇 달 동안 죽음이 자기를 비켜갔다는 것이 얼마나 행운인가!

그날 저녁 그는 성으로 갔다. 성의 안뜰은 부산스러웠다. 말에서 안장이 내려지고, 심부름꾼들이 뛰어다니고, 몇 안 되는 사제와 고위 성직자가 줄지어 하인들의 안내로 성의 안쪽 문을 통과해서 계단을 올라가고 있었다. 골드문트는 그들을 뒤따라가려 했지만 문지기가 막아섰다. 그는 황금 목걸이를 꺼내 보이며 이것을 아무에게도 넘겨주지 말고 마님에게 직접 아니면 몸종에게만 전하라는 지시를 받았다고 말했다. 그러자 하인 하나가 그를 데려갔고, 골드문트는 복도에서 한참 기다려야 했다. 마침내 아름답고 잽싼 여인 하나가 다가오더니 옆을 지나가면서 나직하게 물었다. "당신이 골드문트인가요?" 그러고는 따라오라고 손짓했다. 그녀는 어느 문으로 조용히 사라졌다가 잠시 후 다시 나타나서 들어오라고 손짓했다.

그는 모피와 달콤한 향수의 냄새가 진동하는 작은 방으로 들어갔다. 온갖 종류의 의상과 외투가 잔뜩 걸려 있고, 여성용 모자들이 목재 틀 위에 씌워져 있으며, 열린 궤짝 안에는 온갖 구두가 놓여 있었다. 그는 여기 서서 족히 반시간은 기다렸다. 향기로운 옷들의 냄새를 맡거나 손으로 모피를 쓰다듬고, 거기 걸려 있는 온갖 아름다운 물건에 호기심이 발동해 씩 웃기도 했다.

마침내 내실 문이 열리더니 몸종이 아니라 아그네스가 직접 나타났다. 목에 흰색 모피 장식이 붙은 연푸른색 드레스 차림이었다. 그녀는 기다리는 사람에게 한 걸음씩 천천히 다가와서 차가운 푸른 눈으로 그를 마주 바라보았다.

"오래 기다렸죠." 그녀가 낮은 소리로 말했다. "이젠 안전해요. 지금 백작 곁에는 성직자 파견단이 있으니, 함께 식사를 마치고 나서도 오랫동안 협상해야 할 거예요. 사제들과의 회의는 언제나 오래 걸리죠. 그 시간은 이제 당신과 나의 것이야. 어서 와요, 골드문트."

그녀가 그를 향해 몸을 숙였고, 갈망하는 그녀의 입술이 그의 입술로 다가와 두 사람은 말없이 첫 키스로 인사를 나누었다. 그는 천천히 손을 그녀의 목덜미에 둘렀다. 그녀가 그를 이끌고 문을 지나 자신의 침실로 데려갔다. 천장이 높은 방이 촛불로 환하게 밝혀져 있었다. 식탁에는 식사가 차려져 있었다. 함께 식탁에 앉자마자 그녀는 조심스럽게 그에게 빵과 버터와 고기를 내주고, 푸르스름한 색깔의 아름다운 잔에 백포도주를 따라주었다. 그들은 음식을 먹고 푸르스름한 잔 하나에 담긴 포도주를 나눠 마셨다. 그들의 손은 서로의 손을 만지작거리며 장난쳤다.

"당신은 대체 어디서 날아온 거죠, 나의 아름다운 새여?" 그녀가 물었다. "전사인가요, 악사인가요, 아니면 그저 가난한 떠돌인가요?"

"나는 그대가 원하는 모든 것입니다." 그가 나직이 웃었다. "온전히 당신의 것입니다. 당신이 원하면 악사죠. 당신은 나의 달콤한 류트가 되고, 내가 손가락을 당신 목에 올려놓고 당신을 연주하면 우리는 천사들의 노래를 듣게 될 거예요. 이리 와요, 나의 심장, 나는 당신의 맛난 케이크를 먹고 포도주를 마시러 온 게 아니랍니다. 오로지 당신 때문에 온 거예요."

그는 그녀의 목에서 살그머니 흰색 모피를 떼어내고 드레스를 벗겨 내렸다. 밖에서는 황제의 신하들과 성직자들이 회의를 하고 하인들은 조용조용 오가고 얇은 초승달이 완전히 나무 뒤로 기울어도, 연인들은 까맣게 몰랐다. 낙원이 활짝 열려 있으니 서로에게 이끌려 뒤엉킨 그들은 낙원의 향기로운 밤에 길을 잃었다. 낙원의 흰 꽃들에 깃든 비밀이 희미하게 빛나는 것을 보았고, 고마워하는 섬세한 손길로 소망하던 열매를 땄다. 악사는 지금껏 이런 류트를 연주한 적이 없었고, 류트는 지금껏 이토록 강력하고 능숙한 손가락으로 연주된 적이 없었다.

"골드문트." 그녀가 달아올라 그의 귀에 속삭였다. "오, 당신은 정말 대단한 마법사야! 나의 달콤한 황금 물고기, 그대의 아이를 갖고 싶어요. 아니, 차라리 당신 곁에서 이대로 죽고 싶어. 나를 마셔버려요, 내 사랑, 나를 녹여줘요, 나를 죽여요!"

그녀의 차가운 눈길에서 냉혹함이 녹아 부드러워지는 것을 보았을 때 그의 목구멍 깊은 곳에서 행복의 소리가 웅얼대며 울려나왔다. 섬세한 전율과 죽음 같은 경련이 그녀의 눈 깊은 곳을 스쳐지나가, 죽어가는 물고기의 피부 위로 스치는 은빛 떨림처럼 사그라지면서 마치 강물 속 깊은 곳에서 반짝이던 저 마법의 광채처럼 옅은 금빛이 되었다. 인간이 경험할 수 있는 온갖 행복이 한꺼번에 이 순간 속으로 흘러들어온 것만 같았다.

그녀가 여전히 눈을 감고 몸을 떨며 누워 있는 동안 그는 살그머니 일어나서 옷을 입었다. 그가 한숨을 내쉬면서 그녀의 귀에 속삭였다. "나의 아름다운 보석, 나는 이제 가요. 내가 죽지 않기를, 백작에게 맞아죽지 않기를 바라죠. 그러면 오늘 우리가 그랬던 것처럼 한번 더 당신과 지복의 순간을 누리고 싶어요. 한 번만 더, 아니, 여러 번 더!"

그가 옷을 다 입을 때까지 그녀는 말없이 누워 있었다. 그는 가만히 이불을 끌어다 덮어주고 그녀의 눈에 키스했다.

"골드문트." 그녀가 말했다. "오, 가야만 하나요! 내일 다시 오세요! 만약 위험해지면 내가 경고를 보낼게요. 다시 와요, 내일 다시 와요!"

그녀는 종이 달린 줄을 잡아당겼다. 옷방 문이 열리고 몸종이 나타나 그를 성 밖으로 안내했다. 몸종에게 금화 한 닢을 주고 싶었지만 그럴 수 없는 자신의 가난이 잠시 부끄러웠다.

자정 무렵 그는 생선시장에 도착해 집을 올려다보았다. 시간이 늦어 모두 잠들었을 테니 아마 밤새 밖에 머물러야 할지 몰랐다. 하지만 놀랍게도 문은 열려 있었다. 그는 살그머니 안으로 들어가 등뒤로 문을 닫았다. 그의 방으로 올라가려면 부엌을 통과해야 했다. 부엌에 빛이 있었다. 마리가 작은 기름등을 켜놓고 부엌 식탁에 앉아 있었다. 두세 시간을 기다리다 졸던 중이었다. 그가 들어서자 그녀는 깜짝 놀라며 벌떡 일어섰다.

"오." 그가 말했다. "마리, 아직 안 자고 있었어?"

"안 잤어요." 그녀가 대답했다. "안 그러면 문이 잠겨 있었을 테니까요."

"기다리게 해서 미안하구나, 마리. 많이 늦었어. 화내지 마라."

"나는 당신에게 화난 적 없어요, 골드문트. 조금 슬픈 것뿐이에요."

"슬퍼하면 안 돼. 왜 슬퍼하는 거지?"

"아, 골드문트, 내가 건강하고 아름답고 강하면 정말 좋겠어요. 그러면 당신은 밤마다 낯선 집에 가서 다른 여자들을 사랑하지 않아도 될 테니까요. 그러면 당신은 한 번쯤 내 곁에 머물면서 나와 함께 사랑을 나눌 수도 있을 테니까요."

그녀의 부드러운 목소리에는 어떤 희망도 어떤 괴로움도 없이 슬픔만 담겨 있었다. 그는 어쩔 줄 몰라하며 옆에 서 있었다. 그녀가 정말로 안쓰러웠지만, 무슨 말을 해야 할지 몰랐다. 그는 조심스럽게 그녀의 머리를 감싸고 머리카락을 쓰다듬었다. 그녀는 가만히 서서 몸을 떨며 머리카락을 쓰다듬는 그의 손길을 느끼고 눈물을 살짝 흘렸다. 그런 다음 몸을 세우고 수줍은 목소리로 말했다. "이제 자러 가요, 골드문트. 내가 바보 같은 소리를 했어요. 나 너무 졸려요. 잘 자요."

# 제16장

골드문트는 행복한 초조함으로 하루를 언덕 위에서 보냈다. 말이 있었다면 오늘 그 수도원으로 스승의 아름다운 성모상을 보러 갔을 것이다. 그 조각상을 한번 더 보고 싶었다. 지난밤 니클라우스 스승을 꿈에 본 것도 같았다. 그래, 나중에 갈 수 있을 것이다. 아그네스와 누리는 사랑의 행복이 아주 잠깐만 지속되고 어쩌면 끔찍한 결말을 맞이할지 모르지만—오늘은 환하게 피어나고 있으니 그 무엇도 놓쳐서는 안 되었다. 오늘은 누군가를 만나 주의를 흐트러뜨리고 싶지 않았다. 도시 밖으로 나가 부드러운 가을날을 나무와 구름 아래서 보내고 싶었다. 그는 마리에게 시골길을 산보할 거고 늦게야 돌아올 테니 커다란 빵덩이를 준비해달라고 부탁한 다음 저녁에 기다리지 말라고 말했다. 그녀는 아무 말도 하지 않고 빵과 사과를 담은 가방을 건네주고 그의 낡은 윗

옷을 솔질해주었다. 옷의 해진 부분은 그녀가 첫날 벌써 기워놓았다.

그는 강 건너편으로 가서 추수가 끝난 텅 빈 포도밭을 지나 가파른 계단식 길로 언덕을 향해 올라갔다. 위쪽 숲에서 길을 잃었지만 멈추지 않고 올라가 언덕 맨 꼭대기에 이르렀다. 앙상한 나뭇가지 사이로 햇빛이 미지근하게 비치고, 지빠귀들은 그의 발소리에 날아가 수줍게 몸을 웅크리고 빽빽한 덤불 사이에 숨어서 검게 반짝이는 눈으로 내다보았다. 저 아래서는 강이 푸른색 활 모양으로 흐르고 도시는 장난감처럼 조그마했다. 기도시간을 알리는 종소리를 제외하면 그곳의 소리는 더이상 들리지 않았다. 고대 이교 시대의 작은 성벽과 언덕이 풀로 뒤덮여 이곳 꼭대기에 있었다. 어쩌면 요새, 어쩌면 무덤 자리일지 몰랐다. 그는 이런 언덕들 가운데 한 곳에 자리를 잡았다. 말라서 바스락거리는 가을 풀밭에 앉으니 저 아래 골짜기 전체가 내려다보였다. 강 저편으로는 언덕과 산이 이어지다가 산맥과 하늘이 푸르스름하게 어울리며 서로 만나서 더이상 어디가 하늘이고 어디가 산인지 구분할 수 없어졌다. 이 모든 머나먼 땅, 눈에 보이는 것보다 더 멀리에 있는 땅을 그는 두 발로 돌아다녔다. 지금은 아득한 기억이 되어버린 그 모든 땅이 한때는 가까이 있는 현실이었다. 이 숲들 속에서 그는 수백수천 번 잠들고, 딸기류로 배를 채우며, 굶주리고 몸이 얼고, 이 산맥들과 황무지들을 떠돌면서 기뻐하고 슬퍼하고, 기운 차리고 지치기도 했다. 저멀리 어딘가에 선량한 레네의 타버린 뼈들이 있고, 저기 어딘가에 동료인 로베르트가 페스트에 희생되지 않았다면 아직도 떠돌아다니고 있을 것이다. 저기 어딘가에는 죽은 빅토어가 누워 있고, 또 저멀리 어딘가에는 마법 같은 젊은 날의 수도원이 있으며, 아름다운 딸들을 둔 기사의 성도 있고, 가여운 레베카가 가련하게 쫓기고 있거나 아니면 죽었을 것이다. 서로 멀리 흩어진 이 많은 장소, 황무지와 숲, 도시들과 마을, 성과 수도원, 그리고 살아 있거나 죽은 이 모든 사람이 자기 안에 존재하고 자신의 추억 속에, 사랑과 후회와 그리움 속에 서로 연결되어 있었다. 내일 죽음이 그를 데려간다면 이 모든 것은 서로 뿔뿔이 흩어져 스러지고, 그 많은 여인, 사랑, 여름 아침과 겨울밤으로 이루어진 이 그림책은 사라지리라. 오, 자기보다 오래갈 무언가를 행하고 무언가를 만들어 뒤에 남길 시간이었다.

그가 수도원을 떠나 세상에 나온 뒤로 경험한 이 삶과 방랑과 긴 세월에서 지금까지는 결실로 남은 것이 별로 없었다. 옛날 작업장에서 만들었던 몇몇 조각상, 특히 사도 요한 상이 남았다. 그리고 아직 그의 머릿속에서 비현실적인 세계를 구성하고 있는 이 그림책, 아름답고 고통스러운 기억으로 된 이미지의 세계가 있었다. 자기는 이 내면의 세계에서 몇 가지를 구원해 현실에 드러내 보일 수 있을까? 아니면 언제까지나 그냥 이렇게 계속 흘러갈까? 언제나 새로운 도시, 새로운 풍경, 새 여자, 새 경험, 새 그림이 하나씩 쌓이기만 하고, 지금 느끼는 것처럼 불안하고 고통스럽고 아름다운, 넘치는 풍부함 말고는 거기서 아무것도 끄집어내지 못하고 말까?

인간이 얼마나 굴욕스럽게 삶의 노리개가 되는지, 웃음이 터지고 눈물이 날 일이다! 인간은 살면서 감각들이 놀이하게 하고 오래된 에바-어머니의 품에 매달려 실컷 젖을 빨 수 있다—그러면 많은 쾌락을 누릴 수는 있겠지만 덧없음에는 맞설 방책이 없다. 숲에서 피어난 버섯처럼 오늘은 아름다운 색깔을 뽐내지만 내일이면 그대로 썩어버린다. 또는 인간은 덧없음에 저항해 스스로를 작업장에 가두고 순간적인 삶에 기념비를 세우려 할 수도 있다—그 경우 자신의 삶은 포기하고 한낱 도구가 되어 불멸의 것을 위해 봉사하지만, 스스로는 말라버리면서 자유, 충만함, 삶의 쾌락을 잃어버린다. 니클라우스 스승도 그랬다.

아, 두 가지를 동시에 성취할 때, 삶이 삭막한 이것이냐-저것이냐로 나뉘지 않을 때, 그때야만 비로소 삶 전체가 의미를 얻는다! 삶을 대가로 지불하지 않고도 창작할 수 있다면! 고귀한 창작을 포기하지 않고도 삶을 살 수 있다면! 도대체 그런 것은 가능하지 않은 것일까?

어쩌면 그런 게 가능한 사람들도 있을 것이다. 정절을 지키면서도 감각의 쾌락을 잃지 않는 남편이자 가장이 있을까? 자유의 결핍, 위험의 결핍에도 마음이 메말라버리지 않는 정착민이 있을까? 어쩌면 있을 것이다. 하지만 아직은 그런 사람을 보지 못했다.

모든 삶은 이 이중성 위에, 이 모순 위에 놓여 있는 것 같았다. 인간은 여자 아니면 남자고, 떠돌이 아니면 틀에 맞춰 사는 속물이고, 지적이거나 아니면 감정적이다—세상 어디서도 들숨과 날숨, 수컷과 암컷, 자유와 질서, 충동과 정신을 동시에 경험할 수는 없다. 인간은 언제나 하나를 잃고서야 다른 것을 얻는다. 이것과 저것이 언제나 똑같이 중요하고 탐나는 것이건만! 어쩌면 이 점에서 여자들이 더 쉬울 것 같다. 자연이 그들에게서는 쾌락이 저절로 열매를 맺도록, 사랑의 행복이 아이가 되도록 만들었으니 말이다. 남자들에게는 이런 단순한 열매 맺기 대신 영원한 동경이 남는다. 모든 것을 이렇게 만든 것이 신이라면, 악의나 적대감에서 신은 자신의 피조물을 이렇듯 심술궂게 비웃는 걸까? 아니, 그럴 리 없다. 신이 사슴과 노루, 물고기와 새, 숲과 나무를, 계절을 만들었다면 그렇게 악의적일 리 없다. 하지만 이런 균열이 신의 피조물을 관통한다면, 그것은 실패이며 불완전한 것이 아닌가? 신이 특별한 의도로 인간의 삶에 이런 결함과 동경을 만들었다면, 이것이야말로 적의 씨앗, 곧 원죄가 아닌가? 하지만 어째서 이런 동경과 불만족이 죄악인 걸까? 인간이 만들어서 신에게 감사의 제물로 바치는 그 모든 아름다움과 거룩함은 모두 바로 그런 동경과 불만족에서 나오지 않던가?

그는 상념에 짓눌린 채 도시로 눈길을 돌려 시장과 생선시장, 다리들, 교회들과 시청 건물을 바라보았다. 그곳에는 저 당당한 주교의 성, 지금은 하인리히 백작이 머물며 도시를 다스리는 성도 있었다. 저 탑들과 긴 지붕들 아래 아그네스가 있었다. 아주 거만해 보이지만 사랑할 때는 자신을 잊고 헌신할 줄 아는 아름다운 여왕 같은 자신의 연인이 살고 있었다. 그는 그녀를 생각하며 기쁨에 젖었다. 기쁨과 감사하는 마음으로 지난밤을 기억했다. 이 밤의 행복을 맛보고 이 기적의 여인을 행복하게 해주기 위해서 그의 삶 전체가 필요했다. 모든 여자를 통해 배운 것, 그 긴 방랑생활과 시련, 눈 내리는 밤의 방황, 동물들, 꽃과 나무, 물과 물고기, 나비들과의 우정과 친근함이 필요했다. 그녀를 행복하게 만들기 위해서는 쾌락과 위험을 통해 날카롭게 갈고닦은 감각, 뿌리 없음, 오랫동안 축적한 내면의 그림 세계 전체가 필요했다. 자신의 삶이 아그네스 같은 마법의 꽃들이 피어나는 정원이 될 수 있다면 그는 탄식할 일이 없었다.

그날 하루 그는 가을 언덕 꼭대기에서 보냈다. 거기서 거닐고 쉬면서 빵을 먹고 아그네스와의 저녁을 생각하며 보냈다. 날이 저물 무렵 그는 다시 도시로 내려와 성으로 향했다. 날씨가 서늘해졌고, 집집마다 창문으로 붉은 빛이 조용히 새어나왔다. 그는 노래하는 소년들의 작은 행렬과 마주쳤다. 그들은 막대기 끝에 속을 파낸 순무를 매달아 머리 위로 들어올렸는데, 얼굴을 새긴 순무 안에 타오르는 촛불이 놓여 있었다. 작은 가장행렬이 겨울 내음을 풍겼다. 골드문트는 미소를 지으며 그 행렬을 바라보았다. 성직자 사절단은 아직 머물고 있었고, 여기저기 창가에 성직자가 한 사람씩 서 있는 게 보였다. 마침내 그는 안으로 들어가 몸종 베르타를 찾아낼 수 있었다. 다시금 옷방에 몸을 숨기고 아그네스가 나타나 자기를 그녀의 방으로 안내해주기를 기다렸다. 그녀의 아름다운 얼굴이 사랑스럽게 그를 맞아들였다. 그 얼굴은 사랑스러웠지만 기쁨은 찾아볼 수 없었다. 그녀는 슬퍼하고 근심하며 두려워했다. 그는 그녀의 기분을 조금이라도 풀어주려고 갖은 애를 써야 했다. 그녀는 천천히 그의 키스와 애무하는 말에 끌려 조금 기분이 나아졌다.

"당신은 정말 사랑스러워요." 그녀가 고마워하며 말했다. "다정하게 굴고 웅얼거리며 이야기할 때면 목에서 깊은 소리가 울려나와요, 나의 새여. 당신을 사랑해요, 골드문트. 우리가 여기서 멀리 있기만 하다면 얼마나 좋을까! 나는 이곳이 싫어. 어차피 곧 끝나겠지만. 백작은 소환령을 받았어요. 저 멍청한 주교가 곧 돌아올 거야. 오늘 백작은 단단히 화가 났어요. 성직자들에게 시달렸거든요. 하지만 그대여, 그의 눈에 띄면 안 돼요! 발각되었다가는 한 시간도 더 살 수 없을 거예요. 당신 때문에 너무 두려워."

반쯤 잊고 있던 소리가 기억났다. 아주 오래전 언젠가 이런 노래를 들은 적이 있지 않았던가? 언젠가 리디아가 이런 식으로 말했었지. 이렇듯 사랑하면서도 두려움에 가득차고, 다정하면서도 슬픔에 차 있었다. 그러면서도 그녀는 밤이면 그의 방으로 왔었다. 사랑과 두려움에 가득차서, 근심과 끔찍한 공포의 모습들로 가득차서. 그는 그 노래를, 다정하고도 두려움에 찬 그 노래를 기꺼이 들었다. 비밀 없는 사랑이 어디 있겠는가! 위험 없는 사랑이 어디 있겠는가! 그는 아그네스를 다정하게 끌어당겨 그녀를 쓰다듬고, 손을 잡고, 귀에 나직한 사랑의 말들을 웅얼대고, 속눈썹에 키스했다. 그녀가 자기 때문에 그토록 두려움에 차서 염려하는 것을 보니 깊은 감동과 황홀감이 밀려왔다. 그녀는 감사하며 거의 겸손한 태도로 그의 애무를 받아들였다. 사랑에 가득차 그에게 몸을 밀착시켰지만 얼굴이 더 밝아지지는 않았다.

갑자기 그녀가 크게 놀라 움츠러들었다. 가까이서 문 닫히는 소리가 나고 급한 발소리가 방으로 다가왔다.

"맙소사, 그이예요!" 그녀가 절망적으로 외쳤다. "백작이야. 서둘러요. 저 옷방을 통해 도망칠 수 있을 거야, 어서요! 나를 배신하지 말아요!"

그녀가 서둘러 그를 옷방 안으로 떠밀었고, 그는 거기서 홀로 어둠 속을 더듬으며 움직였다. 저편에서 백작이 아그네스와 큰 소리로 이야기하는 게 들렸다. 그는 드레스들 사이를 헤치며 출구를 향해, 소리 없이 발을 내디뎠다. 복도로 통하는 문에 다다라 살그머니 문을 열려다가 밖에서 잠긴 것을 깨닫고는 깜짝 놀라 심장이 사납고 고통스럽게 쿵쾅거리기 시작했다. 자신이 이리로 들어온 뒤에 불행한 우연으로 인해 누군가가 이 문을 잠갔을지도 모른다. 하지만 그는 그렇게 믿지 않았다. 자기는 덫에 걸려든 것이고, 이제 끝장났다. 이리로 숨어들 때 누군가 그를 본 것이 분명했다. 이제 목이 날아갈 판이다. 그는 어둠 속에 몸을 떨며 서 있었다. 동시에 작별할 때 아그네스가 한 말이 떠올랐다. "나를 배신하지 말아요!" 아니, 자기는 그녀를 배신하지 않을 것이다. 심장이 방망이질하듯 두근거렸지만 이 결심이 그를 확고하게 만들었고, 그는 담대해져서 이를 꽉 악물었다.

모든 일이 순식간에 벌어졌다. 저쪽 문이 열리고 백작이 다가왔다. 왼손에는 램프를 들고, 오른손에는 칼을 빼든 채였다. 그와 동시에 골드문트는 급히 주위에 걸린 드레스며 외투를 그러모아 팔에 걸쳤다. 사람들에게 도둑으로 보여야 했다. 어쩌면 이것이 탈출구였다.

백작은 곧바로 그를 보고 천천히 다가왔다.

"누구냐? 여기서 뭘 하는 거지? 대답해라, 아니면 찌를 테다."

"용서하십시오." 골드문트가 속삭였다. "저는 가난한 사람이고 당신은 이렇듯 부자니까요. 제가 훔친 걸 모조리 돌려놓겠습니다, 나리, 보십시오!"

그러면서 그는 외투들을 바닥에 내려놓았다.

"그러니까 도둑질을 했다는 건가? 그런 낡은 외투 때문에 목숨을 걸다니 어리석구나. 이곳 시민인가?"

"아닙니다, 나리, 여기저기 떠도는 뜨내기입니다. 한날 가난뱅이이니 제발 아량을 베풀어주십시오."

"조용히 해라! 네가 뻔뻔하게 결국에는 마님을 욕보이려 했는지 어떻게 알겠느냐. 하지만 어차피 교수형에 처해질 테니 굳이 그런 걸 조사할 필요는 없겠지. 도둑질로 충분하다."

백작은 잠긴 문을 세차게 두들기며 외쳤다. "거기 누구 없느냐? 문을 열어라!"

밖에서 문이 열렸고, 병사 세 명이 칼을 빼든 채 서 있었다.

"놈을 잘 묶어라." 백작이 비웃음과 오만함이 울려나오는 목소리로 외쳤다. "놈은 여기서 도둑질을 한 뜨내기다. 놈을 체포해서 내일 새벽 교수대에 매달아라."

골드문트는 저항하지 않고 순순히 묶였다. 하인 한 명이 바람막이를 씌운 램프를 들고 앞장섰고, 그는 두 손이 묶인 채 긴 복도와 계단을 지나 안뜰로 끌려갔다. 그리고 그들은 쇠를 덧댄 둥근 지하실 문 앞에 멈춰 섰다. 잠시 이런저런 이야기가 오가고 꾸짖음이 이어졌다. 거대한 지하실 문을 열 열쇠가 없었던 것이다. 하인은 병사 한 명에게 램프를 내주고 열쇠를 가지러 돌아갔다. 그렇게 무장한 사내 셋과 묶인 죄수는 문 앞에서 기다렸다. 등불을 든 자가 호기심에 죄수 얼굴에 불빛을 비추었다. 마침 그때 성안에 손님으로 머물던 사제들 가운데 두 사람이 옆을 지나갔다. 다른 사람보다 앞서 성안 예배당에서 나온 두 사람은 이들 앞에 멈추어 서서 이런 밤의 장면을 주의깊게 바라보았다. 병사 세 명과 묶인 사내가 거기 서서 기다리는 모습을.

골드문트는 사제들이 있다는 것도 알아채지 못했고, 자신을 감시하는 병사들도 쳐다보지 않았다. 얼굴 바로 옆에서 약하게 펄럭이는 불꽃에 눈이 부셔 그것 말고는 아무것도 보이지 않았다. 공포에 휩싸인 그는 이 빛의 저편 어둠 속에서 뭔가 형체가 없는, 커다랗고 유령 같은 것을 보았다. 심연을, 종말을, 죽음을 보았다. 그는 굳어진 눈길로 거기 서서 아무것도 보지도 듣지도 못했다. 사제 하나가 속삭이는 소리로 병사들과 열렬하게 이야기를 주고받았다. 사제는 그가 도둑질을 했으며 사형당할 거라는 말을 듣고 그에게 고해신부가 있는지 물었다. 아니, 이 자가 현장에서 붙잡혔다는 대답이 나왔다.

"그렇다면," 사제가 말했다. "내일 새벽 미사 전에 성사를 베풀기 위해 와서 그의 고해도 듣기로 하지요. 그보다 먼저 끌려가지 않게만 해주시오. 백작님과는 오늘중에 이야기하겠소. 이 사내는 도둑일지 모르지만 모든 기독교도의 권리, 그러니까 고해신부에게 성사를 받을 권리가 있소."

병사들은 한마디도 대꾸하지 못했다. 그들은 이 사제를 알고 있었다. 사절단의 일원이었고, 백작과 식사도 여러 번 함께 했다. 게다가 이 가련한 뜨내기가 고해하는 일을 막아 뭐하겠는가?

사제들은 그곳을 떠났고, 골드문트는 앞만 바라보고 서 있었다. 마침내 하인이 열쇠를 가지고 돌아와서 문을 열었다. 죄수는 지하실의 아치 천장 아래로 끌려들어가 비틀거리며 계단 몇 개를 내려갔다. 등받이 없는 세 발 의자 몇 개가 여기저기 놓여 있고 탁자도 하나 있었다. 포도주 저장고에 딸린 앞방이었다. 그들은 탁자 앞의 작은 의자로 그를 끌고 가 거기에 앉혔다.

"내일 새벽 사제가 오면 너는 고해할 수 있을 거야." 한 병사가 말했다. 그런 다음 그들은 떠났고, 육중한 문은 빈틈없이 잠겼다.

"등불은 두고 가시오, 친구들." 골드문트가 애원했다.

"안 돼, 네가 그걸로 무슨 나쁜 짓을 할 줄 알고. 그냥 있어. 멍청한 짓 하지 말고. 어차피 등불이 얼마나 오래가겠어? 한 시간이면 꺼질 텐데. 잘 쉬게나."

이제 그는 어둠 속에 홀로 남았다. 의자에 앉아 머리를 탁자에 올려놓았다. 그 자세로는 앉아 있기가 힘들어서, 손목을 묶은 끈이 조여와 아팠지만 그 감각조차 나중에야 깨달았다. 처음에는 그냥 앉아 마치 단두대인 것처럼 탁자에 머리를 올려놓았다. 마음을 짓누르는 일을 몸과 감각으로도 행하려는 충동이 그를 몰아갔다. 벗어날 수 없는 것에 자신을 내맡기고, 죽어야 한다는 사실에 굴복하려는 충동이었다.

그는 영원과도 같은 시간 동안 비탄에 잠겨 몸을 굽히고 앉아서 자신에게 닥친 일을 받아들이고, 들이마시고, 바라보고, 완수해보려고 했다. 지금은 저녁, 밤이 시작되고 있었다. 이 밤이 끝나면 그의 마지막이 올 것이다. 그는 그 사실을 이해하려고 애써보았다. 내일이면 더는 살아 있지 않을 것이다. 교수형을 당해서 그냥 물체가 되고, 몸에 내려앉은 새들에게 살을 쪼아 먹히고, 니클라우스 스승과 같은 처지가 될 것이다. 타버린 오두막의 레네, 사람이 모두 죽어 텅 비어버린 집들과 수레에 가득 실린 시체 무더기에서 보았던 바로 그런 존재가 될 것이다. 그런 운명을 이해하고 받아들이는 게 쉬운 일은 아니었다. 이해하기가 아예 불가능했다. 아직 헤어지지 못하고 작별하지 못한 게 많았다. 이 밤의 시간들은 작별을 위해 주어진 시간이었다.

아름다운 아그네스와 작별해야 했다. 키 큰 그 자태, 옅은 태양색 머리카락을, 서늘한 푸른 눈을 다시는 보지 못할 것이다. 그 눈에서 오만함이 약해지고 떨리는 것을, 향기로운 피부의 그 달콤한 금빛 솜털을 다시는 보지 못할 것이다. 푸른 눈이여 안녕, 촉촉하게 떨리던 입술이여 안녕! 그 입술에 얼마나 더 많이 키스하기를 소망했던가. 오늘 저 언덕 위에서, 늦가을의 햇살 속에서도 얼마나 그녀를 생각하고 그녀의 소리에 귀기울이며 그녀를 그리워했던가! 하지만 또한 언덕, 태양, 흰 구름이 떠가는 푸른 하늘과도 작별해야 했다. 나무들과 숲, 방랑, 하루의 시간들, 계절들과도 작별해야 했다. 어쩌면 마리는 지금도 깨어 있을 것이다. 선량하고 사랑스러운 눈을 가진 마리, 다리를 저는 마리가 부엌에 앉아 졸다 깨다 하며 기다리겠지, 골드문트는 두 번 다시 집으로 돌아오지 못할 텐데.

아, 종이와 스케치 연필, 그리고 그가 아직도 만들고 싶어하는 그 모든 조각상을 향한 희망! 모두 다 가버렸다, 사라져버렸다! 저 사랑스러운 사도 요한, 나르치스와의 재회에 대한 희망도 내려놓아야 한다.

자신의 손과도, 눈과 허기와 갈증과도 작별을 고해야 했다. 음식과도, 사랑과 류트 연주, 잠들고 깨어나는 것, 그 모든 것과도. 아침이면 새가 공중으로 날아가는데, 이제 골드문트는 그 광경을 보지 못하고, 창가에서 소녀가 노래해도 그 노랫소리를 듣지 못할 것이다. 강물이 흐르고, 어두운 색깔 물고기들이 말없이 헤엄치고, 바람이 불어와 낙엽을 땅에 떨구고, 태양이 빛나거나 별이 총총한 하늘이 나타나고, 젊은이들이 춤을 추러 가고, 먼 산에 첫눈이 내릴 것이다—이 모든 일은 계속될 것이다. 모든 나무는 그림자를 옆에 드리우고, 살아 있는 모든 사람은 즐겁거나 슬픈 눈으로 바라보겠지, 개들은 짖고, 마을 외양간에서 소들이 음매 울 것이다. 그가 없어도 이 모든 일은 일어날 것이다. 이제 이 모든 것은 그에게 속하지 않으며, 모든 것에서 그는 떨어져나갔다.

그는 황무지의 아침냄새를 맡았고 새로 담근 달콤한 포도주와 단단한 껍질 속 여린 호두를 맛보았다. 어떤 기억이, 다채로운 온 세상을 반사하는 반짝임 하나가 짓눌린 그의 가슴을 지나가고, 혼란스럽고 아름다운 삶이 가라앉으며 또 작별을 고하면서 한번 더 그의 모든 감각을 통과하며 빛났다. 그는 터질 듯한 아픔으로 무너진 채 눈물이 그치지 않고 흘러나오는 것을 느꼈다. 흐느끼며 그 물결에 자신을 맡겼다. 눈물은 격하게 흐르고, 그는 무너지면서 끝없는 아픔에 자신을 내주었다. 오, 골짜기와 숲이 우거진 산들이여, 초록 오리나무 사이의 시냇물이여, 소녀들이여, 다리 위의 달밤이여, 오, 아름답게 빛나는 그림들의 세계여, 어떻게 너희를 버려두고 떠날까! 그는 위안을 얻지 못한 아이가 되어 탁자 위에 엎드려서 울었다. 곤경에 처한 심장에서 한숨과 탄식이 올라왔다. "오, 어머니, 오, 어머니!"

이 마법의 이름을 부르는 순간 그의 기억 깊은 곳에서 모습 하나가, 어머니의 모습이 응답했다. 사유와 예술가의 꿈속 어머니 모습이 아니라, 자기 어머니의 모습이었다. 수도원 시절 이후 다시는 보지 못한 아름답고 살아 있는 어머니. 어머니를 보고 그는 탄식을 쏟아냈다. 죽어야 한다는 참을 수 없는 이 괴로움을 눈물로 어머니에게 쏟아냈다. 어머니에게 자신을 맡기고, 숲, 태양, 눈目, 손을, 자신의 전체 본질과 삶을 어머니의 손길에 되돌려주었다.

눈물의 한복판에서 그는 잠들었다. 극도의 피로와 잠이 어머니처럼 그를 감싸주었다. 잠들었던 한두 시간은 비참함에서 벗어날 수 있었다.

다시 깨어나자 격한 통증이 몰려들었다. 손목은 묶은 줄이 파고들어 심하게 따끔거렸고, 등과 목에서 찢어질 듯한 통증이 느껴졌다. 간신히 몸을 일으키고 정신을 차리자 다시 지금의 처지가 떠올랐다. 주위는 칠흑 같은 어둠에 휩싸여 있었고 자신이 얼마나 잠들어 있었던 것일까, 앞으로 몇 시간이나 더 살 수 있을까, 알 수 없었다. 어쩌면 바로 다음 순간 그들이 와서 자기를 죽음으로 데려갈 것이다. 그제야 사제가 오기로 되어 있다는 것이 기억났다. 고해성사가 큰 도움이 될 거라고는 믿지 않았다. 가장 완벽하게 사면받고 죄를 용서받는다 한들 정말 자신이 천국으로 갈 수 있는지도 알 수 없었다. 과연 천국이 있는지, 하느님 아버지가 있는지, 심판과 영원이란 게 있는지도 알 수 없었다. 이런 일들에 대해서는 이미 오래전에 확신을 잃었다.

하지만 영원이라는 것이 있든 없든 그는 그것을 열망하지 않았다. 이 불확실하고 덧없는 삶을 원했다. 숨쉬면서 자기 몸안에 그대로 머물러 오로지 살고 싶었다. 벌떡 몸을 일으켜 어둠 속을 비틀거리며 더듬어 벽에 이르자 똑바로 기대서서 궁리하기 시작했다. 분명 살 방법이 있을 것이다! 어쩌면 사제가 구원이 되지 않을까, 어쩌면 그가 자신이 무죄임을 납득하고, 자신을 위해 변호하거나, 처형을 연기하거나 도주하도록 도와주지 않을까? 그는 맹렬히 이 생각을 파고들었다. 설사 소용없는 일이라 해도 포기할 생각은 없었다. 이 게임은 져서는 안 된다. 우선 사제를 자기편으로 만들기 위해 애써야 한다. 사제를 사로잡고 마음을 얻고 설득하고 비위를 맞추기 위해 극단까지 노력할 것이다. 사제는 이 게임에서 자기가 쥔 유일하게 좋은 카드다. 다른 모든 가능성은 환상에 불과했다. 어쨌든 우연과 섭리라는 게 있다. 형리가 끔찍한 복통을 겪을지도 모르고, 교수대가 부러질 수도 있고, 미리 생각하지 못한 도주 가능성이 생길 수도 있다. 어떤 경우든 골드문트는 죽음에 저항했다. 아까는 이런 운명을 인정하고 받아들이려고 공연히 애를 썼지만, 성공하지 못했다. 자신은 저항할 것이고 끝까지 싸울 것이며, 감시병을 함정에 빠뜨리고 형리를 밀쳐 넘어뜨리고, 마지막 순간까지 목숨을 구하려고 마지막 피 한 방울까지 쥐어짜내 저항할 것이다. —오, 사제가 자기 손을 풀게 할 수만 있다면! 그럼 이긴 게임이나 다름없는데.

그러면서 그는 통증은 아랑곳하지 않고 이로 줄을 끊어내려고 애썼다. 오랫동안 미친듯이 물어뜯은 덕분에 줄이 조금 느슨해진 느낌이었다. 숨을 헐떡이며 캄캄한 감방에 서 있는데 부어오른 팔과 손이 몹시 아팠다. 다시 숨을 돌리고는 벽을 따라 더듬어 한 걸음 한 걸음 나아가며 축축한 지하실 벽에 튀어나온 모서리가 있는지 탐색했다. 지하 감옥으로 오는 길에 계단에서 비틀거렸던 게 기억났다. 그 계단을 찾아냈다. 무릎을 꿇고서 손을 묶은 줄을 돌계단 모서리에 대고 문질러보려 했다. 힘든 일이었다. 번번이 줄 대신 손목뼈가 돌에 부딪혀 타는 듯한 통증을 맛보고 피가 흐르는 것을 느꼈다. 하지만 그만두지 않았다. 문과 문지방 사이로 한줄기 희미한 새벽빛이 보일 때 마침내 해냈다. 줄을 갈아내어 풀고 두 손이 자유로워진 것이다! 하지만 그러고 나자 손가락조차 제대로 움직일 수 없었다. 두 손은 부어올라 감각이 없고 팔은 어깨까지 뻣뻣하게 마비되었다. 팔을 억지로라도 움직여 피가 통하게 해야 했다. 방금 좋은 계획이 생각났기 때문이다.

사제를 설득하는 데 실패한다 해도, 아주 잠깐 단둘이 있기만 한다면 그를 때려죽여야 한다. 의자 하나면 될 것이다. 그의 목을 조를 수는 없었다. 그러기에는 손과 팔의 힘이 충분치 못했다. 그러니까 놈을 때려죽여야 한다. 그런 다음 재빨리 사제복을 벗겨서 자기가 입어야지! 다른 사람들이 맞아죽은 자를 찾아내기 전에 자기는 성을 빠져나가 뛰고 또 뛰어야 한다! 마리가 자기를 맞아들여 숨겨줄 것이다. 그 방법을 써봐야지. 가능성이 있는 일이었다.

골드문트는 평생 이 시간처럼 간절히 아침 여명을 관찰하고 고대하고 갈망하면서 동시에 두려워한 적이 없었다. 긴장과 결연함으로 전율하며 사냥꾼의 눈길로 가녀린 빛줄기가 지하실 문의 아래쪽 틈에서 천천히 차츰 밝아지는 것을 주시했다. 탁자로 다시 돌아가서 자기를 묶은 줄이 없다는 것을 사람들이 얼른 눈치채지 못하게 두 손을 무릎 사이에 넣고 의자에 웅크려 앉는 법을 연습했다. 두 손이 자유로워진 뒤로 그는 죽음을 믿지 않았다. 빠져나가기로 굳게 결심했고, 온 세상이 부서지더라도 그렇게 할 것이다. 무슨 대가를 치르더라도 살기로 결심했다. 자유와 삶을 향한 열망으로 코가 바르르 떨렸다. 그리고 누가 알겠는가, 어쩌면 바깥에서도 누군가 자신을 도울지? 아그네스는 여자이고 권력도 크지 않으며 아마 용기도 없을 것이다. 그녀가 자기를 포기했을 수도 있다. 하지만 그녀는 자기를 사랑하니 어쩌면 뭔가 할지도 모른다. 어쩌면 바깥에서 몸종 베르타가 움직일지도 모르고—그녀가 믿을 수 있다고 말했던 마구간 시종도 있지 않은가? 아무도 나타나지 않고 어떤 조짐도 보이지 않는다면, 그는 자신의 계획을 실행할 것이다. 그게 실패하면 의자로 감시병들을 때려눕힐 것이다, 둘이든 셋이든 몇 명이 되든. 한 가지 이점만은 확실했다. 자신의 눈은 이 어두운 공간에 익숙해져 어둠 속에서도 모든 형태와 크기를 알아보지만, 다른 이들은 처음 이곳에 발을 들이는 순간 눈이 먼 거나 다름없다는 것.

열에 들떠 그는 탁자 앞에 앉은 채 시제를 조력자로 만들려면 무슨 말을 해야 할지 골똘히 생각했다. 그렇게 시작해야 했기 때문이다. 동시에 저 문틈의 빛줄기가 차츰 밝아지는 것도 탐욕스럽게 관찰했다. 몇 시간 전에는 그토록 두려워했던 그 순간을 지금은 열렬히 갈망하며 더는 기다릴 수 없을 지경이었다. 끔찍한 긴장감을 더이상 참기 어려웠다. 자신의 힘, 주의력, 결의, 각성도 차츰 줄어들 게 분명했다. 이런 긴장된 각오, 결연한 구원의 의지가 생생하게 살아 있는 동안 감시병들이 얼른 사제를 데려와야 했다.

마침내 바깥세상이 깨어났고, 마침내 적이 가까이 다가왔다. 뜰의 포석 위로 발소리가 울리더니 누군가 열쇠를 끼워 돌렸다. 쥐죽은듯한 정적이 길게 이어진 뒤의 이런 소리는 하나하나가 천둥처럼 울렸다.

천천히 무거운 문이 조금씩 열리며 돌쩌귀가 날카로운 소리를 냈다. 사제 하나가 동반자도 감시병도 없이 들어왔다. 그가 홀로 촛불 두 개가 켜진 촛대만 들고 안으로 들어온 것이다. 모든 것은 죄수가 생각하던 것과 달랐다.

그리고 얼마나 이상하고 감동적이었던가. 사제의 뒤에서 보이지 않는 손이 문을 다시 닫았고 안으로 들어선 사제는 그가 너무나 잘 아는 마리아브론 수도원의 수도복을 입고 있었다. 그 옛날 다니엘 원장과 안젤름 신부, 마르틴 신부가 입고 있던 바로 그 옷이었다!

그 모습이 가슴에 기묘한 충격을 주어서 그는 눈을 돌려야 했다. 이 수도원복의 등장은 아마도 호의적인 약속일 것이다. 좋은 조짐일 것이다. 그런데도 살인 말고 다른 탈출구는 없을 것이다. 그는 이를 악다물었다. 이 수도회 수사를 죽이는 것은 자신에게 몹시 힘든 일이 될 테니까.

# 제17장

"예수 그리스도여 찬양받으소서." 신부가 그렇게 말하면서 촛대를 탁자에 내려놓았다. 골드문트는 눈을 내리깔고 웅얼웅얼 대답했다.

사제는 침묵했다. 그가 가만히 서서 침묵을 지키자 불안해진 골드문트는 고개를 들어 앞에 서 있는 사제를 탐색하듯 보았다.

당혹스럽게도 이 사제가 단순히 마리아브론의 신부복만 입고 있는 게 아니라 수도원장의 표지도 달고 있는 것이 눈에 들어왔다.

비로소 골드문트는 수도원장의 얼굴을 바라보았다. 아주 얇은 입술과 단호하고 명료한 윤곽의 야윈 얼굴을. 그가 아는 얼굴이었다. 마법에 걸린 사람처럼 골드문트는 정신과 의지로 만들어진 듯 보이는 이 얼굴을 들여다보았다. 확신이 없는 손을 뻗어 촛대를 들어올리고, 낯선 이의 눈을 보기 위해 그 얼굴 가까이에 가져갔다. 그리고 그 눈을 보았다. 그가 촛대를 내려놓는데, 손안의 촛대가 바르르 떨렸다.

"나르치스!" 그는 들릴 듯 말 듯 속삭였다. 주위의 모든 것이 빙빙 돌기 시작했다.

"그래, 골드문트. 옛날에는 나르치스였지만, 벌써 오래전에 그 이름을 버렸다네. 자네는 잊었겠지. 서품을 받은 뒤로 내 이름은 요하네스야."

골드문트는 가슴속까지 떨렸다. 갑자기 온 세상이 변했다. 초인적인 힘을 발휘하던 긴장이 갑자기 풀리면서 질식할 것만 같았다. 몸이 떨리고 현기증 때문에 머리가 텅 빈 주머니처럼 느껴졌다. 위장이 오그라들었다. 흐느낌이 터질 것처럼 눈 뒤쪽이 따끔거렸다. 흐느끼며 눈물범벅이 되어 정신을 잃는 것—그것이 바로 이 순간 그가 간절히 바라는 것이었다.

하지만 나르치스의 모습을 통해 불려나온 젊은 날의 추억 깊은 곳에서 경고 하나가 떠올랐다. 소년 시절, 자신은 이 아름답고 엄격한 얼굴 앞에서, 모든 것을 아는 이 검은 눈 앞에서 울면서 쓰러졌었다. 다시는 그러면 안 된다. 생애에서 가장 경이로운 이 순간, 유령처럼 나르치스가 다시 나타났다. 아마도 자기 목숨을 구해주러 왔을 것이다—그런데 다시 그의 앞에서 울음을 터뜨리거나 기절하면 되겠는가? 아니, 아니, 아니다. 그는 견뎠다. 심장을 통제하고, 위장에 강제력을 행사하고, 머릿속에서 어지럼증을 몰아냈다. 이제 어떤 약점도 보여서는 안 된다.

그는 일부러 통제한 목소리로 말했다. "그래도 나르치스라고 부르는 걸 허락해줘."

"그럼 그렇게 부르게, 사랑하는 친구여. 그런데 나와 악수도 하지 않을 건가?"

골드문트는 다시 마음을 가다듬었다. 그 옛날 학창 시절 이따금 그랬듯, 소년 같은 반항심에 가볍게 비웃는 말투로 대답했다.

"미안해, 나르치스." 그는 싸늘하고 약간 거만하게 말했다. "당신은 원장이 됐군. 하지만 난 여전히 그냥 떠돌이야. 게다가 내가 아무리 바라던 것이라도 우리 대화가 그리 길어질 순 없어. 왜냐하면 이봐, 나르치스, 나는 교수형을 선고받았고, 한 시간 후나 그전에 형이 집행될 테니까. 상황을 분명히 하려고 이 말을 하는 거야. 단지 그뿐이야."

나르치스의 얼굴에는 아무 변화도 없었다. 친구의 약간은 소년 같고, 약간은 으스대는 모습이 퍽 재미있는 동시에 감동을 주었다. 하지만 그 뒤에 감추어진, 골드문트가 울면서 자기 품에 쓰러지는 것을 가로막는 자존심을 그는 마음속 깊이 이해하고 인정했다. 물론 그 또한 다른 방식의 재회를 상상했었지만, 이제는 이 작은 코미디를 기꺼이 받아들였다. 골드문트는 다른 무엇으로도 이보다 더 빨리 나르치스의 마음을 얻을 수는 없었을 것이다.

"그렇군." 그도 마찬가지로 무심한 사람처럼 말했다. "그런데 그 교수형 관련해서는 안심해도 될 거 같네. 자네는 사면받았거든. 이 말을 전하고 자네를 데려가는 것이 내 임무지. 자넨 이 도시에 머물 수 없어. 그러니까 우린 이런저런 이야기를 나눌 시간이 충분할 거야. 그러니 이제는 나와 악수를 나누지 않겠나?"

그들은 서로 손을 내밀어 붙잡고 오랫동안 꽉 누르며 깊이 마음이 움직이는 것을 느꼈다. 그런데도 말을 할 때는 쌀쌀맞은 코미디를 한동안 더 이어갔다.

"그래, 나르치스, 그렇다면 이제 별로 명예롭지 못한 이 피난처를 떠나야겠네. 나는 당신 일행을 따라가는 거고. 마리아브론으로 돌아가는 건가? 정말? 잘됐네. 어떻게 가지? 말을 타고? 정말 잘됐어. 내가 탈 말을 구하는 게 문제겠지만."

"구할 수 있을 걸세, 아미체. 두 시간 뒤엔 벌써 출발해 있을 거야. 오, 자네 손이 이게 뭔가! 맙소사, 상처에 부어오르고 피투성이잖나! 오 골드문트, 도대체 그들이 무슨 짓을 한 건가!"

"괜찮아, 나르치스. 내가 그런 거니까. 손이 묶여 있어 풀어야 했거든. 쉽지는 않았지만. 어쨌든 수행원도 없이 혼자 오다니 당신 정말 대담하군."

"그게 왜 대담하다는 거지? 위험할 게 없는데."

"아, 나한테 맞아죽는 게 뭐 큰 위험은 아니겠지. 원래 그럴 계획이었거든. 사제가 하나 올 거라는 말을 들었어. 그래서 나는 사제를 죽이고 그 옷을 빼앗아 입고 도망칠 셈이었어. 멋진 계획이었지."

"죽고 싶지 않았다는 말인가? 거기 맞서 저항할 셈이었다고?"

"물론. 그 사제가 당신일 거라곤 상상도 못했지만."

"그래도," 나르치스가 주저하며 말했다. "매우 고약한 계획이군. 고해신부 자격으로 온 사제를 자네가 정말로 죽일 수 있었을까?"

"그 사제가 당신이라면, 나르치스, 못해. 당연히 못하지. 마리아브론 수도복을 입은 당신 동료 신부들 중 하나라도 못할 거고. 하지만 상관없는 다른 사제였다면 했을 거야, 아 그래, 믿어도 좋아."

갑자기 그의 목소리가 슬프고 우울해졌다.

"그랬다 해도 내가 처음으로 죽인 사람도 아닐 테니까."

그들은 침묵했다. 두 사람 모두 고통스러웠다.

"좋아. 이 일에 대해서는," 나르치스가 담담한 목소리로 말했다. "나중에 이야기하지. 원한다면 내게 고해를 해도 되고. 아니면 그냥 자네가 살아온 이야기를 해도 되고. 나도 자네에게 할 이야기가 있거든. 기대되는군. —이제 그만 갈까?"

"잠깐, 나르치스! 무슨 생각이 났어. 한동안 나도 당신을 요하네스라고 불렀다는 거 말이야."

"무슨 소린지 모르겠군."

"그래, 물론 모르겠지. 당신은 아무것도 몰라. 몇 년 전 나는 당신에게 요하네스라는 이름을 붙였고, 그 이름은 영원히 그대로 남을 거야. 한동안 나는 조각가가 되어 인물상을 조각했어. 앞으로도 그 일을 할 생각이고. 그때 내가 만든 최고의 조각상은 나무로 깎은 실물 크기의 젊은이인데 바로 당신 모습이었어. 하지만 나르치스가 아니라 요하네스라는 이름이었지, 십자가 아래의 사도 요한."

그는 일어나서 문으로 향했다.

"그러니까 자넨 내 생각을 했던 거군?" 나르치스가 낮은 목소리로 물었다.

골드문트 역시 낮은 목소리로 대답했다. "오, 그럼, 나르치스, 당신 생각을 했지. 언제나, 언제나."

그는 육중한 문을 힘껏 열어젖혔다. 희미한 아침햇살이 안으로 비쳐 들었다. 그들은 더이상 아무 말도 하지 않았다. 나르치스는 자신이 묵는 손님방으로 골드문트를 데려갔다. 나르치스를 수행한 젊은 수도사가 그곳에서 짐을 싸느라 분주했다. 골드문트는 식사를 한 후 두 손을 깨끗이 씻고 붕대를 감았다. 곧이어 말들이 끌려왔다.

말에 올라타며 골드문트가 말했다. "부탁이 있어. 생선시장에 잠깐 들렀다 가. 그곳에 볼일이 있어."

그들은 말을 타고 출발했다. 골드문트는 혹시 어딘가에서 아그네스를 볼 수 있을까 하는 마음에 성의 창문들을 모두 살펴보았다. 그녀는 보이지 않았다. 그들은 생선시장에 들렀다. 마리는 몹시 그를 걱정하고 있었다. 그는 마리와 그 부모에게 작별을 고하며 셀 수 없이 감사인사를 한 다음 언젠가 다시 오기로 약속하고 떠났다. 마리는 말을 탄 사람들이 보이지 않을 때까지 문 아래 서 있었다. 그런 다음 절룩이며 천천히 집안으로 들어갔다.

그들은 모두 네 명이었다. 나르치스, 골드문트, 젊은 수도사, 무장한 마구간 시종이었다.

"내 말 블레스를 아직 기억해?" 골드문트가 물었다. "수도원 마구간에 있었는데."

"물론이지. 기대하지도 않았겠지만, 만날 수는 없다네. 녀석을 보낸 지 벌써 칠, 팔 년이 지났어."

"당신이 녀석을 기억하다니!"

"물론, 기억하지."

골드문트는 블레스의 죽음이 슬프지 않았다. 그저 나르치스가 블레스에 대해 그렇게 잘 안다는 게 기뻤다. 원래 동물을 보살핀 적이 없고 수도원에 있는 다른 말의 이름은 분명 알지도 못할 사람이기 때문이다. 그래서 몹시 기뻤다. "나를 비웃어도 좋아." 그는 다시 말을 시작했다. "수도원의 다른 이들에 대한 안부가 아니라 말의 안부를 제일 먼

저 물었으니 그게 잘한 일은 아니지. 다른 것을 물을 생각이었는데. 특히 다니엘 원장님에 대해서. 하지만 그분이 돌아가셨을 거라 생각했어. 당신이 그분의 후계자가 되었고. 그리고 처음부터 죽음에 대한 이야기로 시작하는 건 피하고 싶었어. 지금은 죽음에 대한 이야기는 입에 올리지 않는 게 좋겠어. 지난밤 일, 그리고 한동안 지긋지긋하게 겪은 페스트 때문이라도 말이야. 하지만 그 이야기가 나왔으니 한 번은 해야겠지. 그러니 다니엘 원장님이 언제 어떻게 돌아가셨는지 말해줘. 나는 그분을 몹시 존경했거든. 또 안젤름 신부님과 마르틴 신부님은 아직 살아 계신지도. 나쁜 일에는 이미 각오가 되어 있어. 하지만 적어도 페스트가 당신을 피해간 것은 정말 다행이야. 당신이 죽었을 거라곤 한 번도 생각해본 적 없어. 우리가 다시 만날 거라고 굳게 믿었거든. 하지만 유감스럽게도 나는 믿음 또한 우리를 기만할 수 있다는 걸 경험했어. 목조각가인 스승 니클라우스 역시 돌아가셨을 거라곤 상상도 못했는데. 그분을 다시 만나 그분 곁에서 일할 거라고 확신하고 있었지. 하지만 내가 갔을 때 그분은 이미 돌아가시고 없었어."

"짧게 이야기해보지." 나르치스가 말했다. "다니엘 원장님은 팔 년 전 병이나 고통을 겪지 않고 돌아가셨네. 나는 그분의 후임이 아니고, 원장이 된 건 불과 일 년 전이야. 옛날에 우리의 교장 선생님이던 마르틴 신부님이 후임이 되었지. 그분은 작년에 일흔이 안 되어 돌아가셨고. 안젤름 신부님도 이미 가셨고. 그분은 자넬 매우 아껴서 자주 이야기를 하셨지. 마지막에는 전혀 걷지 못했는데 누워 있는 일이 큰 고통이었지. 수종으로 돌아가셨네. 그래, 우리 수도원에도 페스트가 덮쳤고 많은 사람이 죽었어. 더는 그 이야기는 하지 말자! 아직도 물어볼 말이 더 있니?"

"물론, 아주 많아. 무엇보다 당신이 어떻게 이곳으로, 태수를 보러 온 거지?"

"이야기가 길어. 자넨 지루해할걸, 정치 이야기니까. 백작은 황제의 총애를 받고 있고, 많은 일에서 황제의 전권을 위임받았어. 지금 황제와 우리 수도회 사이에 중재할 일이 좀 있어. 수도회는 백작과 협상할 사절단으로 나를 지명한 거야. 하지만 결실은 별로 없었고."

그는 침묵했고, 골드문트는 더 묻지 않았다. 어제저녁 나르치스가 백작에게 골드문트의 목숨을 살려달라고 부탁하면서, 저 냉혹한 백작에게 몇 가지를 양보하지 않을 수 없었다는 말을 꼭 들을 필요는 없었다.

그들은 말을 타고 달렸다. 골드문트는 금세 피곤해져서 안장에 앉아 있기도 힘들었다.

한참 후 나르치스가 물었다. "도둑질하다 붙잡혔다는 게 사실인가? 백작 말로는 자네가 성안 방에 숨어들어 물건을 훔쳤다던데."

골드문트는 웃음을 터뜨렸다. "그냥 겉으로만 도둑인 척한 거야. 백작의 애인과 만났거든. 물론 그도 알고 있었고. 그런데도 나를 보내주다니 정말 놀라워."

"그야 말이 통하는 사람이니까."

그날 그들은 원래 계획했던 것만큼 이동하지 못했다. 골드문트가 너무 지쳤고, 두 손이 더는 고삐를 쥘 수 없었기 때문이다. 그들은 한 마을에서 숙소를 구했다. 그는 침대에 누웠고, 미열이 있어 이튿날도 그곳에 머물렀다. 그러고 나서야 다시 말을 타고 여행을 계속할 수 있었다. 손은 곧 다시 좋아졌고, 그는 말을 타고 하는 여행을 즐기기 시작했다. 얼마 만에 타는 말인가! 그는 기운을 되찾았고, 젊음과 생기로 넘쳤다. 마구간 시종과 경주를 벌이기도 했고, 친구 나르치스에게 끝없이 질문을 퍼부었다. 나르치스는 차분하면서도 기쁜 마음으로 응했다. 그는 다시 골드문트에게 매료되었고, 친구의 충동적이고 아이 같은 질문을 사랑했다. 골드문트의 질문에는 나르치스의 정신과 통찰력에 대한 무한한 신뢰가 담겨 있었다.

"질문이 하나 있어, 나르치스. 당신들도 유대인을 불태워 죽였나?"

"유대인을 불태워 죽인다고? 우리가 왜 그런 일을 하지? 우리 지역에는 유대인도 없어."

"맞아. 하지만 말해줘. 당신이라면 유대인을 불태워 죽일 수 있을까? 그런 일을 생각이라도 할 수 있을까?"

"아니, 내가 왜 그래야 하지? 내가 광신자라고 생각하는 건가?"

"오해하지 마, 나르치스! 내 말은, 그러니까 당신이 유대인을 죽이라는 명령을 내리든가, 혹은 그런 일에 동의한다는 걸 생각할 수 있느냐는 거야. 많은 공작, 시장, 주교와 권력을 가진 다른 사람들이 그런 명령을 내렸으니까."

"나는 그런 명령을 내리지 않을 거다. 하지만 그런 잔인무도한 일을 보거나 참아야 하는 경우는 있을 수 있겠지."

"그러니까 그런 상황을 참을 거라는 거야?"

"그렇겠지. 내게 그걸 막을 힘이 주어지지 않는다면. —유대인 화형 장면을 본 거로군, 골드문트?"

"아, 그래."

"그래서 자네는 그걸 막았나? —아니라고? —그것 봐."

골드문트는 레베카 이야기를 자세하게 들려주었다. 그러면서 마음이 뜨거워지고 격양되었다.

"그렇다면," 그는 격해져서 말했다. "대체 우리는 어떤 세상에 살고 있는 거지? 이게 지옥 아닌가? 정말 터무니없고 혐오스러운 일 아닌가?"

"맞아. 세상은 바로 그렇다네."

"그렇다고!" 골드문트가 화가 나서 외쳤다. "옛날에는 그렇게 자주 이 세상은 신성하다고, 행성 궤도들이 큰 조화를 이루는 한가운데 창조주가 있다고, 그리고 존재하는 것은 좋다, 아리스토텔레스나 성 토마스의 글에 그런 게 나와 있다고 말했잖아. 이런 모순된 주장에 대한 설명이 듣고 싶은데."

나르치스가 웃었다.

"자네 기억력은 정말 놀랍군. 하지만 좀 잘못 알고 있어. 나는 언제나 창조주를 완벽한 존재로 경외한다고 했지, 창조가 그렇다곤 안 했어. 나는 세상에 악이 있다는 걸 절대로 부인한 적이 없다. 진정한 사색가라면 지상의 삶이 조화를 이루고 있고 공정하다고, 인간이 선하다고 주장할 수는 없다네, 친구여. 성서에도 인간의 마음이 꾸며내거나 지향하는 것이 악하다고 분명하게 나와 있어. 우린 매일 그걸 확인하고."

"아주 좋아. 당신네 학자들이 무슨 말을 하는 건지 이제야 알겠어. 그렇다면 인간은 악하다는 것, 지상의 삶은 비열함과 야비함으로 가득하다는 걸 당신들도 인정한다는 거군. 하지만 그 뒤 어딘가에는, 그러니까 당신들의 사상과 교과서에는 공정함과 완벽함이 있다, 그런 게 존재한다, 증명할 수도 있다, 다만 그걸 실제로 활용하지는 못한다, 이런 거네."

"자네는 우리 같은 신학자들에게 원한이 많군, 사랑하는 친구여! 자네는 아직도 사상가는 아니야, 모든 것을 뒤죽박죽 섞어버리니. 몇 가지 더 배워야겠어. 어째서 우리가 공정함이라는 이념을 전혀 활용하지 않는다는 거지? 매일 매시간 우리는 활용하고 있어. 예를 들면 나는 수도원장으로서 한 수도원을 이끌고 있네. 이 수도원도 바깥세상이나 마찬가지로 완벽하거나 죄가 없다고는 할 수 없어. 그럼에도 우리는 끊임없이 원죄에 맞서 공정함의 이념을 세우고 우리의 불완전한 삶을 거기에 견주어보고 악을 교정하려 하고 계속해서 우리 삶을 신과의 관계 속에 두려고 노력하지."

"오, 나르치스. 당신을 두고 한 말이 아니야. 당신이 좋은 원장이 아니라고 말하려는 것도 아니고. 난 레베카를 생각하는 거야. 불타죽은 유대인들, 거대한 시신 구덩이들, 수많은 이의 죽음, 그리고 페스트로 죽은 시신들이 풍기는 악취로 뒤덮인 골목길들과 방들, 이 모든 끔찍한 재앙, 부모를 잃고 홀로 남겨진 아이들, 목줄에 묶인 채 굶어죽은 농가의 개들—이 모든 걸 생각하고 이런 모습들을 눈앞에 떠올릴 때마다 가슴이 얼마나 아픈지. 우리의 어머니들은 우리를 희망도 없는 이 잔인하고 악마 같은 세상에 낳아준 거라는 생각이 들어. 그들이 우리를 낳지 않았더라면, 신이 이런 끔찍한 세상을 만들지 않았더라면, 구세주가 이런 세상을 위해 공연히 십자가에 매달리지 않았더라면 더 좋았을 거야."

나르치스는 친구에게 다정하게 고개를 끄덕였다.

"자네 말이 맞아." 그는 따스하게 말했다. "다 털어놓게. 나한테 전부

말해. 하지만 한 가지, 자네는 크게 착각하고 있어. 방금 자네가 말한 것이 사유라고 여기겠지만 그건 감정이야! 삶의 공포가 만들어낸 한 사람의 감정. 이런 슬프고 절망적인 감정의 반대편에는 전혀 다른 감정들이 자리한다는 걸 잊지 말게! 말을 타면서 기분이 상쾌해지고, 풍경이 아름다운 지역을 통과해 달릴 때면, 또는 경박하게도 저녁때 성으로 숨어들어가 백작 애인의 마음을 사려고 할 때면 세상이 전혀 다르게 보일 텐데. 페스트에 파괴당한 모든 집과 불에 탄 모든 유대인도 자네가 쾌락을 좇는 걸 막지 못할 거고. 안 그런가?"

"맞아. 세상이 죽음과 공포로 가득차 있으니 나는 언제나 내 마음을 위로하려 하고, 이 지옥 한가운데 피어나 있는 아름다운 꽃들을 꺾으려 하는 거지. 나는 쾌락을 느끼고, 한동안은 그 공포를 잊어버려. 그렇다고 해도 그 공포가 줄어드는 건 아니지."

"아주 잘 요약했어. 그러니까 너는 죽음과 공포에 에워싸여 있고, 거기서 쾌락으로 도망친다는 거군. 하지만 쾌락은 지속되지 않아. 자네를 도로 황무지로 내보낼 뿐."

"그래, 맞아."

"대부분의 사람들이 그렇게 느끼네. 다만 자네처럼 강렬하게 느끼는 사람이 드물 뿐. 그리고 이런 느낌들을 인지하려는 욕구를 느끼는 사람도 적고. 말해보게. 이렇게 쾌락과 공포 사이를 필사적으로 오가는 것, 삶의 쾌락과 죽음의 감정 사이에서 그네를 타는 것—이것 말고 다른 길을 시험해본 적은 없나?"

"물론 있지. 예술로 시도해봤어. 예술가로 지낸 적이 있다고 말했지. 내가 세상에 나와 여기저기 떠돌아다니며 삼 년 정도 보냈을 때야. 어느 날 한 수도원 교회에서 나무로 만든 성모상을 봤어. 너무나 아름다운 그 모습에 사로잡혀 그걸 만든 예술가에 대해 물어물어 찾아갔지. 그는 이름난 마이스터였고, 나는 그의 제자가 되어 여러 해 동안 그의 곁에서 일했어."

"나중에 그 이야기를 더 해다오. 그래서 예술이 자네에게 가져다준 것, 자네에게 의미하는 것은 뭐지?"

"무상함의 극복이었어. 인간의 삶이라는 바보짓과 죽음의 춤에서 남은 무엇, 더 오래 견디는 것이 예술작품이라고 여겼어. 물론 그것도 언젠가는 사라지겠지, 불타거나 망가지거나 파괴되어서. 하지만 어쨌든 인간의 삶보다는 훨씬 오래 지속되니 찰나의 순간 너머에 형태들과 성소聖所들의 고요한 왕국을 세우는 거지. 거기 함께 참여하는 것이 내게는 행복하고 위안이 됐어. 그건 덧없는 것을 영원에 가까운 것으로 만들어주니까."

"정말 멋진 일이군, 골드문트. 자네가 앞으로도 아름다운 작품들을 더 많이 만들기를 바라네. 자네의 능력에 대한 나의 신뢰가 크니, 자네가 마리아브론에서 오래도록 내 손님으로 머물면 좋겠네. 그리고 내가 자네를 위해 작업장을 짓도록 허락해주면 좋겠어. 우리 수도원에는 오랫동안 예술가가 없었거든. 그런데 내 생각에 자네의 그런 규정만으로는 아직 예술의 경이로움을 끝까지 다 설명했다고 할 수 없을 것 같아. 나는 예술이 단순히 돌이나 나무, 또는 색채를 통해, 지금은 존재하지만 곧 사라질 것을 죽음에서 구해내 더 오래 지속하도록 해주는 것만은 아니라고 생각하네. 나는 많은 예술작품을 보았고 많은 성인상과 성모상을 보았지만, 그 작품들이 언젠가 살았던 어떤 개인들을 충실하게 복제한 것이라고는, 예술가가 그들의 형태나 색깔을 보존한 것이라고는 생각하지 않아."

"당신 말이 맞아." 골드문트가 열광적으로 외쳤다. "나는 당신이 예술에 대해 이렇게 잘 알고 있을 줄은 생각 못했어. 좋은 예술작품의 근원 형태가 진짜로 살아 있는 형태인 것은 아니지. 비록 살아 있는 형태가 계기가 될 수는 있어도. 그 근원 형태는 살과 피가 아니라 정신적인 거야. 예술가의 영혼 안에 있는 어떤 이미지인 거지. 나르치스, 내 안에도 그런 이미지들이 살아 있어. 언젠가 그걸 구현해내 당신에게도 보여주고 싶어."

"정말 멋지군! 사랑하는 형제여, 이제 자네는 알지 못하는 사이 철학 한가운데로 들어와 그 비밀 하나를 밝혀낸 거야."

"나를 놀리는군."

"오, 아니. 자네는 '근원 형태'를 이야기했어. 창조하는 정신 속 말고는 그 어디에도 존재하지 않지만 물질로 실현해 눈에 보이게 만들 수 있는 그 이미지들을 말일세. 눈에 보이는 예술 형태로 현실성을 얻기 오래전부터 그것이 예술가의 영혼 안에 이미지로 존재한다면서! 이 이미지, 이 '근원 형태'는 옛 철학자들이 '이데아'라고 부른 것과 똑같은 것이네."

"그래, 아주 그럴듯해."

"자네는 이데아와 근원 형태를 인정함으로써 정신의 세계, 우리 철학자와 신학자의 세계로 들어온 거라네. 혼란스럽고 고통스러운 삶의 전쟁터 한가운데, 육체를 가진 존재가 겪는 끝도 없고 의미도 없는 죽음의 춤 한복판에 창조하는 정신이 존재한다는 것을 인정한 거야. 자네가 소년 시절 내게 온 뒤로 줄곧 나는 자네 안에 있는 이 정신을 상대했어. 자네의 경우 이 정신은 사색가의 정신이 아니라 예술가의 정신이지. 하지만 그것은 정신이고, 그 정신이 감각세계의 흐릿한 혼돈에서, 쾌락과 절망 사이를 오가는 영원한 그네 타기에서 벗어나는 길을 자네한테 보여줄 거야. 아, 사랑하는 형제여, 자네에게서 이런 고백을 듣다니 행복하네. 나는 줄곧 그것을 기다렸다네—자네가 교사 나르치스를 떠나 자네 자신이 될 용기를 찾아낸 후로 줄곧 말이야. 이제 우리는 새롭게 친구가 될 수 있겠군."

이 순간 골드문트는 자신의 삶이 의미를 얻었다고 느꼈다. 마치 위에서 내려다보는 듯, 자신의 세 단계가 뚜렷이 보였다. 나르치스에게 의존하던 단계, 거기서 분리된 단계—자유와 방랑의 시기—그리고 돌아옴과 성찰, 성숙과 결실이 시작되는 단계.

이 환상은 다시 사라졌다. 하지만 그는 이제 나르치스와의 관계를 찾아낸 것이다. 이제는 의존하는 것이 아니라 자유롭고 상호적인 관계였다. 이제야 이토록 탁월한 정신의 소유자 곁에서 아무 굴욕감 없이 그의 손님이 될 수 있었다. 상대방이 자신을 대등한 사람, 창작자로 인정해주었기 때문이다. 이번 여행을 하는 동안 그는 나르치스에게 자신을 내보이고, 작품으로 자기 내면의 세계를 보여줄 수 있기를 점점 고대하게 되었다. 하지만 이따금 의구심에 사로잡히기도 했다.

"나르치스." 그는 경고했다. "당신이 어떤 사람을 수도원으로 데려가는지 모를까봐 겁나. 나는 수도사도 아니고, 수도사가 될 생각도 없어. 수도사의 세 가지 맹세를 잘 알고 있기는 해. 청빈은 기꺼이 받아들이겠지만 순결도 복종도 좋아하지 않아. 이런 미덕들이 남자답게 여겨지지도 않고. 경건함은 조금도 남아 있지 않아. 고해나 기도를 한 지도 오래되었고, 영성체도 하지 않았어."

나르치스는 침착했다. "이교도가 된 모양이군. 하지만 우리는 그런 게 두렵지 않아. 자네도 수많은 죄를 지었다고 자랑스러워할 건 없고. 자넨 그저 보통의 세속적인 삶을 살아온 거야, 탕자처럼 돼지들을 키운 거고, 법과 질서를 잊어버렸을 뿐이야. 자넨 어차피 형편없는 수도사가 되었을 걸세. 나는 자네더러 수도회에 들어오라고 초대하는 게 아니야. 그냥 우리 손님이 되어서 수도원에 작업장을 두라는 거지. 한 가지 더 있어. 잊지 말게, 우리가 젊었던 그때 자네를 일깨워 세속의 삶으로 내보낸 게 나였다는 걸. 자네는 잘될 수도 잘못될 수도 있었는데, 그에 대해선 자네 다음으로 내게도 책임이 있어. 나는 자네가 어떤 사람이 되었는지 보고 싶다네. 자네는 말로, 삶으로, 작품으로 보여주겠지. 그걸 내가 보고 나서 우리 수도원이 자네에게 어울리는 장소가 아니라는 생각이 든다면, 내가 먼저 자네에게 다시 떠나달라고 청하게 될 거야."

골드문트는 친구가 그렇게 말할 때마다 경탄했다. 차분한 확신을 지닌 수도원장의 태도로 속인과 세속의 삶을 넌지시 비웃을 때면 나르치스가 어떤 사람이 되었는지 분명히 볼 수 있었다. 그는 남자가 된 것이다. 정신의 사람, 교회의 사람으로 섬세한 손과 학자의 얼굴을 가지고 있지만, 확신과 용기를 지닌 남자, 책임을 짊어진 지도자였다. 이 남자 나르치스는 더는 예전의 젊은이가 아니고, 또한 부드럽고 내성적인 사도 요한도 아니었다. 골드문트는 이 새로운 나르치스를, 남자답고 기사다운 이 나르치스를 자기 손으로 묘사하고 싶었다. 많은 인물상이 자기를 기다리고 있었다. 나르치스, 다니엘 원장, 안젤름 신부, 니클라우스 스승, 아름다운 레베카, 아름다운 아그네스, 그리고 다른 많은 이들, 친구들과 적들, 살아 있는 자들과 죽은 자들이. 아니, 그는 수도사가 될 마음은 없었다. 신앙인도, 학자도 될 생각이 없었다. 오직 작품을 만들고 싶었다. 젊은 시절의 고향이 이제 이 작품들의 고향이 될 거라는 생각에 그는 행복했다.

그들은 서늘한 늦가을 공기를 뚫고 말을 달렸다. 새벽이면 헐벗은 나무들에 온통 두껍게 서리가 매달리던 어느 날, 그들은 불그레한 늪지대가 물결치듯 자리잡은 너른 땅을 달렸다. 길게 이어지는 언덕의 능선들이 이상하게도 기억을 일깨우며 낯익어 보였다. 그리고 키 큰 물푸레나무숲과 개울과 낡은 곡물창고가 나타났다. 그 모습을 보자 골드문트의 심장은 즐거운 불안감 속에 아파오기 시작했다. 그 옛날 기사의 딸 리디아와 함께 말을 타고 달리던 언덕들을 알아보았다. 쫓겨나서 울적한 마음으로 드문드문 날리는 눈을 맞으며 떠나간 그 황무지였다. 오리나무숲이 나타나고 물방앗간과 성이 나타났다. 이상한 통증을 느끼며 그 옛날 전설 같은 젊은 시절, 기사의 순례 여행 이야기를 듣고 그의 라틴어를 고치던 서재의 창문을 알아보았다. 그들은 안뜰로 들어갔다. 원래부터 예정되어 있던 여행의 경유지였다. 골드문트는 이곳에서는 자기 이름을 부르지 말아달라고, 자신은 마구간 시종과 하인들과 함께 식사하게 해달라고 수도원장에게 청했다. 그가 청한 대로 되었다. 늙은 기사는 없었고, 리디아도 없었다. 하지만 몇몇 사냥꾼과 하인들은 남아 있었고, 몹시 아름답고 당당하고 기품 있는 여주인 율리가 남편과 함께 집안을 다스렸다. 여전히 그녀는 놀라울 정도로 아름다웠다. 아름답고 어딘가 심술궂었다. 그녀도 하인들도 골드문트를 알아보지 못했다. 저녁 어스름이 깔릴 무렵 식사를 마친 그는 정원으로 건너가 벌써 겨울이 찾아온 울타리 너머의 꽃밭을 내려다보고는 마구간으로 살그머니 들어가 말들을 살펴보았다. 마구간 시종과 함께 볏단 위에서 잠을 자다가도 가슴을 누르는 추억의 무게 탓에 여러 번 깼다. 오, 과거가 된 그의 삶은 이다지도 결실 없이 조각났구나, 화려한 모습들이 풍성하지만 수많은 조각으로 산산이 부서졌으니, 이토록 가치가 없고, 이토록 사랑이 빈약하구나! 아침에 길을 떠날 때 혹시 한번 더 율리를 볼 수 있을까 하고 불안하게 창문들을 올려다보았다. 바로 얼마 전 주교의 성 뜰에서도 아그네스가 모습을 나타낼까 기대하며 그렇게 돌아보았었다. 아그네스는 나오지 않았고, 율리도 모습을 나타내지 않았다. 그의 삶 전체가 그랬던 것 같았다. 작별하고, 도망치고, 잊히는 것, 그리고 텅 빈 손과 얼어붙은 가슴으로 서 있는 것. 그날 하루종일 이 생각이 머릿속을 떠나지 않았다. 그는 아무 말도 하지 않고 어두운 표정으로 안장에 매달려 있었다. 나르치스는 그를 그대로 두었다.

그들은 목적지에 가까워지고 있었다. 그리고 며칠 뒤 수도원에 도착했다. 수도원의 탑과 지붕들이 보이기 직전, 그들은 돌투성이 휴경지를 지나갔다. 오, 얼마나 오래전 일이던가, 그 옛날 그는 안젤름 신부를 위해 그곳에서 성요한초를 모았고, 집시 여인 리제를 만나 남자가 되었었다. 마리아브론의 출입문을 통과한 그들은 안으로 들어가 남쪽 나라의 밤나무 아래서 말을 내렸다. 골드문트는 나무줄기를 어루만지고는 몸을 굽혀, 터져서 벌어진 가시투성이 껍질을 주워들었다. 땅에 떨어진 그것은 갈색으로 말라 있었다.

# 제18장

처음 며칠 동안 골드문트는 수도원의 손님방에서 지냈다. 그런 다음 그의 요청에 따라, 커다란 안뜰을 마치 시장광장처럼 둘러싸고 있는, 수도원 살림살이를 위한 부속 건물 중 대장간 맞은편에 숙소가 마련되었다.

재회는 너무 격렬한 마법으로 마음을 사로잡아 그 자신도 여러 번 놀랄 정도였다. 이곳에서는 원장을 제외하면 아무도 그를 알아보지 못했다. 그가 누군지 아무도 몰랐다. 이곳 사람들은 수도사나 속인이나 똑같이 정해진 질서 속에 사느라 바빠 그를 신경쓰지 않고 내버려두었다. 하지만 뜰의 나무들은 그를 알았고, 출입문들과 창문, 방앗간과 물방아, 통행로의 포석들, 십자가 회랑의 시든 장미 관목, 곡물창고 위의 황새 새집과 수도원 식당은 그를 알고 있었다. 구석구석에서 그의 과거가, 초기 청년 시절이 그에게 달콤하고 감동적인 향기를 풍겼다. 사랑이 그를 부추겨 모든 것을 다시 보고 모든 소리를 다시 듣게 만들었다. 저녁기도를 알리는 종소리와 일요일의 종소리, 이끼 낀 좁은 벽에서 컴컴한 물방앗간 시냇물이 졸졸 흐르는 소리, 샌들을 신고 돌바닥을 타닥거리며 걷는 소리, 문지기 수도사가 문을 잠그러 갈 때 나는 열쇠꾸러미 소리를. 평신도용 식당 지붕에서 떨어진 빗물이 흘러내리는 돌로 된 배수관로 옆에는 여전히 제라늄과 질경이 같은 작은 풀들이 무성했고, 대장간 뜰의 늙은 사과나무는 꼬인 가지들을 예전처럼 멀리 뻗어내고 있었다. 하지만 무엇보다 작은 학교 종이 울리는 소리를 들을 때면, 그리고 쉬는 시간에 수도원학교의 학생들이 계단을 내려와 뜰에서 떠들썩하게 놀 때면 더 큰 감동이 밀려왔다. 소년들의 얼굴은 얼마나 앳되고, 바보 같고, 어여쁜가—자신도 예전에 저렇게 어리고 저렇게 서툴고 저렇게 어여쁘고 유치했다는 말인가?

하지만 자기가 잘 아는 이런 수도원 말고 거의 모르던 부분도 발견했다. 처음 며칠 동안 벌써 그런 것들이 눈에 들어와 점점 중요해지더니 자신이 잘 알고 있던 부분들과 아주 천천히 연결되었다. 사실 새로 덧붙여진 것은 아무것도 없었기 때문이다. 모든 것이 그의 학창 시절이나 그전의 수백 년 동안 똑같은 모습으로 서 있었다. 다만 학생의 눈으로는 그것을 보지 못했을 뿐이다. 그는 건축 방식, 교회의 아치 천장, 옛날 그림들, 제단과 출입문에 세워진 돌 조각상과 목조각상들을 보고 또 느꼈다. 예전이나 지금이나 그것들은 모두 같은 자리에 서 있지만, 이제야 이런 것들의 아름다움과 그것을 만들어낸 정신을 알아보았다. 위층 예배당에 있는 돌로 된 오래된 성모상도 보았다. 학생 시절에도 이 조각상이 마음에 들어 스케치한 적이 있었지만 지금에야 비로소 깨어난 눈으로 그것이 걸작임을, 그 자신이 최고의 노력을 기울여 가장 성공적인 작품을 만들어낸다 해도 절대로 능가할 수 없다는 것을 알아보았다. 그처럼 경이로운 물건이 많았다. 모든 것은 우연에 의해 저절로 세워진 것이 아니라 모두가 동일한 정신에서 나와, 낡은 벽들, 기둥, 아치들 사이에서 마치 본래의 고향에 있는 것처럼 서 있게 된 것이었다. 여기서 수백 년 동안 건축되고 돌로 조각되고 그림으로 그려지고, 살고 생각하고 가르쳐온 모든 것이 같은 뿌리, 같은 정신에서 나왔고, 한 나무의 가지들이 서로 어울리듯이 서로가 한데 어울려 조화를 이루고 있었다.

이 세계, 고요하고 강력한 이런 통일성의 한가운데서 골드문트는 스스로가 얼마나 작은지를 느꼈다. 하지만 조용하고 친절하고 막강한 이 질서 속에서 친구인 나르치스, 수도원장 요하네스가 다스리고 관리하는 것을 볼 때보다 더 작게 느껴지는 순간은 없었다. 학식이 풍부한 얇은 입술의 요하네스 원장과 저 단순하고 선량하고 담백한 다니엘 원장은 성품이 매우 달랐지만, 같은 통일성, 같은 사유, 같은 질서에 봉사했고, 그 질서를 통해 품격을 얻었으며, 그 임무를 위해 개성을 희생했다. 그 점에서 그들은 수도원 복장만큼이나 서로 아주 비슷했다.

자신의 수도원 한가운데서 나르치스는 그저 다정한 동료이자 집주인의 태도로 대해주었지만, 골드문트의 눈에는 어마어마하게 위대해 보였다. 금세 골드문트는 '나르치스'라고 감히 부를 수 없게 되었다.

"제 말 좀 들어보세요, 요하네스 원장님." 한번은 그가 이렇게 말했다. "나는 차츰 당신의 새 이름에 익숙해져야 할 것 같아요. 내가 이곳 수도원에서 매우 잘 지낸다는 말을 해야겠어요. 원장님에게 총고해를 하고, 회개한 다음 평신도 수도사 청원을 하고 싶을 정도예요. 다만 그랬다간 우리 우정은 끝나겠죠. 당신은 원장이고 나는 평신도 수도사니까. 하지만 당신 곁에서 지내면서 당신이 일하는 것을 보면서 나 자신은 아무것도 아닌 사람으로 아무 일도 안 하는 걸 더는 견딜 수 없어요. 나도 일을 해서 내가 무엇을 할 수 있는지 보여주고 싶어요. 내가 교수대에서 풀려나도록 청한 것이 과연 보람 있는 일이었는지 당신이 알 수 있게요."

"반가운 이야기군." 나르치스가 말했다. 평소보다 더욱 정교하게 잘 요약해서 이야기를 이어갔다. "자넨 아무때라도 작업장 세우는 일을 시작할 수 있어. 내가 즉시 대장장이와 목수에게 자네 지시에 따르라고 일러두지. 이곳에서 구할 수 있는 자재는 뭐든 바로 사용하게! 밖에서 주문해야 할 것은 마부를 시킬 테니 목록을 작성하고. 그리고 이제 내가 자네에 대해, 또 자네의 의도에 대해 어떻게 생각하는지 들어보시게! 내가 제대로 표현할 수 있게 시간을 좀 주게. 나는 학자이니 내 사유 세계의 언어로 서술하겠네. 이것 말고는 다른 언어를 갖지 못했으니 말이야. 그러니까 예전처럼 참을성을 가지고 내 말을 잘 따라와주시게."

"따라가려고 해볼 테니 말씀하세요."

"학창 시절 내가 자주 자네를 예술가로 여긴다고 말했던 것을 기억할 거야. 당시 자네가 시인이 될 거라고 생각했지. 읽기와 쓰기를 할 때 보면 개념과 추상에 대해서는 거부감을 보이고, 언어에서는 감각적-시적 질감을 지닌 말과 소리들을, 그러니까 무언가를 그려 보이는 말들을 특히 좋아했으니까."

골드문트가 그의 말을 끊었다. "미안하지만, 원장님이 좋아하는 개념과 추상도 표상, 즉 그림 아닌가요? 아니면 사유를 위해 정말로 그 무엇도 그려낼 수 없는 말들만 사용하고 좋아하는 건가요?"

"자네가 질문하니 좋군! 하지만 그런 표상이 없어도 생각을 할 수 있네! 사유란 표상과는 아무 관계도 없는 것이니까. 그것은 그림이 아니라 개념과 공식으로 완성돼. 그림들이 끝나는 곳에서 철학이 시작되지. 이게 우리가 그 옛날 젊은 시절 자주 다투던 지점이네. 자네에게 세상은 그림들로 이루어졌고, 내게는 개념들로 이루어졌으니까. 그래서 나는 언제나 자네가 사색가로는 쓸모없다고 말했던 거지. 또한 그게 전혀 결함은 아니라는 말도 했고. 대신 자네는 그림 영역의 지배자니까. 분명하게 말할 테니 잘 들어보게. 그때 자네가 세상으로 나가는 대신 사색가가 되었다면 여러 재앙을 만들어냈을 수도 있어. 자넨 신비주의자가 되었겠지. 짧고 조금은 거칠게 표현하자면, 신비주의자란 표상의 세계에서 벗어나지 못한 사색가야. 그러니까 전혀 사색가가 아닌 거지. 그들은 숨겨진 예술가들이야. 시를 쓰지 않는 시인, 붓이 없는 화가, 소리를 갖지 못한 음악가란 말일세. 그들 중에는 최고의 재능을 가진 고귀한 정신도 있지. 하지만 그들은 모두 예외 없이 불행하다네. 자네도 그렇게 되었을 거야. 하지만 자넨 그러는 대신, 천만다행으로 예술가가 되어 그림의 세계를 익혔어. 사색가가 되어 결핍에 시달리는 대신, 그림 세계에서 창조주이자 주인이 된 거지."

"나는 두려워요." 골드문트가 말했다. "표상 없이 생각하는 당신의 사유 세계를 절대 이해하지 못할까봐."

"아니, 금방 이해하게 될 거야. 들어보게. 사색가는 논리를 통해 세계의 본질을 인식하고 표현하려 하지. 하지만 사색가는 우리의 이해력과 그것의 도구인 논리가 불완전하다는 점을 알고 있다네—마찬가지로 영리한 예술가 역시 자신의 붓이나 끌이 천사나 성인의 빛나는 본질을 완벽하게 묘사할 수 없다는 걸 잘 알고 있고. 그럼에도 그 둘은, 사색가든 예술가든 자기 방식으로 시도하는 거지. 다르게는 할 수도 없고 해서도 안 돼. 인간은 자연이 자신에게 내린 재능으로 자신을 실현하려고 노력함으로써 자기가 할 수 있는 최고의 것, 유일하게 의미 있는 일을 행하는 거니까. 그래서 옛날에 자네에게 그토록 자주 말했던 걸세. 사색가나 금욕주의자 흉내를 내지 말고 자네 자신이 되라고, 자신을 실현하라고!"

"알 듯 말 듯 하군요. 그런데 자신을 실현한다는 게 무슨 의미죠?"

"그건 철학적 개념이니 다르게는 표현할 수 없네. 아리스토텔레스와 성 토마스 아퀴나스의 제자들인 우리에게 최고의 개념은 완전한 존재지. 완전한 존재는 신이야. 다른 모든 존재는 그냥 절반의 존재, 부분적 존재, 형성중인 존재, 뒤섞인 존재로서 가능성들로 이루어져 있네. 하지만 신은 섞인 게 아니고 하나야, 가능성이 아니고 온전히 현실성이지. 하지만 우리는 스러지는 존재고, 늘 형성중이고 가능성일 뿐, 우리에게 완벽함이란 없고 완전한 존재도 아니지. 우리가 잠재력에서 행동으로, 가능성에서 실현으로 나아가는 곳에서 우리는 참된 존재의 일부가 되고, 완전하고 신적인 것과 한 단계 더 닮아가는 거지. 그게 바로 자신을 실현하는 거야. 그간 자네가 경험한 일들을 통해 이런 과정을 알게 되었을 거야. 자네는 예술가고 이미 몇 가지 조각상을 만들었어. 그런 조각상이 성공적으로 만들어졌다면, 그러니까 한 인간의 초상이 우연성을 벗어나 순수한 형식의 경지에 이르렀다면—자네는 예술가로서 이 인간의 모습을 실현한 것이라네."

"알아들었어요."

"친구 골드문트여, 자네는 내가 내 본성에 매우 잘 어울리는 장소에서 어울리는 직책을 받아 자신을 실현한 나를 보고 있네. 나와 잘 맞는, 또 내게 도움을 주는 공동체와 전통 안에서 사는 나를 보고 있어. 수도원은 천국이 아니라 불완전함으로 가득찬 곳이지만, 그래도 정직하게 이루어지는 수도원생활은 나 같은 유의 사람들에게 세속의 생활보다 훨씬 더 많은 격려를 해준다네. 도덕적인 부분을 이야기하려는 것은 아니야. 하지만 순수히 실용적인 측면에서 봐도, 내가 수행하고 가르칠 의무가 있는 순수한 사유는 세상에서 보호받을 필요가 있다네. 이곳 이 집에 사는 나는 자네가 겪은 것보다 자신을 실현하기가 훨씬 더 쉬웠던 거지. 그래서 자네가 길을 찾아내고 예술가가 되었다는 사실이 정말 경탄스러워. 자넨 훨씬 힘든 길을 걸었으니까."

골드문트는 칭찬이 당황스러우면서도 기뻐서 얼굴이 빨개졌다. 화제를 돌리려고 그는 친구의 말을 끊었다. "당신이 무슨 말을 하려는지 대부분은 이해했어요. 하지만 한 가지는 여전히 이해하기 어렵군요. 당신이 '순수한 사유'라고 한 것, 이른바 그림이 없는 사유와, 표상할 수 없는 말들로 작업하는 것 말이에요."

"좋아, 한 가지 예를 들면 금방 알 수 있을 걸세. 수학을 생각해보게! 숫자가 대체 어떤 표상을 품고 있지? 플러스, 마이너스 기호는? 방정식에 어떤 그림들이 들어 있나? 전혀 아니야! 산수나 대수 문제를 풀 때는 표상의 도움을 받지 않아. 그냥 학습한 사고 체계 안에서 공식에 따라 문제를 푸는 것뿐이야."

"맞는 이야기예요, 나르치스. 당신이 내게 숫자와 기호를 써주면 나는 그 어떤 표상 없이도 해결할 수 있어, 플러스와 마이너스 기호, 제곱, 괄호 등을 따라가면서 문제를 풀 수 있어요. 물론—옛날 이야기고 지금은 아마 못하겠지만. 하지만 그런 공식에 따라 문제를 푸는 것이 학생들의 이해력 훈련 말고는 다른 가치가 있을 것 같진 않아. 계산법을 배우는 건 아주 좋은 일이에요. 하지만 인간이 평생 그런 계산 문제나 붙잡고 앉아 숫자들로 종이를 가득 채우는 건 무의미하고 유치한 일 같은데."

"그건 자네가 잘못 생각한 걸세, 골드문트. 자넨 부지런히 계산하는 사람을 보고 선생이 내준 새로운 학교 숙제나 하는 거라고 생각하겠지. 하지만 그는 스스로에게 문제를 낼 수도 있어. 그 문제들이 그의 내면에서 불가항력적으로 생겨날 수도 있다네. 현실의 많은 공간 또는 가상의 공간을 수학적으로 계산하고 측량해야만 사색가로서 공간 문제에 덤벼들 수 있는 거지."

"그렇군요. 하지만 순수한 사유 문제로서의 공간 문제는 실제로 한 인간이 긴 시간을 들여 공력을 쏟을 대상이 아닌 것 같은데요. '공간'이라는 말은, 예를 들어 별들의 공간 같은 진짜 공간을 떠올리지 않는다면, 내게는 아무것도 아니고 생각할 가치도 없는 거예요. 별들의 공간을 관찰하고 측량하는 건 물론 무가치한 일이 전혀 아니지만."

나르치스가 미소 지으며 끼어들었다. "그러니까 자네는 사유란 아무것도 아니고, 다만 사유를 눈에 보이는 실제 세계에 적용한 것을 중요하게 여긴다는 말을 하고 싶은 거군. 그 말에 답하겠네. 우리의 사유를 적용할 기회와 그렇게 하려는 의지는 우리에게 절대로 부족하지 않다고 말이야. 예를 들어 사색가 나르치스는 자기 사유의 결과를 친구인 골드문트뿐만 아니라 수도사들 누구에게라도 백 번씩은, 그것도 언제나 적용하고 있거든. 하지만 그가 미리 배우고 훈련하지 않았다면 그걸 어떻게 '적용'하겠는가. 예술가도 눈과 상상력을 끊임없이 훈련하지, 그런 것이 실제 작품에서는 극히 조금만 드러난다고 해도 우리는 그런 훈련을 인정한다네. 사유 자체를 배척하고 '적용'을 인정할 수는 없네! 모순은 분명해. 그러니까 내가 조용히 생각하게 내버려두고 나의 사유를 그 효과를 보고 판단하게. 나도 자네 작품을 보고 자네의 예술성을 판단할 테니까. 자네가 지금 불안하고 날카로운 건 자네와 자네 작품 사이에 아직도 여러 장애물이 놓여 있어서야. 그걸 모두 없애버리게. 작업장을 짓고 작업을 시작하게! 그러는 동안 많은 의문이 저절로 풀릴 거야."

골드문트는 그 이상 바랄 게 없었다.

그는 안뜰로 통하는 문 옆에서 현재 비어 있어서 작업장으로 쓸 수 있는 공간을 찾아냈다. 목수에게 스케치 탁자와 다른 도구들을 정확하게 그려주어 주문했다. 수도원의 마부들이 여러 이웃 도시에서 차차 운반해올 품목들의 목록도 제출했다. 긴 목록이었다. 목수의 작업장이나 숲에서 잔뜩 베어놓은 목재들을 살펴보고 일부를 골라 자기 작업장 뒤 잔디가 덮인 뜰로 하나씩 옮기도록 해서는 거기 놓고 건조시켰다. 목재를 보호할 지붕도 손수 만들었다. 대장장이와 같이 해야 할 일도 많았다. 몽상가 젊은이인 대장장이의 아들은 골드문트에게 완전히 매료되어 그의 편이 되었다. 골드문트는 젊은이와 함께 대장간의 화로, 모루, 쇠 식히는 함지, 숫돌 옆에서 한나절씩 일하곤 했다. 거기서 그들은 그가 목재를 다룰 때 사용할 구부러지거나 반듯한 모양의 칼, 끌, 목공용 송곳, 줄을 만들었다. 대장장이의 아들 에리히는 스무 살가량의 젊은이로, 골드문트의 친구가 되어 빛나는 관심과 호기심을 가지고 어디서나 그를 도왔다. 골드문트는 젊은이가 간절히 바라는 대로 류트 연주법을 가르쳐주기로 약속했고, 조각도 한번씩 해보게 했다. 골드문트는 이따금 수도원이나 나르치스 곁에서 자신이 쓸모없는 존재처럼 느껴져 우울한 기분이 들 때면, 수줍어하면서도 자신을 사랑하고 끝없이 숭배하는 에리히 곁에서 기운을 차렸다. 자주 니클라우스 스승과 주교도시 이야기를 청하는 그에게 골드문트는 기꺼이 들려주면서도 한편으로는 자신의 삶이 이제야 비로소 시작되려는 참인데 여기 앉아 노인네처럼 여행과 과거 행적 이야기를 한다는 게 문득 기이하게 여겨지기도 했다.

최근 그가 급격히 달라져 실제보다 더 나이들어 보인다는 것을 아무도 알아차리지 못했다. 그들은 이전의 그를 알지 못했으니 당연한 일이었다. 고달픈 방랑생활과 불안정한 삶이 일찌감치 그를 상하게 했지만, 페스트 시절에 느꼈던 그 많은 공포와 마지막으로 백작에게 감금되어 성의 지하실에서 보낸 끔찍한 밤이 그를 뼛속까지 뒤흔들어 곳곳에 흔적을 남겼다. 금발 수염에 희끗한 터럭들이 섞였고, 얼굴에 잔주름이 늘었다. 불면의 시간들이 이어지며 때때로 가슴속 깊이 피로감을 느꼈다. 욕망과 호기심 역시 줄었고, 무엇에도 열의가 없이 권태로워했다. 작업을 준비하는 동안 에리히와 대화하고 대장장이, 목수와 손작업을 하면서 차츰 나아져 활기와 젊음을 되찾았다. 모두가 그를 좋아하고 경탄했으나 그는 피로에 지쳐 반시간이나 한 시간쯤 미소를 띤 채 몽상에 빠진 듯 무감각하고 무관심한 상태로 앉아 있을 때가 적지 않았다.

어떤 작품으로 작업을 시작할지가 그에게는 몹시 중요했다. 수도원이 손님에게 베풀어준 친절에 보답하기 위해 그가 만들려는 첫 작품은 어딘가 세워져서 호기심을 충족시키는 정도의 우연한 작품이어서는 안 되고, 이곳의 다른 오래된 작품들과 마찬가지로 수도원 건축물과 그 삶에 속하고 그것의 일부가 되는 작품이어야 했다. 제단이나 강단을 만들면 가장 좋았겠지만 그 둘은 현재 필요하지도 않고 마땅한 공간도 없었다. 그는 다른 것을 찾아냈다. 사제용 식당에는 바닥을 높인 벽감 하나가 있는데, 식사시간이면 항상 젊은 수도사 한 명이 그 안에 서서 성인열전을 읽었다. 이 벽감에는 장식이 전혀 없었다. 골드문트는 벽감의 낭독대로 올라가는 계단과 낭독대 자체를 만들기로 마음먹었다. 낭독대는 반半부조상들과 거의 독자적으로 서 있는 몇몇 인물상이 목재로 장식되어 강단과 비슷해질 것이다. 그가 이 계획을 알리자 수도원장은 찬미하고 환영했다.

마침내 작업을 시작할 수 있게 되었을 때—눈이 쌓이고 크리스마스도 지났을 때였다—골드문트의 삶은 새로운 모습을 얻었다. 그는 수도원에서 사라진 사람 같았다. 더는 누구의 눈에도 띄지 않고, 수업시간이 끝날 때가 되어도 학생들을 기다리지 않았다. 더는 숲을 이리저리 돌아다니거나 회랑을 거닐지도 않았다. 식사도 이제는 방앗간에서 했다—방앗간 주인은 물론 그가 학생 시절 자주 찾았던 그 사람이 아니었다. 조수인 에리히 말고는 작업장에 아무도 들이지 않았다. 그런 에리히도 그에게서 말 한마디 듣지 못하는 날이 많았다.

첫 작품인 낭독대를 위해 오래 생각한 끝에 나온 구상은 이랬다. 작품을 두 부분으로 나누어, 하나는 세계를, 다른 하나는 하느님의 말씀을 나타낸다. 튼튼한 떡갈나무 기둥에서 뻗어나와 나무기둥을 감싸고 돌며 위로 올라가는 계단, 곧 아랫부분은 자연의 모습과 교부들의 단순한 삶의 모습들로 창조를 표현한다. 윗부분 난간에는 네 명의 복음서 저자를 올릴 것인데, 한 명은 작고한 다니엘 원장의 모습으로, 다른 사람은 그의 후임이자 역시 작고한 마르틴 신부, 그리고 루가의 모습으로는 스승인 니클라우스를 새기려고 했다.

그는 원래 예상했던 것보다 더 큰 난관들에 봉착했다. 그로 인해 근심에 사로잡혔지만, 그마저도 달콤했다. 마치 까다로운 여자에게 구애하듯 도취되어 필사적으로 작품에 매달렸고, 낚시꾼이 커다란 강꼬치고기를 잡으려 할 때처럼 이를 악물고 그러면서도 섬세하게 싸웠다. 모든 저항은 그에게 가르침을 주고 그를 더욱 예리하게 만들어주었다. 그는 다른 모든 것을 잊고 수도원도 잊었으며, 나르치스조차 거의 잊었다. 나르치스는 몇 번 모습을 나타냈지만, 스케치 말고는 아무것도 보지 못했다.

어느 날 나르치스는 골드문트가 고해를 들어달라고 청해오자 깜짝 놀랐다.

"지금까지는 그럴 준비가 안 되어 있었어요." 골드문트가 고백했다. "나 자신이 너무 하찮고, 당신 앞에서는 이미 굴욕감을 충분히 느꼈으니까요. 이제는 기분이 나아졌습니다. 이제 나도 내 작업을 하는 중이고 더는 아무것도 아닌 존재는 아니니까. 이제 이 수도원에서 함께 살게 되었으니 나도 이곳의 질서를 따르지요."

그는 이제 그 시간을 감당할 수 있다고 느끼고 있었으므로 더는 기다리지 않을 생각이었다. 처음 몇 주 동안의 평온한 생활 속에서 재회와 젊은 시절의 회상에 몰두하고, 또 에리히의 부탁으로 살아온 이야기를 들려주며 돌아본 자신의 삶이 어느 정도의 질서와 명료함에 이르러 있었다.

나르치스는 특별한 격식 없이 그의 고해를 들었다. 고해는 두 시간 정도 이어졌다. 원장은 무표정한 얼굴로 친구의 모험과 고난, 죄악을 경청했고, 몇몇 질문을 던지기는 했지만 한 번도 말을 끊지 않았고 골드문트가 신의 정의와 선의에 대한 믿음이 사라진 것을 고백하는 부분 역시 침착하게 들었다. 그는 친구의 고백에 깊은 인상을 받았다. 친구가 얼마나 심하게 흔들렸고 위협에 노출되었는지, 이따금 얼마나 몰락에 가까이 다가갔는지 알았다. 그러면서도 다시 미소 짓지 않을 수 없었고 친구의 여전한 천진난만함에 감동했다. 나르치스 자신의 의심과 사유의 심연에 비하면 해롭지도 않은 불경한 생각들로 그토록 걱정과 후회를 하고 있으니 말이다.

골드문트에게는 놀랍고 실망스럽게도 고해신부는 그의 죄들을 그리 심각하게 여기지 않았다. 하지만 기도와 고해와 영성체를 소홀히 한 데 대해서는 관용 없이 경고와 벌을 내렸다. 영성체를 하기 전 참회를 위해 사 주 동안 절제되고 금욕적인 생활을 할 것, 매일 아침 첫 새벽 미사에 참석하고, 저녁마다 세 번의 주기도문과 한 번의 성모송을 욀 것을 명했다.

그런 다음 나르치스는 골드문트에게 말했다. "이 참회를 가볍게 여기지 말라고 경고하고 또 간청하네. 자네가 아직 미사 기도문을 정확하게 아는지는 모르겠지만, 그 말 한마디 한마디를 놓치지 말고 따라가면서 그 의미를 새기게. 오늘은 내가 함께 주기도문과 찬송가들을 암송하면서 어떤 낱말과 의미에 특별히 주의를 기울여야 하는지 알려주겠네. 거룩한 말씀을 인간의 말처럼 말하거나 들어서는 안 되네. 자네가 그런 말씀을 기계적으로 외우고 있다는 걸 깨달을 때마다, 그리고 이런 일은 자네 생각보다 자주 일어나겠지만, 이 시간과 나의 경고를 기억하게. 처음부터 다시 시작해서 내가 가르쳐주는 대로 그 말씀을 말하고 가슴에 새기게."

단순한 우연이었는지 아니면 마음을 읽는 원장의 통찰력이 뛰어났던 것인지 이 고해와 참회는 골드문트를 깊이 행복하게 하는 내적 충만과 평화의 시간을 가져다주었다. 긴장과 근심과 만족감이 풍부한 작업 한가운데서도 그는 매일 아침저녁으로 성실하게 종교적 수련을 이어나갔다. 그리 어렵지 않게 행할 수 있는 이 수련을 통해 낮의 흥분에서 벗어나 자신의 존재를 다 바쳐 더 높은 질서에 귀의했고, 창작자가 겪는 위험한 고독감에서 벗어나 어린아이가 되어 신의 왕국으로 들어갔다. 온전히 홀로 작품을 위한 싸움을 벌이며 감각과 영혼의 정열을 모조리 작품에 바쳐야 했지만, 기도 시간은 그를 다시 순수함으로 되돌려놓았다. 작업하는 동안 자주 격하고 초조한 상태로 타오르거나 미칠 듯한 희열에 빠져들지만, 깊고 서늘한 물속과도 같은 경건한 수련에 잠겨 열광의 오만과 절망의 오만을 씻어냈다.

늘 잘된 것은 아니었다. 타오르는 듯한 작업 시간을 보내고 난 저녁이면 이따금 평온과 집중력을 찾지 못했고, 몇 번은 종교적 수련을 아예 잊기도 했다. 거기에 집중하려고 노력하다보면 이따금 이런 기도문이 결국은 존재하지도 않는, 또는 자기를 도울 수도 없는 신을 찾는 유치한 노력에 지나지 않는다는 생각이 그를 방해하고 괴롭혔다. 그는 이런 의구심을 친구에게 털어놓았다.

"계속하게." 나르치스가 말했다. "자네는 약속했으니 지켜야 해. 신께서 자네의 기도를 듣는지, 또는 자네가 상상하는 신이 존재하는지는 생각할 필요 없어. 자네의 노력이 유치한 것인지도 생각할 필요 없네. 우리의 기도가 향하는 그분에 비하면 우리의 모든 행동은 유치하니까. 기도와 수련을 하는 동안 이런 어리석고 미숙한 생각들을 결코 허락해서는 안 되네. 주기도문과 성모송을 외고 그 말씀에 자신을 온전히 바치고 그것으로 자신을 가득 채워야 하지. 마치 노래하거나 류트를 연주할 때도 기발한 생각이나 사변을 좇는 게 아니라 손가락으로 뜯는 음 하나하나를, 음정을 가능한 한 순수하고 완벽하게 나타내야 하는 것과 마찬가지라네. 노래하는 동안 우리는 그 노래가 쓸모가 있는지 아닌지 생각하지 않고 그냥 노래해. 그와 똑같이 기도를 올려야 하는 거네."

그러자 다시 잘되었다. 열망을 품고 팽팽히 긴장된 그의 자아는 너른 아치들의 질서 안에서 사그라지고, 저 거룩한 말씀이 별들처럼 다시 그의 머리 위로, 또 그를 관통하며 지나갔다.

수도원장은 골드문트가 참회의 시간을 모두 끝내고 성사에 참여한 후로도 여러 주, 여러 달 동안 매일 수련을 계속해나가는 것을 보고 크게 만족했다.

그사이 그의 작업도 진척되고 있었다. 두툼한 나선형 계단에서 식물과 동물, 인간 등 여러 형태들로 이루어진 작은 세계가 차츰 위로 올라가며 만들어졌다. 그 한가운데에는 포도잎과 포도송이들 사이에 인류의 조상인 노아가 있었다. 이것은 창조와 그 아름다움을 찬미하는 일종의 그림책으로서 따로 떨어져 있는데도 비밀스러운 전체 질서와 기율의 안내를 따르고 있었다. 작업이 진행되는 몇 달 동안 에리히 말고는 아무도 이 작품을 보지 못했다. 에리히는 골드문트의 일을 이것저것 도우면서 예술가가 된다는 것 외에는 아무것도 생각하지 않았다. 때로는 그조차 작업장에 발을 들여놓을 수 없었다. 또다른 때는 골드문트가 그를 받아들여 조각을 가르치고 연습해볼 기회를 주면서 자기를 따르는 제자가 있다는 것을 기뻐하기도 했다. 작품이 성공적으로 완성되면 그의 아버지에게 부탁해 그를 조수로 데리고 있으려는 생각도 했다.

그는 모든 것이 조화를 이루고 한 점 의혹의 그림자도 드리우지 않는 가장 좋은 날들을 골라 복음서 저자들의 모습을 작업했다. 그의 생각에는 다니엘 원장의 모습을 한 조각상이 가장 잘된 것 같았다. 그는 얼굴에서 순수와 선의가 환하게 빛나는 이 조각상이 몹시 마음에 들었다. 에리히는 니클라우스 스승의 모습에 가장 많이 경탄했지만 골드문트는 썩 만족스럽지 못했다. 이 조각상은 내면의 갈등과 슬픔을 드러냈다. 창작자로서의 원대한 계획으로 가득찬 동시에 창작의 무의미함에 대한 절망적인 지식으로 가득찬, 그리고 통일성과 무구함을 잃고 슬픔에 가득찬 모습 같았다.

다니엘 원장이 완성되었을 때 그는 에리히에게 작업장을 깨끗이 청소하게 했다. 그리고 작품의 나머지 부분을 천으로 가리고 오로지 이 조각상만 보이게 했다. 그런 다음 나르치스에게 갔는데, 그가 바빴기에 이튿날까지 참을성 있게 기다렸다. 그러다가 점심시간에 친구를 작업장으로 데려와 이 조각상 앞에 세웠다.

나르치스는 서서 바라보았다. 충분한 시간을 들여 학자의 주의력과 꼼꼼함으로 조각상을 자세히 관찰했다. 골드문트는 말없이 그의 뒤에 서서 가슴속에서 휘몰아치는 폭풍을 잠재우려고 애썼다. '오,' 그가 생각했다. '지금 우리 둘 중 한 명이 이겨내지 못한다면 힘들겠군. 내 작품이 충분히 좋지 못하거나, 그가 그것을 이해 못한다면 이곳에서의 내 모든 작업은 가치를 잃어버리는 거야. 내가 더 기다렸어야 하는데 너무 서두른 것일 테니.'

그 몇 분이 그에게는 몇 시간 같았다. 니클라우스 스승이 자신의 첫 스케치를 손에 들고 있던 시간을 떠올리며, 긴장으로 뜨겁고 축축해진 두 손을 꽉 마주잡았다.

나르치스가 그에게 몸을 돌린 순간 안도감이 들었다. 친구의 야윈 얼굴에는 저 어린 시절 이후로는 자신에게 보여준 적이 없는 어떤 것이 피어나 있었다. 미소였다. 정신과 의지력으로 가득한 이 얼굴에 수줍은 미소가 피어올라 있었다. 사랑과 헌신의 미소, 마치 이 얼굴의 고독과 자부심이 한순간 깨지고, 사랑으로 가득한 마음만이 나오는 듯 보이는 한줄기 빛이었다.

"골드문트." 나르치스가 아주 나직한 목소리로, 이 순간에도 말의 무게를 가늠하며 말했다. "내가 갑자기 예술 전문가라도 되기를 기대하는 건 아니겠지. 나는 그런 사람이 아니라는 걸 자네도 알 거야. 자네의 예술에 대해선 자네가 우스꽝스럽게 여길 만한 말밖에 할 수 없네. 하지만 그래도 한마디하게 해주게. 첫눈에 이 복음서 저자가 우리의 다니엘 원장님이라는 걸 알아보았네. 그분만 본 게 아니라 그분이 당시 우리에게 어떤 의미였는지까지 모조리 알아보았어. 그 기품, 선의, 단순함을 말일세. 작고한 다니엘 원장께서 우리의 젊은 날 존경받으며 서 계시던 모습 그대로 여기 다시 내 앞에 서 계시는군. 그분과 함께 당시 우리에게 거룩하게 여겨지던 것, 그 시간을 잊을 수 없게 만드는 모든 것도 함께 말일세. 자네는 이 모습으로 내게 엄청난 선물을 준 거야, 벗이여, 자네는 우리 다니엘 원장님만 돌려준 게 아니네. 자네는 처음으로 자네 자신을 내게 완전히 열어 보인 걸세. 이제 자네가 누군지 알겠네. 이 이야기는 이제 그만두자. 나는 그럴 자격이 없으니까. 오 골드문트, 이런 시간이 우리에게 오다니!"

커다란 공간은 정적에 휩싸였다. 골드문트는 친구가 깊이 감동한 것을 보았다. 당혹스러워 숨이 막혔다.

"네." 그가 짤막하게 말했다. "기쁩니다. 그런데 이제 원장님은 식사하러 갈 시간이에요."

# 제19장

골드문트는 이 년 동안 이 작업에 매달렸다. 이 년째부터는 에리히를 온전히 제자로 삼았다. 계단의 목조각으로 그는 작은 낙원을 창작해냈다. 나무, 잎사귀, 잡초 등으로 이루어진 사랑스러운 밀림의 나뭇가지에 새들이 앉아 있고, 여기저기에 짐승들의 몸통과 머리가 드러나 있었다. 평화롭게 자라나는 이 태고의 정원 한가운데에 교부들의 생애에서 뽑은 몇몇 장면을 묘사했다. 그의 부지런한 생활이 중단되는 일은 드물었다. 마음이 불안하거나 싫증이 나서 작업을 멀리하거나 일을 할 수 없는 날은 드물게만 나타났다. 그럴 때면 제자에게 일거리를 주고, 자신은 걷거나 말을 타고 밖으로 나가 숲에서 자유와 떠돌이생활을 생각나게 하는 향기를 들이마시고 이곳저곳으로 농부의 딸을 방문하기도 했다. 사냥을 가거나, 몇 시간씩 풀밭에 누워 숲의 우듬지가 만들어내는 아치형 전당을 올려다보거나, 무성하게 우거진 양치류나 금작화들을 바라보기도 했다. 하루나 이틀 이상 밖에 머무는 경우는 결코 없었다. 그런 다음엔 새로운 열정으로 일에 열중했다. 희열에 차서 나무를 깎아 우거진 식물을 표현하고, 인간의 머리를 가볍고도 사랑스럽게 드러내고, 힘있게 베어내 입술이나 눈을, 구불거리는 수염을 만들어내곤 했다. 에리히 말고는 나르치스만이 이 작품을 알고 있었다. 그는 자주 이곳을 찾았고, 작업장은 이따금 그가 수도원에서 가장 좋아하는 장소가 되었다. 그는 기쁨과 놀라움에 휩싸여 지켜보았다. 친구가 어린아이처럼 불안하고 반항적인 가슴에 지녀온 것이 이제 피어나고 있었다, 하나의 창조가, 하나의 솟아오르는 작은 세계가 이곳에서 자라 피어나고 있었다. 아마도 일종의 놀이겠지만, 논리, 문법, 신학으로 하는 놀이보다 더 나쁜 것은 분명 아니었다.

한번은 나르치스가 생각에 잠겨 말했다. "나는 자네한테서 많은 것을 배우고 있네, 골드문트. 이제야 예술이 무언지 이해하기 시작했어. 전엔 사유나 학문에 비하면 예술을 완전히 진지하게 여길 수는 없다고 생각했었네. 그때는 대강 이런 식으로 생각했어. 인간이란 정신과 물질이 의심스럽게 섞인 존재다, 정신은 영원성에 대한 인식을 열어주지만, 물질은 인간을 아래로 끌어내려 허망한 것에 붙잡아놓는다, 그러니 삶을 고귀하게 만들고 의미를 얻으려면 감각들을 멀리하고 정신적인 것을 추구해야 한다고 말이지. 나는 습관적으로 예술을 높이 평가한다고 공언하기는 했으나 실은 교만하게 예술을 내려다보았던 거야. 지금에야 인식에 이르는 길이 아주 다양하다는 것, 정신의 길이 유일한 길은 아니며 어쩌면 가장 좋은 길도 아니라는 사실을 알게 되었네. 물론 그것이 나의 길이니 나는 여기 머물러 있을 걸세. 하지만 자네가 정반대의 길, 그러니까 감각들을 통한 길에서 존재의 비밀을 깊이 파악하고, 대부분의 사색가들보다 어쩌면 더욱 생동하는 모습으로 표현할 수 있다는 걸 알게 되었어."

"당신도 이제," 골드문트가 말했다. "내가 표상 없는 사유가 뭔지 모르겠다고 한 걸 이해하는군요?"

"그건 이미 오래전부터 알았지. 우리의 사유는 끊임없이 무언가를 추상하는 일이네, 감각적인 것에서 눈길을 돌리고 순수하게 정신적인 세계를 세우려는 시도지. 하지만 자네는 가장 변화무쌍한 것, 가장 쉽게 소멸하는 것을 마음에 받아들여 바로 이 덧없음 속에서 세계의 의미를 보여주고 있네. 자네는 거기서 눈길을 돌리지 않고, 오히려 이런 덧없음에 자신을 바치는데, 자네의 헌신을 통해 그것은 최고의 것, 곧 영원성의 비유가 되고 있어. 우리 사색가들은 신에게서 세계를 떼어놓는 식으로 신에게 다가가려고 하는데. 자네는 신의 피조물을 사랑하고 그것을 한번 더 창작해서 신에게 가까이 가고 있네. 두 가지 모두 인간의 일이고 부족하지만, 예술이 더 무구한 것이구나."

"모르겠어요. 나르치스. 하지만 삶을 끝까지 사는 것, 절망을 물리치는 일은 당신들 사색가와 신학자가 더 잘하는 것 같아요. 나는 이미 오래전부터 당신의 학식이 부럽진 않아요. 친구여, 하지만 당신의 평온함과 침착함, 당신의 평화는 부러워요."

"나를 부러워하지 마시게, 골드문트. 자네가 말하는 것 같은 평화는 없어. 물론 평화가 있지, 하지만 우리 안에 지속적으로 머물며 곁을 떠나지 않는 평화는 없다네. 다만 언제나 끊임없이 싸워 얻어내는, 그래서 매일 새롭게 쟁취하는 평화가 있을 뿐이라네. 자네는 내가 투쟁하는 것을 보지 못하지, 내가 연구하면서 투쟁하는 것도, 기도실에서 투쟁하는 것도 모르겠지. 그건 모르는 편이 낫다네. 자네는 내가 자네보다 변덕스러움에 덜 시달리는 걸 평화라고 여기는 거야. 하지만 그건 투쟁이라네. 자네의 삶이 그렇듯, 모든 진정한 삶은 투쟁이자 희생이야."

"이 문제로 다투고 싶지는 않아요. 하지만 당신도 나의 투쟁을 모두 본 건 아니에요. 곧 이 작품이 끝날 거라고 생각할 때 내 마음이 어떤지 당신이 이해할지 모르겠어요. 이것은 여기서 옮겨져 제자리에 세워지겠죠, 사람들은 몇 마디 칭찬을 할 것이고, 그후 나는 텅 빈 작업장으로 돌아와 내 작업에서 성공하지 못한 것, 다른 사람들은 전혀 볼 수도 없는 것들 때문에 우울해할 거예요. 작업장처럼 내 내면도 텅 비고 아무것도 남지 않겠지요."

"그럴지도 모르지." 나르치스가 말했다. "그런 점에서는 어느 누구도 다른 사람을 완전히 이해할 수 없네. 하지만 선량한 의지를 가진 모든 사람에게 공통된 일은 이거야. 우리의 작품이 마지막에는 우리를 부끄럽게 한다는 것, 우리는 언제나 다시 처음부터 새로 시작해야 한다는 것, 언제나 다시 희생을 바쳐야 한다는 것 말이야."

몇 주 뒤 골드문트의 대작은 완성되어 제자리에 세워졌다. 그가 오래전부터 겪어왔던 일이 되풀이되었다. 그의 작품이 다른 이들의 소유로 넘어가서 관찰되고 평가되고 칭찬받는 일 말이다. 사람들은 그를 찬양하고 그에게 존경심을 보였다. 하지만 그의 마음과 그의 작업장은 텅 비었다. 그는 이 작품이 그런 희생을 할 만한 가치가 있었는지 알지 못했다. 제막식 날 그는 사제들의 식탁에 초대받았고, 연회가 열려 수도원에서 가장 오래된 포도주가 나왔다. 골드문트는 맛있는 생선과 들짐승 고기를 먹었다. 포도주보다 더 그의 마음을 따스하게 만들어준 것은 나르치스가 깊은 관심과 기쁨을 드러내며 자신의 작품을 반기고 자기를 치하해준 일이었다.

원장이 소망하여 주문한 새 작업도 이미 구상이 끝났다. 그것은 노이첼의 성모 예배당을 위한 제단이었다. 이곳은 수도원 소속 예배당으로 마리아브론의 신부 하나가 그곳의 사제로 봉직하고 있었다. 골드문트는 이 제단을 위해 성모상을 만들기로 했다. 그리고 자기 젊은 날의 잊을 수 없는 모습, 바로 아름답고 걱정 많은 기사의 딸 리디아의 모습을 그 성모상에 새길 생각이었다. 그것 말고 이 주문은 그에게 그다지 중요하지 않았지만, 에리히가 도제 기간을 마감하는 작품으로 작업하기에 적합해 보였다. 에리히가 여기서 실력을 입증한다면 골드문트 곁에 좋은 동업자로 머무르면서 자신을 대신할 수도 있을 것이고, 덕분에 자유로워진 그가 아직 마음에만 두고 있는 작업들을 하게 해줄 것이다. 그는 에리히와 함께 제단용 목재들을 찾아내 작업장으로 운반해오게 했다. 종종 골드문트는 에리히 혼자 두고 다시 방랑을 떠나거나 멀리 숲속을 쏘다니기 시작했다. 한번은 부재가 며칠 동안 이어지자 에리히가 원장에게 보고했다. 원장도 그가 다시 이곳을 완전히 떠난 것은 아닐까 하고 걱정했다. 그러는 사이 골드문트는 돌아와 일주일간 리디아상을 작업하다 다시 돌아다니기 시작했다.

그에게는 근심이 있었다. 저 대작이 완성된 후로 그의 삶은 도로 질서를 잃었다. 새벽 미사에 나가지 않았고, 깊은 불안감과 불만에 휩싸였다. 니클라우스 스승을 자주 생각했다. 머지않아 자신도 니클라우스처럼 쉼없이 우직하게 일만 하며, 더는 젊지도 않고 자유를 잃은 채 그냥 숙련된 사람이 될까봐 불안했다. 최근 있었던 사소한 일이 머릿속을 복잡하게 만들었다. 그는 떠돌다가 프란치스카라는 이름을 가진 농부의 딸을 만났는데, 그녀가 몹시 마음에 들어 자신이 지닌 온갖 구애 기술을 동원해 그녀를 유혹했다. 소녀는 그의 속삭임을 즐겁게 듣고 그의 농담에 행복한 웃음을 터뜨렸지만 그의 구애는 거절했다. 생전 처음으로 그는 자신이 젊은 여자의 눈에 나이든 사람으로 보인다는 것을 느꼈다. 그는 더는 다가가지 않았지만 그 일을 잊지 않았다. 프란치스카가 옳았다. 그는 이제 변한 것이다. 그 자신도 느꼈다. 때 이른 잿빛 터럭 몇 가닥이나 눈가의 주름 때문이 아니었다. 오히려 뭔가 본질이, 기질이 변한 것이다. 그는 스스로 늙었다고 느꼈고, 자신이 니클라우스 스승과 두려울 정도로 비슷해졌다고 느꼈다. 못마땅해하며 자신을 살펴보다 어깨를 으쓱했다. 그는 자유를 잃고 정착했다. 더는 독수리도 토끼도 아니고, 그냥 집에서 기르는 가축이 된 것이다. 밖으로 나가 다닐 때면 새로운 방랑과 자유보다는 오히려 과거의 향기를, 방랑생활의 추억을 찾아다녔고, 마치 잃어버린 사냥감의 냄새를 찾으려는 개처럼 그리워하며 미심쩍게 그런 것을 찾아보았다. 하루나 이틀 밖에 머물 때면, 돌아다니며 즐거워하다가도 저항할 길 없이 도로 움츠러들며 양심의 가책을 느꼈고, 작업장이 자기를 기다린다는 것을, 자신에게는 새로 시작된 제단, 이미 준비된 목재, 조수인 에리히에 대한 책임이 있다는 것을 느꼈다. 자신은 이제 더는 자유롭지 않았고 더는 젊지 않았다. 그는 굳게 결심했다. 리디아-성모상이 완성되면 여행을 떠나 한번 더 방랑을 시도해보리라. 한 수도원에, 오로지 남자들 사이에서 그렇게 오래 지내는 것은 좋지 않았다. 수도사들에게는 좋겠지만 자기에게는 아니었다. 남자들하고는 아름답고 영리한 이야기를 나눌 수 있다. 그들은 예술가의 작업에 대한 이해력을 가졌지만, 나머지 다른 모든 것, 수다, 다정함, 유희, 사랑, 생각 없는 편안함—이런 것들은 남자들 사이에서는 피어나지 않는다. 그것을 위해서는 여자들, 방랑, 떠돌기, 언제나 새로운 이미지들이 필요했다. 이곳 그의 주변에서는 모든 것이 대부분 진지한 잿빛이고, 대부분 무겁고 남성적이었다. 그는 거기에 물들었고, 그것이 그의 핏속까지 스며들었다.

여행에 대한 기대가 그를 위로했다. 그는 더 자유로워지기 위해 착실히 일에 매달렸다. 나무에서 차츰 리디아의 모습이 나오면서, 그녀의 고귀한 무릎에서부터 엄숙한 분위기의 옷주름이 흘러내리게 만들면서, 내면의 고통스러운 기쁨이 그를 황홀경에 빠뜨렸다. 이 모습, 아름답고 많이 수줍어하는 소녀의 모습, 그때의 추억, 자신의 첫사랑, 최초의 여행, 자신의 젊은 시절에 대한 서글픈 사랑에 빠져들었다. 경건한 마음으로 그녀의 사랑스러운 모습을 작업했고, 그 가운데 자기 안에 있는 최고의 것, 자신의 젊은 시절, 자신의 가장 소중한 추억들과 하나 되는 것을 느꼈다. 그녀의 기울인 목을 만들어내고, 그 친절하고도 슬픈 입술, 우아한 손, 긴 손가락, 아름다운 아치형 손톱을 만들어내는 게 행복했다. 에리히도 경탄과 경건한 열정에 사로잡혀 가능한 한 자주 이 인물상을 관찰했다.

골드문트는 이 조각상이 거의 완성되었을 때 원장에게 보여주었다. 나르치스가 말했다. "자네의 가장 아름다운 작품이군, 친애하는 골드문트, 수도원을 통틀어봐도 비슷한 건 없네. 내가 지난 몇 달 동안 여러 번 자네로 인해 근심에 잠겼다는 사실을 고백해야겠네. 자네가 불안하고 고통받는 것을 보았거든. 자네가 나가서 하루 넘게 보이지 않으면 돌아오지 않을까봐 근심에 잠기곤 했네. 그런데 이렇듯 경이로운 인물상을 만들어내다니! 정말 기쁘고 자네가 자랑스럽네!"

"네." 골드문트가 말했다. "이 인물상은 아주 잘되었어요. 하지만 이제 내 말을 들어봐요, 나르치스! 이걸 이렇게 만들기 위해 내 온 젊음이 필요했어요. 나의 방랑생활, 그 모든 사랑, 수많은 여인에게 했던 구애. 그게 내게 영감을 준 샘이지요. 이 샘은 이제 곧 말라버릴 겁니다, 내 가슴도 말라버릴 거고. 이 성모상을 완성하면 나는 한동안 이곳을 떠나 있겠어요. 얼마나 오래일지는 모르지만, 내 청춘과 내게 한때 소중했던 그 모든 것을 다시 찾아보려고요. 이해하겠어요? —좋아요. 내가 당신의 손님이라는 것을 알 겁니다. 나는 이곳에서의 작업에 대해 아무 보수도 받지 않았으니……"

"내가 자네에게 자주 제안하지 않았는가." 나르치스가 골드문트의 말을 잘랐다.

"그랬죠. 이제 받겠어요. 새 옷을 맞추고 옷이 완성되면 말 한 필과 몇 탈러의 돈을 주세요. 그러면 말을 타고 세상으로 나가겠어요. 아무 말도 하지 말아요, 나르치스, 그렇게 울적해하지도 말고요. 이곳이 마음에 들지 않아서가 아니에요. 이곳보다 더 나은 곳은 어디에도 없을 거예요. 다른 이유 때문이에요. 내 소원을 들어줄 거죠?"

그에 대해서는 더 이야기하지 않았다. 골드문트는 단순한 승마복과 장화를 주문했고, 여름이 다가올 무렵 성모상을 끝냈다. 마치 그것이 자신의 마지막 작업이기라도 한 듯 애정을 담아 조심스럽게 두 손과 얼굴, 머리카락을 마무리했다. 마치 그가 출발을 망설이는 듯, 마치 섬세한 성모상의 마지막 작업에 도로 매이고 싶어하는 듯 보일 정도였다. 하루하루 날이 흘러가는데도 그는 여전히 이것저것 정리할 게 남아 있었다. 나르치스는 다가오는 작별을 힘들어하면서도 골드문트가 성모상에 푹 빠져 헤어나지 못하는 모습에 이따금 미소 짓기도 했다.

그러던 어느 날 골드문트가 불쑥 찾아와서 작별을 고해 나르치스를 깜짝 놀라게 했다. 밤사이 결심이 섰던 것이다. 새 옷을 입고 새 모자를 쓰고 나르치스를 찾아와 작별을 고했다. 얼마 전 이미 고해도 하고 영성체도 했다. 지금은 작별인사를 하고 여행을 위한 축복을 받으러 온 것이었다. 두 사람은 작별이 힘들었고, 골드문트는 속마음보다 더 대담하고 무심한 척 굴었다.

"자네를 다시 볼 수 있을까?" 나르치스가 물었다.

"물론이죠. 당신이 준 이 멋진 말이 내 목을 부러뜨리지 않는다면 분명 우린 다시 만날 겁니다. 다른 누가 당신을 아직도 나르치스라 부르면서 당신에게 근심을 안겨주겠어요. 그건 믿어도 됩니다. 잊지 말고 에리히를 살펴주세요. 또 아무도 내 조각상을 건드리지 못하게 해줘요! 말씀드렸듯 조각상은 내 방에 놓아두었으니 방 열쇠를 손에서 놓으면 안 됩니다."

"여행이 기대되나?"

골드문트는 눈을 깜박거렸다.

"글쎄, 나는 늘 여행을 학수고대하죠. 그건 인정해요. 하지만 막상 떠나려는 지금은 생각했던 것보다 별로인 것 같아요. 당신은 비웃겠지만, 나는 지금 떠나는 게 힘들어요. 이런 애착이 마음에도 안 들고. 이건 젊고 건강한 사람들은 모르는 질병 같아요. 니클라우스 스승도 그랬어요. 아, 이제 쓸데없는 소리는 그만하고! 저를 축복해주세요, 사랑하는 벗이여, 이제 갈게요."

그는 말을 타고 떠났다.

나르치스는 친구를 많이 생각했다. 염려하고 그리워했다. 그가 내게 돌아올까, 날아가버린 새, 사랑스러운 떠돌이가? 자신이 사랑하는 이 놀라운 사람은 다시 혼자만의 혼란스럽고 정처 없는 길을 걸으며, 다시금 내면의 강력하고 어두운 충동을 좇아 방탕하게 호기심에 차서 지치지 않고 폭풍처럼 세상을 떠돌고 있다. 다 커버린 아이. 신께서 그와 함께하시기를, 그가 무사히 돌아오기를. 이 나비가 다시 이리저리 팔랑거리며 죄를 짓고 여자들을 유혹하며 욕망을 좇고 있으니, 어쩌면 다시 쉽사리 살인을 저지르거나 위험에 빠질지도 몰랐다. 감옥에 갇혔다가 거기서 죽을지도 몰랐다. 나이들어가는 것을 탄식하며 아이 같은 눈길로 바라보는 이 금발 소년은 얼마나 많은 걱정을 끼치는가! 그로 인해 얼마나 많은 불안을 겪어야 하는가. 그런데도 나르치스는 내심 그에 대해 기뻐했다. 고집이 세서 그토록 길들이기 어렵고, 변덕스러운 아이가 다시 출발해 경험을 쌓고 있다는 것이 근본적으로 몹시 그의 마음에 들었던 것이다.

원장의 생각은 매일 어느 시간이 되면 친구에게로 돌아갔다. 사랑과 그리움, 감사하는 마음과 근심으로, 이따금은 망설임과 자신을 비난하는 마음으로. 자신이 그를 얼마나 사랑하는지, 그가 달라지지 않기를 자신이 얼마나 바라는지, 그를 통해 그리고 그의 예술을 통해 자신이 얼마나 풍요로워졌는지 친구에게 드러내지 말았어야 했던 걸까? 사실 그는 그런 얘기를 거의 하지 않았다. 어쩌면 너무 하지 않은 건지 몰랐다—어쩌면 그를 붙잡을 수 있었을지, 누가 알겠는가?

하지만 그는 골드문트를 통해 풍요로워지기만 한 것은 아니었다. 그를 통해 가난해지기도 했다. 더 가난하고 더 허약해졌다. 친구에게 그것을 보이지 않았다는 게 그나마 다행이었다. 자기가 고향으로 삼아 살아온 세계, 자기의 세계, 자기의 수도원생활, 직책, 학식, 이미 잘 구획된 사유 체계가 친구로 인해 자주 심하게 흔들리고 의심스러워졌던 것이다. 물론 수도원의 관점에서 보자면, 이성과 도덕성의 관점에서 보자면, 자신의 삶이 더 나았다. 더 옳고 견고하며, 질서 있고 모범적이었다. 그것은 질서와 엄격한 봉사의 삶이자 지속적인 희생이었고, 명료함과 공정함을 향한 꾸준한 노력이었다. 예술가, 떠돌이, 여자를 유혹하는 자의 삶보다 훨씬 더 순수하고 나은 삶이었다. 하지만 위에서 내려다보면, 즉 신의 관점에서 보자면—이런 모범적인 삶에 나타나는 질서와 규율, 또 세계와 감각의 행복에 대한 포기, 더러움과 피를 멀리하는 것, 철학과 경건함으로 물러나는 것이 정말로 골드문트의 삶보다 더 나을까? 인간은 정말로 규칙적인 삶을 살도록, 기도 시간을 알리는 종소리로 자신의 시간과 일과를 알도록 만들어진 존재일까? 인간은 정말로 아리스토텔레스와 토마스 아퀴나스를 공부하고, 그리스어를 알고, 감각을 죽이고 세계를 피해 멀리 도망치도록 만들어진 존재일까? 인간은 신에 의해 감각과 충동을 지닌, 피의 어둠과 죄악의 능력을 지닌, 쾌락을 추구하고 절망을 하도록 만들어진 존재가 아닐까? 생각이 친구에게 미칠 때마다 원장의 머릿속에는 이런 질문들이 계속 맴돌았다.

그렇다, 골드문트의 삶을 사는 것은 아마도 단순히 더 유치하고 더 인간적인 것만은 아닐 것이다. 세상에서 멀리 떨어져 깨끗이 씻은 손으로 깨끗한 삶을 살면서, 하모니로 가득한 아름다운 사유의 정원을 만들고 조심스럽게 가꾼 꽃밭들 사이로 죄악 없이 거니는 것보다는, 잔인한 폭풍과 혼란에 몸을 맡기고 죄를 짓고 그 쓰라린 결과를 짊어지는 쪽이 결국은 더 용감하고 더 위대한 일이었다. 너덜너덜한 신발을 신고 숲과 들판을 이리저리 떠돌면서 태양과 비, 굶주림과 궁핍에 시달리고, 감각의 벗들과 놀이하고, 고통으로 그 대가를 지불하는 쪽이 아마도 더 힘들고 더 용감하고 더 고귀한 일이었다.

적어도 골드문트는 고귀한 일을 할 소명을 지닌 사람이 피범벅이 되고 삶의 혼란 속으로 깊이 빠져들어 많은 먼지와 피를 뒤집어써도 작아지거나 비열해지지 않고 내면의 신적인 요소를 죽이지 않을 수 있다는 것을 보여주었다. 깊은 어둠 속을 방황해도 영혼이라는 성소에서 신의 빛과 창조력을 꺼뜨리지 않을 수 있다는 것 역시 보여주었다. 나르치스는 친구의 혼란스러운 삶을 깊이 들여다보았지만 친구를 향한 그의 사랑이나 존경심은 조금도 줄어들지 않았다. 아니, 골드문트의 더러워진 손에서 내면의 형식과 질서로 고귀하게 변용된, 정물화 같은 경이로운 작품이 만들어지는 것을 본 후로는, 영혼으로 빛나는 진지한 얼굴들, 무구한 식물과 꽃들, 기도하는 손들 또는 은총을 받은 손들, 그 모든 대담하고 다정하며 자부심 강한 거룩한 몸짓들이 나오는 것을 본 후로는 이 불안정한 예술가-유혹자의 마음에 신의 은총과 빛이 충만하게 살아 있다는 것을 잘 알게 되었다.

두 사람이 나눈 대화에서 그가 친구를 능가하는 것처럼 보이기란 쉬운 일이었다. 자신의 가르침과 사유의 질서로 친구의 정열에 맞서기는 쉬웠다. 하지만 골드문트가 창작한 인물의 작은 몸짓 하나, 눈길, 입술, 넝쿨이나 옷의 주름조차 사색가가 누릴 수 있는 그 모든 것보다 더 현실적이고 더 살아 있고, 대체할 수 없을 만큼 더 대단한 것이 아니던가? 이 예술가의 마음은 저항과 고난으로 가득한데도 그는 현재와 미래의 수많은 사람에게 그들의 시련과 노력의 상징을 만들어 보여주고, 수많은 사람의 경건한 마음과 경외심, 마음의 두려움과 그리움이 향할 수 있는 모습들을 만들어내어 위안과 확신, 그리고 힘을 주지 않았던가?

나르치스는 미소 지으며, 또 슬퍼하면서 자신이 친구를 이끌고 가르치던 젊은 시절의 모든 장면을 추억했다. 친구는 감사하는 마음으로 그 가르침을 받아들였고, 언제나 나르치스의 우월함과 통솔을 인정해주었다. 그런 다음 파란만장한 삶의 폭풍과 괴로움에서 나온 작품들을 침묵 속에서 만들어냈다. 어떤 말이나 가르침이나 설명이나 경고가 아니라 더욱 높은 참된 삶을 말이다. 그에 비하면 그 온갖 지식과 수도원 규율과 변증법을 지니고도 자신은 얼마나 가난한가!

바로 이것이 그의 머릿속을 맴도는 질문들이었다. 오래전 그가 골드문트의 젊은 시절 개입해 뒤흔들고 경고하며 그의 삶을 새로운 영역으로 옮겨놓았듯, 친구는 이곳에 돌아온 후 자기를 위해 작품을 창작하고, 자기를 뒤흔들고, 의심하고 성찰하도록 자기를 몰아붙였다. 그는 자기와 대등한 사람이었다. 나르치스가 그에게 무엇을 주었든 골드문트가 몇 배로 돌려주지 않은 게 없었다.

말을 타고 떠난 친구는 그에게 생각할 시간을 주었다. 여러 주가 흘렀다. 밤나무는 벌써 한참 전에 꽃을 피웠고, 너도밤나무의 우윳빛을 띤 연초록색 잎사귀들은 진초록이 되어 단단해졌다. 정문 탑 위의 황새들은 벌써 한참 전에 부화한 새끼들에게 나는 법을 가르쳤다. 골드문트가 떠나 있는 시간이 길어질수록 나르치스에게 그가 어떤 의미였는지 점점 더 분명해졌다. 수도원에는 학식 높은 사제가 몇 명 있었다. 플라톤 전문가, 탁월한 고전학자, 명민한 신학자도 한두 명 있었다. 수도사들 중에도 진지하게 대해주어야 할 성실하고 정직한 이가 몇 명 있었다. 하지만 자기와 같은 사람, 정말로 자기와 견줄 만한 사람은 없었다. 오직 골드문트만이 다른 사람이 대신할 수 없는 이런 특별한 역할을 해주었다. 이것이 또다시 사라졌으니 지내기가 힘들었다. 그는 멀리 떠난 친구를 생각하며 그리워했다.

그는 자주 작업장을 찾아, 스승의 귀환을 초조하게 기다리며 제단 작업을 계속해나가는 조수 에리히를 격려했다. 이따금 성모상이 서 있는 골드문트의 방문을 열고 조각상을 덮은 천을 조심스럽게 치운 뒤 곁에 머물기도 했다. 이 성모상의 유래에 대해 그는 아무것도 몰랐다. 골드문트는 리디아 이야기를 한 적이 없었다. 하지만 그는 모든 것을 느꼈다. 이 소녀의 모습이 오랫동안 친구의 마음에 살아 있다는 것을 알았다. 아마 친구는 그녀를 유혹하고 배신하고 떠났을 것이다. 하지만 최고의 남편보다도 충실하게 그녀를 영혼에 간직했다. 그녀를 다시 만나지 못한 채 긴 세월이 흐른 다음 이 감동적이고 아름다운 소녀상을 만들면서, 연인으로서의 애정과 경탄과 그리움을 그녀의 얼굴, 자세, 손에 그대로 담아냈다. 그는 사제 식당 낭독대의 인물들에게서도 친구의 이런저런 이야기를 읽어냈다. 뜨내기에 충동적인 한 인간의 이야기, 고향 없는 자, 정절 없는 자의 이야기였지만, 그 이야기에서 여기 남겨진 것은 선하고 충실하고 생동하는 사랑으로 가득한 것이었다. 이 삶은 얼마나 신비로웠던가, 그 흐름은 얼마나 혼탁하고 격렬했던가, 그런데 그 결과는 얼마나 고귀하고 명료한 모습으로 여기 서 있는가!

나르치스는 투쟁했다. 그는 이 투쟁에서 이겨 자신의 길에서 벗어나지 않고, 자신의 엄격한 임무에서 무엇 하나 소홀히 하지 않았다. 하지만 상실 때문에 괴로웠다. 오로지 신과 임무에만 바쳐야 할 자신의 마음이 이 친구에게 얼마나 매여 있는지 그 깨달음 때문에 괴로웠다.

# 제20장

여름이 지나가고 양귀비와 수레국화, 선옹초, 향기별꽃도 시들고 자취를 감추었다. 연못의 개구리들도 잠잠해지고, 황새들은 하늘 높이 날아올라 작별을 준비하고 있었다. 그때 골드문트가 돌아왔다!

어느 날 오후 보슬보슬 비가 내릴 때 돌아온 골드문트는 수도원으로 들어가지 않고 정문에서 곧장 작업장으로 향했다. 그는 말을 타지 않고 걸어서 돌아왔다.

그가 들어서는 모습을 보고 에리히는 소스라치게 놀랐다. 첫눈에 그를 알아보고 심장이 쿵쾅거리긴 했으나, 돌아온 골드문트는 전혀 다른 사람처럼 보였다. 여러 해나 더 나이들어 보이고, 먼지를 뒤집어쓴 잿빛 얼굴은 반쪽이 되어 병들고 통증에 시달리는 초췌한 모습이었다. 하지만 얼굴에는 고통이 전혀 드러나 있지 않고 오히려 나이든 이의 선량하고 참을성 있는 미소가 떠올라 있었다. 그는 간신히 걸었고, 다리를 질질 끄는 모습이 병들고 몹시 지쳐 보였다.

이렇게 변한 낯선 모습의 골드문트가 묘한 얼굴로 젊은 제자의 눈을 들여다보았다. 그는 법석을 떠는 일 없이 마치 옆방에 있다가 온 사람처럼 행동했다. 손을 내밀어 제자와 악수를 나누었을 뿐 아무 말도 하지 않았다. 인사도 질문도 설명도 없이 그저 이렇게만 말했다. "잠을 좀 자야겠네." 그는 끔찍이도 지쳐 보였다. 골드문트는 에리히를 밖으로 내보내고 작업장 옆의 자기 방으로 들어갔다. 모자를 벗어 바닥에 떨어뜨리고는 신발을 벗고 침대가 놓인 곳으로 갔다. 방 뒤편에 천이 덮인 채 놓여 있는 성모상이 눈에 들어왔다. 그는 성모상을 향해 목례했을 뿐 가까이 다가가 천을 벗기고 인사하지는 않았다. 대신 창가로 가서 당황한 에리히가 밖에서 기다리고 서 있는 모습을 보고 이렇게 소리쳤다. "에리히, 내가 돌아왔다고 사람들에게 알릴 필요 없다. 몹시 피곤하구나. 내일 알리자."

그런 다음 옷을 입은 채 침대에 누웠다. 하지만 한참이 지나도록 잠을 이루지 못하다가 몸을 일으켜서는 어렵사리 벽 쪽으로 가 거기 달린 작은 거울을 들여다보았다. 그는 거울에서 자기를 마주보는 골드문트를 주의깊게 바라보았다. 지친 골드문트, 흰 수염이 난 지치고 늙고 시든 사내가 보였다. 작고 흐린 거울의 표면에서 이쪽을 바라보는 영락한 늙은 사내의 얼굴은 잘 알면서도 낯설었다. 온전히 여기 있지 않은, 그와는 크게 상관없는 모습이었다. 그 얼굴은 자기가 아는 이런저런 얼굴을 연상시켰다. 니클라우스 스승, 자신에게 시종 옷을 맞추어 준 늙은 기사, 그리고 교회에 있는 성 야고보, 그러니까 수염을 기르고 순례자 모자를 쓴 명랑하고 선량해 보이는 늙은 야고보도 조금 기억나게 했다.

그는 거울 속 얼굴을 찬찬히 살펴보았다. 마치 이 낯선 사내에 대해 알아내는 것이 정말로 중요한 일이라는 듯이. 상대를 향해 고개를 끄덕이고 상대를 다시 알아보았다. 그래, 그건 자신이었고, 지금 자신이 스스로에 대해 가진 느낌과 잘 들어맞는 모습이었다. 매우 지치고 약간 무뎌진 늙은 사내가 방금 여행에서 돌아왔다. 보잘것없는 사내이니 내세울 것도 없었지만, 상대가 싫지는 않고 오히려 마음에 들었다. 저 얼굴에는 예전에 아름답던 골드문트가 갖지 못했던 무언가가 있었다. 완전히 지치고 부서져버린 얼굴에는 만족 혹은 무심함이 엿보였다. 그가 나직이 혼자 웃자 거울 속 모습도 함께 웃었다. 흠, 멋진 녀석 하나를 여행에서 집으로 데려왔는걸! 그야말로 완전히 너덜너덜 고갈된 모습으로 이 작은 외출에서 돌아왔다. 말과 여행 가방과 은화만 잃은 것이 아니었다. 또다른 것, 바로 젊음과 건강과 자신감, 얼굴의 홍조와 안광도 사라지고 없었다. 그런데도 그 모습이 마음에 들었다. 거울 속의 이 허약하고 늙은 사내가 그 오랜 세월의 자기 모습보다 더 마음에 들었다. 더 늙고 허약하고 가엾지만 덜 해롭고, 더 만족하는 모습이었다, 이 사람과는 더 잘 지낼 수 있다. 그는 웃음을 터뜨렸고 주름진 눈꺼풀 한쪽을 찡긋해 보았다. 그런 다음 다시 침대에 누워 마침내 잠이 들었다.

다음날 그가 자기 방 책상 앞에 앉아 고개를 숙이고 무언가 스케치를 하려는데 나르치스가 찾아왔다. 나르치스가 문가에 서서 말했다. "자네가 돌아왔다고 하더군. 하느님 고맙습니다, 정말 기뻐. 자네가 찾아오지 않기에 내가 왔지. 작업을 방해한 건가?"

그가 가까이 다가왔다. 골드문트는 종이에서 고개를 들고 그에게 손을 내밀었다. 에리히에게 듣고 각오를 했는데도 나르치스는 친구의 모습에 가슴속까지 충격을 받았다. 골드문트가 따뜻한 미소를 지었다.

"네, 돌아왔어요. 잘 지냈나요, 나르치스, 오랜만이에요. 당신을 찾아가지 않은 걸 용서하세요."

나르치스는 그의 눈을 들여다보았다. 그는 골드문트의 얼굴에서 빛이 사라진 것을, 안쓰럽게 시든 것을 보았을 뿐만 아니라 다른 것도 보았다. 바로 놀라울 만큼 편안한 침착함, 무심함, 공손함, 선량한 노인의 감정이었다. 사람의 얼굴을 읽는 데 능한 그는 이렇게 변하고 낯설어진 골드문트가 온전히 여기 있지 않다는 것, 그의 영혼이 현실에서 멀리 떠나 꿈의 세계를 떠돌거나 아니면 저승으로 가는 문턱에 있다는 것도 보았다.

"자네 아픈가?" 그가 조심스럽게 물었다.

"네, 아파요. 여행 초반에 이미 아프기 시작했어요. 며칠 만에요. 하지만 곧바로 돌아오고 싶지 않았다는 건 아시겠지요. 내가 그렇게 금방 돌아와서 승마용 장화를 도로 벗었다면 다들 비웃었을 거예요. 그러고 싶지 않았어요. 여행을 계속하며 조금 더 돌아다녔어요. 이번 여행이 제대로 되지 않아 부끄러웠지요. 너무 큰소리쳤으니까. 좋아요, 어쨌든 부끄러웠어요. 그래요, 벌써 아시겠죠. 당신은 아주 영리한 사람이니까. 용서하세요, 뭔가 물어보셨는데? 뭔가에 홀린 것 같아요, 핵심이 뭔지 자꾸 잊어버려요. 하지만 내 어머니 이야기, 그건 당신이 잘했어요. 몹시 고통스러웠지만……"

그의 웅얼거림이 사라져서 미소가 되었다.

"우리가 자네 건강을 회복시킬 거야, 골드문트, 자네한테 부족함은 없을 걸세. 하지만 몸이 안 좋아졌을 때 즉시 돌아오지 않다니! 우리 앞에서 부끄러워할 일이 뭐라고. 곧바로 왔어야지."

골드문트가 웃었다.

"그래요, 나도 이젠 알아요. 그냥 돌아올 용기가 없었어요. 수치스러운 일 같았거든. 하지만 지금은 돌아왔어요. 벌써 몸이 좋아졌어요."

"통증이 심했나?"

"통증? 아, 통증이라면 충분했어요. 하지만 보세요, 통증은 아주 좋은 거예요, 내가 정신을 차리게 해줬으니. 나는 이제 당신 앞에서도 부끄럽지 않아요. 그때, 당신이 내 목숨을 구하려고 감옥으로 찾아왔을 때는 이를 꽉 악물어야 했어요. 당신 앞에서 너무 창피해서. 하지만 다 지난 일이에요."

나르치스가 그의 어깨에 손을 올려놓자 골드문트는 입을 다물더니 미소 지으며 눈을 감았다. 그리고 평화롭게 잠들었다. 당황한 원장은 달려나가 환자를 살펴보도록 수도원 의사 안톤 신부를 데리러 갔다. 그들이 돌아왔을 때, 골드문트는 여전히 스케치 탁자 앞에 앉아 잠들어 있었다. 그를 침대에 눕히고 의사가 그의 옆에 남았다.

의사는 그의 병이 깊어 희망이 없다는 것을 알았다. 그는 수도원 병원의 병실로 옮겨졌고, 에리히가 곁을 지키기로 했다.

그의 마지막 여행 이야기는 완전히 밝혀지지는 않았다. 몇 가지는 그가 이야기했고, 많은 것은 짐작만 할 뿐이었다. 그는 자주 멍하니 누워 있었고, 이따금 열이 나서 횡설수설하기도 했다. 가끔은 정신이 멀쩡해졌는데, 그럴 때면 언제나 나르치스가 불려왔다. 그에게는 골드문트와의 이 마지막 대화가 너무나 소중했다.

부스러져 조각난 골드문트의 보고와 고백 일부는 나르치스가 전했고, 나머지는 조수가 전한 것이다.

"언제 통증이 시작되었느냐고? 여행이 시작될 무렵 이미 나타났지. 말을 타고 숲을 지나다가 말과 함께 시내에 빠졌는데, 밤새 차가운 물속에 처박혀 있었거든. 갈비뼈 몇 대가 부러졌고 그때부터 통증이 떠나지 않아. 여기서 그리 멀지 않은 곳이지만 난 돌아오고 싶지 않았어. 정말 유치하지만, 그랬다간 우스워 보일 거라고 생각했거든. 그래서 말을 타고 계속 나아갔어. 하지만 너무 아파 말을 탈 수가 없어서 팔았고, 오랜 시간 병원에 누워 있었어.

지금 나는 돌아왔어요. 나르치스, 이건 말과는 상관없어. 방랑과도 상관없고. 춤이나 여자들과도 상관없어. 안 그랬다면 나는 더 오래 밖에 머물렀을 거야, 여러 해 동안. 하지만 저 바깥세상에 나를 위한 기쁨이 더는 없다는 걸 알았을 때 이렇게 생각했어. 쓰러지기 전에 스케치 몇 개를 더 하고, 조각상도 몇 개 만들어야지, 어쨌든 뭔가 즐거움을 갖고 싶으니까."

나르치스가 그에게 말했다. "자네가 돌아와서 정말 기뻐. 자네가 없는 동안 몹시 힘들었거든, 매일 자네 생각을 했네, 자네가 다시는 돌아오지 않을까봐 두려웠어."

골드문트는 고개를 가로저었다. "빈자리가 그리 크지도 않았을 텐데."

나르치스는 가슴이 고통과 사랑으로 타올라 그에게 몸을 숙이고 그

오랜 우정의 세월 동안 단 한 번도 하지 않은 행동을 했다. 골드문트의 머리카락과 이마에 입술을 가져다댄 것이다. 골드문트는 처음에는 깜짝 놀랐다가 무슨 일이 벌어진 건지 알아차리고 감동했다.

"골드문트." 친구가 그의 귀에 대고 속삭였다. "용서해줘, 내가 더 일찍 말하지 못한 것을. 주교의 성안 감옥에 있던 너를 찾아갔을 때, 아니면 너의 처음 조각상들을 보았을 때 아니면 언제든 말했어야 했는데. 지금 말하게 해줘, 내가 얼마나 너를 사랑하는지, 네가 내게 얼마나 소중한지, 네가 내 삶을 얼마나 풍요롭게 해주었는지 말이야. 네게는 그게 별것 아니겠지만. 너는 사랑에 익숙하고, 네게 사랑은 드물지 않지, 너는 수많은 여인의 사랑을 받아 버릇이 나빠졌으니 말이다. 나는 달라. 내 삶에는 사랑이 없었으니, 가장 좋은 것이 부족했던 거야. 언젠가 다니엘 원장님이 나더러 오만하다고 말씀하셨는데, 그 말이 맞았나봐. 나는 사람들을 공평하게 참을성을 가지고 올바르게 대하려고 애써. 하지만 그들을 사랑한 적은 없어. 수도원에 있는 두 명의 학자 가운데 학식이 더 풍부한 사람을 아낀다는 식이야. 학식이 부족한 학자를 그 부족함에도 불구하고 사랑한 적이 없어. 그런데도 내가 사랑이 무언지 안다면 그건 네 덕이다. 나는 너를 사랑할 수 있지, 세상 사람들 중에서 오직 너만을 말이야. 너는 그게 대체 무슨 뜻인지 짐작도 못할 거야. 그건 사막의 우물, 황야에서 꽃을 피우는 한 그루 나무라는 뜻이야. 내 마음이 말라버리지 않은 것, 내게 아직도 은총이 닿을 수 있는 한 자리가 남은 것은 오로지 네 덕이야."

골드문트는 기쁘면서도 약간 당황스러워 미소를 지었다. 그리고 정신이 온전한 순간의 나직하고 평온한 목소리로 말했다. "당신이 그때 교수대에서 나를 구해내 우리가 말을 타고 돌아오는 길에, 내가 내 말 블레스에 대해 물었더니 대답해주었지. 보통 때는 말들을 거의 구별도 못하던 사람이 별것 아닌 블레스를 신경썼다는 걸 알았어. 그게 나 때문이었다는 걸 알았고, 그래서 정말로 기뻤어. 지금은 그게 맞았다는 걸 알고, 당신이 나를 사랑한다는 걸 알겠어요. 나도 언제나 당신을 사랑했어, 나르치스, 내 삶의 절반은 당신의 마음을 얻으려는 구애였어. 당신도 나를 좋아했다는 걸 알았지만, 내게 그 말을 할 거라고는 바라지도 못했어요. 아주 자부심이 강한 사람이니까. 그런데 그 말을 해주네. 내게 다른 아무것도 남지 않은 이 순간, 방랑도, 자유도, 세상도, 여자도 나를 버린 이 순간에 말이야. 그걸 받아들이고 그에 대해 당신에게 감사해요."

리디아-성모상이 방안에서 그들을 바라보았다.

"언제나 죽음을 생각하고 있니?" 나르치스가 물었다.

"그래요. 항상 죽음을 생각하고, 내 삶의 결실이 무엇인지를 생각하지요. 당신의 제자이던 젊은 시절 나는 당신처럼 정신적인 사람이 되겠다는 소망을 품었지. 당신은 내 소명이 거기 있지 않다는 걸 알려주었고. 그래서 나는 삶의 다른 편으로 간 거예요, 감각의 편으로, 그리고 거기서 쾌락을 찾는 걸 여자들이 도와줬어. 그들은 기꺼이 알려주었고 탐욕스러웠어. 그래도 물론 그들에 대해 경멸하는 말을 하고 싶지는 않아. 감각의 쾌락에 대해서도 마찬가지고. 나는 자주 몹시 행복했어요. 감각성이 영혼을 가질 수도 있다는 걸 경험하는 행운도 가졌죠. 예술은 바로 거기서 나오는 거지요. 이제 이 두 가지 불꽃은 모두 사그라졌어. 더는 쾌락이라는 동물적 행복을 느끼지 못해—여자들이 바로 오늘 나를 쫓아온다 해도 그런 건 못 느낄 것 같아. 예술품을 만드는 것도 더는 나의 소망이 아니고. 조각상은 충분히 만들었고, 숫자는 그리 중요하지 않아요. 그러니 이제 내가 죽을 때가 된 거겠지. 나는 그럴 준비가 되었고 죽음에 대해 호기심을 느껴요."

"어째서 호기심을 느끼지?" 나르치스가 물었다.

"그야 내가 멍청하니까 그렇겠지요. 나는 정말 궁금해. 내세는 아니야, 나르치스, 내세 같은 건 거의 생각하지 않아. 솔직히 말해도 된다면 그런 건 믿지 않아요. 내세는 없어. 말라버린 나무는 영원히 죽은 거야, 얼어죽은 새도 다시는 살아오지 않고, 인간도 한 번 죽으면 돌아오지 않아. 누군가 떠나면 남들이 잠시 그를 생각할지 모르지만 그리 오랫동안은 아닐 거야. 아니, 죽음에 대해 호기심을 갖는 것은, 내가 어머니에게로 가는 도중에 있다는 나의 믿음 또는 꿈 때문이야. 나는 죽음이 거대한 행복이기를, 첫사랑의 충족만큼이나 거대한 행복이기를 바라거든. 나를 다시 거두어들여 존재하지 않음으로, 무구함으로 되돌리는 것은 큰 낫을 든 죽음이 아니라 내 어머니라는 생각을 떨칠 수가 없어."

여러 날 동안 골드문트는 아무 말도 하지 않았다. 그후 거의 마지막으로 나르치스가 찾아갔을 때 그는 다시 정신이 들어 이야기를 할 수 있었다.

"안톤 신부님 말로는 통증이 엄청날 거라던데. 골드문트, 자네는 어쩜 그리 평온하게 참아내는 거지? 자네는 이제 평화를 찾아낸 사람처럼 보여."

"신과의 평화 말인가요? 아니, 그런 건 찾지 못했어요. 신과의 평화를 원하지도 않고. 신이 세상을 나쁘게 만들었으니, 우리는 세상을 찬양할 필요가 없어요. 신도 내가 신을 찬양하든 말든 별 관심 없을 거고. 하지만 내 가슴의 통증과는 화해를 했죠. 맞아요, 전에는 통증을 잘 견디지 못했어요. 이따금 나는 죽는 게 나한테는 쉬울 거라고 생각했었지만 그건 착각이었어요. 저 하인리히 백작의 감옥에서 보낸 밤 죽음이 심각한 문제로 닥쳤을 때 분명해졌죠. 그냥 죽을 수는 없다, 나는 아주 강하고 아주 사납다, 나를 죽이려면 온몸을 두 배는 더 두들겨패야 할 거라고요. 하지만 지금은 달라."

말하느라 지친 나머지 그의 목소리가 약해졌다. 나르치스는 기운을 아끼라고 간청했다.

"아니," 그가 말했다. "이 이야기를 마저 하고 싶어요. 전엔 이런 이야기를 당신에게 하기가 부끄러웠어. 분명히 웃을 테니까. 내가 말을 타고 이곳을 떠났을 때 무작정 길을 나선 건 아니었어요. 나는 하인리히 백작이 돌아왔고, 그의 정부 아그네스도 함께 왔다는 소문을 들었어요. 당신에게는 별로 중요한 게 아니고, 지금은 내게도 그다지 중요하지 않아요. 하지만 당시 그 소식은 나를 이글이글 불태웠고, 아그네스 말고는 아무 생각도 나지 않았어. 그녀는 내가 알고 사랑했던 가장 아름다운 여자였어요. 그녀가 보고 싶었고, 한번 더 그녀와 함께 행복을 나누고 싶었어. 나는 말을 타고 출발한 지 일주일 뒤 그녀를 찾아냈어요. 그곳에서, 그 시간에 내게 변화가 일어난 거야. 나는 아그네스를 보았고, 그녀는 예전만큼 아름다웠지. 그녀를 보고 그녀에게 내 모습을 드러내고 그녀와 이야기할 기회를 찾아냈지. 나르치스, 생각해봐요, 그녀는 나에 대해 아무것도 알고 싶어하지 않았어요! 그녀한테는 내가 너무

늙었고 아름답지도 만족스럽지도 않았던 거예요. 그녀가 내게 기대할 게 없었던 거지. 그로써 내 여행은 사실상 끝났어요. 하지만 나는 말을 타고 계속 나아갔죠. 그렇게 실망하고 우스꽝스러운 꼴로 이리로 돌아오고 싶지 않았으니까. 그렇게 말을 타고 가는 동안 내게서 힘과 젊음과 영리함이 완전히 사라졌어요. 말과 함께 협곡으로 떨어져 시냇물에 빠졌고, 거기서 갈비뼈가 부러진 채 물속에 누워 있었어요. 그때 처음으로 진짜 통증이란 걸 맛보았죠. 떨어지자마자 가슴 저 안쪽의 뭔가가 부러진 것을 느꼈어요. 그렇게 부러졌다는 게 기뻤어, 기꺼이 그 소리를 듣고 만족했죠. 물속에 누운 채 내가 죽게 되리란 걸 알았어요. 하지만 저 감옥에서와는 모든 게 완전히 달랐어요. 죽는 게 신경쓰이지 않았어. 죽음은 이제 더는 그렇게 나쁜 일로 보이지 않았어. 그뒤로 내내 격렬한 통증에 시달렸고 그러면서 어떤 꿈을, 아니면 어떤 환영을, 당신이 원하는 대로 불러요, 그런 걸 보았죠. 거기 누워 있는데, 가슴속이 타는 듯이 아팠어요. 나는 저항하고 소리쳤어. 그러다가 어떤 목소리가 웃는 걸 들었어—어린 시절 이후로 들어보지 못한 소리였어. 그것은 내 어머니의 목소리, 쾌락과 사랑으로 가득찬 여성의 낮은 목소리였어요. 그제야 그게 어머니였다는 것, 어머니가 찾아와 나를 품에 안고 내 가슴을 열어젖히고는 내 가슴 깊숙이 갈비뼈 사이로 손가락을 밀어넣어 심장을 꺼내려 한다는 것을 알았어. 그것을 보고 이해한 순간 더는 아프지 않았어. 지금도 통증이 돌아오지만 그건 통증도 아니고 내 적도 아니야. 그건 내 심장을 꺼내는 내 어머니의 손가락이에요. 어머니는 열심히 그 일을 하고 있어. 때로는 힘껏 누르기도 하면서 마치 쾌락에 잠긴 것처럼 신음하지요. 때로는 웃음을 터뜨리며 부드러운 소리로 노래하고요. 때로는 내 곁에 있지 않고 저 위 하늘에 있어요. 구름들 사이로 구름만큼이나 커다란 어머니 얼굴이 보여요. 어머니는 떠가며 슬픈 미소를 짓고, 어머니의 슬픈 미소는 나를 빨아마시며 내 가슴에서 심장을 떼어내요."

그는 거듭 어머니 이야기를 했다.

"기억하나요?" 마지막 어느 날 그가 물었다. "나는 한때 어머니를 잊었는데 당신이 다시 불러냈어요. 그때 마치 짐승들이 내장을 파먹는 것처럼 아팠어요. 우린 아직 젊었지요, 아름답고 젊은 소년들이었어. 하지만 어머니가 나를 불렀고 나는 그 부름을 따라야 했어요. 어머니는 어디에나 있어요. 집시 여자 리제였고, 니클라우스 스승이 만든 아름다운 성모였지. 어머니는 삶이고 사랑이고 쾌락이었고, 또한 두려움이며 배고픔, 충동이었어. 이제 어머니는 죽음이요, 그 손가락을 내 가슴에 넣고 있어요."

"너무 많이 말하지 마, 사랑하는 벗이여." 나르치스가 간청했다. "내일까지 기다려."

골드문트는 미소 지으며 나르치스의 눈을 들여다보았다. 그가 여행에서 얻어온 새로운 미소, 그토록 나이들고 부서질 듯해 보이는, 때로는 바보처럼 보이고, 때로는 순수한 선의와 지혜를 담은 미소였다.

"사랑하는 나르치스," 그가 속삭였다. "나는 내일까지 기다릴 수 없어. 당신과 작별해야 하고, 작별을 위해 모든 것을 말해야 해요. 잠시만 더 내 말을 들어줘요. 어머니 이야기를 해야 해. 어머니가 손가락으로 내 가슴을 움켜쥐고 있어. 벌써 여러 해 전부터 어머니의 조각상을 만든다는 게 내가 가장 좋아한, 가장 비밀스러운 꿈이었어요. 어머니는 모든 모습 중 가장 거룩한 모습이었고, 언제나 내가 속에 지녀온 것, 사랑과 신비로 가득한 형태였어. 얼마 전까지만 해도 어머니의 조각상을 못 만들고 죽을지 모른다고 생각하면 정말이지 참을 수가 없었어요. 내 삶이 쓸모없는 것이라는 생각이 들었어. 그런데 지금은, 보세요, 어머니와 나 사이가 얼마나 신기한지. 내 손이 어머니 모습을 붙잡아 형태로 만드는 게 아니라, 어머니가 나를 붙잡아 형태로 만들고 있어. 어머니는 두 손으로 내 심장을 꽉 움켜쥐고 떼어내 나를 텅 비게 만들고 있죠. 어머니가 나를 죽음으로 유혹해왔어요. 나와 함께 내 꿈도 죽겠지요. 저 아름다운 조각상, 위대한 에바-어머니 모습도 함께. 지금도 나는 그 모습을 보고 있어. 손에 힘이 있다면 그것을 만들 수 있을 텐데. 하지만 어머니가 원하지 않아요, 내가 어머니의 비밀을 드러내는 걸 원하지 않아. 어머니는 차라리 내가 죽기를 바라요. 나는 기꺼이 죽을 거고, 어머니는 그걸 쉽게 만들어줘요."

나르치스는 당황해서 그 말에 귀기울였다. 그는 친구의 말을 이해하기 위해 몸을 굽혀 친구 얼굴 가까이 귀를 가져가야 했다. 일부는 불확실했고, 일부는 잘 들렸지만, 그 의미는 그에게 감추어져 있었다.

이제 병자가 다시 눈을 뜨더니 친구의 얼굴을 오래 바라보았다. 그는 눈으로 친구와 작별인사를 했다. 마치 고개를 저으려는 듯이 움직이며 이렇게 속삭였다. "하지만 나르치스, 당신에게는 어머니가 없는데 어떻게 죽을 셈이죠? 어머니 없이는 사랑할 수 없어. 어머니 없이는 죽을 수도 없고."

그가 이어서 중얼거린 말은 알아들을 수 없었다. 마지막 이틀 동안 나르치스는 그의 침대를 지켰다. 밤낮없이 그의 곁을 지키면서 그가 스러지는 모습을 지켜보았다. 골드문트의 마지막 말이 그의 가슴에서 불처럼 타올랐다.

# 『나르치스와 골드문트』 다시 읽기<br>—삶의 길, 몸의 길

## 1. 『데미안』과의 연속성

이 작품은 중세 수도원을 배경으로 펼쳐지는 '공간 소설' 또는 '길 소설'이다. 예술가의 형성과정을 담은 내용은 뜻밖에도 난해하지만, 그래도 주인공 골드문트의 이동경로를 제대로 따라가기만 한다면, 전체 줄거리를 잡아내기가 그리 어렵지는 않다.

이 소설은 이보다 십일 년 전에 나온 헤세의 중기 대표작 『데미안』과의 깊은 연관성 속에 들어 있다. '알을 깨고 밖으로 나오는 새'라는 은유를 핵심으로, 열 살부터 이십대 초반까지 에밀 싱클레어의 성장과정을 다룬 『데미안』에서 이미 신비로운 친구 데미안과 그의 어머니 '에바 부인'이 등장했다. 『나르치스와 골드문트』에서 에바라는 이름의 등장인물은 없지만, 오히려 그보다 더욱 노골적으로 '근원 어머니 에바'의 모습이 거듭 나타난다. 두 소설에서는 궁극적으로 동일한 근원 어머니Urmutter, 또는 이른바 대모大母, Große Mutter가 중요한 역할을 하고 있다.

그것 말고도 이 두 작품에는 제각기 두 명의 주인공이 등장하여 아주 특별한 우정을 맺는다는 점, 둘 중 한 명이 실질적인 주인공이고, 다른 한 명은 어딘지 초현실적인 능력의 소유자로서 주인공을 돕는 보조적 위치에 있다는 점 등에서 상당히 유사한 설정이 나타난다. 『데미안』은 이십대 초반의 싱클레어가 '삶이란 자기 자신에게로 이르는, 자기만의 길'이라는 깨달음에 도달하면서 끝난다. 『나르치스와 골드문트』는 십대 후반의 골드문트가 잊어버린 기억 속의 어머니를 되찾고, 어머니의 부름이 자신의 운명이라는 사실을 깨달아 수도원을 떠나면서 진짜 이야기가 시작된다.

그러니까 근원 어머니 '에바'로 연결되는 두 소설에 등장하는 두 주인공의 삶은 일종의 연속성을 보인다. 싱클레어의 깨달음이 삶에서 구체적으로 어떻게 나타나는지 독자는 들은 바가 없다. 대신 우리는 뜨내기가 되어 구걸하며 세상을 떠도는 골드문트의 독특한 '자기만의 길'을 통해 한 예술가의 혹독한 성장과정을 목격한다. 소설에서 자세히 설명되지는 않지만, 그가 죽을 때 마흔 살쯤이었다고 본다면, 독자는 대략 이십 년 동안의 그의 삶의 길을 따라가는 셈이다.

두 작품을 합쳐 본다면 열 살부터 이십대 초반까지 한 젊은이가 삶의 의미에 대한 깨달음의 과정을 거치고, 이어서 스무 살 직전의 젊은이가 자신의 장래에 대해 아무것도 모른 채 고향을 떠나 방랑하면서 자기 삶의 소명을 찾아내고 실현하는 과정이 펼쳐진다. 비극적인 결말처럼 보이는 그의 삶은 실패한 것이 아니다. 그는 자기 삶의 길과 그 의미를 완전히 찾아냈고 또한 표현할 수 있었기 때문이다.

헤세가 쉰세 살에 발표한 『나르치스와 골드문트』는 그의 생전에 가장 많이 팔린 소설이니, 오늘날까지도 세계적인 대중성을 유지하고 있는 이 소설가의 가장 성공적인 작품인 셈이다.

## 2. 근원 어머니 에바

소설 앞부분에는 수도원학교의 젊은 보조교사 나르치스와 아름다운 신입생 골드문트가 서로 만나 친구가 되는 과정이 서술된다. 사람들의 본성과 소명을 알아보는 특별한 감각을 지닌 나르치스는 골드문트와 비교적 허물없이 말을 주고받을 수 있게 되자마자 곧바로, 수도사가 되어 수도원에 남으려는 골드문트의 강력한 소망이 그가 타고난 천성과는 전혀 어울리지 않는다는 사실을 알아본다. 골드문트는 자신이 나르치스와 같은 소명을 지니고 그와 함께 같은 길, 곧 수도사의 길을 걸어갈 거라고 굳게 믿고 있다.

하지만 몇 살 위인 나르치스는 친구의 내면을 치밀하고 끈질기게 탐색하면서 골드문트가 그런 엉뚱한 소망을 품게 된 이유를 찾아내려 애쓴다. 골드문트와의 대화에 필요한 언어를 익히고 다방면으로 공략한 끝에 마침내 그는 골드문트가 '어린 시절을 잊었다'는 사실을 알아낸다. 골드문트가 예술가 계열의 인간으로서 모성母性에 근원을 두고 있으며, 나르치스 자신은 정신의 인간이자 사색가로서 모성보다는 부성에 근거한 사람이라는 사실도 그의 말을 통해 밝혀진다. 그들은 둘 다 탁월하지만, 서로 대척점에 선 사람들이다.

어린 시절을 잊었다는 나르치스의 말이 사실임을 깨달은 골드문트는 그 충격에 기절하고 만다. 깊은 혼수상태에서 깨어나면서 그는 어린 시절에 사라진 어머니, 이어서 자신의 기억에서도 사라지고 왜곡된 기억으로만 남은 어머니의 원래 모습을 되살려낸다. 그러면서 왜곡된 기억 일부도 수정된다. 이후로 그는 학문보다는 꿈의 세계에 더 깊이 빠져들어 살면서 자신의 길이 나르치스의 길과는 다르다는 것을 확실히 깨닫는다. 수도원의 삶은 이제 더이상 그의 장래가 아니다.

머지않아 그는 들판에서 마주친 집시 여자 리제를 만나기 위해 수도원을 항구적으로 떠난다. 골드문트는 그녀에게로 가는 것이 "어머니의 부름"이며, 여자와 사랑에 빠지는 일이 자기에게는 "삶으로 가는 길이자 삶의 의미로 가는 길"이기도 하다는 사실을 이미 깨닫고 있다(6장). 그의 방랑생활이 시작된다.

처음에는 잃어버린 어머니의 기억이던 것이 그가 첫번째 방랑기간을 마치고 주교도시에서 나무 조각을 배우는 시기에, 점차 더욱 보편적인 근원 어머니의 모습으로 바뀌게 된다(11장). 그리고 이 근원 어머니는 그의 삶에서 가장 중요한 결정에 작용한다(12장).

젊은 날의 나르치스를 모델로 한 사도 요한 조각상을 성공적으로 끝낸 다음 골드문트는 스승 니클라우스에게서 매우 파격적인 제안을 받는다. 이 도시에 계속 머물며 스승의 동업자가 되고, 나아가 그의 딸과 혼인해서 공예 작업장을 물려받으라는 제안이다. 도제과정도 거치지 않고서 뛰어난 조각 작품 하나 만든 걸로 단번에 마이스터가 되어 도시의 가장 중요한 작업장을 운영하라는 말이니, 이는 당시의 나무 조각 예술가로 얻을 수 있는 가장 명예로운 제안이었다.

하지만 그는 작품 완성 뒤의 허전한 마음으로 거리를 배회하면서 여러 번이나 근원 어머니의 모습을 보게 된다. 저 수도원을 떠날 때만큼이나 삶에서 중요한 결정을 눈앞에 둔 지금, 그는 평범한 예술가의 길이 아니라 어머니의 부름을 따라가기로 결심한다. 정착을 요구하는 예술가의 삶이 자신의 목표가 아니고, 어머니에게로 가는 길, 곧 방랑의 삶이 내면의 감각들을 싱싱하게 유지해줄 것임을 깊이 깨닫고 그렇게 결심한 것이다.

다시 방랑에 나선 그는 이번에는 페스트에 점령된 세상을 떠돌아다니며 수많은 죽음을 목격하는데, 그 죽음의 장면에서 거듭 근원 어머니의 무심한 얼굴을 본다. 근원 어머니는 수도원을 떠날 때의 젊은 골드문트를 여자들과의 사랑으로 불러냈듯 이번에는 그를 죽음 한복판으로 데려갔고, 그는 탄생의 장면뿐 아니라 죽음의 장면에서도 이 어머니의 얼굴을 만난다. 마지막 장면에서(20장) 죽어가는 골드문트의 말에 따르면 근원 어머니는 이런 존재다.

> "(……) 어머니가 나를 불렀고, 나는 그 부름을 따라야 했어요. 어머니는 어디에나 있어요. 집시 여자 리제였고, 니클라우스 스승이 만든 아름다운 성모였지. 어머니는 삶이고 사랑이고 쾌락이었고, 또한 두려움이며 배고픔, 충동이었어. 이제 어머니는 죽음이요, (……)"

이런 근원 어머니는 융C. G. Jung 학파가 사용하는 어머니의 원형 Archtypen 개념에서 나온 것이다. 원형적 어머니는 단순히 탄생과 양분의 원천일 뿐만 아니라, 유혹과 위험 및 죽음과도 연관된다. 개인 차원에서는 생물학적 어머니만이 아니라 계모, 유모, 보모, 조상 여인, 그리고 세계의 여러 신화에 등장하는 온갖 여신, 특히 운명의 여신들, 또는 거대한 물고기도 근원 어머니를 나타내는 존재들이다. 우리는 『나르치스와 골드문트』에서도 이런 여러 이미지가 쓰인 것을 찾아볼 수 있다.

## 3. 골드문트의 이동 경로와 작품의 줄거리

길 소설인 이 작품은 두 장소를 거점으로 삼지만, 주인공이 출발지를 떠나 계속 이동하다가 마지막에 출발점으로 되돌아오는 것으로 마무리되니, 순환의 특성도 함께 갖는다. 이는 본질적으로 우리 삶의 여정과도 같다.

다른 생명체처럼 인간도 흙에서 나와 흙으로 되돌아가는 존재인 만큼, 우리를 낳고 또 거두어들이는 흙, 곧 '어머니 대지'라는 표상에도 근원 어머니의 모습이 들어 있다. 신화에서 우리 모두의 삶과 죽음은 매우 간결하게 순환으로 표현된다. 골드문트는 또한 봄, 여름, 가을, 겨울 등 자연과 계절의 순환을 다른 무엇보다도 예리하게 감지하고 또 거기 반응한다. 떠돌이의 삶에서 날씨와 계절보다 더 중요한 게 뭐가 있을까?

소설에 서술된 골드문트의 이동 경로는 아주 뚜렷해서 도표로 축약

할 수 있다. 다음은 총 20장으로 구성된 작품에 등장하는 각 장의 장소, 곧 공간을 도식화한 것이다.

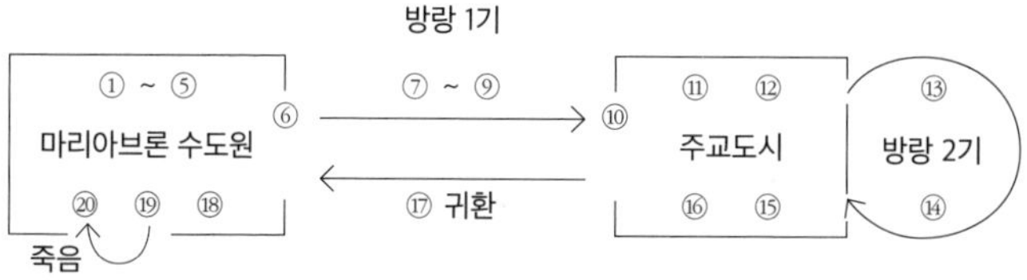


① 수도원 소개와 두 사람의 만남
② 친구가 되다
③ 두 사람의 차이
④ 나르치스의 탐색과 발견, 정신분석의 방식, 골드문트의 각성
⑤ 깨달음, 어머니의 부름을 좇기로 하다
⑥ 집시 여자 리제를 만나고 수도원을 떠나다
⑦ 방랑의 시작, 농부 아낙
⑧ 기사 저택에서, 리디아와 율리
⑨ 해산하는 여자, 떠돌이 빅토어, 살인과 방황
⑩ 성모상을 보고 삶의 목표가 생기다, 스승 니클라우스를 찾아 주교도시로
⑪ 기술의 수련과 사도 요한 상의 조각
⑫ 선택, 정착한 공예가가 아닌 어머니의 부름을 따르기로 결정
⑬ 페스트 한가운데서 로베르트·레네와 함께 숲속의 짧은 정착
⑭ 레네의 죽음, 페스트 한복판으로, 유대인의 운명과 레베카
⑮ 창작욕에 몰려 주교도시로 돌아오다, 스승의 죽음, 운명의 여인 아그네스
⑯ 아그네스로 인해 감옥에 갇힘, 처형 직전 구원하는 사제의 손길
⑰ 나르치스와 함께 마리아브론 수도원으로 돌아가는 길
⑱ 수도원과의 재회, 대규모 낭독대 작업
⑲ 낭독대와 성모상의 완성, 골드문트 다시 떠남
⑳ 골드문트의 귀환과 죽음

위의 도표를 토대로 소설의 주요 내용을 정리하면 대략 다음과 같다.

(가) 골드문트는 수도원과 주교도시 두 군데서 정착생활을 하고, 나머지는 모두 길 위에 있다.

(나) 골드문트의 방랑기간은 크게 두 번으로 나뉘는데, 방랑 1기에는 여자와 사랑, 삶과 온갖 고통을 체험하며, 방어 살인도 여기 포함된다(7, 8, 9장). 방랑 2기는 페스트 체험으로, 온갖 죽음의 장면이 등장한다(13, 14장). 방랑 1기에 등장하는 중요한 여인들은 리제, 농부의 아낙, 리디아와 율리, 출산하는 여인 등이다. 주교도시의 리스베트와 마리는 그와 직접적인 인연이 닿지 않는다. 방랑 2기의 여인들은 죽음에 바쳐지는 레네와 레베카다. 레네는 페스트로 죽고, 레베카는 그녀 자신이 근원 어머니와 죽음을 지향한다. 이 모든 여인은 그의 내면에서 근원 어머니의 얼굴이 만들어지는 데 일조하고, 나중에 그의 조각상에 반영된다.

(다) 방랑 2기가 끝난 다음 다시 주교도시로 돌아온 그가 맨 마지막으로 만나는 여인 아그네스는 운명의 여인으로, 그의 여성 편력과 삶의 모든 체험이 그녀에게 투사되고 집중된다. 골드문트가 마치 그녀와 "형제"인 것처럼(15장) 잘 어울리는 이 여인은 그의 아니마Anima를 구현한 인물로서, 결국 그를 죽음으로 이끌어가는 존재다(16, 20장). 융 심리학에 정통한 헤세는 근원 어머니와 매우 유사한 특성을 갖는 골드문트의 아니마를 성공적으로 어머니에게서 분리해 형상화했다.

(라) 골드문트는 수많은 여인 편력의 도중에 어느 성당에서 고통과 행복을 동시에 보여주는 니클라우스의 성모상을 보고 자기 삶의 목표를 깨닫는다(10장). 자신도 그런 작품을 만드는 조각가

가 되기로 결심한 그는 니클라우스가 사는 주교도시로 향한다. 니클라우스 밑에서 나무 조각에 필요한 온갖 손기술을 익히는 것과 거의 같은 기간에 나르치스를 모델로 한 작품을 느리게 완성한다. 하지만 스승의 놀라운 제안을 거절하고, 도시를 떠나 페스트와 온갖 죽음의 체험을 거친 다음에야 비로소 그는 온전한 대가의 솜씨를 갖추게 된다. 주교도시가 조각 예술을 위한 수련의 장소였다면, 그가 대작大作을 생산하는 곳은 마리아브론 수도원이다. 마리아브론에서 그는 대규모 낭독대를 조각하고 이어서 리디아를 모델로 한 성모상을 조각한다. 근원 어머니를 조각하겠다는 꿈을 지녔지만, 이것을 이루기 전에 죽는다.

(마) 시간이 흐름에 따라 골드문트는 각성을 거쳐 성장하고 방황하며 목표를 찾아내고, 연습하고, 다시 방황하면서 마침내 예술가로서 뚜렷하게 일어선다. 다만 더 많은 과제를 머리에만 지닌 채 미처 실현하기 전에 죽는다. 그 긴 세월 나르치스는 처음부터 끝까지 거의 동일한 모습으로 남아 있다. 처음부터 성숙한 모습이고, 우리는 그의 어머니나 부모에 대해 알 수도 없으며 성장하지도 않고 소설에서 죽음의 장면도 나오지 않는다. 수도원학교의 보조교사에서 수도원장으로 지위가 바뀔 뿐, 한결같은 정신의 수호자로서, 골드문트의 상대역을 맡고 있다.

(바) 나르치스는 처음에 수도원에서(1~6장), 그리고 오랜 방랑의 끝에 수도원으로 돌아오는 길과 그 이후의 수도원생활(17~20장)을 함께한다. 따라서 작품의 처음과 마지막에만 등장한다.

## 4. 조각가 골드문트와 아폴론적 예술 원칙

『데미안』에 이미 다음의 구절이 나온다. "교외의 낡은 집에 조용히 살며 책상 위에는 니체의 책 몇 권을 올려놓았다. 나는 니체와 함께 살면서 그의 영혼의 고독을 느꼈고, 그를 쉴새없이 몰아간 운명을 냄새 맡고, 그와 함께 고통받았으며, 또 그토록 굴하지 않고 자신의 길을 간 사람이 있었다는 사실에 행복했다."* 이것은 대학생 싱클레어만이 아니라 물론 헤세 자신에게도 해당하는 말이었다.

골드문트가 성년으로 들어서는 시점에서 시작하는 이 소설은 그가 목조각가가 되는 과정을 상세히 보여주는 성장소설의 면모를 지닌다. 그는 도중에 조각가 겸 공예 기술자로서 성공적으로 정착할 기회를 얻지만, 그 편안한 삶을 거부하고 돈과 명예가 아니라 오로지 예술가로서의 길을 걷는다.

정신분석의 방식(나르치스가 골드문트와 나누는 대화에서)과 근원 어머니 서술에서 융의 개념을 분석적으로 적용해 형태화하는 것에 성공한 소설가 헤세는, 골드문트가 목조각 예술가로서 성장하는 과정을 서술하는 데서는 젊은 니체의 『비극의 탄생』에 나오는 '아폴론적인 것'과 '디오니소스적인 것'의 개념을 면밀하게 분석해 적용했다.

헤세가 얼마나 지적, 분석적, 도식적인 사유를 하는 작가인지 보여주는 이 소설의 예술론 영역을 이해하려면, 독일 미학의 전통에서 벗어나 있는 니체의 미학 개념을 먼저 살펴보아야 한다. 더 나아가 성숙한 니

* 헤르만 헤세, 안인희 옮김, 『데미안』, 문학동네, 2013, 160쪽.

체가 『차라투스트라는 이렇게 말했다』에서 펼치는 반反기독교적인 사유가 중세를 배경으로 하는 이 소설을 이끌어가고 있음도 함께 보아야 한다.

덕분에 우리는 뜻밖에 난해한 예술가 소설인 『나르치스와 골드문트』의 세계를 잠시 벗어나 그에 못지않게 난해한 니체의 미학과 철학의 영역으로 넘어가야 한다. 그래도 저 유명한 두 개념을 음미할 수 있으니, 잠시 산책을 해보자.

### (1) 아폴론적인 것과 디오니소스적인 것

『비극의 탄생』 1장의 첫 문장에서 니체는, "예술의 지속적인 발전이 '아폴론적인 것'과 '디오니소스적인 것'의 이중성과 결합되어 있다는 관점을 논리적으로 통찰할 뿐만 아니라 확신시킬 수 있다면" 미학의 성과가 컸을 것이라고 주장한다.*

같은 1장에서 아폴론과 디오니소스에 대해, "고대 세계에서 이 신들은 그 기원과 목적으로 보아, 즉 조각가Bildner의 예술인 아폴론적 예술과, 비非조형적 예술인 음악, 즉 디오니소스적 예술 사이의 엄청난 대립"만큼이나 서로 갈등하는 신들이지만, 언제나 쌍을 이루어 등장하다가 결국에는 디오니소스적·아폴론적 예술인 그리스 비극에서 통합되었다고 요약되어 있다. 결국 니체의 미학은 이 두 개념을 구분함과 동시에 그들의 융합과정을 다루고, 그런 융합이 고대 그리스 '비극'에서 가장 훌륭하게 성취되었음을 입증하는 과정이다.

---

* Friedrich Nietzsche, *Die Geburt der Tragödie. Oder: Griechentum und Pessimismus*, Stuttgart: Reclams Universal-Bibliothek, 1993, 17쪽.

물론 책의 원래 제목이 '음악의 정신에서 본 비극의 탄생'이니만큼 음악의 예술 원칙인 디오니소스적인 것에 더욱 관찰이 집중된다. 나아가 이 개념은 젊은 니체의 미학 사상뿐만 아니라 뒷날 성숙한 그의 철학 사상에서도 실질적인 핵심이 되므로 훨씬 더 중요하다. 여기서 디오니소스란, 10장에서 니체가 밝히고 있듯이 "자그레우스-디오니소스"* 를 뜻한다. 하지만 그래도 1장부터 5장까지는 '아폴론적인 것'과 '디오니소스적인 것'이라는 두 개념을 여러 각도에서 구분하면서 둘의 융합 과정을 다루고 있으므로 우리는 이 앞부분에서 "서사시인과 조각가"의 예술 원칙인 아폴론적인 것의 내용을 찾아낼 수 있다. 골드문트가 조각가이므로 우리의 관심은 당연히 이쪽으로 향하게 된다.

원래 빛의 신인 아폴론은 빛을 내면서 또한 인간 내면, 즉 상상 세계의 아름다운 허상虛像도 지배하고, 잠과 꿈속에서 치유하고 도움을 주는 힘인데, 이런 힘은 예언의 능력이나 보편적 예술과도 유사성을 지닌다. 아폴론적인 것이란 꿈 세계의 아름다운 허상으로서, 모든 조각 예술의 전제가 된다.

---

* Zagreus-Dionysus. 3세기에 살았던 그리스 출신의 교부(敎父)인 클레멘스 알렉산드리누스는 『권고』라는 책에서 제우스의 아들 자그레우스의 운명을 이야기한다. 자그레우스, 실은 디오니소스가 소년일 때 티탄들이 그를 유혹해 어린 소년을 갈가리 찢어 죽였다. 제우스는 티탄들을 번개로 쳐죽이고, 디오니소스의 찢긴 사지를 아폴론에게 매장하라고 내주었다. 제우스의 명에 따라 아폴론은 찢긴 시신을 모아 하나로 합쳐서 파르나소스의 델포이로 가져다가 묻었다. 뒷날 디오니소스는 제우스와 세멜레 사이의 아들로 다시 태어난다. 니체는 독일 문헌학계에 전해진 이 신화를 받아들였다. 자그레우스 이야기로 보면 디오니소스는 죽었다가 재탄생한 신이고, 그의 부활과정에 아폴론이 개입한다. 이는 포도가 으깨져서 포도주로 변용하는 과정 또는 죽을 듯한 고통이 음악 또는 서정시로 변용되는 과정의 은유로도 볼 수 있다.

이것은 쇼펜하우어가 말하는 "마야의 베일에 갇힌 인간"과도 비슷하다.* 니체는 『의지와 표상으로서의 세계』의 한 구절을 인용한다. "울부짖는 파도가 사방에서 산처럼 솟구쳐올랐다 떨어지면서 포효하는 망망대해에서 작은 배를 타고 흔들리는 뱃사람처럼, 개별 인간은 개체화의 원리principium indivuationis를 믿고 의지하며 이 고통의 세계 한가운데 앉아 있다." 니체는 4장에서 아폴론이 '개체화의 원리'를 신격화한 존재라고 말한다. 개체화의 원리란 각 개인이 자기 자신을 '나'라고 부르고, 또 그렇게 의식하고 살아가는 인식의 방식을 뜻한다.

하지만 이따금 자연이나, 또는 인간의 어떤 내적인 이유에서 이 원리가 깨지면서 개인이 무시무시한 공포를 느끼는 순간에 디오니소스적인 것의 본질이 슬쩍 나타나는데, 그것은 술에 취한 상태와 몹시 비슷하다. 그러니까 개체화의 원리가 깨져야 디오니소스적인 것의 마법이 나타나며, 그 마법, 즉 술에 취한 것 같은 상태에서 비로소 인간 사이의 유대도 다시 생겨나고, 평소 적대적인 자연과도 화해하게 된다는 것이다.

아폴론적인 것이 꿈의 이미지 세계라면, 디오니소스적인 것은 도취한 상태의 현실이다. 이런 도취 상태에서는 개인이 사라지고 전체 또는 타인과의 신비적 통합이 나타나면서 인간이 지닌 가장 거친 요소들도 멋대로 풀려난다. 고대에 그리스인이 야만인이라 부른 사람들의 세계 어디서나, 성적 일탈과 쾌락, 잔인함이 판치는 디오니소스 제전祭典이 열렸다. 다만 그리스 세계에서는 윤리적 신인 아폴론적 힘이—'지나

---

* Friedrich Nietzsche, 앞의 책, 22쪽.

치지 말라(절도)'와 '너 자신을 알라'라는 윤리—한동안 디오니소스적인 힘을 막아낼 수 있었다. 하지만 '거인적' '야만적'으로 보이며 '자연의 과도함'과도 닮은 디오니소스적인 것은 아폴론적인 것과 똑같이 강력한 예술과 문화의 힘으로서, 4장에 나온 니체의 말을 빌리자면 "디오니소스 없이는 아폴론은 살 수가 없다". 그래서 그리스의 가장 깊은 뿌리로부터도 비슷한 충동이 나타나자, 아폴론적 힘은 재빨리 뒤로 물러나 적대 세력인 디오니소스적인 것과 화해했는데, 이 화해야말로 그리스 예술사에서 가장 중요한 순간이다. 바로 여기서 디오니소스적 음악과 비극이 나타나기 때문이다. 다시 말하면 그리스에 와서야 비로소 디오니소스 축제의 광증 한가운데서 '개체화의 원리'가 찢기는 일이 위대한 예술 현상으로 승화하게 된다.

5장에서 니체는 아폴론적 예술가로 서사시인 호메로스를, 디오니소스적 예술가로 서정시인 아르킬로코스를 예로 든다. 서사시인 호메로스는 세계를 그림으로 바라보고, 그것을 자세히 관찰하며, 가장 잔혹한 장면이나 아킬레스의 분노조차 가상으로, 꿈의 모습으로 묘사한다. 여기서 예술가는 자신이 서술하는 인물들과 하나가 될 위험이 전혀 없다.

그에 반해 서정시인 아르킬로코스는 어떤 그림이나 이미지를 보여주는 게 아니라, 디오니소스적 도취와 합일의 상태에서 그 자신이 직접 현실의 근원적 고통 자체가 된다. 그가 '나'라고 노래하면, 여기에 개인 아르킬로코스는 없다. 즉 그의 주체성은 포기되고 그의 '나'는 근원적인 존재의 심연에서 노래한다. 여기서 그는 디오니소스, 또는 디오니소스의 여신도가 된다.*

이렇듯 자신을 포기한 서정시인은 세계의 움직이는 구심점으로서

'나'라고 말할 수 있다. 이는 사물의 기반에서 진짜로 존재하는 영원한 '나'다. 그가 쓰러져 잠들면 아폴론이 그에게 다가와 월계관으로 그를 건드리고, 그러면 잠든 이의 '디오니소스적-음악적 마법'은 주변으로 불꽃, 즉 서정시들을 퍼뜨린다. 이것이 최고 수준으로 펼쳐지면, 그리스 비극 또는 극적인 디티람보스가 된다. 즉 디오니소스적인 것과 아폴론적인 것의 결합에서 그리스 비극이 탄생하는 것이다.

### (2) 『나르치스와 골드문트』에서 만나는 아폴론적 예술 원칙

서정시 정신의 천재성, 혹은 예술성은 서정시인이 세계정신으로서 스스로 근원 고통이 되어버린다는 데 있다. 서정시인의 '나', 혹은 음악가는 그런 근원 고통을 발언하고, 노래하고, 외치고, 때로는 울부짖는다. 여기서 개인의 주체성이 아니라, 디오니소스적으로 신비롭게 통합된 상태 즉 도취 상태에서 세계의 근원 고통을 노래하기에, 이런 주체성의 발언은 뛰어난 예술작품이 될 수 있다. 그리고 서정시인이나 음악가가 이렇게 내놓는 시나 음악을 우리는 듣고, 또한 그리로 끌려들어간다.

그와 달리 아폴론적 예술가는 꿈꾸고, 관찰하고, 어루만지고, 사유하고, 스케치하고, 다듬고 만든다. 서사시인 호메로스는 거대한 전쟁판의 모습을 그림처럼 상세하게 언어로 서술하여 관찰할 수 있도록 눈앞에

---

* 디오니소스적 서정시의 전형으로 프리드리히 실러의 「환희의 송가」를 꼽을 수 있을 것이다. 이 시는 1785년 스물여섯의 실러가 친구들과의 술자리에서 숙소로 돌아와 술에 취한 상태에서, 곧 디오니소스적 상태에서 썼다고 하는데, 인류의 유대가 가장 강력한 언어로 표현되어 있다. 뒷날 베토벤이 이 시를 교향곡 제9번에 이용했고, 그 일부가 오늘날 유럽연합 찬가가 되었다.

펼쳐 보여준다. 그의 '나'는 작중 인물이나 그 세계와 직접 연결이 없는 채로 객관적으로 서술한다.

꿈꾸는 사람인 골드문트는 계속 관찰하고, 여체와 접촉하며, 자기가 관찰한 온갖 선線과 형태에 대해 거듭 생각하고, 스케치하고, 결국은 조각상을 만들어낸다. 그리고 관찰자는 그의 예술품을 바라본다. 우리는 이 소설에서 이런 골드문트의 형성과정을 세밀히 관찰할 수 있다.

나르치스를 통해 잃어버린 어머니의 기억을 찾아낸 골드문트가 맨 먼저 겪는 일은 꿈의 세계에 빠져드는 일이다(5장). 이런 꿈속에서 그는 근원 어머니의 온갖 상징을 만나고, 점토로 형태를 만드는 꿈도 꾼다. 다시 말해 그는 아폴론적인 꿈의 인간이다. 또한 자기만의 방식으로 매우 골똘히 사색에 잠기는 사람이다.

골드문트는 거듭 어머니의 모습을 '본다'. 소설에서 근원 어머니는 골드문트의 귀에 속삭이는 일이 거의 없으며, 그는 듣는 일이 별로 없이 꿈에서나 현실에서나 늘 바라보고 관찰한다. 그에 따라 이 소설에서는 '본다' '관찰한다' 계열의 동사들과 '빛난다' '번쩍인다' '번득인다' '가물거린다' 등 시각을 보충하는 동사들이 주로 등장하고, '듣다' 계열의 청각 동사는 드물다. 아폴론이 빛의 신으로서, 시각을 지배하는 신임을 생각하면 쉽게 이해할 수 있는 일이다.

시각 말고는 촉각을 표현하는 동사들이 많이 나타난다. 그는 여인들을 쓰다듬고, 그들 신체의 선線을 관찰한다. 여러 번이나 등장하는 밀착된 성적 장면에서도 후각의 동사가 자주 등장하지 않는 것을 알아챌 수 있다.

골드문트가 감각의 인간이기는 하지만, 소설에서는 시각과 촉각의 동사들이 주로 쓰이고, 청각과 미각과 후각을 나타내는 동사들이 상대적으로 드물다. 이를 작가의 계산된 서술이라고 보지 않을 수가 없다. 젊은 시절부터 니체를 거듭 읽은 헤세는 골드문트를 철저히 아폴론적인 예술가로 그려낸 것이다. 그리고 헤세 자신도 뛰어난 소설가(서사작가)로서 아폴론적 예술가였다.

골드문트의 삶 전체는 '개체화의 원리'의 구현으로 읽을 수 있다. 그는 "망망대해에서 작은 배를 타고 흔들리는 뱃사람처럼" 거대한 세계를 외로이 떠돌아다닌다. 그토록 사랑한 친구 나르치스와의 관계에서도 두 사람은 거의 한 번도 가까이 밀착된 적이 없이 각각 개체로 남아 온갖 사변을 나눈다. 아폴론적 윤리인 '지나치지 말라(절도)'와 '너 자신을 알라'가 처음부터 이들의 우정을 지배하고 있다.

### (3)『차라투스트라는 이렇게 말했다』의 흔적—정신의 길에서 몸의 길로

이 소설에서 니체의 사상은 또다른 측면에서도 나타난다. 질병에 시달리다 스위스 바젤대학교의 교수직을 떠난 니체는 그토록 사랑한 친구 바그너와의 관계마저 잃고, 극심한 고독감과 절망감에 몰린 채 스위스, 이탈리아, 프랑스의 휴양지를 홀로 떠돌면서, 타오르는 영감에 따라 빠른 속도로『차라투스트라』를 써내려갔다. 서문에서 이미 "신은 죽었다"라고 선언한 이 책에서는 이천 년 가까이 유럽을 지배한 기독교 전통에 대한 신랄한 비판과 아울러, 새로운 '삶의 철학'과 가치관이 등장하고 있다.

철학책이기보다 문학작품에 가까운 정열적이고 주관적인 외침, 거의 디오니소스적인 신비체험에서 터져나오는 근원 고통의 외침으로 읽히는 이 책에서, 예언자 차라투스트라는 기독교가 가르치는 정신과 영혼을 위한 삶이 아니라 새로운 삶, 즉 몸의 길과 땅의 길을 가라고 외친다. "건강한 몸의 목소리를 들어라, 내 형제들아. 이것이 더 솔직하고 더 순수한 목소리다. 몸은 땅의 의미에 대해 말한다."*

니체의 사상은 20세기 초 독일의 거의 모든 예술가와 학자에게 엄청난 영향을 남겼다. 그때까지 터부로 남아있던 성性의 영역을 거침없이 까발린 융과 프로이트의 심리학도 그의 영향을 받았다. 헤세나 토마스 만 같은 작가들도 마찬가지다.

죽어가는 골드문트는 성직자인 나르치스에게 이렇게 말한다(20장).

> "(……) 내세 같은 건 거의 생각하지 않아. 솔직히 말해도 된다면 그런 건 믿지 않아요. 내세는 없어. 말라버린 나무는 영원히 죽은 거야. 얼어죽은 새도 다시는 살아오지 않고, 인간도 한 번 죽으면 돌아오지 않아. 누군가 떠나면 남들이 잠시 그를 생각할지 모르지만 그리 오랫동안은 아닐 거야. 아니, 죽음에 대해 호기심을 갖는 것은, 내가 어머니에게로 가는 도중에 있다는 나의 믿음 또는 꿈 때문이야. (……) 나를 다시 거두어들여 존재하지 않음으로, 무구함으로 되돌리는 것은 큰 낫을 든 죽음이 아니라 내 어머니라는 생각을 떨칠 수가 없어."

임종을 앞둔 사람이 내뱉는 이런 말을 중세 유럽, 그것도 수도원에서 나온 발언이라고 보기는 거의 불가능하다. 이것은 니체와 융의 사상

---

* Friedrich Nietzsche, *Also sprach Zarathustra*, München: Deutscher Taschenbuch Verlag, 2014, 38쪽.

을 이미 넉넉히 받아들인 20세기 중반에나 가능한 말이다. 다만 21세기인 오늘날에는 '몸의 길'이 이미 너무 우세해져서 인간에게 있는 정신과 영혼의 영역이 거의 맥을 못 추는 판이니, 이 모든 변화가 이상해 보이기는 한다.

## 5. 맺음말

위의 여러 관찰을 통해 우리는 헤세의 『나르치스와 골드문트』가 중세를 배경으로 하고는 있지만, 그 사고방식이나 표현으로 보자면 작가가 철저히 자기 시대의 주요 사상을 배경으로, 자기 시대를 향해 내놓은 소설임을 볼 수 있다.

작가는 이 소설을 위해 여러 제목을 생각했었다. 그것을 차례로 말하면 다음과 같다.*

골드문트 또는 죄罪의 찬미

골드문트와 나르치스

골드문트가 어머니에게로 가는 길

나르치스 또는 어머니에게로 가는 길

죄의 찬미

나르치스와 골드문트

---

* Volker Michels, *Hermann Hesse ›Narziß und Goldmund‹ Eine Dokumentation zur Entstehungs- und Wirkungsgeschichte*, Berlin: Suhrkamp Verlag, 2015, 41쪽.

이런 제목의 변천에는 헤세의 사유가 일부나마 드러나 있다. 기독교에 대한 저항, 몸과 죄를 찬미하려는 경향을 읽어낼 수 있다.

유럽 중세에 주인공이 예술가로 일어서는 과정을 보여주는 이 소설에는 물론 헤세 자신의 삶도 반영되어 있다. 독일에서 태어나 스위스에서 삶의 대부분을 보낸 그는 떠돌이처럼 여러 번 거처를 이리저리 옮기며 힘든 과정을 겪었다. 특히 생애 도중에 두 번이나 세계대전을 경험했다. 제1차세계대전 도중에 『데미안』을 썼고, 『나르치스와 골드문트』는 히틀러가 독일 총리가 되기 얼마 전에 집필을 마쳤다. 그는 인간이 인간을 대량 학살하는 광경을 분명하게 목격한 작가다. 인간의 생명이 무가치하게 함부로 취급되는 상황이 두 작품 모두에 아프게 표현되어 있다.

주로 개인의 삶을 다룬 두 소설에서 우리는 거대한 사회적 메시지도 전혀 부족함이 없음을 읽어낼 수 있다. 그리고 질문할 수 있다. 오늘 우리는 어떠하며, 우리 시대는 어떠한가?

안인희

1877년 7월 2일 뷔르템베르크의 소도시 칼프에서 출생. 아버지 요하네스 헤세는 발틱계 독일인으로 인도에서 선교사로 활동하다가 귀국한 뒤, 유명한 인도학자이기도 한 헤르만 군데르트의 기독교 서적 출판협회 일을 도움. 헤르만 군데르트의 딸 마리는 인도에서 태어나 선교사 출신 찰스 아이젠버그와 결혼했다가 그가 사망하자, 32세에 요하네스 헤세와 재혼함.

1881년 아버지가 '바젤 선교단'의 교사로 가게 되어 가족이 스위스로 이주.

1883년 스위스 국적을 얻음(그전에는 러시아 국적을 갖고 있었음).

1886년 가족이 다시 고향 칼프로 돌아와 헤세는 김나지움에 다님.

1890년 뷔르템베르크에서 시행하는 주 시험 준비를 위해 괴핑겐의 라틴어 학교에 다님. 헤세는 시험 자격을 얻기 위해 스위스 국적을 포기함.

1891년 주 시험에 합격하여 마울브론 신학교에 입학. 7개월 후 "시인이 아니면 아무것도 되고 싶지 않아" 도망침.

1892년 4~5월에 크리스토프 블룸하르트 목사가 있는 바트볼에서 지냄. 6월에 자살 기도. 6~8월에 슈테텐에서 신경쇠약 치료를 받음. 바트칸슈타트에서 김나지움에 다님.

1893년 사회민주주의자가 되어 술집을 돌아다님. 오로지 하이네만 읽으며 그를 똑같이 흉내냄. 에슬링겐에서 서점 수습생으로 일하다 사흘 만에 그만둠.

1894년 칼프의 페롯 시계공장에서 수습공으로 일함.

1895년 1898년까지 튀빙겐의 헤켄하우어 서점에서 수습생으로 일함.

1898년 첫 시집 『낭만적인 노래들*Romantische Lieder*』 출간.

1899년 소설 『고슴도치*Schweinigel*』 습작(원고는 아직 미발견). 산문집 『자정이 지난 뒤의 한 시간*Eine Stunde hinter Mitternacht*』 출간. 9월에 바젤로 이주. 라이히 서점에서 1901년 1월까지 서적 분류 수습생으로 일함.

1900년 스위스 일간지 〈알게마이네 슈바이처 차이퉁〉에 기고문과 서평을 쓰기 시작. 이런 작업이 오히려 그의 책들보다 더 지역에 알려져 사회생활을 하는 데 상당한 뒷받침이 되어줌.

1901년 3~5월에 첫번째 이탈리아 여행. 『헤르만 라우셔의 유고와 시 모음*Hinterlassene Schriften und Gedichte von Hermann Lauscher*』 출간.

1902년 어머니 마리 군데르트 사망. 『시집*Gedichte*』 출간.

1903년 서점 일을 그만두고 5월에 마리아 베르누이와 약혼하여 함께 두번째 이탈리아 여행.

1904년 『페터 카멘친트*Peter Camenzind*』 출간. 이 소설로 문학적 성공을 거둠. 마리아 베르누이와 결혼하여 보덴 호숫가에 있는 가이엔호펜의 농가로 이사. 전업작가가 되어 여러 신문과 잡지에서 공동편집인으로 활동하며 활발히 기고함. 전기 『보카치오*Boccacio*』 『아시시의 프란체스코*Franz von Assisi*』 출간.

1905년 12월에 첫 아들 브루노 출생.

1906년 소설 『수레바퀴 아래서*Unterm Rad*』 출간. 당시 독일 황제인 빌헬름 2세의 정부에 저항하는 잡지 〈3월*März*〉의 공동발행인으로 1912년까지 활동.

1907년 가이엔호펜에 자신의 집을 지음. 단편집 『이편에서*Diesseits*』 출간.

1908년 단편집 『이웃들*Nachbarn*』 출간.

1909년 3월에 둘째 아들 하이너 출생.

1910년 소설 『게르트루트*Gertrud*』 출간.

1911년 7월에 셋째 아들 마르틴 출생. 시집 『도중에*Unterwegs*』 출간. 9~12월에 화가 친구인 한스 슈투르체네거와 인도 여행.

1912년 단편집 『돌아가는 길들*Umwege*』 출간. 가족과 함께 독일을 떠나 스위스 베른으로 이사해 작고한 화가 친구 알베르트 벨티의 별장에 거주함. 로맹 롤랑과 교우.

1913년 여행기 『인도에서*Aus Indien*』 출간.

1914년 소설 『로스할데*Roßhalde*』 출간. 제1차세계대전이 발발하여 자원입대하였으나 고도근시로 복무 부적격 판정을 받음.

1915년 베른의 독일포로후원센터에서 근무하며 전쟁포로들과 억류자들을 위해 정치논문, 경고호소문, 공개서한 등을 독일, 스위스, 오스트리아 신문과 잡지에 발표. 애국적인 전쟁문학을 공개적으로 비판하여 매국노라는 비난을 받음. 소설 『크눌프*Knulp*』, 단편집 『길에서*Am Weg*』, 시집 『고독한 자의 음악*Musik des Einsamen*』, 단편집 『청춘은 아름다워라*Schön ist die Jugend*』 출간.

1916년 아버지 요하네스 헤세 사망. 루체른 근교 존마트에서 카를 구스타프 융의 제자 요제프 베른하르트 랑 박사에게 정신분석 치료를 받음.

1917년 시대비판적인 출판 활동을 중단하라는 권고를 받고 에밀 싱클레어라는 가명으로 신문과 잡지에 기고를 시작함. 『데미안*Demian*』 집필. 아내의 정신분열 증세와 셋째 아들 마르틴의 질병으로 헤세도 신경쇠약 증세를 보임.

1919년 정치 팸플릿 『차라투스트라의 귀환*Zaratustras Wiederkehr*』을 익명으로 출간. 이듬해 베를린에서 실명으로 출간. 정신병원에 수용된 아내와 별거하고 자녀들을 친구들에게 보냄. 5월에 혼자 스위스 테신의 몬타뇰라로 이사해 1931년까지 거주. 체험담과 시 들을 모은 『작은 정원*Kleiner Garten*』 출간. 『데미안』을 에밀 싱클레어라는 가명으로 출간하고 이 작품으로 폰타네상 수상. 『동화집*Märchen*』 출간. 잡지 『비보스 보코*Vivos voco*』 창간.

1920년 시화집 『화가의 시*Gedichte des Malers*』, 도스토옙스키에 대한 에세이 『혼돈을 들여다봄*Blick ins Chaos*』, 표현주의 단편집 『클링조어의 마지막 여름*Klingsors letzter Sommer*』, 시화집 『방랑*Wanderung*』 출간. 다다이즘의 선구자 후고 발과 교유.

1921년 『시선집*Ausgewählte Gedichte*』 출간. 『싯다르타*Siddhartha*』를 집필하는 동안 창작의 위기를 겪음. 취리히 근처 퀴스나흐트에서 융에게 정신분석 치료를 받음. 화집 『테신에서 그린 11편의 수채화*Elf Aquarelle aus dem Tessin*』 출간.

1922년 『싯다르타』 출간.

1923년 『싱클레어의 수첩*Sinclairs Notizbuch*』 출간. 취리히 근처 바덴의 요양소에 머묾. 마리아 베르누이와 이혼.

1924년 스위스 국적 재취득. 스위스 여성작가 리자 벵거의 딸인 스무 살 연하의 루트 벵거와 재혼.

1925년 『요양객*Kurgast*』 출간.

1926년 『그림책*Bilderbuch*』 출간. 프로이센의 예술아카데미 문학 분과에 외국인 회원으로 선출됨(1931년에 탈퇴).

1927년 『뉘른베르크 여행*Die Nürnberger Reise*』 『황야의 이리*Der Steppenwolf*』 출간. 헤세의 50회 생일을 맞이하여 후고 발이 첫 헤세 평전 출간. 루트 벵거와 이혼.

1928년 『관찰*Betrachtungen*』 『위기. 일기 한 편*Krisis. Ein Stück Tagebuch*』 출간.

1929년 시집 『밤의 위로*Trost der Nacht*』 『세계문학 도서관*Eine Bibliothek der Weltliteratur*』 출간.

1930년 『나르치스와 골드문트*Narziss und Goldmund*』 출간.

1931년 화가 친구 한스 보드머가 지어준 몬타뇰라의 새집으로 이사. 미술사가인 니논 돌빈과 결혼. 『내면으로의 길*Weg nach innen*』 출간.

1932년 『동방순례*Die Morgenlandfahrt*』 출간. 『유리알 유희*Das Glasperlenspiel*』 집필 시작.

1933년 『작은 세계*Kleine Welt*』 출간.

1934년 나치당의 문화정책을 효과적으로 막기 위해 스위스 작가연합 회원이 됨. 시선집 『생명의 나무*Vom Baum des Lebens*』 출간.

1935년 『우화집*Fabulierbuch*』 출간.

1936년 『정원에서 보낸 시간*Stunden im Garten*』 출간.

1937년 『회고록*Gedenkblätter*』 『신新시집*Neue Gedichte*』 출간.

1939년 헤세의 작품이 독일에서 불온서적으로 간주되어 『수레바퀴 아래서』 『황야의 이리』 『관찰』 『나르치스와 골드문트』 『세계문학 도서관』이 더이상 인쇄되지 못함. 이 기간 동안 독일에서 출간된 총 20종의 헤세 작품 중 겨우 481권의 문고본이 판매됨. 그래서 전집은 취리히에서 펴냄.

1942년 첫 시전집 『시집*Die Gedichte*』 출간.

1943년 취리히에서 『유리알 유희』 출간.

1945년 미완성 소설 『베르톨트*Berthold*』, 단편과 동화 모음집 『꿈의 여행*Traumfährte*』 출간.

1946년 정치평론집 『전쟁과 평화*Krieg und Frieden*』 출간. 이후 헤세의 작품이 독일에서 다시 나오기 시작. 프랑크푸르트시가 수여하는 괴테상, 노벨문학상 수상.

1947년 베른대학교에서 명예박사 학위를 받음. 고향 칼프시의 명예시민이 됨.

1951년 『후기 산문*Späte Prosa*』 『서간집*Briefe*』 출간.

1952년 75회 생일 기념으로 선집 출간.

1954년 동화 『픽토어의 변신 *Piktors Verwandlung*』, 서간집 『헤르만 헤세와 로맹 롤랑이 주고받은 편지들 *Hermann Hesse-Romain Rolland Briefe*』 출간.

1955년 후기 산문 『마법 *Beschwörungen*』 출간. 독일 서적협회가 수여하는 평화상 수상.

1956년 헤르만 헤세 문학상 제정.

1957년 헤세의 80회 생일을 맞이하여 『헤세 전집 *Gesammelte Schriften*』 출간.

1962년 8월 9일 뇌출혈로 스위스 몬타놀라에서 사망.

## 문학동네 세계문학전집 발간에 부쳐

세계문학은 국민문학 혹은 지역문학을 떠나 존재하는 문학이 아니지만 그것들의 총합도 아니다. 세계문학이라는 용어에는 그 나름의 언어와 전통을 갖고 있는 국민문학이나 지역문학의 존재를 인정하면서 그것을 넘어서는 문학의 보편적 질서에 대한 관념이 새겨져 있다. 그 용어를 처음 고안한 19세기 유럽인들은 유럽 문학을 중심으로 그 질서를 구축했지만 풍부한 국민문학의 전통을 가지고 있는 현대의 문학 강국들은 나름의 방식으로 세계문학을 이해하면서 정전(正典)의 목록을 작성하고 또 수정한다.

한국에서도 세계문학 관념은 우리 사회와 문화의 변화 속에서 거듭 수정돼왔다. 어느 시기에는 제국 일본의 교양주의를 반영한 세계문학 관념이, 어느 시기에는 제3세계 민족주의에 동조한 세계문학 관념이 출현했고, 그러한 관념을 실천한 전집물이 출판됐다. 21세기 한국에 새로운 세계문학전집이 필요하다는 것은 명백하다. 우리의 지성과 감성의 기준에 부합하는 세계문학을 다시 구상할 때가 되었다.

문학동네 세계문학전집은 범세계적으로 통용되는 고전에 대한 상식을 존중하면서도 지난 반세기 동안 해외 주요 언어권에서 창작과 연구의 진전에 따라 일어난 정전의 변동을 고려하여 편성되었다. 그래서 불멸의 명작은 물론 동시대 세계의 중요한 정치·문화적 실천에 영감을 준 새로운 작품들을 두루 포함시켰다.

창립 이후 지금까지 한국문학 및 번역문학 출판에서 가장 전문적이고 생산적인 그룹을 대표해온 문학동네가 그간 축적한 문학 출판 경험을 바탕으로 새로운 세계문학전집을 펴낸다. 인류가 무지와 몽매의 어둠 속을 방황하면서도 끝내 길을 잃지 않은 것은 세계문학사의 하늘에 떠 있는 빛나는 별들이 길잡이가 되어주었기 때문이다. 우리가 자부심과 사명감 속에서 그리게 될 이 새로운 별자리가 독자들의 관심과 애정에 힘입어 우리 모두의 뿌듯한 자산이 되기를 소망한다.

문학동네 세계문학전집 편집위원
민은경, 박유하, 변현태, 송병선, 이재룡, 홍길표, 남진우, 황종연

세계문학전집 246
나르치스와 골드문트

초판 인쇄 2024년 4월 15일
초판 발행 2024년 4월 30일

지은이 헤르만 헤세 | 옮긴이 안인희

책임편집 김수연 | 편집 오영나 황문정
디자인 이혜진 최미영 | 저작권 박지영 형소진 최은진 서연주 오서영
마케팅 정민호 서지화 한민아 이민경 안남영 왕지경 정경주 김수인 김혜원 김하연 김예진
브랜딩 함유지 함근아 고보미 박민재 김희숙 박다솔 조다현 정승민 배진성
제작 강신은 김동욱 이순호 | 제작처 영신사

펴낸곳 (주)문학동네 | 펴낸이 김소영
출판등록 1993년 10월 22일 제2003-000045호
주소 10881 경기도 파주시 회동길 210
전자우편 editor@munhak.com | 대표전화 031)955-8888 | 팩스 031)955-8855
문의전화 031)955-1927(마케팅), 031)955-3560(편집)
문학동네카페 http://cafe.naver.com/mhdn
인스타그램 @munhakdongne | 트위터 @munhakdongne
북클럽문학동네 http://bookclubmunhak.com

ISBN 978-89-546-4636-9 04850
978-89-546-0901-2 (세트)

잘못된 책은 구입하신 서점에서 교환해드립니다.
기타 교환 문의 031) 955-2661, 3580

www.munhak.com

**1, 2, 3** 안나 카레니나 레프 톨스토이 | 박형규 옮김
**4** 판탈레온과 특별봉사대 마리오 바르가스 요사 | 송병선 옮김
**5** 황금 물고기 J. M. G. 르 클레지오 | 최수철 옮김
**6** 템페스트 윌리엄 셰익스피어 | 이경식 옮김
**7** 위대한 개츠비 F. 스콧 피츠제럴드 | 김영하 옮김
**8** 아름다운 애너벨 리 싸늘하게 죽다 오에 겐자부로 | 박유하 옮김
**9, 10** 파우스트 요한 볼프강 폰 괴테 | 이인웅 옮김
**11** 가면의 고백 미시마 유키오 | 양윤옥 옮김
**12** 킴 러디어드 키플링 | 하창수 옮김
**13** 나귀 가죽 오노레 드 발자크 | 이철의 옮김
**14** 피아노 치는 여자 엘프리데 옐리네크 | 이병애 옮김
**15** 1984 조지 오웰 | 김기혁 옮김
**16** 벤야멘타 하인학교-야콥 폰 군텐 이야기 로베르트 발저 | 홍길표 옮김
**17, 18** 적과 흑 스탕달 | 이규식 옮김
**19, 20** 휴먼 스테인 필립 로스 | 박범수 옮김
**21** 체스 이야기 · 낯선 여인의 편지 슈테판 츠바이크 | 김연수 옮김
**22** 왼손잡이 니콜라이 레스코프 | 이상훈 옮김
**23** 소송 프란츠 카프카 | 권혁준 옮김
**24** 마크롤 가비에로의 모험 알바로 무티스 | 송병선 옮김
**25** 파계 시마자키 도손 | 노영희 옮김
**26** 내 생명 앗아가주오 앙헬레스 마스트레타 | 강성식 옮김
**27** 여명 시도니가브리엘 콜레트 | 송기정 옮김
**28** 한때 흑인이었던 남자의 자서전 제임스 웰든 존슨 | 천승걸 옮김
**29** 슬픈 짐승 모니카 마론 | 김미선 옮김
**30** 피로 물든 방 앤절라 카터 | 이귀우 옮김
**31** 숨그네 헤르타 뮐러 | 박경희 옮김
**32** 우리 시대의 영웅 미하일 레르몬토프 | 김연경 옮김
**33, 34** 실낙원 존 밀턴 | 조신권 옮김
**35** 복낙원 존 밀턴 | 조신권 옮김
**36** 포로기 오오카 쇼헤이 | 허호 옮김
**37** 동물농장 · 파리와 런던의 따라지 인생 조지 오웰 | 김기혁 옮김
**38** 루이 랑베르 오노레 드 발자크 | 송기정 옮김
**39** 코틀로반 안드레이 플라토노프 | 김철균 옮김
**40** 어두운 상점들의 거리 파트릭 모디아노 | 김화영 옮김
**41** 순교자 김은국 | 도정일 옮김
**42** 젊은 베르테르의 슬픔 요한 볼프강 폰 괴테 | 안장혁 옮김
**43** 더블린 사람들 제임스 조이스 | 진선주 옮김
**44** 설득 제인 오스틴 | 원영선, 전신화 옮김
**45** 인공호흡 리카르도 피글리아 | 엄지영 옮김
**46** 정글북 러디어드 키플링 | 손향숙 옮김
**47** 외로운 남자 외젠 이오네스코 | 이재룡 옮김
**48** 에피 브리스트 테오도어 폰타네 | 한미희 옮김
**49** 둔황 이노우에 야스시 | 임용택 옮김
**50** 미크로메가스 · 캉디드 혹은 낙관주의 볼테르 | 이병애 옮김

51, 52 염소의 축제 마리오 바르가스 요사 | 송병선 옮김
53 고야산 스님·초롱불 노래 이즈미 교카 | 임태균 옮김
54 다니엘서 E. L. 닥터로 | 정상준 옮김
55 이날을 위한 우산 빌헬름 게나치노 | 박교진 옮김
56 톰 소여의 모험 마크 트웨인 | 강미경 옮김
57 카사노바의 귀향·꿈의 노벨레 아르투어 슈니츨러 | 모명숙 옮김
58 바보들을 위한 학교 사사 소콜로프 | 권정임 옮김
59 어느 어릿광대의 견해 하인리히 뵐 | 신동도 옮김
60 웃는 늑대 쓰시마 유코 | 김훈아 옮김
61 팔코너 존 치버 | 박영원 옮김
62 한눈팔기 나쓰메 소세키 | 조영석 옮김
63, 64 톰 아저씨의 오두막 해리엇 비처 스토 | 이종인 옮김
65 아버지와 아들 이반 투르게네프 | 이항재 옮김
66 베니스의 상인 윌리엄 셰익스피어 | 이경식 옮김
67 해부학자 페데리코 안다아시 | 조구호 옮김
68 긴 이별을 위한 짧은 편지 페터 한트케 | 안장혁 옮김
69 호텔 뒤락 애니타 브루크너 | 김정 옮김
70 잔해 쥘리앵 그린 | 김종우 옮김
71 절망 블라디미르 나보코프 | 최종술 옮김
72 더버빌가의 테스 토머스 하디 | 유명숙 옮김
73 감상소설 미하일 조셴코 | 백용식 옮김
74 빙하와 어둠의 공포 크리스토프 란스마이어 | 진일상 옮김
75 쓰가루·석별·옛날이야기 다자이 오사무 | 서재곤 옮김
76 이인 알베르 카뮈 | 이기언 옮김
77 달려라, 토끼 존 업다이크 | 정영목 옮김
78 몰락하는 자 토마스 베른하르트 | 박인원 옮김
79, 80 한밤의 아이들 살만 루슈디 | 김진준 옮김
81 죽은 군대의 장군 이스마일 카다레 | 이창실 옮김
82 페레이라가 주장하다 안토니오 타부키 | 이승수 옮김
83, 84 목로주점 에밀 졸라 | 박명숙 옮김
85 아베 일족 모리 오가이 | 권태민 옮김
86 폭풍의 언덕 에밀리 브론테 | 김정아 옮김
87, 88 늦여름 아달베르트 슈티프터 | 박종대 옮김
89 클레브 공작부인 라파예트 부인 | 류재화 옮김
90 P세대 빅토르 펠레빈 | 박혜경 옮김
91 노인과 바다 어니스트 헤밍웨이 | 이인규 옮김
92 물방울 메도루마 슌 | 유은경 옮김
93 도깨비불 피에르 드리외라로셸 | 이재룡 옮김
94 프랑켄슈타인 메리 셸리 | 김선형 옮김
95 래그타임 E. L. 닥터로 | 최용준 옮김
96 캔터빌의 유령 오스카 와일드 | 김미나 옮김
97 만(卍)·시게모토 소장의 어머니 다니자키 준이치로 | 김춘미, 이호철 옮김
98 맨해튼 트랜스퍼 존 더스패서스 | 박경희 옮김
99 단순한 열정 아니 에르노 | 최정수 옮김

100 열세 걸음 모옌 | 임홍빈 옮김
101 데미안 헤르만 헤세 | 안인희 옮김
102 수레바퀴 아래서 헤르만 헤세 | 한미희 옮김
103 소리와 분노 윌리엄 포크너 | 공진호 옮김
104 곰 윌리엄 포크너 | 민은영 옮김
105 롤리타 블라디미르 나보코프 | 김진준 옮김
106, 107 부활 레프 톨스토이 | 박형규 옮김
108, 109 모래그릇 마쓰모토 세이초 | 이병진 옮김
110 은둔자 막심 고리키 | 이강은 옮김
111 불타버린 지도 아베 고보 | 이영미 옮김
112 말라볼리아가의 사람들 조반니 베르가 | 김운찬 옮김
113 디어 라이프 앨리스 먼로 | 정연희 옮김
114 돈 카를로스 프리드리히 실러 | 안인희 옮김
115 인간 짐승 에밀 졸라 | 이철의 옮김
116 빌러비드 토니 모리슨 | 최인자 옮김
117, 118 미국의 목가 필립 로스 | 정영목 옮김
119 대성당 레이먼드 카버 | 김연수 옮김
120 나나 에밀 졸라 | 김치수 옮김
121, 122 제르미날 에밀 졸라 | 박명숙 옮김
123 현기증. 감정들 W. G. 제발트 | 배수아 옮김
124 강 동쪽의 기담 나가이 가후 | 정병호 옮김
125 붉은 밤의 도시들 윌리엄 버로스 | 박인찬 옮김
126 수고양이 무어의 인생관 E. T. A. 호프만 | 박은경 옮김
127 맘브루 R. H. 모레노 두란 | 송병선 옮김
128 익사 오에 겐자부로 | 박유하 옮김
129 땅의 혜택 크누트 함순 | 안미란 옮김
130 불안의 책 페르난두 페소아 | 오진영 옮김
131, 132 사랑과 어둠의 이야기 아모스 오즈 | 최창모 옮김
133 페스트 알베르 카뮈 | 유호식 옮김
134 다마세누 몬테이루의 잃어버린 머리 안토니오 타부키 | 이현경 옮김
135 작은 것들의 신 아룬다티 로이 | 박찬원 옮김
136 시스터 캐리 시어도어 드라이저 | 송은주 옮김
137 고독한 산책자의 몽상 장자크 루소 | 문경자 옮김
138 용의자의 야간열차 다와다 요코 | 이영미 옮김
139 세기아의 고백 알프레드 드 뮈세 | 김미성 옮김
140 햄릿 윌리엄 셰익스피어 | 이경식 옮김
141 카산드라 크리스타 볼프 | 한미희 옮김
142 이 글을 읽는 사람에게 영원한 저주를 마누엘 푸익 | 송병선 옮김
143 마음 나쓰메 소세키 | 유은경 옮김
144 바다 존 밴빌 | 정영목 옮김
145, 146, 147, 148 전쟁과 평화 레프 톨스토이 | 박형규 옮김
149 세 가지 이야기 귀스타브 플로베르 | 고봉만 옮김
150 제5도살장 커트 보니것 | 정영목 옮김
151 알렉시 · 은총의 일격 마르그리트 유르스나르 | 윤진 옮김

152 말라 온다 알베르토 푸겟 | 엄지영 옮김
153 아르세니예프의 인생 이반 부닌 | 이항재 옮김
154 오만과 편견 제인 오스틴 | 류경희 옮김
155 돈 에밀 졸라 | 유기환 옮김
156 젊은 예술가의 초상 제임스 조이스 | 진선주 옮김
157, 158, 159 카라마조프가의 형제들 표도르 도스토옙스키 | 김희숙 옮김
160 진 브로디 선생의 전성기 뮤리얼 스파크 | 서정은 옮김
161 13인당 이야기 오노레 드 발자크 | 송기정 옮김
162 하지 무라트 레프 톨스토이 | 박형규 옮김
163 희망 앙드레 말로 | 김웅권 옮김
164 임멘 호수 · 백마의 기사 · 프시케 테오도어 슈토름 | 배정희 옮김
165 밤은 부드러워라 F. 스콧 피츠제럴드 | 정영목 옮김
166 야간비행 앙투안 드 생텍쥐페리 | 용경식 옮김
167 나이트우드 주나 반스 | 이예원 옮김
168 소년들 앙리 드 몽테를랑 | 유정애 옮김
169, 170 독립기념일 리처드 포드 | 박영원 옮김
171, 172 닥터 지바고 보리스 파스테르나크 | 박형규 옮김
173 싯다르타 헤르만 헤세 | 권혁준 옮김
174 야만인을 기다리며 J. M. 쿳시 | 왕은철 옮김
175 철학편지 볼테르 | 이봉지 옮김
176 거지 소녀 앨리스 먼로 | 민은영 옮김
177 창백한 불꽃 블라디미르 나보코프 | 김윤하 옮김
178 슈틸러 막스 프리슈 | 김인순 옮김
179 시핑 뉴스 애니 프루 | 민승남 옮김
180 이 세상의 왕국 알레호 카르펜티에르 | 조구호 옮김
181 철의 시대 J. M. 쿳시 | 왕은철 옮김
182 카시지 조이스 캐럴 오츠 | 공경희 옮김
183, 184 모비 딕 허먼 멜빌 | 황유원 옮김
185 솔로몬의 노래 토니 모리슨 | 김선형 옮김
186 무기여 잘 있거라 어니스트 헤밍웨이 | 권진아 옮김
187 컬러 퍼플 앨리스 워커 | 고정아 옮김
188, 189 죄와 벌 표도르 도스토옙스키 | 이문영 옮김
190 사랑 광기 그리고 죽음의 이야기 오라시오 키로가 | 엄지영 옮김
191 빅 슬립 레이먼드 챈들러 | 김진준 옮김
192 시간은 밤 류드밀라 페트루솁스카야 | 김혜란 옮김
193 타타르인의 사막 디노 부차티 | 한리나 옮김
194 고양이와 쥐 귄터 그라스 | 박경희 옮김
195 펠리시아의 여정 윌리엄 트레버 | 박찬원 옮김
196 마이클 K의 삶과 시대 J. M. 쿳시 | 왕은철 옮김
197, 198 오스카와 루신다 피터 케리 | 김시현 옮김
199 패싱 넬라 라슨 | 박경희 옮김
200 마담 보바리 귀스타브 플로베르 | 김남주 옮김
201 패주 에밀 졸라 | 유기환 옮김
202 도시와 개들 마리오 바르가스 요사 | 송병선 옮김

203 루시 저메이카 킨케이드 | 정소영 옮김
204 대지 에밀 졸라 | 조성애 옮김
205, 206 백치 표도르 도스토옙스키 | 김희숙 옮김
207 백야 표도르 도스토옙스키 | 박은정 옮김
208 순수의 시대 이디스 워턴 | 손영미 옮김
209 단순한 이야기 엘리자베스 인치볼드 | 이혜수 옮김
210 바닷가에서 압둘라자크 구르나 | 황유원 옮김
211 낙원 압둘라자크 구르나 | 왕은철 옮김
212 피라미드 이스마일 카다레 | 이창실 옮김
213 애니 존 저메이카 킨케이드 | 정소영 옮김
214 지고 말 것을 가와바타 야스나리 | 박혜성 옮김
215 부서진 사월 이스마일 카다레 | 유정희 옮김
216 사람은 무엇으로 사는가 레프 톨스토이 | 이항재 옮김
217, 218 악마의 시 살만 루슈디 | 김진준 옮김
219 오늘을 잡아라 솔 벨로 | 김진준 옮김
220 배반 압둘라자크 구르나 | 황가한 옮김
221 어두운 밤 나는 적막한 집을 나섰다 페터 한트케 | 윤시향 옮김
222 무어의 마지막 한숨 살만 루슈디 | 김진준 옮김
223 속죄 이언 매큐언 | 한정아 옮김
224 암스테르담 이언 매큐언 | 박경희 옮김
225, 226, 227 특성 없는 남자 로베르트 무질 | 박종대 옮김
228 앨프리드와 에밀리 도리스 레싱 | 민은영 옮김
229 북과 남 엘리자베스 개스켈 | 민승남 옮김
230 마지막 이야기들 윌리엄 트레버 | 민승남 옮김
231 벤저민 프랭클린 자서전 벤저민 프랭클린 | 이종인 옮김
232 만년양식집 오에 겐자부로 | 박유하 옮김
233 이상한 나라의 앨리스 루이스 캐럴 | 존 테니얼 그림 | 김희진 옮김
234 소네치카 · 스페이드의 여왕 류드밀라 울리츠카야 | 박종소 옮김
235 메데야와 그녀의 아이들 류드밀라 울리츠카야 | 최종술 옮김
236 실종자 프란츠 카프카 | 이재황 옮김
237 진 알랭 로브그리예 | 성귀수 옮김
238 말테의 수기 라이너 마리아 릴케 | 홍사현 옮김
239, 240 율리시스 제임스 조이스 | 이종일 옮김
241 지도와 영토 미셸 우엘벡 | 장소미 옮김
242 사막 J. M. G. 르 클레지오 | 홍상희 옮김
243 사냥꾼의 수기 이반 투르게네프 | 이종현 옮김
244 험볼트의 선물 솔 벨로 | 전수용 옮김
245 바베트의 만찬 이자크 디네센 | 추미옥 옮김
246 나르치스와 골드문트 헤르만 헤세 | 안인희 옮김

● 문학동네 세계문학전집은 계속 출간됩니다